SUSAN ELIZABETH PHILLIPS

Kopfüber in die Kissen

Buch

Als Sportler hat er sich zu viele Skandale geleistet, der berühmt-berüchtigte Playboy Kenny Traveler. Für seine Karriere tut Kenny jedoch alles und willigt deshalb ein, den Anstandslektionen der reizvollen englischen Lady Emma Wells-Finch zu folgen. Für Emma war bisher nur eins so wichtig wie die Luft zum Atmen: guter Ruf, Haltung und Würde in jeder Lebenslage. Doch weder Kenny noch ihr Auftraggeber ahnen, dass die Lady seit neuestem eigene Pläne hegt, Pläne der verruchten Art. Schon auf dem Flughafen in Texas wird Emma sofort klar: keine Spur von Disziplin und Anstand bei diesem athletischen Sonnyboy. Und das kommt ihr sehr entgegen! Denn Emma muss – im wahrsten Sinne des Wortes – ihren guten Ruf verlieren, um zu retten, was ihr auf der Welt am wichtigsten ist. Statt Sitte und Anstand gibt es also Ausflüge in schräge Spelunken, Tattoo-Studios und ähnliche Vergnügungen. Bald lernt Kenny, dieses ungehobelte Mannsbild, die Durchsetzungskraft der blitzgescheiten, wortgewandten Lady Emma kennen – und lieben. Noch aber hat die Lady andere Pläne …

Autorin

Susan Elizabeth Phillips' Romane erobern jedes Mal auf Anhieb die Bestsellerlisten in den USA. Bisher sind ihre witzig-romantischen Bestseller in 15 Sprachen übersetzt. Die Autorin lebt mit Mann und zwei Söhnen in der Nähe von Chicago.
Weitere Romane von Susan Elizabeth Phillips sind bei Blanvalet in Vorbereitung.

Von Susan Elizabeth Phillips ist bereits erschienen

Bleib nicht zum Frühstück. Roman (35029)
Küss mich, Engel. Roman (35066)
Träum weiter, Liebling. Roman (35105)
Wer will schon einen Traummann. Roman (35394)
Ausgerechnet den? (35526)
Der und kein anderer (35669)
Verliebt, verrückt, verheiratet (35339)

Susan Elizabeth Phillips

Kopfüber in die Kissen

Roman

Aus dem Amerikanischen
von Gertrud Wittich

BLANVALET

Die Originalausgabe erschien unter dem Titel
»Lady Be Good« von Avon Books,
a division of HarperCollins Publishers, New York.

Umwelthinweis:
Alle bedruckten Materialien dieses Taschenbuches
sind chlorfrei und umweltschonend.

Blanvalet Taschenbücher erscheinen im Goldmann Verlag,
einem Unternehmen der Verlagsgruppe Random House.

Sonderausgabe Oktober 2002

Umschlaggestaltung: Design Team München
Umschlagfoto: Zeta/Inden
Druck: Elsnerdruck, Berlin
Verlagsnummer: 35866
UH · Herstellung: wag
Made in Germany
ISBN 3-442-35866-3
www.blanvalet-verlag.de

1 3 5 7 9 10 8 6 4 2

Liebe Leserinnen,

es war ein wahres Abenteuer, dieses vergangene Jahr mit der properen englischen Headmistress Lady Emma Wells-Finch und dem texanischen Golf-Profi Kenny Traveler. Glauben Sie mir, wenn ich Ihnen versichere, dass ich am Anfang des Tages, wenn ich mich zum Schreiben niedersetzte, nie wusste, wo die beiden wieder einmal enden würden! Alles was ich tun konnte, war, mich festzuhalten und dabei zu sein. Ich fand Emma und Kenny witzig, sehr sensibel und überdies schrecklich nervig!

Viele von Euch werden bemerken, dass hier Dallie Beaudine und Francesca Day Beaudine aus meinem Roman von 1989 »Fancy Pants« nochmals auftauchen. Die Wiederbegegnung mit diesem bekannten Liebespärchen hat mich ganz besonders gefreut, obwohl die Herrschaften Kennys und Emmas Leben teilweise recht erschweren!

Ich hoffe, Ihnen wachsen die Erdenbürger ebenso ans Herz wie mir. Viel Spaß bei der Lektüre!

S. E. Phillips

1

Kenny Traveler war ein richtiger Faulpelz. Das erklärte, warum er im TWA Ambassador Club des Dallas-Fort Worth Airports eingeschlafen war, anstatt rechtzeitig zur Ankunft von Flug 2193 der British Airways im betreffenden Terminal zu erscheinen. Pure Faulheit und die Tatsache, dass er mit Flug 2193 eigentlich gar nichts zu schaffen haben wollte!

Unglücklicherweise wurde er durch das Auftauchen einer geräuschvollen Gruppe von Geschäftsleuten geweckt. Er streckte sich erst mal ausgiebig, dann gähnte er herzhaft. Ein hübsches Fräulein in einem grauen Kostüm lächelte ihn an, und er lächelte zurück. Er warf einen Blick auf seine Armbanduhr, die besagte, dass er schon eine halbe Stunde zu spät dran war. Wieder gähnte er ausgiebig. Und streckte sich erneut.

»Entschuldigen Sie bitte«, sagte das Fräulein. »Ich möchte Sie ja nicht stören, aber Sie kommen mir so bekannt vor. Sind Sie nicht …«

»Ja, Ma'am, ich bin's.« Er schob seinen Stetson ein wenig zurück und schenkte ihr ein verschlafenes Grinsen. »Sehr schmeichelhaft, dass Sie mich außerhalb des Rodeorings erkannt haben. Das ist nämlich nicht oft der Fall.«

Ein verwirrter Ausdruck breitete sich auf ihrem Gesicht aus. »Rodeo? Tut mir Leid, ich dachte Sie wären … Sie sehen aus wie Kenny Traveler, der Golfspieler.«

»Ich? Ein Golfspieler? O nein, Ma'am! Ich steh doch noch voll im Saft, und Golf ist eine Beschäftigung für Tattergreise. Mir liegen mehr die echten Sportarten.«

»Aber …«

»Rodeo. Also das nenne ich Power! Oder Football. Und Basketball.« Langsam entfaltete er seine langen Stelzen und stemmte seinen eins achtundachtzig Meter hohen Luxuskörper aus dem Sessel. »Tennis dagegen ist schon wieder kritisch, würd ich sagen. Und Golf, also damit will ein richtiger Mann bestimmt nichts zu tun haben.«

Das Fräulein im grauen Kostüm war nicht von gestern, deshalb kicherte sie. »Nun, ich glaube mich trotzdem zu erinnern, Sie im Fernsehen das AT&T und das Buick Invitational gewinnen gesehen zu haben. Eindeutig war Tiger in der letzten Runde in Torrey Pines den Tränen nahe.« Ihr Lächeln erlosch. »Ich kann immer noch nicht glauben, dass Commissioner Beau …«

»Ich wär Ihnen dankbar, wenn Sie den Namen dieses Antichristen in meiner Anwesenheit nicht in den Mund nehmen würden.«

»Entschuldigung! Wie lange, glauben Sie, wird Ihre Suspendierung wohl andauern?«

Kenny warf einen Blick auf seine goldene Rolex. »Vermutlich hängt das davon ab, wie schnell ich zum Terminal der British Airways komme.«

»Wie bitte?«

»War echt nett, mit Ihnen zu plaudern, Ma'am!« Er tippte sich an den Stetson und schlenderte aus der Wartehalle.

Eine von Kennys unglücklichen Ex-Freundinnen hatte einmal bemerkt, dass sein *Schlendern* noch seine schnellste Gangart wäre. Aber Kenny glaubte nun mal ans Energiesparen, ausgenommen beim Golfspielen. Es gefiel ihm, die Dinge gemütlich anzugehen, obwohl ihm das in letzter Zeit zugegebenermaßen schwer geworden war.

Er spazierte am Zeitschriftenstand vorbei, wobei er es geflissentlich vermied, einen Blick auf die Schlagzeilen zu werfen, die seine kürzliche Suspendierung durch den derzeit amtierenden PGA Commissioner Dallas Fremont Beaudine plakatierten – und das ausgerechnet in der heißesten Gewinnphase seines Lebens. Und was fast noch schlimmer war: in knapp zwei Wochen fanden die Masters statt. Ohne ihn.

»Hey, Kenny!«

Freundlich nickte er einem übereifrig strahlenden Geschäftsmann zu, der von Kennys erlauchter Gegenwart offensichtlich stark beeindruckt war. Der Mann stammte sicher aus dem Norden der Staaten, da er Kennys Namen richtig proper aussprach anstatt »Kinny« zu sagen, wie jeder anständige Mensch hierorts.

Nun schlug er eine ein wenig schnellere Gangart an, da er fürchtete, der Geschäftsmann könne auf die absurde Idee verfallen, Kennys triumphale letzte Runde in Bay Hill vom vergangenen Monat noch einmal durchdiskutieren zu wollen. Eine Dame mit einer hochaufgetürmten Frisur und knallengen Jeans musterte ihn anzüglich; doch da sie nicht aussah wie ein Golffan, nahm Kenny an, dass es an seinen markanten Zügen und seinen Muckis liegen musste.

Eine seiner früheren Freundinnen hatte einmal gesagt, Kenny sei so unverschämt gut aussehend – wenn man je sein Leben verfilmen wollte, dann wäre der einzige dafür in Frage kommende Star Pierce Brosnan. Kenny war bei dieser Äußerung fast erstickt. Nicht weil sie ihn gut aussehend nannte, das konnte er irgendwie verstehen, sondern wegen ihrer absurden Wahl. Daraufhin hatte er ihr unmissverständlich klargemacht, dass Pierce Brosnan den Part nur dann in seine manikürten Pfoten kriegen würde, wenn er sich erst mal ordentlich gegen den Strich kämmen ließe, seinen gestelzten britischen Akzent los wäre und genügend T-Bone-Steaks vertilgt hätte, um nicht mehr auszusehen, als würde der erste beste Windhauch aus West-Texas ihn aus den Galoschen pusten. Und was am Allerwichtigsten war, er würde erst mal lernen müssen, wie man, um alles in der Welt, einen Golfschläger richtig schwang!

All dieses Schlendern machte einen echt müde.

Er hielt an einem Süßigkeitenstand an, um sich ein wenig auszuruhen, und kaufte sich eine Tüte Gummifrüchte. Dabei flirtete er ein wenig mit der mexikanischen Schönheit, die die Dinger verkaufte, damit sie ihm die Früchte aus dem Angebot aussortierte, die nach Banane schmeckten. Alle anderen Geschmacksrichtungen mochte er, nur eben die Gummibananen nicht. Da es ihm jedoch zu mühsam erschien, die Biester selbst rauszuklauben, pflegte er das gewöhnlich jemandem anders zu überlassen. Wenn es nicht funktionierte, mampfte er sie halt.

Am Terminal der British Airways war nichts mehr los; also lehnte er sich an eine Säule, kramte eine Handvoll Gummifrüchte aus seiner Tüte und kippte sie sich in die Speiseluke. Seine Gedanken wanderten hierhin und dorthin, hauptsächlich indessen hierhin: wie es ihn doch in den Fingern juckte, einer gewissen Francesca Day Beaudine, der kapriziösen Gattin eines gewissen Antichristen und PGA Commissioners den zarten Hals umzudrehen. Einer Person, die er bis dato zu seinen Freunden gezählt hatte.

»Nur diesen einzigen winzigen Gefallen, Kenny«, hatte sie ihn angezirpt. »Wenn du dich in den nächsten zwei Wochen um Emma kümmerst, verspreche ich dir, Dallie zu überreden, deine Suspendierung abzukürzen. Das Masters wirst du zwar verpassen, aber …«

»Und wie stellst du dir das, verdammt noch mal, vor?«, hatte er aufrichtig interessiert gefragt.

»Nun, ich hab so meine eigene Methode, mit meinem Mann umzugehen. Hak lieber nicht nach.«

Was er dann auch unterließ. Es wusste sowieso jeder, dass Francesca ihren Göttergatten bloß ansehen musste und er schmolz schon dahin, obwohl sie mittlerweile beinahe zwölf Jahre verheiratet waren.

Kenny wurde durch das schrille Quieken eines Kindes, gefolgt von einer mahnenden Stimme mit einem ausgeprägten britischen Akzent, aus seinen Grübeleien gerissen.

»Lass sofort das Haar deiner Schwester los, Reggie, oder ich werde sehr böse mit dir. Und du musst dich nicht so anstellen, Penny. Wenn du ihn nicht mit deiner Spucke bekleckert hättest, dann hätte er dich auch nicht gehauen.«

Er drehte sich um und musste grinsen, als er eine junge Frau mit zwei Kindern um die Ecke biegen sah. Das Erste, was ihm an ihr auffiel, war ihr Hut, eine flotte Nummer aus Stroh, mit einer runden, nach oben weisenden Krempe und einem Strauß leuchtend roter Kirschen in der Mitte, die bei ihrem energischen Gang fröhlich auf und ab wippten. Sie trug einen luftigen grünen Rock, der mit Rosen bedruckt war, dazu eine passende roséfarbene Bluse und praktische flache Sandalen.

An der einen Hand hielt sie einen Jungen, dazu eine Schultertasche in der Größe von Montana. Mit der anderen Hand zerrte sie ein mürrisches kleines Mädchen hinter sich her, einen ebenfalls geblümten Schirm und eine kirschrote Handtasche, prallvoll mit Zeitschriften, aus der ein weiterer, ähnlich gemusterter bunter Schirm hervorlugte. Ihr hellbraunes Haar quoll in wirrer Lockenpracht unter dem Strohhütchen hervor, und das eventuell aufgelegte Make-up war längst verschwunden.

Was vielleicht sogar besser sein könnte, überlegte Kenny, denn selbst ohne Lippenstift besaß sie das hübscheste, erotischste Mündchen, das ihm je untergekommen war: breit, mit einer vollen Unterlippe und einer zarten, deutlich geschwungenen Oberlippe. Trotz ihrer Blümchenausstattung besaß sie ein energisch vorgerecktes Kinn. Doch ihre Wangen wölbten sich voll und rosig, wie bei einem Baby. Ihre Nase war zwar ein wenig kurz, ihre Augen dagegen von einem ausdrucksvollen Goldbraun, dichtbewimpert und einfach fantastisch.

Er stellte sie sich in einem engen Oberteil, einem Minirock und hohen Bleistiftabsätzen vor. Sowie Netzstrümpfen. Noch nie im Leben hatte er für Sex Bares auf den Tisch gelegt, doch bei diesem Pflänzchen hier, überlegte er, wäre er alles andere als abgeneigt, ein wenig Cash für die Zahnbehandlung ihrer Kids beizusteuern.

Zu seiner Überraschung blickte sie ihn direkt an. »Mr. Traveler?«

Fantasieren war eine Sache, die Realität eine ganz andere, und während sein Blick zwischen ihr und den lärmenden Quälgeistern an ihren Seiten hin- und herglitt, breitete sich ein flaues Gefühl in seinem Magen aus. Die Tatsache, dass sie ihn zu erwarten schien, wies zweifellos auf Lady Emma Wells-Finch hin, die Dame also, der er in den nächsten zwei Wochen babysitten sollte. Aber von Kindern hatte Francesca nichts erwähnt.

Zu spät merkte er, dass er automatisch genickt hatte, statt sofort das Weite und seine Golftasche zu suchen. Bloß, das durfte er nicht. Nicht, wenn er wieder auf der Tour mitmachen wollte.

»Ausgezeichnet!«, strahlte sie ihn an und schoss vorwärts, dass ihr Rock wehte, die Zeitschriften flatterten, ihre nussbraunen Löckchen und die Kirschen auf dem Strohhut wippten, während die Kinder sich widerstrebend mitziehen ließen.

Ihr bloßer Anblick löste eine lähmende Müdigkeit in ihm aus.

Sie ließ die Hand des kleinen Mädchens fahren, packte Kennys Rechte und pumpte sie kräftig auf und ab. Für eine so kleine Person ein erstaunlicher Griff. »Entzückt, Sie kennen zu lernen, Mr. Traveler!« Die Kirschen wippten. »Emma Wells-Finch.«

Der Knabe holte mit dem Fuß aus, und ehe sich's Kenny versah, bekam er eins vors Schienbein, dass er am liebsten aufgejault hätte. »Ich kannse nich leiden!«

Kenny funkelte den Lausejungen wütend an und hätte ihm gerne eine Sponti-Backpfeife verpasst, überlegte dann jedoch, sich selbige für Francesca aufzusparen – gleich nachdem er ihr seine Meinung über dreckige Erpressungsversuche kundgetan hätte.

Lady Emma blickte das Kind an, doch anstatt ihm ordentlich eins zu geigen, wie er es verdient hätte, meinte sie stirnrunzelnd: »Reggie, Schatz, nimm den Finger aus der Nase, das sieht hässlich aus. Und entschuldige dich bei Mr. Traveler!«

Der Schlingel wischte seinen Finger an Kennys Jeans ab.

Kenny war drauf und dran, den Bengel in den Schwitzkasten zu nehmen, als eine gehetzt aussehende Lady auf sie zugeeilt kam. »Emma, meine Liebe, vielen Dank, dass du auf sie aufgepasst hast. Reggie, Penelope, wart ihr auch schön brav zu Miss Wells-Finch?«

»Richtige Engel«, erwiderte Lady Emma in einem derart aufrichtigen Ton, dass Kenny eine saure Gummifrucht im Hals stecken blieb.

Hilfsbereit klopfte ihm Lady Emma auf den Rücken, doch unglücklicherweise hatte sie dabei ein ebenso energisches Händchen wie beim Händeschütteln, und er hätte schwören können, eine Rippe knacken zu hören. Als er wieder Luft bekam, waren auch die Kinder der Verdammnis samt ihrer bedauernswerten Mutter verschwunden.

»Nun …«, lächelte Lady Emma ermutigend. »Da wären wir also.«

Kenny war ganz schwindlig. Das mochte zum Teil an seiner gebrochenen Rippe liegen, größtenteils jedoch an seiner Verwirrung darüber, wie sich all dieses energisch-frische britische Gehabe mit einem Gesicht vereinbaren ließ, das von Rechts wegen unter eine beleuchtete Straßenlaterne gehört hätte.

Während Kenny noch damit rang, sich von seinem Schock zu erholen, war Emma nicht müßig und fällte ihr eigenes Urteil. Als Prinzipalin, oder wie man in England sagte, Headmistress, der *St. Gertrude's School for Girls* und langjährige Lehrerin an selbiger Institution sowie ehemalige Schülerin (vom sechsten Lebensjahr an), konnte sie Menschen mittlerweile in Sekundenschnelle einschätzen. Ein Blick genügte, um ihr zu sagen, dass dieser All-American-Cowboy genau das war, was sie suchte – ein Mann mit mehr äußeren als inneren Qualitäten.

Unter seinem beigen Stetson – der aussah, als würde er von Geburt an sein Haupt zieren – quoll dichtes schwarzes Haar hervor. Das marineblaue T-Shirt mit dem Cadillac-Logo spannte sich über einen mehr als respektablen Oberkörper, und die ausgeblichenen Jeans saßen knalleng über sowohl schmalen Hüften als auch muskulösen Oberschenkeln. Seine handgefertigten Cowboyboots fielen ihr ins Auge. Sie waren zwar hübsch eingelaufen – doch von Kuhmist oder Pferdeäpfeln existierte, wie sie ohne Überraschung feststellte, keine Spur. Er besaß eine schmale, gerade Nase, ausgeprägte Wangenknochen, einen wohlgeformten Mund und eine prächtige Reihe gerader weißer Zähne. Und seine Augen: Sie wiesen die Farbe wilder Hyazinthen oder Sumpfveilchen auf. Es war einfach ungerecht, dass die Natur solche Augen an einen Mann verschwendete.

Ihre kurze Prüfung verriet ihr überdies alles, was sie über seinen Charakter wissen musste. Seine lässige Haltung wies auf eine gewisse Unverfrorenheit hin, die Haltung seines Kopfes auf Arroganz, und in seinen halb geschlossenen Veilchenaugen meinte sie etwas eindeutig Lüsternes aufblitzen zu sehen.

Sie unterdrückte ein leichtes Schaudern. »Nun, dann wollen wir mal, Mr. Traveler! Sie sind ein bisschen spät dran, nicht wahr? Ich hoffe bloß, dass mein Gepäck noch da ist.« Die Lady streckte ihm ihre Reisetasche hin, bumste stattdessen jedoch gegen seine Ringerbrust. Die *Times* sowie ihre neu erworbene Biografie von Sam Houston fielen heraus, dazu ein Schokoriegel, den ihre Hüften wahrhaftig nicht brauchen konnten, leider aber ihre Seele.

Eilig bückte sie sich, um alles aufzuheben, während er gleichzeitig einen Schritt vorwärts tat. Ihr Strohhut stieß an sein Knie und gesellte sich prompt zu dem Häuflein Sachen am Boden.

Sie stülpte ihn wieder auf ihren Lockenschopf. »Entschuldigung.« Normalerweise war sie nicht so ungeschickt; doch die Probleme, die ihr seit einiger Zeit zu schaffen machten, beschäftigten sie total. Ihre beste Freundin, Penelope Briggs, hatte schon geäußert, sie befände sich in unmittelbarer Gefahr, eins von diesen »lieben, zerstreuten Schäfchen« zu werden, über die englische Krimischriftsteller so gerne berichteten.

Die Vorstellung, ein »liebes, zerstreutes Schäfchen« zu werden, wo sie doch kaum dreißig war, deprimierte sie über alle Maßen, also schob sie den Gedanken rasch beiseite. Im Übrigen, wenn alles nach Plan verlief, wäre sie diese Sorge ohnehin bald los.

Er half ihr nicht beim Einsammeln ihrer Habseligkeiten und erbot sich ebensowenig, ihr die Reisetasche zu tragen, als sie fertig war – aber was konnte man von einem derartigen Prachtexemplar von Mann schon erwarten?

»Also dann los!« Sie wies mit ihrem aufgerollten Schirm in die betreffende Richtung.

Erst als sie das Ende der Ankunftshalle fast erreicht hatte, merkte sie, dass er ihr nicht folgte. Sie wandte sich um, um nach dem Rechten zu sehen.

Kenny starrte den Schirm an, den sie noch immer ausgestreckt von sich hielt. Es handelte sich um einen ganz normalen Schirm, und ihr war schleierhaft, was er daran so faszinierend fand. Vielleicht war er mit noch weniger Intelligenz bestückt, als sie angenommen hatte.

»Äh … zeigen Sie immer so die Richtung an?«, erkundigte er sich wie betäubt.

Sie warf einen Blick auf ihren Blümchenschirm und fragte sich, was, um alles in der Welt, er wohl meinen mochte. »Wir müssen zur Gepäckabholung«, erklärte sie ihm geduldig und wedelte dabei demonstrativ mit ihrem Parapluie.

»Das ist mir klar.«

»Ja, und?«

Der leicht betäubte Ausdruck auf seinem Gesicht vertiefte sich noch. »Ach, nichts weiter.«

Sobald er sich in Bewegung setzte, marschierte auch sie wieder frisch drauf los. Der leichte Rock umflatterte dabei ihre Beine, und eine Haarsträhne umwehte ihr Gesicht. Sie hätte sich wohl besser ein wenig herrichten sollen, bevor das Flugzeug landete; doch sie war so mit den Kindern beschäftigt gewesen, die ihr gegenübersaßen, dass sie überhaupt nicht daran gedacht hatte.

»Mr. Traveler, da kommt mir der Gedanke …« Sie merkte, dass sie mit sich selbst redete.

Sie hielt abrupt an, drehte sich um und sah, dass er vor dem Schaufenster eines Souvenirladens stehen geblieben war. Emma tappte mit dem Fuß, während sie ergeben darauf wartete, dass er sich ihr wieder anschloss.

Unbewegt starrte er ins Schaufenster.

Mit einem Seufzer marschierte sie zu ihm zurück. »Ist was nicht in Ordnung?«

»Nicht in Ordnung?«

»Wir müssen mein Gepäck abholen.«

Er blickte auf. »Ich hab gerade gedacht, ich könnt 'nen neuen Schlüsselring gebrauchen.«

»Ausgerechnet *jetzt*?«

»Ja, ich überleg grad.«

Sie wartete.

Er schob sich ein paar Zentimeter weiter nach rechts, um einen besseren Blickwinkel zu bekommen.

»Mr. Traveler, ich glaube wirklich, wir sollten weiter.«

»Wissen Sie, ich hab da diesen Gucci-Schlüsselring, den mir ein Freund vor 'n paar Jahren geschenkt hat. Aber ich mag nun mal kein Zeugs, wo anderer Leute Initialen draufstehen.«

»Sie haben diesen Schlüsselring vor ein paar *Jahren* bekommen?«

»Ja, Ma'am.«

Ihr fiel ein Bibelspruch ein, den sie einmal gehört hatte, über Menschen, die armen Geistes sind und dass sie dafür kompensiert würden oder so ähnlich. Jemand, der außergewöhnlich gut aussah, konnte beispielsweise außergewöhnlich minderbemittelt sein. Tiefes Mitleid durchzuckte sie, dazu eine große Erleichterung. Seine mangelnde Intelligenz würde ihr die kommenden Wochen sehr erleichtern. »Na schön! Ich warte.«

Er fuhr fort, die Auslage zu studieren.

Ihr taten langsam die Arme weh unter dem Gewicht der beiden Taschen. Als sie es nicht mehr aushielt, streckte sie ihm ihre Reisetasche hin. »Würden Sie die wohl für mich nehmen?«

Zweifelnd beäugte er sie. »Sieht ziemlich schwer aus.«

»Ja, das ist sie.«

Ein vages Nicken, dann wandte er seine Aufmerksamkeit wieder der Auslage zu.

Sie nahm die Reisetasche in die andere Hand. Schließlich konnte sie sie kaum mehr schleppen. »Brauchen Sie vielleicht Hilfe?«

»Och, ich kann schon für mich selbst bezahlen.«

»Das habe ich nicht gemeint. Brauchen Sie Hilfe beim Aussuchen?«

»Also sehen Sie, damit hab ich mir schon beim ersten Mal den ganzen Trouble eingebrockt. Ich hab jemand anders meinen Schlüsselring aussuchen lassen.«

Ihre Schultern brannten höllisch. »Mr. Traveler, jetzt müssen wir aber wirklich weiter, sehen Sie das nicht ein? Vielleicht könnten Sie das ein andermal erledigen?«

»Könnt ich wohl, denk ich. Aber dann wär die Auswahl vielleicht nicht mehr da.«

Ihre Geduld neigte sich dem Ende zu. »Also gut! Dann nehmen Sie doch den mit dem Cowboy drauf.«

»Ach ja? Der gefällt Ihnen?«

Sie zwang sich, ihre Kiefermuskeln zu entspannen. »Ich *liebe* ihn.«

»Schön! Dann der Cowboy-Ring.« Mit einem hochzufriedenen Gesichtsausdruck marschierte er in den Laden, pausierte dort kurz vor einem Schaukasten voller Teeservice und ließ sich dann unendlich viel Zeit, der hübschen jungen Verkäuferin hinter dem Tresen den Hof zu machen. Schließlich tauchte er mit einem kleinen Päckchen in der Hand wieder auf, das er sogleich in ihre verkrampften Finger drückte. »Hier, da haben Sie ihn.«

»Was soll das?«

Ungehalten blickte er sie an. »Der Schlüsselring! Sie sagten doch, Sie mögen den mit dem Cowboy.«

»Der Schlüsselring war für Sie!«

»Also wieso, um alles in der Welt, sollte ich mir einen Schlüsselring mit 'nem Cowboy drauf kaufen, wo ich doch einen wunderbaren Guccianhänger in der Tasche hab?«

Er setzte sich den Gang hinunter in Bewegung, und sie hätte schwören können, dass er dabei »Rule Britannia« vor sich hin pfiff.

Zwanzig Minuten später standen sie in der Parkgarage, und Emma starrte mit blanker Verzweiflung auf seinen Wagen. Es handelte sich um ein großes amerikanisches Luxusvehikel, einen neuen, champagnerfarbenen Cadillac Eldorado. »Also den kann ich mir unmöglich leisten.«

Lässig schloss er den Kofferraum auf. »Wie meinen?«

Die Headmistress war eine exzellente Verwalterin der Finanzen von St. Gert's, bei ihren eigenen jedoch eine totale Versagerin. Da es ein Heidengeld kostete, das alte Gemäuer in Schuss zu halten, mangelte es stets an Barem, und wenn die Schule dringend einen neuen Kopierer oder ein neues Laborgerät benötigte, pflegte Emma in ihre eigene Tasche zu greifen. Als Folge davon musste sie mit einem äußerst begrenzten Budget auskommen.

Das Ganze war ihr furchtbar peinlich. »Ich fürchte, hier liegt ein Missverständnis vor, Mr. Traveler. Ich verfüge nur über eine limitierte Summe. Als ich Francesca sagte, dass ich meinem Fahrer höchstens fünfzig Dollar pro Tag bezahlen könnte, meinte sie, das würde für Ihre Dienste schon reichen. Aber ein Auto wie das hier – kommt unmöglich in Frage.«

»Fünfzig Dollar pro Tag?«

Sie wollte sich einreden, dass der Jetlag an ihren Kopfschmerzen schuld war, aber mit dem Reisen hatte sie noch nie Probleme gehabt – vielleicht hing es doch eher mit ihrer wachsenden Frustration zusammen. Dieser herrliche Dummkopf ging ihr allmählich mehr auf die Nerven als ihre schwierigste Schülerin. Nicht nur, dass er sich langsam wie eine Schnecke bewegte, er schien auch keine ihrer Anweisungen in seinen Schädel zu kriegen. Zum Beispiel nach dem Vorfall mit dem Schlüsselring hatte sie ewig gebraucht, bis sie ihn endlich zur Gepäckausgabe geschleppt hatte.

»Also, das ist mir wirklich unangenehm. Ich dachte, Francesca hätte alles mit Ihnen abgesprochen. Sie erwarten mehr als fünfzig, nicht wahr?«

Scheinbar mühelos hievte er ihre beiden schweren Koffer ins Auto, was überraschte, da er gerade noch so getan hatte, als würden dieselben Stücke eine ernstliche Bedrohung für sein Knochengerüst darstellen. Wieder glitten ihre Augen wie von selbst zu den wohldefinierten Muskeln, die sein T-Shirt nicht ganz zu verbergen vermochte. Musste man nicht zumindest ein wenig aktiv sein, um solche Prachtexemplare zu entwickeln?

»… hängt wohl davon ab, was Sie außer Fahren noch von mir erwarten.« Er griff ihre Reisetasche und warf sie zu dem übrigen Rüstzeug. Dann beäugte er ihre Schultertasche. »Überrascht mich, dass Sie dieses Monstrum nicht einchecken mussten. Soll die auch in den Kofferraum?«

»Nein, danke.« Es pulste jetzt nicht nur höllisch in ihren Schläfen, sondern überdies noch in ihrem Nacken. »Vielleicht sollten wir besser in den Terminal zurückgehen und uns irgendwo hinsetzen, um das Ganze in Ruhe zu besprechen.«

»Viel zu weit zum Laufen!« Er verschränkte die Arme und lümmelte sich an die Karosse.

Während sie überlegte, wieviel sie ihm erzählen sollte, fiel ihr der sonnige Tag auf, der außerhalb der Tiefgarage lockte, und sie stellte fest, welchen Gegensatz er doch zu ihren düsteren Gedanken bildete. »Ich war Geschichtslehrerin, bevor ich Headmistress von St. Gert's wurde und …«

»Headmistress?«

»Ja, und …«

»Sie sind also eine richtige Schuldirektorin?«

»Das sagte ich doch.«

Ein überaus amüsierter Ausdruck breitete sich auf seiner Miene aus. »Also das haut mich glatt um.«

Wenn ein anderer sie deswegen aufgezogen hätte, dann hätte sie mit Lachen reagiert; doch etwas an seiner Art störte sie gewaltig und machte sie steif wie Helen Pruitt, die Chemielehrerin. »Wie dem auch sei …« Sie hielt inne, und der gestelzte Satz verhallte in ihren Ohren. Tatsächlich hörte sie sich an wie ihre Kollegin. »Ich arbeite seit letztem Jahr an einer Biografie von Lady Sarah Thornton, einer Engländerin, die um 1870 Texas bereiste. Außerdem war sie eine ehemalige Schülerin von St. Gert's. Mein Artikel ist fast fertig, aber ich brauche noch die eine oder andere Information aus einer der texanischen Bibliotheken. Und da ich zwischen dem Frühjahrs- und dem Sommer-Term immer ein wenig Urlaub habe, erschien mir dies eine ideale Zeit für die Reise. Francesca hat Sie mir als Fremdenführer empfohlen und meinte, dass fünfzig Dollar pro Tag für Ihre Dienste ausreichend wären.«

»Was für Dienste?«

»Nun, als mein Fremdenführer«, wiederholte sie. »Als mein Fahrer.«

»Hm! Na, da bin ich aber froh, dass das alles ist, was Ihnen vorschwebt – denn als Sie gerade *Dienste* sagten, hab ich schon geglaubt, Sie meinen was ganz anderes. In dem Fall wären fünfzig Piepen natürlich zu wenig.«

Er schien sich immer noch prächtig zu amüsieren, obwohl ihr der Grund hierfür schleierhaft war. »Also, Sie werden mich schon eine Weile herumfahren müssen. Ich muss nicht nur in die Bibliothek in Dallas, sondern auch in die University of Texas und …«

»Sie nur chauffieren? Mehr wollen Sie nicht?«

O doch, aber jetzt war wohl kaum der richtige Zeitpunkt, ihm zu beichten, dass sie ihn außerdem brauchte, um in das Lotterleben von Texas eingeführt zu werden. »Nun, der Staat ist nicht gerade klein.«

»Nein, ich meinte, Sie brauchen also keine anderen Dienste?«

»Was hätten Sie denn sonst noch anzubieten?«

Mr. Traveler grinste. »Ich will Ihnen mal was sagen. Am besten fangen wir mit dem Basispaket an, und über die Extraleistungen unterhalten wir uns später.«

Bei ihren begrenzten pekuniären Verhältnissen konnte sie Ungewissheit schlecht ertragen. »Ich würde es vorziehen, Unklarheiten gleich auszuräumen, Sie nicht auch?«

»Nun, für den Augenblick sind die Dinge klar genug zwischen uns.« Er ging auf die Beifahrerseite und hielt ihr die Tür auf. »Sie zahlen mir fünfzig Dollar pro Tag, damit ich Sie vierzehn Tage lang rumkutschiere.«

»Ich habe mir alles aufgeschrieben, was erledigt werden muss.«

»Das wette ich. Geben Sie Acht auf Ihren Rock.« Er knallte die Tür hinter ihr zu und ging dann auf die andere Seite . »Übrigens könnten Sie sich 'ne Menge Geld sparen, wenn Sie sich 'n paar Landkarten kaufen und selber fahren.« Er zog seine Tür hinter sich zu und steckte den Schlüssel ins Zündschloss. Im geräumigen Wagen roch es richtig luxuriös, und unwillkürlich musste sie an den Duke of Beddington denken. Rasch schob sie auch diesen Gedanken beiseite. »Ich hab keinen Führerschein«, gestand sie.

»Jeder Mensch über sechzehn hat einen.« Nach einem äußerst flüchtigen Blick über die Schulter schoss er rückwärts aus der Parklücke und auf den Ausgang zu. »Seit wann kennen Sie Francesca?« Er bog auf die Straße hinaus.

Sie riss den Blick von der Tachometernadel, die ihrer Ansicht nach alarmierend schnell stieg, und zwang sich, so zu tun, als würde sie Kilometer anzeigen und nicht Meilen.

»Wir haben uns vor ein paar Jahren kennen gelernt, als sie St. Gert's als Kulisse für eine Sendung von *Francesca Today*, in der sie ein paar britische Schauspieler interviewte, auswählte. Wir fanden uns auf Anhieb sympathisch und sind seitdem in Verbindung geblieben. Ich wollte sie eigentlich hier besuchen, aber leider wohnen sie und ihr Mann vorübergehend in Florida.«

Warum nahm sie nicht einfach ein Flugzeug nach Florida? dachte Kenny. Langsam begann er zu ahnen, dass Francesca sehr genau wusste, wie nervtötend diese Lady sein konnte und sie ihm genau deshalb aufs Auge gedrückt hatte.

»Was Ihre Auslagen betrifft ...« Emma blickte sich besorgt in dem Schlitten um. »Dieses Auto ist riesig. Das Benzin allein kostet sicher ein Vermögen.«

Sie runzelte die Stirn und begann an ihrer Unterlippe zu nagen. Er wünschte, sie würde das lassen. Verdammt. Sie ging ihm auf den Geist, seit sie den Mund aufgemacht hatte, und er schwor alle Eide, dass er das nächste Mal, wenn sie wieder so mit ihrem Schirm die Richtung befahl, das Ding übers Knie brechen würde. Aber beim Anblick dieses Zweihundert-Dollar-pro-Stunde-Mundes fragte er sich ernstlich, wie und wo er die nächsten vierzehn Tage überstehen sollte.

Im Bett.

Der Gedanke schoss ihm einfach durch den Kopf und blieb dort kleben. Er lächelte. Genau diese Denkart hatte ihn zu einem Champion auf drei Kontinenten gemacht. Wenn er sich nicht gezwungen sehen wollte, ihr den Hals umzudrehen, müsste er sie so schnell wie möglich erobern. Vorzugsweise in den nächsten Tagen.

Sie auf die Schnelle rumzukriegen stellte natürlich eine große Herausforderung dar; aber er hatte zur Zeit ohnehin nichts zu tun, also standen seine Erfolgschancen wohl gar nicht so schlecht. Er dachte an die fünfzig Dollar pro Tag, die sie ihm bezahlen wollte, und dann an die drei Millionen, die er in diesem Jahr allein für Werbeeinnahmen kassierte, und griente. Es war das erste Mal, dass er über Geld lächelte, seit sein korrupter Manager den Skandal verursacht hatte, der Kenny letztlich die Suspendierung von der Tour eintrug.

Sein Lächeln verwandelte sich in ein Stirnrunzeln, als ihm Francescas amüsierte Reaktion angesichts von Lady Emmas Bezahlungsvorschlag in den Sinn kam und wie sie sich noch mehr ins Fäustchen gelacht haben musste, als sie beschloss, Kenny dieses winzige Detail vorzuenthalten. Es erstaunte ihn immer wieder, wie dieser herzlose Bastard von Dallie Beaudine seine Frau nicht besser im Griff halten konnte. Die einzige Frau dagegen, die es je geschafft hatte, Kenny über den Löffel zu balbieren, war seine verrückte Mutter. Nun, sie hatte ihm einst beinahe das Leben ruiniert, eine Lektion, die er nie vergessen würde – seitdem war es keiner Frau mehr gelungen, je die Oberhand über ihn zu gewinnen.

Er warf einen Blick auf Lady Emma mit ihren goldbraunen Locken, ihren babyweichen Wangen, dem großgeblümten Rock und den wippenden Kirschen. Gut, er wusste, wie man solche Geschöpfe manipulierte – hatte es sein Leben lang getan. Keine Frau sollte je ihren rechtmäßigen Platz vergessen.

Nämlich direkt unter ihm.

2

»Das ist aber kein Hotel.« Emma war ein wenig eingedöst, doch nun fuhr sie hellwach hoch. Durch die Windschutzscheibe des Cadillacs erkannte sie, dass sie sich in einer betuchten Wohngegend befanden und soeben in einen kleinen Vorhof eingebogen.

Das mit dem Einschlafen war gar nicht ihre Absicht gewesen, vor allem wegen der spannenden ersten Blicke auf Texas; aber er hatte all ihre höflichen Andeutungen hinsichtlich seiner

Fahrweise ignoriert, sodass sie schließlich gezwungen gewesen war, die Augen zu schließen. Der Jetlag hatte den Rest besorgt.

Zu Hause vermied sie Autos so gut sie konnte, ging lieber zu Fuß oder fuhr, zum Amüsement ihrer Schülerinnen, mit dem Fahrrad. Aber sie war erst zehn gewesen, als sie jenen schrecklichen Autounfall miterlebte, in dem ihr Vater umkam. Obwohl sie davon nichts weiter als einen gebrochenen Arm davongetragen hatte, war sie ihr Unbehagen vor Autos seitdem nicht mehr losgeworden. Sie schämte sich wegen ihrer Phobie, nicht nur, weil sie ihr beträchtliche Unannehmlichkeiten verursachte, sondern vor allem, weil sie jegliche Schwäche bei sich selbst verabscheute.

»Ich dachte, Sie wären so versessen aufs Sparen«, meinte er, »da sollte es Ihnen doch nur recht sein, hier zu wohnen statt in einem Hotel.«

Den Innenhof umsäumten teure Stuckhäuser, Stadtwohnungen, wie die Leute sie hier nannten, alle mit grünen Dächern. Überall blühten Blumen, und ein Gärtner war soeben mit einer üppigen Bougainvillea-Hecke beschäftigt, die sich an einer schmalen Trennmauer entlangzog. »Aber das sieht hier nach Privatwohnungen aus«, protestierte sie, als sie in eine Garageneinfahrt bogen.

»Die Bude gehört einem Freund von mir.« Er drückte auf einen Knopf, und das Tor öffnete sich. »Er is im Moment sozusagen auf Achse. Sie können das Zimmer neben meinem haben.«

»Neben Ihrem? Sie wohnen auch hier?«

»Hab ich das nicht grade gesagt?«

»Aber …«

»Sie wollen also keine kostenlose Bleibe? Meinetwegen.« Er drückte energisch den Rückwärtsgang rein. »'türlich könnten Sie sich so um die hundert Kröten pro Nacht sparen, aber wenn Sie nicht wollen, dann bring ich Sie eben in ein Hotel.« Er machte Anstalten, rückwärts aus der Einfahrt zu stoßen.

»Nein! Also ich weiß nicht. Ich weiß wirklich nicht …«

Daraufhin stoppte er, sodass der Wagen halb in, halb außerhalb der Garage in der schrägen Einfahrt hing, und blickte sie abwartend an.

Normalerweise war sie nie unentschlossen, ganz besonders, wo sie nicht einmal wusste, wieso sie überhaupt protestierte. Es machte schließlich keinen Unterschied, ob er nun auch hier wohnte oder nicht. War sie nicht vor allem deshalb hier, um ihren guten Ruf loszuwerden? Ihr wurde ganz flau im Magen bei dem Gedanken – doch ihr Beschluss stand fest, und sie würde St. Gert's nicht enttäuschen.

»Also was jetzt?«

»Schon recht. Geht in Ordnung.«

Er ließ den Wagen in die Garage hinunterrollen. »Im Garten steht ein wundervolles Jacuzzi.«

»Ein Jacuzzi?«

»Gibt's sowas nicht in England?«

»Sicher, aber …«

Ihr Chauffeur stellte den Motor ab und stieg aus. Sie folgte ihm.

An einer Wand der Garage standen ein paar Kisten übereinander gestapelt, daneben eine Art offener Weinkeller. Durch die Glastür konnte sie sehen, dass er recht gut bestückt war.

Derweilen strebte er auf die Tür zu, die von der Garage ins Haus führte. Ihre Worte ließen ihn innehalten.

»Mr. Traveler?«

Er wandte sich um.

»Meine Koffer?«

Nach einem tiefen, ergebungsvollen Seufzer schritt er zum Kofferraum, sperrte ihn auf und blickte hinein. »Wissense, so schweres Zeugs rumzuschleppen ist gar nicht gut, wenn man's im Kreuz hat.«

»Sie haben einen kranken Rücken?«

»*Noch* nicht, aber das mein ich ja gerade.«

Emma unterdrückte ein Lächeln. Er war ein Nervtöter, aber

ein charmanter. Um ihm eine Lehre zu erteilen, stakste sie herbei und hievte die schweren Dinger selbst heraus. »Ich trag sie schon.«

Anstatt sich zu schämen, schien er erleichtert zu sein. »Warten Sie, ich halt Ihnen die Tür auf!«

Stöhnend zerrte sie die Koffer nach drinnen. Sie betraten eine kleine Küche mit einem natursteingefliesten Boden, Anrichten aus Granit und Küchenschränken mit geschliffenen Glastürchen. Die späte Nachmittagssonne, die durch ein Deckenlicht hereinschien, spiegelte sich in einer ganzen Reihe hochmoderner Apparaturen.

»Wie hübsch!« Sie stellte die Koffer ab und ging von der Küche in ein Wohnzimmer, das in Weiß, Blau und unterschiedlichen Grüntönen gehalten war. Großblättrige Topfpflanzen standen beidseits einer ausladenden Terrassentür, die zu einem kleinen, von einem mit wildem Wein überwachsenen Holzzaun geschützten Gärtchen hinausführte. Eine große, achteckige Holzwanne stand in einer Ecke.

Er warf seinen Stetson über eine Stuhllehne, ließ die Schlüssel in einen Messingteller auf einer Glaskonsole fallen und drückte dann auf den Knopf eines blinkenden Anrufbeantworters. Der Südstaatendialekt einer Texanerin erklang.

»Kenny, Torie hier. Melde dich sofort, du Mistkerl, oder ich schwör dir, ich ruf den Antichristen an und verklicker ihm, dass du kleine katholische Schulmädchen belästigst. Und falls du's schon vergessen hast, in meinem Beemer liegen noch immer ein paar von deinen Pings rum, ganz zu schweigen von der Big Bertha, mit der du das Colonial gewonnen hast. Ehrlich, Kinny, ich werd jeden einzelnen davon in zwei Teile zerbrechen, wenn du nicht bis drei Uhr nachmittags an der Strippe bist.«

Er gähnte. Emma warf einen Blick auf die elegante Uhr auf der Konsole. Es war vier Uhr.

»Sie scheint recht verärgert zu sein.«

»Torie? Die redet immer so.«

Die Lady konnte ihre Neugier nicht ganz unterdrücken. »Ihre Frau, nicht wahr?«

»Ich war nie verheiratet.«

»Ach so.« Sie wartete.

Erschöpft ließ er sich auf die Couch fallen, als hätte er einen Marathonlauf hinter sich.

»Dann vielleicht Ihre Verlobte? Oder Freundin?«

»Torie is meine Schwester. Leider!«

Völlig selbsttätig wuchs ihr Interesse an diesem Prachtexemplar von Texaner, auch wenn er ein ausgesprochener Faulpelz war. »Ich hab nicht alles verstanden. Was meinte sie mit der Big Bertha? Oder den Pinks?«

»Pings. Golfschläger.«

»Ach, dann sind Sie also ein Golfer. Das erklärt, woher Sie Francesca kennen. Ein paar meiner Kollegen spielen ebenfalls Golf.«

»Was Sie nicht sagen.«

»Zur Körperertüchtigung fahre ich aber lieber mit dem Fahrrad.«

»Hm.«

»Ich bin ein großer Verfechter von Körperertüchtigung.«

»Und ich bin ein großer Verfechter von Bier. Wollen Sie eins?«

»Nein, danke. Ich …« Sie unterbrach sich. »Oder doch, ein Bier wäre großartig.«

»Gut.« Er erhob sich. »Sie können das Zimmer am Ende des Gangs oben haben. Ich warte dann im Jacuzzi mit zwei Bierchen auf Sie. Beeilen Sie sich mit dem Ausziehen.«

Bevor sie etwas darauf erwidern konnte, war er verschwunden. Sie runzelte die Stirn. Für einen Mann, der sich im Schneckentempo bewegte, schien er beachtliche Strecken in erstaunlich kurzer Zeit zurückzulegen.

Kenny lehnte sich in dem großen Holzbottich, der im Schatten seines privaten Gärtchens stand, zurück. Dieses Jacuzzi war ein

Luxusmodell. Das Wasser konnte nicht nur erhitzt, sondern auch gekühlt werden, je nachdem, wie es die Wetterverhältnisse erforderten – besonders in den heißen texanischen Sommermonaten von Vorteil. Jetzt jedoch war die Außentemperatur auf angenehme zwanzig Grad abgesunken, und das warme Wasser fühlte sich herrlich an.

Er hatte sich das Gerät gleich nach dem Kauf dieser Bleibe installieren lassen, außerdem besaß er zwei weitere Residenzen, eine Ranch außerhalb von Wynette, Texas, und eine Strandvilla auf Hilton Head, die er allerdings erst kürzlich zum Verkauf angeboten hatte, um aus der finanziellen Misere herauszukommen, in die ihn Howard »das Schlitzohr« Slattery manövriert hatte.

Zwar hörte er das Telefon läuten, achtete jedoch nicht weiter darauf, da er annahm, es könne sich nur um Torie handeln. Während er ein Knie an einen Unterwassermassagestrahl hielt, dachte er über die Tatsache nach, dass Lady Emma nicht wusste, wer er war. Das hätte vielleicht sein Ego kränken sollen – aber er war froh, nicht mit jemandem zusammen sein zu müssen, der andauernd die Einzelheiten seines neuesten Skandals mit ihm durchkauen wollte.

Die Terrassentür ging auf, und die Besucherin trat heraus. Kenny grinste. Sie war von Kopf bis Fuß verhüllt: Ein anderes Strohhutmodell thronte auf ihrem Kopf, sie trug eine Sonnenbrille und einen dünnen rosa Bademantel mit großen weißen Blumen darauf. Unbestreitbar liebte sie wirklich die Welt der Pflanzen.

Der Rüpel nahm einen Schluck Bier und wies dann mit dem Flaschenhals in ihre Richtung. »Sind Sie nackt unter dem Dings?«

Ihre großen goldbraunen Augen flammten auf. »Natürlich nicht!«

»Na, dann können Sie aber nicht zu mir in die Wanne. Mein Freund ist absolut strikt, was das betrifft.«

Ihre Augen funkelten verschwörerisch. »Nun, Ihr Freund muss es ja nicht unbedingt erfahren, oder?« Sie machte Anstalten, den Bademantel aufzuknüpfen, hielt jedoch inne. »Und Sie? Haben Sie was an?«

Er nahm einen Schluck Bier und mimte den Unschuldigen. »Also wissense, das würde eine amerikanische Lady wissen, ohne zu fragen.«

Sie zögerte, knüpfte dann den Gürtel auf und ließ den Bademantel zu Boden gleiten.

Er verschluckte sich. Hier saß er ganz brav in seinem Jacuzzi und bekam – von einem Moment auf den anderen – einen handfesten Ständer.

Es lag gar nicht mal an ihrem Badeanzug. Sie trug einen konservativen weißen Einteiler mit ein paar langstieligen Iris, die sich über die Vorderseite zogen. Nein, es war der Körper, der darin steckte. Er hatte hier eine Figur vor sich, die bestimmt nicht nach jeder Mahlzeit aufs Klo rannte, um sich den Finger in den Hals zu stecken, wie ein paar von seinen früheren Freundinnen. Lady Emma besaß einen ausgesprochen weiblichen Körper mit hübsch gerundeten Hüften und noch hübscher gerundeten Brüsten. Der Mann, der mit ihr ins Bett ging, musste keinen Sichtcheck machen, um sicherzugehen, dass er die richtigen Stellen anfasste.

Ihre Haut schimmerte milchweiß und makellos. Die Beine waren ein wenig kurz, aber durchaus wohlgeformt. Und glatt rasiert, wie er zu seiner Erleichterung feststellte, denn bei ausländischen Frauen wusste man ja nie. Mal hatte er eine böse Überraschung erlebt, vor ein paar Jahren, mit einer berühmten französischen Schauspielerin.

Trotz ihrer Kurven stellte er eine erstaunliche Straffheit an Lady Emma fest. Auch wenn man sie alles andere als sehnig nennen konnte, wackelte nur das, was von Natur aus wackeln sollte. Musste wohl an dem vielen Radfahren liegen.

Sie hatte ein wenig Lippenstift aufgetragen, doch es war

glücklicherweise nur ein zartes Rosa und kein Knallrot, denn dieser Mund in Knallrot hätte seine Kräfte endgültig überstiegen. Lady Emma war der reinste Witz, dachte er. So ein Gesicht und so ein Körper, mit dem Charakter eines Vier-Sterne-Generals kombiniert, musste dem Allmächtigen schon des Öfteren ein mildes Lächeln abgerungen haben.

Er ergriff das Bier, das er für sie bereitgestellt hatte, und hielt es ihr hin, obwohl er nicht einen Moment daran glaubte, dass sie es wirklich nehmen würde. Sie marschierte auf ihn zu, und er fühlte erneut Gereiztheit in sich aufkeimen. Sie sah aus, als wollte sie ganz China aus den Klauen des Kommunismus befreien statt sich in einem heißen Jacuzzi zu amüsieren. Dieses Weib wusste wahrhaftig nicht das kleinste bisschen davon, wie man die schöneren Seiten des Lebens genoss.

Sie ließ sich auf der am weitesten von ihm entfernten Seite der Wanne nieder, und schon bald ragten nurmehr ein paar milchweiße Schultern mit zwei weißen Badeanzugträgern aus dem sprudelnden Wasser.

»Wir sind hier im Schatten«, erlaubte er sich zu bemerken. »Sie können Ihren Hut ruhig abnehmen – falls es Ihnen nichts ausmacht wegen Ihrer … nun, Sie wissen schon.«

»Weswegen?«

Vertraulich senkte er seine Stimme. »Wegen Ihrer kahlen Stelle.«

»Ich habe keine kahle Stelle!«

Er musterte sie mit einer täuschend echten Mitleidsmiene. »Aber deswegen müssen Sie sich doch nicht schämen, Lady Emma, obwohl ich zugebe, dass Kahlheit bei Männern weiter verbreitet ist als bei Frauen.«

»Wieso soll ich kahl sein? Wie kommen Sie bloß auf so eine Idee?«

»Immer wenn ich Sie sehe, tragen Sie einen Hut. Da macht man sich natürlich so seine Gedanken.«

»Ich mag eben Hüte.«

»Sind wohl recht nützlich, wenn man unter Haarausfall leidet.«

»Von Haarausfall kann gar keine Rede …« Emma verdrehte die Augen und warf dann ihren Hut beiseite. »Sie haben einen eigenartigen Sinn für Humor, Mr. Traveler.«

Sein Blick hing an ihrer flauschigen Corona nussbrauner Löckchen. Sie sahen so weich und süß aus, dass er für einen Moment vergaß, was für eine Nervensäge sie war. Das änderte sich jedoch bei ihren nächsten Worten.

»Wir müssen meine Pläne für den morgigen Tag absprechen.«

»Müssen wir nicht. Trinken Sie nun das Bier oder halten Sie's bloß fest? Und mein Name ist Kenny. Alles andere klingt so nach Schullehrer – ohne Sie beleidigen zu wollen.«

»Also gut, Kenny! Nennen Sie mich bitte Emma. Ich benutze nie meinen Titel. Genau gesehen ist es auch kein Titel, sondern mehr eine höfliche Anrede.« Sie hob die langhalsige Flasche an die Lippen, nahm einen kräftigen Schluck und stellte sie ohne mit der Wimper zu zucken wieder am Wannenrand ab.

»Also das kapier ich nicht«, meinte er. »Einen Titel zu haben muss doch noch das Beste sein – wenn man schon Engländer ist.«

Sie lächelte. »Na, so schlimm finde ich meine Heimat nun auch wieder nicht.«

»Wie sind Sie an die ›Lady‹ gekommen?«

»Mein Vater war der fünfte Earl of Woodbourne.«

Das musste er einen Moment lang verdauen. »Scheint mir – und korrigieren Sie mich, falls ich mich irre –, aber es scheint mir, dass die Tochter eines Earls, eine Adlige also, sich nicht so viel Gedanken um jeden Shilling machen sollte.«

»Ich bin nicht adelig. Und außerdem ist der größte Teil der britischen Aristokratie verarmt. Meine Eltern bildeten da keine Ausnahme. Beide waren Anthropologen.«

»Waren?«

»Mein Vater hatte einen Unfall, als ich ein Kind war. Und als ich achtzehn wurde, starb meine Mutter bei einer Ausgrabung in Nepal. Sie konnte es nicht aushalten, wenn sich das nächste Telefon nicht mindestens in hundert Meilen Entfernung befand; also gab es keine Möglichkeit, Hilfe herbeizurufen, als ihr Blinddarm durchbrach.«

»Da müssen Sie ja an ein paar ziemlich abgelegenen Orten aufgewachsen sein.«

»Nein. Ich wuchs in St. Gert's auf. Mum hat mich dort gelassen, damit sie arbeiten konnte.«

Lady Emma klang deswegen nicht bitter, aber Kenny hielt sehr wenig von einer Frau, die ihr Kind verwaist zurückließ, bloß damit sie in der Weltgeschichte herumgeigen konnte. Andererseits, wenn seine Mutter mehr unterwegs gewesen und weniger an ihm drangehangen wäre, dann hätte er sicher eine glücklichere Kindheit gehabt.

Komm, gib deiner Mommy ein Küsschen, mein Schatz. Mein Baby, mein Herzchen. Mommy liebt dich am allermeisten. Vergiss das nie.

»Haben Sie noch Geschwister?«, erkundigte er sich.

»Nein.« Sie sank tiefer in die Wanne. »Ich würde gerne gleich morgen mit meinen Recherchen anfangen, und gegen eine kleine Rundfahrt, um die Gegend kennen zu lernen, hätte ich auch nichts einzuwenden. Außerdem muss ich mir ein paar neue Anziehsachen kaufen. Ach, und wissen Sie vielleicht, wo ich einen Tätowierladen finde?«

Er verschluckte sich so heftig, dass ihm das Bier durch die Nase sprühte. »Was?«

Sie schob ihre Sonnenbrille hoch und betrachtete ihn treuherzig. »Am liebsten hätte ich ein Veilchen. Aber ich fürchte, das sähe einem Bluterguss zu ähnlich, was natürlich nicht in Frage kommt. Ach, mir gefallen so viele Blumen – Mohnblume, Purpurwinde, Sonnenblume –, aber die sind alle so riesig. Eine Rose wäre sicher nicht schlecht, aber das erscheint mir doch ein wenig zu klischeehaft, nicht wahr?« Seufzend ließ sie ihre Sonnenbrille wieder über die Augen gleiten. »Normalerweise fällt es mir nicht so schwer, mich zu entscheiden, aber in diesem Fall … Was denken Sie?«

Zum ersten Mal in seinem Leben fehlten ihm die Worte. Das war eine derart ungewöhnliche Erfahrung, dass er zunächst einmal untertauchte, um sich wieder zu sammeln. Offenbar dauerte ihr das jedoch zu lange, denn er war noch nicht mal halbwegs außer Atem, da klopfte sie ihm schon auf den Kopf, was ihm ungeheuer stank. Böse tauchte er wieder auf. »Sie wollen sich also wirklich tätowieren lassen?«

Sie besaß den Nerv zu lächeln. »Es ist schwerer, sich in diesem Land verständlich zu machen, als ich dachte. Und wenn Sie wieder vorhaben, einfach unterzutauchen, dann warnen Sie mich bitte vorher. Ich fürchtete schon, Sie würden ertrinken.«

Er fühlte, wie er zu kochen begann, was seinen Blutdruck noch mehr in die Höhe trieb. »Das hat überhaupt nichts mit Verständigungsschwierigkeiten zu tun! Was ich meine, ist, dass jemand wie Sie der Letzte ist, der eine Tätowierung haben sollte!«

Zum ersten Mal, seit er sie kannte, wurde sie vollkommen still. Einen Moment lang verharrte sie regungslos, dann tauchte langsam eine Hand aus dem Sprudelwasser auf. Sie nahm ihre Sonnenbrille ab, legte sie neben ihr Bier auf den Wannenrand und blickte ihn mit ihren honigbraunen Augen an. »Was meinen Sie damit? Was meinen Sie mit ›jemand wie ich‹?«

Eindeutig hatte er sie verärgert, doch der Grund hierfür war ihm vollkommen schleierhaft. »Nun, eine respektable Person wie Sie, das ist das Eine. Außerdem konservativ.«

Langsam erhob sie sich, und der Ausdruck auf ihrem Gesicht verriet, dass er soeben vor den Schuldirektor zitiert worden war. »Ich möchte Ihnen hiermit mitteilen, Mr. Traveler, dass ich die *am wenigsten* konservative Person bin, der Sie je begegnet sind!«

Schon wollte er loslachen, wurde dann jedoch von ihren wunderschönen weißen Schenkeln, an denen das Wasser herunterperlte, abgelenkt. »Was Sie nicht sagen«, krächzte er.

»Ich bin – ich bin … vollkommen unrespektabel! Sehen Sie mich doch bloß an! Ich sitze mit einem wildfremden Mann in einem Jacuzzi!«

»Aber Sie sind nicht nackt.« Das konnte er sich einfach nicht verkneifen.

Sie wurde puterrot, und ehe er sich's versah, sackte sie wieder in die Wanne zurück und begann sich auszuziehen – gleich hier, direkt vor seinen Augen, mit nichts als Wasserblasen, die ihren jungen Körper vor ihm verhüllten. Jetzt flog der Badeanzug in hohem Bogen aus der Wanne und landete mit einem Platsch auf den Terassenfliesen.

»Da bitte! Und wagen Sie es ja nicht, mich nochmal konservativ zu nennen!«

Er grinste. Das ging ja kinderleicht vonstatten.

Als Emma sein Prachtgebiss aufleuchten sah, wusste sie, dass sie wieder einmal in der Klemme steckte. Sie hatte die Beherrschung verloren, obwohl sie so hart an sich gearbeitet hatte – damit es ja nicht erneut geschah. Jahrelang war es ihr recht gut gelungen.

Sie langte eilig nach ihrem Bier und nahm einen kräftigen Schluck, während sie versuchte, sich wieder zu sammeln, was gar nicht so leicht ist, wenn man splitternackt mit einem wildfremden Mann in einer Wanne sitzt. Den Umgang mit aufmüpfigen Schülerinnen, unvernünftigen Eltern, anmaßenden Schulprofessoren und einem chronisch überarbeiteten Personal kannte sie doch. Wie hatte er sie nur so schnell auf die Palme bringen können?

Während sie noch versuchte, ihre Würde wieder einigermaßen zusammenzukratzen, merkte sie plötzlich, wie herrlich sich das sprudelnde Wasser an ihrer Haut anfühlte. Eine heftige sinnliche Erregung durchzuckte sie wie ein seidener Blitz. Sie unterdrückte die Regung energisch, während sie die Bierflasche erneut auf dem Wannenrand abstellte, und heftiger als nötig sagte sie: »Nun, da das geklärt ist, möchte ich, dass Sie mir bis morgen Nachmittag die Adresse eines ordentlichen Tätowierladens heraussuchen.«

Er betrachtete sie mit einer Miene, als könne er nicht bis drei zählen. Was das Physische betraf, gab es jedoch nicht das Geringste an ihm auszusetzen. Die Sonne beschien zwei breite, kräftige Schultern. Ohne seinen Stetson konnte sie sehen, dass sein blauschwarzes Haar dicht und ein wenig gewellt war wie bei einem finsteren Erzengel. Wenn ein Renaissance-Bildhauer je auf die Idee verfallen wäre, einen texanischen Cowboy in Stein zu hauen, dann wäre Kenny Traveler sein Modell gewesen.

»Suchdienste gehen extra«, sagte er.

»Was meinen Sie damit? Was geht extra?«

»Pinkepinke. Die fünfzig Kröten pro Tag reichen nicht für Suchdienste.«

»Die Adresse eines Tätowierladens ausfindig zu machen halten Sie für einen Suchdienst?«

»Jawoll, Ma'am!«

Sie hatte ja gewusst, dass fünfzig Dollar pro Tag zu schön gewesen wären, um wahr zu sein. »Was genau beinhalten die fünfzig Dollar denn?«

»Nun, hauptsächlich Rumfahren. Wie gesagt, 'nen Tätowierladen zu suchen geht extra. Haarewaschen und Maniküre ebenfalls.«

»Ich habe Sie nicht gebeten, mir …«

»Massage ist bei den fünfzig dabei. Aber das gehörte ja zur Vereinbarung.«

»Mas …«

»Kofferschleppen bloß einmal pro Tag. Alles was darüber hinausgeht, kostet Sie nochmal *tausend* Piepen. Ein bisschen Sightseeing ist kostenlos; aber wenn ich den Spanischdolmetscher für Sie spielen soll, werd ich das stundenweise abrechnen. Was Sex angeht, so macht das nochmal fuffzig dazu. Alles klar?«

Sie starrte ihn an und fragte sich, ob sie wohl irgendwie Wasser in ihre Ohren bekommen hatte.

Er schüttelte den Kopf. »Nein, Sie haben Recht. Es ist Vorsaison, also kriegen Sie einen Nachlass. Passen Sie auf. Sagen wir dreißig für Sex, und das gilt für die ganze Nacht – nicht bloß einmal, Sie verstehen schon. Ein Schnäppchenjäger wie Sie wird zugeben müssen, dass es kein besseres Angebot gibt.«

Ihre Zunge, die bis dahin an ihrem Gaumen festzukleben schien, löste sich langsam. »Sex?«

»Dreißig Dollar für ein Vollzeit-Date.« Er stützte seine Ellbogen auf den Wannenrand. »Obwohl das, genau betrachtet, eigentlich ziemlich unfair ist. Eine Frau kann Hunderte von Dollars pro Nacht verlangen, aber ein Mann – verdammt, das ist Diskriminierung, anders kann man's nicht bezeichnen. Also ehrlich, ich hab schon überlegt, ob ich mich nicht bei der EEOC beschweren soll.«

Sie konnte den Blick nicht von ihm losreißen, war sowohl fasziniert als auch abgestoßen. »Für Sex lassen Sie sich *bezahlen*?«

Er sah sie an, als wäre sie ein wenig zurückgeblieben. »Sie haben einen *Begleitservice* angeheuert.«

»Eigentlich ging es um einen Chauffeur.«

»Und Führer. Einen *Begleiter.* Kommt aufs selbe hinaus. Hat Francesca Ihnen denn das nicht genau erklärt?«

»Offenbar nicht«, stammelte sie.

Kopfschüttelnd meinte er: »Ich muss wirklich mal mit ihr reden. Sie hätte wissen können, dass Sie keine Ahnung haben, wie die Dinge hier laufen. Jetzt hat sie mich in eine peinliche Situation gebracht. Mit meinen Kunden spreche ich nicht gerne über Geld ... lieber über Sinnesfreuden.«

In seinem gedehnten Südstaatendialekt klang das letzte Wort so schön, dass sie ein kleiner Schauder überlief.

Ohne es zu wollen, begannen ihre Gedanken zu rattern. Ein Gigolo? War das nicht die Antwort auf all ihre Sorgen? Ihr Magen verkrampfte sich. Nein. Undenkbar. Vollkommen unmöglich.

Aber wieso eigentlich? Es blieben ihr nur mehr zwei Wochen,

um sich und St. Gert's aus dem Schlamassel, in das dieser abscheuliche Hugh Wildon Holroyd sie geritten hatte, zu befreien. Außerdem wäre ein Gigolo um einiges skandalöser als eine Tätowierung!

Ihr kam der Verdacht, dass Francesca Kenny Traveler aus eben diesem Grunde gewählt haben mochte. Francesca wusste zwar nichts von Holroyds Plänen, aber eines doch – wie sehr nämlich Emma ihre mangelnde Erfahrung mit Männern bedauerte.

Eines Nachmittags vor mehreren Monaten hatte sie Francesca in ihr Cottage auf dem Internatsgrundstück zum Tee eingeladen, und als Francesca so offen über ihr eigenes Reiferwerden sprach, konnte auch Emma getrost etwas von ihrer Vergangenheit preisgeben. Francesca wusste bereits, wie sehr Emma an St. Gert's hing, das einzige Zuhause in ihrem Leben. Gleichzeitig jedoch hatte sie durch das Aufwachsen in einer Mädchenschule kaum Kontakte zu Jungen und später Männern gehabt.

Auch nachher, auf der Universität, wurde es nicht viel besser. Der Tod ihrer Mutter ließ sie beinahe mittellos zurück, weshalb sie hart arbeiten musste, um sich ihren Lebensunterhalt zu verdienen. Neben Job und Studium blieb ihr daher wenig Zeit für ein aktives Sozialleben; ohnehin waren die meisten der Männer, die sie attraktiv fand, von ihrer resoluten Art eingeschüchtert. Sie bevorzugten einen sanfteren, weiblicheren Typ Frau – jemanden, der weniger forsch auftrat und weniger befehlshaberisch.

Freilich wäre es vernünftiger gewesen, sich nach dem Abschluss ihres Studiums in London einen Job als Lehrerin zu suchen; aber St. Gert's stellte nun mal ihr Zuhause dar, und es zog sie unwiderstehlich in die alten Gemäuer zurück. Leider war das Angebot an ledigen Männern in dem Städtchen Lower Tilbey recht begrenzt, und sie schien ohnehin eher Respekt bei der männlichen Spezies hervorzurufen – als Leidenschaft.

Gerade hatte sie begonnen, sich mit einer Zukunft ohne Mann und Nachwuchs abzufinden, als sie Jeremy Fox anstellte, um die durch ihr Aufrücken zum Direktorenposten frei gewordene Stelle in dem Fach Geschichte auszufüllen. Schon nach wenigen Monaten hatte sie sich rettungslos in ihn verliebt. Jeremy besaß angenehme Umgangsformen und gute Manieren; außerdem war er durchaus attraktiv – auf seine zerstreute, intellektuelle Weise, die sie bei Männern schon immer bevorzugt hatte. Nur war er darüber hinaus ihr Untergebener – doch teilten sie so viele gemeinsame Interessen, dass sich trotzdem eine Freundschaft zwischen ihnen entwickelte.

Damit hatte sie sich zufrieden gegeben, jedenfalls bis zu jenem regenverhangenen Nachmittag im letzten November, den sie mit einer heimwehkranken Sechsjährigen auf dem Schoß verbrachte. Das trübe Wetter, dazu ihr unmittelbar bevorstehender dreißigster Geburtstag und das schöne Gefühl dieses sich so vertrauensvoll an sie kuschelnden kleinen Wesens führten insgesamt dazu, dass sie für einen Moment ihren kühlen Verstand und ihre Professionalität vergaß. Am gleichen Abend noch suchte sie Jeremy in seiner Dienstwohnung auf und teilte ihm so subtil wie möglich mit, dass ihre Gefühle für ihn mehr als freundschaftlich waren.

Ein Blick in sein entsetztes Gesicht verriet ihr, dass sie einen schrecklichen Fehler begangen hatte. Mit unverträglicher Freundlichkeit und Güte erklärte er ihr daraufhin, dass er an ihr nur als Freundin interessiert war.

»Du bist so unheimlich stark, Emma. So eine Führerpersönlichkeit.«

Sofort begriff sie, dass das kein Kompliment war, und kurz darauf musste sie sich mit einem mühsamen Lächeln durch seine Hochzeit mit einer einundzwanzigjährigen Verkäuferin quälen, die die Magna Charta nicht von der Maginotlinie unterscheiden konnte.

Emma erinnerte sich gut an Francescas verständnisvolle Miene, als sie ihr von dem Fiasko mit Jeremy erzählte. »Dann bist du also noch Jungfrau«, hatte Francesca mitfühlend bemerkt.

Der Headmistress war die Schamesröte ins Gesicht geschossen. »Nun, ich hab schon die eine oder andere Verabredung gehabt. Und ein paarmal war ich …« Sie gab auf. »Ja, du hast Recht. Ganz schön peinlich, was?«

»Nein, überhaupt nicht. Du bist eben wählerisch!«

Doch trotz Francescas freundlicher Worte kam sich Emma wie eine Art Freak vor. Dennoch, einen Gigolo anzuheuern wäre ihr nie in den Sinn gekommen, hätte es da nicht ihr kleines Problem mit Hugh Wildon Holroyd, dem Duke of Beddington, gegeben. Sollte nun, nachdem sie sich wochenlang das Hirn zermartert hatte, wie sie die Schule retten könnte, die Lösung so einfach sein? Und gleichzeitig so schwierig?

Sie brauchte mehr Informationen. »Ihre sexuellen Dienste …« Emma räusperte sich. »Worin genau bestehen sie?«

Die Bierflasche, die auf dem Weg zu seinem Mund war, verharrte auf halbem Weg zu ihrem Ziel, und das Grinsen, das sein Gesicht die ganze Zeit über verziert hatte, erlosch. Er starrte sie eine ganze Weile sprachlos an. Dann machte er den Mund auf. Und klappte ihn wieder zu. Öffnete ihn erneut. Genehmigte sich einen kräftigen Schluck.

Sie sah, wie seine Halsmuskeln beim Schlucken arbeiteten. Offenbar war er überrascht, und sie glaubte, seine Gedanken förmlich lesen zu können. Er hatte sie für zu zugeknöpft und konservativ gehalten, dass sie ihn beim Wort nehmen würde, und bereute es nun, so schnell mit dem Preis heruntergegangen zu sein.

Er stellte sein Bier auf der Terrasse ab. »Äh … ich mach alles, was der Kunde wünscht.«

Bei diesen Worten schoss ihr blitzschnell alles Mögliche durch den Kopf, und sie musste sich energisch zusammenreißen, um ihre ungehörigen Gedanken wieder zurückzupfeifen. Gefühlsstürme waren das Letzte, was sie jetzt gebrauchen konnte. Sie musste die Sache kühl und logisch angehen. Es gab immerhin vieles zu bedenken.

»Was ist mit Ansteckung?« Ihm dabei in die Augen zu sehen,

war ihr unmöglich – also tat sie, als würde sie die Wasserblasen bewundern.

Einen Moment lang dachte sie schon, er würde nicht antworten, und als es dann doch geschah, klang seine Stimme, als wäre ihm ein wenig Bier in die falsche Röhre geraten. »Ich praktiziere hundertprozentigen Safe Sex.«

»Sowas gibt's gar nicht.«

»Na, dann fünfundneunzig Prozent. Es ist, wie Torie immer sagt: ›Wer leben will, muss Risiken in Kauf nehmen‹. Aber mit Sicherheit hab ich keinen Tripper oder AIDS oder sonstwas, falls Sie das meinen. Und Sie?«

»Ich?« Sie riss den Kopf hoch. »Nein, natürlich nicht!« Rasch ließ sie den Kopf wieder sinken. Durch die aufsteigenden Blasen sah sie weiße Haut und fragte sich, wie viel er wohl von ihr wahrnahm. »Es handelt sich hier um ein Geschäft, ja? Ganz professionell, oder?«

»Ich, äh, garantiere Ihnen Ihr Geld zurück, falls Sie nicht zufrieden sind.«

»Und der – der Kunde würde bestimmen, wie ... wie das Aufeinandertreffen abläuft?«

Das schien er sich erst durch den Kopf gehen lassen zu müssen. »Der Kunde bestimmt die Parameter. Ich die Einzelheiten. Wenn die Lady zum Beispiel eine Vorliebe für bestimmte Fetische hat ...«

»O nein. Gar keine.« Ihr einziger Fetisch war der Wunsch, mit einem Mann zu schlafen, der sie liebte, und das konnte Kenny Traveler ihr nicht geben. Bloß Sex.

»... oder wenn der Kunde zum Beispiel so was sagt wie: ›Kenny, Schätzchen, leg mir doch bitte Handschellen an‹ ...«

Ihr Kopf schoss abermals hoch.

»... dann gehorche ich, ohne mit der Wimper zu zucken, weil's ein Parameter ist, aber was danach geschieht, ist hübsch meine Sache.«

»A-ach so!« Sie spürte, wie ihre Wangen auf einmal glühten.

War sie wirklich drauf und dran, etwas Derartiges zu wagen? Sich von Kenny Traveler entjungfern zu lassen wirkte sicherlich weit eindrucksvoller, als sich ein Tattoo zuzulegen. Im Übrigen war er der perfekte Mann dafür: physisch einfach unwiderstehlich – aber so anders als ihre Vorstellungen von einem Traummann, dass sie sich danach nicht mit emotionalen Narben würde herumschlagen müssen. Sie könnte es hinter sich bringen und einfach vergessen.

»Ich sollte Ihnen besser gleich sagen, dass ich weder Damenunterwäsche anziehe, noch eine Peitsche benutze. Aber die Mädels genießen es immer sehr, wenn ich sie ein wenig fessle, also wäre das kein Problem. Ich meine, ich wär ja fast aus dem Geschäft, ohne die Handschellen … diesbezüglich steh ich Ihnen echt gern zur Verfügung.«

»Sie fesseln Frauen?« Die Lady war total schockiert. Nicht, dass es geschah, sondern dass diese Neigung verbreitet zu sein schien. »Och nein. Vielen Dank!«

»Also jetzt bloß keine Voreingenommenheit, bitte. Ich hätt auch nich geglaubt, dass es mir gefällt; erst als ich die Dinger um … Nun, mehr will ich lieber nicht verraten. Aber wenn Ihnen das nicht so liegt, dann versuchen wir eben was anderes.«

Emma holte tief Luft. Es stand absolut fest, dass dies die Antwort auf ihre Gebete war – auf diese Weise würde sie sowohl ihre Freiheit als auch St. Gert's retten können. Aber warum war ihr dann zum Heulen zumute?

Sie raffte all ihren Mut zusammen. Schon beim Antritt dieser Reise hatte sie gewusst, dass ihr Leben danach nie wieder so sein würde wie zuvor. Ohne noch weiter zu überlegen, nickte sie. »Schön. Ja. Das klingt nicht schlecht.«

Er blinzelte. »Tatsächlich?«

»Heute Abend wäre mir recht.«

»Heute Abend?«

Endlich schaffte sie es, ihn anzublicken. »Oder haben Sie schon etwas anderes vor?«

»Nein, nein. Heute Abend passt mir auch.«

Sie war erleichtert. Wenn sie noch länger Zeit hätte, über die möglichen Folgen nachzudenken, würde sie sicher verrückt werden. Die Frau Direktor zwang sich, an etwas Praktisches zu denken. »Nehmen Sie auch Reiseschecks?«

Seine übliche Kundschaft war wohl etwas welterfahrener als sie, denn erneut grinste er. Sie musterte ihn kühl, bis er sich wieder zusammenriss. »Jawoll, Ma'am. Außerdem American Express und Visa. Sie können mir sogar Diners Club aufdrängen, wenn's unbedingt sein muss.«

»Ich habe Reiseschecks.«

»Dann wär die Sache ja gebongt, nich wahr?«

»Hm.«

Mehr als alles andere wollte sie so schnell wie möglich aus dieser Wanne raus, um sich in ihrem Zimmer zu verkriechen; aber leider war sie nackt und saß in der Falle. Sie hatte ein flaues Gefühl im Magen, und ihr Mund war staubtrocken. Mit geschlossenen Augen sank sie tiefer in die Wanne.

Von der anderen Seite her beobachtete Kenny, wie Lady Emmas Schultern langsam im sprudelnden Wasser verschwanden. Nervös leckte sie sich die Lippen, und als er ihre rosa Zungenspitze über ihre Mundöffnung gleiten sah, hatte er das Gefühl, gleich explodieren zu müssen. Er konnte es nicht fassen. Als er mit dem Gerede über Sex und Geld anfing, hatte er sich bloß einen Spaß erlauben wollen. Keine Sekunde lang hatte er geglaubt, dass sie zur Tat schreiten würde. Aber sie war ein verflucht ernsthaftes Frauenzimmer.

Sich selbst hatte er immerhin ein paar Tage gegeben, um sie rumzukriegen; doch nun hatte es nicht mehr als zwanzig Minuten gedauert. Zwar war er schon immer ein wahrer Künstler gewesen, was Frauen betraf, doch hier hatte selbst er einen Rekord aufgestellt.

Als er sie so beobachtete, wie sie ihm gegenübersaß, bis zu ihrem zarten Hals im Blubberwasser, überkam ihn einen Augenblick lang so etwas wie ein schlechtes Gewissen. Dann jedoch fiel ihm wieder ein, wie herrisch und rechthaberisch sie war, die Sorte Frau also, die er am allerwenigsten ausstehen konnte, und sein schlechtes Gewissen verpuffte. Lady Emma war keine naive Unschuld vom Lande; sie wusste ganz genau, was sie wollte.

Kenny konnte sich gut vorstellen, wie ihre Liebhaber aussahen: wahrscheinlich ein paar alte Knacker mit Namen wie Rupert und Nigel, die sich alles von ihr gefallen ließen, ihr keine Schwierigkeiten machten, aber auch vollkommen leidenschaftslose Nummern schoben. Aber jetzt war sie jedoch auf Urlaub hier und hatte keinen, den sie herumkommandieren konnte. Da war es ihr eben in den Sinn gekommen, mit jemandem in die Federn zu hüpfen, der noch seine eigenen Zähne besaß. Nun, es war ihm ein Vergnügen, ihr gefällig zu sein.

Ihre Lider öffneten sich, und sie blickte ihm in die Augen. »Ich möchte, dass das Licht anbleibt.«

Damit hatte er gewiss kein Problem. »In Ordnung!«

»Keine Zigaretten.«

»Ich rauche nicht.«

»Brandy, vielleicht. Oder etwas Sherry.«

»Hm.«

»Und Musik. Am besten klassische. Barock, jawohl!«

Verdammt. Sie machte ihm eine ganze Liste von Vorschriften und dagegen musste er einschreiten, bevor sie ihm auch noch die Farbe der Bettlaken diktierte. »Keine Musik. Ich kann mich sonst nicht auf all die hübschen erogenen Zonen konzentrieren.«

»Ach!« Sie schluckte. »Also gut. Dann eben keine Musik.« Sie senkte den Blick aufs Wasser. »Hören Sie, ich bin ziemlich kitzlig.«

»Danke für die Vorwarnung.«

»Und ich leide auch ein wenig unter Platzangst, also sollten wir vielleicht über die Position dis …«

»Entschuldigen Sie, dass ich Sie unterbreche, aber ich bin immerhin ein Profi.«

»Oh … ach, ja …« Wieder biss sie sich auf die Lippe. »Und noch was, Mr. Traveler. Wenn es vorbei ist, möchte ich nicht mehr darüber reden.«

Mit einem ekstatischen Seufzer sank er ins Wasser zurück. »Lady Emma, gerade sind Sie zum Traum eines jeden Mannes geworden!«

3

Da hatte sie sich nun einen Gigolo gekauft. Sex für Geld. Sie konnte es noch immer nicht fassen, dass sie das wirklich fertig gebracht hatte. Nach einem Leben voller Schicklichkeit hatte sie von einem Moment auf den anderen allem, woran sie glaubte, den Rücken gekehrt.

»Jetzt können Sie die Augen wieder aufmachen«, sagte er.

Sie kam sich wie ein Trottel vor. Sobald er sich anschickte, aus dem Wasser zu steigen, hatte sie sich geduckt wie eine alte Jungfer. Warum hatte sie nicht die Kühle, Lässige spielen können? Er jedenfalls schien ganz bestimmt nicht verlegen zu sein. Und es war nur natürlich, dass sie sich für seinen Körper interessierte. Brennend sogar.

Jetzt guckte sie, und ihr Mund wurde trocken. Er hatte sich ein Handtuch um die Lenden geschlungen und ein ganzes Stück unterhalb seines Nabels verknotet. Wasser rann in kleinen Rinnsalen über seinen Brustkorb und Waschbrettbauch. Er besaß einen herrlichen Körper, und sie hatte ihn für die Nacht gemietet.

»Ist Ihnen kalt?«

Emma blickte auf. »Wie bitte?«

»Sie haben gezittert.«

»Oh … ach, ja, mir wird wirklich ein bisschen kalt. Würden Sie mir bitte ein Handtuch holen?« Ihre Augen zogen sich zu schmalen Schlitzen zusammen. »Das heißt, natürlich nur, wenn es nichts extra kostet.«

Er schenkte ihr ein unwiderstehliches Grinsen, die Art von Grinsen, mit der er wahrscheinlich schon aus den Windeln heraus die weibliche Hemisphäre betört hatte. Offensichtlich besaß er überhaupt keine Prinzipien. Was ihn für ihre Zwecke geradezu ideal machte.

Sobald er im Haus verschwunden war, stieg sie eilig aus der Wanne und hängte sich ihren Bademantel über. »Nicht mehr nötig«, rief sie, sobald sie hastig in ihren Badeanzug geschlüpft war.

Sie eilte nach oben, raffte ihre Toilettensachen zusammen und hastete ins Bad. Morgen früh würde sie ihrer Befreiung und der Sicherheit von St. Gert's einen großen Schritt näher gekommen sein.

Kaum, dass Lady Emma später von ihrem Erholungsschläfchen herunterkam, hatte Kenny sie auch schon überredet, Abendessen für sie beide zu machen. Es hatte ehrlich gesagt gar keiner allzu großen Überredungskunst bedurft – nur des Hinweises, dass sie sich dadurch eine Stange Geld würde sparen können. In Wahrheit jedoch wollte er nicht, dass sie jetzt noch groß unter die Leute kam. Es könnte sie ja wieder ernüchtern.

Zumindest gab sie einmal keine Befehle, während sie ein paar Hühnerschenkel aus der Gefriertruhe nahm und dann mit der Zubereitung eines Salats begann, während er mit großem Trara ein paar Kartoffeln schrubbte und ins Backrohr steckte.

Nun, allzu sexy sah ihr Outfit nicht gerade aus. Obwohl ihre Sachen durchaus tadellos waren. Sie trug eine hübsche beigefarbene Hose und einen hüftlangen gelben Baumwollpulli mit Perlknöpfen am Ausschnitt sowie Spitze am Saum. Das Ganze wirkte frisch und fesch und stand ihr gut, ohne dabei allzu viel von ihrer Figur preiszugeben. Doch irgendwie vermisste er die Blumen.

Da Lady Emma in seiner Gegenwart noch nervöser wurde und er keine Lust hatte, ihr mehr als einmal an diesem Abend da herauszuhelfen, beschloss er, ihr ein wenig aus dem Weg zu gehen, während die Kartoffeln im Rohr vor sich hin brutzelten. Er entschuldigte sich und verdrückte sich in sein Arbeitszimmer, wo er einige Anrufe erledigte – keinen davon bei Torie. Hauptsächlich klopfte er seine Kontakte bei der Presse und den Medien ab.

Kenny, der einen legendären Golfschwung und eine achtzehn Monate andauernde, brandheiße Gewinnphase hinter sich gelassen hatte, darüber hinaus noch gute Interviews gab, hatte zwar die Öffentlichkeit auf sich aufmerksam gemacht, es dagegen aber nie so recht geschafft, deren uneingeschränkte Bewunderung zu erringen. Die Leute mochten Sportler, die Widrigkeiten überwanden – besonders Armut oder ein chronisches Leiden –, aber bei Kenny Traveler hatte man von Anfang an das Gefühl, dass ihm die Dinge in den Schoß fielen. Dennoch, die Sportwelt stand ihm offen, und Kenny sah keinen Grund, sich zu beklagen.

Aber dann, vor einem Monat, rückte ihm das FBI überraschend auf den Pelz, und nichts mehr war danach so wie vorher. Er musste erfahren, dass Howard Slattery, sein langjähriger Manager, eine fette Portion von Kennys Geld in illegale Drogengeschäfte, mit Verbindungen nach Mexico, Kolumbien und schließlich Houston hatte fließen lassen. Diese Nachricht zog Kenny förmlich den Boden unter den Füßen weg. Nicht einmal in seiner wildesten Jugendzeit hatte er je was mit Drogen zu tun gehabt, und dass *sein* Geld nun dazu benutzt worden war, das Elend von Menschen noch zu verschlimmern, überstieg seine Toleranzgrenze um einiges.

Slattery wurde beim Versuch, sich ins Ausland abzusetzen, verhaftet, und Kenny musste seine Finanzen bis ins Kleinste offenlegen. Obwohl die Untersuchungen noch nicht abgeschlossen waren, vertrat man mittlerweile allgemein die Auffassung, dass Kenny keinerlei Kenntnis von den Vorgängen gehabt hatte. Trotzdem, der Skandal hatte auch über die PGA Schande gebracht, und der Commissioner Dallas Beaudine sah infolgedessen rot.

»Das ist der Tropfen, der das Fass zum Überlaufen bringt, Kenny! Du treibst es auf die Spitze, seit ich dich kenne! Wäscht deine schmutzige Privatwäsche in aller Öffentlichkeit, scherst dich einen Dreck um das Geschäftliche – alles, was dich je interessiert hat, ist Golf! Tja, diesmal ist durch deine Nachlässigkeit die ganze PGA mit reingezogen worden, und das wird dich was kosten, Bürschchen! Du bist hiermit für vierzehn Tage von der Tour suspendiert.«

»Das kannst du nicht machen, du Scheißkerl! Dann verpass ich ja die Masters! Ich hab nichts Schlimmes gemacht! Du hast überhaupt keinen Grund!«

»Und ob ich einen Grund hab. Kriminelle Blödheit! Vielleicht nützt du ja die freie Zeit, um mal ein paar Gedanken zu wälzen und endlich in den Schädel zu kriegen, dass es im Leben mehr gibt, als einen Golfball durch die Gegend zu ballern!«

Als ob Kenny nun auf der Stelle kapieren würde, was ihm fast dreiunddreißig Jahre lang schleierhaft geblieben war. Er drückte sich mit Daumen und Zeigefinger auf die Nasenwurzel und hörte statt der Stimme des Commissioners nun die seiner Mutter.

»Wie können Sie es wagen, meinen süßen Kenny zu beschuldigen, Ihr freches Gör verprügelt zu haben! Sie sind ja bloß neidisch, weil mein Kleiner so viel klüger ist als all die anderen Kinder in diesem erbärmlichen Kaff!«

Er schüttelte die alten, unangenehmen Erinnerungen ab und wandte seine Aufmerksamkeit wieder den aktuellen Problemen zu. Zwei Tage nach seiner Suspendierung durch Dallie war Kenny in eine Prügelei mit Sturgis Randall geraten, einem überbezahlten Weiberhelden, Säufer und Golfkommentator, der, wenn er Kenny und dessen Karriere beschrieb, dauernd Titulierungen wie »mit einem Silberlöffel im Mund geboren«, »Playboy-Champion« und »süßes Leben« verwendete.

Nie etwas erklären, nie etwas entschuldigen, lautete Kennys Devise. Er konnte es nicht ausstehen, wenn irgendwelche Sportskanonen anfingen, sich bei der Presse darüber auszuheulen, wie missverstanden sie sich doch fühlten; also machte er es sich zur Gewohnheit, sich nie vor Reportern zu verteidigen. Stattdessen ließ er seine Golfschläger für sich sprechen. Was nicht bedeutete, dass er einer netten Rauferei mit irgendeinem Idioten, der seine Manieren auf dem Klo vergessen hatte, aus dem Weg ging. Trotzdem hätte er sich nicht mit Sturgis geschlagen, wenn dieser nicht als Erster zugehauen hätte.

Mehr war nicht nötig gewesen. Aber als Sturgis allmählich das Ausmaß seines Fehlers zu begreifen begann, war wie aus dem Nichts Jilly Bradford, eine der bekanntesten Reporterinnen für das Kabelfernsehen, auf der Bildfläche erschienen, und Kenny knallte ihr aus Versehen gegen die Schulter. Ein Kameramann nahm die ganze Szene auf Band auf, einschließlich einer jämmerlich heulenden Jilly und eines blutüberströmten Sturgis, der sie tröstete.

Selbst dann wäre Kenny noch dem daraus resultierenden Skandal wahrscheinlich entgangen, wenn Jilly sich fair verhalten hätte. Sie wusste, dass das Ganze ein Versehen war; doch seit dem natürlichen Ende ihrer beider kurzen Affäre brachte sie ihren Kummer über Kenny an die Öffentlichkeit. Daher glaubten alle, es handele sich hier um einen persönlichen Streit; nun stand Kenny nicht nur da wie ein Mann, der zu blöd war, sich um seine Finanzen zu kümmern, sondern obendrein wie ein Rabauke, der Frauen verprügelte.

Wenn er geglaubt hatte, Dallie wäre schon vor dem Streit mit Randall stinksauer auf ihn gewesen, so wurde er nun eines Besseren belehrt: Das war nur ein laues Lüftchen gewesen im Vergleich zu dem Lavasturm, der nun über ihn hinwegfegte.

»Du bist noch immer derselbe verwöhnte, nichtsnutzige

Bengel mit mehr Talent und Begabung, als du verdienst, und einer Gossenmoral! Nun, was mich angeht, ist es längst an der Zeit, dass du mal erwachsen wirst. Deine Suspendierung ist vom heutigen Tag an unbegrenzt. Und ich warne dich ... wenn du wieder mitmachen willst, bevor du zu alt für die Senior-Tour bist, dann bleibst du besser blitzsauber – und ich meine blitzsauber!«

Kenny verteidigte sich nicht. Seiner Ansicht nach hätte es ohnehin keinen Sinn gehabt. Dallie wusste, dass erstens Sturgis Randall ein ausgewachsenes Arschloch war, und zweitens, dass Kenny nie absichtlich eine Frau schlagen würde; aber das schien keinen Unterschied zu machen, und nun begriff der Jüngere, was es hieß, von dem Mann verraten zu werden, der ihm mehr als jeder andere auf der Welt bedeutete.

Seit seiner Suspendierung war kein Tag vergangen, an dem er nicht die Tatsache verfluchte, in Wynette, Texas, geboren und aufgewachsen zu sein – Dallie Beaudines Heimatstadt! Damals war Dallies Interesse an ihm erwacht, einem rotznasigen Teenager, der in seinem brandneuen roten Porsche, den er von seiner Mutter zum sechzehnten Geburtstag bekommen hatte, die Stadt unsicher machte. Nur wenn Kenny zwischendurch einmal zu Verstand kam, war ihm wieder bewusst, dass Dallies Eingreifen ihm wahrscheinlich das Leben gerettet hatte.

Das Aufwachsen unter der Obhut einer Mutter, die ihn mit ihrer obsessiven Liebe fast erstickte, dazu ein distanzierter Vater, der sich nicht genug um ihn scherte, um einzugreifen, hatten Kenny auf eine gefährlich schiefe Bahn getrieben. Er war ein Rüpel und Schläger geworden, der immer und überall im Städtchen nur Unheil stiften wollte. Dallie Beaudine war der Einzige, der sich ihm in den Weg gestellt hatte. Und deshalb tat es so schrecklich weh. Denn Dallie wusste besser als jeder andere auf der Welt, verstand, was keiner sonst verstehen konnte – dass Golf das Einzige war, was Kenny Traveler etwas bedeutete. Es gab nichts Besseres in seinem erbärmlichen, verpatzten Leben.

Als er nach einem fruchtlosen Anruf bei einem seiner Kontaktmänner bei *USA Today* auflegte, hörte er Lady Emma in der Küche herumwirtschaften, und seine gedrückte Stimmung hob sich ein wenig. Wie es aussah, waren seine Triebe doch nicht ganz versandet.

Schon vor seiner Suspendierung hatte er angefangen, sich deswegen Sorgen zu machen. Er führte bis vor einer Weile ein aktives Sexualleben; doch seit er mit Jilly Schluss gemacht hatte, verspürte er keine Lust mehr, sich wieder auf die Piste zu begeben. Vielmehr plagte ihn ein allgemeines Unbehagen, eine Unzufriedenheit, und er dachte bei sich, für einen Mann, der so viele Golfspiele gewann, müsste er eigentlich glücklicher sein. Aber nun war Lady Emma auf der Bildfläche erschienen, und sein Körper regte sich schlagartig wieder.

Trotz ihres Schirmchens und ihrer befehlshaberischen Art war sie genau die Ablenkung, die er brauchte – besonders jetzt, wo die Top-Golfer sich auf den Weg nach Augusta zu den Masters machten, während er wegen einer Laune des Mannes, den er für einen Freund gehalten hatte, hier herumhocken musste. Und es bestand keine Gefahr, dass Lady Emma einen Skandal heraufbeschwören würde – das Letzte, was seine Karriere im Moment gebrauchen konnte –, wenn er mit ihr Schluss machte. Eine konservative Seele wie sie würde nie verraten, dass sie ihren Urlaub dazu benutzt hatte, mit einem wildfremden Mann ein Techtelmechtel einzufädeln.

Außerdem fand er sie zum Totlachen – was seltsam war, denn normalerweise konnte er dominante Frauen nicht verputzen. Aber Lady Emma war so naiv und ahnungslos, dass er beständig das Gefühl hatte, sich in einem riesengroßen Witz zu befinden.

Und dann war da noch dieser Mund … und ihre Energie … Er musste lächeln, wenn er daran dachte, wie es sein würde, all diesen Enthusiasmus nackt unter sich zappeln zu haben.

O ja, er würde sie dazu benutzen, um sich von Augusta, Dallie Beaudine und einem Leben, das ihm zunehmend bedeutungslos erschien, abzulenken. Yes Sir, Ihre Ladyschaft kam ihm im Moment sehr zupass.

Emma fiel das Schälmesser zum dritten Mal aus der Hand. Es war ein chromglänzendes, elegantes, hochmodisches deutsches Gebrauchswerkzeug. Sie biss sich auf die Lippe und versuchte, sich wieder auf die Möhren zu konzentrieren. Nur noch ein paar Stunden, dann war alles überstanden.

»Wie geht's meinen Kartoffeln?«

Zum vierten Mal fiel das Schälmesser klappernd auf die Anrichte. Erschrocken fuhr sie herum.

Er kam grinsend auf sie zugeschlendert.

Sie sah, dass er dunkle Hosen angezogen hatte – während sie ihr Nickerchen hielt –, dazu ein schwarzes Poloshirt mit einem American-Express-Aufdruck. In Verbindung mit seinem schwarzen Haar und der tiefgebräunten Haut ließ das seine violetten Augen noch mehr erstrahlen.

Routiniert klappte er das Backrohr auf, nahm sich eine Gabel und stocherte damit in die Kartoffeln. »Fast fertig. Wie steht's mit dem Huhn?«

»Huhn?« Die Hauptsache hatte sie vollkommen vergessen. Kenny richtete sich auf und wies mit einem Nicken auf die Möhren, die sie geschält hatte. »Also falls Bugs Bunny zufällig zum Dinner vorbeikommen sollte, dann wär er bestimmt der glücklichste Hase der Welt.«

Blinzelnd richtete sie den Blick auf die Anrichte. Statt nur ein paar Möhren zu schälen, hatte sie eine ganze Packung bearbeitet. Genug für ein Dutzend Salate!

Er grinste ihr vielsagend zu, streckte sich genüsslich und holte dann eine Schüssel und eine Pfanne aus dem jeweiligen Küchenschrank. Irgendwie zauberte er eine Dose Mehl und ein Stück Butter herbei. Mit einer geschickten Bewegung wälzte er die Fleischstücke im Mehl und legte sie dann in die schmurgelnde Pfanne. »Behalten Sie die im Auge, ich geh schnell eine Flasche Wein holen.«

Sie starrte die Hühnerbrüstchen an. Ihr Puls raste, und ihr Magen fühlte sich an, als befände er sich zwischen ihren Kniekehlen. Einen Moment lang überfiel sie das ganze Ausmaß ihres Vorhabens, alles, was sie dadurch aufgab – jahrzehntelange Träume von einem gemütlichen, zerstreuten Professor von Ehemann mit Lederflecken an seinem Jackett und Tintenflecken an den Fingern. Andere Frauen mochten ja von einem verwegenen jungen Draufgänger mit kohlschwarzem Haar, einem Adoniskörper und Veilchenaugen träumen, aber sie nicht. Sie hatte sich nie etwas Derartiges gewünscht.

Kenny kehrte mit einer Flasche Wein aus der Garage zurück und stellte die Herdplatte mit den Hühnerteilchen herunter, die schon zu rauchen anfingen. »Lady Emma, Sie müssen sich entspannen, oder Sie sind fix und fertig, bevor wir überhaupt in die Nähe des Schlafzimmers kommen.«

»Ich bin entspannt! Total!« Während sie tief Luft holte, merkte sie, wie albern das klang – wo es doch offensichtlich war, dass sie vibrierte wie eine Gitarrensaite. »Bitte sagen Sie Emma zu mir. Ich benutze nie meinen Titel.«

»Hm. Wenn Sie so locker sind, warum zucken Sie dann jedesmal zusammen bei einem Blick von mir?«

»Ich zucke nicht!« Sie musste schlucken, als sie sah, mit welch langsamen, geschickten Bewegungen er den Korken aus der Flasche drehte. Wie es wohl wäre, wenn sich diese Hände alle Zeit der Welt mit ihr nahmen? Dann hielt sie sich jedoch vor Augen, dass an diesen Händen keinerlei Tintenflecken und auch keine einzige Bleistiftschwiele an diesen langen, männlich-schlanken Fingern waren.

»Okay! Ich werd Sie auf die Probe stellen.« Er zog den Korken heraus, nahm zwei wunderschöne Weingläser aus dem Schränkchen über dem Herd und schenkte ein. »Also Folgendes: Ich werd Sie an irgendeiner Körperstelle berühren, und Sie werden dabei vollkommen still halten. Wenn Sie dann erschrecken, haben Sie verloren und ich gewonnen.«

»Sie wollen mich anfassen?«

»Die Körperstelle meiner Wahl!«

»Ach, das halte ich für keine so gute Idee.«

»Es ist sogar eine ganz ausgezeichnete Idee.« Er reichte ihr ein Glas Wein. Ihre Finger berührten sich dabei und prompt zuckte sie zusammen.

»Sie haben verloren.« Seine Augen glitzerten triumphierend.

»Das ist nicht fair!«

»Wieso nicht?«

»Weil … als Sie sagten Körperstelle, da … na, da hab ich natürlich angenommen …«

Mr. Traveler blickte sie mit hochgezogener Braue an. »Was haben Sie angenommen, Lady Emma?«

»Bloß Emma! Ich dachte – oh, ist ja egal!« Sie grabschte nach einer Gurke. »Es stimmt. Tatsächlich bin ich ein wenig nervös. Aber das ist nur natürlich. Ich habe noch nie … noch nie so was gemacht.« Sie blickte auf die Gurke hinab, die sie erbarmungslos zerquetschte; als ihr bewusst wurde, was sie da tat, ließ sie sie wie von der Tarantel gestochen fallen.

Er gluckste. »Sie haben sich noch nie ’nen Mann für eine Nacht gekauft?«

»Ach du liebe Güte … müssen Sie’s so ausdrücken?«

»Wollte bloß höflich sein.« Nun widmete er sich wieder den Hühnerteilen. »Wissen Sie was, machen Sie doch einfach den Salat fertig, damit wir essen können.«

Sie zwang sich, sich auf ihre Aufgabe zu konzentrieren, und nach einigen harmloseren Missgeschicken saßen sie endlich an einem Esstisch mit einer Glasplatte, die auf ein paar glänzenden schwarzen Marmorfüßen ruhte. Die Gedecke schienen sich wie aus dem Nichts materialisiert zu haben: weiße Leinenunterlagen mit dazu passenden Servietten, Porzellan, das mit dunkelblauen und goldenen Rändern verziert war, sowie schweres

Silberbesteck mit kunstvollen Griffen. Der Mann wusste sich seine Freunde wahrhaftig auszusuchen. Sie hatte ein paar von Kennys Kollegen in England kennen gelernt und nicht gemocht – attraktive, aber mittellose Männer, die mit ihrem Charme die Gastfreundschaft ihrer Freunde ausnützten.

Schon beim Gedanken an Essen wurde ihr schlecht, also nahm sie einen Schluck Wein. Er schmeckte himmlisch – kräftig, würzig und offenbar sündteuer. Ihr Gegenüber begann zu essen, und sie bemerkte, dass ihm offenbar keinerlei Nervosität den Appetit verdorben hatte. Sie nahm ein Stückchen Ofenkartoffel. Es blieb ihr im Hals stecken.

Ihm schien die Stille überhaupt nichts auszumachen, aber ihr schon. Vielleicht würde ja ein wenig Konversation ihre Stimmung heben. »Ihr Freund besitzt einen ausgezeichneten Geschmack.«

Prüfend blickte er sich in dem luxuriösen Esszimmer um, als würde er es zum ersten Mal sehen. »Kann sein. Ein paar Sportposter wären allerdings nicht schlecht. Ein bequemer TV-Sessel im Wohnzimmer. Und ein Großbildfernseher, damit wir beim Essen Sport gucken können.«

Seine fröhliche Ignoranz irritierte sie, obwohl er wahrscheinlich gar kein so schlechter Kerl war, bloß eben zu faul, um was Anständiges aus sich zu machen. Vielleicht hatte noch niemand den Versuch unternommen, ihn in eine andere Richtung zu weisen. »Haben Sie je Zweifel an Ihrer Art, sich den Lebensunterhalt zu verdienen?«, erkundigte sie sich.

»Nö, eigentlich nich.« Er säbelte an seinem Hühnchen herum. »Der Eskortservice gefällt mir ganz gut.«

Sie erlag ihrem natürlichen Bedürfnis, andere auf den rechten Weg zu führen. »Aber macht es Ihnen denn nie was aus, wenn man Sie fragt, was Sie machen – und Sie müssen sagen, dass Sie für einen Begleitservice arbeiten?«

»Wieso sollte es mir was ausmachen?«

»Nun, die Leute müssen doch wissen, dass – verzeihen Sie

mir meine Offenheit –, dass es eine beschönigende Bezeichnung für ... na ... einen Gigolo ist.«

»Gigolo!«

Sie wollte ihn nicht beleidigen und hatte schon eine Entschuldigung auf den Lippen, als sie sah, wie er grinste. »Gigolo. Klingt gut!«

»Das ist eine etwas herabsetzende Bezeichnung«, fühlte sie sich verpflichtet, ihn aufzuklären.

»In dem sozialistischen Staat, in dem Sie leben, vielleicht – aber hier, im Land der Freiheit und der unbegrenzten Möglichkeiten, haben die Leute Respekt vor einem Mann, der es sich zur Lebensaufgabe gemacht hat, einsamen Ladys beizustehen.«

»Ich bin nicht einsam!«

»Oder sexuell frustrierten.«

Hastig öffnete sie den Mund, um ihm zu widersprechen, klappte ihn jedoch wieder zu. Sollte er glauben, was er wollte. Im Übrigen war sie wirklich sexuell frustriert, selbst wenn sie ihn nicht aus diesem Grunde angeheuert hatte. Sie tastete nach ihrem Weinglas.

Sein Messer verschwand in einem zweiten Stück Hühnchen, und ihr fiel auf, dass er einwandfreie Tischmanieren hatte. Egal was er machte, er tat es mit einer Mischung aus lässiger Grazie und einem Minimum an Bewegung.

Viel zu oft schon hatte sie ihre Bedürfnisse denen anderer untergeordnet – aber nicht heute Abend! Daher stählte sie sich für das, was nun besprochen werden musste. »Heute Abend ... wenn wir ... wenn wir dabei sind ..., dann möchte ich sichergehen, dass Sie mich jederzeit Stopp sagen lassen.«

»Kein Problem.«

»Gut.«

»Weil ich Ihnen garantiere, dass Sie bestimmt nicht Stopp sagen werden wollen. Außer natürlich, Sie sind lesbisch. Und selbst dann ...«

»Aber ich bin *nicht* lesbisch!«

Er besaß die Frechheit, enttäuscht auszusehen.

Zielstrebig fuhr sie nun wieder mit ihrer Mission fort. »Ich halte es eben einfach für besser, dass wir uns auf ein paar bestimmte Grundregeln einigen.«

Ein Seufzer ertönte.

»Schließlich bin ich die Kundin, und als Kundin ...«

»Essen Sie die Kartoffel nun oder stochern Sie bloß drin rum?«

Emma malträtierte ihren Erdapfel weiter. »Ich will bloß sagen ...«

»Rauf mit Ihnen!«

»Wie bitte?«

»Los, rauf in den ersten Stock!« Er schob seinen Stuhl zurück und erhob sich. »Ich sehe schon, dass ich mein Essen erst genießen kann, wenn wir alles hinter uns haben.«

Sie starrte auf seinen leeren Teller.

Und er wies auf ihr Weinglas. »Das können Sie mitnehmen, wenn Sie wollen. Oder – vielleicht kümmer ich mich darum. Ich weiß, wie gern Sie die Leute Ihre Sachen rumschleppen lassen.«

»Ich kann mein Weinglas selbst tragen.« Sie riss es ihm aus der Hand. »Bloß meine Koffer ...« Bevor sie ihren Gedanken noch zu Ende führen konnte, befand sie sich irgendwie auf den Füßen und wurde in Richtung Treppe manövriert.

Seine Hand legte sich warm auf ihren unteren Rücken. »Wir gehen in mein Zimmer. Das Bett ist größer, und ich mag's nun mal, viel Platz zu haben.« Sie erreichten den oberen Absatz. »Mist, jetzt hab ich die Schneeketten vergessen.«

Ihre Finger zerbrachen beinahe den filigranen Stiel des Glases.

»Was?!«

Er verdrehte die Augen. »War doch bloß ein Scherz. Sie nehmen die ganze Sache viel zu ernst!«

Ihr fiel keine Antwort ein, die nicht noch nervöser geklungen hätte, also hielt sie den Mund.

Als Nächstes drängte er sie ins Schlafzimmer, knipste das Licht an und dimmte es dann, bis ein goldener Glanz den Raum erfüllte. Wie alles andere im Haus, war auch dieses Zimmer elegant möbliert und in den Farben Wollweiß, Marineblau, Dunkelgrün gehalten. Alle Möbel schienen Antiquitäten zu sein – von der polierten Kommode, einem riesigen, mit Blattsilber verzierten Schrank und einem Art-Déco-Bett, an dessen Kopfteil ebenfalls Blattsilber prangte.

Sie starrte das Bett an und dachte, *hier wird es also passieren*. Hier unter einem Kopfteil, das in ein Museum gehörte, mit einem Mann, den sie dafür bezahlte, würde sie endlich ihre Jungfräulichkeit verlieren. Auf einmal kam ihr das so traurig vor wie nichts, was sie bisher erlebt hatte.

»Ich – ich muss mal aufs WC.«

»Nur zu.« Er nahm ihr das Glas aus der Hand. »An der Innenseite der Tür hängt ein Morgenmantel. Ziehen Sie sich doch schon mal aus und wickeln Sie sich rein, bevor Sie wiederkommen, ja?«

Wie beim Doktor, dachte sie.

»Oder ... *ich* kann das ja auch besorgen.« Er streckte die Hand nach dem kleinen Perlenknopfverschluss am Ausschnitt ihres Pullis aus.

Sie floh ins Badezimmer.

Als die Tür hinter ihr zuknallte, musste Kenny lächeln. Lady Emma mochte ja nervös wie ein verschrecktes Kaninchen sein, aber er amüsierte sich prächtig. »Der Morgenmantel fühlt sich gut auf der Haut an«, rief er ihr nach. Aus dem Badezimmer kam keine Antwort.

Der Fachmann hatte bereits bemerkt, dass Lady Emma seinen Oberkörper mochte, also zog er sich das Polohemd über den Kopf und warf es beiseite. Nachdem er sich von Schuhen und Socken befreit hatte – aber nicht von seiner Hose, denn er wollte die Spannung aufrechterhalten –, öffnete er den Schrank, um an seine Stereoanlage zu gelangen, und suchte eine Michael-Bolton-CD heraus. Ihm persönlich lag nicht besonders viel an Michael Bolton, aber es war eine gute Schmusemusik, und im Gegensatz zu seiner vorherigen Aussage konnte er sehr wohl bei Musik »arbeiten«. Als ein romantischer Song den Raum erfüllte, dachte er, wie herrlich es war, dass sie nicht gleichzeitig schmusen und ihn herumkommandieren konnte.

Beim Gedanken an diesen Mund wallte Hitze in ihm auf. Es war schon komisch, dass Lady Emma keine Ahnung zu haben schien, mit was für einer Munition der liebe Herrgott sie ausgestattet hatte. Ihre Liebhaber mussten dieses Geheimnis für sich behalten haben.

Er sank in einen bequemen Sessel und trank ihren Wein aus. Es war ein wirklich netter 1995er Weißburgunder. Gemächlich nippte er daran, während er die Tür anstarrte und wünschte, sie würde aufgehen.

Da sie das nicht tat, erkannte er, dass er sie selbst da rausholen musste.

Außerdem merkte er, dass das Warten eine gefährliche Wirkung auf seine Libido ausübte. Anstatt sich zu entspannen, war er heißer als sein Kurzspiel letztes Jahr auf der Western Open. Wenn er sich nicht zusammenriss, war er keinen Pfifferling wert, geschweige denn die dreißig Dollar, die sie glaubte, ihm dafür bezahlen zu müssen. Und das alles bloß wegen dieses Mundes, ganz zu schweigen von der süßen, kurvenreichen kleinen Figur, von der er längst noch nicht genug gesehen hatte.

Er stellte ihr Glas auf den Boden und ging zur Badezimmertür, an die er einmal klopfte, um sie dann vorsichtig zu öffnen.

»Lady Emma?«

Wie erstarrt stand sie mitten im Raum, in den schwarzseidenen Morgenmantel gehüllt, ihre Sachen schön säuberlich auf der Spiegelkommode zusammengelegt.

Mannomann!

Sein Hausgewand schmiegte sich wie eine zweite Haut an ihre aufregenden Rundungen. Während er sie anstarrte, sah er, dass zwei dicke Knospen unter dem Seidenstoff über ihren Brüsten erschienen. Der Anblick erregte ihn so sehr, dass er fast die Kontrolle verlor. Jetzt schon.

Dann jedoch bemerkte er, wie sich ihre Hände in den Stoff an ihren Seiten verkrallten, ein Beweis dafür, wie aufgeregt sie tatsächlich war. Sein Blick glitt über ihren wilden Schopf nussbrauner Locken und die angstvoll aufgerissenen rehfarbenen Augen. Gegen seinen Willen regte sich sein Ehrgefühl – oder das, was davon noch übrig war –, und auf einmal schämte er sich. »Lady Emma, du musst das nicht machen, wenn du nicht willst.«

Ihr kleines Kinn schoss hoch, ihre Schultern strafften sich, und ihr süßer, voller Kussmund formte eine störrische Linie. »Das fehlte grade noch!«

Sie drängte sich an ihm vorbei, wobei sie ihn fast umstieß, und sein Mitgefühl verwandelte sich prompt in Irritation. Sie hatte eine Art, die ihn einfach auf die Palme brachte.

Er folgte ihr ins Schlafzimmer.

Die Finger im Gürtel verkrallt, sagte sie hoheitsvoll: »Sie können jetzt fortfahren.«

Das würde er – und wie er fortfahren würde. Ihren befehlshaberischen kleinen Verstand würde sie verlieren, so sehr würde er fortfahren.

Auch er nestelte an seinem Gürtel, und ihr Blick hing wie festgefroren an der Schnalle, als ob er eine Bombe wäre, die jeden Moment explodieren könnte. Er ließ ihn offenhängen, statt ihn aus der Hose zu ziehen. »Bevor wir weitermachen, muss ich zuerst deine Formen in mich aufnehmen.« Er schob den Daumen in den Hosenbund, direkt über dem Reißverschluss, und schlenderte auf sie zu. Dann schloss er mit übertrieben konzentriertem Gesichtsausdruck die Augen und legte die Hände auf ihre Schultern.

Wieder zuckte sie zusammen, aber das hatte er erwartet und überging es einfach. Stattdessen ließ er seine Hände dort, wo sie waren, bis er spürte, dass sie sich ein klein wenig entspannte. Dann strich er an ihren Armen hinab.

Danach wanderten seine Hände, wohin sie wollten. Über ihren sanft geschwungenen Rücken. Über die Rippen. Verharrten ein wenig auf ihren wohlgerundeten Hüften.

Sie stand stocksteif da, während er sie streichelte. Ganz der tapfere kleine Soldat. Bis er an ihre Brüste kam. Warm, voll und rund glitten sie in seine Hände. Die Lady hielt den Atem an, als er sie liebkoste. Stieß einen leisen, ergebenen Seufzer aus. Ihre Arme hoben sich, und ihre Hände legten sich wie von selbst auf seinen nackten Brustkorb. Irgendwie hatte sie eine Art, die ihn zutiefst erregte.

Er öffnete die Augen und sah, dass ihre Lider auf Halbmast standen. Ein zartes Runzeln der Konzentration hatte sich über ihrer Nasenwurzel gebildet. Vorsichtig strich er mit den Daumen über ihre Brustwarzen. Sie waren hart wie Blütenknospen. Mit einem keuchenden Laut öffneten sich ihre Lippen.

Diese saftigen, süßen Kusslippen.

Sie verschwammen vor seinen Augen, als er den Kopf senkte und sie in Besitz nahm.

Es war, als würde man warme Rosenblätter küssen. Sie roch auch nach Rosen, und ihm schoss der Gedanke durch den Kopf, dass dieser kleine Feldwebel von einer Lady den weichsten, süßesten Mund besaß, den er je geküsst hatte.

Scheu hielt sie ihn geschlossen, selbst als sie sich unwillkürlich an ihn schmiegte. Seine Zungenspitze glitt über ihre Unterlippe, dann über den Zwischenraum. Kein bisschen Störrigkeit war mehr in ihr, sodass sie sich willig fügte und ihn einließ.

Er mochte lange, gemächliche und gründliche Zungenküsse. Viele Frauen kriegten das nicht zustande, aber Lady Emma war clever und hatte keinerlei Probleme damit. Sie ließ ihm alle Zeit der Welt, ja begegnete seiner Zunge mit ebenso langsamen, sanften Bewegungen der ihrigen, dass ihm das Blut förmlich in den Ohren rauschte.

Sie drängte ihre Brüste enger an seine Hände – er war nämlich so in ihren Mund vertieft, dass er ganz vergessen hatte, sich auch um diese beiden zu kümmern. Eine Novität für ihn!

Er drückte sanft zu. Emma schmiegte sich an ihn und öffnete den Mund weiter. Wieder rieb er über ihre Brustwarzen. Sie wurden sogar noch härter, und er hätte sie brennend gerne in den Mund genommen, doch er war noch nicht fertig mit Küssen.

Sie wohl auch nicht, denn nun spürte er, wie sich ihre Zungenspitze in seinen Mund schob, und trotz seiner albernen Prahlerei bezüglich seiner Liebhaberqualitäten glaubte er, jeden Moment explodieren zu müssen.

Aufstöhnend zog er sie aufs Bett, aber der Ortswechsel brachte lange nicht die Ernüchterung, die er brauchte, um sich wieder in die Hand zu bekommen. Er musste mehr sehen, und als sie auf die Matratze sanken, zog er sich ein wenig zurück.

Ihr heftiger Atem strich wie ein warmes Frühlingslüftchen über seine Haare. »Könntest – könntest du dich jetzt ausziehen?«

Es war eine geflüsterte Bitte, kein Befehl, und seine Hände glitten zu seinem Hosenschlitz. Er öffnete den Knopf, war aber schon so hart, dass er an seinem Reißverschluss herumzerrte wie ein unerfahrener Teenager – dann wurde er obendrein durch ihre sich hebende und senkende Brust abgelenkt. Nicht eine Sekunde konnte er mehr warten.

Mit einem Ruck zog er eine Seite des schwarzen Morgenmantels von ihrer Schulter, sodass ihre Brust vor ihm lag. Der Stoff verfing sich kurz an ihrem Nippel, dann war er aus dem Weg, und er konnte eine runde, blasse, blaugeäderte Halbkugel mit einer aprikosenfarbenen Knospe sehen, gerahmt in ein schwarzes V. Er senkte den Kopf und kostete.

Emma fühlte seinen Mund an ihrer Brustwarze und keuchte auf. Seine Lippen umschlossen sie warm und sanft. Seine Zungenspitze glitt hin und her. Sie hatte das Gefühl, ihr Körper würde gleich fortgerissen werden, und krallte die Hände, gleichsam als Anker, in die Bettdecke.

Dann begann er an ihr zu saugen.

Sie zitterte am ganzen Leib, abwechselnd heiß und kalt. Tränen stiegen ihr in die Augen. Sie wollte, dass er nie damit aufhörte – sonst würde sie sicher sterben. Er war nicht mehr ein attraktiver Nichtsnutz, der sich für eine Nacht an sie vermietet hatte, sondern ihr erster Liebhaber. Sanft und vorsichtig. Voller Hingabe.

Allmählich zerschmolz sie. Dann fühlte sie, wie er ganz leicht mit dem Daumennagel über ihre andere Brustwarze, die noch unter Stoff verborgen war, strich, und wurde mit einem Mal wieder brandheiß.

»Ich halt … ich halt das nicht aus.« Die Worte kamen erstickt aus ihr.

Statt einer Antwort saugte er heftiger. Nahm ihre andere Brustwarze zwischen Daumen und Zeigefinger und zwickte …

Es war der süßeste Schmerz, den sie je gefühlt hatte. Tränen liefen ihr mit einem Mal über die Wangen und in das Kissen. Sie stand kurz vor dem Orgasmus und öffnete die Schenkel, damit er – bitteschön! – sie dort streichelte. Nur ein wenig. Bloß die kleinste Berührung. Das würde schon ausreichen.

Er zwickte erneut, und sie schluchzte leise.

Sein Kopf tauchte auf, und er runzelte die Stirn, als er ihre Tränen sah. »Hab ich dir wehgetan?«

Zu einer Antwort war sie unfähig. Stattdessen lag sie da, die Beine gespreizt, eine Brust nassglänzend, entblößt.

Sie sah, dass sein Hosenschlitz offen stand und dass er sehr steif war; doch ein Stück schwarzer Boxershorts verbarg ihr die Sicht auf seine beeindruckende Männlichkeit. Sie rang nach Luft, um ihm zu sagen, dass er nicht aufhören , sondern endlich die Hose ausziehen und die schwarzen Boxershorts ins Feuer werfen sollte.

Kenny rückte an den Bettrand und fuhr sich mit der Hand

durchs Haar. »Wir sollten vielleicht ein wenig bremsen, meinst du nicht auch?« Seine Stimme klang heiser, als wäre seine Kehle wie zugeschnürt.

»Nein!« Sie schoss in eine sitzende Position.

Er starrte sie an.

Sie leckte sich die Lippen. Wischte sich mit dem Ärmel die Tränen vom Gesicht. Rang nach Luft. Ließ den Morgenmantel über ihrem Busen offenstehen.

»Nein.« Sie winkelte die Beine an. »Es – es ist alles in Ordnung.«

»Ich hab mich wohl ein bisschen hinreißen lassen.«

»Nein, nein. Oder doch, aber … du hast mir … ich meine, es hat mir gefallen …«

Lieber Himmel, was brabbelte sie da herum! Sie wandte den Blick ab, um ihre Gedanken zu sammeln, und merkte jetzt erst, dass Musik spielte. Sie atmete tief durch und blickte sich um. Auf der Ankleidekommode lag eine Brieftasche, daneben etwas Kleingeld. Socken ringelten sich auf dem Boden. Hinter ihnen stand die Tür eines Spiegelschranks teilweise offen.

Sie holte noch mal kräftig Luft.

Auf dem Nachtkästchen befanden sich ein paar Bücher, darunter ein Geschichtsbuch über Texas und eine Biografie von Theodore Roosevelt. Ein paar Golfzeitschriften. Auf dem obenliegenden Magazin war eine Person abgebildet, die ihr bekannt vorkam.

Komisch. Wen kannte sie schon …

Sie beäugte die Zeitschrift näher und merkte, wie ihr plötzlich das Blut aus den Wangen wich.

4

Emma konnte sich nicht erinnern, die Zeitschrift in die Hand genommen zu haben – doch da war sie, also musste sie es wohl getan haben. Sie starrte die Schlagzeile an, und während sie las, verschwammen die Worte vor ihren Augen.

PGA BAD BOY KENNY TRAVELER
IN EINEM EXKLUSIVINTERVIEW ÜBER SEIN SPIEL,
DIE TOUR-POLITIK UND SEINE MILLIONEN

»Äh … Emma?«

Hastig warf sie die Beine über die am weitesten von ihm entfernte Bettkante; mit ihrer freien Hand hielt sie krampfhaft den Bademantel zusammen.

Auf dem Foto war Kenny »in Action« zu sehen: den Körper ein wenig verdreht, Schläger hochgereckt, bereit zum Abschlag. PGA BAD BOY KENNY TRAVELER …

Heiße Wut durchflutete sie. Sie hatte geglaubt, den peinlichsten Moment ihres Lebens mit Jeremy Fox durchlitten zu haben, als sie ihm ihre Gefühle gestand – doch das hier war noch viel, viel schlimmer. Emma kam sich wie das dümmste, naivste Pflänzchen vor, das auf Gottes Erden wandelte. Er war gar kein professioneller Gigolo! Sondern ein millionenschwerer Sportler, der sie verführt hatte.

Sie warf die Zeitschrift beiseite und sprang auf die Füße. Dann tastete sie sich blindlings zum Bad, um ihre Sachen zu holen.

»Sollten wir nicht vielleicht miteinander reden?«, ertönte seine Stimme hinter ihr.

An ihm vorbei, mit den Kleidern im Arm, rannte sie zu ihrem Schlafzimmer.

»Lady Emma?«

Sie stürmte hinein, drehte den Schlüssel im Schloss um und begann hastig sich anzuziehen.

Er tappte vor ihrer Tür auf und ab. »Ich weiß, dass die Zeitschrift dich neugierig gemacht haben muss. Wie wär's, wenn wir uns zusammensetzen, gemütlich unseren Wein austrinken und ich all deine Fragen beantworte?«

Sie ignorierte sein Geschwafel, warf ihre Utensilien in den einen Koffer und schloss die Schnallen an dem anderen. Dann raffte sie sie, zusammen mit ihrer Reisetasche und dem Schulterbeutel, auf und rauschte hinaus.

Er stand im Gang davor. Seine Hose war zwar wieder zu, doch hatte er sich nicht die Mühe gemacht, ein Hemd anzuziehen. Hass und Selbstverachtung wallten in ihr auf. Sie drängte sich an ihm vorbei und die Treppe hinunter, so schnell es ihr das schwere Gepäck erlaubte.

»Emma!«

In ihrem Kopf fing es heftig an zu pochen. Sie erreichte den Eingang und tastete nach dem Türknauf.

»Emma, es ist stockfinster. Du kannst nicht einfach weglaufen.« Von hinten griff er nach ihrem Arm.

Sie riss sich los und stieß ihm die Seite eines Koffers in die Weichteile. Schmerzvoll ächzte er auf und taumelte rückwärts.

Da rannte sie weiter.

Draußen umfing sie die schwülwarme Nachtluft. Sie hatte nicht die blasseste Ahnung von ihrem Aufenthaltsort, und es war ihr auch schnurz. Nur weg von hier musste sie!

Grimmig schürte sie ihre Wut, bis sie stärker war als ihr Bedürfnis zu weinen. Dieser Schuft war nicht dumm oder minderbemittelt oder sonst etwas von dem, was sie über ihn gedacht hatte. Er hatte ihr lediglich was vorgemacht, um sich eine Nacht lang mit ihr auszutoben. Und sie war drauf reingefallen.

Die schweren Koffer zerrten an ihren Armen, während sie über den weitläufigen Innenhof wankte, doch sie spürte ihr Gewicht kaum. Wenn sie nun die Zeitschrift nicht gesehen hätte?

Sondern erst hinterher entdeckt hätte, wer er war? Nicht auszudenken – also zwang sie sich, intensiv die Straße zu erkunden. Sie musste unbedingt ein Telefon finden und sich ein Taxi rufen; aber in ihrem Blickfeld lagen nur protzige Villen, einige davon mit sündteuren Autos in den Auffahrten. Niemand spazierte mehr herum, und abgesehen von der unterirdischen Rasensprenganlage war alles still.

Emma lauschte noch angestrengter und glaubte, ein leises Verkehrsgeräusch näher kommen zu hören. Die Koffer stießen gegen ihre Beine, als sie sich in die entsprechende Richtung wandte. Trotzig bewegte sie sich vorwärts, bis sie die Koffer absetzen musste, um sich ein wenig ausruhen zu können; doch da hörte sie das leise Schnurren eines Luxus-Wagens hinter sich.

Energisch raffte sie ihre Koffer wieder auf und marschierte weiter. Aus den Augenwinkeln entdeckte sie einen vertrauten beigen Cadillac. Die Fahrerseitenscheibe wurde heruntergekurbelt. »Meinst du nicht, dass du ein wenig überreagierst?«

Ihre Wangen brannten. Sie blickte starr geradeaus und verlangsamte ihren Schritt kein bisschen, obwohl ihr die Schultern allmählich höllisch wehtaten.

»Es gibt hier innerhalb von zehn Meilen kein einziges Hotel. Und falls du's noch nicht bemerkt hast, Taxis fahren hier auch nicht vorbei.«

Sie schleppte sich voran.

»Verdammt, ich hasse schmollende Frauen!«

»*Schmollen!*« Sie wirbelte herum. »Lass mich bloß in Ruhe! Oder hattest du noch nicht genung Spaß für diese Nacht?«

Er fuhr an ihr vorbei und parkte schräg, so dass er ihr den Weg versperrte. Bei laufendem Motor und bimmelnder Alarmglocke sprang er heraus und kam mit offenstehendem Hemd, die Füße barfuß in Laufschuhen, auf sie zu.

Befriedigung durchzuckte sie, als sie sah, dass er nicht ganz gerade gehen konnte, doch sie erschrak auch. Zwar fürchtete sie sich nicht direkt vor ihm, aber mit ihrer Beherrschung war es andererseits auch nicht so weit her – folglich musste sie schleunigst weg von hier.

Leicht schwankend unter dem Gewicht ihrer Gepäcklast watschelte sie zur anderen Straßenseite. Er kam ihr rasch nach und zerrte ihr gewaltsam die Koffer aus den Händen.

»Gib sie sofort her!«

Ohne auf sie zu achten, nahm er ihr auch noch die Reisetasche und den Beutel von den Schultern und brachte alles zum Auto. Er öffnete die hintere Tür und warf die Sachen auf den Rücksitz, als handelte es sich nur um ein paar Fliegengewichte.

»Dafür schuldest du mir 'nen Tausender!«

Sie biss sich auf die Lippe, blinzelte und machte Anstalten weiterzugehen.

Er stemmte die Hände in die Hüften. »Erklär mir doch mal, wie weit du ohne Pass, Geld und Kleidung kommen willst. Ganz zu schweigen von deinen Schirmen.«

Nach Strich und Faden hatte er sie belogen – doch statt sich zu entschuldigen, machte er alles noch schlimmer. Was konnte sie nur tun? Nicht viel. Ihre Schritte verlangsamten sich. »Bring mich sofort in ein Hotel.«

»Von Herzen gern!«

Sie zögerte, aber es blieb ihr keine Wahl, also zwang sie sich, zum Auto zu gehen. Er hielt ihr die Beifahrertür auf. Ohne ihn eines Blickes zu würdigen, setzte sie sich hinein und machte sich unsichtbar, indem sie aus dem Fenster starrte. Ihre Lippen fühlten sich geschwollen an, und sie musste an seine tiefen, verlogenen Küsse denken.

»Na, los, nun gib's mir schon. Ich weiß, du brennst darauf, es dir von der Seele zu schaffen.« Zuvor war er wie ein Wahnsinniger gefahren und jetzt kroch er im Schneckentempo dahin.

Sie schwieg.

»Korrekt. Ich hab mir einen kleinen Spaß mit dir erlaubt, als ich vorgab, im ältesten Gewerbe tätig zu sein. Aber ich hab nicht erwartet, dass du's ernst nehmen würdest. Und als du's dann doch tatest ... tja, ich bin auch nur ein Mensch ... aber bevor du mir das vorwirfst, schau lieber mal in den Spiegel. Dann stell dir vor, was du an meiner Stelle getan hättest, wenn jemand vor dir erschiene, der so aussieht wie du.«

Gemein von ihm, sich auch noch darüber lustig zu machen, dass sie nicht schön war! Sie konnte nicht länger an sich halten. »Ich hätte bestimmt nicht gelogen! Und ich hätte niemals jemanden so gedemütigt wie du mich!«

»Gedemütigt?« Er klang ehrlich beleidigt, aber dann fiel ihr wieder ein, was für ein guter Schauspieler er war. Er fuhr durch ein großes Gatter auf eine stärker befahrene Straße hinaus. »Demütigung hatte damit überhaupt nichts zu tun. Was ich getan hab, geschah aus der Situation heraus – das geb ich gern zu –, aber hauptsächlich aus Lust.«

»Bitte, Mr. Traveler, hier geht es doch nicht um Lust. Sie sind ein reicher, gut aussehender Profisportler. Ohne Frage können Sie jede Diva haben, die Sie wollen. Sie müssen sich nicht mit einer ältlichen Schullehrerin zufrieden geben.«

»Ich werd wohl wissen, was Lust ist! Und du musst zugeben, dass du's mir ziemlich leicht gemacht hast. Wieso du allerdings auf die Idee kommst, einen Mann dafür bezahlen zu müssen, ist mir schleierhaft.«

»Ja, ich habe es Ihnen wirklich leicht gemacht. Furchtbar leicht!«

An einem blinkenden Rotlicht blieb er stehen und blickte sie an. »Schau Emma, ich wollte ganz bestimmt nicht deine Gefühle verletzen. Es stimmt, ich hab ein wenig die Kontrolle verloren. Aber du warst so versessen darauf, mit einem fremden Mann ins Bett zu gehen, und ich fand nichts Schlimmes dabei.«

»Sie haben mich vorn und hinten angelogen. Sie sind ein Profi-Golfer, kein Gigolo. Und laut dieser Zeitschrift ein Millionär obendrein.« Plötzlich ging ihr ein Licht auf. »Das war überhaupt nicht die Wohnung Ihres Freundes. Es ist Ihre, stimmt's? Alles, was Sie mir erzählt haben, war eine Lüge.«

»Du hast mich verärgert.« Er fuhr wieder los.

»Ich? Ich habe doch überhaupt nichts getan.«

»Das ist eine himmelschreiende Unverschämtheit. Du hast mich von Anfang an rumkommandiert, mir Vorschriften gemacht, Befehle erteilt und mich mit deinem blöden Schirm gepiekt.«

»Gar nicht hab ich dich mit meinem Schirm gepiekt!«

»Hat sich aber so angefühlt.«

»Tut mir aufrichtig Leid«, sagte sie eisig.

»Gut. Mir auch, also sind wir quitt.«

»Nicht mal annähernd.«

Zum ersten Mal kam ihr in den Sinn, was Francesca wohl mit alldem zu tun haben mochte. Doch als sie sich ihr Gespräch in Erinnerung rief, hatte Francesca tatsächlich nichts davon behauptet, Kenny würde für einen Begleitservice arbeiten. Vielmehr hatte sie ihn als Freund bezeichnet. Irgendwie war Emma jedoch auf den Gedanken verfallen, dass er dies professionell tat, und sie konnte sich sehr genau erinnern, Francesca gefragt zu haben, ob fünfundsiebzig Dollar pro Tag genug wären.

Erst jetzt fiel ihr ein, wie Francesca daraufhin gelacht hatte. »Sag ihm, ich hätte gemeint, er würd's für fünfzig machen.« Ihre Freundin hatte sicher keine Ahnung gehabt, wie böse ihr kleiner Scherz nach hinten losgehen würde.

Sie hatte keine Kraft mehr, sich mit ihm zu streiten. »Es funktioniert eben einfach nicht, Mr. Traveler. Fest steht, dass Sie mich nicht mögen, und ich mag Sie entschieden noch wenig…«

»Also, das stimmt nicht ganz. Wenn du nicht gerade mit deinem Schirm herumfuchtelst und mich durch die Gegend scheuchst, bist du eine recht angenehme Gesellschafterin.« Er bog in einen vierspurigen Highway ein. »Jedenfalls empfinde ich dich nicht als langweilig, was auf die wenigsten Leute, die ich kenne, zutrifft.«

»Wie schmeichelhaft! Tatsache ist, dass es bei diesem schlechten Start keinen Zweck hat weiterzumachen. Gleich morgen früh werde ich Francesca anrufen und sie bitten, mir jemand anderen zu empfehlen. Wir brauchen uns nicht noch mal zu sehen.«

Der Wagen verlangsamte sich. »Francesca anrufen?«

»Ich sag ihr einfach, dass wir nicht miteinander auskommen. Sie wird das sicher verstehen.«

»Äh … mir wär's lieber, wenn du Francesca aus der Sache raushältst.«

»Das geht nicht. Sie bestand darauf, dass ich gleich nach meiner Ankunft mit ihr telefoniere.«

»Das wette ich«, brummelte er und fixierte sie dann eindringlich. »Pass auf, ich geb dir hundert Dollar pro Tag, wenn du mich weiter den Reiseführer für dich spielen lässt – inklusive der ganzen Fahrerei; ich bring dich hin, wo du willst. Alles, was du tun musst, ist die Landschaft genießen und Francesca verdeutlichen, dass zwischen uns alles perfekt läuft.«

Der faule Dummkopf war verschwunden. An seiner Stelle saß nun ein entschlossener Fremder mit einem sturen Kinn und wild funkelnden Augen neben ihr. Sie brauchte nur einen Moment, bis der Groschen fiel.

»Francesca hat Sie in der Hand, nicht wahr? Aus dem Grund haben Sie sich überhaupt auf die Sache eingelassen.«

»Könnte man so ausdrücken.« Er bog vom Highway in eine kleine Straße und fuhr dann auf den Parkplatz eines luxuriös wirkenden Hotels.

»Was ist das?«

»Ich glaube, wir hatten beide genug Drama für eine Nacht.«

»Was Sie nicht sagen.«

»Hundert Dollar pro Tag. Einverstanden?«

Fasziniert starrte sie ihn an. Jeglicher Humor war aus seinen Gesichtszügen verschwunden, und sein immer lächelnder Mund war zu einem schmalen Strich zusammengepresst. Hier saß ein Mann neben ihr, der genau wusste, was er wollte. Und es in der Regel auch bekam.

Eindeutig hatte sie ihn von Anfang an unterschätzt, und sie fragte sich nun, wie vielen es wohl schon vor ihr ebenso ergangen war. Diesen Fehler würde sie jedenfalls nicht wiederholen.

»Zweihundert«, hörte sie sich sagen, bloß um ihm eins auszuwischen. »Plus Spesen.« Ein Teil von ihr fragte sich, ob sie den Verstand verloren hatte, doch dem anderen wurde ganz schwach vor Erleichterung. Ob er es kapierte oder nicht – er hatte ihr gerade eine Waffe in die Hand gegeben, mit der sie ihn in den kommenden zwei Wochen kontrollieren konnte. Von diesem Moment an gehörte Kenny Traveler ihr, und nach allem, was er ihr angetan hatte, zwackten sie auch keinerlei Gewissensbisse, sich schadlos zu halten.

Sein grimmiger Gesichtsausdruck, als er in die überdachte Hotelauffahrt fuhr, verriet ihr, dass er durchaus die veränderten Machtverhältnisse zwischen ihnen registrierte. Ohne seinen sonst so lässig gedehnten Südstaatenakzent sagte er: »Ich besorg Ihnen ein Zimmer. Und ich will Ihr Wort, dass Sie morgen früh Punkt neun Uhr in der Lobby sind und auf mich warten.«

»Selbstverständlich werde ich da sein.« Ihr neuerwachtes Selbstbewusstsein musste ihr im Gesicht stehen, denn sein Blick verengte sich, und genau in diesem Moment schwor sie sich, herauszufinden, weshalb genau Francesca ihn auf dem Kieker hatte.

Zehn Minuten später brachte ein Page sie in eine luxuriöse Suite im obersten Geschoss des Hotels. Vorübergehend wollten Schuldgefühle in ihr aufkeimen, doch sie verschwanden rasch wieder. Kenny Traveler versuchte sie zu bestechen, soviel war klar. Nun, mit ihr nicht! Aber das musste er ja vielleicht nicht sofort erfahren.

Am nächsten Morgen wurde sie vom Telefon geweckt. Sie strich sich die Haare aus dem Gesicht und warf einen Blick auf den Wecker, während sie gleichzeitig nach dem Hörer griff – 6:18 Uhr.

»Hallo.«

»Ein Anruf für Sie, von Seiner Hoheit, dem Duke of Beddington.«

Sie sank in die Kissen zurück. Längst hatte sie sich gefragt, wann er sie wohl finden würde. Während sie wartete, gingen ihr die Ereignisse des vergangenen Abends durch den Kopf, und sie war beinahe froh, als eine allzu vertraute Stimme sie aus ihren Gedanken riss.

»Emma, meine Kleine! Wie geht es dir? Es war gar nicht so einfach, dich aufzustöbern.«

Sie zuckte vor der nasalen Stimme von Hugh Weldon Holroyd, dem elften Herzog von Beddington, zurück, einem Mann, der Heinrich VIII. nicht nur äußerlich glich. Ihm gehörte auch das Grundstück, auf dem St. Gert's stand, und er war dessen Hauptgeldgeber, seit seine Mutter, die Herzoginwitwe, vor acht Monaten das Zeitliche gesegnet hatte.

»Guten Morgen, Mylord!«

»Ts, Ts, my dear! Du sollst mich doch Hugh nennen, wenn auch nur privat – du verstehst.« Er hielt einen Moment inne, und sie stellte sich vor, wie er sich ein Hörnchen zwischen seine fleischigen Lippen schob. Nicht, dass Hugh je etwas in sich hineinstopfte. Obwohl er riesige Mengen vertilgte, waren seine Tischmanieren tadellos. Er hatte einmal ein ganzes Tablett ihrer Teesandwiches verputzt, ohne dass auch nur ein Krümelchen danebenging. Der rechte Benimm war ihm ebenso wichtig wie sein Titel.

»Emma, Emma, wir scheinen uns nicht genau verstanden zu haben. Du hättest mich gestern schon, gleich nach deiner Landung, anrufen sollen. Also wirklich die reinste Detektivarbeit, dich ausfindig zu machen!«

»Das tut mir Leid«, log sie. »Vor lauter Erschöpfung war es mir einfach entfallen.«

»Durchaus verständlich. Hoffentlich hattest du einen guten Nachtschlaf.«

»O ja, danke!« Sie ließ sich nicht von seiner Freundlichkeit täuschen. Emma hatte erfahren müssen, dass der Duke of Beddington ein Mann war, der alles bekam, wonach es ihn gelüstete. Mit Schaudern dachte sie an seine beiden verstorbenen Frauen. Nicht dass an deren Tod etwas verdächtig gewesen wäre – eine war bei der Geburt ihres Kindes verstorben, die andere bei einem Skiunfall in den Alpen. Aber bei seiner physischen Ähnlichkeit mit Heinrich VIII., seinen beiden toten Frauen und den zwei Töchtern, die er in weit prestigeträchtigere Schulen gesteckt hatte als St. Gert's, konnte sie sich eines gewissen Ekels und der Angst nicht ganz erwehren.

»Du hast mir erzählt, du hättest einen Chauffeur engagiert – aber du hast mir nicht gesagt, dass er einer der bekanntesten Golfspieler der Welt ist. Ich weiß, wie naiv du bist, my dear; also ist dir wahrscheinlich überhaupt nicht in den Sinn gekommen, wie unpassend dieses Arrangement erscheinen muss.«

Befriedigung durchzuckte sie. »Bitte macht Euch deswegen keine Sorgen, Mylord! Meine Freundin Francesca hat ihn mir empfohlen.« Sie machte sich nicht die Mühe nachzufragen, wie er herausbekommen hatte, dass Kenny ihr Fremdenführer war – Hugh Weldon Holroyd überließ niemals etwas dem Zufall. Sie hatte von Anfang an geargwöhnt, dass er jemanden zu ihrer Überwachung anheuern würde.

»Ich bin sicher, du hast dir nicht überlegt, wie das wohl aussehen würde. Natürlich magst du Francesca, aber sie arbeitet nun mal fürs Fernsehen und ist daher kaum respektabel. Und als künftige Duchess of Beddington musst du dir über solche Dinge schon Gedanken machen.«

Ihre Finger krampften sich um das Telefonkabel. »Ach, das schadet sicher nicht weiter. Ich habe doch nur zwei Wochen, um meine Recherchen unter den Hut zu bringen, und da brauchte ich jemand Zuverlässigen. Mr. Traveler kennt die Gegend wie seine Westentasche.«

»Darling, darum geht es nicht. Wir wollen gleich nach deiner Rückkehr unsere Verlobung bekannt geben – wie kannst du da so viel Zeit mit einem fremden Mann verbringen, auch wenn er nur Fremdenführer ist?«

Keineswegs würden sie ihre Verlobung bekannt geben, doch das wusste er noch nicht. Genausowenig wusste er, dass sie alles in ihrer Macht Stehende tun würde, um St. Gert's vor seinen Erpressungsversuchen zu schützen. »Ich bin hier in Texas, Mylord. Keiner Eurer Bekannten wird je etwas erfahren.«

»Du vergisst, dass sich meine Geschäftsinteressen über die ganze Welt erstrecken. Tatsächlich muss ich nach New York fliegen, wenn du wieder nach Hause kommst. Ich hatte gehofft, dich bei deiner Rückkehr in London treffen zu können, fürchte aber, dass wir das verschieben müssen. Ja wirklich, meine Liebe – je mehr ich darüber nachdenke, desto mehr komme ich zu dem Schluss, dass du besser gleich zurückkehren solltest. Diese Reise hat mir von Anfang an missfallen.«

»Ich schätze Eure Besorgnis, fürchte aber, dass das unmöglich ist. Denn Ihr wollt ja nicht, dass ich meinen Posten als Headmistress behalte, sobald die Verlobung offiziell wird.«

»Allerdings. Das wäre höchst unpassend.«

Nur im siebzehnten Jahrhundert, du Neandertaler!

»Dann seht Ihr sicher ein, warum ich hier bleiben muss. Ich habe den Herausgebern vom *New Historian* mein Wort als Schuldirektorin gegeben, den Artikel bis Ende des Monats fertig zu haben, und Ihr versteht, dass ich nicht wortbrüchig werden kann!« Sie machte eine dramatische Pause. »Bedenkt nur die Peinlichkeit, wenn die künftige Duchess of Beddington ihre Verpflichtungen nicht einhält.«

Aha, ihre Bemerkung hatte gewirkt, sie vernahm nämlich einen sehr ängstlichen Ton in seiner Stimme. »Dennoch passt es mir gar nicht, dich von einem derart berüchtigten Mann eskortiert zu sehen. Natürlich klinge ich wie ein übermäßig besorgter Gatte, my dear, aber ich könnte es mir nie vergeben, wenn ich es zugelassen hätte, dass auch nur der geringste Schatten eines Skandals auf deinen guten Namen fällt.«

»Wird er nicht, Hoheit!« Bei dieser dicken Lüge zuckte sie zusammen. Wenn alles gut ging, würde sie einen Skandal heraufbeschwören, der ausreichte, um ihm jegliche Gedanken an eine Verlobung mit ihr auszutreiben, und der gleichzeitig sicherstellte, dass St. Gert's auch für künftige Mädchengenerationen ein sicherer Hafen bliebe.

Als sie schließlich einhängte, zitterte sie am ganzen Leib und schwang sich eilig aus dem Bett. Es in weniger als vierundzwanzig Stunden gleich mit zwei schrecklichen Machos zu tun zu haben, war schlimmer als ein Klassenzimmer voll aufmüpfiger Schülerinnen. Wenigstens musste sie erst seit kurzem mit Hugh Weldon Holroyd zusammenarbeiten. Bis zu ihrem Tod war die Herzoginwitwe Emmas Kontaktperson zur Familie gewesen – obwohl sie schon vor längerer Zeit von Hughs Ruf gehört hatte, der Riesenprofite erwirtschaftete mittels Investment in die neuesten Technologien. Doch trotz seiner Begabungen in der Hochfinanz und der modernen Elektronik war er im Grunde ein altmodischer Aristokrat mit einem solchen Stolz auf seinen Stammbaum, dass ihm die Bewahrung und Ausweitung des Letzteren wichtiger geworden war als Geld.

Aus seinen beiden Ehen waren nur weibliche Erben hervorgegangen, und wie Heinrich VIII. peitschte ihn förmlich der Wunsch nach einem männlichen Erben. Wenn er keinen Sohn bekam, übertrug sich sein Adelsprädikat auf einen langhaarigen Neffen, den Drummer einer Rockband. Das hielt er für so absurd, dass er nur wenige Monate nach dem Ableben seiner zweiten Frau sein Personal mit der Suche nach einer geeigneten nächsten Kandidatin beauftragte. Sie sollte – selbstredend – auch einen vorzüglichen Stammbaum besitzen. Und eine solide Person sein, ohne jegliche Presse-Auftritte. Keine quirligen Sarah Fergusons, die seinen Ruf in dem Schmutz ziehen könnten. Und Jungfrau sollte sie möglichst ebenfalls sein.

Sie konnte sich vorstellen, wie seine Mitarbeiter auf so eine Beschreibung reagiert haben mussten. Später erfuhr sie dann, dass die einzigen geeigneten Kandidatinnen, die man aufzutreiben vermochte, Dreizehnjährige gewesen waren.

Hughs Schwester dachte schließlich an Emma und schlug ihrem Bruder vor, doch an ihrer Stelle an der jährlichen Gründungsfeier von St. Gert's teilzunehmen. Als Emma ihm an jenem Nachmittag das erste Mal in ihrem Büro Tee servierte, hatte er sie getadelt, weil sie mitten in ihrem Gespräch einen Anruf von einer ängstlichen Mutter annahm, und ihre schillernde Glasperlenkette, ein Geburtstagsgeschenk von einer Siebenjährigen, mit einem Stirnrunzeln gemustert. Sie konnte ihn nicht ausstehen.

In der nächsten und auch in der übernächsten Woche tauchte er erneut auf. Sie machte alle möglichen Ausflüchte, um ihm aus dem Weg zu gehen; doch eines Nachmittags erwischte er sie in ihrem Büro und erklärte arrogant, er sei der Ansicht, sie gäbe eine passende Ehefrau für ihn ab. Ihre Verlobung würde bekannt gegeben, sobald sie auf ihren Posten als Headmistress verzichtete!

Zunächst war Emma sprachlos gewesen. Sie musste dem Impuls widerstehen, einen Blick auf ihren Kalender zu werfen, um zu sehen, ob sie vielleicht aus Versehen einen Zeitsprung zurück in die Regency-Epoche gemacht hatte. »Hoheit, ich habe nicht die Absicht, Euch zu heiraten. Wie kennen einander ja kaum. Die ganze Idee ist vollkommen abwegig.«

Ihre Offenheit erwies sich als Fehler. Er zog die Augenbrauen zusammen, plusterte sich auf und meinte, die Angelegenheit wäre völlig geklärt.

»Aber gar nichts ist geklärt!«

»Sie sind eine Jungfrau mit einem Titel, besitzen das rechte Alter, einen vorbildlichen Ruf und eine unaufdringliche Erscheinung«, entgegnete er. »Es gibt wirklich nichts mehr darüber zu diskutieren.«

Seine langweilige Beschreibung ihrer Person kränkte sie zutiefst, und sie beging den fatalen Fehler, ihre Beherrschung zu verlieren. »Ich bin keine Jungfrau! Hab mit Dutzenden von Männern geschlafen. Mit Matrosen, Fernfahrern und erst letzte Woche mit dem Hausmeister!«

»Papperlapapp! Seien Sie nicht kindisch. Ich weiß genau, dass Sie nie eine ernsthafte Beziehung mit einem Mann gehabt haben. Wenn Sie keine Jungfrau mehr sind, dann liegt das Ereignis so weit zurück, dass es nicht der Rede wert ist.« Mit einer blasierten Miene war er sodann zur Tür ihres Büros geschritten. »Danke für das Gespräch, Emma. Wenn Sie nicht intelligent genug sind, um die Ehre, die ich Ihnen erweise, zu schätzen, dann sind Sie ganz sicher auch nicht intelligent genug, um St. Gert's zu leiten – und werden entlassen.«

Seine Drohung erschreckte sie zutiefst, und sie brauchte einen Moment, um sich wieder zu fassen. »Welchen Unterschied macht das schon? Wenn ich tue, was Ihr verlangt, werde ich ohnehin meinen Posten verlieren.«

Die Tür schloss sich, und sie hatte das Gefühl, als geriete auf einmal alles um sie herum ins Trudeln. Seine Drohung machte sie ganz krank. Sie sank in ihren Stuhl und versuchte, diese Schreckensnachricht, die wie eine Bombe in ihr geordnetes, friedliches Leben eingeschlagen war, zu verdauen.

Als Hughs Schwester am nächsten Tag anrief wegen eines Termins für die Bekanntgabe ihrer Verlobung, hatte Emma ihr erklärt, dass es keine Hochzeit geben würde.

Eine Woche verging, und sie hörte nichts mehr. Sie war drauf und dran, den bizarren Vorfall zu vergessen, als unvermutet eine Gruppe Landvermesser auf dem Schulgelände ihr Wesen trieb. Mit wild pochendem Herzen lief sie hinaus, um sie zu fragen, was sie hier zu suchen hätten, und bekam die Antwort, sie wären auf Weisung des Dukes of Beddington hier.

Er nahm den Hörer so prompt ab, dass sie vermutete, er habe nur auf ihren Anruf gewartet.

»Hoheit, sagt mir sofort, was hier los ist. Warum habt Ihr Landvermesser geschickt?«

»Habe ich Ihnen das nicht gesagt? Muss mir wohl entfallen sein. Ich überlege, ob ich das Grundstück nicht an eine Landerschließungsgruppe verkaufen soll.« Er hielt inne, um seine Worte wirken zu lassen. »Man könnte die alten Gebäude abreißen und eine Reihe schöner, moderner Wohnhäuser errichten.«

Nach einer kurzen Denkpause merkte sie, dass sie es hier in der Tat mit der übelsten Sorte von Erpressung zu tun hatte. Die Schule war das einzige Zuhause in ihrem jungen Dasein, aber ihre emotionale Verbundenheit mit dieser Institution war nicht alles. Gegen den Widerstand von Hughs Mutter hatte sie die Aufnahme von ein paar hochintelligenten jungen Stipendiatinnen durchgesetzt. Was würde aus ihnen, wenn sie an Schulen, die weit unter dem Niveau von St. Gert's standen, zurückgeschickt würden? Sie wusste noch, wie zittrig ihre Stimme geklungen hatte, als sie ihn fragte: »Und wenn ich Euch heiraten würde, was geschähe dann mit der Schule?«

»Aber meine Liebe, ich könnte doch keine Einrichtung verkaufen, die der Duchess of Beddington so sehr am Herzen liegt, nicht wahr?«

In diesem Augenblick begriff sie, dass er mehr als nur ein wenig verrückt sein musste.

Emma verbrachte zwei schlaflose Nächte, bis ihr Plan feststand. Am darauffolgenden Tag erreichte sie ihn in seinem Büro. »Verzeiht, dass ich so schwierig war, Hoheit. Es war nur der Schock. Natürlich wäre es mir eine große Ehre, Euer Angebot annehmen zu dürfen … das heißt, falls Ihr es Euch nicht noch einmal überlegt habt, jemanden, der so weit unter Euch steht, heiraten zu wollen.« Sie wartete hoffnungsvoll.

»Nochmal überlegt? Natürlich nicht.«

Ihre Nervosität so gut sie konnte verbergend, erklärte sie ihm daraufhin, dass die Verlobung bekannt gegeben werden könne, sobald sie ihren Verpflichtungen nachgekommen sei; diese schlössen eine Reise in die Vereinigten Staaten mit ein, welche sie in der Pause zwischen dem Frühjahrs- und dem Sommer-

Term zu machen gedachte; sie müsse unbedingt noch diesen Artikel für den *New Historian* beenden, an dem sie schon zu arbeiten begonnen habe.

Was den Artikel betraf, sagte sie die Wahrheit; allerdings verschwieg sie, dass sie für dessen Beendigung nicht mehr als ein paar Tage benötigte. Die restliche Zeit würde sie etwas weit Wichtigerem widmen.

Ihren guten Ruf zu verlieren, nämlich.

Der Plan war natürlich alles andere als perfekt, aber er war das Beste, was ihr in der Eile einfiel. Sie musste Beddington gerade so weit erschrecken, dass er sein Heiratsangebot zurückzog – aber auch wieder nicht über die Misstrauensgrenze hinaus; denn wenn das geschah, dann war die Schule doch verloren, und zwar aufgrund seiner Rachsucht.

Leider war sie auf nichts gekommen, das ihre Zukunft in St. Gert's gesichert hätte. Natürlich würde er jemandem mit einem befleckten Ruf nicht weiterhin die Führung der Schule anvertrauen, aber sie würde schon irgendwo anders eine Stellung finden. St. Gert's war für sie da gewesen, als es ihr am schlechtesten ging, und dafür wollte sie sich revanchieren.

5

Als Emma unten in der Lobby auf Kenny zuging, sah sie, dass der finstere Fremde, der sie letzte Nacht ins Hotel gebracht hatte, verschwunden und der freundliche Faulpelz wieder an dessen Stelle getreten war. Diesmal jedoch würde sie nicht darauf hereinfallen.

Einen Moment lang vergaß sie, was für ein Halunke er war, und genoss seinen Anblick. Er hatte seinen Stetson zu Hause gelassen, und sein prächtiges schwarzes Haar glänzte im Sonnenlicht, das durchs Atrium hereinschien. Kenny trug ein ausgebleichtes University-of-Texas-T-Shirt, dunkle Shorts und braune Boots, aus denen ein Zentimeter schneeweißer Socken hervorblitzte. Sie kam wieder zur Besinnung, als sie sah, wie sich sein Mund zu einem Grinsen verzog.

»Morgen, Lady Emma! Freut mich zu sehen, dass Sie Ihren Schirm nicht vergessen haben. Bin sicher, dass es irgendwann dieses Jahr noch mal regnen wird.«

Sie blickte zu ihrem Blümchen-Brolly hinunter, als könne sie sich nicht vorstellen, wie er dorthin gekommen war, schenkte ihm dann ein zuckersüßes Lächeln und piekste absichtlich in Richtung Portal. »Na, dann wollen wir mal!«

Zu ihrer Freude verengten sich seine Augen. »Erst Frühstück. Dann Geschäft.«

»Ich habe bereits gefrühstückt.«

Er betrachtete sie mit seinem lässigen, violetten Blick und meinte dann in seiner gedehnten Weise: »Also Lady Emma, sagen Sie bloß nicht, Sie haben vergessen, auf wessen Gehaltsliste Sie stehen.« Rums. Das saß.

Emma hätte eigentlich darauf gefasst sein sollen.

»Ich glaub, ich werd mir ein paar Blaubeer-Pancakes gönnen.« Seine Finger umfassten ihren Oberarm. »Und Sie?«

Sie überlegte, ob sie ihr nettes Gespräch mit Francesca erwähnen sollte, das sie vor kaum einer halben Stunde geführt hatte, sowie die Tatsache, dass sie ihre gute Freundin jederzeit wieder anrufen könne – doch dann zögerte sie. Es war wohl klüger, sich ihre Francesca-Munition für gefährlichere Schlachten aufzuheben. Ob sie nun ein zweites Frühstück zu sich nahm oder nicht, bedeutete schließlich kein Unglück.

Während sie es sich in einer Sitznische in der Cafeteria gemütlich machten, musste sie daran denken, was sie gestern Abend beinahe mit diesem Mann unternommen hätte; sie fragte sich, ob wohl der Jetlag ihr das letzte bisschen Verstand geraubt hatte. Was hatte sie gehofft zu erreichen, indem sie, kaum vierundzwanzig Stunden in diesem Land, mit einem Kenny

Traveler unter die Decke schlüpfte? Wenn sie schon vorhatte, mit jemandem zu schlafen, dann sollte sie wenigstens sicherstellen, dass Hughs Wachhunde auf ihrem Posten waren. Eine solche Unbedachtsamkeit passte gar nicht zu ihr und erfüllte sie mit Unbehagen.

»Für mich bloß Tee« , sagte sie, als die Serviererin auftauchte, um ihre Bestellung entgegenzunehmen.

Kenny strahlte sie begeistert an. »Ausgezeichnete Wahl. Aber bringen Sie ihr außerdem bitte noch ein Paar Blaubeer-Pancakes, etwas Bacon und, ja, dasselbe bitte für mich – außer dass ich lieber Kaffee hätte statt Tee.«

Er provozierte sie absichtlich, aber sie lächelte milde. »Och, statt der Blaubeer-Pancakes möchte ich gerne ein paar Toasts, bitteschön. Und statt Bacon, wenn es geht, eine Schüssel Erdbeeren.«

Das strapazierte Fräulein schenkte ihm Kaffee ein und eilte davon, bevor es einem von beiden einfiel, die Bestellung noch komplizierter zu machen.

Es gab viel Arbeit, und Emma hatte genug von seinen Mätzchen. Sie nahm sich nur einen Moment Zeit, um einen frischen Strauß Blumen beim Eingang zu bewundern, bevor sie zur Sache kam. »Haben Sie schon einen Tätowierladen ausfindig gemacht?«

»Vergessen Sie's. Tätowieren kommt nicht in Frage! Das Ganze ist einfach lächerlich.«

»Ich lasse mich sehr wohl tätowieren. Und zwar noch heute. Keine Diskussion!« Sie bezweifelte, dass eine Tätowierung allein ihrer Verlobung den Garaus machen würde, aber sie musste Hugh dazu bringen, an seiner Urteilsfähigkeit zu zweifeln. Sie blickte sich in der Lokalität um und fragte sich, ob einer der Männer, die sich hinter ihren Zeitungen verschanzt hatten, wohl ein Detektiv war, der sie im Auge behalten sollte. Sie konnte nichts Verdächtiges entdecken, doch glaubte sie keine Sekunde lang, dass Hugh sie diese beiden Wochen über in Frieden lassen würde. Die Tatsache, dass er sie heute früh so leicht gefunden hatte, war Beweis genug.

»Was werden wohl all die kleinen Mädchen sagen, wenn ihre Headmistress mit einer Tätowierung nach Hause kommt?«, erkundigte sich Kenny.

Gar nichts, weil sie nicht mehr dorthin zurückkehren würde, aber das brauchte sie ihm schließlich nicht auf den Bauch zu binden. »Nun, sie werden sich besser mit mir identifizieren können.«

»Wenn es das ist, was Sie wollen, warum dann nicht gleich die Zunge piercen lassen? Oder die Haare lila färben?«

Ans Piercen hatte sie schon gedacht, wollte sich aber keine Infektion zuziehen, und die Haare mit irgendeiner Knallfarbe zu stylen wäre zu offenkundig. Eine kleine Tätowierung, mehr traute sie sich nicht zu. Hugh sollte glauben, er habe einfach ihren Charakter falsch eingeschätzt, nicht dass sie versuchte, ihn absichtlich zu manipulieren – sonst würde er St. Gert's dem Erdboden gleichmachen. Die Serviererin brachte den Tee und verschwand wieder.

»Und wo, um alles in der Welt, wollen Sie sich tätowieren lassen?«

»Am Oberarm.« Wenn dieses Kapitel vorbei war, würde sie ihn ihr Leben lang bedeckt halten müssen.

»Damen lassen sich nicht am Oberarm tätowieren, sondern am Fußgelenk oder auf dem Schulterblatt oder, wenn man wirklich diskret sein will – und das würde ich Ihnen empfehlen, wenn ich mich zu einer Empfehlung hinreißen lassen würde, was nicht der Fall ist – auf einer *Brust*.«

Ihre Tasse, die sie gerade an die Lippen hatte führen wollen, verharrte in der Luft. Dieses einzelne Wort rief ihr mit einem Mal wieder alles in Erinnerung. Das Gefühl, wie der Seidenstoff von ihrer Haut glitt, die Wärme seines Mundes, wie er an ihrer Brustwarze saugte.

Natürlich wusste er genau, worauf er hinauswollte.

»Ach, was Sie nicht sagen.« Sie zwang sich, die Tasse zum Mund zu führen, ein Schlückchen zu nehmen und sie wieder abzusetzen. »Nun, Sie müssen's ja wissen.«

»Immer noch vergrätzt wegen gestern Abend, stimmt's?«

»Verstimmt, Mr. Traveler. Headmistresses sind nie vergrätzt.«

Er grinste sie mit jungenhaftem Eifer an. »Also irgendwie ist das für mich nicht logisch. Sie sind eine sehr nette, unverheiratete Lady, die sich ein wenig Würze in ihrem Leben wünscht. Vollkommen verständlich. Vollkommen normal. Aber zu Hause in England haben Sie einen Ruf zu wahren, also können Sie dort schlecht rumexperimentieren. In unserem großen Staate Texas kräht jedoch kein Hahn danach. Mich interessiert jetzt also Folgendes: Was für einen Unterschied macht es schon, ob ich ein professioneller Gigolo bin oder ein professioneller Golfer? Ich hab die nötige Gerätschaft und bin gerne bereit, sie Ihnen zur Verfügung zu stellen.«

»Sie sind sehr großzügig, aber Tatsache ist nun mal ... ich würde Sie nicht mehr an mich heranlassen, und wenn Sie der letzte Mann auf Erden wären.« Kaum hatte sie die Worte ausgesprochen, läuteten bei ihr sämtliche Alarmglocken. Dieser faule Einfallspinsel war überhaupt kein Dummkopf, und falls sie sich nicht täuschte, glaubte sie ein herausforderndes Glitzern in seinen Augen zu entdecken.

»Nun, wir werden ja sehen, Lady Emma, nicht wahr?«

Gott sei Dank tauchte in diesem Moment die Serviererin mit ihren Tabletts auf. Emma aß fast alle Erdbeeren, brachte aber nicht mehr als ein, zwei Bissen Toast hinunter. Kenny verputzte seine Pancakes und machte sich dann über ihre Reste her.

»Das ist nicht sehr hygienisch«, verwies sie ihn.

»Nun, Bazillen haben wir ja schon gestern Abend ausgetauscht, also mach ich mir deswegen nicht allzu viele Sorgen.«

Immer wieder versuchte er, sie an jene tiefen, herrlichen Küsse zu erinnern. Nein, nicht mit ihr! »Ein Wunder, dass Sie nicht dicker sind bei dem, was Sie alles runterschlingen.«

»Nun, ich verbrenn jede Menge Energie während des Tages.«

»Auf welche Weise, du lieber Himmel?«

»Faulenzen ist ganz schön anstrengend.«

Sie musste ein Lächeln unterdrücken, und das beunruhigte sie. So leicht würde sie sich von seinem lässigen Charme nicht wieder rumkriegen lassen. »Wenn Sie mir nicht helfen wollen, ein Tätowierstudio zu finden, dann werde ich eben im Telefonbuch nachschlagen und selbst eines ausfindig machen. Bis dahin jedoch muss ich ein paar Sachen einkaufen gehen.«

»Ich dachte, es würde sich hier um eine Arbeitsreise handeln.« Er signalisierte dem Fräulein, dass er bezahlen wollte.

»Stimmt, aber ich habe Verschiedenes vor. Zunächst möchte ich heute Nachmittag ein paar Stunden bei der *Dallas Historical Society* verbringen. Sie wissen schon Bescheid und haben mir ein paar Unterlagen herausgesucht. Außerdem müsste ich noch nach Austin zur *University of Texas Library* und nach San Antonio.«

»Nun, dann erzählen Sie mir doch ein bisschen was über diese Lady, die Sie studieren.«

»Lady Sarah Thornton? Ich schreibe einen Artikel über sie für den *New Historian*. Zwar unterrichte ich nicht mehr, will aber dennoch nicht ganz den Kontakt verlieren. Lady Sarah war eine ganz außergewöhnliche Frau, Mitglied der Aristokratie, aber recht unabhängig für ihre Zeit, und außerdem von unstillbarer Neugierde erfüllt. 1872 hat sie ganz allein diese Region bereist.«

»Ganz allein, sagen Sie? Ohne fremde Hilfe?«, erkundigte er sich mit bedeutungsschwangerer Miene.

»Lady Sarah war mutiger als ich. Ihr Reisebericht ist faszinierend, weil sie Texas nicht nur mit den Augen einer Fremden, sondern auch einer Frau sah. Sie war beispielsweise an jenem Tag in Dallas, als dort die erste Eisenbahn eintraf, auf der Houston & Texas Central. Ihre Beschreibung des fröhlichen Büffelgrillfestes zu diesem Anlass fand ich hinreißend.«

Er warf ein paar Geldscheine auf den Tisch und erhob sich.

»Komisch, dass eine Dame aus dem vorigen Jahrhundert den Mumm hatte, ganz allein durch Texas zu reisen, und eine moderne, unabhängige Frau wie Sie ein solcher Angsthase ist.«

»Lady Sarah musste sich nicht mit Autos herumplagen«, entgegnete sie, während sie ihm nach draußen folgte. Desgleichen musste Lady Sarah auch keinen Herzog abwimmeln, indem sie offen mit einem allzu gut aussehenden Fremden herumreiste.

Als sie in die Lobby zurückgingen, reichte sie ihm zwei Dollar. »Für meinen Tee. Zum Rest haben Sie mich gezwungen, also können Sie ihn auch bezahlen.«

»Behalten Sie Ihre Knete.«

»Kein Grund, eingeschnappt zu sein.« Sie steckte die Scheine wieder in ihre Geldbörse zurück, und bloß um ihn ein wenig zu ärgern, wies sie mit dem Schirm zur Tür. »Hier entlang.«

Er riss ihn ihr aus der Hand und warf ihn dem Türsteher zu. »Verbrennen Sie das Ding, ja?«

»Lassen Sie ihn auf mein Zimmer schicken, bitte«, sagte sie zu dem Herrn. »Mrs. Wells-Finch. Nummer achthundertzwanzig.«

Die Lady begab sich auf den Parkplatz hinaus und merkte erst dort, dass Kenny ihr nicht gefolgt war und sie keine Ahnung hatte, wo sein Auto stand.

Sie blickte sich um und sah ihn wie eine Schnecke unter Beruhigungstabletten aus dem Hotel schleichen. Ungeduldig wippte sie auf ihren Sandalenspitzen.

Er grüßte ein paar Geschäftsleute und nahm sich dann die Zeit, die Fliesen zu seinen Füßen zu bewundern.

Seufzend blickte sie sich nach dem Cadillac um. Irgendwie überraschte es sie nicht, ihn auf einem Behindertenparkplatz stehen zu sehen. Ungeduldig wartete sie auf sein Näherkommen.

Endlich sperrte er die Tür für sie auf. »Müssen Sie unbedingt heute einkaufen gehen?«, fragte er, während sie einstieg und sich anschnallte.

»Ja. Irgendwas Modernes, aber nicht zu teuer.«

»Pech für Sie, denn ich hab keine Ahnung, wo man billig einkauft. Nehmen Sie einfach, was Sie wollen, und setzen Sie's auf meine Rechnung.« Sie bogen auf den Highway hinaus.

»Sicher nicht!«

»Wieso so zimperlich? Sie hatten ja auch nichts gegen die hundert Dollar pro Tag, die ich Ihnen bezahle, damit Sie den Mund halten.«

»*Zwei*hundert war der letzte Stand. Und das ist Erpressungsgeld – also was anderes, nicht wahr?« Sie betrachtete ihn mit einem fast spitzbübischen Gesichtsausdruck.

Sein Blick glitt über ihr heutiges Outfit: ein kurzer, dunkelbrauner Jeansrock, dazu ein cremefarbenes T-Shirt, auf dem eine Gartenlandschaft, komplett mit zwei Schwalben, abgebildet war. »Nettes T-Shirt.«

»Danke. Haben mir meine Fünftklässler zum Ende des Schuljahres geschenkt.«

Als sie den Highway entlangfuhren, erhielt sie endlich Gelegenheit, einen Blick auf die Schönheiten dieses Staates zu werfen, den sie bisher nur aus Geschichtsbüchern kannte. Die Supermärkte, Werbeplakate und Fast-Food-Restaurants, die sich am Straßenrand entlangzogen, waren wenig interessant für sie – aber die schiere Unendlichkeit der Landschaft raubte ihr den Atem. Sie konnte sich keinen größeren Gegensatz zu Lower Tilbey oder St. Gert's würdigen roten Backsteinbauten, gepflegten Rasenflächen und uralten Laubbäumen vorstellen. Was hatte Lady Sarah wohl gedacht, als sie diesen enormen, blauen Himmel sah, das weite, grün-braune Land?

Sie beugte sich vor, als Kenny Anstalten machte, erneut auf einen Behindertenparkplatz zu fahren. »O nein, nicht schon wieder!«

»Ich wollte gar nicht hier parken«, spielte er die gekränkte Unschuld. »Eine Dame zum Einkaufen zu begleiten, ist nicht so ganz mein Ding, also lasse ich Sie einfach hier raus und geh ein paar Bälle schlagen. In drei Stunden hol ich Sie wieder ab.«

»Liebe Güte, ich weiß genau, was ich will – so lange brauche ich ganz bestimmt nicht.« Mit einer schnellen Bewegung zog sie den Schlüssel aus dem Zündschloss. »Na los, nun kommen Sie schon.«

Er schnappte sich seinen Schlüssel wieder, kam aber zumindest mit, auch wenn er den ganzen Weg bis zum Einkaufszentrum vor sich hin maulte. »Nicht mehr als eine halbe Stunde, ich mein's ernst, Lady Emma. Nach 'ner halben Stunde machen ich und meine Golftasche uns aus dem Staub, ob Sie fertig sind oder nicht.«

»Hm.« Sie studierte die Schaufenster und sah beinahe sofort, was sie wollte. Dann deutete sie auf eine runde Betonbank. »Warten Sie hier. Ich bin gleich zurück.«

»Sie sind ein verfluchter kleiner Feldwebel, wissen Sie das? Glauben Sie wirklich, ich könnte einfach so in einem großen amerikanischen Einkaufscenter rumsitzen, ohne einen mittleren Aufruhr zu verursachen?«

»Wovon, um Himmels willen, reden Sie?«

»Ich bin 'ne Halbberühmtheit, davon rede ich.«

Wie um seinen Worten Gewicht zu verleihen, kamen zwei junge Frauen mit rosa Victoria's-Secret-Plastiktüten auf ihn zugerannt. »Kenny!«

Er funkelte sie böse an. »Na, sehen Sie, was Sie angerichtet haben?«

»Wird nicht lang dauern, ich verspreche es.«

Tat es auch nicht, aber als sie wieder aus dem Geschäft auftauchte, sah sie, dass sich eine kleine Menschenmenge um ihn versammelt hatte, und er schien aus dem Stegreif einen Golfkurs abzuhalten.

»Wenn der Schläger den obersten Punkt erreicht hat, dann schön ruhig und glatt nach unten. Dabei immer schneller werden, so …«

Sie fing seinen Blick auf, doch im Widerspruch zu seinen vorherigen Protesten schien er sich glänzend zu unterhalten und nicht in Eile zu sein. Daher verschwand sie rasch in einem Accessoires-Shop und erstand noch ein paar billige Klunker zu ihren neuen Sachen, bevor er sich schließlich von seinen Bewunderern losriss und sie zum Auto geleitete.

»Jetzt die Tätowierung«, ordnete sie an, als sie wieder auf der Straße waren.

»Es ist Ihnen also wirklich ernst damit?«

»Absolut.«

Er überlegte ein paar Minuten. »Meinetwegen – da Sie nun mal fest entschlossen sind, werde ich Ihnen helfen. Aber es wird etwas dauern, bis ich einen Ort gefunden habe, an dem man saubere Nadeln verwendet.«

»Nadeln?«

»Wie glauben Sie denn, dass die Tattoos auf die Haut kommen?«

»Ja, sicher, das habe ich nicht gemeint. Ich weiß, dass man Nadeln dazu benutzt. Es war bloß die Art, wie Sie das ausgesprochen haben.«

»Wird ganz schön wehtun, Queen Elizabeth. Wenn Sie das nicht aushalten können, lassen Sie sich am besten gar nicht erst darauf ein.«

»Na, so schmerzhaft kann's nun auch wieder nicht sein.«

Sein Schnauben klang wenig ermutigend.

»Sie wollen mir ja bloß Angst einjagen.«

»Na, entschuldigen Sie mal, ich bin eben eine mitfühlende Natur.«

»Ha!«

»Also gut. Sie haben gewonnen. Ich schau mich um, sobald ich Sie bei der Historical Society abgesetzt hab.«

Zum ersten Mal eine gute Idee von ihm. »Super!«

Sie machten sich zum State Fair Park auf, wo die *Dallas Historical Society* in einem beeindruckenden T-förmigen Pavillon, genannt *Hall of State*, untergebracht war. Am Ziel kletterte sie aus dem Wagen, nachdem man vereinbart hatte, sich um fünfzehn Uhr wieder hier zu treffen.

Emma hatte vorgehabt, direkt zu den Sälen der Historical Society zu gehen, musste jedoch feststellen, dass es zu viel gab, das sie vorher noch sehen wollte; also betrachtete sie in aller Seelenruhe die riesigen Gemälde, die die hohen Wände der vierstöckigen *Hall of Texas* zierten und die Geschichte des Staates von 1528 bis ins zwanzigste Jahrhundert zeigten. Als sie endlich bei den Räumlichkeiten der Historical Society eintraf, wurde sie freundlich begrüßt und verbrachte die nächsten Stunden mit dem Vergleich ihrer Notizen aus Lady Sarahs Tagebuch und den historischen Fakten dieser Zeit. Sie vertiefte sich so in ihre Studien, dass sie jegliches Zeitgefühl verlor und erst um Viertel nach drei an der verabredeten Stelle auftauchte.

Der Cadillac wartete bereits, mitsamt seinem wütenden Fahrer. »Sie sind zu spät. Ich hasse das!«

»Also ehrlich, Kenny, Sie haben wahrhaftig keinen Grund, sich zu beklagen. Wie hätte ich wissen sollen, dass Sie nach gestern heute pünktlich auftauchen würden?«

»Gestern war was anderes.«

»Weil Sie zu spät dran waren und nicht ich?«

»So ähnlich.«

»Sie sind unmöglich. Haben Sie ein Tätowiergeschäft gefunden?«

»Sogar was viel Besseres. Ich hab eine Lady aufgestöbert, die in ihrer Freizeit Leute tätowiert. Zu Hause.«

»Tatsächlich? Und ist sie zuverlässig?«

»Ein wahrer Stützpfeiler der Menschheit. Was Besseres kriegen Sie nicht, Ehrenwort! Bloß, sie ist ganz schön ausgebucht und hat erst heute Abend um zehn Uhr Zeit. Ich musste sie deswegen ohnehin fast anbetteln.«

Sie hoffte, dass Hughs Informanten sie begleiten würden. »Das ist schon recht.« Ihr Magen knurrte. »Ich könnte einen kleinen Lunch vertragen.«

»Da weiß ich doch *den* idealen Ort!«

Zwanzig Minuten später fuhren sie durch die steinerne Toreinfahrt eines Country-Clubs, der geradezu nach Exklusivität roch. Die baumbestandene Auffahrt endete vor einer echten Südstaatenvilla mit griechischen Säulen. Als Kenny geparkt hatte, stieg sie aus und ging auf den Vordereingang zu. Wieder brauchte sie ein Weilchen, ehe sie merkte, dass er ihr nicht folgte. Sie schaute sich um.

Er stand da und starrte sie an, die Hände in die Hüften gestützt. »Wissen Sie, wo der Eingang ist?«

Sie blickte sich um. »Nein, eigentlich nicht.«

»Warum gehen Sie dann voran?«

»Ich weiß nicht. Tue ich immer.«

»Ab sofort hören Sie auf damit! Ich kann das nicht ausstehen.«

Jeremy Fox ebenfalls nicht. Aber sie war nicht der Typ Frau, der dem Manne stillschweigend folgt. Die meiste Zeit ihres Lebens hatte sie sich allein durchschlagen müssen und gelernt, dass man entweder voranging oder vergessen wurde.

Mr. Traveler wies mit dem Daumen auf ein kleineres Gebäude. »Wir müssen dorthin.«

»Sorry.« Sie kam sich blöd vor, als sie ihm nun einen Weg entlang folgte, der zu einer Tür führte, auf der mit goldenen Lettern stand, dass es sich hier um den Pro-Shop handelte, für die Profis also. Die Männer drinnen begrüßten ihn wie einen König.

»Hey Kenny! Wie geht's?«

»Hast dich schon 'ne Zeitlang nich mehr blicken lassen!«

»Haste gehört, dass Charlie am Siebten einen Eagle gemacht hat? Hat sich so drüber aufgeregt, dass er Herzrasen bekam und aufhören musste.«

Kenny erwiderte ihre Grüße und sagte, er hätte nichts von Charlie gehört – dann führte er Emma zu einem durch eine Glaswand abgetrennten Grillraum. »Ich hoffe, es macht Ihnen nichts aus, allein zu essen.« Er winkte die Hostess heran. »Kümmer dich um sie, ja Maryann? Ich geh 'n paar Bälle schlagen.«

»Sicher, gern, Kenny. Wusstest du, dass jeder vom Personal hier 'ne Petition unterschrieben hat, damit du wieder bei der Tour mitmachen darfst?«

»Also, dafür bin ich euch echt dankbar. Richte bitte allen meine Grüße aus.«

Er verschwand, und Maryann setzte Emma an einen Fenstertisch. »Von hier aus können Sie ihm zusehen. Und Schätzchen, ist er nicht ein herrlicher Anblick? Keiner schlägt die langen Bälle so wie Kenny Traveler.«

Emma schenkte ihr einen Blick, der, wie sie hoffte, freundlich, aber reserviert war. Sie hatte kein Interresse daran, Kenny beim Schlagen langer Bälle zuzusehen.

Bis sie ihn tatsächlich dabei erblickte, jedenfalls.

Zwar trug er immer noch seine dunklen Shorts, doch die Boots hatte er gegen ein paar Golfschuhe ausgewechselt und das University-of-Texas-T-Shirt gegen ein dunkelbraunes Golfhemd mit einem anderen Logo – das sie aus der Entfernung jedoch nicht entziffern konnte. Mit geschmeidigem Muskelspiel absolvierte er einen Schlag nach dem anderen. Die Bälle schossen nur so vom Tee und flogen derart weit, dass sie sie nicht mehr landen sah. Über seine Grazie war sie nicht überrascht, über seine Kraft schon. Bei einem solch passionierten Faulpelz eine solche Kraftentfaltung zu erleben, machte einen ganz schwindlig.

Der Mann war ein totales Rätsel. Sie hatte das Gefühl, dass sich unter seiner indifferenten Fassade dunkle Wasser befanden, wie tief und wie dunkel, konnte sie jedoch nicht beurteilen. Ihr fiel ein, was er heute Morgen in der Cafeteria zu ihr geäußert hatte, als er klarstellte, dass er noch immer mit ihr ins Bett wollte. *»Was für einen Unterschied macht es schon, ob ich ein professioneller Gigolo oder ein professioneller Golfer bin? Ich hab die nötige Gerätschaft und bin gerne bereit, sie Ihnen zur Verfügung zu stellen.«*

Aber es machte durchaus einen Unterschied. Sie konnte sich

irgendwie ins Gesicht sehen, wenn sie seine Dienste bezahlte – aber nicht, wenn sie das Groupie eines reichen Profisportlers wurde, das der Athlet insgeheim verachtete.

Den ganzen Tag lang hatte sie versucht, nicht an die Ereignisse von gestern Abend zu denken, doch nun, während sie ihr gegrilltes Hühnersandwich aß und ihm beim Bälleschlagen zusah, wurde ihr angesichts seiner Stärke ganz heiß, und sie rückte unruhig auf ihrem Stuhl hin und her. Jetzt galt es, logisch zu denken! Eine Tätowierung und eine andere Aufmachung würden nicht reichen, um Hugh Weldon Holroyd vollends abzuschmettern, lediglich dazu, dass er sich ein paar Gedanken über sie machte. Die ganze Zeit hatte sie gewusst, dass es etwas Drastischeres sein müsste. Einen Liebhaber nehmen? Dieser Gedanke nagte, wie gesagt, seit einiger Zeit an ihr. Aber nicht Kenny Traveler. Nach allem, was gestern Abend passiert war, wäre das unmoralisch. Sie konnte nicht erklären, warum; trotzdem traf es zu. Emma musste jemand anderen finden.

Diese Erkenntnis deprimierte sie so sehr, dass ihr der Appetit verging. Kenny Traveler war weder ehrlich noch vertrauenswürdig, aber ganz gewiss sexy, und trotz ihrer Aversion gegen Draufgänger hatte sie leider nichts gegen ihn. Niedergeschlagen stocherte sie in ihrem Hühnersandwich herum, dann signalisierte sie der Hostess, ihr einen Tee zu bringen, den sie gar nicht wirklich wollte. Alles nur, um von der verlockenden Gestalt auf dem Abschlagplatz keine Notiz mehr nehmen zu müssen.

Kenny setzte sie am Hotel ab, bevor er in seine Wohnung fuhr, wegen anderer Klamotten – »was man eben so anzieht, wenn man eine Tätowierstube aufsucht« – erklärte er. Um halb acht ging sie in die Lobby hinunter, um auf ihn zu warten. Unten blickte sie sich um, ob sie vielleicht jemanden sah, der ein Detektiv sein könnte, doch es schienen alles Geschäftsleute und Touristen zu sein.

Kenny kam durch die Drehtür herein. Er trug eine marineblaue Hose und ein weißes Poloshirt mit einem Dean-Witter-Logo. Sie fragte sich, ob er auch Hemden ohne Werbeaufschrift besaß.

Als er sie erblickte, erstarrte er. »Was, zum Kuckuck, haben Sie mit sich angestellt?«

»Wer ist der Antichrist?«

»Darüber reden wir jetzt nicht; wir reden darüber, dass ich Mary Poppins hier abgesetzt hab und dann plötzlich Madonna vorfinde.« Sein Blick glitt über ihr neues Kleid, das sie in einer der preisgünstigen Teen-Boutiquen des Einkaufscenters erstanden hatte. Es war ein schwarzer, ärmelloser Schlauch, unverschämt kurz, mit einem Reißverschluss am Ausschnitt, der bis zum Hals zu schließen war, nun jedoch offen stand. Zumindest weit genug, um ein Memo nach London zu rechtfertigen.

»Wirklich? Sie finden, ich sehe aus wie Madonna?«

»Sie sehen kein bisschen aus wie Madonna.« Er senkte seine Stimme zu einem Grollen, das nur bis zu ihr drang. »Eher sehen Sie aus wie eine nymphomanische Mary Poppins. Die Sachen, die Sie heut Morgen anhatten, waren tadellos, und ich möchte, dass Sie sie sofort wieder anziehen.«

»Liebe Güte, Kenny, Sie klingen ja wie ein empörter Erziehungsberechtigter.«

Sein Gesicht verfinsterte sich noch mehr. »Sie amüsieren sich prächtig, wie? Ihnen gefällt's, so rumzulaufen, ja? Da bleibt wohl nichts mehr der Fantasie überlassen.«

»So schlimm ist es auch wieder nicht, oder?« Vielleicht war sie wirklich ein bisschen zu weit gegangen. Wenn schon ein Playboy wie Kenny Traveler dachte, sie wäre zu freizügig gekleidet, dann hätte sie vielleicht doch etwas Subtileres wählen sollen. Sie zog den Reißverschluss bis oben zu. »Hier, bitte.«

Er fuhr fort, sie kritisch zu mustern. »Sie sind geschminkt.«

»Das war ich schon den ganzen Tag.«

»Nicht so stark wie jetzt.«

»Aber dennoch dezent und geschmackvoll. Und versuchen Sie bloß nicht, mir was anderes einzureden!«

»Darum geht's nicht.«

»Worum denn sonst?«

Der Golfprofi machte den Mund auf, um etwas zu sagen, und schüttelte dann den Kopf. »Ich weiß nicht. Alles was ich weiß, ist – nach dem, was gestern Abend passiert ist und Ihrem Fimmel mit der Tätowierung und nun das – also dabei kriege ich ein ganz komisches Gefühl. Es ist eine Sache, sich ein wenig Freizügigkeit in den Ferien zu gönnen, aber eine ganz andere, sich in eine völlig neue Person zu verwandeln. Warum sagen Sie mir nicht einfach, was in Ihrem Köpfchen so vorgeht?«

»Nichts.«

Er zog sie beiseite und sprach leise auf sie ein. »Hören Sie Emma, lassen Sie uns doch einmal ganz offen reden. Es kribbelt bei Ihnen, und Sie suchen jemanden, der Sie kratzt – vollkommen verständlich –, aber Sie können nicht einfach jeden ranlassen. Und in der Aufmachung stellen Sie sich sozusagen auf den Auktionsblock.«

»Quatsch! Sie sind doch den ganzen Abend über bei mir, nicht wahr? Wie kann da was passieren?« Sie stöckelte zur Lobbytür.

»Darum geht's nicht«, entgegnete er, hinter ihr herschreitend. »Kommen Sie, ziehen Sie sich um, dann führe ich Sie in ein hübsches kleines mexikanisches Restaurant zum Dinner.«

»Haben Sie Angst, dass Sie Ihren guten Ruf verlieren, wenn Sie mit einem steilen Zahn gesehen werden?«

»Dies hier betrifft Sie, nicht mich.«

»Exakt. Genau, was ich meine!« Sie lächelte, um ihm zu zeigen, dass sie ihm nicht böse war, und steuerte den Parkplatz an. Auf dem Weg dorthin begann sie, jeweils drei kleine Klipse über die Silberklunker an ihren Ohrläppchen zu befestigen.

Hinter ihr schimpfte er: »Ich übernehme keinerlei Verantwortung. Wenn Sie das nächste Mal mit Francesca telefonieren, sagen Sie ihr unbedingt, dass ich alles getan hab, um Ihnen ein wenig Vernunft einzutrichtern.«

Sie wartete, bis er rückwärts aus dem Behindertenparkplatz gestoßen war. »Wer ist der Antichrist?«

»Eine Person, deren Namen ich nicht in den Mund nehme.« Er wechselte das Thema. »Wie lief's in der Historical Society? Haben Sie was Neues über Lady Sarah rausgefunden?«

»Nun, meine Annahme, dass sie eine sehr gute und aufmerksame Beobachterin war, wurde erneut bestätigt. Ihr Bericht über das Eisenbahnfest stimmt mit allen anderen Quellen überein, bloß dass sie viel mehr Details erwähnt.«

Dann erkundigte er sich nach der Methode, mit der sie ihre Nachforschungen betrieb, sie merkte, wie sie mit einem Mal richtig auftaute und den ganzen Weg bis zum Restaurant erzählte. Als sie sah, dass sie angelangt waren, wurde sie verlegen. »Entschuldigen Sie vielmals. Manchmal geht meine Begeisterung einfach mit mir durch.«

»Das stört mich überhaupt nicht«, zerstreute er ihre Bedenken. »Ich mag Geschichte. Und es gefällt mir, wenn die Leute ihre Arbeit lieben. Zu viele arme Schweine verbringen ihr Leben mit Berufen, die sie hassen.« Er hielt ihr die Tür auf. »Bestimmt waren Sie 'ne gute Lehrerin, bis Sie die Karriereleiter hinaufgeschubst und Headmistress wurden.«

Emma lächelte. »Ich liebe es zu unterrichten – aber Schulleiterin zu sein hat auch seine Vorteile.«

»Pelze und Diamantarmbänder, wie?«

»Nein, nein – St. Gert's ist ein wundervolles altes Mädchen, aber sie musste renoviert werden. Ich liebte diese Herausforderung.«

»Sie?«

»Schwer zu erklären … die Schule hat irgendwie eine ausgeprägte Persönlichkeit, wie eine gütige Großmutter. St. Gert's ist was ganz Besonderes.«

Er betrachtete sie neugierig, dann trat die Hostess auf sie zu, begrüßte ihn mit Namen und führte sie an ihren Tisch.

6

Das Restaurant war in einem gemütlichen alten Häuschen mit knarzenden Holzböden und erdfarbenen Räumen untergebracht. Begleitet vom Duft würziger Speisen geleitete man sie in eines der hinteren Zimmer. Einige der Besucher riefen Kenny ein lautes Hallo zu, während andere aufstanden, um besser sehen zu können. Das und die Vorfälle heute Nachmittag im Einkaufscenter überzeugten Emma davon, wie bekannt Kenny Traveler wirklich war. Der Gedanke bereitete ihr Unbehagen. Was hatte er bloß angestellt, dass Francesca ihn so erpressen konnte?

Die Hostess führte sie an einen Ecktisch mit einer dunkelgrünen, orangerotgestreiften Tischdecke. Die Wände waren in grober brauner Rauhfaser gehalten, dekoriert mit mexikanischen Werbeplakaten von der Jahrhundertwende.

Ein Ober tauchte mit einem Korb voller Chips, dazu Salsa auf. Aber Kenny orderte die schärfere Version; dann bestellte er einen Dos Equis für sich und einen extra großen Margarita für sie.

»Ein großer reicht auch.«

»Extra groß«, wiederholte Kenny, an den Ober gewandt, der nickte und verschwand, offenbar bemüht, den berühmten Gast zufrieden zu stellen.

»Warum ändern Sie dauernd meine Bestellungen? So viel will ich nicht trinken.«

»Sie vergessen die Nadeln. In ein paar Stunden kriegen Sie die Tätowierung, auf die Sie so versessen sind, und was ich so gehört hab, soll es höllisch wehtun. Ich würde Ihnen ernstlich empfehlen, das Vorhaben lieber beschwipst anzugehen.«

Emma mochte Nadeln wirklich überhaupt nicht und fand,

dass er gar nicht so Unrecht hatte. Sie begann, die Speisekarte zu studieren, legte sie dann jedoch wieder beiseite. Wozu auch? Er bestellte ja ohnehin für sie beide.

Wie Recht sie hatte! Der Ober tauchte mit ihren Drinks auf, und Kenny diktierte ihm eine derart umfangreiche und komplizierte Bestellung, dass sie keine Ahnung hatte, was sie da erwartete. Als der gute Geist verschwunden war, wiederholte sie die Frage, der er bis dahin geschickt ausgewichen war. »Sind Sie jetzt bereit, mir zu verraten, wer der Antichrist ist?«

»Sind wir schon wieder bei dem Thema?«

»Männlich oder weiblich?«

Er seufzte. »Männlich.«

»Sie kennen ihn schon lange?«

»Viel zu lange.«

»Hat er was mit Ihrem beruflichen oder Ihrem Privatleben zu tun?«

»Könnte man sagen, ja.«

Sie überlegte, ob sie fragen sollte, ob er größer als ein Brotkorb war. »Na los, raus mit der Sprache!«

Resigniert zuckte er mit den Schultern. »Der Mann Ihrer guten Freundin, das ist er.«

»Dallie?«

Er fuhr zusammen. »Sagen Sie das nicht! Ich kann den Namen nicht mehr hören.«

»Selbst ich weiß, dass er ein berühmter Golfer ist, aber ...«

»So ungefähr der Berühmteste der Welt. Er hat im Lauf seiner Karriere sämtliche Majors gewonnen und mehr reguläre Tourspiele, als man zählen könnte. Nächstes Jahr wird er fünfzig, dann nimmt er die Senior-Tour auseinander!«

»Aber ich dachte, Francesca hätte gesagt, er wäre der Präsident irgendeiner professionellen Golforganisation.«

»Nur temporär. Er musste sich vor nicht allzu langer Zeit einer Schulteroperation unterziehen und hat sich bereit erklärt, den Job des amtierenden PGA Commissioners zu übernehmen, während er sich wieder erholt. Die Organisation wollte sich Zeit lassen, den Richtigen für den Posten zu finden, und er war einer der wenigen, dem alle fälschlicherweise zutrauen, den Posten bestens auszufüllen. Eigentlich wollte er nicht, aber gewisse Leute haben ihn dazu überredet.« Er runzelte die Stirn.

»Sie auch?«

»Das Dümmste, was ich je gemacht hab – wenn man bedenkt, dass er bei dem Job mehr Gelegenheit hat, seine Macht zu missbrauchen als ein südamerikanischer Diktator, und die benutzt er nun gegen mich, diese Macht.«

»Kaum zu glauben! Wenn man Francesca so hört, dann muss Dallie der freundlichste, sympathischste Mann sein, den es gibt.«

»Er ist ein blutrünstiger, machthungriger, manipulierender, arroganter Hurensohn, das steht fest! Können wir jetzt über was anderes reden? Ich hatte seit dem Frühstück nichts mehr zu essen – aber Sie schaffen's beinahe, mir den ganzen Appetit zu verderben.«

»Die Hostess im Country Club sagte doch was von einer Petition, damit Sie wieder bei der Tour mitmachen können. Heißt das, Sie spielen im Moment nicht aktiv?«

»Ich bin für unbestimmte Zeit suspendiert«, knurrte er. Seine violetten Augen blickten stahlhart.

»Von Dal – von Francescas Mann?«

Er nickte kurz.

»Warum?«

»So was kommt nun mal vor, Punkt!«

Als er keine Anstalten machte, sich näher zu erklären, betrachtete sie ihn eingehend. »Und wie passe ich da hinein?«

Das Eintreffen der Vorspeise lieferte ihm den Vorwand, sie nicht gehört zu haben. Geschäftig machte er sich über die gefüllten Jalapeños her, während sie an ihrer eisgekühlten Margarita nippte. Ein paar Salzkörner blieben an ihrer Unterlippe kleben. Sie wischte sie mit ihrer Zungenspitze fort. »Alles, was ich tun muss, ist Francesca fragen.«

Er starrte ihre Unterlippe so lange an, dass sie schon fürchtete, etwas wäre nicht in Ordnung. Sie tupfte sie mit ihrer Serviette ab.

Die Sportskanone a. D. blinzelte. »Francesca hat viel Einfluss auf ihren Mann.«

»Und?«

»Sie will ihn dazu bringen, mich wieder einzusetzen.«

»Aha!« Jetzt verstand sie wirklich. »Aber nur, wenn Sie mir helfen?«

»So ungefähr.«

Da stimmte etwas nicht. Wieso sollte Francesca so viel daran liegen, dass Kenny Emma eskortierte? Das ergab keinen Sinn. »Was hat sie sich bloß dabei gedacht? Sie muss doch wissen, dass wir wie Feuer und Wasser sind.«

»All die Jahre, seit sie diese Talkshow macht, ist da irgendwas Sadistisches mit ihrem Hirn passiert. Es gefällt ihr, völlig unpassende Menschen zusammenzuwerfen und sich dann daran zu weiden, wie sie sich gegenseitig zerfleischen.«

Auch das klang gar nicht nach Francesca. Definitiv stimmte hier etwas nicht – aber das würde sie wohl schwerlich aus Kenny herausbringen.

Er betrachtete sie feindselig. »Essen Sie jetzt oder lecken Sie sich nur die Lippen?«

»Die Lippen?«

»Ich will ja nicht als Erster den Stein werfen, hab selbst genug schlechte Angewohnheiten – aber Sie sollten Ihre Unterlippe mal in Ruhe lassen. Dauernd knabbern Sie daran herum oder lecken sie ab oder sonst was. Das stört.«

»Wissen Sie, Kenny, Ihr Gekrittel geht mir allmählich auf die Nerven.«

»Hm.« Er stopfte den Tortilla-Chip, den er soeben vollgeladen hatte, in ihren Mund.

Die Salsa war höllisch scharf, und als sie endlich wieder zu Atem kam, trafen auch die anderen Gänge ein. Beim Essen unterhielt Kenny sie mit kleinen Geschichten aus der Gegend, und schon bald merkte sie, wie sie lachte und sich über seine Storys amüsierte. Er konnte ganz schön charmant sein, wenn er wollte, oder vielleicht lag es ja an dem Eimer Margarita, der in Glasform vor ihr stand und sie allmählich schwindelig machte.

Sie entschuldigte sich, um auf die Toilette zu gehen, und als sie zurückkam, wartete ein zweiter Margarita auf sie. Dieser schmeckte ein wenig anders, aber ebenso köstlich. Im Gedanken an die bevorstehenden Nadeln erlaubte sie sich zuzulangen. Vielfarbige Regenbögen begannen über die Stuckwände zu tanzen.

Schließlich schob Kenny den letzten Rest seiner zimtbestäubten flambierten Eiscreme von sich und bezahlte die Rechnung, obwohl sie ihm gesagt hatte, dass diese Mahlzeit auf sie ginge. »Es ist bald zehn«, sagte er. »Wir machen uns besser auf den Weg. Das heißt, wenn Sie noch wollen.«

»O ja, unbedingt!« Ihre Stimme klang ein wenig zu laut, sodass sie versuchte, sie zu dämpfen. »Ich hab meine Meinung keineswegs geändert.« Sie erhob sich, und der Raum begann sich um sie zu drehen.

»Hoppala!« Er nahm sie am Arm und führte sie durchs Restaurant. Auf dem Weg zur Tür erwiderte er die Grüße der Fans, die um seine Aufmerksamkeit wetteiferten.

Sie erwartete, dass die frische Luft sie beleben würde, aber das war nicht der Fall, und als die Lichter des Parkplatzes sie umtanzten, versuchte sie sich auszuschelten, weil sie zuviel getrunken hatte. Vergebens, es war ihr egal. »Kenny, du has mir nie erzählt, wasde getan has, um su'pendiert zu werd'n.«

»Weil dir die Antwort nicht gefallen würde.«

Sie hätte am liebsten die Arme ausgebreitet und die Nacht umarmt, ihn übrigens auch. »Heute gib's nix, was mir nich gefallen würd.«

»Also gut ... ich hab unter anderem eine Frau geschlagen.«

Das war das Letzte, woran sie sich erinnerte.

Emma hörte Wasser rauschen und dachte, dass die Erstklässler wieder einmal den Wasserschlauch vor ihrem Häuschen aufgedreht haben mussten. Sie füllten gern ihr Vogelbad, doch manchmal vergaßen sie, den Schlauch wieder zuzudrehen. Sie runzelte die Stirn und versuchte, es ihnen zu sagen, doch die Worte wollten nicht über ihre Lippen.

Das Wasserrauschen hörte auf. Sie kuschelte sich tiefer in ihr bequemes Bett.

»Emma?«

Sie brachte die Lider gerade so weit auf, um einen Streifen weißer Zimmerdecke zu erkennen. Zu weiß für die Decke in ihrem Häuschen. Und wo war der blattförmige Riss über ihrem Bett?

»Emma?«

Nun zwang sie sich, die Augen ganz zu öffnen, und sah Kenny über den Teppich auf sich zukommen. Was hatte der Kerl in ihrem Cottage zu suchen?

Um seine Hüften schlang sich ein Handtuch, ein anderes hing ihm über die Schultern. Seine Haare waren feucht und standen wirr vom Kopf ab.

Die Welt hörte auf sich zu drehen, und sie erkannte, dass sie in seiner Wohnung, in seinem Bett lag.

Die Lady stöhnte.

»Immer frisch aus den Federn, Queen Elizabeth!«

»Was mach ich hier?«, krächzte sie.

»In der Küche steht 'ne frische Kanne Kaffee, die wird dir schon wieder auf die Beine helfen. Also, du verträgst wirklich keinen Alkohol.«

»Bitte …«, stammelte sie, als ihr Blick auf das zerwühlte Bett fiel. »Sag nicht, ich schulde dir dreißig Dollar.«

»Schätzchen, nach dem, was gestern Nacht passiert ist, steh ich in deiner Schuld.«

Stöhnend vergrub sie ihr Gesicht in den Kissen.

Er gluckste vergnügt. »Du bist die reinste Wildkatze, mein Schatz, das lass dir von mir gesagt sein.«

Sie zwang sich, ihn anzusehen, entdeckte das diabolische Funkeln in seinen Augen und sank wieder in die Kissen zurück. »Spar dir deine Spucke. Nichts ist passiert.«

»Woraus entnimmst du das?«

»Dass du ja noch auf beiden Beinen stehst.«

Weiteres Glucksen.

Angesichts ihres Zustands war das eine ziemlich schlagfertige Antwort, fand sie, aber ihr war viel zu übel, um sich groß darüber freuen zu können. Sie erhob sich vorsichtig in eine sitzende Stellung und sah, dass sie ein University-of-Texas-T-Shirt, darunter ihren BH und Slip anhatte. Im Moment wollte sie lieber nicht darüber nachdenken, wie sie aus ihrem Kleid gekommen war.

»Soll ich die Dusche für dich anstellen?«

Stolpernd peilte sie die Badezimmertür an. »Nein, das mach ich selber. Aber den Kaffee hätte ich gerne.«

»Jawohl, Gnädigste!«

Sie schloss die Tür, zog sich sein T-Shirt über den Kopf, ließ ihren BH zu Boden fallen und drehte sich zum Waschbecken um.

Genau in diesem Moment stieß sie einen gellenden Schrei aus.

Kenny, der auf der anderen Seite der Tür lauerte, grinste und lauschte, wie sich Emmas Schrei in etwas Ähnliches wie ein Schluchzen verwandelte. Sein Grinsen wurde breiter, doch da hörte er rasche Schritte die Treppe heraufkommen, und sein Gesicht verfinsterte sich. »Shit!«

Das Schlafzimmer sprang auf, und eine wunderschöne junge Dame mit herrlichen, tintenschwarzen Haaren und der Figur eines Supermodels stürmte herein. »Jeez, Kenny, hast du diesmal etwa eine abgemurkst?«

Emma stürzte, in ein großes Handtuch gewickelt, aus dem Bad. Ihre Augen waren groß wie zwei Untertassen. *»Was hast du mir angetan!«*

»Hör zu, ich möchte dir meine kleine Schwester vorstellen, Torie. Torie, das ist Lady Emma Wells-Finch!«

Während Emma versuchte, die Sprache wiederzufinden, bemerkte Kenny, dass Torie wie üblich mit dem Besten ausgestattet war, was Nieman Marcus zu bieten hatte: eins jener kleinen Schwarzen, die so schlicht aussahen, aber in Wirklichkeit ein Vermögen kosteten, dazu ein Paar sündteurer italienischer Sandaletten. Zwei überdimensionale Diamantklunker hingen an ihren Ohren, ein Hochzeitsgeschenk von ihrem letzten Ex-Ehemann.

Ihr Haar war ebenso schwarz wie seins und kinnlang, bloß um ihr Gesicht herum ein wenig kürzer. Die Achtundzwanzigjährige war groß, gertenschlank, grünäugig und einfach umwerfend. Außerdem rangierte sie als Nervensäge an erster Stelle, aber er liebte sie. Im Übrigen mochte er vielleicht der einzige Mensch sein, der begriff, wie viel Unglücklichsein und Verzweiflung sich hinter ihrer schnoddrigen Fassade verbargen.

»Benutzt du eigentlich nie die Klingel?«, brummte er.

»Wieso sollte ich, wo ich doch einen perfekten Schlüssel besitze?«

Sie musterte Emma interessiert. »Liebes, das ist aber mal ein teuflisches Tattoo, das Sie da haben.«

Ohne auf sie zu achten, sprang Emma mit Tränen in den Augen auf ihn zu. »Wie konntest du das zulassen?«

Er studierte die rot-weiß-blaue Lone-Star-Flagge, die sich über einen Gutteil ihres linken Oberarms zog, darunter ein flatterndes Banner mit dem Namen *Kenny* darauf.

»Gab nich viel, das ich hätt tun können. Du weißt ja, wie du bist, wenn du dir mal was in den Kopf gesetzt hast.«

»Ich war angeheitert.«

»Das kannst du laut sagen.«

»Nun, zumindest ist es nichts Gewöhnliches!«, versuchte Torie sie ein wenig aufzumuntern.

Emma starrte sie an, als sie ihr die Hand entgegenstreckte. »Freut mich, Sie kennen zu lernen, Lady Emma! Falls es Ihnen vorhin entgangen sein sollte, ich bin Torie Traveler. Ich hatte schon ein paar andere Nachnamen, die hab ich aber kürzlich wieder abgestoßen. Back to the roots, Sie wissen schon. Es soll ja keine Beleidigung sein, aber Sie haben einen furchtbaren Geschmack, was Männer betrifft.« Sie ließ Emmas Hand fahren und wandte sich Kenny zu. »Du hättest wenigstens einmal zurückrufen können, du Mistkerl!«

»Wozu? Du sagst mir doch ohnehin bloß, dass ich nach Wynette kommen soll, und ich will im Moment nun mal nicht nach Wynette.«

»Na prima. Dann lass mich bis zur Hochzeit getrost links liegen.«

»Du und Philipp Morris, ihr wollt's also wirklich wagen?«, erkundigte er sich.

»Sein Name ist Phillip Morrison, und du weißt sehr genau, dass ich nicht diese Hochzeit meine.«

»Dann hat's also zwischen dir und Phillip nicht geklappt, wie's scheint.«

»Er wollte, dass ich aufhör zu fluchen und ihm zehn Peitschenhiebe verabreiche.« Sie stemmte eine Hand in die Hüfte. »Ich schwör dir, ich konnt mir nicht länger seinen Golfschwung ansehen, ohne eine Art semi-obszöner Bemerkung zu machen.«

»Du hast mit ihm Schluss gemacht, weil dir sein Schwung nich gefiel?«

»Ja und weil er seinem Schwanz 'nen Namen gegeben hat.«

»Aber das tun doch viele Männer.«

»Schon, schon, aber nennen sie ihn Barbie?«

Kenny seufzte. »Das hast du dir bloß ausgedacht.«

»Ich wünschte, es wär so.«

Emma konnte es nicht länger aushalten und wirbelte zu ihm herum. »Wie bin ich an diese Tätowierung geraten?«

»Du hast sie dir unbedingt in den Kopf gesetzt.«

»Eine Blume! Ich wollte ein Blümchen!«

»Also nicht letzte Nacht, no, Sir! Und Schätzchen, du solltest mir dankbar sein , denn du hast dir den Union Jack für den andern Arm eingebildet. Als ich dabei nicht länger zusehen wollte, bekamen wir einen Riesenkrach. Ich musste schließlich eine schreiende und um sich tretende Lady aus dem Laden tragen. In dem Zustand hätte ich dich nicht ins Hotel zurückbringen können, deshalb sind wir hier gelandet.«

Emma sank auf ihre Seite des Bettes. »Aber ich hatte doch bloß zwei Margaritas. Bloß zwei Drinks. Wie kommt es, dass ich mich da an gar nichts mehr erinnere?«

»Nun, die zwei hatten's ganz schön in sich. Und Alkohol verträgst du nun mal nicht allzu gut.«

Sie vergrub das Gesicht in den Händen. »Seit ich dich kenne, geht einfach alles schief.«

»Was Ihnen Aufschluss darüber geben sollte, wie's mit Ihrer Beziehung weiterläuft«, erklärte Torie und ging zum Spiegel, um ihre Frisur zu überprüfen. »Kenny hat eine geheime Störung bezüglich Intimität, die aus einer ungesunden Beziehung zu unserer verblichenen, aber unbeklagten Mutter stammt.«

»Halt gefälligst den Schnabel!«

Torie bauschte ihre Frisur auf. »Er alterniert zwischen Bimbos, weil die sicheres Terrain darstellen und richtigen Frauen mit Grips im Hirn, weil er die Sorte eigentlich bevorzugt. Aber das Schlüsselwort ist *alterniert*. Man könnte ihn gut und gerne als Bermudadreieck bezeichnen, wenn's um die Beziehung zu Frauen geht. Sie können sich glücklich schätzen, dass Sie's gleich spitzgekriegt haben und nicht später.«

»Mach endlich, dass du rauskommst!« Er brüllte, bevor Emma Gelegenheit hatte, ihr Verhältnis klarzustellen.

»Nicht bevor du mir versprichst, wieder mal in Wynette Quartier zu beziehen. Daddy will die Hochzeit stattfinden lassen, solange du noch suspendiert bist, damit du auch ja kommst.«

»Gerade hast du doch behauptet, dass du mit Phillip Schluss gemacht hast.«

»Du weißt ganz genau, wovon ich rede! Meine Hochzeit mit diesem Schreibtischgaul Dexter O'Conner.«

»Wann geht es dir mal in den Schädel, dass sie dich nicht ohne deine Zustimmung verheiraten können?« Er schleuderte sein Schulterhandtuch beiseite.

»Das sagt sich so leicht, aber Daddy setzt mich ganz schön unter Druck. Er hat mir dreißig Tage gegeben, um Dexters Ring an meinen Finger zu bekommen – sonst kündigt er mir die Kreditkarten. Und wie soll ich dann die Futterrechnungen bezahlen?«

»Er blufft doch nur.« Kenny verzog sich in seinen begehbaren Schrank.

»Diesmal nicht.« Ihre Stimme wurde mit einem Mal etwas kleinlaut. »Vielleicht sollte ich Dexter tatsächlich heiraten.« Sie stieß ein verächtliches Lachen aus. »Heiraten und mich scheiden lassen sind ja so ziemlich die einzige Sachen, die ich astrein kann.«

»Hör auf, dich selbst zu bemitleiden.«

»Glaubst du, ich würd's auch nur in Betracht ziehen, wenn ich nicht verzweifelt wär?«, entgegnete sie zornig. »Diese Emus werden immer fetter, und das Futter kostet mich ein Vermögen. Daddy meckert deswegen schon seit einer Weile, aber hat bisher noch nie gedroht, mir den Hahn abzudrehen.«

»Wenn du diese Viecher auf die große Emuweide da oben geschickt hättest, wie ich dir geraten habe, dann stündest du jetzt nicht vor diesem Problem.«

»Das hab ich nicht übers Herz gebracht, wie du sehr genau weißt!«

Für den Moment vergaß Emma ihren eigenen Kummer. »Emus?«

»Die Viecher sehen aus wie Vogelstrauße, die in den Kamin gefallen sind«, erklärte Kenny. »Die hässlichsten Vögel, die mir je untergekommen sind.«

»Sind sie nicht!«, protestierte Torie. Dann zuckte sie mit den Schultern. »Okay. Vielleicht sind sie wirklich keine Schönheiten, aber dafür richtig süß.«

»Und hier haben wir das Problem«, meinte Kenny gedehnt. »Meine Schwester, die geniale Unternehmerin, hat sich vor ein paar Jahren in den Emu-Boom reinziehen lassen: damals glaubten die Leute noch, man könne ein Vermögen mit den Vögeln verdienen, weil sie nicht viel Weideplatz brauchen und es außerdem bald einen großen Markt für Emu-Produkte geben würde.«

»Ich brauchte etwas, womit ich mir den Lebensunterhalt verdienen konnte, um aus meiner Ehe rauszukommen«, unterbrach Torie ihn. »Und Emuöl hat eine außergewöhnliche Heilwirkung. Wird sogar in der NFL, der National Football League, verwandt, um Verletzungen zu versorgen. Noch ein Plus: Emufleisch besitzt mehr Proteine und halb soviel Kalorien wie Rindfleisch, schmeckt aber haargenauso.«

»Wie willst du das wissen, wo du doch nie im Leben einen Bissen Emufleisch probiert hast?«

»Kommt schon noch.«

Er schnaubte. »Unglücklicherweise hat sich das mit dem Emumarkt nicht so entwickelt wie geplant. Nicht dass das eine große Rolle gespielt hätte, denn die ein-, zweimal, bei denen meine Schwester die Gelegenheit hatte, einen ihrer Lieblinge zwecks Profit zum Schlachter zu schicken, hat sie sich geweigert.«

Sie blickte Emma an. »Immer wenn ich daran dachte, wie die armen Tierchen erledigt werden, brach mir das Herz. Ich hab versucht, sie pärchenweise zur Züchtung zu verkaufen, aber heutzutage will keiner mehr Emus.«

»Und jetzt sitzt sie auf einer wachsenden Herde, die erst recht niemand will.«

»Ist 'ne Art Alptraum für eine Existenzialistin.« Sie seufzte tief, dann jedoch zuckte einer ihrer Mundwinkel. »Andererseits hat das Leben auch seine guten Seiten, und zumindest hab ich keinen Lone-Star auf den Arm tätowiert.«

Emma warf einen Blick auf das abscheuliche Tattoo und erschauerte. Sie musste für den Rest ihres Lebens lange Ärmel tragen.

Ihr dröhnender Schädel, das traumatische Erlebnis mit der Tätowierung und die stürmische Art, in der Torie über sie hereingebrochen war, hatten ihr den eigentlichen Sinn des Gesprächs bis jetzt vorenthalten. »Wollen Sie sagen, Ihr Vater möchte Sie dazu zwingen, jemanden zu heiraten, den Sie nicht mögen?«

»Oder die Kreditkarten aufgeben, mit denen ich die Futterrechnungen bezahlt hab, ganz zu schweigen von anderen Kleinigkeiten wie anständiger Kleidung und Benzingeld. Bin meinem Daddy und Dexters Vater in die Falle gegangen. Sie wollen die Fusion, und den einzigen Weg, den sie sehen, ist, wenn Dexter und ich ... nun, fusionieren.«

»Fusionieren?«

Kenny tauchte aus dem Schrank auf und knöpfte sich, den Oberkörper noch immer nackt, eine Armyhose zu. »Unserem Vater gehört TCS, Traveler Computer Systems. Der Firmensitz ist in Wynette. Dexters Vater gehört Com National, der schärfste Konkurrent. Deren Hauptsitz ist in Austin, aber er hat 'ne kleinere Forschungs- und Entwicklungsniederlassung in Wynette gegründet, zu Daddys Ärger. Die beiden bekämpfen sich schon seit den Siebzigern, wobei jeder Mann so ungefähr die miesesten Tricks aus der Tasche zieht, die ihm einfallen, bloß um den anderen unterm Daumen zu halten. Unglücklicherweise waren sie dermaßen damit beschäftigt, sich zu hassen, dass sie all die anderen jungen, aufstrebenden Firmen übersahen, die ihnen nun die Rockschöße ankläffen. Jetzt sind sowohl TCS als auch Com National in Schwierigkeiten, und die einzige Überlebenschance besteht in einer Fusion. Wenn ihnen das gelingt, sind sie so gut wie unbesiegbar.«

Emma schüttelte den Kopf. »Ich verstehe immer noch nicht, was das mit Torie zu tun haben soll. Firmen fusionieren doch andauernd, ohne dass die Leute deswegen heiraten müssten – besonders wenn sich ihre Chefs wie die Pest hassen.«

»Nicht diese beiden«, bemerkte er und zog ein hellblaues Jeanshemd aus dem Schrank. »Die beiden Alten haben einander schon zu oft über den Tisch gezogen – nicht nur geschäftlich, auch persönlich. Jetzt traut keiner dem anderen, aber beide glauben an die Fusion.«

»Also soll ich für den ganzen schmutzigen Deal geopfert werden.« Torie zog eine Packung Zigaretten aus ihrer Handtasche, aber Kenny schnappte sie ihr weg und warf sie in den Papierkorb.

Jetzt fühlte Emma sich völlig desorientiert. War denn eine Epidemie von Zwangsheiraten in der westlichen Welt ausgebrochen? Warum begegnete ihr ausgerechnet jetzt eine Frau, die sich in einer ähnlichen Situation befand wie sie selber? Das kam ihr für einen bloßen Zufall allzu bizarr vor, und wieder schoss ihr das Bild von Francesca Serritella Day Beaudine durch den Kopf. Aber es ergab keinen rechten Sinn. Francesca mochte über Tories Dilemma Bescheid wissen, aber von Emmas wusste sie doch nichts Genaues?

Sie wollte allein sein, um nachdenken zu können, und erhob sich von der Bettkante. »Wenn Sie mich entschuldigen würden, ich gehe mich duschen, und dann muss ich ins Hotel zurück.«

Eine halbe Stunde später tauchte sie aus dem Schlafzimmer auf und stapfte, in demselben Kleid, das sie gestern Abend angehabt hatte, aber mit Kennys T-Shirt darüber, um die schreckliche Tätowierung zu verdecken, die Treppe hinunter. Der Gedanke, den Rest ihres Lebens mit einer Lone-Star-Flagge auf dem Arm leben zu müssen, war schlimm genug. Aber das Wort *Kenny* permanent darunter eingraviert zu haben, schlug dem Fass den Boden aus.

Kenny und Torie saßen in der Küche, tranken Kaffee und aßen Donuts. Torie wies mit einem blaugrün lackierten Fingernagel auf den offenen Donutkarton. »Wollen Sie einen Donut, Emma? Da ist noch ein cremegefüllter, den Ihr Loverboy noch nicht in die Finger gekriegt hat.«

»Er ist nicht mein Loverboy, und ich glaube, im Moment kriege ich bloß Kaffee runter.«

»Wenn er nicht Ihr Loverboy ist, warum waren Sie dann nackt in seinem Schlafzimmer?«

»Es handelte sich um ein Versehen. Wir schlafen nicht miteinander. Er ist mein Chauffeur.«

»Ihr Chauffeur? Kenny, was geht hier vor?«

Er schilderte die Lage, obwohl er, nach Emmas Meinung, unnötige Betonung auf ihre Führungsqualitäten legte.

Als er fertig war, erkundigte sich Torie: »Sind Sie wirklich eine echte Lady?«

»Ja, aber ich benutze meinen Titel nicht.«

»Also ich würd ihn, weiß der Himmel, benutzen, wenn ich einen hätte.«

»Genau dasselbe hab ich auch gesagt.« Kenny warf Emma einen Ich-habs-dir-doch-gesagt-Blick zu.

Emma gab auf.

»Wynette liegt nicht weit von Austin entfernt, Lady Emma.« Torie erhob sich graziös und geschmeidig wie eine Katze vom Barhocker und ging zur Spüle, um sich die klebrigen Finger zu waschen. »Und es ist eine wirklich hübsche Stadt. Wo Sie doch schon in Texas sind, warum sehen Sie sich nicht an, wie die Einheimischen leben, statt nur in den Touristenburgen rumzuhocken? Kenny kann Sie jederzeit zur UT-Library bringen, und San Antonio ist auch nicht weit. Was sagen Sie dazu? Würden Sie mir, als Geste weiblicher Solidarität sozusagen, helfen, ihn in seine Heimatstadt zurückzukriegen?«

»Diesbezüglich hat sie nichts zu sagen«, meinte Kenny, merklich irritiert.

Und auch Emma wollte sich eine solche Einladung erst durch den Kopf gehen lassen. Im Gegensatz zu ihrer üblichen Aussage war sie nicht hauptsächlich nach Texas gekommen, um Nachforschungen anzustellen. Alles, was sie brauchte, war Zugang zu den betreffenden Bibliotheken, und die Sache wäre in ein paar Tagen erledigt. Weit mehr lag ihr der Plan am Herzen, einen Schatten auf ihren guten Ruf zu werfen – und das könnte ihr ebenso gut in Wynette gelingen wie anderswo. Außerdem würde eine so unkonventionelle Person wie Torie Traveler Hugh sicher einen Schrecken einjagen. Und für Beddingtons Stab von Detektiven war es wohl auch einfacher, sie in einer kleinen Stadt im Auge zu behalten. Sie musste zugeben, dass es verlockender war, ihre Zelte in Wynette aufzuschlagen, als von einem unpersönlichen Stadthotel ins nächste zu ziehen.

»Na schön. Ja, ich bin einverstanden.«

»Nein«, bellte Kenny, »schlag dir das gleich aus dem Kopf.«

»Denk doch nur an unsere Stiefmama«, bettelte Torie. »Sie wird sich in die Hosen machen, wenn sie erfährt, dass ein echtes Mitglied des britischen Hochadels in der Stadt zu Gast ist.«

»Der beste Grund, um fernzubleiben«, entgegnete er.

Tories Gesicht nahm einen gehetzten Ausdruck an. »Muss ich dich erst an ein bestimmtes Weihnachtsfest erinnern, als unsere Mutter dich mit Geschenken im Wert von Tausenden von Dollars überschüttet und mich dabei völlig vergessen hat?«

Emma richtete sich auf. Was war denn das?

Kenny warf seiner Schwester einen ärgerlichen Blick zu.

»Ich hab die letzten siebzehn Jahre damit zugebracht, unsere verpfuschte Kindheit wieder gutzumachen, und lass mir keine Schuldgefühle mehr aufladen.«

»Oder vielleicht sollte ich dich an das eine Mal erinnern, als ich mir von meinem Taschengeld den großen Minnie-Maus-Cookie gekauft hab. Er hatte so süße Ohren dran und ein Schleifchen um den Hals. Weißt du noch das Theater, das du veranstaltet hast, weil du ihn unbedingt haben wolltest, und wie sie mir eine schallende Ohrfeige verpasste, weil ich ihn dir nicht geben wollte? Du hast dich direkt vor mich hingestellt und das ganze Ding aufgemampft – vor meinen Augen.«

Er zuckte zusammen. »Torie, es ist bekannt, dass sie verrückt und ich ein verwöhnter Bastard war!«

»Ich weiß noch, dass du von der Schleife ein paar Bissen übrig gelassen hattest ...«

»Torie …« In seiner Stimme lag ein warnender Ton.

»Aber statt sie mir zu gönnen, hast du sie in den …«

»Schluss jetzt! Du hast gewonnen, verdammt noch mal! Aber ich komme nur unter Protest und wider besseres Wissen!«

Einen Moment lang wirkte Torie richtig zerbrechlich. Dann schlang sie ihm einen Arm um den Hals und küsste ihn auf die Wange. »Danke, Bubba. Ich schulde dir was.«

»Du schuldest mir viel«, seufzte er. »Aber ich werd trotzdem nie aufholen.«

7

»Torie hat doch sicher übertrieben«, meinte Emma. »Deine Mutter kann so etwas nicht wirklich erlaubt haben?«

Kenny deutete auf die vorbeiziehende Landschaft, die sich jenseits der Windschutzscheibe des Cadillacs prächtig vor ihnen ausbreitete. »Schau, die herrlichen Kornblumen! Und da, die scharlachrote Kastillea. Ist das nicht wunderschön?«

Offensichtlich wollte er nicht über seine Kindheit reden, und wieder einmal ließ sich Emma von der Schönheit des texanischen Hügellandes verzaubern. Sie befanden sich jetzt auf einer zweispurigen Landstraße westlich von Austin, nicht weit von Wynette. Die Gegend war atemberaubend: verwitterte Berge, von Sandstein durchzogen, und tiefe Täler mit herrlichen Blumenwiesen – manche so weit, wie das Auge reichte. Seit sie die Stadt verlassen hatten, hatte sie ihren ersten Longhorn-Stier gesehen, ein paar Rehe beobachtet und einem Vogel, den Kenny als Rotschwanzfalken identifizierte, dabei zugesehen, wie er über einem kristallklaren Fluss kreiste, der sich in der Sonne als ein glitzerndes Band durch das Tal wand. Jetzt jedoch löste sie ihre Aufmerksamkeit wieder von der Landschaft und richtete sie auf die Geschichte, die sie heute Morgen gehört hatte. Obwohl sie wusste, dass es im Grunde nicht ihre Angelegenheit war, konnte sie einfach nicht anders. Sie musste mehr über ihn erfahren.

»Erzähl mir von deiner Kindheit, Kenny. Es interessiert mich als Pädagogin, verstehst du. Die Wirkung, die die Erziehung auf das Verhalten des späteren Erwachsenen ausübt.«

»Glaub mir, wenn ich mich von meiner Erziehung hätte unterkriegen lassen, dann würd ich jetzt irgendwo im Knast sitzen.«

»War's wirklich so schlimm?«

»Leider ja. Kennst du diese alten Teenagerfilme, wo immer so ein ungezogener, reicher Balg vorkommt, der den armen, aber tapferen Helden quält?«

»Ja.«

»Nun, ich war dieses ungezogene Ekel.«

»Das glaube ich nicht. Du bist vielleicht unreif und nervtötend, aber nicht grausam.«

Er blickte sie mit hochgezogener Braue an.

»Bitte erzähl mir von früher.« Sie zog eine Packung Käse und Crackers heraus, die sie eilig an einer Tankstelle gekauft hatte, als er zum Tanken anhielt und klar wurde, dass er nicht vorhatte, irgendwo zum Lunch einzukehren.

Kenny hüstelte. »Ganz Wynette weiß, wie ich groß geworden bin, also wirst du's sowieso erfahren, sobald wir die Stadtgrenze passiert haben.« Er wechselte auf die linke Fahrspur und überholte einen Laster. »Meine Mutter sah wunderschön aus, stammte aus einer reichen Familie, aber war nicht gerade für ihren Grips berühmt.«

Emma musste sofort an Torie denken, entschied dann jedoch, dass das nicht fair war. Sie vermutete, dass Torie Traveler extrem intelligent war, es aber ebenso geschickt verbarg wie ihr Bruder.

»Mein Vater stammt aus einfachen Verhältnissen«, fuhr Kenny fort, »aber er war klug und fleißig. Ich glaub, in ihrem Fall haben sich wohl die berühmten Gegensätze angezogen. Sie heirateten rasch, nur um herauszufinden, dass sie sich im Grunde nicht riechen konnten. Keiner von beiden hat jedoch eine Scheidung in Betracht gezogen. Mein Vater würde nie zugeben, irgendwo einmal versagt zu haben, und Mutter meinte, sie würde die Schande nicht überleben.«

»Klingt recht altmodisch.«

»Meine Mutter hat ihr Leben auf dem schmalen Grat zwischen Neurose und Psychose verbracht, wobei sie mit zunehmendem Alter mehr und mehr in letztere Richtung tendierte. Sie war der klassische Narziss, verheiratet mit einem Mann, der sie ignorierte; also hat sie sich auf mich gestürzt, sobald ich auf die Welt kam. Hat mich zum Mittelpunkt ihres Lebens gemacht. Was immer ich wollte, ich bekam's – selbst wenn ich's besser nicht hätte haben sollen. Sie hat nie nein gesagt, nie. Und im Gegenzug sollte ich sie dafür anbeten.«

»Hast du?«

»Natürlich nicht. Ich hab's ihr mit schlechtem Benehmen heimgezahlt, und je mehr sie mich verzog, desto unausstehlicher wurde ich. Und wenn dann mal tatsächlich was in meinem Leben schiefging, hab ich sie dafür verantwortlich gemacht. Ich war so ungefähr das unausstehlichste Gör, das man sich vorstellen kann.«

Kein Wunder, dachte sie mit einem Anfall von Mitgefühl für den so fehlgeleiteten Jungen. Seine Ehrlichkeit war bewundernswert. »Und wo steckte dein Vater in all der Zeit?«

»In seiner Firma. Hat nur am Aufbau seines Geschäfts gearbeitet. Ich denke, er hat wohl getan, was er konnte – wenn er mal da war. Hat mir all meine Fehler vorgehalten und mich mitunter ganz schön hart rangenommen; aber er war nicht oft genug daheim, dass es was nützte. Ich wurde ein unliebsamer Bengel, da kann man's ihm nicht vorwerfen, dass er immer seltener nach Hause kam.«

Und doch tat er es – er warf es ihm noch immer vor. Emma entnahm es seinem Tonfall. Was für verwirrende Verhältnisse müssen das für ein Kind gewesen sein, mit einem Elternteil, der ihm alles durchgehen ließ, während der andere Elternteil nur kritisierte. »Was ich vorher so mitbekommen habe«, hakte sie vorsichtig nach, »scheint deine Mutter nicht genauso für Torie empfunden zu haben wie für dich?«

»Das ist es, was ich ihr wirklich vorwerfe. Ich war noch nicht ganz fünf, als Torie geboren wurde, und wie jedem Knirps passte es mir nicht, Konkurrenz im Haus zu haben. Aber anstatt Torie zu beschützen, hat Mutter sie den Babysittern überlassen. Nichts sollte ihren perfekten kleinen Kenny stören, du verstehst schon. Schon gar nicht eine andere Frau im Haus.«

»Deine arme Schwester!«

Er nickte. »Glücklicherweise hat sich mein Vater vom ersten Moment an in Torie verliebt. Wenn er zu Hause war, hing sie immer an seinem Hosenbein, und er schenkte ihr all seine Aufmerksamkeit, sorgte dafür, dass die Babysitter direkt ihm unterstellt waren. Aber wegen seiner allzu häufigen Abwesenheit hat sie trotzdem noch genug mitgemacht.«

Torie war nicht die Einzige, die viel mitgemacht hatte.

Die Tatsache, dass Torie Vaters Liebling gewesen war, musste auf Kenny ebenso verheerend gewirkt haben wie die »Erziehung« seiner Mutter. »Wo ist deine Mutter jetzt?«

»Sie ist kurz vor meinem siebzehnten Geburtstag an einem Gehirnschlag gestorben.«

»Und da hattest du nur noch deinen Vater.«

»Eine weitere Person war mittlerweile in mein Leben getreten und kümmerte sich, aus welchem Grund ist mir bis heute schleierhaft, um mich. Er hat mir alles beigebracht, was ich über Golf weiß, und dabei auch darauf geachtet, dass ich einiges über das Leben lerne. Mann, war der tough! Aber durch ihn bekam ich eine Chance.«

Interessant, dass ein anderer als sein Vater das Potenzial des Heranwachsenden erkannt hatte. »Wer war das?«

Kenny schien sie nicht gehört zu haben. »Die erste Lektion beinhaltete jedoch, wie ich mit meiner Schwester umzugehen habe.« Er lachte. »Der Kerl rief sie immer her, bevor wir zum Golfplatz fuhren, und ließ mich nur dann abschlagen, wenn sie ihm versicherte, dass ich mich ordentlich benommen hatte. Kannst du dir das vorstellen? Ein Siebzehnjähriger als Geisel seiner zwölfjährigen Schwester.« Wieder lachte er.

»Glücklicherweise ist Torie nicht allzu nachtragend, und ein paar Monate später war ihr Rachedurst gestillt. Auf einmal merkten wir, dass wir uns eigentlich ganz gerne mochten. Seitdem sind wir die besten Freunde.«

»Und was ist mit dir und deinem Vater?«

»Och, wir haben uns schon vor langer Zeit zusammengerauft.« Er sprach mehr als beiläufig. »Sobald ich 'n paar Golfspiele gewonnen hatte, merkte er, dass ich doch nicht vollkommen nutzlos war. Und jetzt plant er seine ganzen Termine so, dass er bei den Turnieren immer zusehen kann.«

So also hatte Kenny die Achtung seines Vaters errungen. Indem er sportliche Siege davontrug.

Während sie noch über die Tatsache nachdachte, dass Kindesmissbrauch viele Formen annehmen konnte, klingelte das Autotelefon. Kenny nahm ab, warf ihr einen erstaunten Blick zu und reichte ihr den Hörer. »Ein Typ, der sagt, er wäre ein Herzog.«

Emma legte Käse und Cracker, die sie noch nicht angerührt hatte, beiseite und hielt sich den Hörer ans Ohr. »Guten Tag, Hoheit.«

»Hier ist es schon Nacht, my dear«, näselte die unangenehme Stimme. »Eigentlich sollte ich längst im Bett sein; aber ich habe mir zu viele Sorgen um dich gemacht, um schlafen zu können. Wo hast du nur gesteckt? Ich hörte, du seist letzte Nacht nicht in dein Hotel zurückgekehrt.«

Also waren seine Wachhunde doch auf dem Posten. »Letzte Nacht?«

»Natürlich warst du da – wo hättest du auch sonst sein sollen? –, aber ich wünschte, du hättest angerufen.«

»Also …«

»Warum hast du ausgecheckt? Ich dachte, du wolltest in Dallas bleiben.«

Weshalb zog er wohl überhaupt nicht in Betracht, dass sie möglicherweise die ganze Nacht auf den Putz gehauen hatte? Ihr kam der Verdacht, dass er die unangenehme Angewohnheit besaß, nur das zur Kenntnis zu nehmen, was er zur Kenntnis nehmen wollte.

»Kenny und ich, wir sind auf dem Weg nach Wynette. Das ist seine Heimatstadt. Und was letzte Nacht betrifft …«

»Wynette? Klingt irgendwie bekannt. Warum, um alles in der Welt, fährst du dorthin?«

»Kenny muss ein paar persönliche Angelegenheiten regeln. Ich begleite ihn lediglich.«

»Ach so. Und wo wirst du übernachten?«

Sie hatte in einem Hotel absteigen wollen; doch nun merkte sie, dass sie sich ein so konservatives Verhalten nicht leisten konnte. »Natürlich auf Kennys Ranch.«

Ihr Chauffeur machte einen gefährlichen Schlenker.

Sie krallte sich am Armaturenbrett fest, während Hugh begann, sich aufzuplustern. »Unmöglich! Er ist ein unverheirateter Mann, und du kannst nicht allein bei ihm wohnen.«

»Tut mir Leid, dich damit aufzuregen, aber das gehört nun mal zu meinen Nachforschungen. Es ist sehr wichtig für mich, den … den Wilden Westen von Grund auf kennen zu lernen.« Das sitzt! dachte sie. Sollte er sich denken, was er wollte.

»Mich wirst du kennen lernen, nicht den Wilden Westen«, zischte Kenny.

Sie legte die Hand über die Sprechmuschel und brachte ihn mit einem Pst! zum Schweigen.

»Emma, my dear, anscheinend ist dir noch nicht in den Sinn gekommen, dass du dich allzu sorglos verhältst. Auch wenn du nicht in England bist, solltest du doch ein wenig kritischer sein.«

Sie trommelte mit den Fingern auf ihren Schoß, als er anfing, ihr eine Predigt über Schicklichkeit, seinen Ruf und den ihren zu halten.

»Du übernachtest in einem Hotel«, schnarrte Kenny, als sie schließlich einhängte. »Nicht auf meiner Ranch. Und jetzt sag mir sofort, wer das war und was er wollte.«

Obwohl er soeben ein paar schmerzvolle Einzelheiten aus seiner Kindheit mit ihr geteilt hatte, empfand sie kein ähnliches Bedürfnis. »Das war Hugh Weldon Holroyd, der Duke of Beddington. Ihm gehört St. Gert's. Könntest du bitte ein bisschen langsamer fahren?«

»Wie ist er an die Nummer meines Autotelefons rangekommen?«

»Keine Ahnung. Er ist ein ziemlich einflussreicher Mann und hat überall seine Kontaktleute sitzen. Schau! Noch eine Blumenwiese!«

»Ich glaube, es ist höchste Zeit, dass du mir endlich reinen Wein einschenkst.« Er sprach in dieser bedrohlichen, tonlosen Stimme, die sie fürchten gelernt hatte.

»Wie bitte?«

»Allmählich bekomm ich ein ganz komisches Gefühl in den Kniekehlen – genau dasselbe Gefühl, das ich manchmal kriege, wenn ich einen Ein-Meter-Putt danebensetze.«

Ohne Vorwarnung schwenkte er den Wagen auf einen kleinen kiesbestreuten Rastplatz mit drei Picknickbänken. An einem davon saß eine Familie mit zwei kleinen Jungen. Er stieg aus dem Auto, doch sie beschloss zu bleiben, wo sie war.

Er öffnete die Tür auf ihrer Seite, und sein Blick verhieß, dass er sie notfalls aus dem Wagen zerren würde, wenn sie nicht freiwillig rauskam. Um ihn zu ärgern, ergriff sie in letzter Sekunde ihren Schirm und versuchte dann, so gut sie konnte, ihn beim Aufspannen damit zu pieksen. »Die Sonne ist echt höllisch.«

»Nicht annähernd so höllisch wie meine Laune.« Er schnappte sich den verhassten Gegenstand, faltete ihn mit einer ungehaltenen Bewegung zusammen und warf ihn wieder ins Auto zurück. Unter den neugierigen Blicken der Familie führte er sie am letzten Picknicktisch vorbei zu einem krummen Baum, der ihnen ein wenig Schutz vor allzu aufdringlichem Glotzen bot. Er ließ ihren Arm los und durchbohrte sie diesmal mit einem Blick, der sie mehr an einen Laserstrahl als an Sumpfveilchen denken ließ. »Und jetzt beginnst du mit dem Anfang!«

»Mit welchem Anfang?«, erkundigte sie sich vorsichtig.

»Hör auf mit deinem Theater! Mein Instinkt hat mir gleich gesagt, dass hier irgendwas nicht stimmt – aber ich hab den Fehler gemacht, nicht darauf zu hören. Jetzt werd ich's dir buchstabieren, wenn nötig. Über meinem Kopf hängt 'ne Suspendierung, meine Karriere ist in Gefahr: das heißt, ich kann's mir nicht leisten, blind auch noch in die Probleme eines anderen Menschen hineinzutappen. Sag mir also auf der Stelle, was los ist.«

Sie hätte sich nie für feige gehalten, aber er wirkte ziemlich einschüchternd. »Ich weiß nicht, was du meinst.«

»Vergiss nicht, dass du dich in einem fremden Land befindest, mit einem Mann, der erst kürzlich wegen Drogenhandels und weil er eine Frau geschlagen hat, suspendiert wurde.«

Bevor Torie gegangen war, hatte sie Emma erzählt, was Kennys Geschäftsführer auf dem Gewissen hatte. »Du wurdest nicht wegen Drogenhandels suspendiert, und das mit der Frau glaube ich dir auch nicht.«

»Schätzchen, ich hab das dazugehörige Video.«

»Ehrlich, Kenny, die ganze Sache geht dich nichts an.«

»Bullshit! Meine Karriere steht auf dem Spiel, und die riskiere ich für nichts und niemanden! Wie stehst du zu diesem Typen?«

»Ich hab's dir doch gesagt. Er ist der Duke of Beddington und ihm gehört St. Gert's. Außerdem ist er der Hauptgeldgeber.«

»Und?«

Während sie seinen grimmig zusammengekniffenen Mund studierte, durchzuckte sie ein Gefühl von Nostalgie nach dem gut aussehenden Faulpelz und Dummkopf, für den sie Kenny ursprünglich gehalten hatte. »Und nichts!«

Er starrte sie lange an. »Ich hab dich wohl falsch eingeschätzt. Weil ich dachte, du hättest Mumm – aber du bringst nicht mal genug Mut auf für Ehrlichkeit.«

Das traf. »Das Ganze hat nichts mir dir zu tun!«

Schweigend starrte er sie weiter an, und sie hätte schwören können, Enttäuschung in seinen Augen zu lesen. Dabei kam sie sich wie ein Feigling vor. Aber sie hasste nun einmal den Gedanken, die intimen Details ihres Lebens vor ihm auszubreiten – noch dazu, wo sie ihm dann bemitleidenswert erscheinen musste.

»Du bist einfach unmöglich«, wehrte sie ab.

Er wartete.

Natürlich war sie feige, und alles wäre viel einfacher, wenn sie ihm ihren Lebenslauf erzählen würde. Danach könnte sie ihren Plan umsetzen, ohne noch etwas vor ihm verbergen zu müssen. Wenn bloß die Wahrheit nicht so peinlich gewesen wäre.

Die zwei Jungs am anderen Picknicktisch begannen einander zu jagen. Sie beneidete sie um ihre Freiheit. »Na schön, ich sag's dir«, erklärte sie langsam. »Aber du musst mir versprechen, dass ich auf deiner Ranch bleiben darf.«

»Darüber reden wir, wenn ich deine Geschichte gehört hab.«

»Nein. Du musst's mir jetzt gleich versprechen.«

»Ich versprech dir überhaupt nichts, bevor ich nicht weiß, woran ich bin.« Er verschränkte die Arme und lehnte sich an den Stamm eines Maulbeerbaumes.

Sie raffte all ihren Mut zusammen, indem sie sich daran erinnerte, dass sie nichts Böses getan hatte und dass sie Kenny Travelers Wertschätzung ganz gewiss nicht brauchte – aber irgendwie half das nicht sehr. »Der Duke of Beddington ist ein mächtiger Mann in England«, begann sie zögernd. »Aus einer alten Familie. Er scheint eine Nase für neue Technologien zu haben, was ihn steinreich gemacht hat. Leider auch ein wenig verrückt. Er ...« Sie strich mit den Händen ihre Shorts glatt. »Nun, er will mich heiraten.«

Kenny ließ sie nicht aus den Augen. »Mir scheint, die meisten Frauen würden sich bei der Aussicht, einen Herzog heiraten zu dürfen, geschmeichelt fühlen.«

»Glaub mir, sein Angebot ist alles andere als persönlich gemeint. Er hat zwei Töchter aus zwei Ehen und braucht dringend einen männlichen Erben. Die Frau muss aus gutem Hause kommen und einen tadellosen Ruf haben. Gott verhüte, dass der Familienname durch einen Partner aus einfachen Kreisen mit einem normalen Sexualleben befleckt würde!« Als sie merkte, was sie da gerade verraten hatte, fuhr sie hastig fort: »Ich weiß, das klingt nach Mittelalter, aber ihm ist es todernst. Ich habe natürlich abgelehnt, aber er hört einfach nicht auf mich.«

Sie berichtete ihm weiter von ihrer Panik, als Hugh ihr mit dem Verkauf des Grundstücks drohte, und von dem Plan, auf den sie in ihrer Verzweiflung verfallen war. »Ich musste ja sagen, Kenny. Niemals darf St. Gert's geschlossen werden – aber heiraten kann ich ihn ebenso wenig.«

Sich mehr und mehr für das Thema erwärmend, erzählte sie ihm von ihrem Plan, Beddington gerade so weit zu schockieren, dass er die Verlobung abblies. Als sie schließlich fertig war, starrte Kenny sie einen Moment lang an, dann ging er zum nächsten Picknicktisch und ließ sich auf die dortige Sitzbank fallen. »Als du sagtest, du hättest kein normales Sexleben gehabt, was hast du damit gemeint?«

Sie konnte nicht glauben, dass das das Einzige war, was ihn zu bekümmern schien. »Ist das alles, was dir zu alldem einfällt?«

»Immer eins nach dem anderen.«

Die beiden Jungen, die Fangen spielten, liefen zwischen den Bäumen umher. »Ich habe nie behauptet, ich hätte kein normales Sexualleben gehabt.«

»Du hast's angedeutet. Also über welche Abnormität reden wir hier?«

»Über nichts! Wir reden über nichts.«

»Du bist doch keine verkappte Domina, oder?«

»Mach dich nicht lächerlich!«

»Du hast bereits gesagt, du wärst nicht lesbisch, und ich neige dazu, dir zu glauben. Fußfetischist?«

»Nein!«

»Eine Masochistin?«

»Das ist doch absurd.«

»Sadistin?«

»Blödsinn.«

Seine Augen verengten sich. »Sag bloß nicht, du wärst eine Päderastin.«

»Ach, um Himmels willen, ich bin eine *Jungfrau*!«

Stille.

Ihre Wangen brannten. »Na los! Lach ruhig! Ich weiß, dass dir danach zumute ist.«

»Lass mich erst mal wieder zu Atem kommen.« Seine Augen glitten zu ihren Brüsten. »Wie kommt es, dass man in deinem Alter noch Jungfrau ist?«

»Es ist einfach passiert, halt so – war nicht Absicht.« Sie reckte ihr Kinn ein wenig höher. »Ich hatte viel zu tun, und mit Männern kann ich nicht so gut.«

»Weil du zu herrschsüchtig bist!«

»Ich habe dich nicht gefragt, was du von mir hältst.« Ein Keuchen vom größeren der beiden Jungen erregte ihre Aufmerksamkeit. Sie sah, wie er den jüngeren zu Boden rang, wobei der Kopf des Kindes gefährlich nahe an die Betonkante eines Picknicktisches geriet. »Vorsicht, Jungs! Wenn ihr euch rumbalgen wollt, macht das weiter drüben!«

Die beiden Brüder hielten inne und starrten sie an, ebenso wie ihre Eltern. Kenny verdrehte die Augen. »Würdest du dich bitte um deine eigenen Angelegenheiten kümmern?«

Sie wandte sich wieder ihm zu. »Von dir müssen einfach Schwierigkeiten kommen! Deshalb wollte ich ja auch nichts sagen.«

Er trat um sie herum und stellte sich vor sie hin. »Natürlich mach ich Schwierigkeiten. Du bist vorgestern mit mir ins Bett gehüpft, ohne mir etwas über deinen, äh, Zustand zu verraten.«

»Das war unwichtig.«

»Es war, Teufel noch mal, wichtig für mich.«

»Wieso? Was macht das schon für einen Unterschied?«

»Einen sehr großen. Du wolltest mich benutzen!«

Sie starrte zornig, aber gleichzeitig mehr und mehr amüsiert, zurück. »Soweit ich mich erinnere, war es genau umgekehrt. Versuchst du immer den Spieß umzudrehen, wenn du weißt, dass du im Unrecht bist?«

Sein böses Funkeln nahm zu.

»Hast du eine Ahnung, wie erbärmlich du dich aufführst?«, fragte sie.

»Ich?« Seine Augenbrauen schossen hoch. »Du bist diejenige, die's noch nie geschafft hat.«

»Es geht im Leben um mehr als um Sex.«

»Tja nun, Golf spielst du ja auch nicht.« Zorniger, als es ihm zustand, stapfte er zum Auto zurück.

Sie marschierte hinterdrein. »Du bist der egoistischste, selbstsüchtigste Mensch, der mir je begegnet ist. Ich habe dir gerade erzählt, wie bei mir alles auseinander kracht, und alles, woran du denken kannst, ist deine Rolle dabei.«

»Du hast verdammt Recht.« Aufgebracht erhob er seine Stimme. »Jetzt hör mir mal zu, Emma. Die einzige Möglichkeit, wieder bei der Tour mitmachen zu dürfen, ist die, dass ich meinen Ruf so sauber halte wie eine Fensterscheibe. Soweit ich dich nun verstanden habe, bringt uns das in gegensätzliche Lager – denn du scheinst ja nichts mehr im Kopf zu haben, als den deinen zu ruinieren.«

»Ich hab keine andere Wahl.«

»Doch, das hast du. Die Lösung deines Problems liegt doch auf der Hand.« Er wies mit dem Finger in Richtung Wagen. »Beweg dich sofort ans Telefon, ruf diesen schwachsinnigen Herzog an und sag ihm, du hast nicht die Absicht, ihn zu heiraten!«

»Kapierst du denn gar nichts? Wenn ich nicht mitmache, verkauft er St. Gert's.«

»Nicht dein Problem! Du kannst woanders einen Job antreten.« Er sperrte die Tür auf und stieg ein.

Sie rannte zu ihrer Seite und hebelte so lange am Türöffner herum, bis er sich schließlich erbarmte. »Du redest lauter Unsinn.« Sie ließ sich in ihren Sitz fallen. »St. Gert's ist was ganz Besonderes. Neuerdings habe ich Stipendiatinnen aufgenommen. Wenn die Schule schließt, stehen sie auf der Straße. Und St. Gert's war auch mein Zuhause. Das einzige, das ich je hatte.«

»Ist doch bloß ein Haufen alter Backsteine.«

»Nicht für mich. Ach, warum bemühe ich mich überhaupt? Du kannst das eben nicht verstehen.«

»Was ich nicht kapiere, ist, warum du die ganze Sache so verkompliziert hast.«

»Beddington ist kein Dummkopf. Wenn ich es zu plump einfädle, durchschaut er mich sofort und verkauft St. Gert's aus Rache für meine Zurückweisung. Ich muss subtil sein, muss ihn zum Überlegen bringen – er soll glauben, dass er mich eben falsch eingeschätzt hat. Gleichzeitig muss ich so tun, als würde ich das Ganze mitmachen.«

Finster dreinschauend stieß er den Schlüssel ins Zündschloss. »Nun, ich werd nicht mit dir schlafen, falls es das ist, was dir vorschwebt.«

»Ich will gar nicht mit dir ins Bett!«

Aus irgendeinem irritierenden Grunde schien ihn das zu beruhigen. Seine Hände sanken in den Schoß, und er ließ seinen Blick genüsslich über ihre Blusenknöpfe wandern. »Neulich Abend wolltest du es jedenfalls, Queen Elizabeth!«

Sie hoffte nur, er bemerkte die Gänsehaut nicht, die sie bei seinem Blick überlief. Um dagegen anzugehen, setzte sie sich kerzengerade auf. »Da hielt ich dich noch für ehrenwert.«

»Ehrenwert?« Jetzt kehrte seine Irritation zurück. »Ich hab dir weisgemacht, ich wär ein *Gigolo*!«

»Zumindest warst du ehrlich, was das betraf.«

»Ich hab dir *die Hucke vollgelogen*.«

»Ja, nun, das wusste ich damals aber noch nicht.« Diesmal war sie an der Reihe zu schnauben. »Und wenn ich mich entschließe, in den nächsten zwei Wochen mit jemandem zu schlafen, dann bestimmt nicht mit dir.«

»Du schläfst mit überhaupt keinem in den nächsten zwei Wochen! Solang mir Francesca im Nacken sitzt, kehrst du ebenso unversehrt nach Hause zurück, wie du hergekommen bist. Wenn du deine Jungfräulichkeit unbedingt loswerden willst, Lady Emma, dann jedenfalls nicht unter meiner Obhut.«

Sie wollte schon etwas sagen, da blieben ihr die Worte im Hals stecken, weil sie sah, wie sich sein Blick auf ihren Mund konzentrierte. Langsam änderte sich sein Gesichtsausdruck. Sie sah, wie seine Lippen leicht aufgingen, wie sich seine Pupillen verdunkelten. Ihr wurde schwindlig. Nach all ihrem Gerede darüber, dass sie nicht mit ihm schlafen wollte, war sie diejenige, die ihm die Hucke voll log, denn alles an ihm erregte sie – sein extravagantes Aussehen, sein muskulöser Körper, sein Südstaatendialekt, ja selbst sein eigenartiger Sinn für Humor. Zwar hasste sie sich dafür, aber ein Teil von ihr wünschte, sie hätte die Zeitschrift erst entdeckt, nachdem sie miteinander geschlafen hätten.

Er riss den Blick von ihr los. »Das war's! Du übernachtest im Hotel!«

»Keinesfalls!« Sie konnte nicht in einem Hotel absteigen. Das war genau das, was Beddington von ihr erwartete. »Ich erwähne es ja nur ungern, aber du zwingst mich, dich daran zu erinnern, dass ich Francesca jederzeit anrufen kann.«

»Halt Francesca da raus.«

»Du scheinst zu vergessen, dass ich mich in einer verzweifelten Lage befinde. Und Francesca wird sich sicher höllisch aufregen, wenn sie erfährt, dass du mich betrunken gemacht und dann in diese schreckliche Tätowierstube geschleppt hast, wo ich für mein Leben gezeichnet wurde.«

»Merkst du denn nicht, dass ich das nur für dich tue? Merkst du denn nicht, dass es das Dümmste wäre, uns beide unter ein und demselben Dach unterzubringen?«

»Ich weiß, wir streiten andauernd, aber wenn wir uns bloß ein bisschen mehr bemühen ...«

»Es geht nicht ums Streiten.«

»Worum dann?«

Er stieß einen tiefen Seufzer aus. »Für eine kluge Lady bist du ganz schön dumm.«

Sie betrachtete ihn eingehender. Konnte es sein, dass er sich echt zu ihr hingezogen fühlte? Erneut straffte sie ihren Rücken. Keine Zeit für Fantasien, o nein! Im Übrigen war er ein Playboy und sie mehr oder weniger ein liebes, naives Schäfchen.

»Bitte sehr«, sagte er. »Die Runde gewinnst du. Du kannst auf meiner Ranch wohnen, aber das kostet dich zweihundert Dollar pro Tag.«

Dann wäre ihr ganzer schöner Profit weg ... »Einhundert ...«

»Zwei*fuffzig*.«

»Na gut, na gut«, sagte sie hastig. »Zweihundert.«

Die nächsten Meilen legten sie schweigend zurück, doch nicht einmal die herrliche Landschaft konnte ihre Laune heben. Sie wollte nicht dauernd über ihre Probleme nachgrübeln, also konzentrierte sie sich auf etwas anderes. Nicht lange, und ihre Gedanken wanderten wieder zu Torie Traveler zurück. »Findest du nicht, dass meine und Tories Situation eine geradezu unheimliche Ähnlichkeit hat?«

»Überhaupt nicht. Eine gewisse englische Klugscheißerin hat ihre Nase mal wieder wo reingesteckt, wo sie nicht hingehört. Und diesmal ist nicht von dir die Rede.«

»Aber Francesca weiß nichts von mir und Hugh.«

»Francesca weiß alles. Nur so hat sie es geschafft, ihre Sendung so lange zu halten. Sie ist fast so was wie das himmlische Auge, nur sexyer.«

»Ich werde sie heute Abend anrufen und fragen.«

Er rückte die Sonnenblende zurecht. »Du kannst sie fragen, soviel du willst. Wenn sie dir keine Auskunft geben will, beißt du auf Granit.«

»Glaubst du wirklich, sie führt etwas im Schilde in Bezug auf uns?«

»Darauf kannst du wetten.«

»Aber aus welchem Grund?«

»Aus Sadismus. Wer lange genug mit dem Antichristen zusammenlebt, wird so.«

Im luxuriösen Schlafzimmer eines gemieteten Pavillons in Palm Beach, Florida, rekelte sich eine wunderschöne, vierundvierzigjährige Frau mit kastanienbraunen Haaren und einem herzförmigen Gesicht tiefer in die blass pfirsichfarbenen Kissen des Bettes. Sie stieß einen zufriedenen Seufzer aus, während sie die Delle im Kissen neben ihr anstarrte. Die Liebeskunst ihres Mannes hatte sich mit den Jahren nur verbessert.

Sie hörte die Dusche im benachbarten Badezimmer rauschen und musste leise lachen, weil sie sich fragte, wie es wohl Kenny und Emma gehen mochte. Die beiden zusammenzuspannen war zwar eine ausgesprochen fiese Idee, doch sie hatte einfach nicht widerstehen können – Francesca Serritella Day Beaudines ganz persönliche ›Empfindsame Reise‹. Allerdings konnte man nicht unbedingt behaupten, dass sich hier ihre eigene Geschichte wiederholte – denn Emma besaß keinerlei Ähnlichkeit mit der reichen, verzogenen Göre, die sie selbst einst gewesen war, als Dallie Beaudine sie auf jener staubigen Landstraße in Louisiana, damals vor dreiundzwanzig Jahren, auflas.

Vom ersten Moment ihrer Begegnung an hatte Francesca sich

mit Emma verbunden gefühlt. Sie sah die Einsamkeit, die sich unter der Intelligenz und Güte ihrer Freundin verbarg.

Und dann war da Kenny Traveler … ihr süßer, glücklicher Kenny … Francescas Augen fielen zu, und sie musste an einen anderen, viel zu attraktiven Texaner denken, der ebenfalls seine Zukunft gefährdete, weil er zu sehr damit beschäftigt war, seine inneren Dämonen zu bekämpfen und diese Kämpfe vor der ganzen Welt geheim zu halten.

Und trotzdem, Emma und Kenny? Was war ihr da bloß in den Sinn gekommen? Wäre nicht Tories Situation gewesen, hätte sie die beiden nie und nimmer miteinander in Verbindung gebracht.

Francesca verfügte über ausgezeichnete Kontakte und hatte beinahe sofort von Beddingtons eigenartiger Suche nach einer neuen Frau erfahren; doch was sie wirklich erstaunte, war die Tatsache, dass er ausgerechnet auf Emma verfiel. Sie konnte nicht umhin, die Parallelen zwischen Emmas und Tories Lage zu erkennen. Dies wiederum hatte sie auf Kenny gebracht, und irgendwie war ihr das höchst abwegige Bild von Kenny und Emma als Paar durch den Kopf geschossen. Aber wie sollten zwei so unterschiedliche Menschen einander helfen können? Dennoch – es waren schon seltsamere Dinge geschehen.

Das Wasser im Bad wurde abgedreht. Sie streckte sich genüsslich, obwohl sie eine Million Dinge zu tun hatte. Zunächst musste sie ihre beste Feundin, Holly Grace Beaudine Jaffe, anrufen, die zufälligerweise auch Dallies erste Frau gewesen und nun die Mutter von vier Jungs war – fünf, wenn Francesca Holly Graces Mann Gerry dazuzählte. Dann musste sie sich an die Arbeit machen. Jeden Monat eine Sendung auf die Beine zu stellen, war nicht so einfach; sie hatte eine ganze Latte von Anrufen zu erledigen, angefangen mit ihrem Produzenten in New York.

Die Badezimmertür öffnete sich, und sie vergaß sämtliche Anrufe, als die tiefe, gedehnte Stimme ihres Gatten durch den Raum zu ihr drang.

»Komm her, Fancy Pants!«

Kennys Ranch lag in einem Tal südlich von Wynette. Er bog von der Hauptstraße auf eine schmalere Landstraße ein und von da auf einen Weg, der durch einen schmiedeeisernen, auf Sandsteinsäulen ruhenden Torbogen führte.

»Mein Grundstück beginnt hier«, sagte er nicht ohne Stolz.

Sie fuhren durch einen Obsthain mit Pfirsichbäumen, die gerade zu knospen begannen, dann über eine breite Holzbrücke, die sich über einen seichten, kristallklaren Fluss spannte. »Das ist der Pedernales. Bei Sturm tritt er über die Ufer und überschwemmt die Brücke – aber es gefällt mir, ihn durch mein Anwesen fließen zu haben.«

Und das tat er tatsächlich, wie Emma erkannte – er floss durch einen Vorhof. Kennys Ranchhaus lag auf einer kleinen grasigen Anhöhe, die hier und da von riesigen Eichen überschattet war. Es handelte sich um ein langgestrecktes, altes Gebäude aus cremeweißem Sandstein mit rauchblauen Fensterläden und Verzierungen. Zwei Kamine erhoben sich aus dem weitläufigen Zinndach, das sie schon auf so vielen Häusern in dieser Gegend gesehen hatte; dazwischen drehte sich gemächlich eine Wetterfahne in Form eines galoppierenden Pferdes in der milden Aprilbrise. Auf der Vorderveranda standen ein paar große Schaukelstühle und luden den Besucher dazu ein, ein wenig zu rasten und den Blick über den gewundenen Pedernales schweifen zu lassen. Ringsum fiel ihr einiges ins Auge: eine Windmühle, ein aus Sandstein gebauter Stall sowie ein weißer Holzzaun, der eine weitläufige Koppel umschloss.

»Du hast Pferde!«, rief sie, als er neben dem Haus parkte.

»Nur zwei. Shadow und China. Es sind Reitpferde.«

An seinem Lächeln konnte sie sehen, wie sehr er an seinen Tieren hing, und sie musste das alles erst einmal verdauen. »Liebe Güte, Kenny, du hast so viel. Pferde, die wunderschöne Wohnung in Dallas, diese herrliche Ranch …«

»Yep! Nicht schlecht für einen Typen, der mit einem Silberlöffel im Mund geboren wurde, nicht wahr?«

Die leichte Bitterkeit in seiner Stimme überraschte sie, und sie legte den Kopf schief, um ihn anzusehen. »Hat der Silberlöffel all das hier auf magische Weise herbeigezaubert?«

»Nö, hab schon ein bisschen dafür gearbeitet«, gab er mürrisch zu. »Wenn man das, was ich mache, als Arbeit bezeichnen kann.« Er schien es selbst nicht ganz zu glauben.

Emma fand es komisch, dass er mit all seinem Besitz nicht ein wenig angab. »Also, ich nenne es Arbeit. Ich bin sicher, du hast deine ganzen Trophäen nicht für dein hübsches Gesicht überreicht bekommen. Außerdem scheinst du auch an ein paar Firmen beteiligt zu sein.«

»Ich bin schon ein verteufelt gut aussehender Kerl.« Er schenkte ihr ein spitzbübisches Lächeln und kümmerte sich dann ungefragt um ihren Koffer. Beides, das Lächeln und seine ritterliche Tat, lenkten sie ab, was von ihm wahrscheinlich auch beabsichtigt war. Er stieg ihr voran auf die Vorderveranda.

Gerade als er dort ankam, sprang die Tür auf, und ein junger Mann Ende zwanzig stürzte heraus. Er war von eher zierlicher Statur, besaß lockiges, karottenrotes Haar, leicht hervortretende Augen und ein strahlendes Lächeln.

»Kenneth! Komm, lass mich das nehmen, bevor du dir noch einen Bruch hebst. Was *denkst* du dir bloß?« Er entwand ihm das Gepäckstück. »Es war gar nicht nett von dir, deine Ankunft nicht zu melden. Ich hatte kaum eine Chance, das Haus fertigzumachen. Wenn Torie mich nicht telefonisch gewarnt hätte, hätte ich nicht gewusst, wo mir der Kopf steht.«

»Sorry. War 'ne Last-Minute-Entscheidung.« Kenny folgte dem jungen Mann in das kühle, stille Foyer, das in breiten, blassen Streifen von Vanillegelb und Beige gehalten war. »Patrick, das ist Lady Emma! Sie wird eine Weile hier wohnen. *Unglücklicherweise.* Bring sie so weit weg von mir unter, wie du nur kannst. Emma, das ist Patrick. Mein Wirtschafter.«

Emma musterte den jungen Mann neugierig. Wirklich. Kenny kannte die ungewöhnlichsten Leute.

»*Lady* Emma?«, rief Patrick aus. »Allmächtiger, bitte sagen Sie mir, dass Sie echt sind und nicht schon wieder eine Stripperin.«

Der Mann war so gewinnend, dass sie ihm seinen Ausruf nicht verübelte. »Ich bin echt, aber nennen Sie mich bitte bloß Emma.«

Patrick presste eine Hand auf sein neongrünes Seidenhemd. »Himmel, Ihr Akzent ist fabulös!«

Sie konnte nicht anders, sie musste ein wenig nachbohren: mit einem Blick auf Kenny, der einen Stapel Post durchsah, den er von einer mit Wiesenblumen geschmückten Holzkommode genommen hatte, erkundigte sie sich: »Schon wieder eine Stripperin?«

»Schau nicht mich an«, verteidigte er sich. »Torie hat sie angeschleppt.«

Patricks Augen glühten. »Deine Stiefmutter wird einen öffentlichen Orgasmus kriegen, wenn sie Lady Emma kennen lernt.«

»Also, ich bitte dich ...«, knurrte Kenny.

»Meine Güte, da ist wohl einer schlecht gelaunt, wie? Ich denke, ein hübscher Clos du Roy 1990 Fronsac kann da gleich Abhilfe schaffen.« Er nahm ihren Koffer. »Kommen Sie, Lady Emma, ich zeige Ihnen Ihr Zimmer, während Kenneth sein nettes Gesicht wiederherstellt.«

»Bloß Emma«, sagte sie seufzend.

Kenny lächelte, ohne von der Post aufzublicken.

Während sie Patrick zur Treppe folgte, blickte sie nach rechts in Richtung Wohnzimmer, das ebenfalls in dem zarten Vanillegelb und Beigeton gehalten war. Große Ohrenbackensessel, eine bequeme Couch und abgetretene Orientteppiche verliehen dem Raum ein bewohntes, gemütliches Flair.

Patrick bemerkte ihr Interesse an der Inneneinrichtung. »Möchten Sie den Rest des Erdgeschosses sehen?«

»Ja, gerne.«

»Die Küche ist das Allerbeste, Kenneth lebt praktisch dort, wenn er zu Hause ist.« Er stellte ihr Gepäck ab und führte sie dann durch den Gang in eine Küchen-Landschaft, die sich in einer weitläufigen L-Form über die ganze Rückseite des Hauses zog. Sie blinzelte überrascht. »Ach, wie hübsch!«

»Danke. Ich hab sie entworfen.«

Wände und Decke waren in hellem, fröhlichem Gelb gehalten, während der Boden mit seinen großen braunen Terracottafliesen dem Raum noch mehr Wärme verlieh. Vor dem offenen Kamin befand sich eine gemütliche Sitzecke mit einem Sofa in Gelb, Koralle und Smaragdgrün, dazu ein paar bequeme Sessel. Durch zwei getrennte Terrassentüren, deren eine auf eine sonnenüberflutete Veranda hinausführte, fiel Licht über eine Sammlung abstrakter Bilder an den Wänden.

Im Essbereich gab es ein gewaltiges Panoramafenster und einen eleganten Regency-Tisch, dazu eine bunte Kollektion verschiedener Stühle – von Chippendale, über Louis XVI. bis zu frühem amerikanischem Design –, deren Überzüge zwar unterschiedlich waren, in den Farben aber dennoch harmonierten. Auf der polierten Tischplatte standen mehrere irdene Vasen voller frischer Blumen.

»Alles ist so wunderschön!«

»Es war riskant, aber Kenneth braucht gemütliche Wurzeln.« Patrick machte eine kleine, flatternde Handbewegung.

Emma wollte ihn nicht anstarren, aber seine Person war schon eine Überraschung für sich.

Er strich mit der Hand über den glänzenden Tisch. »Sie fragen sich, was jemand wie ich hier macht, stimmt's?«

»Wie meinen Sie das?« Sie starb vor Neugierde, war aber zu höflich, um von sich aus zu fragen.

»In texanischen Städtchen sieht man Homos nicht allzu gern.«

»Nein, wohl nicht.«

Ein unglücklicher Ausdruck huschte über seine Züge und

verschwand dann wieder. »Kommen Sie, ich zeige Ihnen Ihr Zimmer.«

8

An diesem Abend aß Emma alleine. Patrick verkündete ihr, dass Kenny zum Trainieren gegangen sei, und servierte ihr einen köstlichen Pastasalat, dazu frische grüne Bohnen in Olivenöl und Knoblauch, eine knusprige Baguettesemmel, schließlich ein dickes Stück Blaubeerkuchen zum Nachtisch. Sie aß draußen auf der Sonnenterrasse, die mit schwarzen Rattan-Möbeln ausgestattet war, darüber eine grün-weiß-gestreifte Markise. Auf verschiedenen alten Beistelltischchen standen Vasen, die vor bunten Sträußen nur so überquollen. Hinter dem Haus gab es ein Hickorywäldchen, mehr zur Seite hin einen Swimmingpool mit Terrasse und dahinter, in einiger Entfernung, erstreckte sich die weiß eingezäunte Pferdekoppel. Vor dem Abendessen hatte sie einen kleinen Spaziergang am Fluss entlang und über die Blumenwiesen gemacht.

Trotz der friedlichen Atmosphäre und der süß duftenden Abendluft, die durch die Fliegengittertür hereinwehte, fühlte sie sich rastlos. Warum war Kenny noch nicht zurückgekehrt? Sie hatte ihm zwar gesagt, sie würde ihm möglichst aus dem Weg gehen, doch nun wünschte sie, er fände ihre Anwesenheit nicht so unangenehm.

Patrick weigerte sich, beim Aufräumen ihre Hilfe anzunehmen; also breitete sie ihre Papiere aus und arbeitete ein wenig, während es allmählich dunkel wurde. Insekten flogen, angezogen vom Terrassenlicht, gegen das Fliegengitter und Grillen zirpten. Sie hörte das leise Summen der Spülmaschine und den Ruf eines Nachtvogels. Der Friede erinnerte sie an St. Gert's, wenn die Mädchen schon alle schliefen.

Ihre Stimmung verdüsterte sich noch mehr. Wenn es so weiterging, würde sie ihren guten Ruf nie verlieren. Sie sah Patrick über den Rasen zu seinem kleinen Apartment, das sich, wie er ihr erzählt hatte, über der Garage befand, gehen. Impulsiv rief sie ihm zu: »Haben Sie Tories Nummer irgendwo?«

»Am Kühlschrank klebt eine Telefonliste.«

Ein paar Augenblicke später nahm Kennys Schwester den Hörer ab.

»Nein, ich hab noch nichts vor«, sagte Torie, nachdem Emma ihr erklärt hatte, was sie wollte. »Aber ich glaub nicht, dass Wynettes Bars Ihrem Geschmack entsprechen.«

»Nun, der Sinn von Urlaub in fremden Ländern ist doch wohl, neue Dinge kennen zu lernen, nicht wahr?«

»Na gut, wie Sie meinen. Dann hole ich Sie also in einer halben Stunde ab.«

Emma zog sich die weite Militaryhose an, die sie tags zuvor erstanden hatte, dazu ein eng anliegendes Stricktop, das gerade kurz genug war, ihren Bauchnabel freizulassen, und das gleichzeitig ihre Brüste betonte. Die kurzen Ärmel verbargen zwar den größten Teil der Flagge, aber das Banner mit Kennys Namen darauf war deutlich zu lesen. Demütigend, aber notwendig, entschied sie und verkniff es sich, in den Spiegel zu schauen. Sie konnte nur hoffen, dass Beddingtons Vollstrecker helle genug war, eine Kamera mitzubringen.

Torie holte sie in einem dunkelblauen BMW ab, den sie wie der Henker fuhr. Emma kniff die Augen zu und krallte sich ans Armaturenbrett.

»Sie sehen nervös aus.«

»Ich vertrage Autos nicht besonders.«

»Das macht einem das Leben nicht gerade leichter, besonders in Texas.« Torie fuhr ein wenig langsamer.

»Nun, nicht nur in Texas.«

Da sie jetzt nicht mehr so schnell fuhren, nahm sich Emma einen Moment Zeit, ihre Begleiterin zu studieren. Torie trug einen türkisen Body, dazu eng anliegende schwarze Jeans, die ihre endlos langen Beine perfekt zur Schau stellten. Um die Hüften wand sich ein mexikanischer Gürtel, und an den Ohren baumelten mexikanische Silberohrringe. Sie sah reich, wunderhübsch und ungebärdig aus. Nicht im Traum würde Beddington daran denken, beispielsweise eine Torie Traveler zur Frau zu nehmen.

Torie warf einen Blick in den Rückspiegel. »Sie sollten wirklich Autofahren lernen.«

»Hmm ...«

»Ehrlich, ich kann's Ihnen beibringen.«

»Das ist sehr nett von Ihnen, aber lieber nicht.«

»Der Teufel hat Sie ganz schön im Griff, stimmt's?«

»Wird wohl so sein.«

»Ich glaub, ich weiß, wie das ist.«

Emma hörte, wie traurig Tories Stimme klang, und vermutete, dass eine Heirat mit Dexter O'Conner nicht alles war, was ihr auf dem Gemüt lastete. Hinter ihrem forschen, saloppen Auftreten verbarg sich wohl eine wunde Seele.

»Wie kommen Sie mit Patrick zurecht?«, erkundigte sich Torie. »Er ist eine richtige Glucke, wenn's um Kenny geht, und kann mit Leuten manchmal ein bisschen komisch sein.«

»Er war sehr hilfsbereit«, erwiderte Emma.

Torie lachte. »Es macht Daddy ganz verrückt, dass ein Schwuler in aller Offenheit auf der Ranch mit seinem einzigen Sohn zusammenlebt. Aber jeder weiß, dass Patrick der beste Wirtschafter im ganzen Landkreis ist, und wenn Sie mich fragen, war der Tag, an dem Kenny ihn rettete, ein Glückstag für beide.«

»Wie hat er ihn denn gerettet?«

»Patrick war unterwegs, um Fotos für seinen Bildband über abgelegene Herbergen zu machen. Hat an einer Herberge in der Nähe eines Steinbruchs Halt gemacht und ist mit ein paar Nazis zusammengerumpelt, die ihre Männlichkeit beweisen wollten, indem sie ihm die Hucke vollhauten. Vier gegen einen. Kenny kam gerade rechtzeitig. Er kann so was nicht ausstehen. Macht ihn richtig wild.«

»Wie ist es ausgegangen?«

»Nun, lassen Sie's mich so ausdrücken: Kenny verliert nicht oft die Beherrschung, aber wenn's geschieht, dann geht man besser in Deckung. Am Ende hat er Patrick mit nach Hause genommen, damit er sich bisschen erholen kann, und am nächsten Morgen beim Aufstehen sieht er glatt, wie Patrick gerade ein Blech mit frischgebackenen Zimtbrötchen aus dem Ofen zieht. Kenny hat einmal dran gerochen und Patrick auf der Stelle engagiert. Es gab natürlich jede Menge Klatsch und Tratsch, ganz zu schweigen von den Problemen, die Kenny mit der PGA bekam, als die Herbergsprügelei publik wurde.«

»Er hat das Richtige getan.«

»Glaub ich auch. Nun, dennoch wurde er kritisiert. Ich schwör Ihnen, wenn man den Leuten hier so zuhört, ist Golfspiele gewinnen das Einzige, womit Kenny ihnen imponiert.«

»Die Leute mögen ihn nicht? Das überrascht mich.«

»O nein! Sie lieben ihn. Jeder weiß, dass er mehr für die Stadt tut, als wir alle zusammen. Er hat ein Gemeindezentrum bauen lassen und ein hübsches Sümmchen für eine neue Bibliothek beigesteuert – abgesehen von jeder Menge anderer Sachen wie diese. Bei Hilfsaktionen und karitativen Unternehmungen mischt er immer irgendwie mit. Aber Kenny das Leben schwer zu machen ist schon so lange die liebste Freizeitbeschäftigung der Einheimischen hier, dass keiner mehr so recht darüber nachdenkt.«

»Wie kommt das?«

»Die Leute haben ein langes Gedächtnis und sind teilweise noch immer ein wenig böse auf ihn wegen der Dinge, die er ihnen in seiner Jugend angetan hat. Niemand hat bis jetzt seinen Rekord für die meisten High-School-Suspendierungen gebrochen. Und der frühere Polizeichef kann Ihnen Dinge erzählen, dass sich Ihnen die Haare sträuben. Scheint, als hätte jeder ihm was vorzuwerfen. Judy Weber lässt ihn nie vergessen, dass er in der Vierten ihre Matheschulaufgabe abgeschrieben und den Ersatzlehrer dann davon überzeugt hat, dass Judy diejenige war, die gespickt hat. In der Sechsten hat er Bob Frazer eine Hank-Aaron-Baseball-Karte geklaut und anschließend zerrissen. Er klaute den Kids ihr Pausenbrotgeld, zerbrach ihre Spielsachen, hat mit Mädchen Schluss gemacht, wann es ihm passte, und so ziemlich alles niedergemäht, womit er in Berührung kam – bis Dallie Beaudine ihn schließlich nach dem Tod unserer Mutter unter seine Fittiche nahm.«

Aha, die mysteriöse Person, von der Kenny während der Autofahrt erzählt hatte, hieß also Dallie Beaudine. Offenbar war Kennys Beziehung zu Francescas Mann viel komplexer, als sie geahnt hatte. »Na jedenfalls scheint er seither ein tadelloser Bürger zu sein. Eigentlich sollten die Leute Vergangenes vergangen sein lassen.«

»Kenny macht's nichts aus, geneckt zu werden. Und er mag ja ein tadelloser Bürger sein, aber 'n paar dicke Charakterfehler hat er dennoch. Falls Sie's noch nicht bemerkt haben: Er ist stinkfaul!«

»Hab ich schon gemerkt«, entgegnete Emma trocken. »Trotzdem, Faulheit ist kein Kapitalverbrechen.«

»Bei ihm manchmal schon – ich weiß nicht, es ist schwer zu erklären. Er scheint sich aus nichts was zu machen, außer Golf. Nur so konnte diese Schmeißfliege von Geschäftsführer so viel Geld abzweigen. Kenny hat sich nie die Mühe gemacht, ihm mal auf die Finger zu sehen.«

Emma musste an die nüchterne Art denken, in der er ihr von seiner Kindheit erzählt hatte, ohne um Verständnis zu heischen für die Umstände, die zu seinem Fehlverhalten geführt hatten. Sie glaubte zwar nicht, dass Erwachsene sich immer auf ihre schlimme Kindheit herausreden konnten; doch hatte sie andererseits so viel Fehlverhalten bei Eltern beobachtet, dass sie nicht einsah, warum man auch noch als Erwachsener dafür büßen sollte. Doch genau das war es, was Kenny zu tun schien.

»Er distanziert sich von allem, was nicht mit Golf zu tun hat«, fuhr Torie fort. »Besonders von Frauen. Jede Freundin behandelt er wie eine Königin – kauft ihr teure Geschenke, schickt ihr Blumen – bis zu dem Augenblick, in dem bei ihr Hoffnung aufkeimt, es könne etwas Bleibendes daraus werden: Dann löst er sich in Luft auf.«

Emma merkte, dass Torie eine subtile Warnung aussprach, sagte aber nichts.

Torie sprach weiter: »Jeder will Kennys bester Freund sein, aber ich bin die Einzige, die er halbwegs an sich ranlässt. Ich hab noch nie einen Mann kennen gelernt, der sich so verbissen von anderen Menschen fernhält wie er. Anscheinend hat er Angst, wenn er wirklich jemanden in seiner Nähe duldet, wird er bloß wieder genauso manipuliert wie von seiner Mutter. Kennys Mannwerdung war sehr hart und das darf nichts und niemand mehr gefährden.«

»Irgendwie seltsam, dass jemand mit so viel natürlichem Charme im Grunde so einsam ist.«

»Er ist der freundlichste Mensch auf Erden, bis ihn jemand zornig macht oder versucht, in ihn reinzukriechen. Dann zieht er alle Register, um sich zu isolieren. Oder stellt sich dumm. Das macht mich echt verrückt, wenn er das tut, weil er so ungefähr der intelligenteste Mensch ist, den ich kenne. Mein Bruder frisst sich durch Bücher wie andere Leute durch Kartoffelchips.«

Jetzt verfiel Torie in Schweigen. Emma überlegte, ob sie Kennys Schwester einfach sagen sollte, dass sie nicht die Absicht hatte, sich mit ihrem Bruder einzulassen – aber sie wollte sich nicht lächerlich machen.

»Ist schon komisch«, nahm Torie den Faden wieder auf. »Im Gegensatz zu Kenny hatte mein zweiter Ex-Ehemann eine perfekte Kindheit und hat sich trotzdem zu einem unmoralischen Schleimbeutel entwickelt. Man weiß eben nie.«

»Seit wann sind Sie schon geschieden?«

»Seit einem Jahr, aber wir lebten davor schon eine Weile getrennt. Tommy war ein Weiberheld. Daddy hat mich vor der Heirat gewarnt, aber ich wollte nicht auf ihn hören.« Ein zutiefst unglücklicher Ausdruck huschte über ihr Gesicht. »Wenn ich schwanger geworden wäre, dann hätte Tommy sich vielleicht geändert, aber das blieb aus.«

»Kommt selten vor, dass ein Baby einen Mann treuer macht.«

»Vielleicht haben Sie Recht. Trotzdem, ist schon schwer, zweimal versagt zu haben.« Sie fuhr sich mit einer Hand durchs Haar. »Mein erster Mann war eine verpatzte Collegeliebe. Er trank viel und wenn er trank, hat er immer Weinkrämpfe bekommen und unser Apartment verwüstet. Die Ehe hat ein halbes Jahr gehalten.« Sie streckte den Arm nach dem Radio aus. »Daddy sagt, mir ist nicht zu trauen, wenn's um Männer geht, deshalb will er auch, dass ich Dexter heiratete. Aber ich ...« Sie blickte in den Rückspiegel, und ihre Hand verharrte auf dem Radioknopf. Stirnrunzelnd meinte sie: »Dieser Bastard folgt uns, seit wir Kennys Ranch verlassen haben. Ich könnte schwören, er hat dort auf mich gewartet.«

»Tatsächlich!« Emma drehte sich um und sah einen dunkelgrünen Ford Taurus. »Glauben Sie, er ist hinter uns her?«

»Könnte sein.«

Emmas Mund wurde staubtrocken. Beddingtons Wachhund war auf seinem Posten.

Wynette, Texas, stellte sich als ein charmantes altes Städtchen mit einem schattigen Stadtplatz und einer wohlsituierten Geschäftszeile heraus, die noch nicht von einem riesigen Einkaufscenter außerhalb schachmatt gesetzt worden war. Da Kenny auf dem Weg zu seiner Ranch Wynette umfahren hatte, konnte Emma erst jetzt einen Blick auf den Ort werfen, und Torie machte eine Rundfahrt mit ihr, die an einer Countrybar namens Roustabout endete. Der grüne Taurus blieb ihnen die ganze Zeit über auf den Fersen.

Beim Hineingehen schaute Emma so unauffällig wie möglich über ihre Schulter, um herauszufinden, wer ihnen folgte.

»Hier hängt normalerweise die ganze Stadt rum«, erklärte Torie. »Schon seit Jahren.«

Anders als die gemütlichen kleinen Pubs in Lower Tilbey war das Roustabout ein großer, weitläufiger Raum mit einer viereckigen Bar in der Mitte. Emma sah zwei Pooltische, eine Reihe mit Videospielautomaten und eine kleine Tanzfläche samt Jukebox, aus der Countrymusik plärrte. Trotz des Wochentags waren die meisten Tische besetzt, ebenso wie die Sitznischen an den Wänden.

Noch einmal blickte Emma über die Schulter, und diesmal sah sie einen wuchtigen Mann in einem Blumenhemd durch die Tür treten. Ihre Nackenhaare kitzelten, als sie merkte, wie der Mann sie anstarrte, und ihr Herz begann mit einem Mal schneller zu schlagen. War das Hughs Spion? Der Mann im grünen Taurus?

Torie ging auf die Bar zu, steckte zwei Finger in den Mund und stieß einen schrillen Pfiff aus. »Hört mal alle her!«

Obwohl die Jukebox weiterdudelte, verstummten die Gespräche, und die Leute hoben interessiert ihre Köpfe.

»Das ist Lady Emma«, verkündete Torie. »Kenny zeigt ihr für 'n paar Tage die Gegend. Sie ist aus England. Außerdem ist sie, trotz der Tätowierung, 'ne echte, lebendige Aristokratin. Lady Emma, sagen Sie 'n paar Worte zu den Landeiern hier, damit sie sehen, Sie sind echt.«

»Ich bin entzückt, Sie alle kennen zu lernen«, stotterte Emma verlegen. Sie bemühte sich, ihre Schultern ein wenig hängen zu lassen, damit ihre Ärmel das Tattoo verdeckten; aber das klappte leider nicht, und etliche Blicke blieben daran hängen. Dennoch schien ihr britischer Akzent sie zu beeindrucken.

Torie nahm Emmas Arm und drehte sie zur Bar. »Joey, gib mir ein Glas Chardonnay, sei so lieb. Und was möchten Sie, Lady Emma?«

»Gin Tonic, bitte.« Emma mochte Gin Tonic nicht – nicht so

wie Margaritas –, aber jeder sollte sehen, wie sie Alkohol trank. Gleichzeitig jedoch hatte sie eine permanente Mahnung auf dem Arm prangen, nüchtern zu bleiben – also beschloss sie, den Drink so bald wie möglich durch Wasser zu ersetzen. Keiner würde etwas merken.

Der Barmann servierte ihnen ihre Drinks, und ein paar Gäste traten heran, um vorgestellt zu werden, was Torie geflissentlich ausführte. Ein Mann behauptete, sie solle ihre Wertsachen lieber wegschließen, damit Kenny sie nicht in die Finger bekam, und eine Frau meinte, sie solle ja nie mit ihm Seilhüpfen spielen, denn er würde sie ganz sicher absichtlich ins Stolpern bringen. Beide Kommentare wurden von wissendem Glucksen der Umstehenden begleitet.

Schließlich führte Torie sie an einen Tisch in der Ecke, wo ein junger Mann etwa Anfang zwanzig alleine saß und an einem Bier nippte. Als sie näher kamen, fragte sich Emma, ob es vielleicht am Wynetter Wasser lag, dass es hier so viel schöne Menschen gab. Zuerst Kenny, dann Torie und jetzt dieser Jüngling. Er besaß kastanienbraunes Haar und stark ausgeprägte Gesichtszüge mit hohen Wangenknochen sowie einem eckigen, kräftigen Kinn. Seine Schultern waren breit, seine Figur schmal, aber muskulös.

»Hey, Ted, wie geht's so?« Torie setzte sich an den Tisch, ohne auf eine Einladung zu warten, dann deutete sie auf den noch leeren Stuhl für Emma.

»Kann nich klagen. Und du?«

»Immer dasselbe. Das ist Lady Emma.«

Emma nickte ihm zu, und der junge Mann namens Ted warf einen Blick auf ihr Tattoo; dann schenkte er ihr ein gemächliches, wunderschönes Lächeln, das sie wünschen ließ, zehn Jahre jünger zu sein. »Ma'am!«

»Er ist erst zweiundzwanzig«, erklärte Torie, als könne sie Emmas Gedanken lesen. »Ist das nicht ein ewiger Jammer für uns alte Frauen?«

Ted lächelte und duckte sich, um angelegentlich seine Bierflasche zu studieren.

»Haste Kenny gesehen?«, erkundigte Torie sich.

»War bis vor ’ner Minute noch hier.«

Die Tatsache, dass Kenny in die Stadt gefahren war, ohne sie mitzunehmen, ärgerte sie. Offenbar musste sie Francescas Namen noch einmal fallen lassen, damit er wusste, wo es lang ging.

Wie auf ein Stichwort kam in diesem Moment Kenny durch den Raum auf sie zugeschlendert. In der einen Hand hielt er eine Bierflasche, in der anderen einen Golfschläger. Er warf ihn dem Barmann zu, der ihn beiseite räumte.

Seine Augen verengten sich leicht, als er Emma erblickte, dann sah er Ted an. »Die nächste Nachhilfestunde im Hinterhof geht an dich. Randy Ames will andauernd, dass ich seinen Slice hinbiege, tut aber nie das, was ich ihm sage. Vielleicht hast du ja mehr Glück.«

»Sind Sie auch ein Golfspieler?«, erkundigte sich Emma bei Ted, wobei sie Kenny absichtlich ignorierte.

»Ich spiel schon mal ein bisschen.« Obwohl sich Ted ausdrückte wie ein Texaner, besaß er nicht die gedehnte Sprechweise der Südstaatler. Seltsam.

Kenny schnaubte. »Unser Ted hier war drei aufeinander folgende Jahre lang Amateurchampion. Er ist der zweitbeste Golfer, den die UT je hervorgebracht hat.«

»Nun, darüber lässt sich streiten.« Torie warf ihrem Bruder einen schrägen Blick zu. »Ted hat drei NCAA-Championships gewonnen anstatt nur zwei wie jemand, den ich hier nicht nennen möchte. Außerdem hat Ted seinen Abschluss gemacht, im Gegensatz zu einer anderen Person, die ich ebenfalls besser nicht erwähne.«

»College ist ’ne Hundsarbeit.« Kenny kratzte sich die Brust. »Und die Diskussion darüber, wer nun der Beste ist, ist in meinen Augen entschieden.« Er musterte Ted hinterhältig. »Nur einer von uns hatte den Mumm, ein Pro-Spieler zu werden.«

Ted produzierte wieder sein scheues Lächeln.

Torie wandte sich Emma zu. »Wissen Sie, Ted ist ein richtiges Genie, und sein Leben lang ist er zwischen Golf und der Streberei hin- und hergerissen. Die Leute hier halten ihn für sowas wie einen genetischen Freak. Sogar seine Eltern.«

Statt beleidigt zu sein, nickte Ted. »Ja, stimmt.«

»Gerade hat er sein Bachelor's und Master's Degree gleichzeitig gemacht.« Kennys Stolz war unüberhörbar, und Emma konnte sehen, dass die beiden Männer eine besondere Sympathie verband. »Der Unigolf hat sein Studium ein bisschen verzögert, sonst hätte er noch früher abgeschlossen.«

»Hatte keine Eile.«

»Hab ich dir ja immer gesagt«, meinte Kenny im Brustton der Zufriedenheit.

Emma tat, als würde sie an ihrem Drink nippen, während sich die drei mit einer Vertrautheit unterhielten, die eine lange Freundschaft verriet. Torie war es, die Kennys Suspendierung aufbrachte. »Das ist so unfair«, sagte sie. »Jeder, der Kenny kennt, weiß, dass er nie absichtlich eine Frau schlagen würde. Er treibt sie in den Wahnsinn und betrügt sie nach Strich und Faden, aber schlagen würde er eine weibliche Person nie.«

Kenny blickte sie verärgert an. »Das ist nicht der Grund, warum ich suspendiert worden bin, und außerdem hab ich nie eine Frau, an der mir was lag, hintergangen – zumindest seit meinem sechzehnten Lebensjahr nicht mehr.« Er flüsterte Ted zu. »Sie braucht wirklich mal eins hinter die Ohren.«

»Schau nicht mich an! Ich hab Angst vor ihr.«

Torie beugte sich vor und küsste Ted auf die Wange. »Wenn du bloß 'n paar Jahre älter wärst, Sonnyboy, könnten wir eine höllisch gute Zeit miteinander verbringen.«

»Das würd ich wohl kaum überleben.«

»Wenn du mich fragst«, erläuterte Kenny jetzt, »macht der Antichrist so 'ne Art Midlife Crisis durch. Der Hurensohn wird dieses Jahr fuffzig. Das bringt ihn völlig durcheinander.«

Ted kippte seinen Stuhl zurück und streckte seine Beine. »Er ist einfach bloß sauer auf dich, mehr nicht.«

»Machtmissbrauch nenn ich das«, zürnte Kenny. »Er hält sich für den verdammten Präsidenten der Vereinigten Staaten.«

Ted lächelte.

»Ich mein's ernst«, fuhr Kenny fort. »Jeder, der zu PGA gehört, erwartet Fairness vom Commissioner. Auch wenn er den Job nur temporär innehat, sollte er zumindest versuchen, unparteiisch zu sein.«

In diesem Moment geriet der Mann in dem Blümchenhemd, der ihnen in die Bar gefolgt war, in Emmas Blickfeld. Er beobachtete sie vom anderen Ende des Raums. Erregung durchzuckte sie. Das war wirklich Beddingtons Wachhund!

Sie wusste, dass sie den Moment nutzen musste – aber alles, was ihr einfiel war, sich ihren Drink zu schnappen und einen kräftigen Schluck zu nehmen. Als skandalöser Akt ziemlich bemitleidenswert, aber was sollte man denn auf die Schnelle machen? Dann kam ihr zwar noch eine Idee, doch die widerstrebte ihr. Aber Hugh zu heiraten widerstrebte ihr am allermeisten.

Emma gab sich einen Ruck, erhob sich, schlang dann ihren Arm um Kennys Nacken und pflanzte sich auf seinen Schoß.

Er zog eine Augenbraue hoch. »Hab ich was verpasst?«

Sie kräuselte ihren Mund zu einem, wie sie hoffte, verführerischen Lächeln, und versuchte, ohne die Lippen zu bewegen, zu sagen: »Los, küss mich!«

»Nein«, weigerte er sich.

»Wieso nicht?«

»Weil mir deine Einstellung nicht gefällt.«

Sie war wirklich ein wenig befehlshaberisch gewesen, aber nur aus Nervösität. »Ich entschuldige mich.«

Seine Augen glitten zu ihrem Mund. »Gut, dann küsse ich dich ausnahmsweise.«

Der Wachhund wandte sich ab, und sie hüpfte sofort von Kennys Schoß.

Er runzelte die Stirn, als sie nach ihrem Gin Tonic griff. »Bist du schon wieder betrunken?«

»Ganz gewiss nicht.«

»Gut. Denn in ganz Wynette gibt's keinen halbwegs anständigen Tätowierladen.«

Ihr Bewacher war an die Jukebox getreten, doch nun starrte er sie wieder an. Er hatte eine Halbglatze, strohfarbenes Haar und breite Koteletten. Sie überlegte fieberhaft, dann wandte sie sich an Ted. »Würde es Ihnen sehr viel ausmachen, mit mir zu tanzen?« Beddington gefiel es sicher nicht, wenn sie mit einem Fremden tanzte, ganz zu schweigen mit einem so jungen.

»Oh, das würde mir überhaupt nichts ausmachen«, entgegnete Ted.

»Er ist 'n furchtbarer Tänzer«, erklärte Torie. »Wenn Sie jemand wirklich guten wollen, dann nehmen Sie lieber Kenny.«

Ted zog eine beleidigte Miene. »Sie hat *mich* gefragt, nicht John Travolta hier.«

Torie zuckte mit den Schultern. »Es sind Ihre Füße, Lady Emma!«

Obwohl Emma Kenny nicht anschaute, fühlte sie seine Blicke, als sie sich erhob. Ted nahm ihre Hand und führte sie aufs Parkett, wo gerade ein Nostalgie-Song erscholl. Als sie zu tanzen begannen, sah sie sich mit einem Mal in der ungewohnten Situation, von einem äußerst attraktiven jungen Mann über die Tanzfläche geführt zu werden. Von einem *sehr* jungen Mann.

Und sehr sexy.

Er lächelte auf sie herab und erkundigte sich, wie ihr Texas gefiele.

Sie lächelte zurück und sagte, ausgezeichnet. Er wollte wissen, ob sie die Fahrt von Dallas hierher genossen hätte und was sie von den Vereinigten Staaten halte. Sie plauderten ein wenig.

Das Lied endete, und ein schnelleres begann. Die Menge gruppierte sich und bildete eine Tanzreihe. »Vielleicht sollten wir den hier lieber auslassen.«

»Ich bring Ihnen die Schritte bei«, versprach Ted. »Torie hat Recht, ich bin kein sehr guter Tänzer, aber der hier ist ziemlich einfach.« Er führte sie zur Seite, und sie lernte rasch, nachdem er es ihr gezeigt hatte.

Sobald sie wieder auf dem Parkett waren, sah sie Kenny und Torie miteinander tanzen. Mit ihren glänzenden rabenschwarzen Haaren und ihren anmutigen Bewegungen glichen sie einander wie Zwillinge. Kenny lachte über etwas, das eine vorbeischwingende Dame zu ihm sagte, und Torie flirtete mit einem älteren Mann im Cowboylook. Sie sahen schön, reich und ein wenig gelangweilt aus. Emma musste an Gatsby und Daisy Buchanan denken, die es in ein texanisches Honky-Tonk verschlagen hatte.

Die Musik wurde langsamer. Die neue Wynetterin schickte sich an, zum Tisch zurückzugehen, doch Ted ergriff ihre Hand. »Nur noch einen, Lady Emma! Ich tanze gern mit Ihnen. Es gefällt mir, wenn die Dame führt.«

Sie lachte und schlüpfte wieder in seine Arme. Es war nett, zur Abwechslung mit jemandem zusammenzusein, der ihre Gegenwart schätzte. Aber sie hatten kaum angefangen, als auch schon Kenny auftauchte und Ted auf die Schulter tippte. »Ich übernehme, Kleiner, damit du wieder an deinen Platz zurückgehen und Torie mit dir weiter streiten kann.«

»Ich will mich aber nicht mit Torie streiten«, entgegnete Ted milde. »Es macht mir Spaß mit Lady Emma.«

»Und selbstverständlich macht es ihr einen Riesenspaß mit dir – aber im Moment schlage ich vor, du trittst ganz schnell beiseite.«

In Emma erwachte leiser Alarm, als sie sah, wie Ted Kenny lange und hart anblickte. Auf einmal sah er weit älter als zweiundzwanzig aus. »Du und ich, wir beide sind überfällig.«

»Sag bloß, wann.«

»Morgen früh um sieben.«

»Bin dabei.«

Emma hielt die Hände hoch. »Hört sofort damit auf!«

Kenny runzelte die Stirn. »Womit sollen wir aufhören?«

»Euch zu bedrohen! Ihr benehmt euch wie Raufbolde.«

»Wir raufen nicht. Wir spielen Golf.«

»*Ich* spiele Golf«, erklärte Ted, »was John Travolta hier macht, wird man sehen.« Er schenkte Emma ein gemächliches Lächeln und spazierte davon.

Während Emma ihm nachsah, wurden ihr tatsächlich die Knie ein wenig weich. Wenn Ted schon mit zweiundzwanzig so himmlisch war, wie würde er erst in zehn Jahren sein?

Kenny nahm sie in die Arme, und wieder begann ihr Bauch zu kribbeln. Ihre instinktive Reaktion auf ihn irritierte sie.

»Pass bloß auf, dass dir die Augen nicht rausfallen, Lady Emma.«

»Wie bitte?«

»Stell dich nicht dumm. Ich weiß genau, was du vorhast. Du bist auf Kandidatensuche, um deine, du-weißt-schon-was, loszuwerden. Deine Jungfräulichkeit«, fügte er hinzu, falls sie nicht verstanden hatte. »Und mein kleiner Freund dort ist soeben an die erste Stelle gerückt.«

»Mach dich nicht lächerlich. Er ist viel zu jung.« Sie konnte nicht widerstehen hinzuzufügen: »…aber sehr sexy.«

»Tja nun, glaub mir, wenn ich dir sage … deiner Freundin Francesca würd's gar nicht gefallen, wenn du ihren Junior verführst.«

Sie stolperte. »Ihr Junior?«

Er führte sie wieder in den Takt. »Ganz zu schweigen, was der Antichrist davon hielte. Der ist verdammt stolz auf seinen Sohn.«

»…ihr Sohn?« Ungläubig blinzelte sie. »Ach du … sie nennt ihn immer nur Teddy. Ich hätte nie geglaubt …«

»Theodore Day Beaudine. Das einzige Kind von Francesca und du-weißt-schon.«

»Ich hatte den Eindruck, er wäre noch viel jünger, noch ein Kind. Nie hätte ich gedacht …«

»Na, dann fang jetzt besser an zu denken, Mrs. Robinson, denn ein Kind ist er bestimmt nicht mehr und off-limits für dich!«

»Na ja, ich hatte nicht wirklich vor, ihn zu verführen. Er könnte ein Schüler von mir gewesen sein. Wie kommst du bloß auf so eine absurde Idee?«

»Muss ich dich erst an einen höchst unglückseligen Vorfall von vor zwei Nächten erinnern?«

»Das war was anderes. Ich wollte dich ordnungsgemäß *bezahlen.*«

Er gluckste, dann strich seine Hand über ihren Rücken. Sie fühlte, wie sein Finger über den schmalen Streifen ihrer nackten Taille glitt. Emma wusste nicht, ob es aus Versehen geschehen war, doch überlief sie ein deutlicher Schauder.

Seine Stimme vertiefte sich. »Bis zu dieser Minute wär mir nie in den Sinn gekommen, dass du so scharf auf Sex bist – und sogar hinter einem der Unschuldslämmchen unserer Gemeinde hersteigst.«

»Er ist wohl kaum …«

»Ich muss meine Prinzipien vielleicht vergessen und mich doch deiner erbarmen.«

Da sie plötzlich stolperte, zog er eine schwarze Augenbraue hoch. »Obwohl – um ehrlich zu sein – ich weiß nicht, ob ich mir die ganze Mühe aufladen will, die damit verbunden ist, wenn man Sex mit einer La-la-tra-la-la hat. Aber es scheint die Zeit im Leben eines jeden Mannes zu kommen, in der er sich zum Wohle der Gemeinschaft opfern muss.«

Sie trat ihm auf den Fuß. »Sorry.«

»Das hast du absichtlich gemacht!«

»Niemals!«

Einen Moment lang sagte er nichts, dann stieß er einen langen Seufzer aus. Gleichzeitig glitt sein Daumen unter den Saum ihres Pullis. »Von mir aus hast du gewonnen! Du darfst mit mir rummachen.«

Obwohl sie wusste, dass er sie bloß neckte, spürte sie erneut dieses komische Flattern im Magen. Dann überlegte sie, ob sie nicht eine Bierflasche von einem der Tische nehmen und ihm über den Kopf kippen sollte. Wie konnte ein Individuum bloß so arrogant sein? »Danke, aber ich möchte dir nicht zu viel Mühe bereiten.«

Er zog sie enger an sich, sodass ihre Brüste an seinen Oberkörper gepresst wurden. »So viel nun auch wieder nicht. Ich leg mich einfach hin, und du übernimmst die ganze Arbeit. Das ist dir wahrscheinlich ohnehin lieber.«

Bevor sie noch etwas dazu sagen konnte, hörte er auf zu tanzen. »O-oh! Gerade wenn man glaubt, es wär sicher, wieder ins Boot zu steigen …«

Emma blickte auf und sah einen etwas zerzausten Mann Anfang Dreißig in einer Militaryhose, einem zerknitterten blauen Oxfordhemd und einer Stahlbrille zu dem Tisch gehen, an dem Torie mit Ted saß. Ted erhob sich sofort und streckte, offensichtlich erfreut, seine Hand aus.

Torie dagegen war überhaupt nicht erfreut. Sie richtete sich auf und schoss ihm einen hasserfüllten Blick zu.

»Das ist Dexter O'Conner«, sagte Kenny. »Der Erbe von Com National, Tories Dingsda, und der größte Bücherwurm in Wynette, Texas. Meistens ist Ted der Einzige im ganzen Landkreis, der weiß, wovon Dexter redet.«

Dexter O'Conner erinnerte sie an Jeremy Fox. Beide besaßen dasselbe, ein wenig vernachlässigte Aussehen, obwohl ihr dieser Mann größer und dünner vorkam. Sein knochiges, intelligentes Gesicht war ein wenig lang, aber dennoch attraktiv. Er besaß eine hohe Stirn, nicht zu weit und nicht zu eng stehende Augen und etwas schütteres braunes Haar. Emma brauchte nicht mehr als eine Sekunde, um zu sehen, dass Dexter O'Conner genau der Typ Mann war, der ihr schon immer gefallen hatte.

Kenny ließ sie los. »Wir gehen besser hin, bevor Torie noch

zubeißt und den armen Hund verbluten lässt.« Wie der maskierte Rächer näherte er sich dem Tisch. »Was, zum Teufel, hast du hier zu suchen, O'Conner?«

»Dex ist hier, um sich mit *mir* zu treffen«, meldete Ted sich zu Wort. »Du und Torie, ihr seid uneingeladen aufgetaucht, also verdrückt euch wieder! Lady Emma, Sie dürfen bleiben.«

Sie lächelte ihn an. »Vielen Dank.«

Ted stellte sie vor, und Dexter O'Conner musterte sie mit einem zurückhaltenden Blick, dann nickte er kurz. Etwas an seiner Art gefiel ihr ausnehmend. Er nahm seine Stahlrandbrille ab, wobei ein Paar intensiver grauer Augen zum Vorschein kamen, und zog ein Taschentuch hervor, um die Gläser zu polieren.

»Tatsächlich wär's mir nicht unrecht, wenn Victoria und Kenny auch blieben. Wo wir schon alle hier sind, fände ich's ganz passend, eine Art Vereinbarung zu treffen.«

»Hast du das gehört, Kenny? Ganz passend. Er redet wie ein verdammter Spießer. Und ich schwör dir, Dexter, wenn du mich noch mal Victoria nennst, dann renne ich dich über den Haufen.«

»Das bezweifle ich.« Er setzte seine Brille wieder auf. »Ich bin um ein Weniges größer als du.«

Torie sank nach vorn und stützte die Stirn in die Hand. »O Jemine … du bist ein solcher Trottel.«

»Ein ganz schön smarter Trottel«, meinte Ted. »Und im Gegensatz zu dir hat sich Dex seinen Teil des Familienvermögens *verdient.*«

»Halt's Maul, Kleiner.« Torie langte nach ihren Zigaretten, doch Dex nahm sie ihr prompt weg.

»Es gefällt mir wirklich nicht, dich rauchen zu sehen, Victoria.«

»Das reicht!« Mit einem Knurren sprang sie auf die Füße und wollte sich auf ihn stürzen.

Kenny erwischte sie gerade noch um die Taille und hielt sie fest. »Jetzt beruhig dich wieder. Du weißt doch, wie du es hasst, wenn Blut auf deine Sachen kommt.« Er warf Dexter einen warnenden Blick zu, während Torie sich mit Händen und Füßen wehrte. »Du verschwindest besser, Dex. Wer weiß, wie lange ich sie noch halten kann.«

»Ich sehe keinen Grund zu gehen«, verkündete Dex. »Und es gibt was zu besprechen. Ihr könnt gerne zuhören.«

Als Tories wütendes Knurren lauter wurde, erhob sich Ted. »Du hast Recht, Kenny, jemand müsste ihr mal eins hinter die Löffel geben. Ich bring sie weg, bis sie sich wieder beruhigt hat.« Er seufzte. »Auch wenn ich keine Lust dazu hab.« Er packte Torie um die Hüften, direkt unter Kennys Arm und zog. »Komm, lass uns 'ne Runde Tischfußball spielen. Aber diesmal will ich gewinnen!«

Torie durchbohrte Dexter noch mal mit ihrem Blick, bevor Ted sie fortzerrte.

Emma dagegen betrachtete Dexter interessiert. Sie hatte gewusst, dass Texas sie faszinieren würde; aber sie hatte nicht erwartet, in ein derart spannendes Drama verstrickt zu werden. Das war ja wie eine Wiederholung von *Dallas*, bloß mit netteren Menschen. Nun, bis auf Kenny Traveler natürlich.

Genau in diesem Augenblick sah sie, dass der bullige Mann sie wieder beobachtete, und wurde von einem Gefühl der Vorfreude erwärmt. Beddington gefiele es bestimmt nicht, sie inmitten einer solch öffentlichen Szene zu wissen.

Kenny setzte sich wieder. »Ich würd dir raten, dich nicht in dunklen Gassen rumzudrücken, Dex. Sie kämpft nicht wie eine Lady.«

»Wic ihre beiden Ex sicher feststellen durften.« Dexter nahm Platz auf dem Stuhl, den Torie frei gemacht hatte. »Ich fürchte mich nicht vor deiner Schwester, Kenny. Das könntest du längst gemerkt haben. Sie dagegen hat eine Heidenangst vor mir.«

Kenny grinste und schüttelte den Kopf. »Was immer du glauben willst!«

Dex blickte resigniert drein. »... war ja zu erwarten.« Er

wandte sich an Emma. »Wie lange kennen Sie Victoria schon, Lady Emma?«

»Bloß Emma. Ich habe sie heute Vormittag kennen gelernt.«

»Das ist wohl zu kurz, um schon ein wenig Einfluss auf sie auszuüben. Wie bedauerlich. Sie scheinen mir eine recht vernünftige Person zu sein.«

Kennys Hand schoss vor. »Hör zu, Lady Emma, vernünftig ist nicht dasselbe wie konservativ – also reg dich nicht auf.«

»Ich hatte nicht die Absicht.«

Dex musterte sie eingehender.

»Warum lässt du Torie nicht einfach zufrieden?«, fragte Kenny.

»So einfach ist das wohl kaum. Vergiss nicht, dass unsere beiden Väter da noch mit drinstecken.«

»Wenn du nur ein bisschen Mumm hättest, Dex, dann würdest du die beiden zur Hölle schicken, anstatt sie Torie so quälen zu lassen.«

Er warf Kenny einen langen, undurchdringlichen Blick zu. »Nun, deine Reaktion sollte mich nicht überraschen.« Mit einem Schulterzucken erhob er sich. »Ich rede später mit Ted. Es war sehr nett, Sie kennen zu lernen, Emma. Hoffentlich sehe ich Sie bald einmal wieder.« Er nickte Kenny zu, und ohne einen Blick auf das Tischfußballspiel zu verschwenden, verließ er das Roustabout.

»Herzloser Bastard!«

»Ich fand ihn sehr nett«, wandte Emma ein.

»Na klar. Ist ja ganz dein Typ!«

»Unbedingt.«

»Seh ich da sowas wie Spekulation in deinen Augen?«

Als sie nicht antwortete, runzelte er die Stirn. »Erst bist du hinter einem Kind her. Und jetzt nimmst du Dex aufs Korn. Keiner kann sagen, du wärst wählerisch.«

Sie würde sich nicht von ihm reizen lassen. »Verzweifelte Frauen können es sich nicht leisten, wählerisch zu sein.«

»Dann sollten wir einfach wieder tanzen.« Er sprach gerade mürrisch genug, um ihr zu verstehen zu geben, dass er ihr damit einen Gefallen tat.

»O nein.« Abermals schenkte sie ihm ein zuckersüßes Lächeln. »Es wäre viel zu anstrengend für dich.«

Das machte ihn so wütend, dass er die Zähne zusammenbeißen musste. Verdammt, das Weib hatte was an sich, das ihn auf die Palme trieb. Heute Abend hatte er ihr eigentlich aus dem Weg gehen wollen, doch dann war sie plötzlich hier aufgetaucht. Leider freute sich ein Teil von ihm, weshalb er sich auch nicht allzu gut benommen hatte –, denn er wollte nicht froh darüber sein, seine jungfräuliche Schullehrerin zu sehen.

Sie machte kein Geheimnis aus der Tatsache, dass sie ihm nicht wohlwollte; er wiederum mochte den Gedanken nicht, bloß eine günstige sexuelle Gelegenheit für sie zu sein – obwohl sie für ihn dasselbe bedeutete. Glaubte er jedenfalls.

Er war nicht gewöhnt, über eine Frau verwirrt zu sein, und seine Gedanken kehrten zu der Person zurück, die ihm das Ganze eingebrockt hatte. Wenn Francesca nicht wäre, könnte er Emma vielleicht zu einer heimlichen Affäre überreden. Sie beide könnten einander benutzen und die Sache dann wieder vergessen. Aber Dallies Frau schaffte es immer, die Privatangelegenheiten anderer Leute auszuschnüffeln, und würde ihm nie vergeben, wenn sie glaubte, er hätte ihre Freundin ausgenützt. Kenny brauchte sich auch gar nicht damit herauszureden, dass es Lady Emmas Idee gewesen war, ihn für eine Nacht zu kaufen.

Allmählich bekam er Platzangst, so als würde man ihn in einen fensterlosen Raum ohne Tür zwängen. Lady Emma war ein schwieriger kleiner Feldwebel, eine von den Frauen, die einen Mann einfach überfuhren, ihn mit ihren Forderungen weichklopften, bis er flach war wie der Coyote aus Roadrunner. Frustriert zerrte er sie auf die Füße und führte sie, nicht allzu sanft, auf die Tanzfläche zurück, wo es nicht mehr als ein paar Sekunden dauerte, bis ihm die Galle hochkam.

»Hör auf zu führen!«

»Dann tanz gefälligst schneller.«

»Das ist 'n Slowfox.«

»Was nicht heißt, dass du deswegen einschlafen musst.«

»Ich schlaf nicht ein! Also ich schwör dir ...« Er vergaß, was er hatte sagen wollen, als sie mit dem Kopf an der Unterkante seines Kinns entlangstrich.

Einen Moment lang wollte er jetzt schwören, Veilchen gerochen zu haben, was komisch war, denn er wusste gar nicht, wie Veilchen rochen – außer dass sie irgendwie wahrscheinlich Lady Emmas Duft besaßen.

9

Obwohl Emma eigentlich die Zeit nutzen und an ihrem Artikel hätte arbeiten sollen, genoss sie am nächsten Morgen einen richtig faulen Vormittag. Sie stattete Kennys Pferden einen kleinen Besuch ab, machte einen zweiten Spaziergang am Fluss entlang, schlüpfte anschließend in ihren Badeanzug, nahm sich ihren Strohhut und begleitete Patrick zum Pool. Sie setzten sich unter einen ausladenden Sonnenschirm an einen der rechteckigen Gartentische, wo sie sich jeder ein großes Glas Eistee mit Pfirsichgeschmack sowie ein paar Stücke noch warmen Rosinenstollens schmecken ließen. Beim Essen erzählte ihr Patrick ein wenig Tratsch aus dem Städtchen und berichtete ihr von dem Fotoband, an dem er arbeitete; dann entschuldigte er sich und ging in den Keller, um noch ein paar Filme zu entwickeln.

Emma setzte sich in einen schattigen Sessel und widmete sich ihren Notizen zu Lady Sarahs Tagebuch. Es war ein warmer, herrlicher Tag, und sie hätte am liebsten ihren Bademantel ausgezogen, hatte jedoch Angst, dass Patrick wieder zurückkommen und ihr Tattoo sehen würde. Es war eine Sache, es herzuzeigen, wenn sie wusste, dass man sie allgemein beobachtete – aber eine ganz andere in einem abgeschlossenen und privaten Rahmen. Als sie aufblickte und eine attraktive Blondine mit einem Baby im Arm auf sich zukommen sah, war sie froh um ihre Vorsicht.

Die Person war ein paar Jahre jünger als Emma und ein wenig füllig, was ihr jedoch gut stand. Alles an ihr roch nach Geld, von dem diamantenen Armband, das an ihrem gebräunten Handgelenk blitzte, bis zu der Leinentunika und den Shorts. Sie besaß glattes, kinnlanges blondes Haar und einen makellosen Teint, der nur durch ein wenig dunkles Lipgloss unterstrichen war.

Eine strahlende Begrüßung erfolgte: »Lady Emma, es ist eine so große Ehre, Sie in Wynette zu haben. Ich bin natürlich Shelby!« Verwirrt legte Emma ihre Notizen beiseite und erhob sich aus ihrem Sessel. Als sie die ausgestreckte Hand der jungen Frau schüttelte, gurrte das Baby fröhlich und griff ins Haar seiner Mutter. »Das ist Peter.« Ihr Lächeln erlosch, und ihre nächsten Worte klangen ein wenig bitter. »Das vergessene Kind.«

»Guten Tag! Hallo, Peter!«

Er schenkte ihr ein scheues Blubberlächeln, wobei er vier winzige Zähne enthüllte, und barg dann sein Köpfchen an der Schulter seiner Mama. Das Baby war hinreißend, und Emma verspürte einen Stich Neid. Er besaß schwarzes, lockiges Haar, ein Knopfnäschen und wundervolle Augen mit langen, dichten, schwarzen Wimpern. Seine Augen waren von einem ungewöhnlich dunklen Blauton, so dunkel, dass man ihn fast violett nennen konnte.

Ein unbehagliches Gefühl keimte in ihr auf.

Die Frau nahm an dem Tisch unter dem Sonnenschirm Platz und setzte sich das Baby auf den Schoß. »Ich dachte, Kenny wäre vielleicht hier – aber ich hätte wissen müssen, dass er sein Bestes tun würde, uns aus dem Weg zu gehen.«

»Er, äh, spielt heute Vormittag Golf.« Emma setzte sich neben sie. »Wie alt ist Peter?«

»Neun Monate, und ich stille ihn immer noch. Er ist ein richtiger Brocken. Bei der letzten Untersuchung wog er zweiundzwanzig Pfund und war ganze fünfundsiebzig Zentimeter groß.« Automatisch schob sie Emmas Teeglas außer Reichweite des Kleinen. »Kenny ist seit gestern hier und hat nicht einmal den geringsten Versuch unternommen, bei uns vorbeizuschauen. Das ist unverzeihlich. Sein eigenes Fleisch und Blut einfach zu ignorieren.«

Emmas Magen krampfte sich zusammen. *Sein eigenes Fleisch und Blut.* Sie schaute noch einmal auf die dunklen Haare und die violetten Augen des Jungen. Kenny musste ganz genauso ausgesehen haben. Ihr wurde ganz schwindlig. War es sein Baby?

Noch während sie sich diese Frage stellte, mühte sie sich um eine andere Erklärung – aber die leuchtend violetten Augen waren so ungewöhnlich, dass die Ähnlichkeit einfach kein Zufall sein konnte; außerdem wäre diese Frau als irgendeine entfernte Verwandte wohl kaum so erregt. Der Gedanke, dass Kenny ein Kind gezeugt und sich dann aus dem Staub gemacht hatte, erschütterte sie zutiefst.

»Es tut mir Leid«, stammelte sie. »Ich habe Ihren Namen nicht ganz mitbekommen.«

»Hallo, Shelby!«

Sie wandte sich um und sah Kenny herankommen. Er trug eine türkise Badehose und hatte ein gelbes Handtuch über den Schultern.

Beim Klang von Kennys Stimme versteiften sich die Beinchen des Babys und begannen dann aufgeregt zu pumpen. Kenny beachtete Shelby nicht weiter, warf das Handtuch beiseite und hob den Knirps von ihrem Schoß. Er hielt ihn hoch vor sein Gesicht. »Na, mein Kleiner, wie geht's dir denn? Ich wollte dich heute Nachmittag besuchen kommen.«

Die Frau schnaubte verächtlich.

Spuckeblasen blubberten vor dem Mund des Babys, er streckte seine dicken Ärmchen aus und griff nach Kennys Haaren. Seine nackten Füße zappelten aufgeregt.

Sie sahen einander so ähnlich, dass Emma immer nur hinstarren konnte. Das ungute Gefühl in ihrem Magen verstärkte sich. Wie konnte er ein so entzückendes Kind nur im Stich lassen? Doch wieso war sie andererseits denn überrascht? Er schien ein Mann zu sein, der immer den bequemsten Ausweg suchte.

»Willste schwimmen, Petie-Boy?«, erkundigte Kenny sich.

»Mach seinen Strampler nicht nass«, mahnte Shelby. »Ich hab ihn erst gestern im Baby Gap gekauft.«

Kenny knöpfte die Träger auf und zog ihm den Strampler aus. »Die Windel lassen wir, glaub ich, besser dran, falls du vergessen solltest, dich wie ein Gentleman zu benehmen.« Er hängte den Strampler über die Stuhllehne, setzte sich das Baby in die Armbeuge und blickte auf Emma hinunter.

»Hast du auch Lust?«

Ihr Nacken fühlte sich so steif an, dass sie kaum ein Kopfschütteln fertig brachte.

»Na dann komm, Petie. Bloß wir Männer also!«

Während Kenny mit dem Baby zum Pool marschierte, überlegte Emma, was sie zu Shelby sagen könnte. Sie hörte ein leises Schniefen.

»Verdammt soll er sein!«

Sie blickte Shelby über den Tisch hinweg an und sah, dass sich deren Augen mit Tränen füllten, während sie Kenny und dem Baby beim Planschen zusah.

Emmas Herz blutete. Ihr teurer Schmuck und die Kleidung bewiesen, dass Kenny finanziell großzügig war – doch das bedeutete gar nichts, solange er sich vor seiner Verantwortung drückte. Sie war von einer tiefen, niederschmetternden Enttäuschung erfüllt. Trotz der vielen Warnzeichen hatte sie etwas Besseres von ihm erwartet.

Die Lady langte über den Tisch und legte der jungen Mutter mitfühlend die Hand auf den Arm. »Es tut mir so Leid.«

Shelby holte tief Luft und stieß ein verlegenes Lachen aus. »Ich sollte mir das Ganze wohl nicht so zu Herzen nehmen. Wahrscheinlich leide ich noch immer ein wenig unter Wochenbettdepressionen, wo ich auch nach wie vor zu dick bin, hm. Aber wenn ich die beiden so zusammen sehe ...« Ihre Züge verkrampften sich, und eine Träne rollte ihr über die Wange. »Er will seine Verantwortung einfach nicht wahrhaben! Und Peter ist doch sein eigenes Fleisch und Blut.«

Emma fühlte, wie sich ihr Herz gegen ihn verhärtete. Die Logik sagte ihr zwar, dass ihre Reaktion ein wenig extrem war – sie kannten einander ja erst seit drei Tagen –, aber sie konnte einfach nicht anders. »Er ist verabscheuungswürdig«, sagte sie, mehr zu sich selbst als zu Shelby.

Zunächst blickte Shelby ein wenig überrascht drein angesichts von Emmas Reaktion, dann jedoch war sie dankbar. »Es braucht wohl erst einen Außenstehenden, um die Dinge deutlich zu sehen. Alle in Wynette zucken bloß die Achseln. Sie sagen, so ist Kenny nun mal, und dann fangen sie an, Geschichten zu erzählen, wie er einmal das Fenster von jemandem eingeworfen oder ein Mädchen vor der Abschlussfeier einfach sitzengelassen hat. Bloß weil er jetzt Golfturniere gewinnt, braucht er nicht mehr so anständig zu sein, wie man es von jedem normalen Menschen erwartet.« Wieder füllten sich ihre Augen mit Tränen. »Ich liebe den Kleinen so sehr ...« Hektisch suchte sie nach einem Taschentuch. »Es tut mir Leid, Lady Emma. Normalerweise bin ich nicht so sentimental, und ich wollte wirklich einen guten Eindruck auf Sie machen. Aber es ist schon schön, zur Abwechslung mal ein wenig Mitgefühl zu spüren.« Sie erhob sich, schneuzte sich geräuschvoll, hob dann Kennys Handtuch vom Boden auf und ging zum Poolrand. »Bring ihn her, Kenny. Wir müssen gehen.«

»Aber wir sind doch gerade erst reingestiegen. Und es macht uns riesigen Spaß, nicht wahr, Petie-Boy?«

Das Baby quietschte vor Vergnügen und klatschte mit seinen kleinen Händen aufs Wasser.

»Er muss sein Mittagsschläfchen halten, also gib ihn mir sofort her!«

Kenny runzelte die Stirn und brachte das Baby an den Poolrand. »Liebe Güte, Shelby, was ist denn los mit dir?«

»*Du* bist los, das ist es! Komm her, Petie.«

Sie bückte sich und schnappte sich das Fröschlein; dann wickelte sie es in ein Handtuch, das Kenny um die Schultern gehabt hatte. Sie ging zum Tisch zurück, um Peties Strampler und ihre Tasche zu holen, wobei sie Emma ein wässriges Lächeln schenkte. Außerdem machte sie, wie Emma ein wenig erschreckt feststellte, so eine Art Hofknicks. »Vielen Dank, Lady Emma! Ihre Meinung bedeutet mir sehr viel!«

Die ›außenstehende‹ Dame nickte, und Shelby stakste ohne einen einzigen Blick in Kennys Richtung davon.

Emma hörte ein leises Platschen, und als sie sich umdrehte, sah sie, dass Kenny untergetaucht war. Kurz darauf erschien er am entfernten Ende des Pools wieder und begann, ein paar gemächliche Runden zu schwimmen. Immer eine nach der anderen. Ein Mann, der nichts Besseres zu tun hatte, keine ehrliche Arbeit, keine Verantwortung. Keine kleinen, auf ihn angewiesenen Kinder ...

Er drehte sich auf den Rücken und schwamm weiter. Während sie ihm so zusah, wurde sie immer zorniger und immer weniger vergebungsbereit. Seit sie sich zurückerinnern konnte, war sie eine Fürsprecherin des Nachwuchses, und dieser Mann repräsentierte alles, was sie zutiefst verabscheute. Ihr Inneres rebellierte, wenn sie daran dachte, wie knapp sie einer Verführung durch ihn entgangen war.

Er hievte sich aus dem Pool, blickte sich nach seinem Handtuch um: Dann fiel ihm offenbar ein, dass Shelby seinen illegitimen Sohn darin eingewickelt hatte und fortgegangen war – also wischte er sich das Wasser mit den Handflächen ab. Während sie so seine lässigen Bewegungen verfolgte, kam ihr die Galle hoch und trieb sie auf die Füße. Sie begriff zwar irgendwo in einem Eckchen ihres Bewusstseins, dass dies nicht ihr Kampf war – doch nichts konnte die Zornlawine, die das Ganze in ihr losgetreten hatte, mehr aufhalten. Zorn und eine schreckliche, erstickende *Enttäuschung* darüber, dass er nicht der war, für den sie ihn gehalten hatte! Dieser Zorn, diese Enttäuschung trieben sie vorwärts, trieben sie auf den Pool zu.

Er blickte auf. Produzierte sein charmantes, einladendes Lächeln.

Emma hatte das nicht geplant, ja, wusste nicht einmal, was sich da anbahnte ... aber schon schwang ihr Arm wie von selbst zurück, zischte durch die Luft und schlug klatschend an seine Wange.

Wie durch einen roten Zornesnebel sah sie seinen Kopf zur Seite fliegen, sah Wassertropfen regnen, sah, wie sich ein roter Fleck an der Stelle ausbreitete, wo sie ihn getroffen hatte. Ihr Magen krampfte sich zusammen.

»Was ist los mit dir, verflucht noch mal?« Er verwünschte sie, dann blickte er sie aus Augen an, die so dunkel geworden waren wie ein aufziehender Gewittersturm.

Sie hatte das Gefühl, als würden ihre Beine jeden Moment unter ihr zusammenknicken. Ohrfeigen hätte sie ihn nicht dürfen. Niemals. Die Sache ging sie nichts an, und es stand ihr nicht zu, sich zu seinem Richter aufzuspielen.

Seine Augen sprühten Blitze. »Ich würd dich ja in den Pool reinwerfen, aber du hast deinen Badeanzug an, was hätte es da für einen Sinn?«

Sein Zorn fachte jedoch auch den ihren erneut an. »Du bist einfach widerlich!«

Ein Muskel zuckte in seiner getroffenen Wange, und die Hand an seiner Seite ballte sich zu einer Faust. »Ach, zur Hölle ...« Ohne Vorwarnung hob er sie hoch und warf sie ins tiefe Ende des Pools.

Wutschäumend und spuckend kam sie wieder hoch, nur um zu sehen, dass er aufs Haus zustakste, sich davonmachte – genau wie vor dem zauberhaften kleinen Jungen. »Was für eine Art Mann bist du eigentlich?«, schrie sie. »Welche Sorte Mann lässt schon sein eigenes Kind im Stich!«

Er starrte. Drehte sich langsam zu ihr herum. »Was hast du da gerade gesagt?«

Ihr Hut schwamm neben ihr. Sie raffte ihn an sich, während sie im Wasser strampelte. »Ein Mann zu sein bedeutet mehr, als seine Spermien abzulassen und dann einen dicken Scheck zu schreiben. Es bedeutet ...«

»Spermien abzu ...«

Ihr Zorn flammte abermals auf. Sie kämpfte sich durchs Wasser zum Poolrand, was mit dem nassen, schweren Bademantel, den sie immer noch anhatte, gar nicht so einfach war. Ihren Hut verlor sie zwar, als sie bei der Leiter anlangte, doch nun war sie auf einer Mission und nicht mehr zu bremsen. »Er ist ein so wunderhübsches Baby! Wie konntest du ...«

»Du hast vielleicht 'ne Meise!«

Er stand mitten auf dem Rasen, und die Sonne sprühte Funken in seinem nassen, kohlschwarzen Haar. Mit gespreizten Beinen stand er da, das Wasser lief ihm in glitzernden Tröpfchen über die Haut, und er sah aus, als wolle er ihr jeden Moment den Hals umdrehen. »Dieses Bilderbuchbaby ist mein kleiner *Bruder*!«

Alles in ihr erstarrte. Sein Bruder? Ach du meine Güte ... Sie war wirklich eine Idiotin. »Kenny!«

Doch er marschierte bereits davon.

Sie kletterte aus dem Becken und starrte hilflos seinem Rücken nach. Was war bloß in sie gefahren? Normalerweise fällte sie doch nie vorschnelle Urteile. In St. Gert's hörte sie sich immer zuerst beide Seiten an, bevor sie etwas unternahm – aber ihm hatte sie dies nicht zugestanden. Hier war eine komplette Entschuldigung fällig, und sie konnte nur hoffen, dass er gewillt war, sie anzunehmen.

Niedergeschlagen wie sie war, beschloss sie, zuerst einmal zu duschen und sich umzuziehen. Dann machte sie sich, darauf bauend, dass er sich inzwischen ein wenig abgekühlt hatte, auf die Suche nach ihm – aber er hatte das Haus verlassen. Shadow fehlte ebenfalls, und sie erhaschte noch einen Blick auf einen fortreitenden Mann.

Patrick tauchte aus dem Keller auf und lud sie ein, mit ihm einzukaufen. Erleichtert sagte sie zu, denn auf diese Weise fände sie vielleicht ein kleines Geschenk für Kenny, mit dem sie ihn gnädig stimmen konnte. Doch beim Erreichen der Stadt hatte sie auch begriffen, dass kein noch so teures Cologne oder Buch die ihm angetane Schmach wieder gutmachen konnte.

Als sie zum Haus zurückkehrten, stand Shadow bereits auf der Weide, doch von Kenny fehlte jede Spur. »Er ist vielleicht im Fitnessraum«, meinte Patrick, als Emma ihn danach fragte.

»Er macht Fitnessübungen?«

»Nun ja, er trainiert ab und zu.«

Nach Patricks Instruktionen suchte sie einen Raum am Ende des ersten Stocks. Die Tür stand ein wenig offen. Als sie sie aufstieß, merkte sie, dass ihre Handflächen vor Nervosität ganz feucht waren, und wischte sie rasch an ihren Shorts ab.

Kenny hockte in einer Art Rudermaschine und ruderte ein wenig vor sich hin. Bei ihrem Eintreten blickte er auf und legte seine Stirn in Falten. »Was willst du?«

»Ich möchte mich entschuldigen.«

»Das wird dir nichts nützen.« Er erhob sich langsam aus dem Gerät und stieß dabei mit dem Fuß ein drahtloses Telefon aus dem Weg.

»Kenny, es tut mir Leid. Und wie!«

Störrisch ignorierte er sie, ließ sich auf den Boden fallen und begann stattdessen mit Liegestützen. Er war in ausgezeichneter Form – soviel musste sie ihm lassen –, doch schien er sich mit den Liegestützen nicht allzu viel Mühe zu geben.

»Ich hatte nicht das Recht, mich in eine Angelegenheit einzumischen, die mich nichts angeht.«

Die Augen nicht vom Boden lösend und neben weiteren Liegestützen sagte er: »Dafür entschuldigst du dich also? Dass du deine Nase in meine Angelegenheiten gesteckt hast?«

»Und dass ich dich geohrfeigt habe.« Sie wagte sich ein wenig in den Raum hinein. »Ach Kenny, das tut mir so Leid. Ich habe noch nie in meinem Leben jemanden geohrfeigt. Ehrlich!«

Stumm fuhr er fort, seine gemächlichen Liegestützen zu absolvieren, als ob er, wie beim Schwimmen, alle Zeit der Welt hätte. Sie meinte, ein wenig männliche Hitze von seinem Körper ausgehend zu spüren, oder doch zumindest Wärme – aber konnte keinen Schweiß entdecken.

Kenny trug nichts als eine kurze Sporthose, und dieser Anblick lenkte sie ein wenig ab, sodass sie sich gewaltig konzentrieren musste. »Ich weiß nicht, was über mich gekommen ist. Vor lauter Enttäuschung bin ich so wütend auf dich geworden. Irgendwie war ich zeitweise unzurechnungsfähig.«

Er biss die Zähne zusammen und blickte nicht zu ihr auf. »Es geht mir nicht um die Ohrfeige.«

»Aber …«

»Mach, dass du rauskommst, okay? Ich kann dich im Moment nicht verknusen.«

Emma zermartete sich das Hirn nach etwas, das sie noch hinzufügen könnte, doch ihr fiel einfach nichts ein. »Ist recht. Ja ich verstehe.« Sie wich in Richtung Tür zurück, fühlte sich elend und zutiefst beschämt. »Es tut mir wirklich wahnsinnig Leid!«

Seine Liegestützen wurden ein wenig schneller. »Dir tut das Falsche Leid, aber nicht mal das kapierst du. Und jetzt verschwinde, zum Kuckuck noch mal! Und wenn du Francesca anrufen und ihr sagen willst, dass ich dich gerade zum Teufel geschickt habe, dann los, mach ruhig!«

»So was würde ich nie tun.« Sie setzte sich in Bewegung, doch dann drehte sie sich nochmals zu ihm um. Es nagte furchtbar an ihr. »Wenn du mir schon die Ohrfeige verzeihst – was ist es dann, was du mir sonst vorwirfst?«

»Ich kann nicht glauben, dass du erst fragen musst.« Noch mehr Liegestützen. Muskeln wogten ohne merkliche Anstrengung. Kein einziges Tröpfchen Schweiß.

»Nun, das muss ich wohl, wie es scheint.«

»Wie wär's mit der Tatsache, dass eine Frau, die ich für eine Freundin gehalten habe, mich für den Typ Arsch hält, der sein Kind im Stich lässt?«

»Wir sind uns doch erst vor drei Tagen begegnet.« Sie konnte nicht umhin, ihn darauf hinzuweisen. »So gut kenne ich dich nun auch wieder nicht.«

Er warf ihr einen sowohl ungläubigen als auch empörten Seitenblick zu. »Du kennst mich verdammt noch mal gut genug, um zumindest soviel über mich zu wissen!« Jetzt atmete er etwas schneller; doch sie hatte das Gefühl, dass es aus Wut war und nicht wegen einer etwaigen Anstrengung.

»Aber Kenny, deine Stiefmutter ist noch so jung. Sicher nicht mal dreißig. Mir wäre nie in den Sinn gekommen ...«

»Schluss damit! Ich mein's ernst, Emma, raus hier! Ich hab Shelby versprochen, dich heute Abend zum Dinner mitzubringen, also werd ich's auch tun; aber glaub mir, Lust hab ich dazu nicht die geringste. Soweit es mich betrifft, ist es aus mit unserer Freundschaft.«

Bis zu diesem Moment hatte sie nicht gewusst, dass sie eine Freundschaft verband – doch nun, da sie sie auf einmal verloren hatte, fühlte sie sich seltsam leer.

10

Kenny war an diesem Abend während der Fahrt zum Haus seines Vaters ausgesucht höflich, er neckte sie nicht, machte keinerlei Anstalten, sie zu manipulieren oder auch nur einen Kommentar abzugeben. Ganz offenbar hatte sie sein Ehrgefühl ernsthaft verletzt. Aber woher hätte sie wissen sollen, dass ein Mann, der sie noch vor drei Nächten glauben machen wollte, er wäre ein Gigolo, Ehrgefühl besaß?

Während sie durch ein reich verziertes schmiedeeisernes Tor auf das Traveler-Grundstück fuhren, wünschte sie, sie wäre heute Abend nicht mitgekommen – sie war komplett frustriert. Sie hatte sich entschuldigt und mehr konnte sie nicht tun.

Als sie sich auf ihre Umgebung konzentrierte, merkte sie, dass sein Elternhaus in Wirklichkeit ein richtiges Schloss mit einem großen Grundstück war und einer langen Auffahrt, die sich durch sorgfältig gepflegte Gartenanlagen wand. Ein maurisch wirkendes Gebäude aus roséfarbenem Mauerwerk und einem mit Türmchen verzierten Dach kam in Sicht. Als sie sich näherten, sah sie, dass der Komplex aus mehreren Flügeln bestand, Bogenfenster und Ziegeldächer aufwies. Ein gigantischer Mosaikbrunnen vor dem Eingang ließ das Ganze mehr wie eine Erscheinung aus Tausendundeiner Nacht und nicht wie eine Ranch im texanischen Hill Country wirken.

»Meine Mutter wünschte sich etwas Außergewöhnliches«, erklärte Kenny höflich, während er den Wagen abstellte. Sie wartete auf eine smarte Bemerkung über Sultane oder Harems, doch er sagte nichts weiter.

Als sie ausstieg, brachte die kühle Abendbrise den dünnen Stoff ihres gelben Crêpe-de-Chine-Kleids, das sie für den heutigen Abend ausgewählt hatte, ins Flattern. Es war mit pupurroten Mohnblumen bedruckt und besaß Dreiviertelärmel, sodass ihre Tätowierung verdeckt war. Bei Beddington hätte sie damit ohnehin Anklang gefunden, dachte sie düster. Aber den Gedanken, Kennys Familie mit ihren neu erworbenen Klamotten zu schockieren, fand sie denn auch unerträglich. Im Übrigen konnten ihr die Wachhunde des Herzogs wohl kaum in eine Privatresidenz folgen. Ihre Laune verschlechterte sich noch mehr, als ihr klarwurde, dass sie den ganzen Tag noch nichts unternommen hatte zur Zerrüttung ihres Rufs.

Sie gingen auf eine prunkvolle Doppeltür mit gehämmerten Messingverzierungen zu. Das Gebäude war beeindruckend und wirkte exotisch, aber dabei nicht sehr einladend. Emma konnte nicht anders, als es mit Kennys gemütlichem Unterschlupf zu vergleichen. Wie mochte es für ihn gewesen sein, hier aufzuwachsen – als kleiner Sultan seiner Mama und Papas permanente Enttäuschung?

Er hielt die Tür für sie auf, und sie betrat eine Diele, die wie ein englisches Landhaus eingerichtet war, jedoch nicht annähernd so wohnlich. Im Kontrast zur maurischen Architektur stand in einer Ecke ein auf Hochglanz polierter Hepplewhite-Tisch mit ein paar Dresdner Porzellanfigürchen darauf. An einer Wand hing ein kostbares Gemälde einer englischen Landschaft. Der Gegensatz wirkte ein wenig krass, aber nicht unattraktiv.

Torie kam die Treppe herunter. Sie trug ein hellgrünes Shirtkleid, dazu ein schwarzes T-Shirt-Jäckchen. »Willkommen in Marrakesch-on-Avon, Lady Emma!« Sie gab Kenny einen flüchtigen Kuss auf die Wange. »Hey, Bubba! Die Hausherren erwarten uns auf der Terrasse. Wir dinieren im Freien.«

»Wir Glücklichen!«

Sie folgte Kenny und Torie durch einen hohen, weitläufigen Salon mit Möbeln aus dem achtzehnten Jahrhundert – viel Chintz und Schnickschnack –, dazu eine Ansammlung silbergerahmter Fotografien und Jagddrucke. Eine maurische Doppeltür aus Mosaikglas führte auf eine angenehm schattige Terrasse hinaus, die im Fischgrätmuster aus rosa Fliesen mit marineblauen und roséfarbenen Akzenten ausgelegt war. Sanft geschwungene Gartenbänke mit bunten Paisleykissen zierten das Stuckgeländer der Terrasse. Ein großer, gefliester Tisch in der Mitte war zum Abendessen gedeckt. An einem Ende der Terrasse befand sich ein sehr amerikanisch aussehender Laufstall mit Plastikgitter – und drinnen ein dunkelhaariges Baby, das aufgeregt zu brabbeln und mit den Beinchen zu strampeln begann, als es Kenny sah.

»Hallöchen, mein Sohn!«

Emma brauchte ihm nicht erst vorgestellt zu werden, um den Mann, der sich auf die Füße wuchtete, als Kennys Vater zu erkennen. Er war eine massive Version von Kenny, noch immer attraktiv, mit etwas herberen Gesichtszügen und dichtem, graumeliertem Haar. Sein allzu herzlicher Gruß und sein übereifriges Lächeln verrieten eher Verunsicherung. Als er vortrat, um seinen Sohn zu umarmen, meinte Emma Kennys inneren Rückzug förmlich zu spüren. Er erlaubte zwar die Umarmung, erwiderte sie jedoch nicht.

Die Lady aus England erkannte sofort, dass Kenny seinem Vater all die Jahre der sträflichen Vernachlässigung nicht verziehen hatte. Außerdem spürte sie, dass sich sein Vater diese Vergebung von Herzen wünschte.

Kenny machte sich, sobald er konnte, von seinem Vater los, und ging zum Laufstall, wo er das Baby herausholte. »Wie geht's, kleiner Bruder?«

Bildete sich Emma das bloß ein, oder lag seine Betonung unnötig deutlich auf dem letzten Wort?

Peter quietschte vor Entzücken. Gleichzeitig tauchte Shelby auf. Sie trug weiße Leggins und ein weites, limonengrünes Baumwollsweatshirt mit einem V-Ausschnitt. Sie sah aus wie Mr. Travelers Tochter, nicht wie seine Frau.

»Lady Emma, es ist uns eine solche Ehre, Sie heute Abend bei uns zu haben. Ich weiß nicht, ob Kenny es Ihnen erzählt hat – aber ich bin ganz verrückt auf alles, was mit England zu tun hat. Ich besitze eine regelrechte Sammlung von Büchern über Prinzessin Diana, falls Sie sie sehen möchten. Hat man Sie schon meinem Mann Warren vorgestellt?«

Er schenkte ihr ein warmes Lächeln. »Lady Emma! Es freut mich, Sie kennen zu lernen.«

»Nur Emma, bitte! Ich möchte mich für Ihre Einladung bedanken.«

»Es ist uns eine Ehre«, schnatterte Shelby weiter und deutete dann auf eine der geschwungenen Bänke. »Erzählen Sie mir doch, wie Ihnen der Aufenthalt hier gefällt. Warren und ich lieben London. Leben Sie in der Nähe der Stadt?«

Emma erklärte, dass sie mehrere Autostunden von London entfernt in Warwickshire zu Hause wäre und beschrieb Shelby ihre Heimatstadt. Es dauerte nicht lange, und Shelby unterhielt sie mit Geschichten darüber, wie sie früher mit dem Rucksack durch England gereist war, nachdem sie ihren Collegeabschluss gemacht, und dass sie in der Schule einmal einen Aufsatz über D. H Lawrence geschrieben hatte. Während sie sprach, stand Torie etwas abseits, nippte an einem Glas Wein und beobachtete zutiefst unglücklich, wie Kenny mit Peter spielte. Warren dagegen schien es zufrieden zu sein, an seinem Bourbon zu nippen und seiner Frau das Reden zu überlassen.

Shelby, die ein wenig pummelig und in dieser Familie schwarzhaariger Halbgötter lediglich passabel wirkte, funkelte Torie zornig an, als sich diese eine Zigarette genehmigen wollte. »Mach die sofort wieder aus. Du weißt, ich mag es nicht, wenn du in Peters Gegenwart rauchst.«

»Wir sind doch draußen. Und ich bin nicht mal in seiner Nähe.«

»Nein, das bist du nie, nicht wahr?« Shelby klang aggressiv, und Emma musste an Tories vorheriges Geständnis denken, dass sie nicht in der Lage war, ein Kind zu bekommen. War das der Grund für die tiefe Traurigkeit, die sich hinter ihrer schnoddrigen Fassade verbarg?

»Warren, Lady Emma hat noch nichts zu trinken«, mahnte Shelby jetzt.

»Was möchten Sie gerne?«

»Etwas Nichtalkoholisches bitte.«

Warren schlenderte zu einer in eine Ecke der Terrasse eingebauten Bar und wandte sich in übereifrigem Ton an seinen Sohn. »Kenny, was ist mit dir? Ich habe einen von diesen Rotweinen aus Bourdeaux da, die du so schätzt.«

»Ich hol mir nachher selber was.« Kenny machte sich nicht mal die Mühe, seinen Vater anzusehen. Stattdessen hob er sich Peter auf die Schultern, hielt ihn an den Ärmchen fest, damit er nicht herunterfiel; nun stellte er sich vor einen Baum, auf dem ein Eichhörnchen herumflitzte, damit sein kleiner Bruder es besser sehen konnte.

Torie platzierte ihren Modellkörper auf eine der Terrassenbänke und schlug die Beine übereinander. »Na, was halten Sie von Mutter Shelby, Lady Emma?« Sie fuhr sich mit einer schlanken Hand durch die Haare und stützte sich mit einem Ellenbogen auf ein Paisleykissen. »Ich weiß, Sie sterben vor Neugier, sind aber zu höflich, nachzufragen. Shelby ist siebenundzwanzig, genau einunddreißig Jahre jünger als Daddy und ein Jahr jünger als ich. Dreht sich Ihnen da nicht auch der Magen um?«

»Torie, kannst du nicht wenigstens warten, bis Petie im Bett ist?«, meinte Kenny.

Sie achtete nicht auf ihn. »Daddy hat sie vor anderthalb Jahren geschwängert und da mussten sie heiraten.«

Warren blickte amüsiert drein, doch Shelby versteifte sich. »Sie müssen Tories Unhöflichkeit entschuldigen, Lady Emma. Sie fühlt sich bedroht von meiner Beziehung zu ihrem Vater.«

»Angeekelt ist der genauere Ausdruck dafür«, fauchte Torie.

»Das genügt, Mädels.« Warren sprach milde, als hätte er sich schon so an ihr Gezänke gewöhnt, dass es ihm nicht wirklich mehr etwas ausmachte. Er nippte an seinem Drink und wandte sich an Emma. »Shelby war Tories kleine Schwester in ihrer College Sorority. Jahrelang waren sie die besten Freundinnen, was man heutzutage kaum mehr glauben möchte. Sogar zusammen gewohnt haben sie, als Torie gerade mal nicht verheiratet war.«

»Ich war erst zweimal verheiratet«, begehrte diese auf. »Tu nicht so, als wär's ein Dutzend Mal gewesen. Außerdem hielt die erste Ehe nur einige Monate, also zählt sie nicht.«

»Du hast mich gezwungen, dieses abscheuliche rosa-lavendel Kleid als deine Trauzeugin anzuziehen«, warf Shelby ein, »also zählt's.«

Torie blies eine dünne Rauchfahne von sich. »Nun ja, wir alle wissen, dass Kenny dir bis Mitternacht das Kleid ausgezogen hatte – also kann's ja so schlimm nicht gewesen sein.«

Emma richtete sich ein wenig steiler auf. Die heutige Episode von *Dallas* nahm eine unerwartete Wendung. Ihr kam die Erleuchtung, dass allein die Verbindung mit einer Familie wie der der Travelers schon genügen könnte, um bei Beddington Zweifel an ihrem Charakter zu säen.

Kenny seufzte. »Ich hab ihr das Kleid nicht ausgezogen, und das weißt du sehr genau.« Er küsste Peter aufs Köpfchen und schwang ihn wieder in seinen Laufstall. »Muss das jedes Mal durchgekaut werden, wenn wir zusammenkommen?«

»Lass sie doch«, meinte Warren, »es gehört nun mal zu ihrem Ritual.«

Torie stieß ein trockenes Lachen aus. »Wär's nicht schrecklich komisch, wenn Kenny dich auch geschwängert hätte, Mutter Shelby? Dann hätten Vater und Sohn noch mehr gemeinsam.«

»Also das ist widerlich, sogar für deine Begriffe«, erklärte Kenny. »Und jetzt reiß dich zusammen, Torie. Ich mein's ernst. Shelby und ich hatten ein einziges Date. Wir haben uns an der Tür geküsst, das war alles.«

»Mit der Zunge?«

»Kann mich nicht erinnern«, grollte er.

»Aber ich.« Shelby warf Torie einen hochmütigen Blick zu. »Und ich sag nichts.«

Kenny ging zur Bar.

Warren Traveler gluckste. »Home sweet home! Nicht wahr, Sohn?«

»Wie du meinst!«

Die Rolex an Warrens Handgelenk funkelte, als er an seinem

Drink nippte. »Hab gehört, du hast dich heute mit Ted Beaudine rumgeschlagen. Man sagt, du hättest ihm drei Schläge voraus gehabt.«

»Er hat zwei unter gemacht. War für uns beide 'ne ziemlich anständige Runde.«

»Ich schwör dir, wenn ich diesen Hurensohn Beaudine in die Finger kriege … Wenn ich du wär, würd ich ihm sämtliche Anwälte auf den Hals hetzen.«

Emma merkte, dass er nicht von Ted Beaudine sprach, sondern von dem Vater, von Dallie.

»Ich werd schon mit ihm fertig«, winkte Kenny ab.

»Nächste Woche finden die Masters statt, verdammt noch mal! Alle Top-Spieler sind nach Augusta unterwegs, bis auf Kenny Traveler. Das darfst du Beaudine nicht durchgehen lassen. Alles was du tun musst, ist Crosley anrufen. Er ist der beste Anwalt des Staates und hat mir gesagt …«

»Ich hab dich doch gebeten, dich da rauszuhalten, nicht wahr?« Emma nahm den stählernen Unterton in Kennys Stimme wahr und sah, wie Warren sich buchstäblich duckte.

Torie reckte sich geschmeidig. »Also ich komme um vor Hunger. Wenn wir nicht bald essen, Leute, dann bestell ich mir 'ne Pizza, darauf könnt ihr euch verlassen!«

Wie auf ein Stichwort erschien daraufhin eine Hausangestellte mit einem Tablett voller Salatschälchen. Shelby erhob sich und dirigierte die Versammelten auf ihre Plätze. Als Kenny auf den Tisch zuging, fing Peter an zu quäken und reckte ihm die Ärmchen entgegen. Er wollte nicht allein in seinem Laufstall zurückgelassen werden.

»Lass ihn«, mahnte Warren. »Du verziehst ihn bloß.«

»Dafür sind große Brüder schließlich da, nicht wahr, Petie?« Kenny ging, seinen Vater ignorierend, zum Laufstall und holte das kleine Bündel heraus.

Shelby blickte ihren Mann stirnrunzelnd an. »Du kannst ein Baby nicht verziehen, bloß wenn du es hochnimmst, Warren.

Das sag ich dir doch schon die ganze Zeit. Ich bin nicht wie deine erste Frau, und aus Peter wird kein Faulpelz und Nichtsnutz wie Kenny – also hör auf, dir Sorgen zu machen. Im Übrigen steht in all meinen Büchern, dass man, wenn man die Bedürfnisse des Säuglings nicht erfüllt, später einen enormen Preis dafür bezahlt.«

Er betrachtete sie mit milder Irritation, die die Zuneigung für seine junge Frau jedoch nicht maskieren konnte. »Ich werd wohl ein bisschen mehr über Kindererziehung wissen als du!«

»Na, einen so tollen Job hast du nicht gerade draus gemacht«, entgegnete sie trocken.

»Da hat sie dich am Wickel, alter Herr.« Kenny warf seinem Vater einen spöttischen Blick zu, während er sich Peter unter den Arm klemmte.

Die Hausangestellte hatte fünf feine Porzellanschüsseln mit Salat serviert. Es handelte sich um Feldsalat mit Avocadoscheiben, einige Stücke reifer Pfirsich, darüber Gorgonzolabröckchen. Shelby nahm Kenny Peter ab und versuchte, ihn in seinen Hochstuhl zu setzen; doch er wehrte sich, also widmete sich Kenny ihm wieder, kratzte den Käse von einer Pfirsichscheibe und gab sie dem Baby. Dann machte er sich über seinen Salat her, wobei er die Rinnsale von Pfirsichsaft, die aus dem Mund des Jungen auf seine Hose tropften, überhaupt nicht zu bemerken schien.

Shelby erkundigte sich bei Emma, ob sie nicht irgendwelche Verbindungen zu den Royals hätte, und wenn auch noch so entfernte; dann mischte sich Torie ein und erzählte von einer Europareise, die sie und Shelby vor ein paar Jahren unternommen hatten. Die beiden ergötzten sich an den alten Geschichten und schienen für den Moment ihre Feindschaft vergessen zu haben.

Nach dem Salat kam der nächste Gang: Lamm in Kräutersauce, dazu geröstete Kartoffeln. Kenny und sein Vater unterhielten sich über eine neue Computersoftware, die TCS derzeit entwickelte, und Emma fiel auf, dass Warren so tat, als verstünde Kenny überhaupt nichts von der Materie – obwohl dieser keinerlei Verständnisprobleme zu haben schien.

Als Warren Dexter O'Conners Namen fallen ließ, reagierte Torie sofort. »Könnten wir bitte von was anderem reden?«

Shelby beugte sich über Emma hinweg und wischte Peter das Kinn ab. »Ich weiß wirklich nicht, warum du Dex so verabscheust, Torie. Du bist nämlich die Einzige.«

»Nun, ich mag ihn auch nicht sonderlich«, erklärte Kenny.

Torie warf ihm einen dankbaren Blick zu.

Warren legte das Brötchen, das er soeben gebuttert hatte, auf seinen Teller. Er mochte ja unsicher sein, was seinen Sohn betraf, aber nicht hinsichtlich seiner Tochter. Emma sah in ihm die Willensstärke, die einen so erfolgreichen Geschäftsmann aus ihm gemacht hatte. »Es spielt keine Rolle, ob sie ihn mag oder nicht. Die ersten zwei Male hat sie aus selbstsüchtigen Gründen geheiratet und diesmal wird sie's für die Familie tun. Im Gegensatz zu ihren ersten beiden Männern ist Dex kein Schleimbeutel. Er ist einer der intelligentesten Köpfe in dieser Branche, und TCS wird sich das zunutze machen.«

»Aber ich heirate Dexter O'Conner nicht, bloß damit du den nächsten Microchipwonderboy in deine Fänge kriegst.«

»Dann solltest du dich besser darauf einstellen, deine Emufarm zu bestreiten, Prinzessin – denn ich werd's nicht länger machen.«

Sein ernster Ton verriet Emma, dass er nicht bluffte, und das merkte Torie sicher ebenfalls. Obwohl Warren sie offenbar lieb hatte, schien er für dieses Mal die Nase voll von ihr zu haben. Doch ihre und Tories Umstände waren einander viel zu ähnlich, als dass Emma kein Mitgefühl empfand. Darüber hinaus jedoch fragte sie sich, ob Warren seiner Tochter in Wirklichkeit nicht einen Gefallen tat, indem er sie zwang, sich auf ihre eigenen Füße zu stellen.

Torie hatte wohl entschieden, diesbezüglich für den Moment besser den Mund zu halten; stattdessen wandte sie sich an

Emma. »Werden Sie und Kenny dann morgen nach Austin fahren?«

Emma vermied es, Kenny in die Augen zu sehen. »Keine Ahnung!«

Torie musterte sie neugierig. »Stimmt was nicht?«

»Was meinen Sie damit?«

»Ihr beiden benehmt euch schon den ganzen Abend so komisch. Richtig höflich, als ob einer stinksauer auf den anderen wäre – bloß wer auf wen, da bin ich mir nicht sicher.«

»Ich«, meldete Kenny sich.

Tories Gabel verharrte in der Luft. »Was hat sie getan?«

»Ich werde sie nicht in Verlegenheit bringen, indem ich's verrate.« Er schob seinen Teller aus Peters Reichweite.

»Na, komm schon, du Spielverderber. Dann sagen Sie uns eben, was passiert ist, Lady Emma.«

»Ein Missverständnis meinerseits, leider.«

»Das muss ein ganz schön großes Missverständnis gewesen sein«, meinte Shelby. »Kenny wird fast nie richtig sauer.«

»Ach, tatsächlich?« Emma stocherte auf ihr Lamm ein und konnte sich trotz ihrer sonstigen britischen Reserviertheit auf einmal nicht mehr beherrschen. Das Ganze war einfach zu ungerecht. »Er war schon von der ersten Sekunde an auf mich sauer.«

Kenny warf finstere Blicke um sich. »Stimmt nicht!«

»O doch!« Alle starrten sie an, und ihre Lage wurde einfach unerträglich. »Du hast dich nur beschwert. Mein Gepäck wolltest du nicht tragen, mein Brolly passte dir nicht und wie ich ihn hielt, schon gar nicht, und auch nicht, dass ich nun mal gern schnell gehe. Du behauptest, ich wäre konservativ und zu befehlshaberisch. Du weigerst dich, meine Entschuldigung für ein ganz natürliches Missverständnis anzunehmen. Ja, dir passt ja nicht mal die Art, wie ich tanze!«

»Du *führst*!«

»Und wer sagt, dass das nur Männer dürfen?«

Alle verfolgten die Szene mit Interesse, bis auf Peter, der eine Pfirsichspuckeblase blies. Zutiefst verlegen über ihren Ausbruch legte sie ihre Gabel beiseite und versuchte, sich wieder zu sammeln. »Ich habe Shelbys Besuch heute Mittag einfach falsch interpretiert. Als Folge davon wurde ich zornig auf Kenny – und nun ist er zornig auf mich.«

Alle starrten sie weiterhin gespannt an, bis auf Kenny, dessen Stirn sich zu einem Runzeln verzog. »Wenn sie sagt, sie wurde zornig, so meint sie, dass sie mir eine geknallt hat.«

»Wow!« Tories Mund klappte auf.

»Das haben Sie nicht!« Shelbys Augen weiteten sich.

Kenny funkelte Emma zornig an. »Die Ohrfeige war nicht so wichtig, und das weißt du sehr genau.«

»Erzählen Sie uns, warum Sie das gemacht haben«, bettelte Torie. »Es tut mir Leid, Kenny, aber ich wette, sie hat einen sehr guten Grund gehabt.«

»Vielen herzlichen Dank für dein Vertrauen«, grollte Kenny und schoss ihr einen giftigen Blick zu.

»Nun ja ...« Emmas gute Erziehung stritt sich mit ihrem Bedürfnis, sich zu verteidigen. Dann fiel ihr ein, dass diese Leute hier ja auch ohne lange nachzudenken ihre schmutzige Wäsche vor ihr ausbreiteten. Nun, sie war in Amerika, also durfte sie sich wohl auch wie eine Amerikanerin benehmen. »Also, was Shelby gesagt hat, veranlasste mich zu dem Glauben, dass ...« Sie merkte, wie sie zu zögern begann, und richtete sich ein wenig auf, um ohne viel Herumgerede mit der Wahrheit herauszurücken. »Ich nahm irrtümlich an, Peter wäre Kennys Sohn, und dass Kenny ihn sitzengelassen hat.«

Tories Weinglas verharrte auf dem Weg zu ihrem Mund. »Ooh!«

Shelby sah schockiert aus, und selbst Warren schien ein wenig erschrocken zu sein. »Kein Traveler würde so etwas tun, nicht einmal Kenny.«

Emma fand, dass die Travelers einen eigenartigen Moralkodex besaßen. Offenbar war es in Ordnung für Kenny, so zu tun, als wäre er ein Gigolo, für Torie, zwei Ehemänner zu verschleißen und vom Geld ihres Vaters zu leben, für Warren, eine Frau zu schwängern, die einunddreißig Jahre jünger war als er – aber sie dagegen durfte nicht einem vollkommen natürlichen Missverständnis erliegen.

»Shelby nannte Peter das vergessene Kind«, verkündete sie mit einiger Heftigkeit. »Sie sagte, Kenny würde sich vor seiner Verantwortung drücken und sein eigenes Fleisch und Blut vernachlässigen. Und Peter sieht aus wie eine Miniaturversion von Kenny, nicht wahr? Was hätte ich also denken sollen?«

Torie warf einen Blick auf Kenny und zuckte mit den Schultern. »So gesehen war's wohl eine natürliche Annahme für jemanden, der dich nicht so gut kennt.«

Aber davon wollte Kenny nichts wissen. »Sie kennt mich gut genug.«

»Nun, eigentlich nicht«, wehrte Emma sich. »Wir haben uns erst vor drei Tagen kennen gelernt, und technisch gesehen bist du mein Angestellter.«

Als Warren das hörte, zog er beide Brauen hoch, aber Kenny schnaubte nur.

Shelby hatte die ganze Zeit geschwiegen; doch nun erschien es, als habe jemand ein Feuer unter ihrer Kehrseite entzündet. »Peter sieht wirklich genauso aus wie du auf deinen Babybildern. Ihr beide seid sozusagen Zwillinge, und genau das ist es ja, was diese ganze Situation so abscheulich macht. Du hast nur den einen Bruder auf der weiten Welt, Kenny Traveler, und du kehrst ihm den Rücken zu.«

Kenny rettete ein Messer aus Peters Patschhändchen. »Ich hab ihm nicht den Rücken zugekehrt.«

Aber Shelby war nicht mehr zu bremsen. »Du bist faul und verantwortungslos. Du gehst nicht in die Kirche, du geigst in der Weltgeschichte herum, du weigerst dich, dich auch nur mit einem der netten Mädchen zu verabreden, die ich für dich aussuche, du überlässt dein Geld irgendwelchen Dealern, und du zeigst nicht die leiseste Bereitschaft, ein wenig sesshaft zu werden. Wenn das nicht bedeutet, sich vor der Verantwortung zu drücken, dann weiß ich nicht, was sonst.«

Emma konnte dem allem nicht ganz folgen; doch noch während sie darüber nachdachte, wurde Shelbys Stimme immer schriller. »Dein Vater ist achtundfünfzig! Er ernährt sich nicht richtig. Er treibt nicht genug Sport. Da wartet der Herzinfarkt doch hinter jeder Ecke auf ihn; er könnte jede Minute sterben! Bleiben nur noch Peter und ich! Und wenn mir was passieren sollte, wäre mein Kleiner völlig allein.« Ihr Gesicht zerfiel. »Ich weiß, ihr denkt alle, ich übertreibe bloß – aber das kommt nur deshalb, weil keiner von euch weiß, wie es ist, eine Mutter zu sein.«

Torie schob geräuschvoll ihren Stuhl zurück und ging an die Bar.

Shelby klagte weiter. »Ich hätte nie geglaubt, dass ich mal jemanden so lieben könnte wie Peter, und ich kann den Gedanken einfach nicht ertragen, dass mein Schatz allein auf dieser Welt stehen könnte.«

»Er wär nicht allein«, sagte Kenny mit solch übertriebener Geduld, dass Emma vermutete, dieses Argument hätte er schon öfter vorgebracht. »Erstens sind die Chancen, dass ihr beide auf einmal sterbt, minimal …«

»Sag das nicht. So was passiert jeden Tag!«

»… zudem hab ich dir ja gesagt, dass ich sein Pate sein würde.«

»Und was für eine Art Pate wärst du für mein Kind? Ich kann vor lauter Sorgen deswegen schon nachts nicht mehr schlafen. Du bist dauernd unterwegs, und im Moment hast du nicht mal einen Job! Wie oft gerätst du in irgendwelche Schlägereien und machst mit den unmöglichsten Frauen rum.« Sie warf Emma einen raschen, entschuldigenden Blick zu. »Ich meine natürlich nicht Sie.«

»Das freut mich.« Emma merkte, dass niemand etwa Torie als Patin in Betracht zog. Wieso eigentlich nicht?

Shelby blickte ihren Mann an. »Du stimmst mir doch zu, Warren, oder?«

»Ich bin zwar noch nicht bereit, mich schon in die Grube zu legen – aber ich muss zugeben, dass mir die Vorstellung von Kenny als Ersatzpapa eher schwer fällt.«

Emma richtete sich kerzengerade auf, und obwohl dies nicht ihre Angelegenheit war, konnte sie nicht länger schweigen. »Kenny wäre ein ausgezeichneter Pate.«

Alle starrten sie an.

Sie blinzelte und war sich nicht sicher, was plötzlich über sie gekommen war; doch sie wusste, dass sie weiterreden musste. »Es ist doch offensichtlich, dass ihm was an Peter liegt, und Peter ist ganz vernarrt in ihn. Shelby, ich verstehe Ihre Sorgen, aber als Erzieherin kann ich Ihnen guten Gewissens versichern, dass sie unbegründet sind. Man muss Kenny und Peter bloß zusammen sehen, um zu begreifen, dass Sie keinen besseren Beschützer für Ihren Sohn finden könnten.«

Alle blickten Peter an, der auf Kennys Daumen herumkaute.

Shelby zog die Augenbrauen zusammen. »Heute Nachmittag glaubten Sie noch, Kenny hätte ihn im Stich gelassen. Ändern Sie Ihre Meinung nicht allzu schnell?«

Emma entgegnete bloß: »Jetzt kenne ich ihn besser.«

Zum ersten Mal seit ihrem Streit betrachtete Kenny sie nicht mehr nur mit kühler Höflichkeit. Ein Lächeln wollte sich in seinen Mundwinkeln breit machen, doch was immer er auch zu äußern beabsichtigte, ging unter, als Shelby sich nun vorbeugte.

»Aber Peter braucht auch eine weibliche Hand. Und was ist, wenn Kenny jemand Schrecklichen heiratet – wie diese blöde Kuh Jilly Bradford?«

Torie kam mit einem Weinglas von der Bar an den Tisch zurück. »Ich weiß wirklich nicht, warum du mit ihr ausgegangen bist, Kenny. Das Einzige, was für sie spricht, ist ein elfer Handicap. Und ein D-Körbchen.«

»Es gab noch mehr«, erwiderte Kenny defensiv. »Im Gegensatz zu dir und Shelbys Freundinnen war ihr IQ im dreistelligen Bereich.«

»Das ist nicht fair«, korrigierte Shelby. »Du bist mal mit meiner Studentenheim-Mitbewohnerin, Kathy Timms, ausgegangen, und ich erinnere mich noch genau, dass sie Phi Beta Kappa war. Oder war's Phi Mu?«

»Es war Phi Mu.« Torie setzte sich wieder auf die Terrassenbank. »Aber ich weiß noch, dass du mal mit Brandy Carters älterer Schwester ausgegangen bist, und Brandy hat in ihrem Abschlussjahr einen Dreihundert-Punkte-Mathe-Abschluss hingelegt. Erinnerst du dich noch, Shel? Sie hat sich deswegen dauernd beklagt.«

»Bist du sicher, dass es Mathe war?«, meinte Shelby. »Es könnte auch dieser Familien- und Sexualkundekurs gewesen sein, in dem sie wöchentliche Arbeiten abgeben musste.«

Kenny verdrehte die Augen. »Ich weiß, du wirst das nicht glauben, Lady Emma, aber sowohl Shelby als auch Torie haben Collegeabschlüsse.«

Torie grinste und blickte ihren Bruder an. »Außerdem bist du 'ne Zeitlang mit Debbie Barto ausgegangen.«

»Nö, das war mit ihrer älteren Cousine Maggie«, unterbrach Shelby sie.

»Nun ja, Blut ist dicker als Wasser, und Debby war ein richtiger Intelligenzbolzen.« Tories Augen glühten. »Weißt du noch, Shel? Egal, welches Lebensmittel man auch nannte, sie wusste genau, wie viel Kalorien es hatte.«

Erneut seufzte Kenny auf. »Ich schwör dir, diese Unterhaltung beweist wieder einmal, warum sich der Rest der Welt über texanische Frauen lustig macht. Entschuldigung, Lady Emma! All unsere gelben Rosen sind nicht so bekloppt.«

»Es ist schon in Ordnung«, beschwichtigte Emma, »obwohl

ich zugeben muss, dass einiges von dem, was sie sagen, irgendwo bei der Übersetzung verschütt geht.«

»Sei bloß froh!«

Torie lehnte sich zurück und blickte ihren Bruder mit hochgezogener Braue an. »Na los, spotte ruhig über uns. Aber ich wette, du hast nicht die leiseste Ahnung, wie viele Kalorien ein Snickers hat.«

»Könnt ich nicht behaupten.«

Sie schoss ihm einen triumphierenden Blick zu. »Dann solltest du deine Meinung über die Intelligenz der Texanerinnen lieber für dich behalten, würd ich vorschlagen.«

11

Es war nicht ganz neun Uhr, und die Lichter im Drugstore brannten noch, als Kenny den Wagen auf einen Schrägparkplatz vor dem Laden lenkte. »Bin gleich wieder da. Ein Schnürsenkel an meinem liebsten Paar Golfschuhe ist gerissen, und ich muss neue kaufen.«

»Ich komme mit, weil ich einen Film brauche.«

Obwohl die zwischen ihnen herrschende Spannung merklich nachgelassen hatte, hatte er seit dem Aufbruch vom Anwesen seiner Familie keinen Versuch gemacht, ein Gespräch zu beginnen. Aber sie hatte sich genug entschuldigt und kriechen würde sie nicht. Nun war er an der Reihe.

Er hielt die Tür für sie auf, und sie trat ein. Kenny ging sofort nach hinten, um sich seine Schnürsenkel zu besorgen, und sie schritt zum Regal mit den Filmen. Für neun Uhr abends war noch ganz schön viel los in dem Geschäft. Sie wollte gerade eine Wahl treffen, als sie ihren Beschatter, der ihr auch ins Roustabout gefolgt war, hereinkommen sah. Einen Moment lang trafen sich ihre Blicke, dann wandte er die Augen ab.

Ihr Puls beschleunigte sich, und sie bereute sofort ihr konservatives gelbes Kleid. Aber ihr kam der Gedanke, dass sie diesen Tag nun vielleicht doch nicht total würde abschreiben müssen. Jetzt war schnelles Handeln gefragt. Was gab es Skandalöses, das sie in einem Drugstore vollbringen könnte?

Ihr Wachhund tat, als würde er ein Regal mit Sunblockern studieren. Ohne weiter zu überlegen, schnappte sie sich rasch einen der kleinen Einkaufswagen und huschte den ersten Gang entlang, immer nach links und rechts blickend. Sie nahm sich ein Buch und warf es in den Wagen, dann bog sie mit fliegenden Fahnen um die nächste Ecke. Ihre Augen suchten automatisch die Regale mit den Shampoos ab. Sie erspähte eine Plastikflasche und warf sie in ihr Wägelchen. Ohne sich Zeit zum Überlegen zu lassen, schritt sie einen weiteren Gang entlang und sammelte munter ein. Sie traf keine rationalen Entscheidungen, es galt einfach, so schnell wie möglich zu handeln.

Mehr Gänge, mehr Artikel, bis sich der Boden ihres Einkaufswagens hübsch füllte. Der bullige Mann blickte ihr entgegen, als sie um die Ecke gebogen kam. Dann schlenderte er zur Kasse. Sie musste als Erste dort sein, damit er auch ja sehen konnte, was sie gekauft hatte, und in der Hast warf sie beinahe ihren Wagen um.

Ein wenig atemlos erreichte sie die Kasse, hinter der ein gleichgültiger Teenager mit dunkelbraun geschminkten Lippen saß. Sie fühlte ihren Wachhund herankommen und lud jetzt bedächtig ihre Einkäufe aufs Band, damit jeder Artikel auch ja gut im Blickfeld lag. Die Kassiererin begann die Ware einzeln zu scannen, hielt dann jedoch inne, als sie sah, was sie da in den Händen hielt. Sie schaute die Kundin neugierig an.

Obwohl es ihr nicht leicht fiel, gelang es Emma, ihre Haltung zu bewahren. »Könnte ich bitte noch eine Packung Camel haben?« Sie zog eine billige Zeitschrift aus dem Regal, auf der ein Foto von Elvis war, wie er die jugendliche Prinzessin Diana küsste. »Und das hier.«

Die Kassiererin drehte sich um, um die Zigaretten herauszuholen, und Emma riskierte einen Seitenblick auf den Kerl. Er starrte ihre Einkäufe an.

Mit zitternden Händen kramte sie in ihrem Geldbeutel nach ihrer Kreditkarte. War nun vielleicht ihre glückliche Stunde gekommen? Sicher genügte dies hier, um Beddington davon zu überzeugen, dass er im Begriff war, einen schrecklichen Fehler zu begehen.

Die Kassiererin tütete alles ein, und Emma trat beiseite, um auf Kenny zu warten. Der bullige Mann kaufte ein Fläschchen Sunblocker und machte sich dann davon. Sie sah, wie er draußen an der Straße kurz stehen blieb, bevor er sie überquerte. Sie würde ihr Hab und Gut verwetten, dass er dort auf sie wartete.

Kenny kam zur Kasse und bezahlte seine Schnürsenkel. »Tut mir Leid, dass es so lang gedauert hat; aber die mussten im Lager nach der richtigen Länge für mich suchen.« Er erblickte ihre dicke Tüte. »Das sind aber 'ne Menge Filme.«

»Ich hab noch ein paar andere Sachen gebraucht.« Sie verschnürte die Henkel, damit er nicht hineinsehen konnte, und drückte ihre Beute dann fest an sich. Er musterte sie einen Moment lang, dann ging er zur Tür.

Als sie den Laden verließen, blickte sie sich nach einem dunkelgrünen Ford Taurus um, konnte aber unter all den Wagen, die herumstanden, nicht gleich einen entdecken. Zu auffällig durfte sie ja nicht suchen. Trotzdem musste er da sein, was bedeutete, dass sich hier noch eine goldene Gelegenheit bot. Ihr Herz klopfte stürmisch.

Jetzt!

Sie wandte sich rasch um und warf sich auf Kenny. Ihr Manöver traf ihn völlig unvorbereitet, und er stolperte rückwärts gegen eine Ziegelmauer, die den Drugstore von einer Reinigung trennte. Ohne weiter auf sein gepeinigtes Ächzen zu achten, schmiegte sie sich heftig an ihn. Ihre Tüte klatschte gegen seinen Oberschenkel, als sie ihren freien Arm um seinen Nacken schlang und ihn gnadenlos küsste.

Er konnte sich unter ihren Lippen kaum verständlich machen. »Was, z'm T'fl, soll das?«

»Ich küss d'ch.« Ihre Lippen lösten sich nicht von seinen, und sie rieb sich an ihm. »Leg d'nen Arm um m'ch.«

»W'rum hibbelst du s' rum?«

»... 'ch schmieg mich an!«

»Du tus' *waff*?« Er wollte seinen Kopf zurückziehen, aber sie krallte ihre Finger in seine Haare und hielt ihn fest. Ihre Zähne prallten aufeinander. »Tu, als 'b d' mich küss'.«

»Is' d's 'n Befehl, Lady Feldwebel?«

Sie fühlte, wie sich seine Kiefer verkrampften, und merkte, dass sie ihn mit ihrem Kommandoton wieder einmal verärgert hatte. Warum war sie nicht ein wenig diplomatischer? Emma merkte, dass er sie fortschieben wollte, aber das durfte er nicht – nicht, wo alles gerade so gut lief – aufgepasst, junge Frau!

Deshalb zwang sie sich, sich ein wenig zurückzunehmen, so dass ihre Lippen weich wurden – dann öffnete sie sie und gab ihm alles, was sie hatte.

Die Sekunden tickten vorüber. Lieber Himmel ... er war wirklich eine Intelligenzbestie. Es dauerte nur einen Augenblick, und er sah die Dinge mit ihren Augen.

Seine Hand legte sich warm in ihren Rücken, und sein eigener Mund wurde ebenfalls weich, öffnete sich ...

Seine Zunge glitt in ihren Mund, und da vergaß sie sämtliche Wachhunde und Befehle. Stattdessen öffnete sich ihr ein Paradies.

Erst jetzt merkte sie, wie ausgehungert sie nach seinen Küssen gewesen war. Sie wollte ihn überall haben, seinen Mund – an ihren Brüsten, ihrer Taille, zwischen ihren Beinen. Ja, genau dort! Sie wollte, dass er sie mit Haut und Haaren verschlang, sie bis zum Platzen füllte. Sie wollte sein Gewicht spüren, wollte fühlen, wie sich nackte Haut an nackter Haut rieb.

Beide stießen erdige Urlaute aus. Er war steif und aufs Höchste erregt, bereit, in sie einzudringen, und sie wollte ihn so sehr, dass sie beinahe aufschluchzte, als sich seine Hand in ihren Po krallte.

Er drehte sie beide herum, ohne den Kuss dabei zu unterbrechen, sodass sie nun gegen die Ziegelmauer gepresst wurde und er sie mit seinem Körper vor neugierigen Blicken schützte. Seine Hand glitt unter ihr Kleid, an die Außenseite ihres Oberschenkels. Sie trug Sandalen und keine Seidenstrümpfe – dankte dem Himmel für ihre nackten Beine!

Kräftige Finger fuhren die Innenseiten ihrer Schenkel hoch. Sie öffnete ihre Beine und lud ihn ein, an jenen Ort zu kommen, wo er hingehörte. Seine Hand glitt dorthin, rieb sie …

Eine Hupe ertönte.

Kenny riss seine Hand unter ihrem Kleid hervor und sprang zurück. Sie sank gegen die Mauer. Beide rangen nach Atem.

Er raufte sich die Haare. »*Shit*!«

Sie begriff nicht, wie er so zornig sein konnte. Warum denn – nach allem, was soeben passiert war?

Kenny packte sie beim Ellbogen und begann sie zum Auto zu zerren, als ob es ihren wundervollen Kuss überhaupt nicht gegeben hätte. »Tu sowas *nie* wieder!«

Sie musste zum Gegenangriff übergehen, war jedoch zu taumelig, um die richtigen Worte dafür zu finden. Er stieß sie in den Wagen und stieg, noch schäumend, selbst ein.

»Wir haben's fast miteinander getrieben! Mitten auf der Hauptstraße von Wynette, Texas!« Der Cadillac schoss rückwärts aus der Parklücke. »Noch ein paar Sekunden länger, und ich hätte dir das Kleid hochgeschoben und meine Hose runter – versuch ja nicht, das zu bestreiten. Verdammt noch mal, Emma! Ich hab dir gestern schon gesagt, dass mich nichts davon abhalten kann, wieder bei der Tour aufgenommen zu werden – aber offenbar hast du ja vergessen, dass dies die Heimatstadt des Commissioners ist und ihn hier jeder kennt!«

Sie sagte nichts.

Er brauste auf die Straße hinaus. »Bis morgen früh wird er jede Einzelheit erfahren haben – wie ich mitten auf der Hauptstraße über die liebe, *jungfräuliche* Freundin seiner Frau hergefallen bin. Falls es dir entgangen sein sollte: das war nicht gerade die beste Methode, meinen Ruf als Athlet mit einem soliden, moralischen Charakter wiederherzustellen!«

»Bitte hör auf, mich anzuschreien.« Wenn sie selbst laut geworden wäre, hätte er ihr vielleicht keine Beachtung geschenkt; doch die Tatsache, dass sie leise sprach, veranlasste ihn dazu, ihr einen raschen Blick zuzuwerfen.

Seufzend runzelte er die Stirn. »Okay – es ist nicht nur deine Schuld. Ich hätte dich von mir schieben können. Das hätte ich machen müssen! Aber verdammt noch mal, Emma, ich bin auch bloß ein Mann, und dein Mund ...«

»Ich habe oft genug gehört, wie befehlshaberisch ich bin. Wenn meine Führungsqualitäten deine Männlichkeit verletzen, dann musst du eben damit fertig werden.«

Überrascht blickte er sie an. »Es geht jetzt nicht um deine Führungsqualitäten, sondern um deinen – ach, vergiss es! Die Sache ist die: Hätte ich gewusst, dass ich derart unwiderstehlich auf dich wirke, dann hätte ich uns ein privates Plätzchen gesucht.«

In der Tat wirkte er unwiderstehlich auf sie, aber auf eine völlig falsche Art und Weise. »Das hatte mit deiner Unwiderstehlichkeit überhaupt nichts zu tun. Es hatte was damit zu tun, dass eben gerade du bei der Hand warst. Der Mann, den Beddington angeheuert hat, um mich zu überwachen, hat mich beobachtet, und es musste was Skandalöses passieren.«

»Dir folgt also wirklich jemand?«

»Das hab ich dir doch schon angekündigt. Neulich Abend ist er im Roustabout aufgetaucht.«

»Wie sieht er aus?«

»Ein großer Mann mit einem ziemlich runden Kopf und

schütterem, strohfarbenem Haar. Wahrscheinlich fährt er einen dunkelgrünen Ford Taurus. Kennst du ihn?«

Er starrte sie nachdenklich an. »Könnte sein.«

»Kenny, ich habe bloß noch zehn Tage, bevor ich wieder nach England muss.«

»Das weiß ich sehr wohl.« Die Scheinwerfer eines entgegenkommenden Autos erhellten für kurze Zeit sein Gesicht. »Dann hast du mich dort eben also benutzt?«

»Es war notwendig«, erwiderte sie steif. Und um ihren Stolz nicht ganz zu verlieren, klärte sie ihn auf: »Du warst der einzige Mann in der Nähe.«

Mr. Traveler warf ihr einen langen Blick zu, dann strichen seine Hände über das Lenkrad. »Glaub ja nicht, du könntest so was mit Dexter oder Ted Beaudine versuchen, hörst du mich? Ich mein's ernst, Emma. Diese Männer sind off-limits. *Alle* sind off-limits für dich!«

»Die Tragik meines Lebens«, murmelte sie.

»Was soll das heißen?«

»Nichts.« Sie hätte sich besser auf die Zunge beißen sollen und wechselte rasch das Thema. »Peter hat mir heute Abend besonders gut gefallen. Er wollte andauernd nur mit dir zusammensein mit keinem anderen.«

»Außer mit seiner Mutter, als es ans Futtern ging.« Er bremste bei der Abzweigung zu seiner Ranch ein wenig. »Und ich wollte dir sagen, dass ich dir dankbar bin für das, was du vorhin zu Shelby gesagt hast – ganz zu schweigen von der Art, wie du mit allen fertig wirst. Ich hab beschlossen, dir wegen heute Nachmittag zu verzeihen.«

»Hurra«, bemerkte sie trocken.

Er bog in die Einfahrt ein und fragte misstrauisch: »Spielst du jetzt die Schwierige?«

»Glaube schon.«

»Nun, ich hab mich wohl ein bisschen zu sehr aufgeregt. Bei der Ohrfeige hätte ich dein Helfersyndrom berücksichtigen müssen. Aber du hast einfach meine Gefühle im Direktverfahren dermaßen verletzt …«

»Nun, wie sich das anfühlt, weiß ich«, meinte sie vielsagend.

Die Garage kam in Sicht. »Wenn du damit andeuten willst, dass auch ich deine Gefühle verletzt hab, dann vergiss es. Wir beide wissen, dass das nicht zählt – weil du nämlich pfeifst auf meine gute Meinung von dir …«

»Das ist wahr«, sagte sie, nur um ihn zu ärgern.

Aber es funktionierte nicht, denn er grinste und schnappte sich die Plastiktüte von ihrem Schoß. »Die trag ich für dich rein!«

»Nein, ich …« Aber er hatte sie ihr bereits entwunden, und sie musste sich eilen, ihm durch die Küche nachzukommen.

Patrick hatte ein sanftes, gelbes Licht im Wohnzimmer angelassen, das den Raum und die bunten Gemälde an den Wänden wunderbar beleuchtete; aber sie war zu sehr darauf aus, ihrer Tüte wieder habhaft zu werden, um die Atmosphäre schätzen zu können. Als Kenny zum Esstisch marschierte, sah sie zu ihrer Verzweiflung, dass die Henkel, die sie miteinander verknotet hatte, irgendwie aufgegangen waren.

Er ließ die Tüte auf den Tisch fallen, sodass sie umkippte und die Hälfte des Inhalts herausfiel. »Nun, was haben wir denn hier?«

Sie hastete vorwärts, aber er hatte bereits den ersten Artikel in der Hand.

»Hämorrhoidensalbe? Das ist mehr, als ich über dich wissen wollte, Lady Emma.«

»Halt – äh, ich hab keine – gib das sofort zurück!«

Ohne auf sie zu achten, griff er in die Tüte und holte ein Taschenbuch heraus. »*Im Zwiegespräch mit Prozac*. Nun, berichte mir auf jeden Fall, was dabei herausgekommen ist!«

»Nein!« Sie sprang vor, als sich seine Hand um eine Plastikflasche schloss. »Gib das …«

Er hielt sie außer Reichweite und studierte das Label. »Also wer hätte gedacht, dass ein Mitglied des britischen Adels Probleme mit Kopfläusen hätte?«

»Bloß im Winter«, stammelte sie.

Er schob die Camels, die Klatschzeitschrift und einen Schwangerschaftstest beiseite und nahm sich eine Reihe kleiner Päckchen zur Brust. »*Sheik Lubricated, Trojan Ribbed, Ramses Extra, Class Act Ultra Thins*. Na, da weiß ich ja, wo es Reserven gibt, wenn mir mal die Gummis ausgehen.« Die aufgerollte Wäscheleine interessierte ihn weniger. »Was die betrifft, frag ich lieber gar nicht erst.«

Nur noch ein Artikel war in der Tüte verblieben. Vielleicht hatte er ihn ja übersehen. Vielleicht hatte sie Glück …

»Also, was kommt jetzt noch?« Er griff hinein und holte eine Cremetube heraus. »Vaginalbefeuchtungscreme.« Seine Stirn schlug Falten. »Wofür, *zum Teufel*, soll das denn sein?«

Sie wurde puterrot. »Hm, ich weiß nicht … ich schätze, es ist für …«

»Also genau da verläuft meine Grenze! Schlimm genug, dass jeder in der Stadt nun glaubt, ich schlafe mit einer depressiven, verlausten, von Hämorrhoiden geplagten Ausländerin, die sich gerne fesseln lässt und vielleicht schwanger ist – was ich mir, angesichts des Totalausverkaufs von Kondomen allerdings schwer vorstellen kann. Aber ich werde nicht zulassen – und jetzt hör mir genau zu, Emma! –, dass die Leute glauben, eine meiner Freundinnen hätte eine *Vaginalbefeuchtungscreme* nötig, verstehst du mich?«

»Das war …« Sie schluckte und versuchte ruhig zu sprechen. »Das waren Spontankäufe.«

Kenny schnaubte.

»Ich habe dir doch gesagt, dass Hughs Mann hinter mir her war. Er kam in den Drugstore, also hab ich schnell all die Sachen zusammengerafft.«

»Im Drugstore?«

»Er hat alles gesehen!« Sie konnte ihre Begeisterung nicht

länger verhehlen. »Damit habe ich's vielleicht geschafft! Noch dazu nach dem, was vor dem Drugstore mit uns passiert ist. Ich weiß, du bist nicht glücklich darüber; aber ich werd's Francesca erklären, wenn ich das nächste Mal mit ihr rede. Beddington wird schockiert sein, wenn er davon erfährt, und morgen um diese Zeit habe ich meinen Verlobten vom Hals.«

»Das ist also aus deinem großartigen Plan geworden? Den Duke davon zu überzeugen, dass wir beide eine Affäre miteinander haben?«

»So hab ich's ursprünglich nicht vorgehabt, ehrlich. Aber ich muss nun mal nehmen, was da ist.«

»Und das bin dann wohl ich.« Kenny spielte nachdenklich mit der Vaginalbefeuchtungscreme herum. »Emma, du machst das alles irgendwie zu kompliziert. Ruf ihn doch einfach an und sag ihm, dass du ihn nicht heiraten willst. Du solltest dich wirklich nicht so von einem Mann rumschubsen lassen.«

»Das geht eben nicht. Wenn er sauer wird, schließt er St. Gert's. Ich muss subtil vorgehen.«

»Subtil?« Er schüttelte den Kopf. »Bei dir erreicht der Merkspruch, dass man seiner alten Schule die Treue halten soll, wahrlich eine übergeordnete Dimension.«

»Es ist nicht nur eine Schule. Es ist mein …«

»Ich weiß. Dein Zuhause. Aber nimm's mir nicht übel, wenn ich sage, dass das ganz schön traurig ist – obwohl ich nach dem, was du heute Abend von meiner Familie mitgekriegt hast, wohl besser den Mund halten sollte.«

Sie zögerte. »Jedenfalls Peter ist wirklich allerliebst.«

Er lächelte. »Ich hab schon ein paar Eisen für ihn zurechtstutzen lassen; die warten bloß darauf, bis er alt genug ist, einen Ball durch die Gegend zu schlagen.«

»Das wird ihm sicher gefallen. Besonders, weil du bei ihm bist.«

Stille senkte sich über die beiden. Es war Nacht und im Haus rührte sich nichts. Ihr Blick fiel auf seinen Mund, und sie musste an ihren Kuss denken. Ob er sich wohl auch daran erinnerte?

»Ich geh schwimmen«, verkündete er abrupt. »Bis morgen, dann.«

Kenny machte sich schon auf den Weg, da fiel ihm offenbar auf, was er noch in der Hand hielt; also wandte er sich um und drückte ihr die Tube mit der Vaginalbefeuchtungscreme in die Hand. »Die behältst du lieber, falls du vollkommen den Verstand verlieren und dich mit Dexter O'Conner einlassen solltest.«

Bevor sie etwas sagen konnte, war er verschwunden.

Torie stand allein auf der Terrasse und rauchte ihre letzte Abendzigarette. Immer wieder nahm sie sich vor, damit aufzuhören, diesmal aber wirklich. Sobald sich die Dinge in ihrem Leben wieder ein wenig beruhigt hätten …

In Peters Zimmer ging das Licht an. Das war sicher Shelby, die nach ihm sah.

Tories Herz verhärtete sich vor Neid. Peter war so süß, so perfekt. Sie liebte ihn von ganzem Herzen, dennoch konnte sie seinen Anblick kaum ertragen. Nur einmal hatte Shelby sie gebeten, Peters Patin zu werden, und das war gleich nach seiner Geburt. Torie hatte dafür gesorgt, dass es danach nie wieder zur Sprache kam.

Die Terrassentür öffnete sich. Sie blickte auf und erwartete ihren Vater zu sehen; doch es war Dexter O'Conner, der stattdessen auftauchte.

»Was, zum Teufel, hast du hier zu suchen?«

»Dein Vater hat mich reingelassen. Ich war zum Abendessen eingeladen, hatte aber noch eine Konferenz und konnte deshalb nicht rechtzeitig kommen.«

Shelby hatte ihr nichts davon gesagt; noch ein Verrat mehr.

Er schob seine Hände in die Taschen und blickte zum Nachthimmel hinauf. Sein Cologne stieg ihr in die Nase, frisch und sauber wie die Abendluft. »Was für eine wundervolle Nacht!«

Ehrfurcht lag in seiner Stimme, so als wäre diese Nacht magisch und nicht vollkommen normal. Sie musste sich zwingen, nicht nach oben zu schauen, um festzustellen, was ihr entgangen war. Stattdessen verschränkte sie die Arme vor der Brust und funkelte ihn wütend an. »Mir reicht's, Dexter. Du verfolgst mich schon die ganze Zeit, und dagegen gibt's ein Gesetz.«

»Ich verfolge dich nicht, Victoria. Woher sollte ich wissen, dass du gestern im Roustabout sein würdest? Und für heute Abend hatte ich eine Einladung.«

»Dann muss ich wohl ein wenig deutlicher werden. Du bist mir zuwider, und ich will nie mehr ein Wort mit dir wechseln.«

»Dafür kennen wir uns gar nicht gut genug. Weißt du, wenn du aufhören würdest, dich so vor dieser Situation zu fürchten, dann könnten wir unsere Probleme viel leichter lösen.«

»Ich mich fürchten? Vor einem Schreibtischgaul wie dir? Du schmeichelst dir.«

»Wenn du keine Angst hättest, dann würdest du mit mir reden – damit wir Klarheit schaffen.«

Er hatte Recht, aber das würde sie nie im Leben zugeben. »Da gibt's nichts klarzustellen. Ich will dich nicht heiraten! Klarer geht's doch wohl nicht.«

Wieder blickte er in den Himmel hinauf – dann neigte er den Kopf, wie um die Sterne aus einem anderen Winkel zu betrachten. Sie konnte nicht umhin, sein klares, starkes Profil zu bemerken. Er besaß eine breite Stirn, eine wohlgeformte Nase und einen Mund, der erschreckend sinnlich war. Dieser Mund und seine Ruhe angesichts ihrer Gefühlsstürme machten sie wütend.

»Weißt du, was ich glaube? Ich glaube, du hast dieses Vorhaben ganz allein ausgekocht. Du willst mich, aber weißt, dass ich einen Streber wie dich nie zweimal anschauen würde; also hast du dir diesen blöden Plan einfallen lassen und dann deinen Vater überredet mitzumischen.«

Milde überrascht blickte er auf. »Und das glaubst du wirklich?«

»Da hast du verdammt Recht.«

»Faszinierend.«

Als er zur Terrassenbank schlenderte, ertappte sie sich dabei, wie sie die Schultern, die sich unter seinem Oxfordhemd verbargen, bewunderte. Sie waren nicht übermäßig breit, sahen aber solide aus.

Dexter wandte sich zu ihr herum, und sie hatte das unheimliche Gefühl, dass er ihre Gedanken lesen konnte. »Genau gesagt war es die Idee *deines* Vaters.«

»Na klar doch«, höhnte sie.

Er schob seine Hände in die Taschen, so dass sich seine Hose über seinem Bauch spannte. Einem sehr flachen, harten Bauch. »Ganz im Gegensatz zu dem, was du zu denken scheinst, war es für mich bisher nicht schwer, weibliche Begleitung zu finden.« Auf der Bank streckte er seine langen Beine von sich. »Und was meinen Vater anbelangt ...« Einen Moment glaubte sie, ein belustigtes Funkeln in seinen Augen erkennen zu können – aber das war unmöglich, da er ja null Sinn für Humor besaß. »Um ehrlich zu sein, er steht nicht sehr auf dich. Aber die Fusion möchte er schon, und dein Vater beharrt nun mal auf dieser Prozedur.«

Sie rang nach Atem. »Du lügst! Glaubst du wirklich, ich nehme dir ab, dass es Vaters Idee war?«

Wieder dieses Glitzern in den Augen, das bei jedem anderen Menschen entschieden Belustigung bedeutet hätte. »Offenbar kann er's gar nicht abwarten, dich loszuwerden.«

Torie wäre ihm am liebsten an die Kehle gesprungen, so wie gestern Abend – doch im Moment konnte sie vor Entsetzen keinen Finger rühren. Wie wagte er es auch nur anzudeuten, dass ihr Vater dahinter steckte? Es war *sein* Vater! Der musste es sein!

»Wenn du und dein Bruder gestern Abend bereit gewesen wärt, mit mir zu reden«, sagte er ruhig, »dann hätte ich das alles schon früher erklären können.«

Ihr Herz hämmerte so verrückt, dass sie am liebsten ihre

Hände darauf gedrückt hätte, damit ihre Haut nicht aufplatzte. »Daddy wäre nie von allein auf etwas so Abscheuliches gekommen. Ich weiß, dass du lügst. Ich brauche ihn bloß zu fragen.«

»Hoffentlich tust du's. Du wirst rausfinden, dass Warren derjenige ist, der uns erpresst, und dass ich das Lösegeld bin. Wenn Dad die Fusion will, muss er mich rausrücken.«

»Lösegeld!« Vor ihren Augen tanzten Funken. »Hör zu, du Affe! Mich zu heiraten wäre der Höhepunkt in deinem jämmerlichen Leben!«

Nachdenklich verzog er seine Miene. »Das ist höchst zweifelhaft. Es stimmt, du bist ziemlich attraktiv, darüber hinaus aber auch eine äußerst schwierige Person.«

Torie versuchte die Tatsache zu verdauen, dass Dexter O'Conner, der größte Streber im Landkreis, sie möglicherweise gar nicht haben wollte. »Das bin ich nicht!«

»Du hast schon zwei gescheiterte Ehen hinter dir«, zählte er langsam auf. »Dein familiärer Background ist bestenfalls instabil. Du fluchst wie ein Bierkutscher. Sicher kannst du jeden Mann in jeder Sportart schlagen, die du dir in den Kopf setzt. Und du rauchst, was ich verabscheue – obwohl ich verstehe, dass das nur ein Zeichen dafür ist, wie wenig Wertschätzung du dir selbst entgegenbringst.« Er hielt inne, und seine Stimme wurde seltsam zärtlich. »Außerdem scheinst du keine Kinder bekommen zu können.«

Ihr kam es vor, als hätte er ihr eine Ohrfeige verpasst. »Du Arschloch!« Ihre Stimme klang erstickt. »Wer hat dir das gesagt?«

Er erhob sich und ging auf sie zu, blieb jedoch einige Schritte entfernt stehen. »Wynette ist ein Klatschnest.«

»Mach, dass du rauskommst.«

»Ich will dir nicht wehtun«, sagte er mit einer Sanftheit, die verdächtig nach Mitleid klang. »Aber ich will dir auch nichts vormachen. Kinder möchte ich schon sehr gerne haben.«

Ihre Augen brannten, aber sie weigerte sich, die Tränen aufsteigen zu lassen. »Dann ist's ja gut, dass du mich nicht heiratest – denn ich bin so trocken wie die Sahara, du Bastard!«

»Dein Vater hat mir was anderes erzählt. Er sagte, es gibt keinen medizinischen Grund, warum du nicht schwanger werden könntest. Und Shelby glaubt, es liegt bloß daran, dass bis jetzt noch nicht der Richtige deinen Weg gekreuzt hat. Eher unwahrscheinlich, aber wer weiß das schon?«

Sie brachte die Worte kaum hervor, so zugeschnürt war ihre Kehle. »Sie haben mit dir darüber gesprochen?«

»Das Thema kam zur Sprache, ja.«

Torie fühlte sich so betrogen, dass ihr die Worte fehlten. Shelby war mal ihre beste Freundin gewesen. Was ihren Vater betraf … seit Jahren betrachtete sie ihn als ihren einzig sicheren Hafen. Und dann hatte Shelby ihn verführt und Torie in den Hintergrund gedrängt. Jetzt wollte ihr Vater sie so schnell wie möglich loswerden, damit er sich auf seine neue Familie konzentrieren konnte. Bei alldem war es die größte Ironie, dass Kenny, der Quälgeist ihrer Jugendjahre, nun als einzig verlässliche Person in ihrem Leben übrig blieb.

Ihr Stolz meldete sich zu Wort, und sie hob energisch das Kinn. »Für jemanden, dem der Gedanke, mich zu heiraten, so widerwärtig ist, hast du aber gründlich rumgehorcht.«

»Ich hab nicht gesagt, dass du mir widerwärtig bist. Tatsächlich fühle ich mich stark zu dir hingezogen.«

Seine Worte waren ein kleines Trostpflästerchen auf ihre offene Wunde – genug, um die Lippen verächtlich zu schürzen: »Na, das ist ja was ganz Neues.«

Er lächelte. »Echt komisch! Ich bin kein gewalttätiger Mann; aber seit Ted gestern diese Bemerkung gemacht hat, dass dir mal einer eins hinter die Ohren geben müsste, krieg ich diese Vorstellung von dir mit dem Hintern nach oben über meinen Knien nicht mehr aus dem Kopf.«

Eine Hitzewelle durchschoss Torie. Das gefiel ihr gar nicht, also spottete sie: »Und – hab ich was an?«

Darüber schien er nachdenken zu müssen. »Einen weiten Rock, den ich dir über den Kopf geworfen habe. Und das Höschen flattert dir um ein Fußgelenk.«

Ihre innere Hitze nahm um fünf Grad zu, und sie musste feststellen, dass der größte Streber von ganz Wynette, Texas, sie soeben angetörnt hatte. Ihr schwindelte. Frechheit war ihre Domäne oder sollte es zumindest sein. Doch sie durfte ihn nicht merken lassen, dass er sie ausmanövriert hatte. »Wie steht's also, Dex? Willst du mich nun heiraten oder nicht?«

»Wahrscheinlich nicht. Andererseits empfinde ich, wie gesagt, durchaus allerhand Sympathie für dich. Dennoch gefällt es mir nicht, so von deinem Vater manipuliert zu werden.«

»Endlich sind wir uns mal einig!«

»Tja, das hätte ich dir gleich sagen können, wenn du die Situation nicht gar so emotional, sondern etwas logischer angegangen wärst.«

»Also gut, Mr. Logik. Welche Lösung bietest du mir nun an?«

»Das ist ganz einfach. Ich wollte es dir schon gestern Abend vorschlagen. Wir müssen ein wenig Zeit miteinander verbringen. Unsere Väter überzeugen wir niemals davon, dass wir nicht zueinander passen – wenn wir es nicht mindestens einmal zusammen probiert haben.«

»Was sollten wir da lange probieren? Wir haben nichts gemeinsam.«

»Du vergisst die gegenseitige Anziehung.«

»*Du* bist derjenige, der sich zu *mir* hingezogen fühlt! Ich halte dich für einen langweiligen Streber!«

Er hob seine Hand und starrte darauf nieder. »Merkwürdig – meine Handfläche juckt direkt. Hätte nie gedacht, dass ich mal das Bedürfnis verspüren würde, einer Frau den Hintern zu versohlen.«

Wieder dieses Aufwallen heißer Erregung. Vielleicht war Dex doch nicht so langweilig, wie sie dachte. »Tja, dazu bräuchtest du schon die gesamte Mannschaft der Dallas Cowboys.«

»Ich bin stärker, als ich aussehe, Victoria.«

»Hör auf, mich so zu nennen!«

»Wirst du aufhören zu rauchen?«

»Nein!«

»Nun, dann ... Victoria.«

Etwas in ihr stieg über die Ufer, und sie konnte nicht länger an sich halten. Er war so kühl, so überheblich, so herablassend, dass sie ihm einfach eins auf die Schnauze geben musste oder ihn doch zumindest gegen das Terrassengeländer schubsen.

Als ihre Handflächen jedoch mit aller Wucht auf seiner Brust auftrafen und er sich kein bisschen rührte, merkte sie zu ihrem Leidwesen, dass es so einfach nicht sein würde. Dex ergriff sie bei den Handgelenken. Sie blickte hinauf in seine grau-grün gesprenkelten Augen und hatte das beunruhigende Gefühl, dass er tief in sie hineinblickte. Der Gedanke lähmte sie förmlich.

Sie erholte sich, als sie merkte, dass er sie küssen wollte. Schon viele Männer hatten das gewollt, es überraschte sie also nicht. Was sie jedoch überraschte, war die Tatsache, dass auch sie es wollte. Sehr sogar.

Ihre Augenlider fielen zu. Ihre Körper schmiegten sich aneinander. Sie fühlte, wie sich seine harte, sehnige Brust an ihre Brüste drängte. Seine Lippen strichen über ihre Wange. Sie wandte ihm ihren Mund zu.

»Ich kann's kaum abwarten, dich zu küssen«, flüsterte er. »Aber ich will, dass alles perfekt ist. Wir holen das nach, sobald du nicht mehr rauchst.«

Ihre Augen flogen auf.

Er gab ihr einen Kuss auf die Nasenspitze und schob sie dann wie ein ungezogenes, aber geliebtes Kind beiseite. »Ich hab dir gesagt, wie ich die Sache sehe und was wir tun sollten. Jetzt bist du dran.«

Nach einem letzten Blick in den Nachthimmel ließ er sie stehen.

12

Emma schäumte geradezu, als sie fertig gefrühstückt hatte. Wieder war Kenny zum Training abgehauen, ohne den Tag mit ihr zu besprechen. Sie kam mit ihrer Arbeit allmählich ins Hintertreffen. Der Mann schien offenbar zu vergessen, dass *er* für *sie* arbeitete.

Das Telefon klingelte zweimal, dann rief Patrick von oben herunter: »Es ist für Sie, und ich glaub, ich fall gleich in Ohnmacht. Der Mann sagt, er wäre ein Herzog!«

Na endlich! Beddington hatte von gestern Abend erfahren und rief nun an, um die Verlobung aufzukündigen! Sie stürzte in die Küche, holte tief Luft und nahm den Hörer vom Wandtelefon neben der Anrichte. »Guten Morgen, Hoheit.«

»Emma, my dear, ich habe beunruhigende Nachrichten erhalten.« Vor lauter Vorfreude verkrampften sich ihre Muskeln. Das wär's dann. In ein paar Sekunden würde sie ihn los sein, und wenn ihr das Glück hold war, könnte auch St. Gert's gerettet sein.

»Ich habe erfahren, dass du eine Klatschzeitschrift gekauft hast. Ein unwichtiger Punkt, zugegeben, aber nichtsdestotrotz beunruhigend. Ich hatte wirklich keine Ahnung, dass du dich so unter dein Niveau begibst.«

Sie runzelte die Stirn. Die Klatschzeitschrift war im Vergleich zu ihren sonstigen Einkäufen noch das Wenigste. Was hielt er von dem Rest?

Emma wartete darauf, dass er die anderen Artikel erwähnte oder etwas zu ihrem reichlich skandalösen Auftritt im Roustabout sagte. Und was war mit der Knutscherei vor dem Drugstore?

»Wenn du diese abscheulichen Blätter schon lesen musst, könntest du sie dir dann nicht von jemandem anders besorgen lassen?«

Mit angehaltenem Atem wartete sie auf eine Bemerkung über den Schwangerschaftstest, die Kondome, das Läuseshampoo!

»Ach, das hätte ich beinahe vergessen. Meine Schwester lässt dir ausrichten, dass sie ein Verlobungskleid gefunden hat. Es liegt für dich bei deiner Rückkehr bereit.«

Sie sank auf einen der mit Chintz bezogenen Barhocker und überlegte, was sie sagen sollte. »Äh – lasst Ihr mich beschatten?«

»Beschatten? Selbstverständlich nicht. Ich verfüge einfach über diverse Quellen.«

»Und das ist alles, was Euch Eure Quellen erzählt haben? Dass ich eine Klatschzeitschrift gekauft habe?«

»Ich kann mir wirklich nicht vorstellen, was du an diesem primitiven Druckmaterial findest. Nun, wenn das deine schlimmste Sünde ist, arrangiere ich mich sicher damit. Anne, meine zweite Frau, liebte diese Zeitschriften ebenfalls.« Es trat eine Pause ein, in der er sich vom Hörer abwandte und mit einem seiner Assistenten sprach. »Ich muss jetzt Schluss machen, Emma; da wartet noch ein anderer Anruf auf mich. Und bitte vergiss nicht, dass ab sofort alles, was du tust, auf mich zurückfällt.«

Er legte auf, bevor sie überhaupt zu Wort kam.

Der Blaubeermuffin, den sie sich zum Frühstück hatte schmecken lassen, lag ihr mit einem Mal wie ein Stein im Magen. Sie saß auf dem Hocker, den Hörer in der Hand, die Leitung um ihren Finger gewickelt. Wie konnte er von der Zeitschrift erfahren haben, aber nicht von dem Rest? Irritiert versuchte sie, ein wenig Klarheit in ihre sich überstürzenden Gedanken zu bringen – doch es kam nichts dabei heraus.

Patrick betrat die Küche und wollte mehr über Emmas Verbindung mit einem Herzog erfahren. Sie erzählte ihm eine ziemlich oberflächliche Version, und er begann gerade, sie wegen mehr Einzelheiten zu bedrängen, als Torie von der Diele hereintrat. »Hey, Lady Emma. Auf geht's!«

Sie trug weiße Jeans, dazu ein hellblaues T-Shirt, und ihr Haar fiel in modischem Durcheinander aus einer leuchtend gelben Bananenspange, die sie am Oberkopf befestigt hatte. Außerdem war sie energisch mit einem Kaugummi beschäftigt.

»Was steht denn an?«

»Fahrstunden!« Torie spuckte ihren Kaugummi in den Mülleimer und holte sich sofort einen neuen aus einem Päckchen in ihrer Hosentasche.

»Ich will aber gar nicht Fahren lernen.«

»Alles klar, aber Sie lernen's trotzdem.« Sie stopfte sich den neuen Streifen in den Mund.

»Also wirklich, Torie ...«

»Bewegen Sie Ihren Arsch, Eure Ladyschaft! Meine königliche Karosse wartet. Oder haben Sie Schiss?«

»Natürlich habe ich das! Warum glauben Sie denn, bin ich all die Jahre mit dem Fahrrad rumgestrampelt?«

»Sie müssen lediglich Kennys Auffahrt hin und her fahren. Die Lady kann doch lenken, oder?«

»Wahrscheinlich, aber darum geht's nicht.«

»Doch. Es geht darum, dem Teufel mitten ins Gesicht zu spucken!« Tories leuchtend grüne Augen glühten herausfordernd.

Patrick ergriff Emmas Arm und zog sie vom Barhocker. »Tun Sie, was sie sagt, Lady Emma. Das Leben ist zu kurz, um es sich durch Phobien verderben zu lassen.«

Emma konnte gegen einen angehen, aber nicht gegen alle beide – nicht ohne komplett rückgratlos dazustehen. »Also gut«, erklärte sie widerwillig. »Die Auffahrt hin und her. Nicht mehr.«

Natürlich blieb es nicht dabei. Nach einer halben Stunde schaffte Torie es irgendwie, Emma auf die Landstraße hinauszubugsieren. Sie beteuerte ihr hoch und heilig, dass praktisch nie ein Auto dort vorbeikam.

Emma saß verschwitzt und mit klammen Händen hinterm Steuer eines Autos, dessen Lenkrad sich auf der falschen Seite befand. Während sie sich wie eine Ertrinkende ans Steuer klammerte, kämpfte sie gegen die Erinnerung an jenen schrecklichen Tag an, als sie zehn Jahre alt gewesen war und ein hellgelber Laster mit hoher Geschwindigkeit auf sie zuraste.

Sie näherte sich der unterbrochenen Trennlinie und riss erschrocken das Steuer herum.

»Entspann dich«, duzte Torie sie jetzt freundschaftlich. »Deine Finger könnten jeden Moment abbrechen.«

»Hör auf, Kaugummiblasen zu machen!«

»Verdammt, bist du aber schlecht gelaunt! Übrigens, in diesem Land fahren wir auf der rechten Straßenseite, nicht auf der linken.«

»Ach, du lieber Himmel!« Emma riss das Steuer rechts herum und machte einen Schlenker, der sie auf die kiesbestreute Pannenspur brachte. Schließlich schaffte sie es, den Wagen in die Mitte zu lenken. »Das hättest du mir rechtzeitig sagen sollen! Ich werde gleich ohnmächtig.«

»Hol tief Luft.«

»Ich kann nicht fassen, dass ich mich von dir dazu habe überreden lassen! Allmächtiger, Torie, hinter uns kommt ein Auto!«

»Solange du nicht auf die Bremse trittst, hast du keinen Grund, dich aufzuregen.«

»Warum tust du mir das an?«

»Ich hab beschlossen, mit dem Rauchen aufzuhören, und brauchte 'ne Ablenkung. Jemand anderen fertig zu machen, schien mir 'ne gute Idee zu sein.« Tories Stimme klang mit einem Mal herausfordernd. »Und ich geb die Zigaretten für mich selbst auf, für keinen anderen. Also falls jemand 'ne Bemerkung darüber machen sollte, dann sagst du diesem Jemand, er soll sich um seinen eigenen Scheißdreck kümmern!«

»Mir reicht es. Ich will anhalten.«

»In der Stadt ist 'n Diner. Dort halten wir an.«

»In der Stadt! Nein, das kann ich nicht!«

»Jetzt, wo du auf der richtigen Straßenseite fährst, geht es ja ganz gut.«

»Ich – ich habe keinen Führerschein.«

»Und ich kenn die meisten der Cops in dieser Gegend. Mach dir keine Sorgen.«

»Ich mach dir nicht nur Sorgen, ich bin ganz krank vor Angst!«

»Wir leben noch, also kann's nicht so schlimm sein.«

Irgendwie schaffte sie es bis zur Stadt und auf einen großen freien Parkplatz vor dem Diner. Sie schaltete den Motor ab und lehnte sich zutiefst erleichtert zurück.

Torie grinste. »Na, biste stolz auf dich?«

Emma funkelte sie böse an.

»Ach komm schon, gib's zu! Du hast was geschafft, was dir unmöglich vorkam.«

Jetzt, wo ihr Herzschlag allmählich wieder auf eine Normalrate zurückging, fühlte sie sich tatsächlich ein wenig stolz. Nicht Auto fahren zu können schränkte ihr Leben auf so vielfältige Weise ein. Aber nicht, dass sie jetzt schon das Steuer beherrschte! »Ich gebe zu, ich bin froh, dass wir noch am Leben sind«, gestand sie knurrend.

Torie lachte. »Na, komm! Ich lad dich auf 'nen Kaffee ein. Das müssen wir feiern.«

In Jimmy's Diner gab es eine Modelleisenbahn, die unter der Zimmerdecke des Raums entlangdampfte. Chromstühle scharten sich um Tische mit schwarzweiß karierten Plastiksets, und an der Decke drehten sich gemächlich zwei Ventilatoren. Auf einer Schiefertafel am Eingang wurde die Spezialität des Tages angepriesen: Frittierte Spearribs, gedünstetes Okra, dazu einen Karotten- und »Rosienen«-Salat. Emma gefiel der Gedanke nicht, dass ein Kind hereinkommen und das lesen könnte; also erbat sie sich ein Stück Kreide von der Serviererin und korrigierte die Schreibweise.

Torie jauchzte und umarmte sie.

Sie setzten sich an einen Tisch, auf dem eine Flasche Steaksauce, daneben Tabascosauce standen, dazu die üblichen Dinge. An der Wand neben ihnen hing ein Poster mit einem Hahn und einer roten Laterne. Als die Modelleisenbahn über ihren Köpfen vorbeizuckelte, sah sie, dass auf jedem Waggon das Logo eines örtlichen Geschäftsbetriebes prangte.

Während Torie an ihrem Kaffee nippte, den die Serviererin sogleich gebracht hatte, und Emma auf ihren Tee wartete, musste sie wieder an ihr heutiges Gespräch mit Beddington denken. Warum hatte ihm der Wachhund nicht alles erzählt? Was für einen inkompetenten Menschen hatte er da angeheuert?

»Guten Morgen, Ladys.«

Dexter O'Conner kam auf sie zu. Heute Vormittag trug er ein gelbes statt ein blaues Oxfordhemd. Er wirkte auf gar nicht unangenehme Weise zerknittert, ein wenig zerstreut und mit einem Wort – umwerfend. Sie lächelte ihm entgegen. »Hallo, Dexter.«

»Emma. Victoria.«

»*Lady* Emma, für dich«, giftete Torie ihn an.

Er lüftete eine Augenbraue. »Wie ich sehe, hat sich deine Einstellung kein bisschen geändert. Da kannst du ja gleich dein Hochzeitskleid bestellen.«

Emma erwartete, dass Torie hochging wie eine Dampfnudel, doch stattdessen riss sie sich sichtlich zusammen. Sie schaffte es sogar, Dexter mit einem etwas steifen Lächeln zu bedenken. »Das wird wohl nicht notwendig sein. Wenn es Lady Emma nichts ausmacht, kannst du dich zu uns setzen.«

»Oh, natürlich macht es mir nichts aus!«

Dexter nahm aufs Selbstverständlichste an ihrem Tisch Platz. »Du arbeitest heute gar nicht?«, erkundigte sich Torie bemüht höflich.

»Bin auf dem Weg. Ich hab die letzten Wochen immer bis spät in den Abend hinein malocht, da wollte ich es heute einmal gemütlicher angehen. Was ist mit euch beiden?«

»Ich hab Lady Emma eine Fahrstunde gegeben.«

»Sie können nicht Auto fahren?«, erkundigte Dexter sich.

»Jetzt schon«, behauptete Torie.

»Nur ein äußerst großzügiger Mensch könnte das, was ich heute gemacht habe, als Fahren bezeichnen.« Emma beschrieb Dexter mit viel Humor, was heute auf der Straße passiert war; doch anstatt sie auszulachen, ermutigte er sie. Wieder musste sie denken, wie nett er doch war, und gleichzeitig fragte sie sich, ob eine Verbindung zwischen Torie und Dexter wirklich so abwegig war, wie die Geschwister Traveler anzunehmen schienen. Beide waren intelligente, gut aussehende Menschen, und jeder besaß etwas, das der andere brauchte. Dexters Stabilität konnte mit den Jahren leicht langweilig werden. Und Torie schien einen Anker in ihrem Leben zu benötigen.

Während des Gesprächs kam man auf andere Themen; nach und nach wurde Torie ein wenig lockerer, bis Emma sogar glaubte, sie genösse Dexters Anwesenheit ein wenig. Das änderte sich schlagartig, als Emma versehentlich erwähnte, dass Torie mit dem Rauchen aufgehört hatte.

Torie zog ein finsteres Gesicht, dann piekste sie einen gelackten Finger in Dexters Brust. »Ich wollte es schon seit Monaten. Das hat nichts mit dir zu tun! Kapiert?«

Er betrachtete sie ungerührt. »Sicher.« Ohne auf den tadellos lackierten Fingernagel zu achten, der noch immer in seinem Hemd steckte, wandte er sich an Emma und erkundigte sich nach ihren heutigen Plänen.

Mit einem Auge auf Torie erzählte sie ihm, dass sie eigentlich vorgehabt hatte, nach Austin zu fahren. »Ich wollte ein paar Stunden in der Bücherei der University of Texas verbringen, aber Kenny scheint spurlos verschwunden zu sein.«

»Ich würde mich freuen, Sie kutschieren zu dürfen«, bemerkte er.

»Müssen Sie nicht arbeiten?«

»Unser Hauptbüro befindet sich in Austin, und ich muss dort ohnehin ein paar Leute besuchen. Das kann ich ja tun, während Sie in der Bibliothek sind.«

»Ganz sicher?«

»Ich hätte es Ihnen nicht angeboten, wenn ich es nicht ernst meinen würde.«

»Nun, dann mit Freuden. Du hast doch nichts dagegen, oder?«

Torie runzelte die Stirn. »Wieso sollte ich?«

Die flotte junge Dame war offenbar verärgert, und Emma zögerte. Dann fiel ihr wieder ihre Fahrstunde ein, und sie kam zu dem Schluss, dass sie nicht die Einzige war, die dem Teufel ins Gesicht spucken musste. Wahrscheinlich tat es Kennys Schwester mal ganz gut, zu sehen, dass nicht jede Frau Dexter unattraktiv fand. »Ausgezeichnet. Mein Notizbuch ist in meiner Handtasche, also können wir meinetwegen gleich aufbrechen.« Sie bedankte sich bei Torie für die Autolektion und ließ sich dann von Dexter aus dem Diner führen.

Finster schaute Torie zu, wie sich die Tür hinter ihnen schloss. Bitte sehr! Sie hoffte, diese zwei langweilten einander zu Tode.

Durchs Fenster erblickte sie Ted Beaudine. Er schlenderte auf Dexter und Emma zu, und die drei unterhielten sich ein paar Minuten. Ehe sie sich's dann versah, stieg auch Ted in Dexters Wagen, und alle drei machten sich auf nach Austin. Ohne sie.

»Willst du noch Kaffee, Torie?«, erkundigte sich Mary Kate Pling vom Tresen aus.

»Ach, nein danke!« Sie lehnte sich in ihrem Stuhl zurück und überlegte, ob sie Lady Emma eigentlich mochte. Keiner konnte sie als umwerfend schön bezeichnen. Wie war es also passiert, dass sie gerade mit Dex und Ted davongedüst war, während sie, Torie Traveler, das einhellig schönste Mädchen der Stadt, alleine zurückblieb?

Sie stützte sich auf ihre Ellbogen, blickte trübe in die leere Kaffeetasse und schrieb ihre schlechte Laune dem Nikotinentzug zu.

Kenny war fuchsteufelswild. »Was *meinst* du damit, Emma ist mit Dex nach Austin gedüst?«

Torie kletterte aus seinem Pool und schlang sich ein Handtuch um die drei Streifchen amethystfarbenen Nylons, die sie als Badeanzug bezeichnete. »Ted ist auch dabei.«

»Und das soll die Sache hinbiegen?«

»Warum machst du so ein Theater? Sie sind schließlich erwachsen.«

»Ich kann nicht fassen, dass du sie nicht davon abgehalten hast. Zumindest hättest du mitfahren müssen, um auf sie aufzupassen. Warum bist du nicht?«

»Weil mich niemand eingeladen hat! Im Übrigen braucht Lady Emma wohl kaum einen Aufpasser.«

»Das glaubst du.« Kenny stampfte zum Tisch und schnappte sich eins der großen Gläser Eistee, die Patrick zur Erfrischung rausgebracht hatte.

Sein Wirtschafter beäugte ihn spekulativ. »Der ist mit Passionsfruchtgeschmack, Kenneth. Vielleicht solltest du lieber was anderes trinken. Du willst schließlich keine Überdosis abkriegen.«

Kenny ignorierte ihn. Er wusste ganz genau, warum Emma Torie nicht mit eingeladen hatte. Sie wollte keine Konkurrenz. Nicht, dass sie was mit Ted anfangen würde; schließlich wusste sie jetzt, wessen Sohn er war; aber zu Dexter hatte sie sich vom ersten Augenblick an hingezogen gefühlt. Er fuhr zu seiner Schwester herum. »Jetzt hör mir mal zu. Dexter ist deine Verantwortung, und ich will, dass du ihn von Emma fern hältst!«

»Meine!« Die Wassertropfen flogen nur so, als sie nun zu ihm herumwirbelte. »Verdammt noch mal, Kenny, bist du etwa eifersüchtig?«

Als er das hörte, platzte ihm endgültig der Kragen. »Eifersüchtig? Ich? Natürlich nicht. Es ist bloß, dass Emma im Moment, nun, irgendwie auf der Pirsch ist, und sie hat ein Auge auf Dexter geworfen. So, wie sie aussieht und alles – ich meine, ihr Mund – nun, es ist so, wenn sie es sich in den Kopf setzt, wird's nicht lang dauern und sie hat Dexter rumgekriegt, und das wäre nicht gut … für ihn.«

»Auf der Pirsch?« Torie starrte ihn verständnislos an.

»Du als Frau wirst das nicht leicht durchschauen, aber vertrau mir, es ist so.«

»Ich hingegen bin keine Frau«, schaltete Patrick sich ein, »und ich glaube, du hast dein letztes bisschen Verstand verloren.«

Kenny entschied großzügig, das Offensichtliche zu übergehen. »Ihr müsst mir glauben! Emma gehört zu den Frauen, die mit einem natürlichen Sexappeal geboren wurden … das heißt, sobald sie ein *heterosexueller* Mann ansieht, ist alles, woran er denken kann – nun, ihr Mund, und …«

»Emma?« Torie blieb derselbige vor Erstaunen offen.

Und Patrick schlug die Beine übereinander. »Vielleicht sprechen wir ja nicht von der gleichen Person. Britischer Akzent? Guter Appetit? Summt Lieder aus dem *König der Löwen*, wenn sie glaubt, dass keiner sie hört?«

Frustriert biss Kenny die Zähne zusammen. »Hab mir schon gedacht, ihr zwei würdet mich nicht verstehen. Ich weiß gar nicht, warum ich überhaupt versucht hab, irgendwas zu erklären.« Er funkelte seine Schwester zornig an. »Und du halt Dexter ein für allemal von ihr fern!«

Mit diesen Worten machte er sich auf zu seinem Auto. Er hatte keine Ahnung, wo er hinfahren sollte; auf jeden Fall konnte er nicht länger hier bleiben, damit Torie und Patrick ihn weiter auslachten.

Torie sah zu, wie das Auto die Auffahrt hinunterglitt, dann blickte sie Patrick an. »Was sollte das denn jetzt?«

Mit einem kummervollen Gesichtsausdruck schob Patrick sich die Brille hoch. »Ich glaube, ich habe eine ernste Konkurrentin um Kenneth's Zuneigung bekommen.«

»Vor zehn Minuten hätt ich dich noch für verrückt erklärt, aber jetzt nicht mehr. Ich mag Emma wirklich, aber Kenny ist doch überhaupt nicht ihr Kaliber. Das wär, wie wenn man Schneewittchen, nun ja, mit Kenny Traveler verkuppeln würde.«

»Ich finde sie auch nett. Tatsächlich bete ich sie an. Aber du hast Recht. Sie ist wohl kaum sein Typ. Dennoch muss ich zugeben, dass mich Kennys kleiner Anfall ganz schön perplex macht.« Tief und tragisch seufzte er auf. »Du hast ja keine Ahnung, wie es ist, an einer hoffnungslosen Liebe zu kranken.«

Torie betrachtete ihn mitleidig. Jeder außer Kenny wusste, dass Patrick sich von dem Moment an in ihn verliebt hatte, als er bei der Herberge seine Fäuste schwang. Patrick hatte Torie früher Leid getan – doch nun, da sie ihn besser kannte, wusste sie, dass er das Drama unerwiderter Liebe ebenso liebte wie Kenny.

Und dennoch, Kenny und Lady Emma? Klar, die Suspendierung hatte ihn vollkommen aus der Bahn geworfen. Vielleicht brauchte er im Moment ja ein emotionales Rastplätzchen und hatte deshalb ein Auge auf diese Lady geworfen. Sie war ein ruhiger, stabiler Mensch, war verfügbar und nichts Ernstes, denn sie würde ja demnächst in die Heimat zurückkehren. Dank ihrer verrückten Mutter wusste Kenny nicht, wie man Freundschaften mit Frauen pflegte, und verwechselte nun seine emotionalen Bedürfnisse mit sexuellen.

Besorgt runzelte Torie die Stirn. Arme Emma! Keine Frau konnte Kenny widerstehen, sobald er einmal zur Eroberung entschlossen war – und der Dame E. mangelte es trotz ihrer Intelligenz an Erfahrung, was sie eben wunderbarer als andere machte. Wenn Kenny nicht bald zur Besinnung kam, würde sie am Ende mit einem gebrochenen Herzen dastehen.

Außer natürlich, Dexter kam als Erster an sie ran.

Torie schob einen Streifen Kaugummi in den Mund und versuchte sich einzureden, dass ein Verhältnis zwischen den beiden eine Menge Probleme für sie lösen würde. Sie wäre aus dem Schneider, was die Heirat mit ihm betraf, und Emma hätte kein gebrochenes Herz, das ihr eine Affäre mit Kenny einbringen würde. Ein Blinder konnte sehen, dass Dexter und Lady Emma perfekt zueinander passten. Er war zwar ein Langweiler und Streber, aber – na gut! Trotzdem einigermaßen sexy. Und Lady Emma erschien ihr eine süße Langweilerin. Die beiden waren wie füreinander geschaffen. Warum fühlte Torie sich dann nicht glücklicher?

Vielleicht weil sie erst jetzt, in diesem Moment, etwas völlig Verrücktes begriff. Sie hatte sich darauf gefreut, Dexter ein wenig besser kennen zu lernen. Aber das würde nie passieren, wenn er bereits ein Auge auf eine andere geworfen hatte.

Kenny saß in einem Gartenstuhl, starrte auf die Poollichter und vergnügte sich mit einer ziemlich teuren Flasche Pinot Noir. Es war bereits nach Mitternacht, aber Emma trieb sich immer noch in Austin herum.

Kenny war zwar nicht betrunken, aber als nüchtern konnte man ihn ebenso wenig bezeichnen, was ihm ganz recht war – denn nüchtern war er ein weit angenehmerer Mensch, und angenehm wollte er im Moment wirklich nicht sein. Er hatte sich rausgesetzt, nachdem er sich mit einem Videofilm über die letzte Runde des vorjährigen Masters unglücklich gemacht hatte; doch das hatte er ohnehin nur angeschaut, weil er sich von der Vorstellung, wie sich Emma für Dexter auszog, zu befreien trachtete.

Wäre da nicht Dallie, dann würde er sich im Moment auf Augusta vorbereiten statt sich über eine nackte Emma Gedanken zu machen. Sein Kurzspiel war nie besser gewesen, sein Problem mit dem Driver hatte er ebenfalls beseitigt, und etwas in seinem Innern sagte ihm seit Monaten, dass dies sein Jahr für das grüne Jackett sein könnte. Aber anstatt Golf zu spielen, musste er den Babysitter für eine befehlshaberische, dreißigjährige Jungfrau markieren.

Über ihm ging das Licht in ihrem Schlafzimmer an. Also war sie endlich zurückgekehrt. Seine Augen verengten sich gerade so weit wie notwendig, um einen blitzschnellen Downhill-Putt einzuschätzen.

In aller Ruhe trank er seinen Wein aus, dann nahm er die Flasche mit ins Haus. Gewöhnlich wirkte das Innere freundlich und willkommen heißend auf ihn, doch nicht so heute Abend. Vielleicht ahnte das Haus ja, was er im Schilde führte.

Der Teppich dämpfte seine Schritte auf der Treppe. Er hörte im Gästebad das Wasser rauschen und stieß, ohne sich die Mühe zu machen, erst anzuklopfen, die Tür zu ihrem Zimmer auf.

Sie hatte bereits überall ihre Spuren hinterlassen. Ihr Strohhut – der mit den Kirschen – hing über einem Bettpfosten, und in einer der beiden Vasen steckten Wiesenblumen, wie sie am Fluss wuchsen – was nur bedeuten konnte, dass Emma sie gepflückt hatte. In der anderen befand sich das übliche kunstvolle Blütenarrangement von Patrick. Überall lagen aufgeschlagene Bücher herum, dazu eine Mappe mit Notizen, eine Flasche rosa Körperlotion und ein enormer Riegel Cadbury Bitterschokolade, dessen Verpackung geöffnet war, sodass man sehen konnte, wo sie ein Stück abgebissen hatte.

Ihre Kleidung hatte sie auf das Bett gehäuft, dazwischen einen lavendelfarbenen BH mit Gänseblümchen darauf. Ein dazu passender Slip lag auf dem Fußboden neben ihren Sandalen. Er starrte ihn einen Moment lang an, dann schlenderte er durchs Zimmer und angelte sich ihre Körperlotion. Kenny schraubte sie auf und schnüffelte daran.

Babyduft, Blumen und Gewürze. Selbst in seinem nicht allzu nüchternen Zustand entging ihm die Symbolik des Ganzen nicht.

Nun nahm er die Flasche mit zu einem bequemen Sessel, setzte sich hin und streckte seine Tentakeln aus. Er fuhr mit einem Finger in die Creme und zog ihn wieder heraus. Dann verrieb er die rosa Lotion zwischen Daumen und Zeigefinger. Sie fühlte sich seidig und ultrafeminin an. Mit den Fingern an der Nase überlegte er, wie Frauen mit ihren Düften die Männer doch betören konnten. Aber nicht ihn – nicht ganz, jedenfalls –, denn unter all ihrer weiblichen Weichheit und Femininität verbarg sich das ebenso weibliche Bedürfnis, einen Mann zu formen, bis er dem glich, was sie sich von ihm vorstellte.

Seine eigene Männlichkeit hatte er sich so hart erkämpfen müssen, dass er nie versucht gewesen war, sich zur Verfügung zu stellen, indem er einer Frau gestattete, Macht über ihn zu gewinnen – ganz besonders nicht einer herrschsüchtigen Feldwebelin. Es gab einen ganz versteckten, privaten Ort in ihm, der ihn ausmachte, den Menschen Kenny Traveler, und den durfte niemand aufspüren. Dennoch hatte Emma es getan. Nicht bewusst. Aber es war geschehen, und deshalb musste er der Sache ein Ende bereiten.

Während er die Lotion in seinen Handflächen verteilte und dann den Deckel wieder zuschraubte, hielt er sich vor Augen, dass Frauen nicht die Einzigen waren, die manipulieren konnten. Sein Überlebenswille hatte ihn zu einem Meister in der Kunst dessen gemacht, wie man sein Ziel erreichte, ohne dabei draufzuzahlen.

Die Badezimmertür schwang auf. Bei seinem Anblick stieß sie ein überraschtes Zischen aus und fummelte hektisch mit ihrem Badetuch herum. Er erhaschte einen Blick auf rosa Brüste, weiche Brustwarzen und feuchte Schamhaarkringel, die einen Ton dunkler waren als ihre honigbraunen Locken an den Wangen. Das Blut schoss ihm in die Lenden.

»Heidewetter!« Schließlich gelang es ihr, sich in das Handtuch zu wickeln. »Du hast mich zu Tode erschreckt! Was tust du hier?«

»Bist ein bisschen spät dran, nicht wahr?«

Emmas Herz begann angstvoll zu pochen. Er sah gefährlich aus – die sinnlichen Lippen zu einem dünnen Strich zusammengepresst, die violetten Augen finster. Irgendwas schien ihn erregt zu haben. »Ich hatte keine Ahnung, dass du aufbleiben und auf mich warten würdest.«

»Dir ist wohl entfallen, dass ich für dich verantwortlich bin.«

»Unsinn. Ich bin für mich selbst verantwortlich. Und jetzt gehst du besser!«

Er erhob sich aus dem Sessel und studierte sie einen langen, harten Moment lang. »Nun, bist du's heute Abend losgeworden?«

Sie brauchte einen Augenblick, um zu kapieren, was er meinte, und hatte schon eine empörte Antwort auf den Lippen. Doch in der letzten Sekunde merkte sie, dass ihre Neugier größer war als ihr Missfallen. Was brachte ihn wohl so auf, dass er aussah wie ein Verhörexperte aus dem Kalten Krieg? »Willst du damit fragen, ob ich Sex mit Dexter hatte? Geht es darum?«

Unglücklicherweise ließ ihn ihre Direktheit keinen Millimeter zurückweichen. »Könnte schwierig geworden sein, mit Ted als Zuschauer. Aber vielleicht habt ihr's ja geschafft, ihn loszuwerden.«

Was sollte sie als Erstes tun? Ihren Bademantel anziehen oder ihm die Blumenvase über den Kopf gießen? Sie beschloss, noch ein wenig länger an der Sache dranzubleiben. »Wir haben ihn vor drei Stunden vor seinem Haus abgesetzt.«

»Also wart ihr, du und Dexter, seitdem allein? Bloß ihr zwei?«

Die Vase stand zu weit entfernt. Sie marschierte zum Schrank und holte ihren Bademantel heraus. »Und ich hab jede einzelne Minute genossen.« Ärgerlich schob sie die Arme in den Frottee, zog dann das Handtuch darunter hervor und verschnürte den Gürtel. »Falls du noch was dazu zu sagen hast – und ich rate dir ernstlich davon ab –, dann können wir morgen darüber reden.«

»Nichts ist zwischen dir und Dex geschehen, nicht wahr?«

Ein eigenartiger Ausdruck breitete sich auf seinem Gesicht aus. Fast so etwas wie … Erleichterung?

»Die Leidenschaftlichkeit seiner Umarmung wurde nur durch meine ekstatischen Schreie übertroffen.«

Er schritt auf sie zu, schien dabei aber mit sich selbst zu sprechen. »Natürlich ist nichts passiert. Das wusste ich doch die ganze Zeit.« Seine Faust bearbeitete den Bettpfosten. »Aber es hätte was passieren können, deshalb sag ich dir hier und jetzt, dass ich dich nicht mehr mit ihm zusammen sehen möchte.«

»Wenn du heute Morgen nicht schon wieder verschwunden gewesen wärst«, blaffte sie zurück, »dann wäre diese ganze Szene überflüssig.«

»Ich wollte nicht lang wegbleiben.«

»Das wusste ich ja nicht, oder?« Sie legte ihre Sachen über einen Stuhl.

»Von jetzt an schon. Gleich morgen früh fahren wir raus zur Driving Range. Dann gehört der restliche Tag dir.«

»Vielen Dank. Und jetzt gute Nacht.«

Er rührte sich nicht. »Es ist noch früh. Lass uns schwimmen gehen.«

»Ich habe mich gerade geduscht.«

»Na und? Das kannst du ja noch mal tun. Oder wir duschen zusammen. Oder – weißt du was?« Er hielt inne, und seine Augen saugten sich an ihrem Mund fest. »Wie wär's, wenn wir das Schwimmen überspringen und gleich zum Duschen übergehen?«

Irgendwie schien ihr hier die Kontrolle zu entgleiten, und sie konnte nichts dagegen tun. »Was willst du eigentlich sagen?«

»Da gibt es doch wohl nichts zu erklären. Ich hab mir Sorgen um dich gemacht.«

»Aber wieso, um Himmels willen?«

Seine Hand löste sich vom Bettpfosten. »Weil ich glaube, dir ist nicht klar, wie verwundbar du bist. Nun, mir wohl auch nicht, bis jetzt jedenfalls nicht – oder ich hätte nie gesagt, dass nie was zwischen uns sein könnte.«

Sie blinzelte. Was meinte er denn jetzt schon wieder? »Ich bin nicht verwundbar.«

»Doch, das bist du sehr wohl. Du hast dir in den Kopf gesetzt, mit jemandem zu schlafen, das wissen wir beide. Unglücklicherweise – und darüber fang sogar ich allmählich an, mein Gleichgewicht zu verlieren –, hast du nicht die blasseste Ahnung, was du eigentlich anrichtest.«

Empörung keimte in ihr auf. »Wenn man bedenkt, dass du in meinem Schlafzimmer bist und ich beinahe nackt, dann kann ich dir kaum widersprechen.«

»Mit mir kannst du am allersichersten fast nackt sein.«

»Mit dir? Sicher?«

»Na klar.« Ihre Ungläubigkeit irritierte ihn. »Denk bloß mal darüber nach. Du hast mich vom ersten Moment an durchschaut, weißt, dass ich bloß auf Sex aus bin, und gibst dich nicht den geringsten Illusionen über mich hin. Das macht mich doch zum perfekten Kandidaten für deine Zwecke!«

Sie schluckte. »Korrekt!« Bloß, dass es nicht wirklich wahr war. Kenny machte sich nur allzu gerne schlecht, aber er war nicht der skrupellose Mensch, als den er sich zu beschreiben pflegte.

Er nickte zufrieden. »Heute Abend hab ich mich entschieden, dafür zu sorgen, dass du nicht mehr in Gefahr gerätst, dich mit dem Falschen einzulassen.«

»Mit jemandem wie Dexter O'Conner, zum Beispiel?«

Seine Augen verengten sich. »Er verkörpert die schlimmsten Alpträume. Erstens weiß ein Mann wie Dexter nur das bloße Minimum über Sex, also ist dir eine harte Initiierung garantiert. Und zweitens könnte er sich vergessen und ohne Vorsichtsmaßnahmen mit dir schlafen. Eh du dich's dann versiehst, bist du mit einem kleinen Streber schwanger und der alte Dexter hat deinen Namen vergessen.«

Sie lachte. Offenbar kannte er Dexter nicht annähernd so gut, wie er dachte. Emma fragte sich, wie er wohl reagierte, wenn er erfuhr, dass seine Schwester trotz ihrer vehementen Proteste sich zu dem »Streber« hingezogen fühlte. Oder was Torie dazu sagen würde …

Es war schon ein Witz, dass sie sich immer in einen Mann wie Dexter hatte verlieben wollen; doch nicht einmal im Verlauf des heutigen Tages hatte sie sich bei dem Gedanken ertappt, wie er wohl nackt aussehen mochte. Er war ein wundervoller Fremdenführer gewesen, ein toller Gesprächspartner, und sie hatten eine herrliche Zeit verbracht – aber nie hatte sie seine Lippen angesehen und sich gefragt, wie sie sich wohl auf ihrem Mund anfühlten.

Hastig riss sie ihren Blick von Kennys Lippen los. »Willst du damit sagen, dass du deine Meinung geändert hast?«

»Das muss ich ja wohl, nicht wahr?«

Seine aufopferungsvolle Art ging ihr gewaltig auf den Keks. »Überanstreng dich bloß nicht!«

»Du hast meine Frage noch nicht beantwortet. Willst du erst schwimmen oder gleich duschen?«

»Verzeih, dass mich dein über die Maßen romantischer Vorschlag nicht überwältigt.«

»Nicht interessiert, hm?«

»Kein bisschen.«

Langsam trat er einen Schritt näher. »Heißt das, du findest mich nicht mehr attraktiv?«

»Sorry.« Sie bemerkte ihren am Boden liegenden Slip, hob ihn rasch auf und steckte ihn in die Tasche ihres Bademantels.

Er seufzte. »Also gut. Ich bin alt genug, um mit ehrlicher Zurückweisung fertig zu werden. Sie ist doch ehrlich, oder?«

»Natürlich ist sie das.«

»Ich zweifle natürlich nicht an deinem Wort oder so was …« Mit einer geschmeidigen Bewegung, die sie an Öl erinnerte, das über Wasser gleitet, kam er näher. »Aber bloß um sicherzugehen …« Seine Hose berührte ihren Bademantel, als er vor ihr stehen blieb.

»Kenny …«

Er erstickte ihren Protest mit seinem Mund.

O nein, so leicht würde sie es ihm nicht machen! In diesem Machtkampf, den er für Verführung hielt, würde sie nicht klein beigeben.

Und dann glitt seine Zunge über den Saum ihrer Lippen und hinterließ eine feuchtwarme Spur.

Ihre Irritation schwand, als er sich Zeit ließ und sie nicht drängte, es zufrieden war, ein wenig an ihr herumzuknabbern. Ach, von einem Faulpelz geküsst zu werden, hatte schon etwas Wunderbares!

Sie stieß mit dem Rücken gegen den Bettpfosten, als er sein Becken an sie drängte. Er war bereits voll erigiert. Riesig. Seine Körperreaktion hatte eine bezaubernde, betäubende Wirkung auf sie, und sie vertiefte den Kuss.

Seine Hand legte sich auf ihr Brustbein, bereit tiefer zu gleiten. Sie bäumte sich ihm entgegen, konnte nicht genug von ihm, von seinen Händen kriegen, aber er widmete sich vorläufig nur ihrem Mund, sich hier und da in langsamem, gemächlichen Liebesspiel der Zungen aufhaltend. Das ging so lange, bis nur mehr der Bettpfosten und sein Körper sie aufrecht zu halten schienen.

Ihre Brüste ersehnten fast schmerzhaft seine Berührung, doch er hatte sie immer noch nicht angefasst. Sie drängte sich an ihn, um ihn ein wenig aufzustacheln, ließ den Stoff ihres Bademantels an seinem Hemd und an ihren Brustwarzen reiben. Er verstand den Wink nicht.

Nun war sie nicht mehr ganz so zufrieden mit seiner gemächlichen Art und ließ die Hände sinken, um seine Hinterbacken zu umfassen. Sie waren ebenso hart wie der ganze Rest seines Körpers und ziemlich anders als ihre weiche, runde Gestalt.

Ihr Kuss wurde wild. Sie liebte es – liebte es, ihn zu küssen – hätte sich nie vorstellen können, dass ein Kuss so sein konnte. Aber sie wollte mehr und schob ihre Hand mühsam zwischen ihre beiden Körper, um ihren Gürtel zu öffnen.

Er zog sie aufs Bett, ohne sich aus der Ruhe bringen zu lassen. Und statt nun weiterzumachen, verblieb es bei der Küsserei.

Alles in ihr pochte schmerzhaft, sehnsüchtig. Sie begann zu schnurren wie ein Kätzchen. Sie stöhnte. »Kenny ... bitte ...«

Seine Lippen wanderten zu jener empfindlichen Stelle gleich unter ihrem Ohr und hielten sich dort ein wenig auf. Ihre Haut prickelte, ihre Zehen krümmten sich. Himmel, wenn es so weiterging, würde sie dahinschmelzen, bevor er noch zum guten Teil kam. *Tiefer!*

Ach, wieso beeilte er sich nicht ein wenig? Offenbar brauchte er einen kleinen Schubs – also nahm sie all ihre Konzentration zusammen und langte nach dem Reißverschluss an seiner Hose.

Sogleich rollte er sich auf sie und untersuchte mit seinem Mund den wild pochenden Puls an ihrem Halsansatz.

Ihre Brüste! Wieso, um alles in der Welt, fasste er sie nicht endlich an? Sie wollte ihn anflehen, merkte jedoch, dass sie zu schwach zum Sprechen war.

Auf einmal fand er eine unerhört empfindliche Stelle in ihrem Ausschnitt, und sie stöhnte über seinen Haarschopf hinweg. Seine Hand glitt tiefer. *Na endlich!*

Aber ihre Erleichterung hielt nicht an, als sie merkte, dass seine Hand unter ihren Ärmel glitt und ihren Puls zu streicheln begann. Ihren Puls! Es war zum Mäusemelken! Er sollte ein erfahrener Liebhaber sein, doch offenbar hatte er nicht die leiseste Ahnung, wo sich die wirklich empfindsamen Stellen einer Frau befanden.

Die Haut an ihrer Armunterseite zuckte bei seinen Streicheleinheiten, und kleine Schockwellen durchschossen ihren Leib. Doch anstatt sich ihre nur so offensichtliche Erregung zunutze zu machen, trödelte er weiter rum! Wie konnte sie seine natürliche Faulheit bloß durchbrechen? Wie ihn in die entscheidende Richtung weisen?

Nun, sie würde eben ein wenig deutlicher werden müssen.

13

»Kenny …« Emma fiel es äußerst schwer, ihre Gedanken beisammen zu halten – aber sie gab sich einen Ruck hinsichtlich ihrer Worte: denn ehrliche Kommunikation zwischen Sexualpartnern war echt unerlässlich, und er musste begreifen, dass sie *nun mal Bedürfnisse hatte!*

»Mein Bademantel …« Sie schluckte. »Zieh ihn aus. Mach den Gürtel …«

Seine Zungenspitze entdeckte einen Pulspunkt an ihrer Kehle, und sie stöhnte. Lange Sekunden tickten vorüber, bevor sie ihre Sinne wieder sammeln konnte.

»Nicht … nicht bloß da.« Sie stöhnte. »Fass meine … Zieh dich aus und fass meine …«

Stirnrunzelnd hob er den Kopf. Sein Mund war ebenso geschwollen wie der ihre, und seine silbrig überhauchten, leidenschaftlichen Augen erinnerten sie an mit Zucker glasierte Veilchen. »Stimmt was nicht?«

Sie umfing seine Wangen, holte tief Luft und lächelte, damit er kapierte, dass sie ihn nicht kritisieren wollte. »Könnten wir ein bisschen schneller machen?«

»*Schneller … machen*?« Jedes Wort kam heraus wie ein Pistolenschuss.

»Hm.«

»Du willst *schneller … machen*?«

»Wenn du nichts dagegen hast.«

»Hast du's eilig, oder wie?«

»Oder wie, ja.«

»Sag bitte nicht, du hast dafür auch 'ne Agenda.«

»Keine Agenda. Nein, natürlich nicht. Es ist bloß … nun … es wird dich sicher freuen zu erfahren, dass du mich gründlich erregt hast, und ich glaube, wir können jetzt zum – ja, zum nächsten Teil übergehen. Zum *guten* Teil.«

Er zog die Augenbrauen hoch. »Und der Teil hier war nicht gut?«

Sie merkte, dass sie ihn wieder einmal gekränkt hatte, und beeilte sich, ihn zu beschwichtigen. » Nein, natürlich war er gut. Einfach wundervoll. Ehrlich, Kenny, du bist ein ganz toller Küsser, aber ein bisschen langsam und …« Sein Gesichtsausdruck nahm etwas Ominöses an. »Es gefällt mir, wirklich. Super. Aber mit dem Teil sind wir doch jetzt fertig.« Ihre Stimme wurde immer verlegener. »Oder nicht?«

Er wälzte sich auf den Rücken und brummelte: »Warum bin ich eigentlich überrascht? So was war ja zu erwarten.«

Zu ihrer Verzweiflung rollte er sich von der Matratze, stellte sich vor sie hin und wies mit dem Finger auf sie. »Jetzt hör mir mal gut zu, Emma, denn das werd ich nur einmal sagen. Von jetzt an, bis zum seligen Ende, *hab ich das Kommando!* Hast du mich verstanden?«

»Aber …«

»Und weißt du, wieso? Weil *ich* der Experte bin, nicht du!«

In ihrem Herzen regte sich so etwas wie Rebellion. »Habe nie behauptet, dass du's nicht wärst.«

»Warum gibst du mir dann schon wieder Anweisungen?«, erkundigte er sich mit übertriebener Geduld.

»Ich habe bloß gedacht …«

»Hör auf zu denken!« Stur biss er die Kiefer zusammen und nahm nochmals Aufstellung am Bettpfosten. »Also, es läuft folgendermaßen: wir beide spielen ein kleines schmutziges Sexspielchen genannt Dominanz und Unterwerfung. Ich dominiere, du unterwirfst dich! Das bedeutet, falls ich mich noch nicht klar genug ausgedrückt haben sollte, dass du keine einzige Anweisung, keinen einzigen Befehl aussprechen darfst. Keinen einzigen. Du kannst stöhnen. Stöhnen ist in Ordnung. Du kannst seufzen. Seufzen ist gut. Aber keine Befehle! Und erst wenn ich sage, dass wir fertig sind, kannst du wieder den Mund aufmachen. Aber dann bloß für ein Wort: *Dankeschön!*«

Sie hätte beleidigt sein sollen – war es auch –, doch gleichzeitig fand sie ihn zum Lachen. Er war so unglaublich arrogant. Und er hatte Recht ... in Bezug auf ihre Herrschsucht.

Noch immer blickte er sie abschätzend an. »Hab ich mich jetzt deutlich genug ausgedrückt oder muss ich erst die Wäscheleine holen, die du gestern im Drugstore gekauft hast?«

Bloß um ihm ein wenig Widerstand zu bieten, wies sie mit einem lässigen Wink auf die Einkaufstüte, die sie in einer Ecke des Zimmers abgestellt hatte.

Seine Augen verengten sich.

Emma betrachtete ihn hochmütig. »Warum sollten mir die Sachen nicht ein wenig nützlich sein, obwohl – die Vaginalbefeuchtungscreme brauche ich nicht.«

»Da hast du verdammt Recht.«

Gerade als ein leises Triumphgefühl in ihr aufkeimen wollte, weil sie sich von seinem Imponiergehabe nicht hatte einschüchtern lassen, alarmierte er sie, indem er ihren Bluff wörtlich nahm. Als er in die Zimmerecke ging, wo ihre Tüte stand, schoss sie im Bett auf. »Kenny, ich habe doch bloß Spaß gemacht mit der Wäscheleine.«

»Hm.«

»Ich glaube nicht, dass ich gefesselt werden möchte.«

»Später. Wenn du mehr Erfahrung hast.«

Er wandte sich um, und sie sah, dass er zwei Päckchen Kondome in der Hand hielt. Sein Gesichtsausdruck warnte sie davor, auch nur einen Pieps zu tun. Als er näher gerückt war, setzte er die beiden Päckchen mit einem vernehmlichen Geräusch auf dem Nachttisch ab.

Sie schluckte.

Ein sardonisches Funkeln trat in seine Augen. »Wolltest du was sagen?«

Sie schüttelte den Kopf. Theoretisch hatte sie zwar etwas gegen jede Form männlicher Dominanz, doch in diesem Fall musste sie zugeben, dass es wirklich erregend war.

»Gut.« Er kickte seine Schuhe von den Füßen, dann glitt ein Blick, den sie nur als feurig bezeichnen konnte, von Kopf bis Fuß über sie. »Also, wo war ich stehen geblieben? Du hast mich so aufgeregt, dass ich das ganz vergessen hab.« Er setzte sich auf den Bettrand und spielte mit dem Saum ihres Bademantels, während er darüber nachdachte. Seine Finger strichen sacht über ihr Fußgelenk, dann langsam nach oben, bis sie ihr Knie erreichten.

Sie hielt den Atem an. Also hatte er am Ende doch kapiert.

Er beschrieb einen gemächlichen Kreis in ihrer Kniekehle, dann noch einen, anschließend mit dem Fingernagel eine langsame Acht und ein Komma.

Ach du liebes bisschen ... Sie ließ ihre Knie auseinanderfallen, eine stumme Aufforderung, weiterzumachen, da er doch nun über eine größere Schreibfläche verfügte.

Abrupt zog er die Hand zurück und seufzte. »Nein, da war ich nicht. Ich weiß, wie sehr du Ordnung liebst – muss wohl nochmal ganz von vorne anfangen ...«

Emma wimmerte. Sie konnte einfach nicht anders.

Seine Mundwinkel kräuselten sich befriedigt.

Und dann fing er tatsächlich wieder von vorne an – tiefe langsame Küsse; gemächliche Zungenstriche; federleichtes Streicheln an Pulspunkten, von denen sie nicht einmal gewusst hatte, dass sie sie besaß. Auch ihr abscheuliches Tattoo verschonte er nicht.

Sie hatte das Gefühl, als wäre eine Ewigkeit vergangen, als er schließlich ihren Bademantel öffnete und eine Brustwarze mit seiner Zungenspitze berührte. Seine Brust hob und senkte sich heftig, und sein Hemd war ganz verschwitzt, aber er hatte sich noch immer nicht entkleidet. Sie hörte ihn keuchen, konnte spüren, wie sehr er sich beherrschte, und fragte sich, wann er wohl diese Beherrschung verlieren würde. Hoffte ...

Seine Zungenspitze glitt gemächlich über ihre schmerzvoll verhärtete Brustwarze. Emma warf den Kopf hin und her und bäumte sich auf. Sie war taufeucht und verschwitzt, seidig und sehnsüchtig. Es pochte, es drängte ... Sie wollte mehr, musste mehr haben. Ihre Gedanken zersprangen, und sie krallte sich an die Kante eines enormen Abgrunds, der sich vor ihr auftat.

Sein Mund schloss sich über ihrer harten Warze. Und saugte daran. Zweimal. Dreimal. Mehrmals.

Mit einem Schrei verging sie.

Er erstarrte. Zog sie in seine Arme. Hielt sie an seiner Brust, bis sie aufhörte zu zittern.

Sanft legte er sie aufs Kissen zurück und strich ihr eine Haarlocke aus dem glühenden Gesicht. »Bist du gerade gekommen?«, flüsterte er.

Sie schluckte. Nickte. Tränen schossen ihr in die Augen. »Ich hab's dir gesagt, aber du wolltest ja nicht auf mich hören!«

Statt ein schlechtes Gewissen zu bekommen, was ihm wohl angestanden hätte, verzog sich sein Mund zu einem glücklichen Lächeln. »Meine süße Lady E., du bist wirklich was ganz Besonderes!«

»Und ich hoffe, du bist jetzt zufrieden«, krächzte sie, war aber nicht mehr so aufgebracht.

»Noch nicht.«

Ohne Vorwarnung schob er ihren Bademantel auseinander und griff ihr zwischen die gespreizten Schenkel. Sie rang nach Luft, als er ihre geschwollenen Falten teilte, dann sanft einen Finger einführte.

»Noch nicht«, flüsterte er wieder.

Emma hielt den Atem an und stieß ihn zischend wieder aus. Ohne sie auch nur eine Sekunde lang aus den Augen zu lassen, zog er seinen Finger heraus, dann schob er ihn wieder hinein. Wie durch einen Nebel sah sie, wie gerötet sein Gesicht war, sah die Muskeln an seinem Hals, die von der Anstrengung, sich zu beherrschen, hervortraten. Tief drinnen zog sich etwas in ihr zusammen.

Erstickt schrie sie auf und krümmte sich.

Wieder drückte er sie an sich und strich mit den Lippen über die Wange. »Ich muss wohl der glücklichste Mann auf Gottes Erden sein.«

Während sie versuchte, wieder zu Atem zu kommen, erhob er sich und zog sich aus; als sich ihr Blick endlich wieder klärte, stand er nackt vor ihr. Allmächtiger, er war einfach wunderschön, alles an ihm war schönes, festes Fleisch, stahlharte Muskeln. Sie schaute abwärts. Alles an ihm.

Jetzt erhob Emma sich und sank auf ihre Fersen zurück. Er trat näher. Sie beugte sich vor, legte den Kopf schief und leckte über seinen Bauch.

Diesmal war er derjenige, der stöhnte. Zärtlich biss sie in den Muskel, der schräg über eine Seite seiner Lenden lief, ließ den Finger über die Innenseiten seiner Schenkel gleiten und nibbelte an einer Vertiefung seines Schoßes. Sie hätte den ganzen Tag so herumspielen mögen.

Ein paar heisere Worte ließen sie wissen, dass das nicht geschehen würde. »Sag bloß nicht, ich muss dich doch noch anbinden.«

Einen Moment lang zögerte sie, bevor sie sich wieder auf den Rücken legte, die Arme über den Kopf hob und die Hände am Kopfbrett des Bettes abstützte. Sie lächelte. »Das wird nicht nötig sein.«

Ihr war schleierhaft, wieso sie ihm so sehr vertraute, oder warum sie sich so willig mit seinen albernen Regeln abfand. Nur eins stand fest – sie fühlte sich sicher bei ihm. Sicher und – trotz zweier Orgasmen – unglaublich erregt.

Er setzte sich aufs Bett, legte die Handflächen auf ihre Knie und schob sie auseinander. Dann kniete er sich dazwischen und blickte auf sie hinunter, wie sie offen und feuchtglänzend vor ihm lag. »Du bist wunderschön«, murmelte er.

Während er sie anstarrte, verschlang auch sie ihn mit ihren Blicken. Da hatte sie wahrhaftige Schönheit vor sich. Marmor und Stahl. Sie sehnte sich danach, ihn zu berühren – musste einfach – und streckte die Hand aus.

Kenny schüttelte den Kopf. »Nicht heute, Baby. Bitte. Meine Selbstkontrolle ist nicht grenzenlos. Und diese Erfahrung soll perfekt für dich werden.« Er zog ihr den Bademantel aus und fing wieder an, sie auf seine sinnliche Art zu liebkosen.

Tiefe, gemächliche Berührungen.

Eine Fingerspitze. Ein kleiner Kreis.

Ein wenig Herumgeknabber.

Und dann … Ein laaanger, gemächlicher Kreis … mit seiner Zunge.

Es war einfach zu viel!

Als sie erneut aufschrie, lächelte er. »Der glücklichste Mann auf Gottes Erden!«

Dann griff er nach dem Päckchen auf dem Nachttisch und schob sich kurz darauf über sie, knabberte an ihrer geschwollenen Unterlippe und begann, in sie hineinzugleiten.

Trotz all der sorgfältigen Vorbereitungen ging es nicht problemlos vonstatten.

»Ganz ruhig, mein Schatz.«

Sie genoss sein Gewicht über alle Maßen, krallte sich an seine schweißnassen Schultern und bäumte sich ihm entgegen.

Er stöhnte. »Bitte … Baby … versuch jetzt nicht, die Führung zu übernehmen.«

»Ich – es – ich brauche …«

»Ich weiß. Ich weiß.«

Sie spürte erst einen Teil von ihm – und wollte mehr.

»Langsam … langsam …«, wandte er sich mehr an sich selbst als an sie, sie wusste es nicht so genau. Es war ihr auch gleichgültig. Sie merkte nur, dass sie höher und höher schoss … und schluchzend platzte.

Dann fühlte sie ihn ganz in sich, aber es war noch nicht zu Ende, es begann erst.

Tiefe, harte Stöße. Veilchenblaue Augen, die sich zu Mitternachtsschwärze verdunkelt hatten. Hände, die die ihren ans Kissen fesselten. Sein Gewicht auf ihr. In ihr. Ein Strecken. Ein Stoßen. Dieser Mann, sein Geruch, seine Haut!

Sie kletterte. Ein neuer Abgrund tat sich vor ihr auf. Sie klammerte sich an die Kante ... Jahre ... Jahrmillionen ...

Ein heißes Zucken, ein feuchtes Fließen.

Und viel später ... die Rückkehr.

Dankeschön!

Emma kam, in ihren Bademantel gehüllt, aber noch nass von ihrer Dusche, aus dem Bad. Sie zuckte zusammen, als sie, ein wenig schnell, zur Kommode ging, um sich etwas Unterwäsche herauszuholen. Kenny, die Augen vorm blendend hereinscheinenden Morgenlicht zusammengezogen, grinste ihr vom zerwühlten Bett aus zu. »Ich hab dir doch gesagt, das letzte Mal war zu viel, aber wolltest du auf mich hören? Nein. Du weißt ja immer alles besser.«

Sie überlegte, wie viele dieser herrlich explosiven Orgasmen sie in der letzten Nacht gehabt hatte, doch sie hatte den Überblick verloren. »Ich konnte nicht anders. Ich war wie wahnsinnig.«

»Ja, wirklich?«

»Du auch, also schau nicht so selbstzufrieden!«

»Zugegeben, das war ich. Endlich hab ich's geschafft, deine ganze überschäumende Energie in eine vernünftige Richtung zu dirigieren.«

Er schlug die Bettdecke zurück und stieg, offenbar dessen unbewusst, dass er splitternackt war, aus dem Bett. Während sie einen Spitzen-BH und ein dazu passendes Höschen aus der Kommode nahm, beobachtete sie das Spiel des Morgenlichts auf den flachen, harten Ebenen und Tälern seines Körpers. Sein dichtes schwarzes Haar war verstruwwelt, und sie entdeckte einen roten Fleck auf seinem Rücken, sowie die Spuren eines Knutschflecks an seinem Hals. Ihr gefiel der Gedanke, dass sie diese Dellen in so viel männliche Herrlichkeit gedrückt hatte.

Kenny begann seine Sachen vom Boden aufzusammeln. »Shelby hat angerufen, als du im Bad warst. Sie muss kurz weg, und Luisa hat einen Arzttermin – also hat sie mich gebeten, Petie später am Vormittag für ein paar Stunden zu nehmen. Aber ich hab dir versprochen, dass der Tag dir gehört – macht's dir was aus, den Austin-Besuch auf heute Nachmittag zu verschieben?«

»Nein, gar nichts.«

»Ich möchte als Erstes auf die Driving Range. Vielleicht kannst du ja was lesen, oder so, während ich trainiere. Bist du in einer halben Stunde fertig?«

Als sie nickte, legte er sich seine Sachen über den Arm und verließ splitternackt den Raum.

Sekunden später hörte sie Patrick im Gang aufkreischen. »Warn mich das nächste Mal, ja, Kenneth? Ich hab mein Riechsalz nicht dabei.«

Kenny lachte, dann hörte sie, wie seine Zimmertür ins Schloss fiel.

Seufzend ging sie zum Schrank. Es wäre nett gewesen, wenn er sie geküsst hätte, bevor er ging.

Wirklich – er war ein ganz außergewöhnlich toller Küsser. Und ein märchenhafter Liebhaber. Rücksichtsvoll, selbstlos, aufregend und zum Heulen schön in seiner Nacktheit. Tatsächlich wollte sie am liebsten heulen. Aber nicht weil er nackt so schön war.

Sie sank in den weichen Sessel und biss sich auf die Unterlippe. Es blieb ihr nur mehr gut eine Woche, und sie durfte nicht vergessen, dass Kenny Traveler fürs Vergnügen war – um einen Skandal heraufzubeschwören vielleicht auch noch, ja sogar, um einige schöne Erinnerungen zu sammeln –, aber kein Mann für immer. Ganz gleich, was ihr die letzte Nacht bedeuten mochte, für ihn war sie nur ein kleiner Abstecher auf dem großen Golfplatz seines Lebens. Er hatte ihr seinen Körper geschenkt, aber nichts von sich selbst, und wenn er sich in Zukunft an sie erinnerte, dann nur deswegen, weil sie sich als Lady von seinen sonstigen Freundinnen unterschied.

Aber sie würde nie vergessen. Die Erinnerung an diese Nacht würde sie mit in ihr Grab nehmen, und sie wusste, dass es nicht die Orgasmen waren, an die sie sich erinnern würde, sondern die Intimität, die Nähe zu ihm, die sie verspürt hatte. Mit jemandem das Bett, den Schlaf zu teilen, so zärtlich gehalten zu werden, seinem Herzschlag zu lauschen. So zu tun, wenn auch nur für wenige Augenblicke, als wäre man mit einem anderen Menschen vollkommen eins.

Sie blickte aus dem Fenster und überlegte, wie leicht den Leuten, die sie kannte, Beziehungen in den Schoß fielen. Aber ihr nicht. Solange sie sich erinnern konnte, hatte sie unter zerbrochenen Beziehungen leiden müssen. Sie wusste noch, wie sie, mit sechs Jahren, in der Tür des Orchard House gestanden und ihren Eltern nachgewinkt hatte, die acht Monate in Afrika verbringen wollten. Sie hatten sie geliebt, aber nicht so wie ihre Arbeit.

Dann versuchte sie, sich an Lehrer und Heimerzieherinnen zu klammern. Einige von ihnen hatten sie sehr gemocht, aber sie hatten eigene Kinder oder fanden eine andere Stelle und zogen fort. Nur St. Gert's hatte sich nie verändert. Solide, tröstlich, immer da.

Die große alte Lady hatte ihr über den Tod beider Eltern hinweggeholfen, hatte sie während langer, einsamer Ferien, als sie das einzige im Internat verbliebene Kind gewesen war, getröstet, und dann später auch ihr Beruf – als sie sich mehr und mehr in die Sorge um die Kinder anderer Leute verstrickte. St. Gert's war die einzige Konstante in ihrem Leben.

Aber nicht mehr lange. Schon bald war sie gezwungen, die alten, geliebten Gemäuer zu verlassen. Und wenn diese Verbindung einmal nicht mehr bestand, hatte sie überhaupt kein Zuhause mehr.

Sie war versucht, sich für ein paar Augenblicke im Selbstmitleid zu verlieren, gehörte jedoch nicht zu der Sorte, die sich das gestattete. Egal, wohin ihr neues Leben sie führen mochte, sie würde sicherstellen, dass die Schule weiterlebte, dass sie ein Hort der Zuflucht für andere einsame junge Mädchen blieb. Und im Moment würde sie nur an die Gegenwart denken. Ein paar Tage noch durfte sie diese kurze, physische Verbindung mit einem Mann, der sie nicht liebte, genießen.

14

Emma stand am Zaun des Streichelzoos und sah zu, wie Kenny mit Peter hineinging. »Ist schon okay, Petie. Die alte Ziege tut dir nichts.«

Aber Petie nahm das nicht ab und krallte sich fester um seinen Hals.

Emma lächelte. Der Streichelzoo war neben einem neuen Einkaufszentrum aufgebaut worden, das in diesen Tagen sein einjähriges Bestehen feierte. Die pastellfarbene Fassade des Gebäudes, auf der ein Westernmotiv prangte, bildete den Hintergrund für ein Karussell, ein paar Clowns, die Luftballons verschenkten, und verschiedene familienfreundliche Firmen, die ihre Produkte mit Freiessen und Spielen anpriesen.

»Also diese Ziege hier sieht mir mächtig hungrig aus«, meinte Kenny, bückte sich und hielt ihr eine Hand voll Futter hin. Als die Ziege Kennys Beine anstupste, um an das Futter zu gelangen, klammerte sich Petie an Kennys Brustkorb. Kenny lachte und ließ die Körner fallen. »Vielleicht sollten wir uns besser die Kaninchen ansehen. Die sind wohl eher deine Kragenweite.«

Emma versuchte, sich nicht zu sehr von dem Anblick der beiden aufwühlen zu lassen. Eine Nacht mit einem Mann gab einem noch lange nicht das Recht, sich vorzustellen, dass es ihr Kind war, das er da auf dem Arm trug. Dumme, verzweifelte Emma! So hungrig nach Liebe, dass sie sich dem Tagträumen hingab, mit einem vollkommen ungeeigneten Mann ein Kind zu haben. Hatte sie schon vergessen, dass sie noch nie für Draufgänger schwärmte? Sie fühlte sich so erbärmlich, dass ihr fast schlecht wurde. Und dennoch, es ließ sich nun mal nicht leugnen: Sie hatte sich bis über beide Ohren in Kenny Traveler verknallt.

Ja, sie war verknallt – aber nicht verliebt, das musste sie im Kopf behalten. Sie hatten nicht genug gemeinsam, als dass sie ihn hätte lieben können. Aber verknallt war sie! Und zwar in seinen Humor, seinen lässigen Charme, die liebevolle Art, in der er mit seinem kleinen Bruder umging, sowie seine allzeit wache Intelligenz, die ihre eigenen grauen Zellen ständig auf Trab brachte.

Dennoch hatte es keinen Zweck so zu tun, als wäre diese Affäre vollkommen ungefährlich. Der Rest der Welt mochte Kenny ja lediglich als einen äußerst attraktiven Sportler mit mehr Charme, als ihm gut tat, wahrnehmen – aber sie wusste es besser. In seinem Innern tobte eine ganze Horde von Dämonen.

Angesichts des Geblökes der Lämmer begann Peter die Stirn zu runzeln; und er zog die Knie an, um sich vor ihrem neugierigen Geschnupper zu schützen. Kenny drückte ihm ein Küsschen aufs Haupt und trug ihn wieder zu Emma hinaus.

»Ich glaub, wir können guten Gewissens davon ausgehen, dass du mal nicht die Laufbahn eines Farmers einschlägst, Petie-Boy.«

Sie kitzelte das Baby am Bauch. »Du bist schließlich noch jung, nicht wahr, Lieberle? Jede Menge Zeit, um dich an die wilden Tiere zu gewöhnen!«

»Yeah, ich könnt schwören, das kleine Lämmchen vorhin hatte ein bisschen Ähnlichkeit mit Hannibal Lecter.«

»Nicht schwer für einen großen Brocken wie den da, sich über dich lustig zu machen, nicht wahr?«

Peter schenkte ihr ein Spuckegrienen und bohrte seinen kleinen nassen Zeigefinger in ihren Mund. Sie schlenderten auf einen Clown mit Ballons in der Hand zu. Unterwegs trat eine junge Frau mit einem Klemmbrett an sie heran und meinte lächelnd zu Emma: »Die nächste Runde des Windelrennens startet in ein paar Minuten – vielleicht möchten Sie und Ihr Mann ja Ihr Baby dazu anmelden?«

Der Irrtum war Emma peinlich, doch merkte sie auch, wie sehr sie sich etwas Derartiges ersehnte. »Er ist nicht mein …«

»Was ist ein Windelrennen?«, unterbrach Kenny sie.

»Ein Krabbelrennen für Babys.«

»Ein Rennen?« Er strahlte. »Na, wenn das nichts ist!« Er warf Petie hoch und klemmte sich ihn dann wie einen Kartoffelsack unter den Arm; anschließend wandte er sich der Windelarena zu. »Größe vererbt sich auf die nächste Generation von Travelers.«

»Kenny, das sollten wir vielleicht lieber lassen.« Aber diesmal verhallten ihre Worte ungehört, denn er hatte ihr bereits den Rücken zugekehrt.

Das Rennen wurde hinter einer hüfthohen Absperrung auf einer dicken roten, etwa zehn Meter langen und sieben Meter breiten Matte abgehalten, die durch weiße Linien in sechs schmale Streifen unterteilt war. Ein Elternteil positionierte sein Kind an der Startlinie, während sich der andere hinter der Ziellinie aufbaute und seinen Nachwuchs zu sich heranlockte. Das Baby, welches von den sechsen als Erstes ins Ziel kam, hatte gewonnen.

»Also, das machen wir folgendermaßen«, erklärte Kenny, nachdem er sich einen Überblick der Lage verschafft hatte. »Petie wird schneller zu mir krabbeln als zu dir, deshalb setzt du ihn an den Start und ich warte am Ziel auf ihn.«

Sie blickte zu den Zuschauern hinüber, die sich um die Absperrung herum versammelt hatten. »Ich weiß nicht, Kenny. Peter war nicht gerade glücklich im Streichelzoo, und es ist ganz schön laut hier.«

»Petie hat keine Angst vor ein wenig Zuschauerlärm, nicht wahr, Bro?«

Peter gluckste und klatschte mit den Händchen auf Kennys Top-Flite-T-Shirt-Logo. Kenny lachte, warf ihn noch einmal in die Luft und übergab ihn dann Emma.

Er kam gerne zu ihr. Mit blutendem Herzen blickte sie in seine leuchtenden violetten Augen mit dem dichten Kranz schwarzer Wimpern. Trotz ihrer langen Erfahrung mit Kindern hatte sie recht wenig Zeit mit Babys verbracht. Jetzt durchzuckte sie eine solch heftige Sehnsucht, dass sie überrascht war. Sie verdrängte ihre Gefühle und beobachtete lieber Kenny, der sich zum anderen Ende der »Rennbahn« aufmachte. Sie merkte, dass er tatsächlich die Konkurrenz in Augenschein nahm, und drückte Peter ein wenig enger an sich. »Ich fürchte, da gibt's kein Entkommen mehr für uns, Lieberle.«

Sie sah, dass Kenny ein zartes kleines Mädchen in einem gelben Strampler mit Büscheln von Spitzen am Popo sofort als ungefährlich abtat. Dann glitt sein Blick über ein blondes Baby unbestimmbaren Geschlechts, das sich verzweifelt an seine Mama krallte. Anschließend verharrte sein Blick einen Moment lang auf zwei lebhaften, schokoladenbraunen Zwillingen, die jedoch mehr aneinander als an dem Rennen interessiert zu sein schienen.

Plötzlich erstarrte er. Seine Augen verengten sich, und sie konnte förmlich die Titelmusik aus *Rocky* hören. Er hatte den Mann gefunden, der sich zwischen einen Traveler und dessen sportlichen Ruhm drängte.

Der Herausforderer besaß ein fast kahles Schädelchen mit einer einzigen roten Locke, die dort einsam in die Höhe stand. Er war gut genährt und kräftig, trug einen karierten Overall und ein Tigger-T-Shirt. Seine winzigen Füße steckten in einem Paar kleiner Nikes, und er pumpte ungeduldig mit den dicken Beinchen. Fünfundzwanzig Pfund rohes Dynamit! Das war ihr Mann. Den galt es zu schlagen.

Die junge Frau von vorhin gab die notwendigen Anweisungen. Emma setzte sich, mit Peter auf dem Schoß, hinter die

Startlinie, dann warf sie einen vorsichtigen Blick auf Kenny. Er schien das Ganze ein wenig zu ernst zu nehmen.

Nach einem letzten Blick auf den rothaarigen Skinhead, der ausgerechnet die Spur neben Peter belegte, ging Kenny an der Ziellinie in die Hocke und rief seinem kleinen Bruder zu: »Du musst dich ganz fest konzentrieren. Die sind Futter, Petie. Du schlägst sie, wenn du hundertzehn Prozent gibst. Du musst dich hundertzehnprozentig drauf einlassen.«

Die Mutter mit dem Mädchen in dem gelben Spitzenstrampler blickte Kenny an, als ob er nicht ganz dicht wäre.

Emma seufzte und streichelte den weichen Arm des Jungen, während sie versuchte, Kennys Blick auf sich zu lenken. Doch er war – hundertzehnprozentig – auf das Spiel konzentriert.

»Achtung, Fertig, *Los*!« Auf das Kommando hin setzte Emma Peter auf die Startlinie und ließ ihn los.

Mit all der Anmut und Geschicklichkeit eines Travelers schoss Peter auf seinen Bruder zu.

Kenny schlug auf die Matte. »Ja, genau so! Schneller!«

Peter wurde langsamer.

»Schneller, Petie. Auf geht's!«

Der Kleine hielt inne. Runzelte die Stirn. Ließ sich auf sein weich gepolstertes Hinterteil fallen.

Kenny streckte die Arme aus. »Na komm schon, Petie! Nicht stecken bleiben. Du bist in Führung.«

Peter steckte sich die Finger in den Mund und blickte zu den brüllenden Zuschauern hinauf. Kennys Knie kroch über die Ziellinie.

Zwei Spuren weiter ließ sich das Baby in dem Rosa-Hellblau-Dress auf die Matte fallen und robbte gemächlich zur Seite.

»Los Petie! Na los!« Kenny klatschte wieder auf die Matte und schob auch sein anderes Knie über die Ziellinie.

Peters Unterlippe begann erbärmlich zu zittern.

Nun stieß der rothaarige Skinhead ein Geheul aus und schoss zur Startlinie zurück.

Kenny zog die Brauen zusammen. »Du hast's geschafft, Petie! Der dicke Rote ist eingebrochen!«

Peters Augen füllten sich mit Tränen.

»Nein, nein! Bloß das nicht!«

Die schokofarbenen Zwillinge krochen auf dieselbe Spur und begannen miteinander zu rangeln.

»Die kippen um wie die Fliegen! Du schaffst es, Petie! Bitte noch ein bisschen weiter!«

Peters kleiner Brustkorb hob sich krampfhaft.

»Reiß dich zusammen! Nun komm schon, komm zu Kenny.« Er kroch noch weiter in die Spur hinein.

Plötzlich brach Peter in ein ohrenbetäubendes Geplärr aus.

»Jetzt doch nicht heulen, Buddy! Niemals Tränen zeigen. Na komm schon! Ich bin gleich hier.«

Der jüngste Traveler saß auf der Matte und schluchzte.

Das kleine Mädchen im gelben Strampler rutschte über die Ziellinie und gewann das Rennen; aber Kenny war zu sehr damit beschäftigt, sich, auf Händen und Knien, immer weiter vorwärts zu wagen, als dass er es bemerkt hätte.

»Nicht aufgeben! An einen Verlierer erinnert sich keiner. Komm schon, Petie! Du darfst jetzt nicht aufgeben!«

Emma konnte es nicht länger ertragen. Sie eilte auf die Matte und hob das schluchzende Baby in die Arme. »Ist schon gut, Lieberle! Der verrückte Mann kriegt dich nicht.«

Kenny erwachte wie aus einer Trance und blickte auf. Zum ersten Mal schien er zu merken, wo er eigentlich war.

In der Mitte der Matte.

Auf Händen und Knien.

In einem Babyrennen.

Stille senkte sich über die kleine Menschenansammlung. Kenny wurde puterrot und schoss auf die Füße. Die Stille intensivierte sich. Dann salutierte ein älterer Mann mit einer Baseballkappe Kenny respektvoll zu.

»Aha – so macht man einen künftigen Champion!«

15

Kenny konnte kaum atmen, als nun die Geister der Vergangenheit über ihn herfielen. Emma hielt Petie fest an sich gedrückt. Sie blickte Kenny an, und in ihrem Blick lag Mitleid. Das ertrug er nicht und setzte sich deshalb rasch in Bewegung.

»Gib ihn mir.«

Petie schrie und krallte sich fester an Emmas Bluse. »Lass ihn mir doch eine Minute«, bat sie.

Aber er hatte keine Minute, keine Sekunde mehr Zeit. Er zog seinen Geldbeutel aus der Hosentasche und drückte ihn ihr ohne Federlesens in die Hand, dann packte er Peter. »Kauf dir irgendwas! Ich bin bald wieder da.«

Ohne einen weiteren Blick auf sie zu verschwenden, ließ er sie stehen und trug das kreischende Bündel zu seinem Auto. Sie durfte das nicht mit ansehen, nein, ausgeschlossen.

Petie, der nun in seinem Sitz festgeschnallt saß, brüllte noch immer gellend, Kenny glitt rasch hinters Steuer und stieß eilig aus der Parklücke. »Ist schon gut, Buddy! Ist schon gut.«

Er blinzelte und raste, so schnell er konnte, aus dem Städtchen hinaus. Das Schreien von Petie-Boy ließ nicht nach. Schließlich fand er das stille Plätzchen, das er suchte – ein schmaler Feldweg, der zu einer Baumgruppe führte. Seinen Wagen stellte er an genau derselben Stelle ab, an der er früher immer sein Fahrrad versteckt hatte, wenn als Kind alles um ihn und in ihm zusammenzubrechen drohte.

»Warum hast du mich verprügelt, Kenny? Ich hab dir doch überhaupt nichts getan.«

Der hysterische Liebling, den er aus seinem Autositz losschnallte, wand sich und wollte nicht mit ihm mit. Sein Geschrei tat Kenny in den Ohren weh, aber am schlimmsten war der Ausdruck in Peties Augen. Verrat. Er fühlte sich von seinem großen Bruder verraten.

»Entschuldigung, Kumpel! Es tut mir so Leid.« Er drückte einen Kuss auf die feuchte Schläfe seines Brüderchens und trug ihn rasch zum vernehmlich rauschenden Fluss hinunter. »Sch ... wein doch nicht. Weine nicht, Kumpel. Ist ja alles gut.«

Er schaukelte ihn sanft hin und her und sprach zärtlich auf ihn ein – allmählich beruhigte sich der Kleine. Er ging mit ihm am Flussufer entlang, summte ihm etwas vor und redete irgendwelchen Unsinn. Das Rauschen des Flusses tat ein Übriges und beruhigte nicht nur das Baby, sondern auch ihn, der er immer hierher gekommen war, wenn er wieder mal einen Schulkameraden oder Torie gequält hatte.

Schließlich war Petie so weit wiederhergestellt, dass Kenny sich im Schatten einer Eiche niederlassen konnte. Er lehnte sich an den Stamm und platzierte das Baby auf seinem Schoß.

»Ich weiß, Petie. Ich weiß ...«

Der Kleine legte das Köpfchen zurück und blickte zu seinem großen Bruder auf. Kenny sah all die Verletztheit eines hilflosen Wesens in seinen Augen.

»Das kommt nie wieder vor, versprochen! Der alte Herr wird schlimm genug werden. Da brauchst du's nicht auch noch von mir.«

Petie schob zitternd die Unterlippe vor. Man hatte ihn verraten und so leicht konnte er das nicht verzeihen.

Kenny nahm einen Zipfel vom hellblauen T-Shirt des Babys, um ihm das tropfende Kinn abzuwischen. »Du musst kein Rennen für mich gewinnen, um meine Liebe zu erringen, Kumpel. Verstehst du? Trotz allem, was da vorhin passiert ist, bin ich nicht wie der alte Herr. Und wenn du immer als Letzter ins Ziel kommst oder im Mannschaftssport eine Niete wirst, das ist mir schnurz. Selbst wenn das Schlimmste passiert und du Golf nicht magst – Schwamm drüber. Verstehst du mich? Wir sind Brüder, für immer.« Er hob das Baby hoch und küsste es auf seine nasse Wange. »Du musst dir ja vielleicht die Liebe des alten Herrn erkämpfen, Buddy, aber meine nie – merk dir das!«

Emma stand inmitten der Menge und blickte auf die Brieftasche nieder, die ihr Kenny einfach in die Hand gedrückt hatte. Nach letzter Nacht war das wie eine Ohrfeige.

Gerade, als sie sich nach einem ruhigen Plätzchen umschaute, wo sie ein wenig allein sein konnte, sah sie Ted Beaudine auf sich zukommen. Er schenkte ihr sein scheues Lächeln. »Ich hab gehört, dass Sie hier sind, Lady Emma. Wo steckt Kenny?«

»Er ist mit Petie weggegangen.«

»Sie sehen ein wenig mitgenommen aus.«

Seine jungen Augen sahen zu viel. »Ein wenig, ja!« Sie öffnete ihre Handtasche, um den Geldbeutel hineinzustecken; doch er nahm ihn ihr aus der Hand, als er ihn sah.

»Ist das nicht Kennys?«

»Er hat ihn mir einfach zugesteckt, bevor er abhaute.« Sie konnte nicht anders und fügte hinzu: »Er meinte, ich soll mir was *kaufen*.«

»Was Sie nicht sagen!« Teds Mund zog sich zu einem langsamen Lächeln auseinander. »Mein Daddy ist stinkreich, meine Mom sieht gut aus und heute ist mein Glückstag.«

Emma runzelte die Stirn, als sie sah, dass er sich die Börse in die Gesäßtasche steckte. »Ihre Mutter ist auch reich; und ich habe gehört, Ihr Vater sieht wie ein Filmstar aus. Geben Sie das also sofort wieder her.«

Seine Augen bekamen kleine Lachfältchen. »Kommen Sie, Lady Emma. Ich bin ein armer Zweiundzwanzigjähriger, der gerade seinen Collegeabschluss gemacht und noch keinen Job hat. Kenny, andererseits, hat mehr Geld, als er zählen kann und will. Also machen wir uns doch einen schönen Tag.«

»Ted, ich glaube wirklich nicht …«

Aber er war schon im Gehen, hatte ihren Arm genommen und steuerte sie zu einem reichlich zerbeulten, offenen roten Jeep mit schwarzen Überschlagbügeln. »Falls einer von euch Kenny sieht«, rief er einer Gruppe Jugendlicher zu, »dann sagt ihm, Lady Emma ist im Roustabout.«

Und ehe Emma es sich versah, war sie in einem Jeep unterwegs, auf dessen Rücksitz eine Reihe Golfschläger klapperten und an dessen Rückspiegel eine Gratulationstroddel baumelte. »Ich glaube, ich sollte lieber das Portemonaie nehmen«, sagte sie, als das Roustabout in Sicht kam.

»Das kriegen Sie schon. Aber später. Nachdem wir's ein bisschen benützt haben.«

»Wir werden Kennys Geld nicht zum Fenster rauswerfen, egal wie viel er hat. Das gehört sich nicht.«

»Texanische Frauen würden das anders sehen. Die Frauen hier sind rachsüchtig. Wissen Sie, dass meine Eltern genau auf diesem Parkplatz mal einen richtigen Streit hatten? Die Leute reden noch heute davon.«

»Nun, eine öffentlich ausgetragene Diskussion kann manchmal ziemlich unangenehm werden.«

»Ach, das war nicht bloß ein Wortgefecht. Es war ein handfester Streit, da sind die Fetzen geflogen.« Er gluckste. »Mamma mia, das hätte ich vielleicht gern gesehen.«

»Blutdürstiger Knabe! Und ich glaube Ihnen kein Wort. Ihre Eltern führen eine wundervolle Ehe.«

»Jetzt schon, aber es hat 'ne Weile gedauert, bis es so weit war. Mein Dad hat von meiner Existenz erfahren, als ich schon über neun Jahre alt war. Beide mussten erst richtig erwachsen werden.«

Aus dem Munde eines anderen Zweiundzwanzigjährigen hätte diese Bemerkung komisch geklungen – aber Ted Beaudine besaß eine Reife, die seine Worte glaubhaft machte.

Während sie ausstiegen und aufs Roustabout zugingen, sagte sie: »Es überrascht mich, dass Sie noch keine Arbeit gefunden haben. Wenn man Torie und Kenny Glauben schenkt, verfügen Sie über ausgezeichnete Zeugnisse.«

»Och, ich hatte schon jede Menge Angebote, aber ich möchte gern in der Nähe von Wynette bleiben.«

»Sie sind hier aufgewachsen, nicht wahr?«

»Ich bin überall und nirgends aufgewachsen – aber dieser Ort hier ist so was wie ein Zuhause für mich und meine Eltern; offen gestanden hänge ich ziemlich daran.« Er hielt ihr die Tür auf. »Was im Grunde nur zwei Firmen übrig lässt.«

»TCS und die Firma von Dexters Vater.«

»Beide haben alles getan, um mich zu kriegen. Unglücklicherweise machte mich das zu einem Hauptgewinn bei einem ihrer Platzkämpfe. Es wurde immer schlimmer, also hab ich beschlossen, ein wenig Zeit zu schinden und abzuwarten, ob Torie vielleicht doch noch einsieht, was für ein toller Kerl Dexter ist.«

»Wenn es zu der Fusion kommt, sind Sie Ihre Probleme los, meinen Sie?«

»Genau. Inzwischen jedoch bin ich so ziemlich pleite. Und weder mein Vater noch meine Mutter, die beide alleine zurechtgekommen sind, haben sonderliches Mitleid mit mir.« Er zog Kennys Brieftasche aus seiner Hose. »Weshalb das hier ein Geschenk des Himmels ist!«

Bevor sie ihn noch davon abhalten konnte, nahm er eine von Kennys Kreditkarten aus der Brieftasche und wandte sich an die Restaurantgäste – Geschäftsleute, Rancher, Hausfrauen, die zum Lunch hierher gekommen waren. Obwohl er kaum die Stimme hob, wurde es still, und die Leute hörten ihm zu.

»Ich habe eine Mitteilung zu machen. Es wird euch freuen zu erfahren, dass der Lunch auf Kenny geht. Und er möchte, dass ihr euch alles bestellt, was das Herz begehrt – also kränkt ihn bloß nicht, indem ihr knickert.«

Als er dem Bartender die Kreditkarte reichte, rief ein Rancher ihnen zu: »Im Hinterzimmer trifft sich grade der Lion's Club.«

»Kenny war schon immer ein großer Förderer der Lions«, bekräftigte Ted.

»Das können Sie nicht machen!«, zischte sie ihm leise zu.

Er schenkte ihr einen jener verständnislos-idiotischen Blicke, die die gut aussehenden Männer von Wynette schon von der

Wiege auf kultiviert haben mussten, nur um die Frauen in den Wahnsinn zu treiben. »Wieso bitte nicht?«

»Weil es unfair wäre.«

»War es fair von Kenny, Sie einfach sitzen zu lassen?«

»Nein.«

»Dann gibt's kein Problem, oder?«

Für einen so ruhigen jungen Mann besaß er einen erstaunlichen Willen, und ehe sie es sich versah, wurde sie von ihm zu einer Sitznische geführt. Während sie sich in den Polstern niederließ, gab sie ihm insgeheim Recht, und ein paar Minuten später, als die Serviererin kam, um ihre Bestellung aufzunehmen, orderte sie aus reinem Trotz extra Käse auf ihrem Turkey-Sandwich.

Der Tag verlief anders, als sie es sich erhofft hatte. Sie hatte sich gemeinsame Stunden vorgestellt, nur sie und Kenny, Händchen haltend vielleicht und einander zärtlich zulächelnd. Das waren dumme Hirngespinste. Sie beschloss, sie mit Essen zu vertreiben.

Gerade als sie dabei war, sich zwischen einem Chocolate Fudge Cake und einem Brownie Sundae zu entscheiden, sah sie den bulligen Mann hereinkommen. Er blickte sich um und erstarrte, als er sie entdeckte. Als er merkte, dass sie ihn ebenfalls ausgemacht hatte, wandte er rasch den Blick ab.

Sie war ganz durcheinander. Handelte es sich nun um Beddingtons Spion oder nicht? Wenn er sein Spion war, warum hatte er dem Herzog dann nicht von allen Einkäufen erzählt, die sie im Drugstore getätigt hatte? Erst gestern war sie zu dem Schluss gekommen, sich wohl in der Person geirrt zu haben – doch nun war sie sich gar nicht mehr so sicher. Dieser Kerl sah nicht so aus, als hätte er bloß ein flüchtiges Interesse an ihr.

Während Ted liebenswürdig mit einer süßen Rothaarigen herumflirtete, die an ihren Tisch getreten war, versuchte Emma sich über die Angelegenheit klar zu werden. Sie bemerkte, dass der Wachhund sie in einem Werbespiegel, auf dem Bier angepriesen wurde, heimlich beobachtete. Nein, er war es. Das war Beddingtons Mann. Da gab es keinerlei Zweifel.

Sie griff nach ihrer Handtasche, stellte sie auf ihren Schoß und öffnete sie. Dann langte sie nach den Salz- und Pfefferstreuern. Mit einer raschen Bewegung fegte sie sie in ihre Tasche. Bei einem Kontrollblick, ob er es bemerkt hatte, und an seinem schockierten Gesichtsausdruck konnte sie erkennen, dass das der Fall war. Sie musste gegen den Drang ankämpfen, aufzuspringen, zu ihm hinüberzumarschieren und von ihm zu verlangen, alles genau aufzuschreiben, sodass er nichts davon in seinem nächsten Bericht an Beddington zu erwähnen vergaß.

Unglücklicherweise war ihr Beschatter nicht der einzige Zeuge ihrer kleinen Dieberei.

»Was, zum Kuckuck, tust du da?«

Emma hatte Kenny überhaupt nicht herankommen sehen. Er war allein, also musste er Peter wieder abgeliefert haben. Während er sich näherte, wurden ihm von allen Seiten freundliche Zurufe zuteil.

»Hey, Kenny, schönen Dank auch. War 'n tolles Mittagessen!«

»Danke, Kenny! Das Hüftsteak hat köstlich geschmeckt.«

Sie konnte es nicht fassen. Schon wieder hatte er sie bei einem moralisch fragwürdigen Akt ertappt. Dabei war *er* doch im Unrecht, nach allem, was er sich heute geleistet hatte: nämlich seinen kleinen Bruder terrorisiert und sie ohne Vorwarnung einfach sitzen gelassen. Er war der Sünder. Warum stand dann immer sie irgendwie dumm da?

»Kenny, schönen Gruß vom Lions Club, und sie möchten dir danken«, rief ihm eine Serviererin mittleren Alters zu.

»Auch von mir und Deever«, fügte ein rotgesichtiger Fresssack hinzu. »Also diesen Pecannusskuchen solltest du selbst mal probieren.«

Kenny runzelte die Stirn. »Was geht hier ab?«

»Du hast alle zum Essen eingeladen«, erklärte Ted. »Und wir finden dich ehrlich super! Joe hat deine Kreditkarte.«

Kenny nahm mit einem Schulterzucken neben ihr Platz und langte nach ihrer Handtasche. Sie versuchte sie festzuhalten, aber er entwand sie ihr mühelos. »Ich schwör, du wirst mit jedem Tag eigenartiger«, knurrte er.

Unter Teds interessierten Blicken holte Kenny die Salz- und Pfefferstreuer wieder heraus und stellte sie auf den Tisch zurück. »Lass mich raten! Du wolltest wieder mal 'ne Show für den Duke abziehen.«

»Sein Spion ist da.« Sie wies mit einer ruckartigen Kopfbewegung auf den verdächtigen Hünen. »Ich musste was unternehmen.«

Er starrte in die von ihr angedeutete Richtung. Eine Augenbraue schoss hoch. Dann schüttelte er den Kopf und gab ihr ihre Handtasche zurück. »Mir ist noch nie 'ne Frau untergekommen, die so fleißig ins Fettnäpfchen tritt wie du.«

Nach letzter Nacht konnte sie seine Herablassung nicht ertragen. »Lass mich sofort raus!«

»Nein.«

»Ich wollte sie wieder zurückgeben!« Sie hielt inne. »Was tue ich denn da? Warum erkläre ich überhaupt irgendetwas? Nach dem Vorfall heute bin ich dir keinerlei Rechenschaft schuldig.«

»Na, ich hab jedenfalls keinen Salzstreuer geklaut.«

Ted lehnte sich genießerisch zurück und lauschte aufmerksam.

»Dieser Mann hat Beddington weisgemacht, ich hätte bloß eine *Klatschzeitschrift* in dem Drugstore gekauft!«

»Abscheuliches Zeugs. Voller Lügen. Weißt du, dass die mal eine Geschichte über mich abgedruckt haben? Wie ich angeblich eine heiße Liebesaffäre mit meiner Lehrerin in der Junior High hatte.«

»Nun, das stimmte sogar«, bemerkte Ted.

Kenny beachtete ihn nicht. »Ich weiß wirklich nicht, warum du diesen Dreck unbedingt lesen musst.«

»Darum geht es doch gar nicht!«, rief sie. »Aber das weißt du natürlich. Du hältst dich für besonders schlau, wenn du den Idioten markierst, nicht wahr?«

»Also hast du beschlossen, ihm noch eine Gelegenheit zu geben, nicht zu berichten, was er berichten sollte?«

Sie hätte ihm die Selbstgefälligkeit am liebsten aus dem Gesicht gekratzt! Wie lange würde sie sich ihr Leben noch von anderen Menschen bestimmen lassen? Von Beddington? Von Kenny? Von diesem inkompetenten Trottel, der an der Bar stand? Es wurde höchste Zeit, dass sie ihr Schicksal in die eigenen Hände nahm.

»Lass mich raus! Ich mein's ernst, Kenny. Die Sache wird jetzt ein für alle Male geklärt.«

»Das würde ich dir nicht raten.«

»Du lässt mich jetzt entweder raus, oder ich krieche unter dem Tisch durch!«

»Da sieht man mal wieder, warum ihr Leute dieses Land seinerzeit verloren habt.«

»Rückst du jetzt beiseite?«

»Verdammt noch mal, ja!« Er schoss auf die Füße.

Ein paar andere Zuschauer knufften sich gegenseitig. Kenny bot wieder einmal etwas für die Klatschmäuler der Gemeinde.

Sie huschte an ihm vorbei und stracks auf den bulligen Mann zu. »Ich muss mit Ihnen reden.«

Er blinzelte. »Wie Sie meinen!«

»Erstens, Sie wurden angeheuert, um einen Job zu erledigen. Aber den haben Sie nicht sehr gut gemacht, nicht wahr?«

Der Kerl blickte zutiefst verlegen drein, doch Emma kannte im Moment keine Gnade. »Zunächst haben Sie Beddington keinen vollständigen Bericht geliefert! Und dafür bezahlt er Sie doch schließlich? Zum Beispiel haben Sie ihm nicht alles mitgeteilt, was ich vorgestern Abend in dem Drugstore kaufte, oder?«

Er errötete von seinem dicken Hals bis zu seinem schütteren strohblonden Haar hinauf.

Sie verschränkte ihre Arme. »Und jetzt sagen Sie mir bitteschön, warum nicht.«

»Tja ...«

»Haben Sie gesehen, wie ich vorhin die Salz- und Pfefferstreuer stahl?«

Er nickte.

»Ich habe sie *gestohlen*, Sie verstehen schon. Ich bin eine Diebin! Erzählen Sie ihm das jetzt oder nicht?«

»Also ...«

Er schien derart peinlich berührt zu sein, dass ihr Ärger ein wenig abklang und Mitleid in ihr aufkeimte. »Ich will Ihnen mal einen Rat geben, wenn ich darf. Beddington ist ein ziemlich strenger Arbeitgeber. Wenn er rausfindet, dass Sie Informationen vor ihm zurückgehalten haben, wird er alles andere als erfreut sein. Und ich kann Ihnen aus persönlicher Erfahrung versichern, dass er abscheuliche Seiten aufzieht, wenn er unzufrieden ist.«

Der Mann wurde noch verlegener. Sie kam sich vor wie ein Schuft, und ihr Zorn verflog. »Nun, jeder begeht mal einen Fehler. Dass wir daraus lernen, darum geht es doch, nicht wahr? Ich schlage Ihnen vor, Sie machen sich ein paar sorgfältige Notizen, bevor Sie ihn wieder anrufen. Erzählen Sie ihm alles über den Drugstore. Und vergessen Sie ja nicht, die Salz- und Pfefferstreuer zu erwähnen, ja? Nun, wie klingt das?«

Ihr Gegenüber schluckte.

Sie wartete, damit er eine Chance hatte, über seine Lage nachzudenken.

»Wer ist Beddington?«, stieß er schließlich hervor.

Sie starrte ihn an. Er sah so verständnislos, so peinlich berührt drein ...

In Emma kroch die Hitze langsam von ihrer Brust bis zum Hals hinauf. Von dort aus stieg sie weiter und sammelte sich in ihren Wangen, sodass sich dort zwei leuchtend rote Flecken bildeten.

Und dann ertönte eine vertraute gedehnte Stimme hinter ihrer linken Schulter. »Belästigt diese Verrückte Sie, Pater Joseph?«

Pater Joseph?

Emma wimmerte. Kenny ergriff ihren Arm, bevor sie sich umdrehen und davonrennen konnte. »Lady Emma, ich glaube, Sie sind Pater Joseph Antelli noch nicht richtig vorgestellt worden. Er ist seit – seit wie lange sind Sie schon Priester in der St. Gabriel's-Kirche? Seit zwanzig Jahren?«

»Seit neunzehn.«

»Ja, stimmt. Ich war noch ein richtiger Lümmel, als Sie herkamen.«

Der Priester nickte.

Wieder entrang sich ihr ein Wimmern. »Aber ... aber Sie können kein Priester sein. Sie hängen in Bars herum, tragen orangefarbene T-Shirts und ...«

»Also, Lady Emma, es ist nicht sehr höflich, einen Mann Gottes für sein mangelndes modisches Gespür zu kritisieren. Und im Roustabout gibt's nun mal das beste Essen in der Stadt. Falls ich mich nicht irre, finden hier auch die ökumenischen Treffen der Kirche statt, nicht wahr, Pater?«

»An jedem ersten Mittwoch im Monat.«

»Aber ... Sie haben mich beobachtet.«

»Das tut mir ehrlich Leid, Lady Emma«, versicherte er ihr aufrichtig. »Ich war schon immer ein ziemlicher Englandfan, und ich wollte gerne ein wenig mit Ihnen über Ihr Land plaudern. Pater Emmett und ich haben vor, im Herbst eine Reise dorthin zu unternehmen. Ich weiß, ich hätte mich Ihnen einfach vorstellen sollen – aber als ich merkte, wie ... nun, wie kompliziert Ihr Privatleben ist, beschloss ich, mich Ihnen lieber nicht aufzudrängen.«

»Ach du liebe Güte! Das kann ich erklären. All die Dinge, die Sie sahen ... ich meine neulich Abend ... und wie ich auf Kennys Schoß saß ... und die Salz- und Pfefferstreuer – Es ist ...«

»Ihre Freunde werden schon dafür sorgen, dass sie eine Therapie macht«, warf Kenny hilfreich ein.

Pater Joseph betrachtete sie mit gütigen Augen. »Für psychologische Probleme braucht man sich nicht zu schämen. Ich werde für Sie beten, Lady Emma!«

Als Kenny sie fortzog, konnte sie nur noch stöhnen.

»Du hast aus mir einen Volltrottel gemacht!«

Kenny folgte ihr, als sie aus dem Roustabout rannte. »Entschuldige meine Direktheit, aber das geht allein auf dein Konto.«

»Du hättest mir sagen müssen, wer er ist.«

»Woher hätte ich wissen sollen, dass du vorhattest, wie eine Kriegsgöttin über ihn herzufallen? Im Übrigen lässt du dir ja von niemandem was sagen. Du weißt ja immer alles besser.«

»Das ist nicht wahr!« Sie merkte, dass ihnen ein paar besonders Neugierige nach draußen gefolgt waren, um sich ja nichts entgehen zu lassen; doch im Moment hatte sie andere Probleme als die Peinlichkeit der Szene.

Er baute sich vor ihr auf. »Du bist herrschsüchtig und stur. Und dir geistern alle möglichen komischen Ideen im Kopf herum. Dieser ganze Plan, zum Beispiel. Er ist äußerst seltsam.«

»Ich hab es satt, mir dauernd deine Kritik anzuhören. Besonders nach allem, was ich heute erlebt habe! Du solltest dich besser an der eigenen Nase fassen, als dir um meine eventuelle Verrücktheit Sorgen zu machen!«

Hinter ihr ging die Tür auf, und noch mehr Gäste strömten heraus.

»Meine Verrücktheit hat überhaupt nichts mit dir zu tun!«

Dieses Individuum machte sie so zornig, dass sie die Menschenmenge vollkommen vergaß. »Das hat sie doch, wenn du davonrennst und mich in einer Baby-Arena sitzen lässt!«

»Ich bin nicht davongerannt.«

»Ha!«

Die Zuschauermenge wurde immer größer. Kenny merkte es endlich und wies mit einem Finger auf seinen Cadillac.

»Los, steig ein.«

»Hör auf, mich rumzukommandieren! Bloß weil ich dir das im Schlafzimmer erlaube, heißt das noch lange nicht, dass ich's mir jetzt gefallen lasse.«

»Zeigen Sie's ihm!«, feuerte eine Frau sie an.

Kenny zuckte zusammen, als er merkte, dass sie zu einem öffentlichen Spektakel geworden waren. »Steig sofort ein«, flüsterte er aufgebracht.

»Fahr zur Hölle!« Sie riss ihm die Wagenschlüssel aus der Hand und rannte um das Auto herum zur Fahrertür. Dabei erwartete sie jeden Moment, von ihm geschnappt zu werden – doch stattdessen hörte sie Schuhe auf dem Kies rutschen, dann einen Fluch und einen dumpfen Aufprall. Einige Männer stöhnten bei Kennys Ausrutscher. Sie machte sich das Durcheinander zunutze und sprang ins Auto.

Wie durch ein Wunder war der Schlüssel, den sie zitternd ins Zündschloss stieß, der richtige. Im Rückspiegel sah sie, wie er sich wieder hochrappelte. Sie drehte den Schlüssel herum und trat aufs Gaspedal. Der Motor heulte auf, aber der Wagen rührte sich nicht. Emma legte den Gang ein, und das Auto machte einen Satz nach vorn, aber nicht bevor ihr sein zorniges Gebrüll ans Ohr drang.

»Du kannst nicht fahren!«

Auf der Fahrt über den Parkplatz wich sie nur knapp einem schwarzen Pickup aus. Ihre Haut war ganz feucht und ihr Mund staubtrocken. Was machte sie da bloß?

Beim Blick in den Rückspiegel sah sie Ted Beaudine mitten in der Menschenmenge stehen. Er grinste übers ganze Gesicht. Ihr fiel wieder ein, dass er ihr erzählt hatte, seine Eltern hätten sich auf eben diesem Parkplatz einst heftig gestritten. Dann sah sie Kenny auf sich zurennen, ja er *rannte* tatsächlich, und sie vergaß alles andere.

Hektische Blicke nach links und rechts verrieten ihr, dass die Straße Gott sei Dank leer war. *Rechte Seite. Rechte Seite. Rechte Seite*. Mit einem Ruck am Lenkrad bog sie auf die Straße hinaus.

Ihre Handflächen waren nass vor Aufregung. Nie hätte sie gedacht, dass sie derart ausrasten könnte. Und wohin hatte sie das gebracht? Hinters Steuer eines Wagens, ohne Führerschein, gejagt von einem texanischen Golfmillionär!

Während sie sich darauf konzentrierte, den großen Cadillac in der Spur zu halten, verriet ihr ein Blick in den Rückspiegel, dass Kenny langsam aufholte. Sie biss sich auf die Lippe und trat ein wenig stärker aufs Gas.

Die Nadel kroch auf zwölf Meilen pro Stunde.

Hinter ihr bildete sich allmählich eine Schlange.

Sie hasste Auto fahren! Wie war sie nur in diese Lage geraten?

Die Beifahrertür flog auf. Kenny streckte den Kopf hinein und brüllte: »Lenk sofort zur Seite!«

Nur zu gerne hätte sie Vollgas gegeben – doch sosehr sie sich danach sehnte, ihm den Hals umzudrehen, *umbringen* wollte sie ihn nun auch wieder nicht. Sie zögerte, was sich als Fehler erwies, denn jetzt hechtete er auf den Nebensitz. »Weiter nach rechts!«

Trotzig steuerte sie weiter, die Augen eisern auf die Straße gerichtet, die Finger wie in Leichenstarre um das Steuer gekrallt.

Er schlug die Tür zu. »Wenn du schon nicht auf mich hören willst, dann fahr um Himmels willen schneller, bevor noch einer auf dich draufkracht!«

»Ich weiß, was ich tue! Torie hat mir das Autofahren beigebracht.«

»Dann mach es auch, verdammt noch mal!«

Sie biss sich auf die Unterlippe und trat aufs Gas. »Da siehst du! Ich fahre dreißig. Hoffentlich bist du jetzt zufrieden.«

»Die Geschwindigkeitsbegrenzung liegt bei sechzig.«

»Glaubst du, ich hätte Angst, sechzig zu fahren? Habe ich nicht!« Während sie tausend Tote starb, schaffte sie es, die Nadel auf vierzig hochklettern zu lassen. Die Autoschlange hinter ihr wurde immer länger.

Sie hörte, wie er mit den Zähnen knirschte. Seine Worte klangen gepresst. »Bieg hier rechts ab. Setz den Blinker.«

Weil sie ohnehin abbiegen wollte, befolgte sie seinen Befehl.

»Dort, bei dem krummen Baum. Dort rein!«

Hupen dröhnten, als sie die Kurve zu eng nahm und auf der sandigen Erde neben dem Feldweg landete.

»Du musst vorher bremsen!«, bellte er.

»Das hast du mir nicht gesagt. Du hast gesagt, ich soll schneller fahren.«

»Nicht beim Abbiegen!« Wieder vernahm sie dieses schreckliche Zähneknirschen, dann einen tiefen Atemzug. »Ist ja egal. Fahr weiter bis zu den Bäumen da vorn.«

Als sie den Wagen schließlich anhielt, war sie so erleichtert, dass ihr ganz schwach wurde. Sie legte den Unterarm aufs Lenkrad, stützte den Kopf darauf und schloss die Augen.

Sie fühlte, wie er sich neben ihr bewegte, und der Motor wurde abgeschaltet. Der Ledersitz quietschte, als er sich wieder zurücklehnte. Die Minuten tickten vorüber. Ihr unregelmäßiger Atem dröhnte in ihren Ohren.

Schließlich legte sich etwas um ihren Nacken und rieb. »Weinst du, Lady Emma?«

»Nein«, entgegnete sie, so fest sie konnte. »Aber ich überlege.«

»Warum kommst du nicht hierher zum Überlegen?« Er zog sie an sich, und ehe sie sich's versah, lag sie an seiner Brust.

Es war gemütlich. Tröstlich. Er roch gut. Nach sauberem Hemd und Baby.

Standhaft wehrte sie sich gegen Tränen. Außerdem fand sie es schön, zu sein, wo sie war.

Sein Atem kitzelte an ihrem Ohr, als er nun flüsterte: »Würdest du mich für einen unsensiblen Mistkerl halten, wenn ich dir in die Bluse greifen wollte?«

Sie überlegte kurz, dann schüttelte sie den Kopf.

Seine Finger kitzelten über ihre Haut, als er zwischen sie griff, um ihre Knöpfe aufzumachen sowie den Verschluss ihres BHs. Er zeichnete die Form ihrer Brust nach und küsste sie. Dann sagte er leise: »Die letzte Nacht hat mir sehr gut gefallen«.

»Mir auch.«

»Du machst so nette Geräusche beim Sex.«

»Wirklich?«

»Hm.« Er berührte ihre Brustwarze.

Sie seufzte behaglich.

»So wie jetzt.« Er zog sie etwas höher und nahm ihre empfindsame Warze in den Mund. Und saugte. Sie bäumte sich ihm entgegen und ließ sich von der Gefühlswoge tragen. Als sie nicht mehr länger stillhalten konnte, zog sie sein Hemd aus der Hose und fasste darunter, um seine feste, straffe Haut zu spüren.

Mehr Ermutigung schien er nicht zu benötigen. Innerhalb weniger Augenblicke hing ihr die Bluse von den Schultern, die Shorts lagen auf dem Boden, und ihr Slip baumelte von einer Wade. Sie selbst war auch nicht müßig, und schon kurz darauf gesellte sich sein Hemd neben ihre Shorts. Durch den offenen Reißverschluss seiner Hose sah sie blauseidene Boxershorts.

»Ich ... das muss ich einfach tun.« Er positionierte sie so, dass sie mit dem Rücken am Armaturenbrett lehnte. Dann spreizte er ihre Beine und senkte den Kopf.

Dichtes schwarzes Haar strich über die Innenseiten ihrer Schenkel, glitt höher, bis sie seinen Mund fühlen konnte. Ja, genau da ...

Sie rang nach Luft. Hauchte seinen Namen. Konnte kaum atmen.

Er nahm sich Zeit, so wie er sich mit allem Zeit nahm. Sie vergaß ihre unbequeme Stellung, vergaß, dass sie sich in einem Auto befanden, vergaß alles, außer die Berührung seiner Finger und dieses tiefe, nasse Streicheln seiner Zunge. Emma schluchzte auf, als ihr Orgasmus kam, ein so heftiger Orgasmus, dass ihr ganzer Körper durchgeschüttelt wurde.

Kenny verharrte, strich ein wenig dort unten herum. Und wieder flog sie dahin.

Ojemine, das war einfach zu herrlich. Sie merkte nicht einmal, dass ihre Hände nach ihm gegriffen hatten, bis er sie festhielt. Sie konnte seine harte, dicke Form durch die Boxershorts fühlen und wusste daher, dass er ihre Hände nicht aufgrund mangelnder Erregung festhielt. Fragend blickte sie in rauchig violette Augen.

Ein gequälter Ausdruck lag auf seinen Zügen, und er hatte Mühe, die Worte hervorzustoßen. »Ich brauch meinen Geldbeutel, weil ich nichts bei mir hab.«

Sie winkte ab. »Ich nehme die Pille.«

»Die Pille? Aber – wieso hast du mir das nicht schon gestern gesagt?«

»Du hast mir befohlen, den Mund zu halten.« Sie strich mit den Lippen über die seinen. »Und ich hatte sowieso keine Lust zum Erklären. Genau gesagt nehme ich sie schon seit einer ganzen Weile. Man weiß ja nie.«

»Man weiß ja nie – was, du …«

Er brach ab, als sie sich rittlings auf ihn setzte. Lächelnd presste sie den Mund an sein Ohr. »Mit deiner Erlaubnis …«

Stöhnend griff er unter sie.

Diesmal wollte sie die Oberhand behalten, aber er hatte andere Ideen, und als sie versuchte, ihn anzutreiben, hielt er sie bei den Hüften fest. »Vorsichtig, Schatz!« Kenny stieß einen tiefen, unverständlichen Laut aus und übernahm das Kommando, ließ sie langsam und kontrolliert auf sich nieder.

»Lass mich …«, murmelte sie. »Ich will …«

Er lenkte sie mit einem Kuss ab, der rasch unersättlich wurde, und während er ihren Mund mit seiner Zunge erforschte, glitt er langsam in sie hinein.

Doch selbst nachdem sie ihn ganz in sich aufgenommen hatte, überließ er ihr nicht die Führung. Stattdessen gab er den Rhythmus vor, wobei er genau zu fühlen schien, was sie brauchte, und ihr alles zugestand – außer die Oberhand.

Ihre Brustwarzen rieben über die Haarmatte auf seiner Brust. Ihre Schenkelinnenseiten glitten über die Jeans, die er nicht ganz ausgezogen hatte. Mit ihrem Mund auf dem seinen war dieser Kuss anders als die anderen, und sie mochte das Neue daran, ja, genoss es in vollen Zügen. Aber sie wollte auch mehr. Sie wollte, dass er ihr so weit vertraute, sie zum Zuge kommen zu lassen.

Seine Hände kneteten ihre Gesäßbacken, und seine Daumen stellten etwas an der genauen Stelle ihrer Vereinigung an. Etwas Herrliches.

»Mach weiter ...«, stöhnte sie. »Hör bloß nicht auf, bitte ...«

Er hörte nicht auf. Und die süße, heiße Flut brach über ihr zusammen.

16

Hinterher war Emma froh um die Geschäftigkeit, das Herumfummeln mit Taschentüchern, das Sortieren von Kleidungsstücken. Kenny schien es ebenso zu gehen. Vielleicht fühlte er ja, ähnlich wie sie, dass so viel Leidenschaft, so viel Dringlichkeit etwas Gefährliches beinhaltete, etwas Bedrohliches sogar. Zwei Erwachsene, die so wenig zueinander passten und dennoch so wild aufeinander waren, dass sie nicht mal warten konnten, bis sie in einem Bett lagen!

Emma fragte sich, ob wohl jede Frau einmal in ihrem Leben auf einen Bad Boy hereinfallen musste. Sie offenbar schon. Vielleicht musste sie Kenny Traveler ja einfach »ausschwitzen«, damit irgendwann in ihrem Leben Raum für eine echte Beziehung geschaffen würde, die gesund und angemessen war. Vielleicht brauchte sie Kenny Traveler als eine Art Schutzimpfung. Eine Dosis genügte, damit sie fortan immun gegen Playboys wäre. Sie begann ihre Bluse zuzuknöpfen, während sie darüber nachdachte.

Kenny stieg aus dem Auto. Als er sein Hemd in seine Jeans zurückstopfte, merkte er, dass Emma ihre Bluse falsch knöpfte; aber wenn er jetzt etwas sagte, würde sie sich bloß wieder aufregen und sich beschweren über seine permanente Kritik.

Als sie nun mit ihren geschwollenen, herrlich süßen Lippen und zerzausten Honiglocken, die ihn immer an Karamel-Soft erinnerten, zu ihm aufblickte, geschah etwas Seltsames mit ihm – genauer gesagt mit seiner Mittelregion. Die letzte Nacht war so gut gewesen, dass er sie eigentlich gar nicht zerpflücken mochte; leider konnte er den ganzen Tag an nichts anderes denken, weshalb er vielleicht auch beim Babyrennen so ausgeflippt war. Und jetzt eben ... gerade stritten sie sich noch und ehe er sich's versah, saß sie rittlings auf ihm in seinem Wagen.

Er erinnerte sich nicht, wann er es das letzte Mal in einem Auto getrieben hatte. Reiche Jungs hatten das nicht nötig. Reichen Jungs standen Cabanas zur Verfügung, oder wenn das noch nicht privat genug war, jede Menge Kohle, um ein Zimmer in einem der besseren Motels des Llano County bezahlen zu können.

Himmel, er liebte es, mit ihr Sex zu haben. All ihr Enthusiasmus! Sie wusste nicht, wie man etwas zurückhielt, sondern gab sich hundertzehnprozentig hin – so wie es ihm am allerbesten gefiel.

Weil sie falsch geknöpft hatte, spannte sich eine Seite der Bluse über eine Brust, und er musste daran denken, wie sie sich in seiner Hand angefühlt hatte. Während er sie so betrachtete, stieg eine verräterische Zärtlichkeit in ihm auf. Das machte ihn nervös. Sie war viel zu herrschsüchtig, zu befehlshaberisch, zu fordernd. Er wusste, dass es sich im Moment dringend empfahl, schleunigst wieder die Gesellschaft anderer Leute aufzusuchen; deshalb konnte er sich seine folgenden Worte auch beim besten Willen nicht erklären.

»Willst du einen kleinen Spaziergang am Fluss entlang machen?«

Sie blinzelte mit ihren hübschen honigbraunen Augen. »Das wäre nett, ja.«

Geradeso, als hätte er sie zu Tee und Keksen bei sich eingeladen.

Emma rutschte über den Sitz. Er half ihr raus und ließ auch danach ihre Hand nicht los. Sie war klein, aber kräftig. Kenny rieb mit der Schwiele an der Seite seines Zeigefingers über ihre Handfläche. Das Rauschen des Flusses leistete ihnen bei ihrem Gang am Ufer Gesellschaft. Er hörte das Schnattern eines Eichhörnchens, den Ruf einer Nachtigall, alles – außer Emma und Befehle. Für jemanden, der so gerne redete, war sie ziemlich still. Wieso ausgerechnet jetzt? Ihr Schweigen machte ihn nervös, und er brabbelte darauf los. »Ich hab Petie zuvor hierhergebracht.«

»Er hat sich also wieder beruhigt?«

»Yep.« Kenny räusperte sich. »Wir zwei mussten miteinander reden.«

Entrüstet meinte sie. »Allerdings! Nun, ich nehme an, wir können dankbar sein, dass bei dem ganzen hässlichen Vorfall etwas Gutes herausgekommen ist. Das wirst du ihm nie wieder antun!«

Normalerweise hätte ihre Entrüstung ihn irritiert, aber er fühlte sich gut, völlig entspannt. Sie wusste genau, was er für diesen Bengel empfand und wie sehr er bedauerte, was passiert war. Trotzdem – zu viel sollte sie sich auch nicht auf ihre Urteilsfähigkeit einbilden.

»Man muss sie abhärten, solange sie noch klein sind, oder es werden Waschlappen aus ihnen.«

Sie besaß die Frechheit zu lachen. »Gib's auf, Kenny! Wenn's um Peter geht, bist du das reinste Wachs.«

»Tja, nun, er ist auch was Besonderes.« Er lächelte und wollte schon das Thema wechseln, als er merkte, dass er eigentlich ganz gerne mit ihr darüber reden würde. Nicht unbedingt auf einer persönlichen Ebene, mehr auf einer professionellen. Schließlich war sie ja eine Kinderexpertin, nicht wahr?

»Weißt du, die Sache ist die ... der alte Herr kann ganz schön hart sein ... und ich mach mir einfach Sorgen um Petie, das ist alles.«

Ihre glänzenden Augen zielten wie zwei Laserkanonen auf ihn. »Du hast Angst, er könnte Peter ein ebenso schlechter Vater sein wie dir?«

Sofort richteten sich seine Stacheln auf. »Mein Vater hat getan, was er tun musste. So, wie sich meine Mutter benommen hat, konnte er mich ja schlecht auch noch betüteln.«

»Das nicht, aber offensichtlich ist das Pendel bei ihm zu stark in die andere Richtung ausgeschlagen. Ich habe das schon bei einigen meiner Schülerinnen erlebt. So, wie ich dich verstehe, war dein Vater nie da, wenn du ihn brauchtest, und wenn er mal da war, nehme ich an, hat er pausenlos an dir was auszusetzen gehabt.«

»Mrs. Sneed hat mich im Büro angerufen. Sie teilte mir mit, dass du Mary Beth's Babypuppe den Kopf abgerissen und ihn dann in den Gulli geworfen hast. Nur ein Feigling tut einem Mädchen so was an. Ein dreckiger kleiner Feigling!«

»Ich war nun mal ein richtiger Unhold.«

»Na ja, ein bisschen hat das wohl auch dein Vater mitverschuldet. Sicher hast du verzweifelt um seine Aufmerksamkeit gerungen, und Fehlverhalten war die einzige Möglichkeit, sie zu kriegen. Du warst ein gesunder kleiner Junge, der von einer hochneurotischen Mutter erdrückt wurde, und dein Vater hat es versäumt, im richtigen Moment einzugreifen. Ehrlich, Kenny, du hast so unvernünftige Eltern gehabt, dass du glatt zum Tierquäler hättest werden können. Kein Wunder, dass du immer noch böse auf ihn bist.«

»Das hab ich nie gesagt.«

Aber nichts konnte Lady E. aufhalten, wenn sie mal in Fahrt war, und sie sprach energisch weiter. »Du musst ihm wirklich mal verzeihen, weißt du. Um seinet- und um deinetwillen.«

Gespielt gleichgültig zuckte er mit den Schultern. »Ich hab null Ahnung, wovon du redest.«

»Und dann ist da noch das Problem mit Peter. Du hast Angst, dein Vater könnte ihn ebenso vernachlässigen wie dich früher. Dass Peter sich seine Liebe erkämpfen muss, so wie du, anstatt sie als Geburtsrecht zu bekommen.«

Kenny zwang sich, seine verkrampften Kiefer zu einem theatralischen Gähnen zu öffnen. »Du hältst dich immer für so schlau!«

Anstatt beleidigt zu sein, drückte sie seine Hand, die, wie er jetzt erst merkte, fest um die ihre geschlossen gewesen war.

»Mach dir nicht so viel Sorgen um Peter. Shelby ist nicht wie deine Mutter, und ich bin sicher, dass sie sich bis zum Letzten für seine Rechte einsetzen wird. Vermutlich hat außerdem dein Vater aus seinen Fehlern gelernt. Wie er dich ansieht, wenn du es nicht bemerkst, ist einfach herzzerreißend. Und selbst wenn ich mich irre, hat Peter etwas, das du nicht hattest.«

Er kratzte sich gelangweilt am Arm. »Yeah? Und das wäre?«

»Dich, natürlich.«

Kenny fühlte sich ganz plötzlich hochgehoben, und es fiel ihm schwer, so gleichgültig, wie er es wollte, zu antworten. »Nicht gerade viel, um's zur Bank zu tragen.«

»Ziemlich viel sogar. Bedingungslose Liebe ist ein mächtiges Kapital.«

»Kann sein.«

»Wenn du an deine Kindheit zurückdenkst, Kenny, dann solltest du dir wirklich zugute halten, wie prima du das Ganze durchgestanden hast. Ein ungünstigeres Paar Eltern für ein Kind kann man sich nämlich kaum vorstellen.«

»Und was ist mit Torie?«

»Nun, Torie bekam zumindest von einem Teil bedingungslose Liebe. Du dagegen von keinem.«

»Wovon redest du? Meine Mutter hat mich angebetet. Das war ja das Problem.«

»So was nenne ich nicht echte Liebe. Ich bin sicher, mit ihren Gefühlen für dich waren eine Menge Haken verbunden.«

Das stimmte. Sie hatte von ihm erwartet, dass er ihr ebenso zu Füßen lag, wie sie ihm.

»Kenny, mein Süßer, du willst doch gar nicht mit diesem Proletenpack spielen. Bleib bei mir. Ich kauf dir dieses neue ferngesteuerte Flugzeug, das sie im Fernsehen gezeigt haben. Dann werden alle neidisch auf dich, und du bist der beliebteste Junge in der ganzen Schule.«

Doch er war der am meisten verabscheute Junge in der ganzen Schule gewesen.

Wieder versuchte er, den Lässigen zu spielen. »Yeah, könntest Recht haben.«

»Ich bin so was wie eine Expertin auf diesem Gebiet.«

Er hörte die Schärfe, die in ihrem Ton lag. »Womöglich, meinst du das nicht nur beruflich?«

Sie zuckte mit den Schultern. »Hm ... meine Eltern haben mich zwar geliebt, aber nicht so wie ihren Beruf. Ich war ein ziemlich einsames Kind.« Sie entzog ihm ihre Hand und schritt zum Fluss hinunter. Als er ihr folgte, war er froh, dass der Schuh endlich am anderen Fuß gelandet war.

Sie lächelte zu ihm auf, als er neben sie trat. »Es gibt nichts Langweiligeres, als zwei erfolgreichen Erwachsenen beim Jammern über ihre ach so elende Kindheit zuzuhören, nicht wahr?«

»Das kannst du laut sagen.« Er hob einen flachen Stein auf und warf ihn übers Wasser, sodass er bis fast zu der Sandsteinbank, die sich am anderen Ufer erhob, hüpfte. Ganze vier Mal! »Nun, ich glaub, ich versteh jetzt, warum du ein bisschen komisch bist, wenn's um St. Gert's geht. So, wie ich ein bisschen komisch werde in Bezug auf Petie.« Er ließ einen weiteren Stein hüpfen und blickte dann auf sie hinab. Kenny war angespannt, ohne eigentlich zu wissen, warum. »Na, sobald du dem Duke erzählst, was zwischen uns passiert ist, bist du ja wohl aus dem Schneider.«

Sie antwortete nicht sofort. »Ich weiß nicht. Er scheint nur zu glauben, was er glauben will, nicht wahr?« Ihre Stirn legte sich in Falten, und sie bekam wieder diesen Mörderblick. »Ich will ihm nicht sagen, was zwischen uns passiert ist! Das ist etwas Privates und geht ihn einen Mist an!«

Kenny lächelte glücklich, als er diese Antwort hörte. »Na, da hast du dich aber in eine schöne Zwickmühle manövriert.«

Sie murmelte etwas, das er nicht ganz verstehen konnte, doch ein »verdammt« schien darin vorzukommen.

»Wetten, dass ich den treffe?« Am anderen Ufer des Flusses ragte ein Felsbrocken aus dem Wasser, und er nahm einen Stein zur Hand. Er warf ihn, doch nicht weit genug. »Drei Versuche.«

»Das Wasser ist so herrlich klar hier. Wirklich ein wunderhübsches Plätzchen!«

»Hab's von Anfang an gemocht. Bin schon als Kind hergekommen, wenn ich mal wieder jemanden vermöbelt oder so lang traktiert hab, bis er oder sie heulte.« Er warf den zweiten Stein.

»Du hast sicher geglaubt, wenn du dich nur schlimm genug aufführst, wird irgendjemand einschreiten.«

»Tja, kann sein.« Wieder verfehlte er den Felsen. »Noch einen.« Der nächste prallte von seinem Ziel ab.

»Ausgezeichnet!« Sie lächelte. »Und genau das hat Dallie getan, nicht wahr? Er ist eingeschritten.«

»Wer sagt das?«

»Nun, ich kann zwei und zwei zusammenzählen.«

»Ich glaub, ich hatte jetzt genug Psychotherapie für einen Tag. Im Übrigen bist du die Verrückte. Frag nur Pater Joseph.«

Sie zuckte zusammen. »Bloß gut, dass ich bald wieder weg muss. Sicher kann ich dem Mann nie wieder in die Augen schauen.«

Er hörte es gar nicht gern, wenn sie von Abreise redete, obwohl er es andererseits irgendwie herbeisehnte, sie vom Hals zu haben. »Ich werd's ihm schon erklären. Zumindest einiges.« Er legte die Hand um ihren Nacken und massierte ihn. »Wenn wir noch immer nach Austin wollen, dann machen wir uns besser auf den Weg. Wir können ja bei der Ranch kurz anhalten, falls du dich umziehen willst.«

»Gute Idee.«

Sie fuhren zum Haus zurück, aber das Schlafzimmer war zu verlockend, und sie schafften die Fahrt nach Austin am Ende doch nicht.

Tories Emus weideten im hinteren Teil des Grundbesitzes ihres Vaters. Wenigstens war ihre Narretei dort außer Sicht, wenn auch nicht vergessen. Vor ihrer Scheidung, als sie noch in Dallas lebte, hatte sie sie auf einer nahe gelegenen Ranch untergebracht, doch das war zu teuer geworden; so überredete sie ihren Vater, sie hier weiden zu lassen. Es gab mittlerweile achtzehn der hässlichen Möchtegern-Strauße mit ihren langen Hälsen, den struppigen grauen Federn und den spindeldürren Beinen. Manchmal versuchte sie sich einzureden, sie wären hübsch, was im Allgemeinen jedoch verschwendete Liebesmüh war. Sie wandte den Blick von einem Nest mit drei riesigen smaragdgrünen Eiern ab.

»Das dort am Zaun ist Elmer«, erklärte sie. »Er gehört zum ursprünglichen Zuchtpaar. Und seine Lady Polly steht dort in der Mitte dieser Gruppe.«

»Du hast ihnen Namen gegeben?«

Sie bedauerte bereits ihren Impuls, Dexter ihre Vögel zu zeigen. »Wieso nicht?«

Er blickte auf sie hinab, und in seinen grau-grün gesprenkelten Augen hinter der Drahtgestellbrille spiegelte sich eine Neugier, die sie verwirrend fand. »Ich bin zwar kein Rancher«, erklärte er, »aber soweit ich gehört habe, ist es schwerer, Tiere zu schlachten, denen man Namen gegeben hat.«

Die Abendbrise wehte ihr eine Haarsträhne ins Gesicht. »Selbst ohne Namen hätte ich's wahrscheinlich nicht übers Herz gebracht – ach, was soll's!« Ungeduldig strich sie sich das Haar hinters Ohr. »Die Investition in Emus war dämlich, aber meine Ehe mit Tommy wackelte bereits, und es erschien mir damals eine gute Idee.«

»Du wolltest in der Lage sein, für dich selbst zu sorgen. Das ist verständlich.«

»Dämlich war es!«

Er schob die Hände in eine seiner scheinbar zahllosen Khakihosen. »Du bist eben risikofreudig. Und da passiert so was nun mal. Zumindest versuchst du nicht, dich vor deiner Verantwortung zu drücken. Wie ich gehört habe, haben viele Leute ihre Emus einfach ausgesetzt, damit sie sie nicht länger füttern müssen.«

»Ich mag ja verantwortungslos sein, aber das ginge sogar mir zu weit.«

»Also, ich halte dich nicht für verantwortungslos.«

Er sagte das so aufrichtig, dass sie sich geschmeichelt fühlte. Es war nett, die Billigung eines so ernsthaften Menschen wie Dexter O'Conner zu genießen. Doch dieses angenehme Gefühl verflog bei seinen nächsten Worten.

»Hast du mal darüber nachgedacht, was du mit deinem Leben anfangen möchtest, falls wir tatsächlich heiraten sollten?«

»Wir werden nicht heiraten!«

»Wahrscheinlich nicht. Aber falls wir's täten, müsstest du dir irgendeine Beschäftigung suchen. Dauernd nur Shopping gehen und die Emus beäugen ist auch nicht gerade das Gelbe vom Ei.«

»Du hast 'ne ganze Menge Kies. Ich könnte jahrzehntelang shoppen, ohne deine Bilanz auch nur anzukratzen.« Sie merkte, dass er sie schon wieder in eine Diskussion über das Unausdenkbare verstrickt hatte.

»Darum geht es nicht. Wenn ich abends nach Hause komme, möchtest du dich wahrscheinlich nach meinem Tag erkundigen, und ich werd dir die Ereignisse erzählen, die dich interessieren könnten. Dann würde ich dich nach deinem Tag fragen, und du hättest höchstens zu berichten, dass es einen Ausverkauf bei Nieman's gab. Das wäre demütigend für dich.«

»Du bist vielleicht ein komischer Kauz.«

»Ich rede nicht unbedingt von einem Full-Time-Job. Aber es ist an der Zeit, dass du etwas mehr zur Allgemeinheit beiträgst als bloß ein hübsches Gesicht. Du wirst nie richtig glücklich werden, wenn es in deinem Leben nicht mehr gibt als Einkaufen.«

»Woher weißt du denn, was mich glücklich macht?«

Das ignorierte er. »Wenn du irgendwas Interessantes machen könntest, was wäre das? Und ich rede jetzt nicht von Kindern, denn wir wissen bereits beide, wie wir dazu stehen – das wird die Zeit regeln.«

Sie wartete auf den Stich, der sie bei diesem Thema immer durchzuckte, aber diesmal blieb er aus. Das konnte sie nicht verstehen. Was war nur an diesem dämlichen Langweiler, das sie so tröstlich fand? Sie musste an die Auseinandersetzung denken, die sie mit ihrem Vater gehabt hatte, als sie ihn auf seine Rolle bei der Sache mit ihrer Heirat hin ansprach. Er hatte gar nicht versucht, das zu bestreiten, ja, hatte sich nicht mal entschuldigt. Wie üblich hatte er ihr nur seine Liebe beteuert – aber dennoch habe er ein für alle Mal genug von ihren Kapriolen. Danach war sie sich wie so oft vollkommen wertlos vorgekommen.

»Alles was ich kann, ist fluchen, Golf spielen und gut aussehen.«

»Und?« Er wartete geduldig.

»Und nix.«

»Das mag ja anderen Frauen genügen, aber nicht dir. Dafür bist du viel zu intelligent.«

Sein Gesicht war so ernst, dass sie damit herausrückte. »Also gut. Vielleicht träume ich ja insgeheim vom …« Sie zögerte, doch dann dachte sie, *wieso nicht?* »Vom Fotografieren. Irgendwas mit Fotografieren.«

»Fotografieren? Klingt prima.«

Dexter schien wirklich interessiert zu sein, und sie merkte, dass sie ihm mehr erzählen wollte. Der Anfang erschien ihr schwierig, sie erwärmte sich jedoch rasch für das Thema. »Ich hab im letzten Jahr sehr viel von Patrick gelernt. Er hat mir eine seiner Kameras geliehen, und wir haben allerhand Zeit in der Dunkelkammer miteinander verbracht. Seit kurzem darf ich sogar mal den einen oder anderen Film für ihn entwickeln. Er meint, ich hätt ein gutes Auge.« Ihre Begeisterung war ihr überraschend peinlich. »Wahrscheinlich wollte er bloß nett sein ...«

»Das glaube ich nicht.« Er klang unbedingt aufrichtig, daher verspürte sie auf einmal das Bedürfnis, weiterzusprechen.

»Ich liebe es, Dex. Sobald ich mal mit dieser Betätigung anfange, vergesse ich die Zeit. Und ich treibe mich auf Spielplätzen herum. Ich schwör dir, die Bullen werden mich bald als verdächtige Person festnehmen – aber ich liebe es einfach, Kinder zu fotografieren. Sie sind so ...« Sie brach ab.

»Ist schon in Ordnung, Torie. Ich hab nicht die Absicht, mich über dich lustig zu machen.«

Sie nahm das Verständnis wahr, das in seiner Stimme lag, und hasste es. »Ich weiß gar nicht, warum wir dieses Theater überhaupt aufführen. Du hast zugegeben, dass du gerne Kinder hättest, und ich bin unfruchtbar. Warum lässt du mich nicht einfach in Ruhe?«

»Die Ärzte haben nicht bestätigt, dass du unfruchtbar bist – deshalb! Aber wenn es sich als unumstößlich herausstellen sollte, könnten wir immer noch Kinder adoptieren.«

Sie verspürte einen komischen Satz in der Brust, als hätte ihr Herz einen Moment lang ausgesetzt. »Das würdest du tun?«

»Selbstverständlich. Ich hab dir doch gesagt, dass ich das Kroppzeug gerne mag.«

»Tommy wollte nicht mal über Adoption reden.«

»Nun, du hast ein besseres Urteil bewiesen mit dem Kauf deiner Emus als bei der Heirat mit ihm.«

Sie lachte. »Ein Punkt für dich! Aber Tommy hat wenigstens besser ausgesehen.«

»Aussehen ist nicht alles!« Zum ersten Mal klang er defensiv.

»Du siehst nicht schlecht aus, Dex. Tatsächlich – und lass dir das jetzt bloß nicht zu Kopf steigen – von allen Intelligenzbolzen, die ich kenne, bist du der Bestaussehende. Bis auf Ted, doch den schlägt ohnehin nur Kenny – also würd ich mir an deiner Stelle nicht den Kopf darüber zerbrechen.«

»Und wie viele Intelligenzbolzen kennst du so?«

»He, du sprichst hier mit der Mikrochipprinzessin. Vergiss nicht, dass ich unter Intelligenzbolzen groß geworden bin. Als ich klein war, hat Daddy mich oft in die Firma mitgenommen.«

»Und du hältst mich wirklich für den Bestaussehenden?«

Sie musste ein Lächeln unterdrücken. Er war echt süß, wenn auch auf eine dämliche Weise. »Aber sicher.«

»Normalerweise wär mir das egal, ehrlich – aber ich weiß, wie wichtig dir das äußere Erscheinungsbild eines Menschen ist.«

Irgendwas an der Art, wie er auf einmal steif und gleichzeitig besorgt geworden war, rührte ihr ans Herz. Und an gewisse andere Stellen. Sie konnte sich nicht erinnern, je so durcheinander gewesen zu sein, und es gab nur eine Gegenmaßnahme.

»Okay, Dex, ich hab mich entschieden. Lass uns ’nen Testlauf machen.«

»Was meinst du damit?«

»Nun, wir werden’s treiben, Dex. Du und ich und ’ne Matratze! Ich glaub, es ist an der Zeit, dass ich deine Gänge mal durchprobiere.«

Seine Steifheit verschwand, und Amüsement trat an deren Stelle. Irgendwas an seinen Augenwinkeln, in denen sich nun Lachfältchen bildeten, ließ die Hitze, die ohnehin schon in ihr wallte, in Flammen übergehen. »Ach ja? Das hättest du also gern, nicht wahr? Und wie, wenn ich dir aber sage, dass ich mich für die Hochzeitsnacht aufsparen möchte?«

»Du machst Witze. Du willst nicht mit mir schlafen?«

»Ich kann kaum an was anderes denken. Aber mir gefällt diese Grobheit nicht: Warum den Stier kaufen, wenn du das Fleisch umsonst kriegst!«

»Du hältst dich also für eine Art *Hauptgewinn*?«

»Aber sicher.« Seine Augen funkelten. »Ich will ja nicht arrogant sein, und ich hätte sicher nichts gesagt, wenn du das Thema nicht zur Sprache gebracht hättest – jedenfalls bin ich ein ziemlich guter Liebhaber.«

»Ach du meine Güte ...« Sie verdrehte die Augen.

Er lachte, zog sie in seine Arme und küsste sie, bis sie keine Luft mehr bekam. Irgendwo in einem Winkel ihres Bewusstseins merkte sie, dass er sich nicht zu schade für ein wenig Gegrabsche war – aber seine Hand fühlte sich gut auf ihrer Brust an, also hatte sie es mit dem Fortschieben auch nicht eilig.

Dex war ein leidenschaftlicher Küsser. Während sich seine Zunge in ihren Mund schob, versuchte sie sich einzureden, dass es jämmerlich war, sich so nach der Zuwendung eines Mannes zu sehnen: sie, Torie Traveler, ließ sich sogar dazu herab, sich von Dexter O'Conner küssen zu lassen – aber der Kuss fühlte sich nicht jämmerlich an. Er war süß und erotisch und machte sie süchtig nach mehr.

Sie gingen auseinander, und sobald sie wieder klar sah statt lauter Sternchen, bemerkte sie, dass auch Mr. Biedermann nicht mehr so gelassen wie sonst erschien. »Also gut«, stammelte er. »Ich heirate dich.«

Sie kuschelte sich an seine warme, starke Brust, fühlte seinen Atem an ihrer Stirn, und für den Bruchteil einer Sekunde wollte sie ja sagen. »O Dex ... du würdest es innerhalb von einem Monat bereuen!«

»Nein, würde ich nicht. Und du auch nicht.«

Sie hätte sich nun einfach davonmachen können, doch irgendein Teufel in ihr hielt sie zurück. »Zuerst der Sex! Dann entscheide ich mich. Ich kauf schließlich nicht die Katze im Sack.«

Er blickte auf sie nieder, und auf seinen Zügen zeichnete sich ein gefährliches Lächeln ab. »Für den Moment behalten wir noch unsere Sachen an. Aber falls ich meine Meinung ändere, bist du die Erste, die's erfährt.«

17

Emma und Kenny spazierten den wunderschönen River Walk in San Antonio, Texas, entlang, und Emma dachte so bei sich, dass Lady Sarah Thornton vielleicht ein wenig töricht gewesen war, wieder nach Hause zurückzukehren, wo sie Texas doch so geliebt hatte. Dieser Staat besaß etwas Unvergleichliches, etwas, dessen Wirkung sie sich nicht entziehen konnte: seine Energie, seine Menschen und seine schiere, gewaltige Größe. Sie ertappte sich dabei, wie sie unwillkürlich mehrmals tief Luft holte, fast als hätte ihre Lungenkapazität zugenommen. Irgendwie fühlte sie sich kühner hier, weniger beengt. Sie konnte es nicht genau erklären, aber es war so.

Die vergangenen fünf Tage waren himmlisch gewesen. Kenny hatte ihr zwei der farbenfrohesten Städte des Staates Texas gezeigt: Austin und San Antonio. In Austin hatte er sie mit Geschichten aus seiner Collegezeit unterhalten, während sie über den Campus der University of Texas schlenderten. Wenn sie mit ihrer Arbeit in der Bibliothek zu Ende war, führte er sie durch die Regierungsgebäude, die Parks und die Geschäfte der Stadt. Abends gingen sie dann in ganz wundervolle Restaurants essen und lauschten Austin's bester Musik.

San Antonio war sogar noch schöner. Vormittags, wenn Kenny auf der Ranch trainierte, ackerte sie sich durch die Bibliothek der *Daughters of the Republic of Texas* im Alamo. Die Nachmittage verbrachten sie dann gemeinsam. Nie hatte sie mehr gelacht – aber auch ordentlich gestritten. Ihr Körper war ganz warm und entspannt von Kennys Zuwendungen; sie konnte sich nicht vorstellen, je wieder ohne das oder ohne ihn zu leben.

Eine Wolke der Depression senkte sich auf sie herab. Ihr Urlaub in Texas neigte sich dem Ende zu. Die letzte Woche hatte sie unendlich genossen – aber nun war es Freitag, und am Sonntagabend würde sie nach Hause fliegen.

Sie hielt ihr Gesicht in den Wind und hörte auf, sich das bisschen Zeit, das ihr noch verblieb, mit Grübeleien zu verderben. Lieber dachte sie an die Führung durchs Alamo, die Kenny ihr heute Nachmittag geboten hatte. Als er ihr so Texas' berühmteste Sehenswürdigkeit zeigte und ihr dabei alles Mögliche erklärte, erkannte sie, dass die Geschichtsbücher und Biografien, die im ganzen Haus herumlagen, nicht von Patrick zur Dekoration verteilt worden waren.

Seine Hand, die die ihre umschloss, fühlte sich groß und tröstlich an. Sie bewunderte ein wunderhübsches altes Haus auf der anderen Straßenseite und lächelte dann zu ihm auf. »Du bist ein richtiger Geschichtscrack, stimmt's?«

»Wie kommst du darauf?«

»Nun, du weißt entschieden mehr über texanische Geschichte als die meisten anderen Leute.«

»Ich wollte auf dem College eigentlich Geschichte als Hauptfach wählen, aber meine Highschool Noten waren derart armselig, dass mir mein Studienberater davon abriet.«

»Wie schade!«

»Nicht wirklich. Er hatte sicher Recht. Selbst in all den leichten Fächern, die ich mir aussuchte, hab ich praktisch nur C's bekommen. Und dann bin ich in meinem Senior Year von der Uni abgegangen, um Golfprofi zu werden.«

»Nun, es muss wohl schwer sein, was Besseres als C's zu kriegen – wenn man nie im Unterricht ist.«

Er warf ihr einen neugierigen Blick zu. »Woher weißt du das?«

»Das wusste ich schon, nachdem ich dich fünf Minuten kannte. Ehrlich, Kenny, mir ist noch nie jemand untergekommen, der solche Angst vor Herausforderungen hat.«

Er ließ ihre Hand fahren und blickte sie irritiert an. »Zufällig stehst du hier neben einem Mann, der in den letzten drei Jahren zwei Majors gewonnen hat. Was Herausforderungen betrifft, kann mir keiner was vormachen!«

»Aber Turniere zu gewinnen ist was anderes, nicht wahr?« Sie nahm sich seine Hand wieder und drückte sie beruhigend. Gerade dieses Wochenende war besonders hart für ihn, weil zur Zeit in Augusta die Masters stattfanden; doch bisher hatte er sich geweigert, auch nur einen Ton darüber zu verlieren. »Der Golfplatz ist wahrscheinlich der einzige Ort, an dem du keine Angst hast zu zeigen, dass du hart arbeiten kannst.«

»Das liegt einfach daran, weil es der einzige Ort *ist*, an dem ich hart arbeite.«

Sie seufzte ergeben und legte für einen Moment ihre Wange an seinen Oberarm. »Gib's auf, Kenny. Du arbeitest oft hart. Dein Trainingsprogramm, zum Beispiel. Es sieht nur deshalb so leicht aus, weil du es verstehst, die Dinge mühelos erscheinen zu lassen.«

»Du hältst dich ja für …«

»So schlau, jaha! Du *willst* die Leute glauben machen, du wärst faul. Es kommt mir fast so vor, als wärst du der Ansicht, du würdest die gute Meinung der anderen nicht verdienen.«

»Bullshit!« Ein Nerv zuckte an seinem Mundwinkel, und da wusste sie, dass sie ins Schwarze getroffen hatte.

Es gab etliche Themen, über die keiner von beiden reden wollte, einschließlich seiner Suspendierung und ihren Problemen mit dem Duke of Beddington. Die vergangenen Tage hatte sie sich wie durch einen sinnlichen Nebel treiben lassen, ohne irgendein Morgen. Sie hatte keinerlei Anzeichen bemerkt, dass irgendjemand sie verfolgte, und nun, da sie in zwei Tagen zurückkehrte, musste sie der Tatsache ins Auge sehen, dass sie sich unverantwortlich verhalten hatte. Weder hatte sie versucht,

Hugh anzurufen noch hatte sie irgendetwas gemacht, um ihn aufzubringen. Es kam ihr vor, als hätte sie sich in eine Welt der Leidenschaft saugen lassen, in der keine Zukunft existierte.

Panik keimte in ihr auf und verdarb ihr ein wenig von ihrer Freude über den wunderschönen Tag. »Bist du sicher, an jenem Abend im Drugstore niemanden erkannt zu haben?«

»Ich hab dir doch schon das letzte Mal gesagt, dass ich mich darauf konzentrieren musste, die richtigen Schnürsenkel zu finden, also hab ich auf nichts anderes geachtet.«

»Aber du hast dich doch sicher mit jemandem unterhalten?«

»Nicht, dass ich wüsste!«

Ihre Stimmung sank. Sie stand keinen Deut besser da als an dem Tag, als sie aus dem Flugzeug gestiegen war. »Beddington wusste über die Klatschzeitschrift Bescheid, also muss sein Spion in diesem Drugstore gewesen sein. Aber wieso hat er nichts über die anderen Sachen berichtet?«

Eine wohlgeformte Joggerin näherte sich mit wippendem Pferdeschwanz, doch Kenny schenkte ihr keinerlei Aufmerksamkeit. Sie war froh, dass er keine anderen Frauen ansah, solange er mit ihr zusammen war. Er gefiel ihr wirklich ausnehmend als Mann, trotz seiner Eigenheiten. Neben seiner Intelligenz und Unterhaltsamkeit besaß er einen überraschend altmodischen Höflichkeitskodex. Allein heute war er ein Dutzend Mal von Fans angesprochen worden und immer freundlich auf sie eingegangen – wobei er gleichzeitig jedoch deutlich machte, dass er vor allem für sie da sein musste.

Sie hatten das Ende der Promenade erreicht und kehrten um. Es herrschte eine wohltuende Stille unterhalb der Straßen der Stadt, unterbrochen nur hie und da von einem Flusstaxi oder einem vereinzelten Touristen. Dieses Gefühl der Abgeschiedenheit erinnerte sie an St. Gert's am späten Nachmittag. Selbst wenn die Mädchen noch herumrannten, gab es wundervolle, verborgene Plätzchen, an denen man seine Ruhe haben konnte.

»Ich hätte nicht davon ausgehen sollen, dass der Spion ein Mann war«, sagte sie. »Es hätte genauso gut eine Frau sein können.«

»Jetzt fällt mir ein, ich hab die alte Mrs. Cooligan vorhin beim Krimi-Regal gesehen. Sie ist achtzig Jahre alt, aber noch richtig auf Draht.«

»Mach dich ruhig über mich lustig! Es ist unheimlich, zu wissen, dass man verfolgt wurde – aber nicht, von wem. Und warum hat es aufgehört?«

»Ich verstehe ja, Schatz. Und du weißt, was ich von deiner Verbindung mit diesem staubigen Spießer auf der anderen Seite des großen Teichs halte, also werd ich nichts mehr dazu sagen.«

»Aha – schon recht!« Sie betrachtete ihn kleinlaut. »Du glaubst, aus mir wird mal eins von diesen lieben, zerstreuten Schäfchen, die Selbstgespräche führen, sich eine Horde Katzen halten und alte T-Shirtkleider tragen, die nach Mottenkugeln riechen.«

»Ich muss zugeben, dass mir das nicht in den Sinn gekommen wäre. In schwarzen Strapsen dagegen, mit …«

»Bloß weil ich eine unverheiratete Engländerin bin und die Tradition achte, heißt das noch lange nicht, dass ich zickig bin.«

»Ich glaube, deine Fantasie ist grad irgendwie mit dir durchgegangen. Worauf willst du eigentlich hinaus?«

»Ach, ich weiß nicht. Vergiss es!«

»Weißt du, Lady E., statt mir psychologische Abnormalitäten vorzuwerfen, solltest du lieber einen Blick in dein eigenes verwirrtes kleines Gehirn werfen.«

»Ich? Ich bin glasklar wie eine Glocke.«

»Wenn das so ist, warum siehst du dich dann andauernd als ’ne Art weggetretene alte Jungfer?«

»Tue ich nicht. Aber ich weiß, dass ich auch nicht gerade ein Sexhäschen bin.«

»Also das is ’ne Lüge.«

»Ist es n …« Sie blickte zu ihm auf. »Was willst du damit sagen?«

»Dass du ein Sexhäschen bist!«

»Du willst bloß nett sein.«

»Ich bin bloß ein Mann. Siehst du, ich hab da diese Schwäche für deinen Mund …«

»Jetzt fängst du schon wieder damit an! Das ist unfair. Wäre ich ein Mann, dann würde man mich für eine starke Führerpersönlichkeit halten. Aber bloß, weil ich eine Frau bin, nennt man mich gleich herrschsüchtig.«

»Ich rede nicht von herrschsüchtig – obwohl du das zweifelsohne bist. Im Moment geht es um die Tatsache, dass du so ungefähr das erotischste Mündchen hast, das mir je bei einer Frau untergekommen ist.«

»Mein Mund ist erotisch?«

»Hm.«

Sie schluckte. Starrte ihn an. »Jetzt weiß ich genau, dass du lügst!«

»Ich lüge nur bei Dingen, die unwichtig sind. Muss ich dich lange daran erinnern, was du heute früh gegen acht Uhr mit diesem Mündchen angestellt hast?«

Sie wusste nicht, wie er es immer noch schaffte, sie zum Erröten zu bringen, aber so war es. »Na, vielen Dank!«

Er lachte und zog sie an sich. »Ich danke *dir*.«

Statt zu versuchen, sich mit Hugh in Verbindung zu setzen, verbrachte Emma den folgenden Vormittag – wieder auf der Ranch – im Bett mit Kenny. Sie konnte sich keinen aufregenderen und gleichzeitig rücksichtsvolleren Liebhaber vorstellen; dennoch wünschte sie, er würde nicht immer darauf beharren, die Oberhand zu behalten. Nicht, dass sie die ganze Zeit den Ton angeben wollte – es war herrlich, jemand so Kompetenten am Ruder zu haben –, aber gelegentlich wünschte sie doch, die erste Geige zu spielen, und wenn auch nur, um ein wenig mit seinem wundervollen Körper herumzuexperimentieren. Sie war sicher, dass sie mit der Zeit eine Lösung für dieses Problem hätten finden können, doch Zeit blieb ihnen nicht.

Nach einem gemütlichen Frühstück sattelten sie die Pferde zu einem mehrstündigen Ritt am Pedernales und durch den Wald. Kenny, der auf Shadow saß, hockte bequem zusammengesunken in einem Westernsattel und Emma, korrekt aufgerichtet, in einem englischen, den sie China übergeworfen hatte.

»Kenny, hast du schon gemerkt …? Wahrscheinlich bilde ich mir das bloß ein, aber ich habe wirklich das Gefühl, dass meine Tätowierung ein wenig verblasst.«

»Zieht bloß tiefer in die Haut ein, das ist alles.«

»Du hast wahrscheinlich Recht.« Aus dem Gebüsch ertönte ein Rasseln, und sie sah ein Gürteltier an einem entwurzelten Baum herumwühlen. Man stelle sich vor, ein so seltsames Tier in freier Wildbahn und aus solcher Nähe beobachten zu können! Ihre Schenkel schmerzten angenehm vom Reiten, aber vielleicht kam es ja auch von dem, was vorher geschehen war.

Er zog sich den Stetson tiefer in die Augen. »Ich hab überlegt … deine Schule beginnt erst wieder in einer Woche, und der Antichrist scheint es mit der Aufhebung meiner Suspendierung auch nicht eilig zu haben … also gibt es keinen Grund, warum du jetzt schon nach Hause hetzen müsstest. Du könntest ruhig noch ein wenig bleiben.«

Sie richtete sich gerader auf und warf ihm einen raschen Blick zu. »Mein Flugticket lässt sich nicht mehr ändern.«

»Um das Ticket kümmere ich mich. Mach dir darüber mal keine Sorgen.«

Nun, wenigstens hatte er es nicht mehr so eilig, sie wieder loszuwerden. Der Gedanke hätte sie aufmuntern sollen, doch stattdessen wurde sie noch niedergeschlagener. Wenn sie nicht miteinander schliefen, wäre Kenny nie auf die Idee verfallen, sie zurückzuhalten. »Ich bin die Schulleiterin. Der Unterricht mag erst wieder in einer Woche beginnen, meine Arbeit aber nicht.

Zwei Wochen waren das Längste, was ich an Urlaub nehmen konnte.«

»Kapier ich nicht! Du hast mir doch gesagt, dass der Duke dich feuern wird. Was für einen Unterschied macht es, ob du nun wieder auftauchst oder nicht?«

»Noch hat er mich nicht gefeuert, und bis dahin bin ich für St. Gert's verantwortlich.« Sie nagte an ihrer Unterlippe. »Mir bleiben noch knapp zwei Tage. Vielleicht fällt mir inzwischen was ein.«

Als sie um eine Biegung ritten und sie das Ranchhaus in der Ferne erblickte, dachte sie, wie sehr es ihr doch dort gefiel. Sie liebte diese Ranch, dieses Land. Hier fühlte sie sich wie ein Mensch – nicht so einsam.

Er runzelte die Stirn. »Ich find's einfach blöd, dass du jetzt so plötzlich abreisen willst, wo es doch grade so schön ist mit uns.«

Es war schön mit ihnen – eine schönere Zeit hatte sie noch nie in ihrem Leben gehabt – und sie konnte eine gewisse Wehmut nicht ganz unterdrücken. »Besser, es jetzt zu beenden, wo wir uns noch so gut verstehen, als später, nicht wahr?«

Er brauchte einen Moment, um zu antworten: »Yeah, könnte stimmen.«

»Selbstverständlich habe ich Recht«, entgegnete sie in forschem Ton, um ihn nicht merken zu lassen, wie weh ihr der Abschied tat.

Was immer er noch hätte hinzufügen mögen, ging unter, als der Stall in Sicht kam. Er richtete sich im Sattel auf und stieß einen besonders wüsten Fluch aus – eben jenen, bei dem die Mädchen von St. Gert's ins Direktorat zu Emma zitiert wurden, um sich eine Rüge wegen unangemessener Ausdrucksweise abzuholen.

Sie folgte der Richtung seines Blickes und sah eine Gruppe Männer neben einem weißen Lieferwagen stehen. Einer hielt eine Profi-Kamera auf der Schulter und filmte ihr Näherkommen. Ein anderer stand ein wenig abseits und studierte etwas in einem Notizbüchlein, das er in der Hand hielt. Er war kleiner als die anderen und formeller gekleidet: in ein dunkelbraunes Sportjackett, dunkle Hosen und ein blassgrünes Poloshirt. Dazu sah sie Goldschnallen an seinen sündteuren Schuhen aufblitzen.

»Halt bloß die Klappe«, brummte Kenny. »Und das meine ich todernst.«

»Wer sind die?«

»Nichts wie Schwierigkeiten – das sind sie!«

Als sie näher ritten, bemerkte Emma, dass Kenny hauptsächlich auf den Mann mit dem Notizblock achtete. Er war von mittlerer Größe, besaß ein eckiges Gesicht mit einem kräftigen Kinn, einer kleinen Nase und einem sehr kurzen Haarschnitt. Eine Designer-Sonnenbrille hing an einer Schnur um seinen kräftigen Hals.

Der Kameramann trat herbei und richtete die Linse direkt auf Kenny, als sie ihre Pferde zügelten. »Dies ist Privatgrund, Sturgis.«

»Ich hab Ihre Ranch noch nie gesehen, Kenny. Alle sagen, es wär nett hier. Was halten Sie davon, mich ein wenig rumzuführen?« Der Mann besaß die tiefe, angenehme Stimme eines Fernsehansagers. Sein Lächeln hatte etwas Öliges, und Emma konnte ihn von Anfang an nicht ausstehen.

»Na, ich glaub, wenig.« Kenny stieg ab, warf die Zügel seinem Stallburschen zu und half Emma vom Pferd.

»Das hier ist rein geschäftlich, Kenny, und ich will ein Interview.«

»Sie sind der Letzte, dem ich ein Interview gewähren würde. Übrigens, wie geht's dem Auge? Wer hätte gedacht, dass Sie bluten können …«

Der Mann schoss Kenny einen hasserfüllten Blick zu, dann wandte er sich an Emma. »Sturgis Randall. Ich arbeite für *World Sports Today* beim International Sports Channel.«

»Das ist Emma«, übernahm Kenny die Vorstellung, bevor sie etwas sagen konnte.

Mehr nicht – kein Nachname, kein Titel, und das von dem Mann, der es nicht lassen konnte, jedem, vom Kassierer im Supermarkt bis zum Busfahrer, auf die Nase zu binden, dass sie eine Gräfin war – was ja nicht so ganz stimmte.

Sturgis nickte ihr zu und beachtete sie dann nicht weiter. Er war weit mehr an seiner Sendung interessiert als an Kennys Begleiterin. »Während Sie im Grünen Cowboy spielen, ist Tiger in Augusta bei zehn unter. Die Tatsache, dass Sie nicht da sind, um ihn herauszufordern, ist 'ne fette Neuigkeit – darüber will ich berichten.«

»Und ich dachte, Sie hätten schon genug für mich getan.«

Sturgis fuhr empört auf. »Sie haben mich vor einer Million Golffans attackiert.«

Emma hatte die Geschichte von Torie gehört und wusste, dass Sturgis als Erster zugeschlagen hatte; doch Kenny hatte sich, wie immer, nicht verteidigt.

»Wir sind beide Profis«, fuhr Sturgis fort. »Vergessen wir doch die ganze Geschichte. Kommen Sie, nun zeigen Sie mir schon die Ranch!«

»Ein andermal.«

»Die Leute von Global National halten ein Interview für eine gute Idee. Und da sie zu Ihren Sponsoren gehören und unserer Sendung außerdem jede Menge Werbeeinnahmen zukommen lassen, scheint mir, als ob die in der Sache das Sagen hätten. Aber vielleicht macht's Ihnen ja nichts aus, einen Sponsor zu verlieren ...«

Emma war empört angesichts dieses frechen Eindringens in Kennys Privatsphäre. Die Tatsache, dass er im allgemeinen Interesse stand, gab den Leuten noch lange kein Recht, ihn so einfach zu überfallen.

Kenny verzog keine Miene. »Kein Interview. Das hab ich Ihrem Boss bereits gesagt.«

»Und jedem anderen Reporter in Texas.« Sein Ton wurde noch schmieriger. »Ich verstehe ja, Kenny. Also wissen Sie was … dann filmen wir eben einfach Ihren Arsch beim Davonlaufen.«

Ein gerissener Ausdruck breitete sich auf seinem Gesicht aus, während Kennys dunkel vor Wut wurde. Sie brauchte einen Moment, um zu verstehen; dann begriff sie, dass er eine Ablehnung unmöglich gemacht hatte, weil damit der Golfprofi wie ein unhöflicher Klotz dastehen würde. Randall wusste wohl, dass Kenny es nicht vertragen konnte, wenn Millionen amerikanischer Golffans ihn vor der Kamera kneifen sahen.

Und dann fing ihre Haut zu prickeln an, denn ihr wurde schlagartig klar, dass sich hier *die* Gelegenheit ihres Lebens bot. Ein Reporter! Eine Fernsehkamera! Gerade als sie schon aufgeben wollte, eröffnete sich im letzten Moment eine Möglichkeit, sich auf eine nie erträumte Weise öffentlich zu diskreditieren. Sie hielt den Atem an. Nicht einmal Beddington konnte das ignorieren!

Kenny hörte Emma nach Luft schnappen und sah den erregten Ausdruck auf ihrer Miene. Ihre Augen flogen von Sturgis zum Kameramann, und ihm sträubten sich sämtliche Nackenhaare. Lady E. hatte soeben begriffen, dass das nationale Fernsehen hier war und alles, was ihr an Verrücktheiten in den Sinn kam, mitdrehen würde.

Er wappnete sich. Emma war ganz schön flink und könnte sich ihm jede Sekunde an den Hals werfen, sich nackt ausziehen oder einen Hula tanzen.

Wenn er seine Karriere nicht ganz den Bach runtergehen lassen wollte, musste er sie so schnell wie möglich von hier entfernen, selbst wenn das das verabscheute Interview bedeutete. »Also gut.« Er zuckte mit den Schultern. »Warum auch nicht? Gibt mir die Chance zur Revanche.« Er blickte Emma an. »Emma, das hier wird langweilig. Warte drinnen auf mich, okay?«

Er rechnete mit dem Schlimmsten und versuchte nicht daran zu denken, dass sie ihn gleich zum größten Witz im professionellen Golf machen würde. Lee Trevinos Scherze, Ben Wrights Kommentare zu lesbischen Golferinnen, ja, selbst Fuzzi Zoellers Anmerkungen über Grillhühnchen mit Bohnen nach den 97er Masters, als der farbige Spieler Tiger Woods gewann, war nichts im Vergleich zu dem, was Emma sicherlich im Schilde führte.

Und dann ... nichts. Verblüfft sah er zu, wie sie einmal tief Luft holte, nickte und sich in Bewegung setzte. Er hatte das Gefühl, sich in den Arm kneifen zu müssen. Ging sie wirklich so einfach davon?

Ohne die Kameras eines zweiten Blickes zu würdigen, marschierte sie direkt auf das Haus zu und verzichtete auf ihren bis dahin so hartnäckigen Plan, einen öffentlichen Skandal heraufzubeschwören. Und die Sache war, er wusste ganz genau, warum sie nicht aufmuckte. Weil sie ihm nicht schaden wollte.

»Wir sind bereit«, rief der Kameramann. »Hierher bitte!«

Er riss seine Gedanken von Emma los und versuchte, nicht daran zu denken, was sie soeben für ihn geopfert hatte. Bilder schossen ihm durch den Kopf, Bilder, die ihn ablenkten, Bilder von Emma, wie sie heute Morgen ausgesehen hatte, als sie noch schlief, die Stirn gerunzelt, als würde sie sogar im Schlaf, wer weiß was, auskochen. Und wie wunderschön sich ihre braunen Locken über das hellblaue Kissen gebreitet hatten – wie flüssiger Honig, der über den Himmel lief.

»Kenny?«

Der Supersportler zuckte zusammen. Seit wann träumte ein ganzer Kerl wie er von *flüssigem Honig, der über den Himmel lief*? Solche Gedanken konnte er im Moment echt nicht gebrauchen, und er wandte seine Aufmerksamkeit entschlossen Sturgis zu.

»Lasst uns den Scheiß hinter uns bringen.«

Idiotin! Emma riss ein Küchenschränkchen auf und suchte nach einem Korkenzieher. Gerade hatte sie sich die Chance ihres Lebens durch die Lappen gehen lassen! Und warum? Weil sie eine Idiotin war, deshalb! Eine dämliche, blöde *Gans*!

Die Tür fiel krachend zu, und Kenny kam in die Küche gepoltert. Er wirkte angespannt und zornig. Gut! Einen Streit konnte sie jetzt prima gebrauchen. Ja, sie sehnte sich geradezu danach! Alles, bloß um diesen schrecklichen Frust loszuwerden.

Vor der Anrichte blieb er stehen, nahm seinen Stetson ab, blickte sie an und lächelte. Während er zu strahlen begann, schien alle Anspannung aus seinem Körper zu weichen, und diese Wandlung war so erstaunlich, dass sie sie im ersten Moment gar nicht fassen konnte. Es schien, als ob eine große, dunkle Gewitterwolke durch einen einzigen Sonnenstrahl aufgelöst würde.

Sein Lächeln war so warm, dass sie buchstäblich das Gefühl hatte, sich davon bescheinen lassen zu können. Und seine Augen … diese außergewöhnlichen Augen … Ihre Haut prickelte, ihr Herz hämmerte, das Blut schoss ihr durch den Körper. Ihre Ohren klingelten, die Bilder vor ihren Augen begannen ein wenig zu verschwimmen, ihre Glieder zu wackeln. Rasch hielt sie sich an der Kante der Anrichte fest.

Nachdem sie seit Tagen eine so starke physische Nähe zu ihm verspürte, dass sie beinahe ständig erregt war, war dies nun ein neues Gefühl. Diese Reaktion kam von so tief drinnen, von einem so fernen Ort, dass sie nicht einmal von seiner Existenz gewusst hatte.

Sämtliche Alarmglocken in ihrem Innern begannen zu läuten. *Nein, bloß das nicht! Alles, bloß das nicht. Nicht mit diesem Mann. Bitte. Lieber Gott, nicht … das!*

Sie liebte ihn – war nicht bloß verknallt. Und die Gewissheit dieser Liebe stellte sich jetzt nicht wie ein zarter Hauch ein – so wie sie es sich immer erträumt hatte – sondern wie ein lebensbedrohlicher Sturm. Wie unpassend. Wie unpraktisch. Und so furchtbar, so schrecklich schmerzhaft!

»Stimmt was nicht?«

»Wie? Ach, n-nein. Alles in Ordnung. Sicher ist alles in Ordnung. Wie lief's mit deinem Interview?« Hoffentlich bemerkte er das Zittern ihrer Hände nicht, denn sie hatte endlich einen Korkenzieher gefunden und versuchte nun, ihn in die Weinflasche, die er zuvor ausgewählt hatte, zu praktizieren.

Er nahm sie ihr ab. »Hab's überstanden, ohne ihm eins auf die Rübe zu geben – also lief's wohl ganz gut.« Er drehte den Öffner in den Korken und beschenkte sie erneut mit diesem schmelzenden Lächeln. »Danke, dass du die Anwesenheit der Kamera nicht ausgenützt hast.«

Sie griff nach einem Salzstreuer, bloß um etwas in der Hand zu haben. Patrick war heute unterwegs fotografieren. Zuvor hatte sie sich über die unverhoffte Einsamkeit noch gefreut, doch nun wünschte sie inbrünstig, er möge rasch zurückkehren. »Was meinst du?«

»Du weißt ganz genau, was ich meine.«

Emma biss sich auf die Unterlippe und fuhr mit dem Daumen über den Porzellandeckel des Salzstreuers.

»Du bist ein ganz schön tolles Persönchen, weißt du das, Lady E.? Und ich meine nicht nur das Schlafzimmer.«

Sie drehte sich zu ihm herum und sagte mit leiser, unsicherer Stimme, die so gar nicht typisch für sie war: »Du hältst mich für toll im Schlafzimmer?«

»Du etwa nicht?«

»Na ja, schon, aber das liegt doch an dir, oder?«

Ein entschiedenes Nicken. »O ja, darauf kannst du wetten – also mach dich auf eine gründliche Enttäuschung gefasst, wenn du's mit jemand anderem probieren willst.« Er wollte lächeln, doch irgendwie schien sein Mund das zu verweigern.

In der Tat konnte sie sich wirklich nicht vorstellen, mit einem anderen Mann zu schlafen. Es war undenkbar, derart ungezügelt und intim mit einem anderen umzugehen. Wieso hatte sie sich bloß auf ihn eingelassen? Sie tat nie irgendetwas beiläufig, wieso hatte sie geglaubt, es wäre mit dem Sex irgendwie anders? Als sie ihm ihren Körper überließ, hatte sie sich ihm unbewusst auch mit allem anderen hingegeben, einschließlich jener Dinge, die er gar nicht haben wollte.

Sie stöhnte.

»Was ist los? Du siehst aus, als hättest du gerade verdorbene Shrimps gegessen.«

»Noch schlimmer.«

»Emma?«

»Ich kann nicht darüber reden.«

»Sicher kannst du. Sag's mir.«

Ihm gestehen, dass sie ihn liebte? Wohl kaum! Sie konnte sich seine Reaktion nur allzu gut vorstellen. Zuerst würde er sie erstaunt ansehen, dann entsetzt. Es wäre keine Rede mehr davon, dass sie länger blieb, und mit der Unbekümmertheit zwischen ihnen wäre es auch aus. Kein Lächeln mehr, bei dem sie das Gefühl hätte, in einem Meer von Wärme und Licht zu ertrinken!

Dann jedoch tauchte plötzlich ein ganz erstaunlicher Gedanke in ihr auf. Warum nicht offen sein? Es lag nun mal in ihrer Natur, den Stier bei den Hörnern zu packen, und außerdem wäre es die perfekte Gelegenheit für sie, sich selbst zu retten. Wenn sie ihm die Wahrheit sagte, wäre das wie eine Amputation. Rasch und brutal! Seine entsetzte Reaktion würde ihr all ihre albernen Träume von kleinen Babys mit violetten Augen und glücklich bis ans Lebensende austreiben.

Ihr Mund öffnete sich wie von selbst, die Worte sprudelten nur so aus ihr hervor: »Also mir ist gerade etwas ganz Komisches passiert«. Sie räusperte sich. »Mir ist gerade klar geworden – es ist höchst ärgerlich und total albern, aber ...« Ihre Zunge fühlte sich wie eine schwere Matte an. »Es wird dich umhauen. Vielleicht auch erzürnen. Und das verstehe ich vollkommen.«

Er wartete geduldig.

»Ach, ist ja egal. Vergiss ...« Aber noch während sie zurückzuweichen begann, stoppte sie sich. Sie mochte ja viele Fehler und Schwächen besitzen, aber Feigheit gehörte nicht wirklich dazu. Und wer hatte gesagt, dass eine Frau ihren Stolz nur wahren konnte, wenn sie ihre tiefsten Gefühle in sich verschloss? Sie war aus härterem Holz geschnitzt, und nun ließ sie ihren Empfindungen freien Lauf.

»Weißt du, ich habe mich in dich verliebt.«

Kenny starrte sie an, als würden ihr Schlangen aus den Nasenlöchern kriechen.

Emma legte den Kopf in den Nacken. »Sag kein einziges Wort! Ich bin so wütend auf mich, ich möchte am liebsten schreien. Kannst du dir das vorstellen? Es ist einfach lächerlich! Du! Ausgerechnet du!« Sie raffte eine Fleischgabel an sich, die auf der Anrichte lag. »Warum ramme ich mir das Ding hier nicht gleich ins Herz? Oder entdecke, dass ich in Tom Cruise verliebt bin? Oder – oder Daniel Day Lewis? Oder irgend so ein blöder Rockstar? Das wäre genauso irrational.« Sie knallte die Fleischgabel auf die Anrichte und verschränkte die Arme vor der Brust. Dann begann sie mit dem Fuß zu wippen, um nicht das Gleichgewicht zu verlieren. »Nun, das ist leider ziemlich abgefahren ... ein einfach untragbarer Zustand – und ich werde der Sache sogleich ein Ende machen.«

Sein Mund öffnete sich, schloss sich und öffnete sich dann erneut. »Wie – willst du das anstellen?«

Sie reckte ihr Kinn. »Ich hab doch gerade damit angefangen, nicht wahr?«

Emma hatte Angst, gleich weinen zu müssen, und das wäre einfach zu demütigend. Das Telefon klingelte, doch sie ignorierte es. »Ich weiß, es ist nicht deine Schuld, aber im Moment bin ich ganz schön wütend – also entschuldige mich bitte.«

Wieder klingelte das Telefon. Sie wollte gehen, stieß dabei jedoch an einen Barhocker, der prompt umfiel. Aufgebracht griff sie nach dem Hörer. »Hallo!«

»Hier ist Torie. Schnapp dir Kenny und komm sofort her!«

»Was ist los?«

»Das siehst du schon, wenn du da bist. Beeil dich!« Damit hängte Torie auf.

Emma knallte den Hörer auf die Gabel. »Deine Schwester hat so eine Art Krise.«

»Was ist jetzt schon wieder los?«

Sie wollte sich bloß in ihr Zimmer flüchten und allein sein, doch das schien nun nicht mehr möglich. »Ich weiß nicht, aber sie möchte, dass wir beide sofort rüberkommen.«

»Okay, wird gemacht! Wahrscheinlich hat sie Dex gekillt und will nun, dass wir ihr helfen, die Leiche beiseite zu schaffen.«

Die Fahrt zum Haus der Travelers war eine einzige Qual. Sie konnte sein Mitleid oder seine Verlegenheit nicht ertragen, also drehte sie, sobald sie im Auto saß, das Radio auf und zwar zu einer Lautstärke, die ein Gespräch unmöglich machte. Kenny drosselte den Lärm auch nicht, also wollte er ebenfalls nicht reden.

Shelby tauchte sofort bei ihrem Eintreffen auf. Ihre Augen leuchteten, und ihre Wangen glühten vor Freude.

»O Lady Emma, wir haben einen höchst unerwarteten Besuch bekommen. Ein Geschäftsfreund von Warren – ein großer Investor –, aber ich glaube nicht, dass er wegen Warren hier ist. Ich glaube, es ist wegen Ihnen! Warten Sie bloß, bis jeder in der Stadt erfährt, dass ich einen leibhaftigen *Herzog* zu Gast habe!«

18

Emma erstarrte.

»Ein *Herzog*?«, erkundigte Kenny sich.

»Der Herzog von Beddington!«, zirpte Shelby. »Er ist im Wohnzimmer! Warren nennt ihn Hugh.« Sie wisperte so laut wie eine Souffleuse unter der Bühne: »Offenbar kennen sie einander schon seit Jahren – der Duke investiert seit Beginn der Achtziger in unsere Firma –, aber das ist das erste Mal, dass sie einander begegnen. Geht ruhig rein und stellt euch selbst vor! Ich muss noch ein Tablett mit Horsd'œuvres holen. Er hat einen enormen Appetit.«

Lady E. hatte das Gefühl, als wanke der Boden unter ihren Füßen. Zuerst der Moment, als ihr klar wurde, dass sie Kenny liebte, und jetzt das. Sie wusste, dass Hugh mit seinen Investitionen in High-Tech-Firmen ein Vermögen gemacht hatte, aber es gab ja so viele davon. Wie hätte sie ahnen können, dass TCS dazu gehörte? Und morgen flog sie doch nach Hause. Wieso war er den ganzen Weg hierher gekommen, um sie ausgerechnet jetzt zu besuchen?

Kenny ergriff Emmas Arm. »Du kehrst zur Ranch zurück. Das hier musst du dir nicht antun.«

Seine Fürsorglichkeit tröstete sie. Es reizte sie schon, seinem Vorschlag einfach zu folgen, doch Kneifen kam natürlich nicht in Frage. Sie schenkte ihm ein zittriges Lächeln. »Ich danke dir, aber ich werd fertig damit.«

Entschlossen schritt sie ins Wohnzimmer.

»Emma, my dear!« Der Sessel quietschte, als Hugh auf die Beine kam. Er war tadellos gekleidet in einen dunkelgrauen Zweireiher mit Weste, in welchem seine plumpe Figur fast schlank wirkte. Sein schütteres rotbraunes Haar war ordentlich nach hinten gekämmt, und das runde Gesicht zierten ein Paar buschige Augenbrauen, darunter zwei blassblaue Schweinsäuglein. Sein sündteures Cologne war überall zu riechen.

Hinter ihr hörte sie Kenny flüstern: »Der Mistkerl sieht ja aufs Haar aus wie dieser verdammte Heinrich ...«

Rasch trat sie vor. »Ich bin erstaunt, Hoheit. Was, um alles in der Welt, treibt Ihr hier in Texas?«

Hughs fleischige Finger griffen nach ihren Händen. »Wollte dich überraschen. Ich muss mich ein paar Wochen geschäftlich in den Staaten aufhalten und hätte dich bei deiner Rückkehr also nicht sehen können. Außerdem waren deine Schilderungen von Texas so verlockend, dass ich diesen Ort mit eigenen Augen sehen wollte.«

Was für eine unverschämte Lüge! Er war der uninteressierteste Reisende, den sie kannte. Bloß deshalb hatte er sich herbegeben, weil er sich versichern wollte, dass er sie immer noch unter dem Daumen hatte.

Sie konnte sich beim besten Willen nicht erklären, warum ihm ausgerechnet an ihr so viel lag. Es gab Tausende von Frauen in England, die hübscher waren als sie und weit williger. Mit seinem Titel und seinem Geld konnte er haben, wen er wollte. Wieso dann ausgerechnet sie?

Dieser verfluchte Mistkerl! Kenny sah, wie Hugh Weldon Holroyds Schweinsäuglein zu Emmas Mund wanderten und sich dort festhakten. Er wusste ganz genau, warum der Duke of Beddington es ausgerechnet auf die Headmistress von St. Gert's abgesehen hatte. Dieser geile Bastard!

Kennys Hände, die an seinen Seiten hingen, ballten sich zu Fäusten. Emma war so naiv – sie glaubte, alles was Holroyd an ihr interessierte, waren ihr Titel und ihr guter Ruf; aber Kenny hätte seine Ranch dafür verwettet, dass es ihr kurvenreicher Körper war, der den Herzog zu einem Upper-Class-Schürzenjäger werden ließ. Hugh erträumte sich wohl, dass Lady E.'s erotischer kleiner Mund genau dasselbe mit ihm machte – wie mit Kenny.

Was nie im Leben geschehen würde! Kenny hatte Emmas überraschendes Geständnis in der Küche noch immer nicht ganz verdaut. Wenn eine andere ihm so etwas gesagt hätte, wäre er sicher nicht so überrascht gewesen – sehr häufig musste er Liebeserklärungen abwehren –, aber diese Dame besaß eine außergewöhnliche Menschenkenntnis. Wie kam es ihr dann nur in den Sinn, sich in ihn zu verlieben?

Nun, er durfte nicht vergessen, dass sie trotz ihrer anderslautenden Reden im Grunde ziemlich prüde war. Um ihres Seelenfriedens willen hatte sie sich wohl einreden müssen, dass an dieser Beziehung mehr dran war als nur ein angenehmes Betthüpferchen. Sie musste sich einreden, in ihn verliebt zu sein. Aber das stimmte nicht – wie sollte er ihr das bloß klarmachen?

Der Gedanke deprimierte ihn, aber es blieb ihm keine Zeit zum Grübeln, denn sein Vater hatte diesen überfreundlichen Ton angeschlagen, den er wichtigen Investoren vorbehielt. »Hugh, ich möchte Ihnen meinen Sohn Kenny vorstellen! Ich habe Hugh schon vor Jahren eingeladen, mal hier vorbeizusehen, Kenny. Bin froh, dass er mich endlich beim Wort nimmt.«

»Ach ja!« Hughs Händedruck fühlte sich an wie ein feuchtes Golfhandtuch. »Ist mir ein besonderes Vergnügen, Ken! Ich kann Ihnen gar nicht sagen, wie dankbar ich Ihnen dafür bin, dass Sie sich meiner Emma so nett angenommen haben.«

Kenny spannte die Kiefermuskeln an. »Null Problemo!«

Torie trat vor, und die fürsorgliche Art, mit der sie sich bei ihm einhakte, verriet, dass sie Bescheid wusste. »He, Bubba! Der gute Hugh hier ist auch 'n Golfer, und ich hab ihm grade von meiner Runde heute Morgen im Club erzählt. Wenn mir nicht 'n Einszwanzig-Putt danebengegangen wär, hätt ich die Runde mit 'ner neunundsiebzig abgeschlossen.«

Hugh bedachte sie mit einem herablassenden Lächeln. »Tja, nun, ich habe Ihrer Schwester vorgeschlagen, doch den Kopf beim Putten ein wenig zu bewegen. Ich selbst habe auch schon ein paar Kurze auf dem Grün danebengesetzt. Nicht oft, natürlich, Sie verstehen. Obwohl ich wahrscheinlich nicht Ihr Kaliber habe, Ken, muss ich zugeben, dass ich meinen Anteil an Pars geschafft habe!«

»Was Sie nicht sagen!«

Shelby kam hereingeeilt, mit Peter auf einem Arm und auf dem anderen ein Tablett mit Horsd'œuvres. Eine Wange des Kleinen war ganz knittrig, und er rieb sich die Augen mit seinen kleinen Fäusten. »Tut mir Leid, dass ich so lange fort war, aber Peter ist gerade aufgewacht.«

Hugh starrte das Baby an, als hätte Shelby soeben eine Klapperschlange in ihre Mitte gebracht, aber Shelby gab sich vollkommen unbefangen. »Peter ist neun Monate alt und Daddys Augapfel.«

Warren lächelte. »Nochmal 'ne Familie zu gründen, hat was für sich, Hugh. Man bekommt die Chance, alte Fehler wieder gutzumachen.«

Kenny zuckte bei dem leicht sehnsüchtigen Ton in der Stimme seines Vaters zurück. »Überlass Petie mir, Shelby, damit Hugh noch etwas zwischen die Rippen kriegt.«

Der Gast war empört über die familiäre Benennung, aber Kenny tat, als würde er nichts merken.

Shelby reichte ihm das Baby und ging eilends zu Beddington. »Sie müssen unbedingt Luisas gefüllte Champignons probieren, Hoheit. Sie sind einfach köstlich. Und versuchen Sie auch die Käsestangen! Sie stammen aus einem Rezept von Martha Stewart, aber das lassen wir mal beiseite!« Und schon kurz darauf saß Hugh wieder in seinem Ohrenbackensessel, einen Teller mit zahlreichen Horsd'œvres auf dem Schoß und einem misstrauischen Auge auf Peter, der sein Näschen an dem Cadillac-Logo auf Kennys Shirt rieb.

»Wisst ihr, was ich denke?« Tories Augen funkelten spitzbübisch. »Wir müssen dem lieben Hugh hier unbedingt was vom texanischen Nachtleben zeigen. Ich wollte mich später mit Dex im Roustabout treffen. Warum gehen wir nicht alle hin und nehmen Hugh mit? Wollen Sie's mal mit einem Line Dance versuchen, Hugh?«

Er runzelte die Stirn angesichts von Tories Vertraulichkeit. »Emma und ich haben etwas Nachholbedarf und werden ein ruhiges Dinner im Hotel zu uns nehmen. Emma, es ist praktischer, wenn du ebenfalls dort wohnst. Ich habe mir also erlaubt, auch ein Zimmer für dich reservieren zulassen. Auf einem separaten Stockwerk natürlich.«

Kenny machte schon den Mund auf, um Hugh zu sagen, wo

er sein Zimmer hinstecken konnte, doch Shelby fuhr eilig dazwischen.

»Auf gar keinen Fall, Hoheit! Warren und ich könnten es nicht ertragen, Sie in diesem zugigen alten Kasten zu wissen. Luisa bereitet gerade ein Zimmer für Sie vor. Mit eigenem Bad und einem hübschen Balkon.«

Shelby liebte es, die ein wenig Minderbemittelte zu spielen – doch sie war alles andere als dumm, und Kenny zerbrach sich den Kopf darüber, was sie wohl im Schilde führte. Versuchte sie ihm zu helfen, indem sie Hugh von Emma fern hielt, oder ging es ihr bloß um die spätere Prahlerei darüber, einen echten englischen Duke beherbergt zu haben?

Die letzten Appetithappen verschwanden in Hughs Futterschleuse. Er tupfte sich die Mundwinkel mit der Serviette ab. »Das ist schrecklich nett von Ihnen, aber ich glaube wirklich nicht, dass …«

»Die Hotelleitung schweigt sich natürlich aus«, meinte jetzt Warren, »aber man hat dort leider ein kleines Kakerlakenproblem.«

Das hatte Kenny noch nie gehört, und er fasste seinen Vater schärfer ins Auge. Was genau war da im Busch? Er brauchte nur einen Moment, um darauf zu kommen. Sein Vater wollte Hugh so dicht wie möglich auf dem Pelz bleiben, um ihm noch mehr Geld aus dem Rückgrat leiern zu können und die Fusion damit möglicherweise überflüssig zu machen.

»Kakerlaken? Ach du liebe Güte …«

Petie gab ein leises Knattern von sich, und Kenny fiel wieder ein, dass er gerade sein Mittagsschläfchen hinter sich hatte. Rasch trat er vor. »Sie haben sich meinen kleinen Bruder ja noch gar nicht richtig angesehen – und von Emma weiß ich, wie gern ihr Engländer Kinder habt. Hier, bitte!«

Sanft aber entschlossen setzte er Peter auf Hughs Schoß. Hugh versteifte sich. Peter blickte ihn mit einem Stirnrunzeln an.

Kenny warf ihm einen viel sagenden Blick zu. *Na los, Bro, nun mach schon dein Geschäft.*

Das Baby blieb, wo es war, auch wenn es nicht gerade glücklich darüber zu sein schien. Hugh sah sogar noch weniger begeistert drein. »Also Moment mal ...«

»Emma sagt, Sie hätten selbst Kinder.« Kenny schenkte ihm ein gewinnendes Lächeln, während er Petie keine Sekunde aus den Augen ließ. Das Schätzchen wurde allmählich immer röter im Gesicht. »Zwei Mädels, nicht wahr?«

»Äh ... ja ... Sie sind zur Zeit in der Schule.«

Petie grunzte.

»In der Schule?«, erkundigte Kenny sich. »Haben sie denn nicht Ferien wie Emma?«

Petie grunzte immer lauter, und sein Gesicht wurde immer röter. Shelby war vom Hausmädchen abgelenkt, das in diesem Moment den Raum betrat, und bemerkte es nicht; aber Warren sah, was da abging, doch er tat keinen Mucks.

»Nun ja, ich bin nun mal ein sehr beschäftigter Mann, und da sind sie auf ihrer Schule besser aufgehoben. Erstklassiger Ort. Anders als St. Gertrude's. Nicht, dass mit St. Gert's etwas nicht in Ordnung wäre – Emma macht ihre Sache dort wirklich ausgezeichnet –, aber ein paar von den Mädchen da sind nicht gerade das Wahre! Wir haben ein Stipendiumsprogramm, Sie verstehen schon.«

Absolut verstand er das!

»Unsere Stipendiatinnen sind unsere fleißigsten Schülerinnen«, erklärte Emma mit fester Stimme.

Der Geruch einer vollen Windel erfüllte den Raum.

Gut gemacht, Bro. Kenny schenkte Petie ein stolzes Nicken. Der kleine Junge funktionierte wirklich wie ein Uhrwerk.

Hugh rümpfte die Nase und versuchte, Petie ein wenig von sich abzurücken.

»Also wie viele Stipendiaten haben Sie denn auf Ihrer Schule?«, erkundigte Kenny sich höflich.

»Ich – äh …«, Hugh schob Peter so weit von sich, wie er konnte. Das Baby, das jetzt auf den Kanten seiner Knie saß, blickte, wie Kenny bemerkte, recht zufrieden drein, auch wenn er ein wenig fremdelnd hin und her rutschte.

»Wir nehmen jedes Jahr fünfzehn auf«, erklärte Emma.

»Na, Respekt! Sagen Sie mir, Hugh, wie ist das, für so viele frische junge Menschen verantwortlich zu sein?«

Petie hatte eine wahre Bombe abgeworfen, und der gute Herzog wurde allmählich immer blasser. Aber er war viel zu eingebildet, um diesen – allzu menschlichen – Vorfall auch nur mit einer Silbe zu erwähnen. »Mann muss eben seine Pflicht tun.«

»Also damit haben Sie sicher Recht.« Kenny begann mit einem langen, ausschweifenden Monolog über den Wert der Erziehung und die Freuden der Philanthropie. Alles lief großartig, bis Shelby die Unterhaltung mit dem Hausmädchen beendet hatte und die Verheerung roch.

»Peter Traveler, was hast du schon wieder angestellt, du kleiner Lümmel?« Lachend schwang sie das Baby in ihre Arme. »Wir sind in ein paar Minuten wieder da. Kenny, Emma, es stehen genug Töpfe auf dem Herd, also könnt ihr zum Abendessen bleiben – danach gehen wir ins Roustabout und zeigen unserer Hoheit hier mal das echte Texas.«

Hugh zog ein Gesicht, als würde er lieber ein paar Würmer verspeisen.

Torie strahlte ihn an. »Tolle Idee! Kann's kaum erwarten, Ihnen den Two-Step beizubringen, Hugh. Sie dürfen sogar meinen Stetson aufsetzen, wenn Sie wollen.«

Kenny schwor sich in diesem Moment, dass er seiner Schwester eine ganze Lastwagenladung Emufutter schenken würde, ob sie es brauchte oder nicht.

Während des ganzen Dinners rechnete Kenny jeden Moment damit, dass Emma sich an ihn kuschelte und ihn *Lover* nannte – doch stattdessen behandelte sie ihn mit einer Zurückhaltung, wie man sie fernen Bekannten entgegenbrachte. Unglaublich! Als sie noch nicht miteinander schliefen, wollte sie alle Welt glauben machen, dass sie's taten. Doch nun, da sie ein Pärchen waren, durfte es keine Menschenseele erfahren.

Er versuchte, sich darüber zu ärgern; doch was er stattdessen fühlte, war diese verrückte Art Wärme. Eine Menge Frauen hatten ihn über die Jahre hinweg ausgenützt, doch Emma gehörte gewiss nicht zu ihnen.

Ihm fiel wieder ein, was sie am Fluss unten gesagt hatte: sie wolle nicht, dass Hugh etwas von ihrer Beziehung erfuhr. *Das ist unsere Privatsache. Es geht niemanden etwas an.*

Dennoch, sie musste doch wissen, dass sie dieses arrogante Arschloch nur loswurde, wenn er mitkriegte, dass sie sich einen Liebhaber zugelegt hatte – und Kenny hatte nicht wirklich etwas dagegen einzuwenden. Doch bis es so weit war, gefiel es ihm, ihr dabei zuzusehen, wie sie ihre Prinzipien hochielt. Er fand es hinreißend, dass sie glaubte, ihn zu lieben – aber leider irrte sie sich da.

Im Roustabout war an diesem Abend ungewöhnlich viel los, und als sie den Duke hineinführten, setzte er eine Miene auf, als wäre er soeben in Peties Windel getreten. Shelby plapperte munter auf ihn ein, während Torie sie an einen großen Tisch im hinteren Teil des Raums führte. Kaum waren sie dort angekommen, als sich Emma auch schon entschuldigte und stracks auf Ted Beaudine zumarschierte, der an der Bar saß, Platos *Die letzten Tage des Sokrates* las und an einem Getränk nippte, das verdächtig nach Mineralwasser aussah.

Kenny beobachtete, wie sie eifrig auf ihn einredete. Ted führte sie sofort auf die Tanzfläche und kuschelte sich hübsch eng an sie, da er offensichtlich nichts gegen ein nettes kleines Tête-à-Tête einzuwenden hatte. Kenny schwante ziemlich genau, wohin das führen würde, und war nicht überrascht, als Teds Hand in Richtung Emmas Po wanderte.

Ted schenkte ihm ein gemächliches Grinsen über Emmas

Kopf hinweg. *Was bleibt mir übrig? Sie zwingt mich.* Kenny funkelte ihn böse an und schwor sich insgeheim, ihm beim nächsten Mal auf dem Golfplatz ordentlich in den Hintern zu treten.

Hugh unterhielt sich mit Warren und beachtete die Tänzer nicht weiter, aber Torie und Shelby schon. Sie tauschten ein paar Blicke; dann, in einem fehlgeleiteten Versuch, Lady Emmas Ruf zu schützen, schoss Torie auf die Beine und bestand darauf, umgehend mit Hugh Platz zu tauschen, damit er einen besseren Blick auf die Bar hätte – als ob dies wer weiß was für ein Privileg wäre. Es gelang ihr, ihn mit dem Rücken zur Tanzfläche zu positionieren, so dass er nicht sehen konnte, wie Emma mit Ted flirtete. Arme Lady E.! Sosehr sie sich auch mühte, sie schaffte es einfach nicht, ihren Ruf zu ruinieren.

Danach ging mehr oder weniger alles schief. Hugh war so mit seinem herablassenden Verhalten beschäftigt, dass er gar nicht merkte, wie Emma Teds Hand hielt, als er sie wieder zum Tisch brachte, um vorgestellt zu werden. Auch als sie Tequila Shooters bestellte, schien er nichts dabei zu finden. Kenny war der Einzige, dem auffiel, wie sie nach den ersten beiden allmählich grün um die Kiemen wurde. Sie bestellte sich einen dritten, dann einen vierten. Bevor sie den jedoch trinken konnte, musste sie sich kurz entschuldigen und aufs Klo enteilen.

Als sie zehn Minuten später wieder auftauchte, war sie zwar blass, aber nicht mehr grün – also wusste er, was mit den Shooters passiert war. Er verpasste ihr unter dem Tisch einen tröstlichen Händedruck und wünschte, er könnte ihr helfen; aber das war nun mal etwas, das sie selbst ausfechten musste. Und niemals würde er sie kompromittieren wollen.

Der Abend zog sich hin. Nach ein paar Gläsern vom besten Malzscotch des Roustabouts unterhielt Hugh sie mit einer derart detaillierten Beschreibung seiner Ahnengalerie, dass selbst Shelby zu gähnen anfing.

Und dann tauchten plötzlich Sturgis und sein Filmteam auf.

Sturgis hatte erwähnt, dass er noch ein, zwei Tage herumhängen würde, um ein wenig vom Lokalkolorit aufs Zelluloid zu kriegen; das beinhaltete offenbar auch Aufnahmen von Kenny, wie er sich im Roustabout die Zeit vertrieb, während Tiger sich vor der letzten Runde der Masters noch einmal ausruhte. Kenny wurde immer wütender; unterdessen wanderte Sturgis herum und interviewte seine früheren Schulkameraden, die nur zu gerne jede noch so kleine Geschichte über seine anrüchige Kindheit hervorkramten und zum Besten gaben. Sturgis hatte sein Image bei den Golffans ohnehin schon fast vollständig zerstört, und nun gaben ihm seine Freunde den Rest.

Hugh versuchte immer wieder, Emma allein in eine Ecke zu drängen, doch das ließ Torie nicht zu – da wusste Kenny, dass seine Schwester den pompösen Duke ebenso wenig ausstehen konnte wie er. Aus reiner Verzweiflung forderte Hugh Emma schließlich zum Tanzen auf, aber Torie schoss hoch und erklärte, Emma verstünde nicht die Bohne von texanischen Line Dances! Doch sie selbst, Torie, erklärte sich bereit, Hugh nachher zu zeigen, wie's gemacht würde.

Ein Club-Soda hatte Emmas Magen wieder ein bisschen beruhigt; da dauerte es nicht lange und sie nahm einen neuen Anlauf, Hugh zu ärgern, indem sie sich mit Torie und Shelby darüber unterhielt, wie wundervoll Ted doch wäre. Glaubten sie nicht auch, dass er der bestaussehendste junge Mann sei, der ihnen je untergekommen war? Und standen ihm diese knackigen Jeans nicht prächtig? Sowie noch mehr solchen Kram, was dem eingebildeten Engländer jedoch völlig entging.

Dann tauchte Dex auf, und Kennys Alarmglocken schrillten. Es war eine Sache für Emma, mit Ted zu flirten –, aber eine ganz andere, hier hocken zu müssen und zuzusehen, wie sie es mit Dex probierte. Das würde er keinesfalls dulden!

Zu seiner Überraschung intervenierte auch diesmal wieder Torie. Bevor Emma auch nur Mucks sagen konnte, zwang Torie Dexter auf die Tanzfläche. Während Kenny beobachtete, wie sie sich an einen Mann schmiegte, den sie eigentlich auf den Tod nicht leiden konnte, merkte er erst, wie viel er seiner Schwester schuldete. Sie kehrten wieder an den Tisch zurück; und nun verwickelte Torie Dexter in ein intensives Gespräch, was sie natürlich nur tat, um ihn von Emma fern zu halten – nicht etwa, weil sie seine Gesellschaft tatsächlich genoss. Kenny warf ihm vorsichtshalber einen finsteren Blick zu – Warren Traveler mochte seiner Tochter ja den Rücken zugekehrt haben, doch ihr großer Bruder war nach wie vor auf dem Posten.

Lady E. wurde allmählich so deprimiert, dass er es nicht länger mit ansehen konnte, und er erhob sich. »Komm, Schatz, lass uns tanzen.« Er betonte das Kosewort und sprach dabei so laut, dass er damit sogar die Selbstverliebtheit des Herzogs durchbrach.

Seine blaublütige Hoheit runzelte die Stirn.

Kenny spürte Emmas Widerstand, doch er zog sie dennoch hoch. Immer noch klammerte sie sich fest an ihre Prinzipien. Was zwischen ihnen war, war Privatsache. »Ich weiß nicht – das heißt ...« Ein Anflug von Verzweiflung lag in ihrer Stimme. »Ted, bist du sicher, dass es dir nichts ausmacht, wenn ich mit Kenny tanze?«

Kenny schoss dem Jungen einen so bösen Blick zu, dass der kaum zu blinzeln wagte. Er zuckte mit den Schultern. Entschlossen schob der verleugnete Geliebte Emma auf die Tanzfläche, und ohne das Filmteam zu beachten, das wahrscheinlich Aufnahmen von ihnen machen würde, zog er die Lady einfach an seine Heldenbrust. »Halt die Klappe und leg die Arme um meinen Hals! Wir wollen die Sache hinter uns bringen.«

Sie wich jedoch so weit von ihm zurück, wie sie konnte, und blickte kläglich zu ihm auf. Zeuge sein zu müssen, wie seine energische kleine Headmistress zusammenzuklappen drohte, brach ihm fast das Herz. »Ich versuch doch bloß, dir zu helfen«, flüsterte er.

»Aber wie denn, Kenny? Es geht einfach nicht. Er hat mir schon viel verdorben – doch das hier wird er mir nicht beschmutzen.« Sie holte tief und zittrig Luft. »Ich – ich hab einen anderen Plan.«

Er war klar wie Kloßbrühe, dass sie keinen Schimmer von einem anderen Plan hatte, aber immer noch hoffte, dass ihr etwas einfallen würde.

»Der Kerl ist ein Volltrottel, Schatz! Sag ihm das einfach und du bist aus dem Schneider.«

»Du hast ihn doch kennen gelernt ... ihn mitsamt seinem Riesenego. Er muss derjenige sein, der die Beziehung für beendet erklärt, oder er wird versuchen, es mir heimzuzahlen. Und wir wissen beide, wie!«

Noch ein Wort mehr über diese Schule, und er würde etwas zertrümmern.

Erneut begann sie an ihrer Unterlippe rumzuknabbern und sich ihr süßes Hirn zu zermartern. »Wenn wir aufbrechen, werde ich Ted einen leidenschaftlichen Kuss geben. Er hat mir bereits versichert, das ginge in Ordnung.«

»Die Wette gilt!«

»Dann, sobald Hugh und ich allein sind, werde ich ihm gestehen, dass Ted und ich uns ineinander verliebt haben.«

»Nein, wirst du nicht!«

Sie blickte ihn flehentlich an. »Bitte, Kenny, mach mir keine Schwierigkeiten. Es gibt keine andere Möglichkeit. Ich werde es bei Ted wieder gutmachen.«

Bei *Ted*? Sie wollte es bei *Ted* wieder gutmachen?

Emma musterte ihn mit einem jener Killerblicke, die sie besser draufhatte als jeder andere. »Ich werde Hugh nichts von uns erzählen. Zugegeben, ursprünglich war das mein Plan, aber ... was zwischen uns ist, ist viel zu kostbar ...« Sie bedachte ihn mit dem nächsten Lady-Emma-Blick, der ihm drohte, er würde nur dann eine Eins in ihrer Klasse kriegen, wenn er bis zum Ende der Woche noch ein Dutzend Bücher durchgelesen hätte. »Wenigstens für mich.«

Etwas Komisches passierte. Etwas Verrücktes. Er wollte lachen. Ihm war ganz warm ums Herz. Doch dann fing alles in ihm zu kribbeln an, und er hatte das Gefühl, nur ein kühner Sprung in kaltes Wasser könnte ihn davon befreien.

Sie löste sich seufzend von ihm. Natürlich hatte er sie enttäuscht, da er nichts auf ihr Geständnis erwiderte. Aber er wollte über diese Kostbarkeit überhaupt nicht reden. Er kam sich richtig schäbig vor, als er ihr nun zum Tisch zurück folgte. Kenny grollte sich selbst und auch ihr.

Lady E. entdeckte sofort, dass Ted verschwunden war, und ihre Babywangen fielen ein. »W-wo ist Ted?«

Warren wies mit einem Kopfnicken auf die Hintertür. »Jim Pearl hat Probleme mit seinen langen Eisen, und Ted gibt ihm im Hof 'ne Nachhilfestunde. Ich soll Ihnen ausrichten, dass er gleich wieder da ist.«

Hugh erhob sich. »Die Reise war ziemlich anstrengend und mir reicht es für heute Abend.«

»Mir auch.« Shelby erhob sich ebenfalls. »Ich laufe allmählich über. Muss schleunigst Peter stillen.«

Der Herzog erbleichte.

Shelbys Mund verzog sich zu einem strahlenden Lächeln. »Warten Sie bloß, bis Sie merken, wie herrlich bequem das Gästebett ist. Nicht wahr, Warren?«

Sein Vater lächelte und sah sie mit einem Ausdruck an, als wäre er nicht älter als achtzehn.

»Aber ich – ich sollte wirklich ...« Emma blickte sich verzweifelt um und hoffte inbrünstig, Ted würde sich wie durch Zauberhand materialisieren, damit sie ihn ordentlich abknutschen konnte. Kenny musste sie praktisch zur Tür zerren, und als sie draußen auf dem Parkplatz standen, merkte er, wie sie immer nervöser wurde. Da er bereits miterlebt hatte, wozu sie aus Verzweiflung imstande war, empfahl es sich, sie so schnell wie möglich von hier fortzuschaffen.

»Mein Wagen steht da drüben«, sagte Dex zu Torie. »Ich fahr dich nach Hause.«

Statt Ausflüchte zu machen, nickte seine Schwester.

Shelby winkte. »Wir sehen uns ja dann morgen!«

»Gute Nacht, Emma!« Hugh nickte ihr frostig zu, als ob das alles ihre Schuld wäre; Kenny spürte, dass er bereits eine Riesenpredigt ausbrütete, die er ihr um die Ohren schlagen wollte, sobald er sie allein hatte. Was nicht geschehen würde! Der einzige, der Lady E. kritisieren durfte, war er.

Hugh machte Anstalten, Warren und Shelby zum Wagen zu folgen. Emma vibrierte nur so vor Anspannung, und Kenny beschlich ein unbehagliches Gefühl.

»Wartet!« Ihr Schrei war so laut, dass ihn jeder auf dem Parkplatz hören konnte.

Kenny wusste zwar nicht, was jetzt kam –, aber er ahnte, dass es ihm nicht gefallen würde. Er zögerte, gerade als Emma nach vorn sprang und sich die Hände auf die Brust presste.

»Ich kann nicht länger mit einer Lüge leben!«

Ach du liebe Scheiße!

»Zwar habe ich versucht, es für mich zu behalten, aber es geht nicht mehr!«

Er kam sich vor wie ein Zuschauer, vor dessen Augen sich eine Unfallszene abspielte und der nicht eingreifen konnte.

»Die Wahrheit wird mich befreien!« Emma rang mehrmals nach Luft. »Und die Wahrheit ist ...« Erneut klappten ihre Lippen auf und zu. »Ich liebe Torie!«

»Du tust was?« Tories Augenbrauen schossen fast bis zu ihrem Haaransatz, und sie wich unwillkürlich einen Schritt zurück.

Aber Lady Emma war nun in Fahrt und nicht mehr zu bremsen. Mit einem Sprung warf sie sich seiner Schwester an den Hals und pflanzte ihr einen dicken Kuss mitten auf den Mund.

19

Emmas Wangen glühten. Als Nächstes schlang sie den Arm um Tories Taille und blickte allen hochaufgerichtet in die Gesichter. Seine Schwester hatte Stiefel an, also war sie gut fünfzehn Zentimeter größer als Emma und stand da wie eine Salzsäule. Auf Dex' Gesicht lag ein Ausdruck von Amüsement, Shelby stand der Mund offen, und Warrens robuster Teint war blass geworden.

Hugh stieß ein Ächzen aus, ihm schienen die Augen hervorquellen zu wollen, und er sah aus wie ein gigantischer, nach Luft schnappender Karpfen.

»Ich hatte Angst, es dir zu sagen«, erklärte Emma lahm.

Torie löste sich langsam aus ihrer Starre. Sie blickte auf Emma hinunter. »Wusste ja gar nicht, dass du so für mich empfindest ...«

Kenny kochte dermaßen, dass er sich kaum mehr beherrschen konnte. Dieses dickköpfige, besserwisserische, blind-sture Weibsbild hatte soeben ihre Karriere abgemurkst. Niemand würde sie jetzt mehr kleine Mädchen unterrichten lassen.

Emma nagte an ihrer Unterlippe und ließ Torie schließlich los. Hughs Gesicht hatte eine dunkelrote Färbung angenommen. »Du degeneriertes Weibsstück!«

Und dann überschlugen sich die Ereignisse.

Seine Hoheit machte einen Satz, holte aus und versetzte Emma eine schallende Ohrfeige.

Die Kameracrew tauchte aus dem Roustabout auf. Zu spät, um Hughs Attacke mitzubekommen, aber rechtzeitig genug, um Kenny zu sehen, wie er sich mit einem Hechtsprung auf den Herzog warf und ihn in die Leibesmitte rammte.

Hugh war kräftiger, als er aussah – hielt aber keinem Vergleich mit Kenny stand und stolperte rückwärts. Bevor er auf dem Asphalt aufschlug, packte Kenny ihn und jagte ihm die Faust in den Magen.

Eifrig surrte die Kamera und nahm alles auf: den großen, muskulösen Sportler, der hinterrücks über den kleinen Fettsack mit dem schütteren Haar herfiel.

Der Aristokrat sank ächzend zusammen und versuchte seinerseits, den Kopf in Kennys Magen zu rammen. Kenny hob blitzschnell das Knie und erwischte ihn am Kinn. Hugh stieß ein schmerzvolles Grunzen aus und brach auf der Asphaltdecke zusammen.

Aber er war noch bei Bewusstsein, und in seinem Gesicht stand die nackte Angst, als er zu Kenny aufblickte. Kenny bückte sich, um ihn hochzureißen – doch da hasteten sein Vater und Dex herbei und packten ihn jeweils an einem Arm. Beide Männer hielten ihn zurück.

Benebelt vor Wut sah Kenny dennoch das Kamerateam, das alles unbarmherzig aufzeichnete. Hugh kam stolpernd und um Atem ringend auf die Füße. Aus seinem Mund tropfte Blut.

Kenny sah, dass der Fleck auf Emmas Wange purpurrot wurde, und auf einmal war ihm selbst das Kamerateam scheißegal. Alles, woran er denken konnte, war, den Mann auseinanderzunehmen, der ihr das angetan hatte.

»Ich bin okay«, beruhigte er seinen Vater und Dex. »Es ist gut, ihr könnt mich jetzt loslassen.«

Was sie auch taten.

Nun versetzte er Hugh einen Faustschlag an den Kiefer.

»O Kenny …« Emma wollte sich auf ihn stürzen – doch Torie, die Gerechtigkeit erkannte, wenn sie sie sah, hielt sie fest.

»Bleib schön hier, meine kleine Passionsblume! Ich werde dich trösten.« Sie schlang den Arm um Emmas Hals und drückte sie an ihren Busen.

»Ich versuch wirklich«, murmelte Dex, der die Umarmung der beiden Frauen beobachtete, »mich nicht von euch antörnen zu lassen.«

Der Rächer starrte keuchend auf den zusammengesunkenen Hugh hinunter.

»Kenny!« Er drehte sich beim Klang dieser befehlenden Stimme herum. Ihr süßer, runder kleiner Mund war entschlossen zusammengepresst, und sie sah ganz aus wie die Schulleiterin, die energisch eine Pausenhofrauferei unterbindet – eine Schulleiterin mit einem hässlichen roten Fleck auf der Wange. »Tu's nicht. Bitte!«

Torie ließ Emma los, und er ging zu ihr, berührte die Ohrfeigenspur. »Alles in Ordnung mir dir?«

Sie nickte brüsk, aber er fühlte, wie mitgenommen sie war, und er hätte sich Hugh Weldon Holroyd in diesem Moment am liebsten noch mal vorgeknöpft.

Aus den Augenwinkeln sah er, wie das Kamerateam die Szene wie Geier umkreiste. Sie hatten alles auf Video – alles, außer dem Moment, als Hugh Emma ohrfeigte. Im selben Moment begriff er, was draus werden würde. Die Kamera würde zeigen, wie Bad Boy Kenny Traveler über einen hilflosen Mann herfiel.

Sich nie entschuldigen. Nie etwas erklären.

Sturgis Randall schoss vor und drückte Kenny ein Mikro ins Gesicht. »Erzählen Sie uns, was passiert ist. Warum haben Sie eine Rauferei angefangen?«

»Macht, dass ihr hier verschwindet«, knurrte er.

»Nein!« Emma packte ihn am Arm. »Schildere ihm, was passiert ist.«

Aber Kenny hatte seinen Stolz heute schon einmal hinunterschlucken müssen, als er mit Sturgis redete, und einmal war schon zuviel. Im Übrigen konnte er sich das sparen. Sturgis hatte alles, was er brauchte, auf Band, und die Wahrheit interessierte ihn nicht.

Die Magensäure kam ihm hoch. Wortlos riss er sich von Emma los und stakste zu seinem Auto. Randall rief eine Frage hinter ihm her, aber er beachtete ihn nicht. Soeben hatte auch er seine Zukunft den Abfluss runtergespült – und wollte allein sein.

Verzweiflung überkam Emma, als sie ihn fortgehen sah. Was

hatte sie bloß angerichtet? Während der Cadillac reifenquietschend davonpreschte, musste sie sich der Tatsache stellen, dass die Ereignisse, die sie heute Abend losgetreten hatte, Kenny sehr wohl den Rest seiner Karriere kosten konnten.

Warren erschien auf dem Plan. Seinen sehnsüchtigen Blick, den er seinem Sohn nachschickte, war sie gewohnt – doch nun sah sie den knallharten Geschäftsmann. »Dex, bring Hugh in sein Hotel! Je mehr ich darüber nachdenke, desto mehr bin ich der Meinung, dass Kakerlaken zusammenhalten sollten.«

Dex packte Hugh und führte ihn zu seinem Audi, doch im letzten Moment riss der Herzog sich los und wirbelte zu Emma herum. »Glaub ja nicht, dass ich dich je wieder in diese Schule lasse! Oder in irgendeine andere. Verdorbene, perverse Frauen wie du darf man keinesfalls in der Nähe unschuldiger Kinder dulden.«

Emma fühlte den kühlen, feuchten Abendwind über den Parkplatz wehen – er roch nach sorgfältig gemähtem englischen Rasen, sonnenüberfluteten Blumenbeeten und alten Ziegelgemäuern, die einsame kleine Mädchen beherbergten. Das einzige Zuhause, das sie je gehabt hatte …

Sturgis eilte auf Hugh zu. »Erzählen Sie uns, was passiert ist. Warum ist Kenny Traveler so brutal über Sie hergefallen?«

Dex legte den Gang ein und raste davon, bevor Hugh die Gelegenheit hatte, Kenny noch mehr in Misskredit zu bringen. Wutentbrannt bellte Sturgis seinen Kameramann an: »Los, der Film muss zum Flughafen!«

»Nein!« Emma hastete vor die Linse. »Fragen Sie mich. Ich werde Ihnen alles berichten. Hugh Holroyd hat mich angegriffen. Kenny wollte bloß für mich eintreten.«

Ihr Herz sank, als sich ein skeptischer Ausdruck auf Randalls Gesicht abzeichnete. »Hat das noch irgendwer gesehen?« erkundigte er sich bei den Umstehenden.

»Wir alle«, donnerte Warren.

Shelby trat vor, und im Licht der Parkplatzbeleuchtung sah

man die zwei nassen Flecken auf ihrem Sweatshirt – dort wo ihr die Milch ausgelaufen war. »Dieser englische Mistkerl hat Lady Emma eine Ohrfeige gegeben, und Kenny hat sie verteidigt.«

Randall wandte sich, immer noch skeptisch, an die neugierige Menge. »Stimmt das? Hat das sonst noch jemand gesehen?«

»Wenn Shelby sagt, es war so, dann war's auch so«, rief einer der Männer.

»Das ist verdammt richtig«, erklärte Torie. »Und Sie berichten besser die ganze Geschichte!«

Der Reporter musterte sie ausgiebig, dann wandte er sich erneut an die Umstehenden. »Hat irgendjemand, der nicht zu den Travelers gehört, gesehen, was passiert ist?«

Stille.

»Doch, Dex!«, rief Torie. »Dexter O'Conner. Er fährt den Mistkerl grade in sein Hotel. Sie können mit ihm reden.«

»Mit O'Conner? Ist das nicht der Mann, den Sie heiraten wollen? Nicht gerade ein unvoreingenommener Gesprächspartner.«

»Wer behauptet, dass ich ihn heiraten will?«

Sturgis reichte sein Mikro an ein Teammitglied weiter und schloss sein Notizbüchlein. »Der Barmann und ungefähr sechs andere Leute.«

Sein selbstzufriedener Gesichtsausdruck sagte alles, und Warren schüttelte den Kopf. »Sie wollen die Wahrheit ja gar nicht wissen. Nun, das ist nichts Neues – schließlich hat es sich rumgesprochen, dass Sie gerne die Fakten ignorieren. Sie sind der Grund, warum Kenny suspendiert wurde, und nun wollen Sie ihm den Rest verpassen!«

Randall plusterte sich auf. »Ich mache keine Nachrichten. Ich berichte sie nur.«

»Sie meinen, Sie verdrehen sie?«, meinte Shelby.

Aber Sturgis Randall hatte seine Story im Sack, und mehr interessierte ihn nicht. »Packt zusammen, Jungs. Wir gehen!«

Emmas Mut sank. Sie hatte sich so gewünscht, Hugh loszuwerden –, aber Kenny dabei mit untergehen zu lassen, das hatte sie natürlich nie gewollt.

Lady E. wartete bis fast vier Uhr morgens auf Kenny; dann schlief sie in dem Sessel ein, den sie ans Fenster ihres Zimmers gerückt hatte. Als sie aufwachte, war es sechs, und er war immer noch nicht nach Hause gekommen.

Sie hatte sich nicht einmal die Zeit genommen, sich umzuziehen, und stolperte nun in den Sachen, die sie im Roustabout angehabt hatte, aufs Klo. Im Spiegel sah sie die dunklen Ringe unter ihren Augen, und auf der Wange, wo Hugh sie geohrfeigt hatte, bildete sich jetzt ein Bluterguss. Sie strich mit den Fingern darüber, doch es tat lange nicht so weh wie ihr Herz.

Heute würde sie heimfliegen. Sie musste daran denken, wie Kenny für sie in die Bresche gesprungen war, eine ritterliche Geste, mit der er sich nicht nur die Chance, irgendwann in absehbarer Zukunft wieder auf die Tour zugelassen zu werden, verdorben hatte, sondern wahrscheinlich war er nun auch bei den Golffans so ziemlich unten durch. Wenn er die Sache doch bloß ihr überlassen hätte! Aber Ritterlichkeit gehörte ebenso zu seinem Wesen wie sein eigenartiger Sinn für Humor. Selbstverständlich stand immer fest, dass ihre Affäre einmal zu Ende gehen musste; doch auf diese Weise, indem sie ihm alles verdarb – das tat ihr entsetzlich Leid.

Sie brauchte jemanden, der sie später zum Flughafen nach Dallas brachte. Außerdem musste sie duschen und sich frische Sachen anziehen, doch das konnte warten. Zuerst gab es etwas anderes zu erledigen.

Zehn Minuten später saß sie hinterm Steuer von Patricks Wagen und kroch über die – dem Himmel sei Dank – leere Straße, die in die Stadt führte. Während sie sich darauf konzentrierte, auf ihrer Spur zu bleiben, schwor sie sich, dass ihre Tage als Nicht-Autofahrerin vorüber waren. Wahrscheinlich würde sie sich nie wohl fühlen hinter dem Steuer eines Wagens, aber das machte nichts. Emma wollte sich nicht länger von ihren Ängsten unterbuttern lassen. Sobald sie wieder in England war, würde sie den Führerschein machen.

Die Dame an der Hotelrezeption, die an diesem Morgen Dienst hatte, stellte sich als die hübsche Rothaarige heraus, mit der Ted neulich im Roustabout geflirtet hatte. Sie erkannte Emma, und es dauerte nicht lange, da rückte sie Hughs Zimmernummer heraus.

Nachdem sie angeklopft hatte, trat Emma so weit beiseite, dass er sie durch den Türspion nicht erkennen konnte. Dann bemühte sie sich, mit einem schönen texanischen Akzent zu sagen: »Room Service!«

Die Sekunden tickten vorüber, dann hörte sie Bewegung und das Klicken des Schlosses. Die Tür ging auf. »Ich habe nichts beim ...« Hugh erstarrte, als er sie entdeckte.

Rasch hatte er einen Morgenmantel übergeworfen, unter dem nun seine königsroten Pyjamabeine hervorragten. Er war barfuß, und eine seiner hässlichen großen Zehen besaß einen eingewachsenen Nagel. Zu ihrer nicht geringen Genugtuung sah sie, dass der Bluterguss, den er von Kennys Kinnhaken davongetragen hatte, weit schlimmer war als ihrer.

»Raus hier!« Seine Schweinsäuglein überflogen hektisch den Korridor, und sie merkte, dass er Angst hatte, Kenny könnte mitgekommen sein.

Sie drängte sich an ihm vorbei ins Zimmer. »Ich bin allein.«

Seine Hoheit knallte die Tür hinter ihr zu, als befürchte er, Kenny könne sich doch noch jeden Moment dazwischen werfen. »Er ist ein Wahnsinniger! Wenn ich das schon beim ersten Mal, als ich mit ihm sprach, gewusst hätte, dann hätte ich nie ...« Hier brach er ab, und seine fleischigen Lippen kräuselten sich angewidert. »Hast du eine Ahnung, welcher Demütigung du mich ausgesetzt hast?«

Er machte einen bedrohlichen Schritt vorwärts, und ihr gesunder Menschenverstand riet ihr, zurückzuweichen, aber sie ruckte keinen Millimeter vom Fleck. »Wenn Sie mich anfassen, dann schreie ich so laut, dass das ganze Hotel aufwacht. Wollen Sie das?«

Gehässig funkelte er sie an, kam aber zumindest nicht näher. »Du verschwendest deine Zeit. Glaubst du denn ernstlich, dass ich dich noch heiraten will – jetzt, wo ich über deine *Perversion* Bescheid weiß?«

Seine Lippen kräuselten sich, als ob er Gift gespuckt hätte. Wenn sie wirklich lesbisch gewesen wäre, hätte sie seine Haltung im höchsten Grade beleidigend gefunden. Er fuhr sich mit den Fingern durch seine öligen rotbraunen Haare – doch anstatt sie zu glätten, standen sie ihm jetzt wie zwei Teufelshörner vom runden Schädel ab.

»Bilde dir ja nicht ein, jemals wieder nach St. Gert's zurückkehren zu können, denn ich kündige dir hiermit auf der Stelle! Solltest du noch einmal einen Fuß auf das Gelände setzen, lasse ich dich wegen unbefugten Betretens verhaften.«

»Natürlich muss ich wieder zurück. Dort sind immerhin alle meine Sachen.«

»Die wird man packen und an dich schicken.«

Also würde sie nicht einmal die Gelegenheit haben, sich zu verabschieden, aber man konnte eben nicht überall gewinnen, und im Moment musste sie eine andere Schlacht ausfechten. Nämlich für all die Mädchen, die auf sie angewiesen waren.

»Also gut, Hugh. Aber wenn Sie nicht wollen, dass Chaos ausbricht, dann ersetzen Sie mich besser durch Penelope Briggs. Sie ist äußerst kompetent und wäre für den Posten optimal.«

»Dieses rotgesichtige Weib? Die, die lacht wie ein Maulesel?«

Penelope mochte ja laut sein, aber sie war darüber hinaus ein wundervoller, fröhlicher Mensch und äußerst intelligent. Dass jemand so über sie sprach, empörte Emma, aber sie ließ sich nichts anmerken. »Sie kommt mit dem Lehrkörper und den Mädchen sehr gut zurecht. Außerdem ist sie äußerst tüchtig. Sie könnten keine Bessere finden.« *Außer mir*, hätte sie am liebsten hinzugefügt. *Ich war die beste Headmistress, die St. Gert's je gehabt hat.*

Er zuckte mit den Schultern. »Nun, da sie den Posten ohnehin nicht lange behalten wird, macht es wohl keinen Unterschied, denke ich.«

»Was meinen Sie damit?«

Sein Gesichtsausdruck wurde triumphierend. »Ich werde die Schule an einen Grundstücksspekulanten verkaufen, Emma. Diese Möglichkeit hatte ich meines Wissens bereits erwähnt.«

Zischend stieß sie den Atem aus. Er wollte Rache und wusste genau, wie er ihr am meisten wehtun konnte. »Sie erbärmlicher Wurm!«

»Ich glaube nicht, dass du ein Recht hast, andere mit Dreck zu bewerfen, du lächerlicher Abklatsch einer Frau. Und ich möchte dich gleich hier und jetzt anweisen, den Mund über deine Perversion zu halten. Es wäre fatal, wenn durchsickerte, dass St. Gert's jahrelang von einer Lesbe geleitet wurde.«

Sie konnte es nicht länger aushalten. Da sie alles verloren hatte, was ihr wichtig war, wollte sie die Niederlage wenigstens als eine echte und nicht als falsche Vorspiegelung hinnehmen. »Ich bin nicht lesbisch«, sagte sie ruhig, »sondern habe Torie bloß geküsst, um Sie loszuwerden.«

»Du lügst.«

Emma holte tief Atem. »Wenn ich wirklich lesbisch wäre, würde ich mich deswegen nicht schämen, aber ich bin es nicht. Ich habe Ihnen von Anfang an gesagt, dass ich Sie nicht heiraten möchte – aber Sie haben sich nicht nur geweigert, mir zu glauben, darüber hinaus haben Sie versucht, mich zu erpressen.«

»Nonsense!«

»Ich wüsste nicht, wie man es sonst bezeichnen sollte. Sie haben gedroht, St. Gert's zu veräußern, wenn ich nicht einwillige. Da ich diese Schule liebe, blieb mir keine andere Wahl.«

Er richtete sich kerzengerade auf und meinte überheblich:

»Du bist ja verrückt! Als ob ich irgendeine Frau zwingen müsste, mich zu heiraten. Mein Name gehört zu den besten Englands!«

Wieder einmal merkte sie, dass es zwecklos war, sich mit ihm zu streiten. Hugh Weldon Holroyd war so von sich eingenommen wie kaum ein anderer Mensch auf der Welt. Noch während sie ihre letzte Salve abfeuerte, wusste sie, wie lächerlich sie ihm vorkommen musste. »Ich warne Sie – wenn Sie wirklich versuchen sollten, St. Gert's zu schließen, dann werde ich alles tun, um Sie zu vernichten.«

Ihre Drohung schien ihm keine große Angst einzujagen. Der Duke of Beddington höhnte: »Was könnte ein Niemand wie du schon tun, um einen Menschen wie mich zu zerstören?«

»Ich könnte die Wahrheit ans Licht bringen.«

Er zog ein gelangweiltes Gesicht.

»Mehr braucht es wirklich nicht, verstehen Sie! Oh, ich verfüge natürlich nicht über Ihre guten Kontakte zu den Medien, aber immerhin bin ich eine gute Bekannte von Colin Gutteridge vom *Lower Tilbey Standard*, und ich war die Lehrerin von Evelyn Lumleys Tochter. Evelyn ist Moderatorin der Heim- und Gartensendung von Lower Tilbeys örtlichem Radiosender. Sie ist einfach fantastisch, wenn es um Rosen geht, also verfügt sie auch über eine sehr loyale Hörerschaft. Natürlich sind meine Kontakte bescheiden, aber selbst kleine Steine verursachen Wellen, und beide Menschen halten bestimmt zu mir. Ich bin sicher, sie würden nur zu gerne meine Version der Geschichte berichten.«

»Niemand wird ihnen glauben«, meinte er von oben herab. »Du kannst überhaupt nichts beweisen.«

»Vielleicht nicht. Aber es könnte zu einem hässlichen Skandal kommen.«

»Glaubst du wirklich, deine Nobodys von Freunden könnten einem Mann in meiner Position ernsthaften Schaden zufügen?«

»Ich kämpfe mit allen mir zur Verfügung stehenden Mitteln«, erklärte sie einfach.

Zu ihrer Genugtuung konnte sie sehen, dass sie endlich zu ihm durchgedrungen war. Vielleicht würde er es sich nach ihrer kleinen Drohung doch noch mal überlegen.

Jetzt deutete er gebieterisch auf die Tür. »Aus meinen Augen! Und glaube ja nicht, dass dich auch nur eine anständige Schule in England einstellen wird; denn da werde ich einen Riegel vorschieben.«

Verfügte er wirklich über so viel Einfluss? Das bezweifelte sie; aber sie wusste ebenfalls, dass er es ihr unmöglich machen konnte, wieder eine ähnliche Stellung zu bekommen, auf die sie, ihrer Qualifikation entsprechend, Anspruch hatte.

Sie merkte, wie sie zu zittern anfing. Daher musste sie so schnell wie möglich von hier weg. Aber sie konnte nicht gehen, bevor sie ihre Meinung losgeworden war. »Sie sind ein engstirniger, überheblicher Mensch, Hugh. Aber was noch schlimmer ist: Sie besitzen kein Herz. St. Gert's verdient etwas Besseres!«

Francesca starrte durchs Wohnzimmerfenster auf den herrlichen weißen Sandstrand von Florida. Es war wunderschön hier, aber ihr fehlte Wynette. Sie konzentrierte sich wieder auf das unangenehme Telefongespräch mit ihrem Mann. »Ja, Darling, ich habe gehört, was in den Nachrichten kam. Aber ich bin sicher, Kenny hat eine Erklärung dafür.«

Sie war sich dessen überhaupt nicht sicher und zuckte zusammen, als ihr normalerweise so vernünftiger und ruhiger Mann in scharfem Ton zu wettern anfing.

Schließlich beruhigte er sich soweit, dass sie etwas einwerfen konnte. »Ich gebe ja zu, der Bericht klingt ein wenig negativ, aber der Duke of Beddington ist ein solch unangenehmer Mensch. Ehrlich, Dallie, wenn du ihn kennen würdest – du könntest ihn nicht ausstehen. Ich bin sicher, dass Kenny einen Grund hatte, ihn niederzuschlagen.«

Sie hob den Hörer ein wenig vom Ohr weg, da er nach diesen Worten erneut explodierte. Er rief sie von Augusta aus an, wo gerade die letzte Runde der Masters stattfand. Die Reporter waren schon seit dem frühen Morgen hinter ihm her, und sie kämpfte gegen aufsteigende Schuldgefühle an. Es war ihre Schuld, weil sie Emma und Kenny zusammengeführt hatte. Beddington hatte Wynette offenbar ihretwegen aufgesucht, und irgendwas musste schiefgegangen sein.

Seit dem vormittaglichen Bericht über die Rauferei auf dem Parkplatz des Roustabouts versuchte Francesca, Kenny zu erreichen, doch es war dauernd besetzt. Eigentlich hätte Emma einen positiven Einfluss auf ihn ausüben sollen – doch stattdessen schien sie ihn noch tiefer in Schwierigkeiten hineingeritten zu haben. Das wäre nie passiert, wenn sie, Francesca, nicht ein wenig hätte kuppeln wollen – wie ihr Mann sie in diesem Moment erinnerte.

Auf der anderen Leitung kam ein Anruf herein. Dallie tobte noch immer, und sie legte ihn kurz auf Warteschleife.

»Hi, Mom, ich bin's!«

»Teddy, Darling! Gut, dass du anrufst. Dein Vater ist in der anderen Leitung, und er führt sich auf wie ein Wilder. Warte einen Moment.«

Sie klickte wieder hinüber zu Dallie, der ihr gerade eine äußerst interessante sexuelle Variante androhte, sollte sie je wieder das Bedürfnis zu kuppeln verspüren. »Sweetheart, es tut mir Leid, dass ich dich unterbrechen muss – aber Teddy wartet am anderen Anschluss.«

Dallie beruhigte sich sofort, was sie nicht überraschte. Unter den vielen Segnungen ihres Lebens war die Liebe, die zwischen ihrem Sohn und Dallie herrschte, wohl die größte. Geschickt nutzte sie sein kurzes Schweigen, um das Gespräch zu beenden. »Komm rasch nach Hause, mein Darling!« Und dann, um ihn wegen seiner Toberei zu beschämen, schnurrte sie mit ihrer Bettstimme, an deren Perfektion sie schon seit ihrem sechzehnten Lebensjahr arbeitete: »Ich habe gestern ein ganz exquisites Massageöl gekauft. Ein europäisches natürlich und sündteuer obendrein. Mandel mit einer Spur Sandelholz. Aber ich möchte nun mal das Beste ... für bestimmte Körperteile von dir ... die mit bestimmten Körperteilen von mir ... in Berührung kommen.«

Es folgte eine lange, vielsagende Pause, und als er sich schließlich zu Wort meldete, klang seine Stimme ein wenig heiser. »Francie, ich glaub, ich nehm doch den früheren Flug!«

Lächelnd unterbrach Francesca die Verbindung. *Als ob daran je ein Zweifel bestanden hätte.*

»Ich werd ihm den Hals umdrehen!«, rief Torie über die Lautsprecherstimme hinweg, die die Passagiere zum letzten Mal aufforderte, den Flieger 2842 nach London, Heathrow, zu besteigen. »Das werd ich, ehrlich, Lady E. Sobald der Schuft auftaucht, werd ich's tun. Sag's ihr, Dex. Sag ihr, dass ich immer mein Wort halte!«

Statt darauf einzugehen, legte Dex einen Arm um Emmas Schultern und drückte sie kurz. »Ich bin sicher, dass Kenny sich, sobald er wieder klar sieht, bei Ihnen meldet.«

Nun, das würde schwierig werden, dachte Emma, da sie ja dabei war, den Ozean in Richtung Europa zu überqueren. Im Übrigen hatte sie nun weder einen Job noch ein Zuhause. »Ist schon gut. Nach allem, was gestern Abend passiert ist, erwarte ich gar nicht, dass er noch mal mit mir redet. Ehrlich.« Aber erhofft hatte sie es sich schon – desgleichen sein Verzeihen.

Sie wühlte in ihrer Handtasche nach ihrem Boarding Pass. Den Moment, in dem sie das Flugzeug besteigen musste, hatte sie, so lange sie konnte, hinausgezögert – ebenso wie sie bis zum letzten Moment gewartet hatte, die Ranch zu verlassen, falls Kenny doch noch auftauchte; aber jetzt war es zu spät.

Nun, wenigstens musste sie sich nicht länger mit Torie auseinander setzen, die schon den ganzen Tag an Dexter herumnörgelte. Egal, was er tat oder sagte, Torie hatte etwas daran zu bemängeln. Er ertrug ihre Beleidigungen mit bewundernswertem Gleichmut, Emma jedoch hatte sich ein paarmal auf die Zunge beißen müssen, um nichts zu sagen.

Und um alles noch schlimmer zu machen, hatte Emma ihnen die Wahrheit über Hugh und seine Erpressungsversuche erzählt. Nach den Vorfällen von gestern Abend, deren Zeuge sie ja geworden waren, fand Emma, stand ihnen eine vollständige Aufklärung zu; doch obwohl sie durchaus mitfühlend waren, kam sie sich danach wieder einmal vor wie ein liebes, zerstreutes Schäfchen, vollkommen unfähig, auf den eigenen zwei – oder wie vielen? – Beinen zu stehen. Nur, dass sie sich in Kenny verliebt hatte, erwähnte sie nicht, was die beiden, wie sie befürchtete, jedoch ohnehin wussten.

Tories besorgter Gesichtsausdruck verstärkte ihr Gefühl noch. »Kenny explodiert nicht leicht; aber wenn's mal der Fall ist, braucht er leider 'ne ganze Weile, bis er wieder Dampf ablässt. Und die Tatsache, dass Tiger die Masters zum zweiten Mal gewonnen hat, ist auch nicht gerade hilfreich.«

»Tja, nun, leider bleibt mir keine Zeit mehr, noch länger darauf zu warten, dass er sich beruhigt.« Sie küsste Dexter auf die Wange und umarmte Torie stürmisch. »Du warst so lieb zu mir. Ich werde dich schrecklich vermissen. Und es tut mir wahnsinnig Leid, was ich dir gestern Abend zugemutet habe.«

»Machst du Witze? War mir 'n Vergnügen, einzuspringen!« Sie funkelte Dexter vielsagend an. »Im Übrigen ist es nett, zur Abwechslung mal mit jemand Spontanem zusammenzusein – anstatt mit gewissen Leuten, die immer erst alles von vorn bis hinten analysieren müssen.«

Dexter lächelte nachsichtig.

Torie drückte Emmas Schultern. »Und glaub bloß nicht, du hättest mich das letzte Mal gesehen, Lady E. Wir beide bleiben in Verbindung.«

»Ich hoffe es.«

»Darauf kannst du einen l-, äh, dich verlassen. Unsere Liebesaffäre war ja vielleicht kurz, aber dafür umso intensiver!«

Emma lachte, brach dann jedoch ab, weil es ihr auf einmal die Kehle zuschnürte. Sie würde diese verrückten Texaner vermissen. »Sei lieb zu Dexter, Torie«, flüsterte sie. »Er ist ein wundervoller Mann.«

Torie verzog unglücklich das Gesicht und umarmte sie abermals heftig. Emma schenkte beiden ein zittriges Lächeln, dann hängte sie sich ihre Reisetasche über die Schultern und wandte sich der Gangway zu.

»Emma!«

Ihr Herz machte einen Satz, und sie wirbelte herum. Kenny kam auf sie zugerannt. Er sah schrecklich aus. Zerknitterte Hose, unrasiert, auf dem verstruwwelten Haarschopf eine Dean-Witter-Baseballkappe.

»Warte!« Kenny fegte daher, wobei er beinahe eine ältere Dame umstieß, und blieb vor ihr stehen. Keuchend holte er erst mal tief Luft.

Und was jetzt? Als Kenny Emma so vor sich stehen sah, hinter ihrem Rücken die Gangway, schien es auf einmal unmöglich zu sein, wieder zu Atem zu kommen. Er war den ganzen Weg von der Tiefgarage hierher gesprintet – doch das war nicht der Grund, warum ihm auf einmal die Puste ausging. Es hatte was mit dem enormen Druck zu tun, der in dem Moment auf seiner Brust lastete.

Gestern Abend, nach dem Vorfall vor dem Roustabout, war er erst mal eine Weile lang bloß rumgefahren. Plötzlich hatte er sich in Richtung Dallas befunden. Als er dort eintraf, war er direkt zum Golfplatz gegondelt, anstatt ins Bett zu gehen. Er spielte ganze sechsunddreißig mörderische beleuchtete Löcher; dann, bei der Nachricht, was Tiger in Augusta anstellte, hatte er sich noch eine volle Stunde auf dem Abschlagplatz geplagt. Mit vor Müdigkeit brennenden Augen war er zuletzt unterwegs zu seinem Apartment gewesen, als ihm, wie in Trance, das heutige Datum einfiel. Da war er spornstreichs umgekehrt und zum DFW gekurvt.

»Ma'am, Sie müssen jetzt an Bord gehen«, meinte der Gate Attendant mit höflicher Festigkeit.

Kenny sah, wie Emmas Stirn Falten warf und wie ihr Mündchen zu zittern begann. Ihre Reisetasche stieß gegen seine Hüfte, als sie die Hand hob, um seinen Arm zu ergreifen. »O Kenny, es tut mir so Leid! Ich hatte nie die Absicht, dich da reinzuziehen. Es ist mir einfach so in den Sinn gekommen. Ich habe gehandelt und ... werde mir das nie verzeihen. Alles ist so schnell passiert und ...«

Er merkte, wenn er sie nicht stoppte, würde sie die wenige restliche Zeit mit Entschuldigungen vergeuden – doch nun, da er vor ihr stand, war sein Gehirn wie leergefegt, wo er sich zuvor doch alles, was er sagen wollte, zurechtgelegt hatte. Die Tatsache, dass seine Schwester Torie und Dex daneben standen, machte es ihm auch nicht gerade leichter. Bloß eins wusste er: er konnte Emma nicht gehen lassen, ohne ihr zu sagen, wie sehr sie sein ganzes Leben durcheinander gebracht hatte. Und er musste Lebewohl sagen.

Er wirbelte zu seiner Schwester herum. »Würdest du bitte verschwinden?«

»Nicht, bevor ich bereit bin.«

»Du bist bereit!«

Dex trat vor, ergriff sie am Handgelenk und zog sie weit genug weg, um Kenny ein wenig Privatsphäre zu gönnen.

»Ma'am, wir schließen jeden Moment die Türen. Es wird wirklich Zeit.«

Er funkelte den Gate Attendant zornig an. »Sagen Sie denen, dass sie noch 'ne Minute warten sollen!«

»Bedaure, aber das geht nicht.«

Emma reichte dem Mann ihren Boarding Pass und warf Kenny einen flehentlichen Blick zu. »Ich muss los.«

Kenny biss die Zähne zusammen. »Du gehst nirgendwohin,

bevor du mir nicht erklärt hast, wie du das, was du in meinem Leben angerichtet hast, wieder gutmachen willst!«

Tränen schossen ihr in die Augen. »Ich habe versucht, mit diesem abscheulichen Fernsehreporter zu reden – wir alle –, aber er wollte nicht auf mich hören.« Sie machte einen Schritt rückwärts in die Gangway hinein. »Ich verspreche dir, Kenny, ich werde mit Dallie reden und die Dinge richtig stellen. Ich hab schon mehrere Nachrichten hinterlassen, doch er hatte bisher wohl noch keine Zeit, mich zurückzurufen. Sobald ich im Flugzeug sitze, kontaktiere ich ihn noch mal.«

»Du hast was?« Er sprang in die Gangway und zerrte sie wieder zurück.

Der Gate Attendant zischte: »Sir!«

Er schüttelte Emma ein wenig, damit sie ihm ihre Aufmerksamkeit schenkte. »Verflucht, wenn du auch nur ein Wort zu Dallie sagst, dann wirst du's bereuen.«

Der Gate Attendant trat näher. »Ma'am, soll ich die Security rufen?«

»Nein, nein.« Emma schüttelte den Kopf. »Ist schon gut.« Wieder ergriff sie seinen Arm. »Aber selbstverständlich muss ich mit Dallie reden. Ich bin doch für diesen ganzen Schlamassel verantwortlich. Er soll erfahren, dass es meine Schuld war.«

»Da hast du verdammt Recht, es ist deine Schuld – und du hast eine ganze Menge wieder gutzumachen und zwar beginnend mit diesem Augenblick. Steig nicht in dieses Flugzeug!«

»Ich muss aber doch nach Hause.«

»Und lässt mich einfach in der Scheiße, die du verursacht hast, sitzen? Wohl kaum!«

»Werde ich ja nicht. Ich habe dir schon gesagt, dass ich's Dallie erklären will und ...«

»Und ich hab dir bereits gesagt, dass du dich da nicht einmischen sollst.«

»Aber ...«

»Ma'am, steigen Sie jetzt in dieses Flugzeug, oder nicht?«

»Ja!«

»Nein!«

Ohne Vorwarnung brach Emma in Tränen aus. Wieso musste sie ihm jetzt das Herz rausreißen, indem sie zu heulen anfing? »Hör sofort damit auf«, schrie er. »Du kriegst deinen Willen nicht, auch wenn du die Heulsuse spielst!«

»Mein Wille hat damit gar nichts zu tun. Ich versuche, die Sache wieder gutzumachen.«

»Fein! Genau das wollte ich hören.« Er warf dem Gate Attendant einen festen Blick zu. »Warten Sie nicht länger. Sie kommt nicht mit!«

»Kenny! Lass den Unsinn sein! Ich habe mich doch schon entschuldigt und werde auch Dallie anrufen und alles erklären – aber das willst du ja nicht. Was soll ich denn sonst noch tun? Ich kapiere das nicht. Was willst du eigentlich? Was genau *willst* du von mir?«

Das war es ja gerade. Er wusste es selbst nicht.

»Das dachte ich mir.« Ihr Schullehrerinnenblick verriet, dass er nicht die leiseste Chance hatte, ihre Meinung zu ändern. »Lebwohl, Kenny!«

Sie machte sich von ihm los und wandte sich der Gangway zu.

»Du kommst sofort wieder her!«, brüllte er. »Wir ...« Irgendwas brannte ihm ein Loch mitten ins Hirn. »Wir fliegen direkt nach Vegas!«

Das brachte sie sozusagen schlitternd zum Halten. Ihn auch. Mit einem vollkommen verblüfften Gesichtsausdruck, der seine Irritation noch erhöhte, drehte sie sich zu ihm um. »Nach Vegas? Was meinst du damit?«

Das Loch in seinem Hirn wurde von Sekunde zu Sekunde größer. »Las Vegas. In Nevada.«

»Ich weiß, wo das liegt. Aber wieso willst du da hin?«

»Na, durchbrennen.« Er stieß die Worte krächzend hervor. »Da fliegen die Leute nun mal hin, wenn sie miteinander durchbrennen wollen.«

»Durchbrennen?« Fast wie ein Zombie, also gegen ihren Willen, wandelte sie zu ihm zurück. »Du meinst heiraten?«

Nein! Nein, das meinte er keineswegs – er wollte nicht heiraten, verflucht noch mal! –, aber jetzt war's heraus, und klein beigeben konnte er nicht! Nicht vor diesem verdammten Gate Attendant, der ihn anstarrte wie einen Irren, und vor Emma, die schrecklich aussah, und Tiger, der sich schon wieder mal das grüne Jackett unter den Nagel gerissen hatte.

Seine lauschende Schwester begann im Hintergrund zu quieken wie ein Schweinchen und auf und ab zu hüpfen, wie das Schulmädel, das sie vor nicht allzu ferner Zeit einmal gewesen war. »Du heiratest!«

Er reckte trotzig das Kinn und blitzte Emma böse an. »Hast du ein Problem damit?«

Ihre honigbraunen Augen sahen aus, als wollten sie jeden Moment davonschwimmen, und er konnte sehen, wie sie schluckte. »Das – das ist albern. Du willst mich doch gar nicht heiraten.«

Wahrere Worte waren noch nie gesprochen worden, aber das würde er jetzt um keinen Preis zugeben. »Erzähl mir ja nicht, was ich will und was ich nicht will. Bloß weil wir heiraten, heißt das noch lange nicht, dass ich mich von dir rumkommandieren lasse.«

»Ma'am, ich fürchte, Sie müssen das unter sich ausmachen. Viel Glück!«

Als der Gate Attendant die Türen schloss, wurde Kenny schwindlig vor Erleichterung. Er verstand seine Reaktion zwar nicht, wollte sie im Moment auch gar nicht verstehen, doch eins wusste er: Er hatte soeben eine total brenzlige Situation überstanden.

Torie, die in einiger Entfernung hinter ihm stand, quiekte noch immer. »Sie heiraten! O Kenny, das ist einfach himmlisch! Du und Lady E.! Shelby wird sterben vor Begeisterung. Allmächtiger! Heißt das, du kriegst jetzt auch einen Titel? Kriegt er, Lady E.? Wird er jetzt ein Lord, oder so was?«

Kenny schoss Dexter einen flehentlichen Blick zu. »Wenn du auch nur ’nen Fingernagel voll Mitgefühl hast, dann schaff sie hier weg.«

Dexter schlang den Arm um Tories Taille. »Ich glaube nicht, dass wir hier noch gebraucht werden.«

»Ich muss Shelby anrufen. Und Ted! Warte nur, was Ted Beaudine zu all dem sagt.« Während sie in ihrer Handtasche nach ihrem Handy kramte, schickte sie zwischendurch ihrem Bruder ein fröhliches Grienen. »Ich versteh, warum du sie so magst, Kenny. Sie kann wirklich gut küssen.«

Alle, die noch vor und um das Gate herumstanden, starrten Emma an.

Torie musterte die Leute hochmütig. »Das ist Fakt!«

20

Kenny brauchte nicht lange, um sich einen Flughafenangestellten zu schnappen, klarzustellen, wer er war, und eine dementsprechende Vorzugsbehandlung zu erreichen. Ungeachtet der Proteste Emmas ließ er alles für einen Flug nach Las Vegas vorbereiten.

Sie hätte sich ja einfach weigern können – stattdessen trottete sie neben ihm her wie ein liebes braves Schäfchen, wobei sie sich ranhalten musste, um mit dem auf einmal zum rasenden Gockel gewordenen Kenny mitzuhalten. Immer wieder suchte sie nach neuen Argumenten; doch er weigerte sich, auf sie zu hören, weigerte sich, zu warten, bis sie ihr Gepäck, das sie ja schon nach London aufgegeben hatte, wiederhatten, und ehe sie sich’s versah, saß sie in einem Flieger nach Las Vegas, um mit ihm durchzubrennen.

Selbstverständlich würde sie ihn nicht heiraten. Das konnte sie nicht. Einfach undenkbar.

Aber sooo verlockend.

Und absolut falsch.

»Kenny, wir müssen miteinander reden!«

»Nicht dass ich wüsste.« Er zog sich die Baseballmütze in die Stirn und lehnte sich in seinem Erster-Klasse-Sitz zurück. »Du hast meinen Ruf ruiniert. Jetzt kannst du ihn wohl oder übel auch wiederherstellen.«

»Unsinn! Deswegen müssen wir noch lange nicht heiraten.«

»Du hast doch gesagt, dass Hugh dich gefeuert und obendrein aus deinem Cottage rausgeworfen hat. Wo solltest du also hinwollen?«

»Ich werde mir einen neuen Job suchen und auch eine neue Wohnung. Völlig hilflos bin ich nicht, und retten muss man mich schon gar nicht!«

»Wenn's dir nichts ausmacht, würd ich jetzt gern ein bisschen Schlaf nachholen.«

»Oh, das macht mir sehr wohl was aus. Sehr viel sogar! Ich ... ach, was soll's! Bevor du nicht bereit bist, den Mund aufzumachen, hat's sowieso keinen Zweck.«

Sie drehte ihren Kopf zum Fenster und grübelte darüber nach, wie ihr Leben in so kurzer Zeit so sehr aus dem Ruder hatte laufen können. Was für ein schrecklicher Tag! Sie hatte letzte Nacht kaum geschlafen, und dann war da noch dieses abscheuliche Treffen mit Hugh gewesen.

Und noch irgendetwas Wichtiges hatte Hugh gesagt, aber sie kam nicht mehr drauf. Sie versuchte, ihr Gespräch mit ihm erneut durchzugehen, doch das machte sie immer deprimierter.

Kenny, der neben ihr saß, regte sich im Schlaf. Er musste sie einfach anhören und zwar sobald er wieder aufgewacht war. Egal, wie schwer es auch werden würde – sie war entschlossen, das schreckliche Unrecht, das sie ihm angetan hatte, irgendwie wieder gutzumachen. Aber zuerst einmal gehörte diese dumme Idee vom Hochzeitsparadies Las Vegas ausgeräumt.

Die Frau in der Sitzreihe hinter ihr stritt sich seit dem Abflug mit ihrem männlichen Begleiter, und wieder hob sie ihre Stimme. Emma musste an Torie denken. Sie war den ganzen Tag lang scheußlich zu Dexter gewesen. Wieso hatte er sich das gefallen lassen? Emma wusste, dass Torie zur Zeit sehr viel mitmachte, aber es war unfair, das an ihm auszulassen.

Nun – als ob es im Leben Fairness gäbe!

Während Emma noch über die Ungerechtigkeit des Schicksals nachdachte, führte Torie Dexter durch die Tür von Kennys Apartment in Dallas. Sie hatte ihm weisgemacht, sie müsse dort etwas abholen –, aber in Wahrheit wollte sie die Dinge ein für alle Mal zwischen ihnen klären, und sie tat das lieber hier als zu Hause in Wynette.

Es war ein wenig stickig in der Wohnung, also ging sie zur Klimaanlage und schaltete sie an. Dann trottete sie in die Küche. Vielleicht vermochte ja ein eiskaltes Getränk ihre Stimmung ein wenig zu heben.

Dex ging stracks auf Kennys Stereoanlage zu; doch anstatt die CDs durchzusehen wie jeder normale Mensch zog er einen der Türme heraus und inspizierte dessen Rückseite. Zur Hölle mit ihm! Den ganzen Tag schon war er steif und muffig wie ein Klotz. Zumindest ihr gegenüber. Bei Emma dagegen gab er sich scheißfreundlich und überaus gesprächig. Und nachdem sie sie am Flughafen abgeliefert hatten, war's noch schlimmer geworden. Sie hätte genauso gut unsichtbar sein können – denn nichts, was sie sagte oder tat, vermochte ihm eine Reaktion zu entlocken. Zuerst hatte sie seine Fahrerei kritisiert, sich dann über seine Ausdrucksweise lustig gemacht und ihm schließlich gesagt, er hätte einen Haarschnitt wie ein Dackel – aber nein, kein Mucks von ihm. Stattdessen war er nur immer stiller geworden, als ob sie ihn nicht mehr interessierte.

Sie holte sich eine Dose Sprite aus dem Kühlschrank, warf ihre Handtasche auf die Anrichte und kickte ihre Sandalen mit den Plateausohlen von den Füßen. Dazu trug sie ein langes, enganliegendes schwarzes Strickkleid, das ihn eigentlich zum Hecheln hätte bringen sollen – doch nichts, keine Reaktion von Mr. Dackelhaarschnitt! Noch nie hatte sie sich einem Mann gegenüber so unsicher gefühlt. »Wennde was zu trinken willst, hol's dir selber«, fauchte sie.

»Nichts, danke.«

Seine Ruhe brachte sie in Rage. »Du könntest schon 'n bisschen kooperativer sein, weißt du. Das war kein leichter Tag für mich.«

»Wieso?«

»Ist das nicht offensichtlich? Mein einziger Bruder will heiraten.«

»Darüber freust du dich doch, nicht wahr?«, meinte er mit einer Geduld, dass sie am liebsten geschrien hätte.

»Ich hasse es, wenn du sarkastisch wirst.«

»Aber ich werde nie sarkastisch.«

»Was du nicht sagst, Mr. Perfekt!«

Er seufzte. »Warum rückst du nicht einfach heraus mit der Sprache, was dich so kratzt?«

Was sie kratzte? Alles kratzte sie! Er fand sie langweilig. Kein einziges Kompliment hatte er ihr gemacht oder bemerkt, dass sie nicht rauchte, oder sich auch nur verteidigt, wenn sie ihn angriff. Ganz eindeutig fand er sie langweilig, weil sie nicht so klug war wie Emma und auch nicht so nett, geschweige denn so interessant wie diese Dame. Und jetzt wollte er sie nur noch loswerden. Nun, das würde sie nicht zulassen. Wenn hier einer jemandem den Laufpass gab, dann *sie ihm*!

»Wir müssen heute hier übernachten.« Sie fläzte sich auf die Couch, wobei ihr enges Kleid hochrutschte, was sie jedoch geflissentlich übersah. Sie lehnte sich lässig in die Kissen zurück. »Ich bin zu müde, um heute noch nach Wynette zurückzufahren.«

Seine Stimme klang leise und angespannt, ganz anders als sein normalerweise so gelassener Ton. »Ich halte das für keine gute Idee.«

»Na kein Wunder! Du bist ein verkniffener Spießer, der gar nicht weiß, wie man sich amüsiert!«

»Torie …«

Wütend sprang sie auf. »Was ist? Kannst du die Wahrheit nicht ertragen? Du bist staubig und langweilig und …«

»Halt jetzt den Mund.«

»Was ist los? Hast du Angst, ich könnt über dich herfallen und du stellst fest, dass dir was Männliches fehlt?«

»Das reicht!«

Im nächsten Moment, sie wusste nicht wie ihr geschah, hing sie mit dem Kopf nach unten über seiner Schulter. »Lass mich sofort runter! Was machst du da, zum Teufel?« Sie schlug mit den Fäusten auf seinen Rücken ein.

»Ich bring dich nach oben, um dir den Hintern zu versohlen.«

»Wie bitte?!« Sie war derart schockiert, dass sie aufhörte, ihn zu behämmern. Und dann hob sich ihre Stimmung schlagartig. Endlich hatte sie seine Aufmerksamkeit. »Du machst Witze!«

Er schlang den Arm fester um ihr Strickkleid, das ihre Oberschenkel zur Hälfte bedeckte, und begann, sie die Treppe hochzutragen. »Wie könnte ich? Ich bin doch ein lausiger Langweiler, schon vergessen?«

»Ach ja.« So mit dem Kopf nach unten – und obendrein das Geschüttel – wurde ihr allmählich schwindlig, gleichzeitig jedoch begann sie sich besser zu fühlen als den ganzen Tag über.

Das Gerüttel hörte auf, als er oben ankam. Er zögerte kurz, dann marschierte er zum nächstgelegenen Schlafzimmer, das zufällig Kennys war. Unsanft ließ er sie aufs Bett fallen.

»Ich fürchte, du hast mich zu weit getrieben, Victoria.«

Na endlich! Sie zeigte die Zähne und zischte – zumindest hoffte sie, dass es wie ein Zischen klang –: »Fahr zur Hölle!«

Er packte sie, riss sie an sich, drehte sie um und legte sie sich übers Knie. »Nun, das wird jetzt wehtun«, sinnierte er auf seine staubige Weise, die sie, wie er wusste, auf die Palme brachte, »um nicht zu sagen: politisch inkorrekt, aber es muss sein.«

Sie schnaubte. Nicht in einer Million Jahren würde er das durchziehen.

»Ich mein's ernst, Victoria. Mach dich auf was gefasst.«

Sie hob den Kopf und blickte von schräg unten zu ihm auf. »Vielleicht solltest du mir lieber 'n Stück Holz zum Draufbeißen geben, wenn's schon sooo schmerzhaft wird.«

Er gluckste.

Sie lächelte in sich hinein.

Dann schlug er ihr mit der flachen Hand aufs Gesäß.

Sie war so überrascht, dass sie die Sache beinahe verdorben hätte, indem sie sich von seinem Schoß herunterrollte. »Aua! Das tat weh.«

»Verzeihung!« Erneut schlug er zu.

Sie zuckte zusammen und überlegte, ob sie ihn in die Wade beißen oder endgültig runterrollen sollte – doch sie war viel zu neugierig auf das, was als Nächstes passieren würde. Außerdem spürte sie da noch dieses ... ja, Kribbeln ... ein angenehm warmes, aufregendes Kribbeln. Man stelle sich vor, Dexter O'Conner, der größte Langweiler von Wynette, Texas, besaß den Nerv, so etwas zu tun.

Noch ein Schlag.

Es fühlte sich nicht gerade gut an, aber weh tat es auch nicht sehr, und irgendwie, so blöd das auch klang, war es schön, ihn endlich mal aus der Reserve gelockt zu haben. »Du brutaler Kerl!«, stieß sie versuchshalber hervor.

»Glaub mir, das tut dir mehr weh als mir!«

Sie schnitt eine Grimasse und machte sich auf den nächsten Hieb gefasst. Stattdessen kam seine flache Hand auf ihrem Gesäß zum Liegen, und sie hatte das deutliche Gefühl, dass er dort ein wenig herumgrapschte.

»Was machste da hinten, Dex?«

Rasch zog er die Hand weg und räusperte sich, doch seine

Stimme klang verdächtig heiser. »Hast du deine Lektion gelernt?«

»Hm.«

»Und? Hast du?«

»Ich frag mich, ob Kenny weiß, dass er unter dem Bett Wollmäuse hat.«

Er klatschte ihr erneut auf den Hintern, dann seufzte er. »Hast du *jetzt* deine Lektion gelernt?«

»Ich fasse's nich, dass du braune Socken zu blauen Hosen trägst.«

Schweigen. Längeres Schweigen. Schließlich: »Das funktioniert nicht, nicht wahr?«

»Vielleicht funktioniert's ja nackig besser.«

Sie wartete gespannt darauf, ob er gleich wieder staubig und spießig wurde und sie gehen ließ. Doch er überraschte sie abermals, indem er resigniert zugab: »Hervorragende Idee!«

Ein heftiges Kribbeln durchfuhr sie, als er nun ihr Kleid hochzog und es ihr über den Kopf warf. Seine Hand legte sich auf ihren nackten Hintern und sie erschauerte.

Sie wartete, doch nichts geschah.

»Torie … dein Slip …«

»Ja?«

»Wo ist er?«

»Such nach einem kleinen Streifen fleischfarbener Seide.«

»Ich seh keinen – ach ja, da.« Seine Stimme war merklich rauer geworden. »Klemmt irgendwie zwischen deinen …«

»Ein wirklich erfahrener Mann hätte ihn gleich gefunden.«

»Ich hab 'ne ganze Menge Erfahrung. Bin's bloß gewöhnt, Slips von vorne zu sehen.« Er hielt inne. »Ist aber ganz nett, muss ich zugeben.«

»Freut mich, dass es dir gefällt.« Sie lächelte. »Dex?«

»Hm?«

»Bei mir staut sich langsam das Blut im Kopf. Könntest du vielleicht weitermachen?« Sie bewegte ihren Ellbogen auf dem

Teppich, um es ein wenig bequemer zu haben, und während sie sich regte, merkte sie, dass sie da was in den Bauch stach. Etwas ziemlich Großes und Stumpfes.

Wieder räusperte er sich. »Weitermachen? Äh, ja ... Äh, sicher.«

Wieder klatschte er ihr mit der flachen Hand aufs Hinterteil, doch er war nicht mit dem Herzen bei der Sache, und es brannte nicht mal. Dann begann er sie zu streicheln. Als hätte er ein Stück Samt unter den Händen.

Es fühlte sich gut an – ja, herrlich –, doch in ihrer unbequemen Position konnte sie es leider nicht so genießen, wie sie es sich wünschte. »Ich glaub, ich hab meine Lektion jetzt echt gelernt. Könnt ich dann aufstehen?«

»Ja ... ja, warum nicht? Ich sehe keinen Grund, dich weiter zu demütigen.« Wieder fuhr er sanft mit der Hand über ihren wohlgerundeten Po.

Ihr fielen die Lider zu, während er genüsslich verweilte. Es war so herrlich, dass sie eine Weile brauchte, bis ihr der nächste Schritt wieder einfiel. Sie raffte sich auf, rollte von ihm herunter und aufs Bett, wobei sie sich nicht die leiseste Mühe machte, ihr Kleid wieder herunterzuziehen. Das winzige, fleischfarbene Dreieck, das ihre Scham bedecken sollte, war nicht der Rede wert. Sie schob ihre Fingerspitzen darunter und blickte mit großen, unschuldigen Augen zu ihm auf. Dann leckte sie sich über die Lippen, wie eine Hure von der Straße.

Er erbleichte. War das Schweiß, der ihm da auf der Stirn ausbrach? Armer Junge! Wieder streichelte sie sich. Vielleicht ein wenig billig, ihre Show, aber durchaus wirkungsvoll. Dennoch, während sie noch unter halbgeschlossenen Lidern zu ihm aufblickte, versuchte sie, sich auf eine Enttäuschung gefasst zu machen. Dex war ein Eierkopf, kein Hengst, und daher zwangsläufig ein Windei. Trotzdem, sie war hergekommen, um sich ein für allemal einen Überblick zu verschaffen, und nichts wäre da wirkungsvoller als miserabler Sex.

Dex erhob sich und machte sich an den Manschetten seines Oxfordshirts zu schaffen. Triumph durchzuckte sie bei diesem Anblick.

Jedoch sah er alles andere als glücklich aus. »Du verstehst sicher, dass ich, philosophisch gesehen, gegen vorehelichen Geschlechtsverkehr bin.«

Seine Augen klebten förmlich an ihren Fingern, die noch immer mit dem kleinen fleischfarbenen Dreieck über ihrer Scham herumspielten. Sie zog ein Knie an, um ihm eine bessere Sicht zu gewähren. »Nun, was das betrifft, hast du deine Meinung ja mehr als klargemacht.«

Er begann sein Hemd aufzuknöpfen. »Unglücklicherweise vereitelt eine momentane Charakterschwäche es, weiter zu meinen Prinzipien zu stehen.«

»Muss ganz schön schmerzhaft für dich sein.«

»Du hast ja keine Ahnung!«

Sie konnte ein Grinsen nicht ganz unterdrücken.

Sein Hemd glitt zu Boden und dann zog sich eine Augenbraue in die Höhe. »Du amüsierst dich köstlich, stimmt's?«

Herausfordernd langsam glitt ihre Hand an ihre Brust und begann sich, wie eine fleischgewordene männliche Fantasie, selbst zu streicheln.

Seine Ohrläppchen wurden knallrot. Dann biss er die Zähne zusammen und verschränkte die Arme vor einer hageren, aber durchaus schönen, männlichen Brust. »Wenn wir Verkehr haben, heiraten wir auch.«

»Wirst du aufhören, es immer Verkehr zu nennen! Das heißt f …«

»Torie …« Seine Stimme klang warnend. »Solange wir nicht beide nackt sind, pass gefälligst auf, was du sagst.«

Ihre Pornoqueen-Routine für den Moment außer Acht lassend, warf sie die Arme über den Kopf und stöhnte. »Du bist ein solcher Langweiler!«

»Genau. Und dass du's nur ja nicht vergisst!« Er setzte sein

Knie aufs Bett, umfasste die Innenseite ihres Schenkels und streckte sich dann neben ihr aus. Zum ersten Mal sah sie die kleinen goldenen Lichter, die in seinen Augen tanzten – als ob er über irgendein geheimes Wissen verfügte, das ihr nicht zu Gebote stand. Unbehagen keimte in ihr auf. Seine Fingerspitzen strichen weiter über ihre zarte Haut.

»Falls dich meine Größe ängstigen sollte, kannst du es jederzeit sagen.«

Ihre Augen sprangen auf.

Er lächelte.

Sie schluckte. »Wenn du *Größe* sagst, Dex, dann meinst du doch sicher deine Körpergröße, nicht wahr? Ich meine, du bist ein ziemlich großer Mann und …«

»Nein, Victoria. Das meine ich nicht damit.«

»Oh!« Und schon hatte sie die Oberhand verloren. Einfach so. Sie überlegte, wie sie sie zurückgewinnen könnte, doch sein sanftes Streicheln machte es ihr schwer, sich zu konzentrieren.

»Ich werd dich jetzt küssen.«

Sie blickte ihn böse an. »Lieber Himmel, willst du wirklich alles ankündigen, was …«

»… bloß um Missverständnisse zu vermeiden.«

Sie überlegte, ob sie ihm eins überziehen sollte, doch dann pressten sich seine Lippen auf die ihren.

Hmm … Dex konnte wirklich gut küssen. Der tagelange Nikotinentzug fühlte sich gleich nicht mehr so schlimm an, als er nun den perfekten Mittelweg zwischen zu schlabberig und zu trocken fand, und seine Zunge herrliche Aussichten auf kommende Freuden bot. Sie fand, dass sie Dexter O'Conner stundenlang küssen könnte.

Bald merkte sie, dass er da sogar mitmachen würde. Im Gegensatz zu ihren Ex-Gatten war Dex ein Mann, dem es mehr um den Weg ging als um das Ziel, und er schien gar nicht in Eile zu sein, an Besagtes zu gelangen. Er liebkoste ihre Mundhöhle und verweilte im Spiel ihrer Zungen. Es war süß, weich und unheimlich erregend. Sie fuhr mit den Händen über seinen Rücken, seine Hüften, genoss seine Haut, seinen reinen, ehrlichen Geruch. Zum ersten Mal in ihrem Leben hatte sie das Gefühl, von einem Mann geliebt zu werden anstatt von einer Serie unreifer Jungs. Tränen schossen ihr in die Augen.

Er spürte die Veränderung und hob ein wenig den Kopf. Doch anstatt ihr eine Menge lästiger Dex-Fragen zu stellen, küsste er einfach ihre Augenlider und kehrte dann zu ihrem Mund zurück.

Nun kamen ihr ernsthaft die Tränen.

Wieder hob er den Kopf. Durch den feuchten Schleier sah sie die Besorgnis auf seinen ernsten, nachdenklichen Zügen. »Brauchst du etwas Zeit?«

Sie schüttelte den Kopf.

Dex nahm sie beim Wort. Wieder küsste er ihre Lider, küsste ihre Tränen weg und widmete sich erneut ihrem Mund. Wie von selbst schlangen sich ihre Arme um seinen Hals, und auf einmal war ihr auch nicht mehr nach Weinen zumute. Dies hier war viel zu schön, zu kostbar, um es durch Tränen zu verderben.

Auch die abermalige Veränderung in ihrer Stimmung spürte er, hob wieder den Kopf ein wenig und flüsterte ihr ins Ohr: »Ich werd dich jetzt anfassen. Nicht im Höschen, bloß außerhalb.«

Sie merkte, wie sie nickte.

Er strich mit den Fingern über den schmalen Streifen feuchter Seide zwischen ihren Beinen. Rauf und runter. Er rieb. Er streichelte. Es war unerträglich.

Wieder und wieder machte er das, bis sie es schier nicht mehr aushalten konnte. Dann berührten seine Lippen wieder ihr Ohr. »Jetzt ziehe ich dir dein Kleid aus. Ich muss dich einfach sehen!«

Und sie wollte sich ihm zeigen. O ja …

Mit für ihn untypischer Tolpatschigkeit entkleidete er sie. Dann berührte er den Verschluss ihres BHs. »Wenn ich dir den hier ausgezogen hab, werde ich deine Brüste küssen.«

Musste er alles ankündigen, was er vorhatte? »Du brauchst mich nicht um Erlaubnis zu bitten.«

»Oh, das tue ich auch nicht.« Er schob ihre BH-Körbchen beiseite und blickte auf sie herab. »Ich will dir bloß Gelegenheit geben, dich vorzubereiten.«

Dann machte er sich daran, ihr das Gefühl zu vermitteln, ihre Brüste wären das Kostbarste, was es auf Erden gab. Er studierte sie, küsste sie, drückte sie, saugte daran und studierte sie erneut. »Ich glaube«, sagte er nun, »es ist Zeit, dass ich dir das Höschen ausziehe.«

»Und ich glaube«, meinte sie, »es ist Zeit, dass ich dir deins ausziehe.«

Er blickte auf sie hernieder, dann knabberte er noch mal an ihr. »Meinetwegen.«

Torie schoss auf die Knie und ihre Finger flogen zu seinem Reißverschluss. Aber bevor sie ihn öffnen konnte, hielt er ihre Hand einen Augenblick fest. »Denk daran, was ich dir übers Heiraten gesagt hab.«

»Ja, ja.« Sie wischte seine Finger beiseite und zog am Reißverschluss. Ach, du große Güte! Ihr blieb die Spucke weg.

»Keine Sorge«, sagte er. »Wir lassen uns Zeit.«

Mit staubtrockenem Mund starrte sie auf ihn herab. »Sorgen mach ich mir eigentlich nicht. Ich bin bloß baff.«

Er gluckste und zog auch den Rest seiner Sachen aus. Sie warf ihr Kleid und ihren BH beiseite, sodass das letzte Hindernis ihr fleischfarbener Slip war. Er hakte seine Daumen ein und schob ihn runter. »Leg dich zurück, mein Schatz. Ich werde dich jetzt lieben.«

Ein Seufzer entschlüpfte ihren Lippen. Nie zuvor hatte sie sich so sicher gefühlt.

Während die Zeit verstrich, entdeckte sie neue Dinge an Dex. Es gefiel ihm, sich alles gründlich anzusehen. Wirklich gründlich. Er schätzte ab, berührte, liebkoste.

Und seine Neugier war unersättlich.

Außerdem entdeckte sie, dass er sich unglaublich konzentrieren konnte, dass er kein bisschen pingelig war und ihm nichts langweilig zu werden schien. Eine weniger angenehme Entdeckung war die Freude, die es ihm machte, eine Frau zum Betteln zu bringen.

»Bitte Dex ... komm schon. Ach bitte ...«

»Gleich, Schätzchen. Gleich.«

Als er schließlich in sie glitt – wobei er jede Bewegung in erregend offener Ausdrucksweise beschrieb –, stellte sie fest, dass sie erstaunlich gut zueinander passten. Seine letzte Ankündigung war es jedoch, die sie über den Rand in den süßen Abgrund schleuderte.

»Ich werd gleich in dir kommen.«

Wenige Augenblicke später stellte sie fest, dass Dex ein Mann war, der zu seinem Wort stand.

21

Kenny konnte kaum glauben, dass er wirklich eingeschlafen war, aber in der einen Minute kläffte Emma ihn an und in der nächsten landete die Maschine auch schon auf dem Rollfeld des Flughafens von Las Vegas. Wahrscheinlich hatte er deshalb so friedlich geschlafen, weil er letzte Nacht kein Auge zugetan hatte. Ja, so konnte man es erklären.

Und dann fiel es ihm wieder ein. Er war dabei, die herrschsüchtigste und befehlshaberischste Frau zu heiraten, die es je auf der Welt gab. Er stöhnte.

Ihre Stirn legte sich in Falten, als sie zu ihm hinübersah, und er beobachtete, wie sich ihr Mund öffnete.

»Kein Wort!« Er schloss die Augen.

Sie stieß einen Schnauber aus, schwieg aber wohlweislich.

Sobald sie das Flugzeug verlassen hatten, zerrte er sie an all den Slot Machines, ein unabdingbares Zubehör auf dem Flughafen von Las Vegas, vorbei und stracks zum Avis-Schalter. Es war schon beinahe Mitternacht, dennoch saßen sie kurz darauf in einem Mietwagen und befanden sich auf dem Weg in die Stadt.

Genau da fing sie wieder an zu brabbeln, und nichts vermochte den Hahn abzudrehen.

»... sicher können wir eine Lösung finden ... Und sobald Dallie weiß, wie es sich wirklich zugetragen hat ... dann erwische ich noch einen Frühflug nach London ... es besteht doch überhaupt kein Grund für uns, zu heiraten ...« Brabbel, brabbel, brabbel, und während sie so drauflos schwafelte, ließ der Air Conditioner ihre honigbraunen Locken fliegen. Eine blieb an ihrer süßen Stupsnase hängen, und sie wischte sie unwirsch beiseite. Währenddessen hörte ihr rundes Mündchen nicht auf, sich zu bewegen. »... diese ganze Idee ist ja absurd ... ich begreife dich wirklich nicht ... und wie du überhaupt darauf kommst, dass du mich retten müsstest ...«

Eigentlich hatte er ein Hotel am Strip aufsuchen wollen; doch nun schwenkte er kurzerhand auf den Parkplatz einer zuckrigen, weiß-rosa Hochzeitskapelle, in deren Schaufenster eine rote Neonglocke fröhlich vor sich hin blinkte. Neben dem Parkbereich gab es einen putzigen kleinen Blumengarten, der von einer ein wenig angeschlagenen Gipselfe bewacht wurde.

»Kenny!«

Er konnte einfach nicht mehr von diesem Geschwätz ertragen und von Dingen, auf die er selbst keine Antwort hatte; also zerrte er sie kurzerhand in seine Arme und brachte sie mit einem nachdrücklichen Kuss zum Schweigen. Als ihr Kuss sich entflammte, kam ihm der Gedanke, dass am Ende vielleicht doch noch alles gut gehen könnte, wenn sie den Großteil ihrer Zeit auf diese Weise verbrachten; aber so sehr er auch versuchte, es sich einzureden, etwas in ihm warnte, dass es trotzdem nicht einfach werden würde.

Eine knochige Dame mittleren Alters mit hochaufgetürmtem blonden Betonhaar und einer knallroten Brille empfing sie an der Tür. Kurz darauf standen sie unter einem weißen Holzbogen mit einem staubigen Gerank künstlicher Seidenrosen und machten sich bereit, ihr Ehegelübde zu sprechen. Er hatte gar nicht an einen Ring für Emma gedacht, doch Gott sei Dank handelte es sich hier um eine Full-Service-Kapelle, und man konnte, zu einem nicht geringen Aufpreis, einen erstehen.

Lady E. sah aus, als würde sie jeden Moment zu heulen anfangen. »Kenny, ich glaub wirklich nicht, dass …«

Den Rest ihres Satzes küsste er ihr buchstäblich von den Lippen, und dann begann auch schon die Zeremonie. Als die Dame mit »Liebes Brautpaar« begann, hatte Kenny das Gefühl, als würde er neben sich stehen und – mit blankem Entsetzen – zusehen müssen, ohne jedoch eingreifen zu können. Und Emmas leise, feierliche Antworten klangen auch überhaupt nicht nach ihrer natürlichen No-Nonsense-Lehrerinnen-Stimme. Er drückte ihr ermutigend die Hand, vielleicht auch, um sich selbst Mut zu machen – er wusste es nicht. *Was, zum Teufel, passierte da eigentlich?*

Als sie kurz darauf wieder im Auto saßen, zitterten alle beide. »Das war einfach furchtbar.« Emma erschauerte.

»Es ist vorbei. Wir müssen nie wieder dran denken.«

»Und können uns ja auch scheiden lassen. Wenn es so einfach ist zu heiraten, dann muss es doch ebenso einfach sein, sich scheiden zu lassen.«

»Das würde bedeuten, nach Mexico zu fliegen – und dafür bin ich jetzt zu müde.« Er ließ den Motor an.

»Diese Heirat kann nicht legal sein. Dafür war die Zeremonie viel zu geschmacklos.«

»In Nevada schert man sich nicht um guten Geschmack. Bloß so aus Neugier – du weißt schon, was Torie erwähnt hat –, bin ich jetzt Lord Kenny oder so was?«

»Nein, natürlich nicht! Wie kommst du denn auf so eine absurde …« Sie hielt inne, als sie merkte, dass er sie nur veräppelte.

Er sprach weiter, weil er wusste, wenn er's nicht tat, würde sie wieder anfangen. »So, wie ich die Sache sehe, hast du zwei Möglichkeiten. Du kannst entweder deinen Namen behalten oder meinen annehmen –, aber du wirst verdammt noch mal keinen blöden Doppelnamen draus machen. Wer wird da nicht lachen, wenn du dich ›Lady Emma Wells-Finch Traveler‹ nennst. In Texas fast jeder. Hab ich mich klar genug ausgedrückt?« Er sah, wie sie ihren neuen Ehering studierte.

»Sicher.« Während Emma an dem Ring herumspielte, fragte sie sich, ob ihr Finger bis morgen wohl grün geworden sein würde. Sie blickte hinüber auf Kennys Hand und wünschte, sie wäre auf den Gedanken gekommen, ihm auch ein solches Kleinod zu besorgen –, doch das war ihr leider nicht eingefallen.

Sie hatte ihr Gelöbnis aus freiem Willen gesprochen. Warum hatte sie's getan? Weil sie ihm etwas schuldig war und wenigstens seinen Ruf zu reparieren hatte. Aber irgendwie wollte ihr nicht einleuchten, wie eine Heirat dies bewerkstelligen sollte. Es wäre doch weit wirkungsvoller gewesen, einfach Dallie anzurufen und ihm alles zu erklären – er explodierte jedoch jedes Mal, wenn sie die Möglichkeit auch nur erwähnte.

Nein, sie machte sich was vor. In Wahrheit hatte sie gar nicht nein sagen wollen, selbst entgegen ihrer besseren Einsicht. Die knallbunten Lichter des Strips tauchten den Wagen in ein unheimliches Licht, und sie schämte sich ihrer Schwäche. Nein, sie musste an etwas anderes denken – dass vielleicht in diesem Moment ein Fremder ihre Sachen im Cottage durchwühlte und zusammenpackte. Penelopes Reaktion, wenn sie erfuhr, dass sie die neue Headmistress von St. Gert's wurde – Hughs Hass.

Beim Gedanken an Hugh hatte sie erneut das Gefühl, etwas übersehen zu haben, während ihres Gesprächs in seinem Hotel gestern Vormittag. Was hatte er noch gesagt? Zunächst hatte sie nicht darauf geachtet, aber nun …

Sie schüttelte ihr Unbehagen ab. Es gab zu viele echte Probleme, um sich auch noch über imaginäre Gedanken zu machen. Ihr Gepäck zum Beispiel. Ob sie es je wiedersehen würde? »Ich hab nichts zum Anziehen.«

»Ist in meinen Augen nicht grade ein Nachteil.«

»Du hast aber auch nichts.«

»Deshalb hat der Herrgott schließlich die Kreditkarte erfunden.«

»Ich will dein Geld nicht.«

»Unser Geld. Von jetzt an machen wir gemeinsame Kasse; also sei bereit, all die Scheinchen, die du zu Hause unter der Matratze stecken hast, rüberzuschieben.«

»Na, so viele sind's leider nicht«, entgegnete sie trübe.

Sein Mundwinkel verzog sich zu einem Halblächeln. »Wir werden schon eine Lösung finden.«

Eine Stunde später stand sie unter der Dusche im geräumigen Marmorbad ihrer Hotelsuite. Die Tür öffnete sich hinter ihr, und zwei sonnengebräunte Arme umschlangen ihre Taille. Sie lehnte ihren Kopf an seine Brust. »Ach, Kenny, wir hätten das nie tun dürfen.«

»Ich weiß wirklich nicht, warum du deswegen ein solches Theater machst – noch dazu, wo du mir ja bereits gestanden hast, dass du mich liebst.«

»Eine Heirat ist nicht bloß ein Theater, verdammt noch mal!«

»Fluch nicht. Fluchen wirkt einfach nicht bei einem so gepflegten britischen Akzent.« Er knabberte an ihrem Ohr. »Selbst wenn dir mal irgendwann das große F-Wort rausrutschen würde, kläng's aus deinem Mund immer noch wie etwas, das man von der Kanzel runterpredigt.«

Sie seufzte. Was sollte sie bloß mit ihm anstellen?

»Wasch mir den Rücken, ja?«

Sie seifte einen Waschlappen ein, stellte sich hinter ihn und begann an seinen Schultern. Langsam näherte sie sich seiner Taille, dann seinem Gesäß, seinen Schenkeln. »Du musst mir treu sein«, sagte sie ernsthaft. »Solange wir verheiratet sind, musst du mir treu sein.«

Er nahm ihr die Seife ab und erwiderte leise: »Ich bin nicht derjenige, der sich einen Gigolo zu mieten versucht hat.«

»Trotzdem ...«

Kenny senkte den Kopf und küsste sie. Sie erwiderte seinen Kuss – sie liebte es, seinen Mund zu schmecken, ihn zu fühlen, liebte das gleitende Liebkosen seiner Zunge, das Kratzen seiner Bartstoppeln – dennoch entrang sich ihr auf einmal ein Gähnen.

Sofort schlug er vor: »Na, wir warten wohl besser, bis du 'ne Mütze voll Schlaf gekriegt hast.«

»Quatsch!« Sie merkte, was ihn seine Zurückhaltung kostete, und riss sich zusammen. »Ich habe bloß gegähnt, weil ich letzte Nacht kaum geschlafen habe und weil's spät ist und ... ach, mach ruhig. Ist schon in Ordnung.«

Er zog eine Augenbraue hoch, drehte sie herum und begann sie auf unpersönliche Art abzuseifen, wie um sie beide nicht weiter in Versuchung zu führen. Was bei ihm leider nicht funktionierte, und als er mit dem Finger versehentlich über eine Brustwarze strich, merkte sie, bei ihr auch nicht. Sie rieb ihren seifigen Rücken an ihm.

»Emma ...« In seiner Stimme lag ein heiserer, warnender Ton.

Zärtlich zog sie seinen Kopf unter den Duschstrahl und küsste ihn.

Kenny nahm sie gleich dort, unter der Dusche, presste sie gegen die Wand – ihre Schenkel umfingen seine Hüften. Danach, als sie im Bett lagen, waren sie so eng miteinander verschlungen, dass man nicht sagen konnte, wo der eine anfing und der andere aufhörte. Doch trotz ihrer enormen Erschöpfung schaffte sie es nicht, gleich einzuschlafen.

Während sie seinem tiefen, regelmäßigen Atem lauschte, versuchte sie die Tatsache zu verdauen, dass dieser Mann ihr Ehemann war. Zweifellos liebte und begehrte sie ihn, doch diese Travestie einer Hochzeit hatte sie nicht wirklich mit ihm vereint.

Wo blieb das Gefühl tiefer Verbundenheit, tiefer Zugehörigkeit, nach dem sie sich ihr Leben lang gesehnt hatte? Kenny mochte ja ein ausgesprochen guter und zärtlicher Liebhaber sein und sie sicher auch mögen –, aber er liebte sie nicht – sich etwas anderes vorzumachen, bedeutete lediglich Selbsttäuschung. Ihre Verbindung zu ihm war ebenso temporär wie die Beziehung zu all ihren bisherigen Lehrerinnen und Freundinnen, so zerbrechlich wie ihre Verbindung zu Eltern, die nur zu gern vergessen hatten, dass zu Hause eine Tochter auf sie wartete.

Wenn sie doch bloß wüsste, was wirklich in ihm vorging, was er wirklich fühlte –, dann wäre alles vielleicht leichter; aber er verschloss sich vor ihr wie eine Auster.

Als sie am nächsten Morgen erwachte, hörte sie ihn im Zimmer nebenan telefonieren. »Nein, ich will nichts erzählen, Shelby. Und in welchem Hotel wir sind, sag ich dir auch nicht. Jetzt komm schon, hol ihn ans Telefon.«

Es folgte eine kleine Pause, bevor Kenny wieder sprach. Diesmal lag seine Stimme ein wenig höher. »Hey, Petie! Hier ist Kenny. Hör zu, Buddy, ich wollt nicht so einfach verschwinden. Bin bald da und dann gehen wir schwimmen, ja? Schwimmen. Bloß wir beide!«

Emma lächelte heimlich. Diese Seite liebte sie an Kenny am meisten.

Noch eine Pause und dann klang seine Stimme wieder normal –, da wusste sie, Shelby war wieder am Apparat. »Wenn du weißt, in welchem Hotel wir sind, dann rutscht es dir garantiert raus, und ich muss mich mit den Pressefritzen rumschlagen.« Eine Pause, dann meinte er trocken: »Ja, war echt romantisch, die Hochzeit. Hm! Ich sag's ihr.«

Er tauchte im Türrahmen auf, die Haare verstruwwelt und der Bartschatten mittlerweile so dunkel, dass er eine frappierende Ähnlichkeit mit einem Piraten hatte. »Shelby lässt dich grüßen.«

Wie sie Shelby kannte, war die Botschaft sicher viel länger, aber sie fragte nicht weiter.

Die nächsten paar Stunden verbrachten sie miteinander im Bett, mit Kenny am Ruder, wie immer, doch er war so aufmerksam, was ihre Bedürfinisse betraf, dass sie nicht klagen konnte. Irgendwann zogen sie sich dann Hotelbademäntel über und genossen ein leckeres Frühstück auf dem Zimmer. Mehrmals versuchte sie, mit ihm über das Ausmaß dessen, in was sie da geraten waren, zu reden; doch immer tat er, als wäre es nichts weiter als eine Verabredung am Samstagabend. Es schien, als wolle er bloß Sex von ihr, und ihr Magen krampfte sich immer mehr zusammen.

Nach dem Frühstück zogen sie los und kauften für jeden eine Garnitur Kleidung. Kenny versuchte, sich hinter einer schicken Sonnenbrille und seiner Dean-Witter-Baseballkappe zu verstecken; leider erkannten ihn dennoch einige Leute in dem Geschäft und wollten mit ihm über die Vorfälle der letzten Zeit sprechen. Er gab sich vollkommen ahnungslos.

Schließlich fanden sie ein wenig Anonymität unter all den Leuten, die am Strip flanierten. Emma kannte zwar Bilder von Las Vegas, doch die Wirklichkeit sah ganz anders aus. Von einem anthropologischen Standpunkt aus betrachtet, fand sie die Stadt nicht uninteressant – aber nicht gerade ihr Geschmack, und Kenny schien zu wissen, was sie dachte. »Komm, ich zeig dir einen Ort, der dir besser gefallen wird.«

»Wo?«

»Wirst schon sehen.«

Kaum eine Stunde später standen sie am mächtigen Hoover-Damm. Die schiere Größe des Damms raubte ihr den Atem.

»Ich weiß, ihr habt jede Menge cooler Burgen und Schlösser und toller Kathedralen in England«, meinte er, »ganz zu schweigen von ein paar der besten Golfplätze. Aber du musst zugeben, dass das hier den Vogel abschießt.«

Seine jungenhafte Begeisterung brachte sie zum Lachen. »Da hast du sicher Recht.«

Er drückte sie kurz an sich und strich ihr dann sanft eine Locke aus dem Gesicht. Sie fragte sich, ob der zärtliche Ausdruck auf seinem Gesicht Einbildung war.

»Schätzchen, ich weiß, dass es dir in den Fingern juckt, unsere Situation bis zum Gehtnichtmehr zu analysieren. 'ne Riesenliste schreiben, 'ne ganze Reihe von Cosmopolitan-Partnertests ausfüllen, Kurzziele und Langzeitziele durchdiskutieren und wer weiß was noch. Aber könnten wir die Sache für den Moment ruhen lassen? Es einfach genießen? Uns amüsieren und schauen, wie's weitergeht?«

Als sie so in seine sumpfveilchenblauen Augen mit dem Kranz kohlschwarzer Wimpern hinaufblickte, fiel ihr wieder ein, dass dies ein Mann war, der sich das süße Leben zur Aufgabe gemacht hatte. Oder zumindest so erscheinen wollte, als würde er nichts ernst nehmen. Kenny vermied es wie der Teufel, den Eindruck zu erwecken, als würde er an irgendetwas hart arbeiten. Und offenbar hatte er nicht die Absicht, an ihrer Ehe zu arbeiten. Oder doch? In so vieler Hinsicht war er ihr immer noch ein Rätsel. Sie glaubte nicht, dass man die wichtigen Dinge im Leben einfach ignorieren konnte, wusste aber gleichzeitig, dass er sich nicht zum Reden zwingen ließ. Es gefiel ihr nicht, worum er sie bat – doch mochte es gut und gerne die einzige Möglichkeit für ihn sein, mit der ganzen Sache fertig zu werden.

Und vielleicht wollte sie ja im Grunde auch nicht darüber reden. Dieser Gedanke überraschte sie. Sie war ein Mensch, der Probleme immer zielstrebig anging, ohne nach rechts und links zu blicken; aber wollte sie wirklich hören, dass er sie sehr gerne mochte und mehr nicht? Wollte sie ihn wirklich sagen hören, dass er nicht die Absicht hatte, diese Ehe ernst zu nehmen, dass er aufgebracht und übernächtigt gewesen war, als er sich auf diese Schnapsidee einließ, die er schon jetzt wieder bereute?

Sie schämte sich ihrer Feigheit und blickte nachdenklich über den Lake Mead hinweg auf ein paar funkelnde weiße Segelboote. »Also gut, Kenny. Aber bloß vorläufig!«

Er lächelte sie an. »Hab ich dir je gesagt, dass du eine ganz tolle Lady bist?«

»Nö. Bloß, dass ich herrschsüchtig und befehlshaberisch bin.«

»Das eine schließt das andere nicht notwendigerweise aus.«

»Du bist wahnsinnig, weißt du das? Ein total Wahnsinniger.« Während sie noch zu ihm auflächelte, klickte es bei ihren Worten, und mit einem Mal wusste sie wieder, was Hugh an jenem Morgen in seinem Hotelzimmer zu ihr gesagt hatte.

Er ist ein Wahnsinniger! Wenn ich das schon beim ersten Mal, als ich mit ihm sprach, gewusst hätte, dann hätte ich nie …

Ein eigenartiges Prickeln überlief sie. Das war es also, was sie schon seit gestern beschäftigte. Was hatte Hugh damit gemeint? Das erste Mal bedeutete, dass er bereits davor mit Kenny geredet haben musste –, aber soweit Emma im Bilde war, hatten sich die beiden Männer erst einmal getroffen: in Shelby und Warren Travelers Wohnzimmer. Aber wieso sollte Hugh so etwas sagen, wenn es dort wirklich das erste Mal gewesen war? Wieso sollte er …

Sie rang hörbar nach Luft, als der Groschen fiel.

»Du Bastard!«

»W …«

Sie versetzte ihm einen Schlag mit ihrer Handtasche auf den Oberschenkel. Zorn drohte sie zu überwältigen, und sie merkte, wie sie kehrtmachte und losrannte. Aber wohin? Diesmal konnte sie sich nicht seinen Autoschlüssel schnappen, denn der steckte sicher in seiner Hosentasche.

Emma rannte blindlings zu einem Touristenbus und hämmerte gegen die Tür, um den Fahrer zu wecken, der friedlich hinter dem Lenkrad schlummerte. »Lassen Sie mich rein!«

»Emma! Verdammt noch mal, was …«

Der Fahrer betätigte den automatischen Öffner und sie schoss in den Bus. »Schließen Sie umgehend die Tür. Und erlauben Sie ja nicht diesem Mann …«

Kenny sprang hinterher. »Wir kriegen das mit der Medikamentierung noch nicht so ganz hin, seit meine Frau diese Gehirnoperation hatte. Überlassen Sie sie ruhig mir.«

»Komm mir bloß nicht zu nahe!«

»Schätzchen ...«

Sie wirbelte im Gang zu ihm herum. »Du Lügner!«

»Also, Emma ...«

»Du Heuchler!«

»Ich bin kein ...«

»Du *Schurke*!«

Er blinzelte. »Also das hat mir noch keiner vorgeworfen.«

»Spiel ja nicht den Unschuldigen! Sir, werfen Sie diesen Mann aus dem Bus!«

Der Fahrer – klein, schütteres Haar, etwa sechzig – erbleichte. Emma war so wütend, dass sie sich kaum mehr beherrschen konnte. Warum war sie nicht als großer, starker Kerl auf die Welt gekommen?

»Findest du nicht, dass wir darüber reden sollten?« Er kam den Gang entlang auf sie zu. »Was immer es auch sein mag?«

»Jetzt willst du plötzlich reden.« Ganz unvermutet gaben ihre Knie nach, und sie sank auf den nächstbesten Sitz. »Wie konntest du nur? Wie konntest du mich derart hintergehen?«

Sein Gesichtsausdruck wurde steinern, und er blieb neben ihr stehen. »Ich hintergehe meine Freunde nicht.«

Das war nicht nur eine blanke Lüge, es tat außerdem schrecklich weh. So sah er sie also? Als eine Freundin – eine von vielen? »Ich weiß, was du getan hast. Als Hugh es sagte, hätte ich sofort kapieren sollen, was er meinte; aber ich hatte in dem Moment so viele andere Dinge im Kopf.« Voller Empörung blickte sie zu ihm auf. »*Du* warst Hughs Spion!«

Er holte tief Luft und setzte sich dann auf den Platz ihr gegenüber, auf der anderen Gangseite. Sie wartete darauf, dass er es abstritt – wünschte es sich –, aber das geschah nicht. »Jemand musste ja auf dich aufpassen.«

Sie hatte das Gefühl, als würde er ihr das Herz herausreißen. »*Ich* hab auf mich aufgepasst! Das ging dich gar nichts an.«

»Also das ist jetzt 'ne Lüge!« Er sprang wieder auf. »Natürlich hab ich ihm Informationen zukommen lassen. Meinst du, ich hätte ihm mitteilen können, dass du Läuseshampoo kaufst und deinen Begleiter auf offener Straße abknutschst, ganz zu schweigen von der Tätowierung.«

»Ich *wollte* aber, dass er das rausfindet.« Sie kam ebenfalls von ihrem Sitz hoch.

»Na, das beweist ja nur, wie Recht ich hatte.«

Ein neuer Gedanke schoss ihr durch den Kopf. »Mein Tattoo! Natürlich verblasst es. Es ist nicht permanent, stimmt's?« Sie schob den Ärmel ihres T-Shirts hoch und blickte die Tätowierung mit neuen Augen an. Tatsächlich, sie war schon weniger deutlich. »Du – Himmel!« Sie riss den Ärmel wieder herunter. »Du musst was in meinen Margarita geschüttet haben. Ich war gar nicht betrunken! Du hast mich betäubt! Und das Tattoo wurde nicht mit Nadeln gemacht. Es ist irgendwie eingefärbt.«

Er stützte sich mit der Hand an der Sitzlehne hinter ihr ab und beugte sich über sie. »Wag es ja nicht, mir vorzuwerfen, dass ich dich davor bewahrt habe, dein Leben lang mit meinem Namen auf dem Arm rumzulaufen! Wenn ich in den nächsten dreißig Sekunden kein Dankeschön höre, dann kriegen wir aber richtig Streit.«

Ihre Wangen brannten. »Du hast mich betäubt!«

»'n paar Knockout-Drops, die mir ein Bekannter aus der Medizinprofession zukommen hat lassen. Und die Frau eines alten Freundes hat das Kunstwerk dann vollbracht. Sie hat Erfahrung im Bemalen von Stoffen.« Er tat, als ob diese Informationen alles wieder gutmachten – als ob dadurch sein Verrat irgendwie getilgt würde.

»Was hast du sonst noch auf dem Kerbholz, wovon ich nichts weiß?«

»Nicht genug, soviel ist sicher; sonst wären wir nicht gezwungen gewesen, zu heiraten!«

Emma erstarrte.

Seine Stimme wurde sanfter. »Dein Plan war von Anfang an verrückt, okay? Und da ich auf dich aufpassen sollte, hab ich mich verantwortlich für dich gefühlt. Ich wollte lediglich dafür sorgen, dass du noch 'nen Job hast, wenn du wieder heimkommst.«

»Nun, was leider nicht funktionierte, oder?«, stieß sie zornbebend hervor.

»Ich bin nicht derjenige, der Torie mitten auf dem verdammten Parkplatz 'nen Zungenkuss verpasst hat!«

»Das war kein Zungenkuss!«

»Aber so gut wie.« Er holte tief Luft. »Könntest du vielleicht für 'ne Minute deinen Verstand einschalten, ja?« Kenny stieß sie wieder auf den Sitz zurück und nahm ebenfalls Platz, wobei er sich nur auf die Kante hockte, sodass seine langen Beine den Gang blockierten. Sie bekam die volle Ladung seiner violetten Augen zu spüren. »Von Anfang an hab ich versucht, dir Vernunft einzutrichtern, aber du wolltest ja nicht auf mich hören; und ich konnte doch nicht einfach danebenstehen und zusehen, wie du deine Karriere den Abfluss runterspülst, bloß wegen eines Idioten, der nicht weiß, was es heißt, ein *Nein* zu akzeptieren.«

»Das ging dich nichts an.«

Er beachtete sie nicht. »An dem Tag, an dem du mir von Hugh erzählt hast, da hat es bei mir Klick gemacht. Mir fiel ein, dass Vater Shelby gegenüber mal erwähnte, er wäre eine großer Investor bei TCS. Danach war es nicht schwer, seine Telefonnummer rauszukriegen. Ich rief ihn an und sagte ihm, jemand müsse auf dich aufpassen, und nach einigem Hin und Her gab er zu, bereits einen Privatdetektiv in Dallas deswegen angeheuert zu haben. Ich sagte ihm, dieser Detektiv würde allerdings nicht sehr gut aufpassen – dass ich aber aus Rücksicht auf seine lange Geschäftbeziehung zu TCS den Job freiwillig und umsonst übernehmen würde. Das akzeptierte er und basta.«

Sie musterte ihn unbewegt. »Hugh tat, als würde er dich nicht kennen, als ihr einander vorgestellt wurdet.«

»Er mag ja arrogant sein, aber dumm ist er nicht. Sicher hat er geahnt, dass du nicht sehr froh sein würdest über einen Spion am Hals. Und es ist auch nicht gerade so, als wären wir alte Schulkameraden. Wir haben bloß einmal miteinander geredet. Danach hab ich meine Berichte an seinen Fußabtreter weitergeleitet.«

»Jetzt weiß ich, warum du so versessen darauf warst, mich zu heiraten«, sagte sie bitter. »Du hast ein schlechtes Gewissen.«

»Wie kommst du denn darauf? Mit einem schlechten Gewissen hat das überhaupt nichts zu tun.«

Wieder sprang sie auf die Füße. »Du hast mich belogen!«

Er tat es ihr nach. »Ich hab nie gelogen, sondern dir bloß nicht alles gesagt.«

»Seid ihr Leutchen da hinten bald fertig?«, rief der Busfahrer. »Meine Tourgruppe kommt gleich.«

»Wir sind fertig«, entgegnete sie fest. Dann blickte sie Kenny direkt in die Augen, damit er sie ja nicht missverstand. »Wir sind vollkommen fertig.«

»Sag so was nicht!« Zu ihrem Erstaunen packte er sie beim Arm und zog sie fest an sich. »Du willst aufgeben? Das hätt ich nie von dir gedacht. Wo bleibt die berühmte steife britische Oberlippe? Ein paar Schwierigkeiten am Horizont und schon kapitulierst du.«

»Das sind mehr als bloß ein paar Schwierigkeiten. Ich weiß überhaupt nicht, wer du bist.«

»Du willst also wirklich aufgeben? Einfach so davonrennen?«

»Ich brauch ein wenig Zeit zum Nachdenken.«

»Nachdenken? Damit kommen die Probleme doch erst.«

»Wage es ja nicht, mich herablassend zu behandeln. Ich kann

nicht nach deinen Regeln spielen, Kenny. Das passt nun mal nicht zu mir. Ich kann die Dinge nicht nehmen, wie sie kommen, und abwarten, was draus wird. Jawohl, jetzt muss ich nachdenken – um mich an eine neue Situation zu gewöhnen.«

Es wurde eine lange, stille Fahrt zurück zum Hotel.

22

Im Flugzeug steckte Kenny seine Nase geflissentlich in ein Buch, das er in einem Laden auf dem Airport gekauft hatte, und Emma las eine Zeitschrift. Beide sagten kaum etwas, doch diesmal versuchte sie nicht, die Stille zu durchbrechen, denn es gab nichts mehr zwischen ihnen zu besprechen.

Sie schämte sich zutiefst. Wie hatte sie nur in diese Farce einer Ehe einwilligen können, wo sie doch wusste, dass sie lediglich Sex verband? Da gab es weder Ehrlichkeit noch Verständnis, und echte Hingabe erst recht nicht. Und dennoch hatte sie ihn geheiratet, ganz wie ein liebes, naives Schäfchen, in einem verzweifelten Versuch, doch noch an den ach so begehrten Goldring zu gelangen.

Als sie in Dallas ankamen und die Gangway entlanggingen, oder besser schlichen – denn nun kroch Kenny wieder langsamer denn je und blickte auch verschlossener denn je drein –, wollten ihn nicht einmal Fans, die ihn erkannten, ansprechen. Erst nachdem sie ihr Gepäck abgeholt hatten, schaute er sie zum ersten Mal wieder direkt an.

»Also wie ist's nun?«, erkundigte er sich mit steinernem Gesichtsausdruck. »Rennst du zurück nach England wie ein erschrecktes Kaninchen, oder bleibst du da und kämpfst?«

Sie hatte über nichts anderes nachgedacht, seit sie den Hoover-Damm verlassen hatten, und war zu einer Entscheidung gelangt. »Das ist kein Krieg.«

Seine Augen waren so kalt wie gefrorene Amethyste. »Dann eben eine Charakterprüfung, wenn du willst. Wer hat und wer hat nicht.«

»Willst du damit andeuten, dass es mir an Charakter fehlt?«

»Weiß ich noch nicht. Rennst du also weg oder bleibst du?«

Seine Haltung erzürnte sie. »Ach, ich werde schon nach Wynette zurückkehren. Dazu habe ich mich bereits entschlossen.«

Ein zufriedener Ausdruck huschte über sein Gesicht. »Endlich wirst du vernünftig.«

»Im Gegensatz zu dir ist mir bewusst, dass dies kein Spiel ist, und ich komme mit, um die Dinge zu klären. Aber ich werde nicht bei dir auf der Ranch wohnen.«

»Was meinst du damit?«

»Ich meine, dass ich nicht fortrenne, aber zu dir ziehen werde ich auch nicht.«

»Das ist Blödsinn! Du hast schon vor unserer Heirat auf der Ranch gewohnt, warum willst du also genau jetzt ausziehen?«

»Guck doch nicht so beleidigt! Das ist keine richtige Ehe, und das weißt du sehr genau.«

»Sie ist so richtig, wie man sich's nur vorstellen kann, und die Urkunde beweist das.«

»Hör auf, Kenny. Bitte lass es sein! Du weißt ganz genau, was ich meine; also versteck dich nicht hinter dieser künstlichen Empörung.«

»Ich hab keine Ahnung, wovon du redest.« Er nahm ihren Koffer und stürmte zur Parkgarage.

Emma versuchte gar nicht erst, mit ihm Schritt zu halten. Sie wollte sich ihrer Verantwortung stellen, denn das lag nun einmal in ihrer Natur – aber ihm nachrennen würde sie nicht.

Als sie sich schließlich zu ihm ins Auto setzte, hatte er das Radio auf volle Lautstärke gedreht. Er funkelte sie böse an und stieß rückwärts aus der Parklücke. Während sie ihren Sicherheitsgurt anlegte, kamen im Radio die Sportnachrichten.

Noch immer keine offizielle Stellungnahme von PGA Com-

missioner Dallas Beaudine bezüglich Kenny Travelers letztem Fauxpas ...

Per Knopfdruck wählte er einen anderen Sender und stellte den Ton noch lauter. Die Mühe hätte er sich sparen können, denn sie hatte nicht die Absicht, mit ihm ein Gespräch anzuknüpfen. Nun war er am Zug.

Die Fahrt nach Wynette schien sich ewig hinzuziehen. Obwohl beide die Flugzeugmahlzeit verschmäht hatten, war ihnen auch jetzt nicht nach Essen zumute, also hielten sie bloß einmal kurz zum Tanken an. Kurz vor der Abenddämmerung rief Torie aus Wynette an, um sich zu erkundigen, um welche Zeit sie einträfen. Außerdem gestand sie Kenny, dass sie die Nacht in seinem Apartment verbracht hatte, und Emma fragte sich unwillkürlich, ob Dexter wohl auch dort gewesen war; doch Kenny schien diese Möglichkeit nicht in den Sinn zu kommen.

Die Meilen krochen dahin, und endlich erreichten sie den nördlichen Stadtrand von Wynette. »Könntest du mich bitte bei einem Hotel absetzen?« Noch während sie das sagte, fragte sie sich, wieso sie überhaupt ihren Atem verschwendete, denn sie kannte seine Antwort bereits.

»Wenn du schon von Zuhause ausreißen willst, dann musst du's selber machen. Ich werd dich nicht noch dabei unterstützen.«

Lady E. war zu müde, um sich mit ihm zu streiten. Das konnte bis morgen warten. Sie lehnte den Kopf zurück, schloss die Augen und öffnete sie erst wieder, als sie die Ranch erreichten.

Sie betraten das Haus durch die Garage. Kenny ging mit ihren Koffern voran, dann stellte er sie ab, um die Tür aufzuschließen. Er hielt sie für sie auf und trat hinter ihr ein.

Im ersten Moment war die Küche stockdunkel und im nächsten blendend hell.

»Überraschung!«

»Überraschung! Überraschung!«

»Hier kommt die Braut ...«

Emma blickte in all die fröhlichen, strahlenden Gesichter und erkannte, dass ihr Tag, den sie bisher schon für einen der schlimmsten ihres Lebens gehalten hatte, noch einen Grad tiefer in den Keller sackte.

»Zeit zum Kuchenanschneiden!«, rief Patrick, nachdem alle Toasts ausgebracht und die Gäste vorgestellt worden waren.

Kenny und Emma gingen von entgegengesetzten Seiten des Raums auf das Gebilde zu, das Patrick kreiert hatte: ein Tortenturm aus Vanillecreme, darauf zwei von Peters Fisher-Price-Figuren mit den jeweiligen Flaggen der Länder von Braut und Bräutigam. Emma fragte sich, ob wohl jemandem aufgefallen war, dass besagter Bräutigam und besagte Braut kaum ein Wort miteinander wechselten.

Sie hatte starke Kopfschmerzen und wünschte nichts mehr, als in ihr Bett flüchten zu können. Peter hatte es gut, der war einfach, das Köpfchen an Kennys Schulter, eingeschlafen. Ein Spuckefleck hatte sich unter seinem Mündchen auf Kennys Golf-Shirt gebildet.

Neben den Travelers war auch Ted Beaudine anwesend, sowie Pater Joseph, ein paar hohe Tiere von TCS und ein Schock von Kennys Freunden aus dem Roustabout, die sich wie immer mit Geschichten aus Kennys verpfuschter Jugend unterhielten: wie er einem Mädchen ihr mühsam gebasteltes Naturkundemodell geklaut, das beste Paar Turnschuhe eines Schulkameraden über eine Stromleitung geworfen und den kleinen Bruder eines anderen einfach irgendwo unterwegs verloren hatte.

Wie immer verspürte sie unwillkürlich den Drang, ihn zu verteidigen, doch sie unterdrückte ihn. Kenny war erwachsen, ein Mann – und wenn er sich nicht rechtfertigen wollte, war das seine Sache, nicht ihre.

Sie näherte sich dem Kuchen von einer, Kenny von der anderen Seite. Warren trat vor und übernahm Peter. Er lächelte Emma liebevoll an. »Falls ich's noch nicht gesagt hab, herzlich willkommen in der Familie, Lady Emma! Ich selbst hätte keine bessere Frau für Kenny finden können.« Wieder betrachtete er seinen Sohn mit diesem übereifrigen Blick, der ihr immer das Herz brach. »Gratuliere, mein Sohn. Ich bin stolz auf dich!«

Kenny, der seine Worte kaum zur Kenntnis hahm, stellte sich vor den Kuchen. Ihr tat es richtig weh, wenn sie die beiden so betrachtete: den Vater, der Verzeihung für alte Sünden wollte, und den Sohn, der all die Jahre der Vernachlässigung nicht vergeben konnte.

Patrick reichte Emma das Kuchenmesser, das er mit roten, weißen und blauen Bändern geschmückt hatte. »Eher patriotisch als hochzeitlich«, schnüffelte er, »aber ich hatte eben zu wenig Vorwarnung.«

Sie lächelte ihn an und blickte dann auf ihre Hand hinab, über die sich eine große, gebräunte, schlanke Männerhand legte, die ihre eigene, kleinere, weiße beschützend umfasste. Beim Anblick ihrer aufeinander gelegten Hände traten ihr die Tränen in die Augen. Wären doch bloß ihre Herzen ebenso eng miteinander verbunden!

Kenny nahm einen Schluck Wein und durchquerte dann die Küche, um das Licht, das noch auf der Sonnenterrasse brannte, auszuschalten. Lady E. war, sobald die letzten Gäste das Haus verlassen hatten, nach oben geflüchtet; doch er wusste, dass sie es nicht deshalb tat, um so rasch wie möglich sein Lager aufzusuchen. Nein, Lady E. war fest entschlossen, die heutige Nacht ganz allein in ihrem Kämmerlein zu verbringen. Er fragte sich, ob sie wohl so weit gehen würde, ihre Zimmertür abzusperren – doch nein, das würde sie nicht. Sie würde auf sein Ehrgefühl bauen, sich ihr nicht aufzudrängen.

Sein Ehrgefühl. In den Augen der Öffentlichkeit war es mehr als angekratzt, dennoch konnte er nicht bereuen, was er mit Hugh Weldon Holroyd angestellt hatte.

Er trat auf die Terrasse hinaus und merkte zu spät, dass er

nicht allein war. Sein Vater saß auf der breiten Bank mit dem schlafenden Peter in seinen Armen. Kenny merkte, dass er sich unwillkürlich versteifte – wie immer in Gegenwart seines alten Herrn. »Ich dachte, du wärst schon weg.«

»Shelby hab ich mit Torie heimgeschickt. Wollte kurz allein mit dir reden.«

Warren war der Letzte, mit dem Kenny reden wollte, weder heute Abend noch überhaupt. »Falls dir's noch nicht aufgefallen sein sollte, ich bin in den Flitterwochen.«

»Na, so wie's heute Abend den Anschein hatte, sieht's nicht sehr nach Flitterwochen aus. Lady Emma hat kaum ein Wort mit dir gesprochen.« Petie maunzte ein wenig im Schlaf, und Warren bettete ihn an der anderen Schulter.

Hatte sein Vater ihn je so gehalten? Zu seinem Erstaunen durchzuckte ihn so etwas wie Neid. Er schämte sich dafür, doch dann merkte er, wie er sich mit einem Mal entspannte. Emma hatte Recht. Warren hatte aus der Vergangenheit gelernt, und Kenny grämte sich grundlos um seinen kleinen Bruder. Petie musste sich die Liebe seines Vaters nicht erarbeiten.

»Der Knabe gehört ins Bett«, meinte er mürrisch.

»Ja, gleich.« Warren drückte dem Kleinen einen Kuss aufs wollige Köpfchen. »Er schien sich wohlzufühlen, da wollte ich ihn nicht stören.«

Wieder dieser schmerzhafte Stich. Petie erhielt die Liebe seines Vaters als Geburtsrecht. Bei Torie war's genauso gewesen. Bloß er hatte sie sich verdienen müssen – mit einem Turnier nach dem anderen.

Und jetzt wollte sein Vater so tun, als wäre alles in Ordnung zwischen ihnen. Aber das war es nicht. Er hätte als Kind einen Daddy gebraucht; jetzt war's damit, verdammt noch mal, vorbei.

»Ich mach mir Sorgen um dich und Lady Emma.«

»Ihr Name ist Emma. Sie benutzt ihren Titel nicht. Und es gibt nichts, worüber du dir Sorgen machen müsstest.«

Warren streichelte Peties Rücken und blickte durch die Fenster der Sonnenterrasse zum dunklen Pecanwäldchen hinüber. »Ich hab's nicht sehr mit dem Beten – irgendwie krieg ich das nicht hin –, also überlass ich's anderen. Shelby zum Beispiel. Die kann richtig gut beten, und sie sagt, Emma ist die Antwort auf ihre Gebete für dich.«

»Das hab ich Shelby nicht aufgetragen.«

»Nein, hast du nicht. Aber ich.«

»Wenn sie schon 'ne perfekte Betschwester ist, dann frag sie doch, ob sie mich nicht wieder auf die Tour zurückbeten kann.« Kenny kippte den restlichen Wein in sich hinein und machte Anstalten, in die Küche zurückzugehen – doch die Stimme seines Vaters hielt ihn auf.

»Komm her und setz dich zu mir.«

»Ist schon spät. Ich bin müde.«

»Ich sagte, *setz dich*.«

Es war die Alptraumstimme aus seiner Kindheit: *»Beweg deinen Arsch auf diesen Stuhl. Du bist eine verdammte Schande! Das weißt du, nicht wahr? Ein verzogener, böser Lümmel ...«*

Aber Kenny war kein Kind mehr, und wenn Warren es unbedingt drauf ankommen lassen wollte, dann bei Gott, sollte er seinen Willen kriegen. Er stellte sein Weinglas auf dem Tisch ab, lehnte sich gegen den Türrahmen und musterte seinen Vater herausfordernd. »Wenn dich was drückt, dann spuck's schon aus.«

»Also gut.« Warren musste zu seinem Sohn aufblicken, doch es schien ihm nicht annähernd so viel auszumachen, wie Kenny es sich wünschte. »Natürlich hältst du nicht sehr viel von mir, und es ist kein Geheimnis, warum. Ich war nicht für dich da, als du mich brauchtest, und das kannst du mir nicht verzeihen. Aber du bist trotzdem mein Sohn, und ich kann nicht dastehen und zusehen, wie du das Wichtigste in deinem Leben verpatzt – bloß weil du dich noch immer von den Dämonen deiner Kindheit beherrschen lässt.«

Kennys Lippen waren verkniffen. »Ich hab keine Ahnung, wovon du redest.«

»Es ist die Rede davon, wie du dir von deiner Vergangenheit deine Zukunft ruinieren lässt. Ich mag Lady Emma. Wir alle mögen sie. Und wenn ihr beiden euch in demselben Raum aufhaltet, könnt ihr ja kaum die Augen voneinander lassen. So warst du noch nie mit anderen Frauen.«

Er hatte nicht die Absicht, seinem Vater zu erklären, dass seine Heirat mit Emma mehr ein Versehen als ein Bund fürs Leben war. Stattdessen fauchte er aufmüpfig: »Ich hab sie geheiratet, nicht wahr?«

»Ja, das hast du. Aber es ist offensichtlich, dass noch jede Menge zwischen euch beiden steht.«

»Ob das nun der Fall ist oder nicht, geht dich einen Scheißdreck an.«

»Hör mir zu, Kenny. Hör mir bloß einmal in deinem Leben zu! Du weißt, wie unheimlich glücklich es mich macht, zu sehen, was du aus deinem Leben gemacht hast, obwohl selbstverständlich der Dank dafür eher Dallie Beaudine gilt als mir. Besser als jeder andere, einschließlich deiner Schwester, ahne ich, was du überwinden musstest, um dorthin zu gelangen, wo du jetzt bist. Und ich will dir eins versichern: Es gibt nicht viele, die das geschafft hätten.«

Einen Moment lang durchschoss ihn ein Gefühl der Dankbarkeit, doch für Lobeshymnen war es zu spät. »Komm zur Sache«, knurrte er.

»Was ich sagen will, ist Folgendes: Je älter ich werde, desto unwichtiger erscheinen mir die Dinge, die ich getan habe, um zu Geld zu kommen. Ich bin stolz auf die Firma ... hab sie aus dem Nichts aufgebaut, und ich werd ganz sicher nicht erlauben, dass sie aufgefressen wird. Aber wenn ich an Sonntagnachmittagen draußen auf der Terrasse sitze und so über mein Leben nachdenke, vor allem über das Schöne, das es mir gebracht hat, dann fallen mir die Menschen, die ich liebe, ein – nicht die Firma.«

Kenny wollte das alles nicht hören. »Du klingst wie 'ne verdammte Seniorenreklame.«

Aber sein Vater ließ sich nicht so leicht abwimmeln. »Du hast hier 'ne Chance, eine richtige Familie zu gründen – nicht mehr einzig und allein den Golfplatz. Du hast die Chance, dir eine gute Beziehung mit einer guten Frau aufzubauen, Kinder zu kriegen, auszureiten, deine Ranch zu genießen. Vermassel das nicht.«

Wut keimte in ihm auf über Warrens Heuchelei. »Vielleicht solltest du dir deine gutgemeinten Ratschläge lieber noch mal durch den Kopf gehen lassen! Wenn ich mir nämlich Zeit zum Hinhocken nehme, dann werd ich nicht mehr so viele Golfturniere gewinnen. Und du hast dann nichts mehr, womit du vor deinen Firmenbuddys auf all diesen fetten Partys prahlen könntest.«

Warren zuckte vor dieser Attacke nicht zurück, was Kenny das Gefühl gab, klein und gemein zu sein. Stattdessen legte er die Hand um Peties Hinterköpfchen und erhob sich. »Ist schon gut, Sohn, ich verstehe. Ich hab mich an die Schuldgefühle, was dich betrifft, gewöhnt – und du musst mir nicht verzeihen.«

Petie regte sich und versuchte seine Augen aufzukriegen. Sie fielen jedoch wieder zu, als Warren ihn enger an sich kuschelte.

»Du bist ein guter Mann, Kenny. Und das dank Dallie, nicht mir. Du bist anständig und verdammt klug; du kümmerst dich um andere. Und das will ich damit sagen: Ich glaub, es ist an der Zeit, dass du akzeptierst, was der Rest der Welt bereits akzeptiert hat – dass nämlich mehr in dir steckt als bloß ein reicher Bengel, der 'n bisschen Golf spielen kann.«

Er machte Anstalten, zur Tür zu gehen, doch Kenny konnte ihn so nicht gehen lassen. Nein, sein Vater durfte nicht das letzte Wort behalten. »Du machst besser keinen Scheiß mit Petie«, giftete er, »oder du kriegst's mit mir zu tun.«

Auf dem Gesicht seines Vaters breitete sich eine derartige Traurigkeit aus, dass Kenny es kaum ertragen konnte. »Ich möchte glauben, dass ich aus meinen Fehlern gelernt hab, und bemühe mich, mein Bestes für ihn zu geben. Trotzdem bin ich nicht perfekt. Aber das weißt du ja wohl.«

Er nahm das Baby auf den anderen Arm und ging. Kenny, der zurückblieb, hatte das nagende Gefühl, etwas Wichtiges unterlassen zu haben.

Emma verbrachte eine einsame, unglückliche Nacht im Gästezimmer. Sie vermisste Kennys soliden Körper neben sich im Bett und die Art, wie er die Decke an sich raffte, wenn er sich im Schlaf umdrehte und nach ihr suchte. Als sie am nächsten Morgen ins Bad gehen wollte, sah sie ihn draußen im Pool schwimmen. Doch statt wie üblich gemächlich vor sich hin zu kraulen, kämpfte er sich wie ein Wilder durchs Wasser.

Sie lehnte die Wange an den Fensterrahmen und sah zu, wie er das eine Ende des Pools erreichte und spornstreichs umkehrte, um wieder ans andere zu schwimmen. Während er so durchs Wasser pflügte, musste sie daran denken, was die Leute wohl sagen würden, wenn sie erfuhren, dass Kennys Ehe nicht von Dauer war.

Kenny hat's mal wieder vermasselt. Hab doch gleich gewusst, dass es nich funktionieren würde. Das Einzige, was der Knabe kann, is' Golf spielen ...

Die Legende vom faulen, verwöhnten Kenny Traveler würde sich immer mehr ausbreiten.

Emma sagte sich, dass das nicht ihr Problem war – aber sie fühlte sich alles andere als wohl dabei. Sie duschte und zog sich an, dann ging sie hinunter in die Küche. Auf dem Tisch lag ein Zettel von Patrick, der sie auf eine Schüssel mit frischem Obst im Kühlschrank hinwies. Er meinte außerdem, es wäre besser, sie würde nicht ans Telefon gehen. Als sie das Obst aus dem Kühlschrank holte, hörte sie, wie sich die Haustür öffnete, dann Tories Stimme, gefolgt von Dexters ruhigerem Ton.

Torie kam in einem busenkurzen blau-lila Batik-Top und Shorts hereingesegelt, dazu Plateausandalen. »Vermutlich sollte ich wohl von jetzt an klingeln, dies ist schließlich keine Junggesellenbude mehr. Sorry, Lady E.!«

»Ist schon okay.« Emma lächelte Dexter an. »Wie wär's mit einer Tasse Kaffee?«

»Ja, danke.« Er machte Anstalten, sich häuslich niederzulassen, als Kenny hereinkam. Ein graues T-Shirt klebte an seiner Brust, und Wasser tropfte ihm aus den lockigen Haaren, während seine Füße nasse Flecken auf dem Boden hinterließen.

»Hey, Bubba!«

Kenny brachte für seine Schwester ein Lächeln zustande, dann jedoch bemerkte er Dexter und meinte grollend: »Was hast du hier zu suchen?«

»Ich hab ihn mitgebracht.«

Kenny blickte seine Schwester finster an. »Wieso das denn? Ich dachte, du wolltest ihn loswerden.«

»Tja, nun, das ist weit schwerer, als ich zuerst dachte.«

Er runzelte die Stirn und musterte sie dann genauer. Mit drei raschen Schritten durchquerte er den Raum und packte ihr Kinn, um es ins Licht zu drehen. »Hat er das gemacht? Hat er dir diesen Knutschfleck verpasst?«

»Kann sein.« Schulterzuckend entzog sie ihm ihr Kinn. »Übrigens, ich glaub, du hast mindestens fünfzig Anrufe auf der Telefonautomatik in deinem Apartment in Dallas, und das allein gestern. Alle Welt versucht, dich an den Apparat zu kriegen. Die Rauferei mit Hugh hat dich mit einem Mal wieder in die Schlagzeilen aller Sportblätter gebracht.«

Kenny riss sich das Handtuch von den Schultern und fiel über Dex her. »Du hast sie betrunken gemacht, stimmt's? Gestern Abend. Du hast's nicht geschafft, solang sie nüchtern war, also hast du sie einfach betrunken gemacht.«

Torie sank lächelnd auf einen Barhocker. »Noch schlimmer. Viel, viel schlimmer. Nicht wahr, Dex?«

Alarmiert stellte Emma fest, dass Kenny bei diesen Worten ganz still wurde. Er ließ das Handtuch fallen, und die Muskeln unter seinem feuchten grauen T-Shirt spannten sich an. »Was meinst du damit? Was hat er getan?«

Ihre Augen funkelten. »Er hat mich verhauen.«

»Er hat was?«

Emma trat sofort zwischen die beiden Männer und legte Kenny die Hand auf die Brust. »Deine Schwester will dich bloß ärgern. Torie, hör sofort damit auf.«

Torie versuchte, kleinlaut dreinzusehen. »Yes, Ma'am!«

Kenny wandte sich mit bedrohlichem Gesichtsausdruck an Dex. »Ich finde, du bist mir eine ganz genaue Erklärung schuldig.«

Dexter schenkte sich in die Tasse, die Emma ihm gereicht hatte, Kaffee ein. »Torie ist sich selbst 'ne größere Bedrohung, als ich's je sein kann.«

Aber diese junge Dame hatte noch nicht genug Spaß gehabt. Sie hängte ihren hohen Sandalenabsatz über die Fußleiste des Barhockers und setzte eine höchst gekränkte Miene auf. »Er hat mir den Hintern versohlt, Kenny. Hat mich einfach überwältigt, übers Knie gelegt und mich vermöbelt. Auf den nackten Po. Oder fast.«

Kenny verharrte reglos. Fassungslos starrte er Dexter an. »Stimmt das?«

Dex rührte in seinem Kaffee und nickte abwesend.

Zu Emmas Erstaunen schien alle Spannung mit einem Mal von Kenny abzufallen, und zum ersten Mal betrachtete er Dexter mit Interesse statt mit Misstrauen. »Ohne Witz? Nicht mal ich hätt den Mut dazu!«

Seine Reaktion erzürnte Torie. »Du solltest ihm die Hucke vollhauen, Kenny! Obwohl – vielleicht muss ich dich warnen, dass er stärker ist, als er aussieht. Trotzdem, ein Herkules ist er noch lange nicht, und du könntest ohne viel Federlesens mit ihm fertigwerden.«

Dexter nippte an seinem Kaffee und nickte Emma zu. »Ausgezeichneter Kaffee.«

Emma musste ein Lächeln unterdrücken. »Ich werde Ihr Kompliment an Patrick weitergeben.«

Kenny blickte von seiner Schwester zu Dexter und ging dann zur Kaffeekanne, um sich auch eine Tasse voll zu holen. »Also, wie kommt's, Dex, dass du noch lebst?«

Dexter wischte ein wenig verschütteten Kaffee weg und nahm dann auf dem Hocker neben Torie Platz. »Alles, was ich dazu sage, ist, dass deine Schwester und ich miteinander geschlafen haben und dass ich sie, nachdem ich sie nun kompromittiert habe, auch heiraten werde.«

Torie ließ den Kopf sinken und schlug damit dreimal auf der Anrichte auf. »Maann, bist du ein Langweiler!«

»Klingt nicht, als ob sie allzu begeistert darüber wäre«, mäkelte Kenny.

»O doch, das ist sie.« Er streichelte ihre Schulter. »Aber sie hat nun mal ihren Stolz. Außerdem fürchtet sie sich – verständlicherweise –, aber das spielt keine Rolle. Sie und ich, wir hatten etwas vereinbart – und werden heiraten.«

»Etwas vereinbart?«

»Das ist Privatsache«, meinte Dex, als Torie schon den Mund öffnete. Er musterte sie amüsiert. »Victoria, ist dir schon mal in den Sinn gekommen, dass du nicht jedem unsere privaten Dinge auf die Nase binden musst?«

»Kenny ist nicht jeder.«

Dex hob eine Augenbraue und strich mit dem Daumen über ihren Mundwinkel.

»Ach, also gut«, brummelte sie. Dann, wie um den verlorenen Boden wieder gutzumachen, wechselte sie das Thema. »Konnte nicht umhin, zu bemerken, dass ihr beiden euch gestern Abend nicht gerade wie ein Liebespärchen benommen habt. Was ist los, Lady E.? Hat Kenny dich auch verhauen?«

Emma schnappte sich den Schwamm vom Spülbecken und begann, auf der sauberen Anrichte herumzutupfen. »Es ist kompliziert, fertig.«

»So kompliziert nun auch wieder nicht«, wehrte Kenny sich. »Manche Leute stellen bloß einfach alles so dar.«

Tories Blicke gingen zwischen Emma und ihrem Bruder hin und her. »Ich weiß nicht wieso, aber in diesem Fall stehe ich auf Lady E.'s Seite.«

Kenny stellte mit einem Knall seine Kaffeetasse ab, wobei die braune Brühe nur so schwappte. »Du bist ja in keiner Weise im Bilde!«

»Ich weiß, dass Emma eine sehr vernünftige Person ist – du dagegen hast noch nie 'ne Ahnung gehabt, wenn's um Frauen geht.«

»Vernünftig? Sie machte die ganze Welt glauben, du wärst ihre lesbische Geliebte!«

Torie grinste Emma an. »Also das war echt cool.«

Kenny schnappte sich seine Tasse und machte Anstalten, die Küche zu verlassen. »Ich geh duschen.« Dann blieb er jedoch stehen und musterte Emma mit eiskaltem Blick. »Vielleicht solltest du deine große Ankündigung lieber gleich vom Stapel lassen. Ich will Torie nicht um das Vergnügen bringen, mir das auch noch anzukreiden.«

Er gab ihr also die Chance bekannt zu machen, dass sie nicht hier bleiben, sondern in ein Hotel ziehen würde.

Kenny hat's mal wieder vermasselt. Hab doch gleich gewusst, dass es nicht funktionieren würde. Das Einzige, was der Knabe kann, is' Golf spielen.

Sie merkte, dass sie in einer Zwickmühle steckte. Ihr Vorhaben, in ein Hotel zu ziehen, war ihr gestern noch so vernünftig erschienen; doch nun befand sie sich in Wynette und da sprachen sich Neuigkeiten schnell herum. Nein, sie konnte es einfach nicht ertragen, Kenny erneut dem Geschwätz und Gespött der Leute auszusetzen – besonders deshalb, weil er sich nicht verteidigen würde. »Also, die Sache ist die, ich habe beschlossen, doch noch Auto fahren zu lernen.« Sie wandte sich an Torie. »Und da Kenny das einzige Mal, als wir unterwegs waren, mich immer angeschrien hat, möchte ich gerne wissen, ob du wohl bereit wärst, mir noch ein paar Fahrstunden zu geben.«

Misstrauisch lehnte er im Türrahmen, als würde er bloß auf den Haken an der Sache warten.

»Ich weiß wirklich nicht, wie du auf die Idee kommst, ich könnte dir Vorwürfe machen, weil Lady E. Auto fahren lernen will, Kenny. Manchmal glaub ich ehrlich, du leidest unter Verfolgungswahn.« Torie lächelte Emma an. »Wie wär's, wenn du mich heute Nachmittag zu Pater Joseph rüberkutschierst?«

Kennys Aufmerksamkeit wandte sich wieder seiner Schwester zu. »Wieso willst du Pater Joseph besuchen?«

»Ich *will* ihn nicht besuchen«, erklärte sie ungehalten, »es ist ein *Muss*. Hast du denn nicht zugehört?«

»Nicht genau genug, wie's scheint.«

»Na, diese Sache mit Dex, du weißt schon.« Sie rutschte unbehaglich hin und her.

»Das Hinternversohlen?«

»Nein, nicht das! Hast du denn nicht aufgepasst? Oder willst du es nicht kapieren?« Ihre Brust hob sich merklich, als sie tief Atem holte. »Der Bastard zwingt mich, ihn zu heiraten.«

Dex musterte Kenny mit einem durchdringenden Blick. »Ich glaube, das habe ich erwähnt.«

Torie schaute ihren Bruder so flehentlich an, dass Emma sie am liebsten in den Arm genommen hätte. Torie konnte ihren Stolz nicht so weit hinunterschlucken, um zuzugeben, dass sie Dex falsch eingeschätzt hatte. Und Kenny sollte das verstehen.

Dic Sekunden tickten vorüber. Tories Hand schob sich zu Dexters. Er nahm sie fest in die seine.

Schließlich sagte Kenny was. »Nun, dann muss ich mich wohl damit abfinden.«

Emma lächelte. Kenny war lange nicht so behämmert, was anderer Leute Komplexe betraf, wie bei seinen eigenen.

Torie kuschelte sich ein wenig enger an Dexter, in dessen ernsten Augen ein träumerischer Ausdruck stand. Ihrerseits seufzte sie tief auf. »Es ist mir wirklich ein Rätsel, wieso sich Dex in mich verlieben musste. Und ich weiß auch nicht, wie ich in dieser Stadt je wieder den Kopf hochhalten kann. Er hat ’n Zweiunddreißiger Handicap.«

»Dafür hab ich mich aufrichtig entschuldigt, Victoria. Wenn du bereit bist, mit mir zu arbeiten, können wir sicher ein paar Schwächen wegkriegen.«

»Kann sein. Aber selbst dann wird aus dir wahrscheinlich nie mehr als ’n Hacker.«

»Das ist wahr.« Seine Lippen kräuselten sich. »Und ich muss mir leider für den Rest meines Lebens deine Klagen darüber anhören, wie du deinen Ruf ruiniert hast durch die Heirat mit einem Stümper.«

»Da hast du verdammt Recht.« Sie schenkte ihm ein schmelzendes, ganz Torie-untypisches Lächeln. Dann schien ihr wieder einzufallen, dass ihr Bruder zusah, und sie errötete bis in die Haarspitzen.

Kenny war zu sehr der ältere Bruder, um sie so ohne Weiteres davonkommen zu lassen. »Also woher dieser plötzliche Stimmungsumschwung? Lag’s daran, dass dir endlich mal jemand den Hintern versohlt hat?«

»Ach, nichts. Wirklich. Es ist bloß ... ach ja, egal.«

»Du kannst’s mir ruhig gleich sagen«, meinte er.

»Früher oder später krieg ich es sowieso raus.«

»Och, also, na ja. Dex ist ... er ... nun, er will Kinder und so, aber er ist trotzdem bereit ... er ist bereit, es mit mir zu versuchen.« Ihre Stimme wurde sanfter. »Und falls es nicht klappt – wovor ich ihn bereits gewarnt hab –, dann sagt er, wir können auch welche adoptieren.«

»Aha!« Kenny war noch nicht fertig mit ihr. »Deshalb willst du ihn also heiraten? Weil du endlich eine Mama werden darfst?«

Emma sah, wie Torie zwischen ihrem Stolz und der Wahrheit hin- und herschwankte. »Kannst du mir das vorwerfen? Du weißt, wie sehr ich mir ein Kind wünsche. Und er ... ich mein, trotz all seiner Fehler und so, jeder Trottel kann sehen, dass er ’nen guten Vater abgibt. Außer, wenn’s um Sport geht – aber ich glaube, wir beide können seine Lücken auf diesem Gebiet ausgleichen. Und dann ist da … nun da ist so was …« Sie zuckte unbehaglich mit den Schultern, und es war klar, dass sie das Verhör so schnell wie möglich hinter sich bringen wollte. »Nun, was Süßes und … ach, ich weiß nicht.«

»Deine Schwester hat sich in mich verliebt«, erklärte Dex, falls Kenny diese Tatsache entgangen sein sollte.

Torie blickte verlegen zu ihrem Bruder auf. »Er ist so verdammt gut. Und verständnisvoll. Und er hat Humor. Nicht so wie du und ich, aber auf seine eigene, seltsame Weise. Und er mag meine Emus. Ich bin selbst ganz platt, dass es passiert ist – der Himmel weiß, wie peinlich es mir ist –, aber man ahnt ja nicht, zu was das menschliche Herz fähig ist.«

Kenny blickte nachdenklich drein. »Ich frag dich was, Dex. Warum arbeiten wir zwei beide nicht an deinem Spiel? Torie ist ein schrecklicher Golfcoach. Sie flucht immer so vulgär.«

Emma wusste, dass Dex bereit gewesen wäre, Kenny bis zum bitteren Ende zu bekämpfen, aber sein langsames Lächeln bewies, wie froh er war, es nicht tun zu müssen.

»Das wär großartig!«

Als die Haustür sich hinter den beiden Verliebten schloss, blickte Emma Kenny an. Er hatte sich noch nicht rasiert, und das Haar stand ihm an den Seiten, wo es allmählich zu trocknen begann, ein wenig ab. Dennoch war er der schönste Mann, den sie je gesehen hatte, und sie musste gegen ihre aufsteigenden Gefühle ankämpfen.

»Das war sehr nett von dir«, erklärte sie forsch. »Du hättest es Torie viel schwerer machen können mit deiner Reaktion.«

»Was hast du von mir erwartet? Dass ich sie in den Speicher sperre?« Er musterte sie forschend. »Hast deine Meinung geändert, was das Hotel betrifft, stimmt's?«

»Nein – ich bin jetzt nur der Ansicht, was privat ist, soll auch privat bleiben.«

»Gut. Ich helf dir, deine Sachen in mein Zimmer zu bringen.« Er wandte sich zur Treppe.

»Nein, danke«, rief sie seinem Rücken zu. »Ich bleibe, wo ich bin, bis wir die Situation geklärt haben.«

Auf der zweiten Stufe hielt er an, drehte sich zu ihr um und meinte höhnisch-arrogant, ganz der verwöhnte Kenny: »Das glaubst auch bloß du!«

Es überraschte sie nicht, dass er deswegen Schwierigkeiten machte – denn er machte in allem Schwierigkeiten, was sie betraf. »Für mich ist es im Moment das Beste. Ich gebe mich keinen Illusionen darüber hin, dass du es verstehst, aber ich habe festgestellt, dass ich nicht der Typ für bindungslosen Sex bin.«

»Wir sind *verheiratet*.«

Sie fingerte an ihrem Ehering herum. »Tja nun, das ist ein Stück Papier, weiter nichts. In unseren Herzen sind wir nicht verheiratet, oder?«

Kenny trat eine Stufe tiefer und starrte geradeaus. »Aha, ich sehe, wohin das führt. Du willst mich kleinkriegen, nicht wahr, bis ich dir zu Füßen liege und du mich auf den Schoß nehmen und mit mir spielen kannst – wann immer es dir passt – und mich beiseite schiebst, wenn nicht.«

Wie sie so in seine harten, markanten Gesichtszüge blickte, fiel es ihr schwer zu glauben, dass dies derselbe dumme Faulpelz war, den sie vor zwei Wochen kennen gelernt hatte. Leise meinte sie: »Du beschreibst deine Motive, nicht meine.«

»Aber sicher«, höhnte er.

»Ach Kenny ...« Sie hob seufzend den Arm und ließ ihn wieder fallen. »Das kann ich nicht alles allein durchstehen. Du musst mir schon ein bisschen helfen.«

»Ich bin nicht derjenige, der die Schlafzimmertür hinter sich zusperrt.«

»Aber du willst doch bloß Sex von mir, nichts weiter. Siehst du denn nicht, wie weh mir das tut?«

»Selbst wenn das wahr wäre – was es nicht ist –, sehe ich

nichts Schlimmes dabei. Da diese Ehe nicht auf dem üblichen Weg zustande gekommen ist, müssen wir nun mal mit dem arbeiten, was wir haben.«

»Diese kuddelmuddelige Art zu denken mag ja bei deinen früheren Freundinnen funktioniert haben, aber nicht bei mir. Unsere sexuellen Aktivitäten erlauben uns anzunehmen, alles wäre in Ordnung – aber das ist es nicht.«

»Also genau da hast du Unrecht. Alles *ist* in Ordnung, wenn du die Dinge bloß sein ließest, wie sie sind. Du denkst ja so oft an das, was zwischen uns nicht stimmt, dass du dabei das Positive ganz aus den Augen verlierst.«

»Sex.«

»Fällt dir da nur Sex ein? Wie steht's mit der Tatsache, dass wir gerne zusammen sind? Dass wir beide Geschichte mögen, und Texas und Reiten. Beiden schmeckt uns ein gutes Glas Wein, wir durchschauen Torie, Petie mag dich, und du scheinst meinen Vater und Shelby ertragen zu können. Keiner von uns ist ein Snob, und wir haben beide nicht viel Geduld mit Heuchlern. Ich denke, da gibt's 'ne ganze Menge, was wir gemeinsam haben.«

Sie hatte sich tatsächlich mehr auf ihre Argumentation konzentriert als auf ihn – daher merkte sie gar nicht, wie er immer näher kam und nun ihren Ellbogen mit seinen Fingerspitzen berührte. Und sofort wurde sie zu Wachs.

Seine Finger strichen über ihren Arm und die äußere Wölbung ihrer Brust. Ihre Haut kribbelte, ihre Glieder hingen auf einmal schwer an ihr, und ihr Körper drängte sie, nachzugeben. Wäre es denn so schlimm, so zu tun, als wären sie wirklich verheiratet, obwohl nichts von Dauer zwischen ihnen bestand? Was machte es schon für einen Unterschied? Sie erinnerte sich daran, dass sie es gewöhnt war, sich mit emotionalen Krümeln zu begnügen – aber nicht von Kenny! Und was noch wichtiger war, sie verdiente Besseres, deshalb trat sie einen Schritt zurück.

Sein Arm fiel herunter, und sein Blick verdunkelte sich. Sie sah, wie sich seine Lippen zu einem dünnen Strich zusammenpressten, und wusste, dass er wütend war, weshalb er erfahrungsgemäß ohne ein Wort davongehen würde.

Nicht lange danach machte er sich auf den Weg zum Golfplatz, und sie zwang sich, sich an dem Laptop, das sie in seinem Bürozimmer – das außer Patrick keiner zu benutzen schien – gefunden hatte, an die Arbeit zu machen. Den Rest des Vormittags und den frühen Nachmittag brachte sie abwechselnd mit ihren Notizen über Lady Sarah Thornton zu und einer Liste von Dingen, die Penelope Briggs wissen musste, um das Frühlingssemester reibungslos starten zu können. Sie unterbrach ihre Register, als Torie auftauchte, um sie zu ihrer Fahrstunde abzuholen.

Emma hatte es in die Stadt und wieder zurück geschafft, ohne irgendwo aufzufahren. Während sie anschließend den Laptop zur Sonnenterrasse hinaustrug, um dort weiterzuarbeiten, stellte sie fest, dass Tories Glück der einzige Lichtblick an einem ansonsten reichlich trüben Tag war. Patrick tauchte mit zwei Gläsern Eistee plus Orangenscheibchen aus der Küche auf.

»Es ist so weit und die Katze aus dem Sack! Im Sportkanal verkünden sie gerade, dass ihr geheiratet habt.«

Sie merkte, dass er sich Sorgen machte, während er ihr Glas vor sie hinstellte und mit dem seinen zur Terrassenbank ging. »Was ist passiert?«

»Eigentlich nichts. Wahrscheinlich bin ich bloß paranoid.« Er nahm einen Schluck Tee, dann rückte er die Lampe auf dem Beistelltischchen neben seinem Sitzplatz gerade. »Es war 'ne sehr kurze Ankündigung, kein Wort von der Schlägerei vor dem Roustabout, bloß dass Kenneth ein Mitglied der englischen Aristokratie geheiratet hat: Lady Emma Wells-Finch, Tochter des fünften Earl of Woodbourne.«

»Nun, die Presse musste das ja früher oder später herausfinden.«

»Das ist es nicht, was mir Sorgen macht.« Patrick fuhr mit dem Finger am Rand seines Glases entlang. »Kein Wort darüber, welchen Beruf Sie haben, keinerlei Beschreibung von der Art Person, die Sie sind. Nach dieser Ankündigung hatte man den Eindruck, Kenneth hätte irgend so eine verwöhnte, flatterhafte Adelige geheiratet.«

Jetzt verstand Emma, was ihn beunruhigte. »Und die Legende vom verwöhnten, reichen Golfer findet immer mehr Anhänger.«

»Genau.« Er setzte sein Glas so heftig ab, dass etwas Eistee über den Rand schwappte. »Sein Image ist ohnehin angeschlagen genug, und das hier fördert es auch nicht gerade. Ganz eindeutig hätte er die Sache selbst der Presse mitteilen müssen. Die Tatsache, dass er's nicht getan hat, ist fast wie ein Schuss in den eigenen Fuß. Ich kann mir schon vorstellen, was dieser Mistkerl Sturgis Randall heute Abend in seiner Sendung sagen wird. Also, das schaue ich mir bestimmt nicht an.«

Aber weder er noch Emma konnten widerstehen, und nach dem Abendessen – ohne Kenny – nahmen Emma und Patrick ihre Kaffeetassen mit zur Wohnzimmercouch, wo Patrick den Fernseher anschaltete.

Sturgis Randall wartete bis zum Ende seiner Sendung, bevor er loslegte. *»Die Tatsache, dass seine Karriere den Bach runtergeht, scheint dem Golfer Kenny Traveler nicht viel auszumachen. Der gute Mann hat stattdessen einfach geheiratet. Aber kein normales amerikanisches Mädchen für unseren Kenny, o nein! Der texanische Millionär, der außerdem zufällig der Erbe der riesigen Firma Traveler Computer Systems ist …«*

»Das stimmt nicht!«, protestierte Patrick. »Er hat Warren schon vor Jahren gezwungen, ihn zu enterben.«

» … hat sich ein englisches Blaublut, Lady Emma Wells-Finch, ausgesucht. Ihr habt richtig gehört, Leute, das ist Wells-Finch mit einem Bindestrich. Die bildhübsche adelige Lady soll die Tochter des fünften Earl of Woodbourne sein.«

»Bildhübsch!« Emma war empört. »Ich bin ganz sicher nicht bildhübsch!«

»Travelers Probleme mit der PGA haben sich seit einer brutalen Rauferei, die er sich mit einem betagten internationalen Geschäftsmann in einer Bar geliefert hat, indessen noch verschlimmert.«

Emma schoss von der Couch hoch. »Er ist nicht betagt! Und eine Barrauferei war's schon gar nicht!«

»Bisher noch immer kein Wort vom derzeitigen PGA Commissioner Dallas Beaudine.« Sturgis lächelte ölig in die Kameras. *»Lassen Sie sich einen Rat von mir geben, Kenny ... Da Ihre Golfkarriere ja nun zu einem Stillstand gekommen zu sein scheint, können Sie und Ihre blaublütige Braut schön zur Fuchsjagd gehen!«*

Emma platzte der Kragen. »Wie darf er so was bloß sagen?«

»Er hat gute Quoten. Und das ist alles, was in Amerika zählt.« Patrick hackte auf die Fernbedienung ein, um den Apparat auszuschalten. »Kommen Sie, gehen wir ins Kino. Wir brauchen ein wenig Ablenkung.«

Es war kurz nach dreiundzwanzig Uhr, und das Licht brannte noch, als Kenny zur Ranch zurückkehrte. Er hatte den ganzen Tag lang trainiert und dann kurz bei seinem Vater vorbeigeschaut, um ein wenig mit Petie zu spielen. Anschließend hatte er am Fluss Halt gemacht, um sich seinem Groll auf Emma, die aus einer so einfachen Sache etwas so Kompliziertes machte, hinzugeben; aber der Fluss war nicht der richtige Ort gewesen, da er dauernd daran denken musste, wie sie sich dort geliebt hatten.

Als er die Wohnung leise von der Küche aus betrat, verspürte er auf einmal Schuldgefühle, weil er sie den ganzen Tag lang allein gelassen hatte. Aber gleichzeitig fiel ihm ein, dass er ja nicht derjenige war, der diese Eheprobleme verursachte.

Er öffnete den Kühlschrank, um zu sehen, ob Patrick was für ihn vorbereitet hatte. Als er gerade eine Platte mit kalten Hähnchenteilen herausholte, ging die Tür, die zur Sonnenterrasse führte, leise quietschend auf. Er drehte sich um und plötzlich saß ihm ein Kloß im Hals, als Emma hereintrat.

Ihr Haar ringelte sich nach allen Seiten, und ihre Wangen waren rot von der kühlen Abendbrise draußen. Sie sah entzückend aus, und er begehrte sie heftig. Das gefiel ihm gar nicht. Er mochte keine Dinge, die er nicht mit langen Schlägen, soliden Geräten und stählernen Nerven gewinnen konnte.

Sie erstarrte, als sie ihn sah. »Oh, ich wusste gar nicht, dass du wieder da bist.«

Wieder überkamen ihn Schuldgefühle, doch er war entschlossen, sich nicht davon unterkriegen zu lassen. »Zufällig wohne ich hier.«

»Das ist mir klar.«

Angesichts ihrer ruhigen Antwort kam er sich wie ein Schweinehund vor. »Willst du etwas Huhn? Es ist genug da.«

»Ich hab schon gegessen.«

»Dann vielleicht ein Glas Wein? Wir könnten eine Flasche mit raufnehmen.«

»Nein, danke.«

Er ging um den Tresen herum auf sie zu. Den ganzen Tag hatte er Golfbälle übers Grün geschlagen, bis ihm sämtliche Muskeln wehtaten, und sie trotzdem nicht aus dem Kopf gekriegt. Jetzt wusste er, dass er keine Sekunde mehr die Hände von ihr lassen konnte. Irgendwie musste er ihr ihre Sturheit einfach austreiben. Oder »aus-küssen«.

Vielleicht war es ja ihr gelassener Blick oder die ihr angeborene Würde, die sie mit sich herumtrug – ob sie nun Läuseshampoo kaufte oder Salzstreuer klaute –, aber auf einmal war er sich gar nicht mehr sicher, sie wirklich verführen zu können.

Patrick betrat die Küche. »Siehe da, wer hat sich denn da an seine Heimatadresse erinnert?« Er wedelte mit einem Blatt Papier herum. »Das Fax kam vor nicht allzu langer Zeit. Scheint, es gibt ein Stelldichein in Dodge City.«

»Wovon redest du?«

»Hiernach bittet ein gewisser Dallas Fremont Beaudine um das Vergnügen deiner Gesellschaft am ersten Tee im Windmill Creek Country Club, morgen früh um sieben.«

»Na toll«, brummte Kenny angewidert. »Find ich echt toll!«

Patrick wandte sich Emma zu. »Francesca hat was dazugeschrieben. Sie möchte, dass Sie sie morgen früh gleich anrufen, wenn Sie wach sind.«

Kenny klatschte das Hühnerbein, das er sich gerade einverleiben wollte, wieder auf den Teller zurück. »Also haben wir ihn wieder! Na, wenn das nicht der Zuckerguss auf einem allerliebsten Tag ist!«

Patrick faltete das Fax säuberlich zusammen. »Wenn ich du wäre, Kenneth, wäre ich besonders nett zu Lady Emma. Wer weiß, was für Geschichten sie Francesca über dich auftischt.«

Aber Kenny, der über den Tresen hinweg in Emmas ernste Augen blickte, wusste, dass sie nicht ein böses Wort über ihn zu Dallies Frau sagen würde. Und irgendwie machte ihm das mehr aus als alles andere.

23

Die Morgensonne formte eine Corona hinter der Gestalt dieses Mannes, dessen Ruhm größer war als der Himmel von Texas. Auch wenn das Alter ein paar Silberfäden in die Schläfen seines dunkelblonden Haars gewebt und die Furchen um seinen Mund ein wenig tiefer gegraben hatte, besaß sein hochgewachsener Körper noch dieselbe Spannkraft und Stärke, und seine Paul-Newman-blauen Augen noch denselben Glanz wie früher.

Vor etwa zwölf Jahren waren dieser Mann und der große Jack Nicklaus einander auf einem Golfplatz namens »Old Testament« gegenüber gestanden und hatten sich eine der besten Golfturniere in der Geschichte dieses Sports geliefert. An jenem schicksalhaften Tag hatte Jack Nicklaus um des sportlichen Ruhmes willen gespielt, Dallas Beaudine jedoch um das Herz der Frau, die er liebte ... und es endgültig gewonnen.

Eine Schulterverletzung hatte Dallie einen Zwangsurlaub und den Posten des vorläufigen PGA Commissioners eingetragen; doch nun war er fast wiederhergestellt, seine Amtszeit als Commissioner bald abgelaufen, und dann wartete also die Senior Tour auf ihn, wie ein saftiger Knochen, der zum Verzehr anstand. Zuerst jedoch galt es, ein paar lose Enden zu verknüpfen. Besonders ein loses Ende.

Der Morgentau glänzte auf den Spitzen von Kennys Golfschuhen, als er den Pfad verließ und über den Rasen zum ersten Tee auf Windmill Creek marschierte. Sein Magen zog sich nervös zusammen, als er Dallie dort stehen sah – auch wenn er sich sagte, dass es keinen Grund für Nervosität gab. Sie beide hatten im Laufe der Zeit schon Hunderte von Golfrunden miteinander gespielt, seit Kenny als Teenager mit dem teuersten Equipment, das man sich für Geld kaufen konnte, aber keinem bisschen Erfahrung, auf dem Grün erschienen war. Dallie hatte ihm alles beigebracht. Nein, Kenny brauchte wirklich nicht nervös zu sein, dennoch sammelte sich auf seiner Brust bereits der Schweiß.

Er hatte Dallie seit dem Tag seiner Suspendierung nicht mehr gesehen und verbarg sein gekränktes Ehrgefühl hinter einem kühlen Nicken, als er das Tee betrat. »Dallie!«

»Kenny!«

Kenny wandte den Kopf und nickte auch dem Mann mit dem roten Tuch um den Kopf, dessen graumeliertes langes Haar mit einem Gummiband zu einem Zopf zurückgebunden war, zu: Skeet Cooper, der wegen seines Aussehens immer irgendwie an den Schauspieler Jack Palance erinnerte und obendrein der berühmteste Golfcaddie in Amerika war. Skeet und Dallie hatten einander vor vielen Jahren kennen gelernt, bei einer Rauferei an einer Texaco-Tankstelle außerhalb von Caddo, Texas – als Dallie noch ein fünfzehnjähriger Ausreißer und Skeet ein Ex-Knacki ohne Zukunft gewesen war. Seither galten sie als unzertrennlich.

»Haste 'nen Caddie?«, erkundigte sich Dallie.

»Ist unterwegs.« Der Caddie, der Kenny normalerweise zur Seite stand, ein alter Fuchs namens Loomis Crebbs, trug derzeit Marc Calcavecchias Bag, solange Kenny suspendiert war, und Kenny hatte Loomis nie mehr vermisst als in diesem Augenblick. Nun, immerhin hatte er einen recht passablen Ersatzmann gefunden.

Hinter ihnen klapperten Golfschläger in einem Bag. Skeet Cooper rieb sich mit dem Daumen den Mundwinkel und erhob sich von der Bank, auf der er bis dahin gemütlich gesessen war. »Kennys Caddie scheint da zu sein.«

Dallie zog eine Augenbraue hoch, als sein Sohn, mit Kennys Bag über der Schulter, das Tee betrat.

Ted lächelte. »Tut mir Leid, dass ich zu spät bin. Aber Mom hat mich gezwungen zu frühstücken, und dann fiel ihr auch noch ein, an meinen Haaren rumzumachen. Fragt mich bloß nicht, wieso.«

Dallie nahm den Driver, den Skeet ihm reichte. »Komisch, du hast gar nicht erwähnt, dass du heute den Caddie für Kenny spielst.«

»Muss ich wohl vergessen haben.« Ted lächelte und hob den Bag auf seine andere Schulter. »Skeet hab ich's gesagt.«

Dallie schoss Skeet einen ärgerlichen Blick zu, der jedoch nicht im Geringsten beeindruckt zu sein schien. Kenny wies mit einer Handbewegung auf das Tee. »Bitte sehr, du zuerst. Ältere und kränkliche Menschen sollten immer den Vorzug haben.«

Dallie kräuselte die Mundwinkel. Dann schritt er aufs Tee, machte ein paar Schwünge mit dem Schläger, um sich ein wenig zu lockern, und setzte dann einen großartigen Schlag mitten ins Fairway hinunter. Es war die Art von Schlag, die Dallie perfektioniert hatte.

Kenny versuchte, etwas ruhiger zu werden, als er nun selbst das Tee betrat, doch der Schweißfilm auf seiner Brust wollte nicht trocknen. Er redete sich ein, dass es keinen Grund gab, sich über die heutige Runde aufzuregen. Erstens kannte er nicht nur jede Nuance von Dallies Spiel, zweitens verschaffte ihm die noch nicht ganz verheilte Schulterverletzung einen Vorteil, der ihm den Sieg eintragen musste. Und dennoch bekam er seine Flatternerven nicht in den Griff; denn heute ging es nun mal nicht bloß um eine Runde Golf, und das wussten beide sehr wohl.

Kenny betrat das Tee, justierte seine Stellung und schlug den Ball dann prompt mit Linksdrall mitten in die Bäume neben dem Fairway.

Dallie schüttelte den Kopf. »Also ich dachte, das hätte ich dir schon mit achtzehn ausgetrieben.«

Der arme Kenny konnte sich nicht erinnern, wann er das letzte Mal einen derart miserablen Treffer gelandet hatte. Bloß ein Ausrutscher, sagte er sich, während er das Tee verließ und den Fairway hinunterschritt, die Caddies im Schlepptau.

»Francie erzählte mir, du hättest geheiratet«, bemerkte Dallie.

Kenny nickte.

»War wohl die einfachste Lösung, nehme ich an.« Dallie kaute auf den Worten herum, als hätten sie einen schlechten Geschmack. »Schwer für die Pressefritzen, sich zu sehr über einen Mann aufzuregen, der bloß seine Braut verteidigt hat. War bestimmt der vernünftigste Ausweg.«

Nun musste Kenny sich bemühen, die Beherrschung zu wahren. »Nur jemand, der Emma nicht kennt, kann das so erklären.«

Ted, der hinter Kenny stand, meldete sich zu Wort. »… hab ich ihm auch schon gesagt, aber er wollte nicht hören.« Er trat zwischen die beiden. »Weißt du, Daddy, Lady Emma ist Mom ziemlich ähnlich, wenn sie sich mal was in den Kopf gesetzt hat.«

»Was ich bezweifle! Deine Mutter hat mich erst geheiratet, nachdem ich mein Leben in Ordnung gebracht hatte. Lady Emma dagegen scheint nicht so pingelig zu sein.«

Dallies Kritik an Emma gefiel Kenny nicht, und das wollte er auch gerade loswerden, als Ted über etwas stolperte und hart mit dem Bag an ihn bumste. »Sorry. Hey Dad, wie geht's der Schulter?«

»Die Schulter ist in Ordnung, nur mein Spiel rostig!«

Nun, so rostig auch wieder nicht. Kenny ignorierte Dallies Ball, der wunderschön mitten im Fairway lag, und konzentrierte sich stattdessen auf die herabsetzende Bemerkung über Emma. »Vielleicht sollte ich dir 'n paar Schläge voraus geben«, meinte er. »Senioren brauchen eine faire Behandlung.«

Dallie wies auf die Baumgruppe, in der Kennys Ball verschütt gegangen war. »Nun, dein Handicap macht meins wohl wieder wett, denke ich.«

»Was für ein Handicap? Wovon redest du?«

»Von der Tatsache, dass du die Hosen bis obenhin gestrichen voll hast.«

Ein kalter Schauder überlief Kenny. Er hätte es besser wissen und nicht diesen Meisterstrategen herausfordern sollen. Dennoch durfte er sich nicht von Dallie einschüchtern lassen. Er machte Anstalten, ihm eine gebührende Antwort zu geben, da bumste Ted erneut mit dem Bag an ihn.

»Pass gefälligst auf, wo du hintrittst!«

»Sorry.«

Und das war die richtige Bezeichnung für Kennys Spielweise während der nächsten neun Löcher. Er verfehlte die Hälfte der Grüns und blieb meilenweit von den Pins, wenn er mal traf. Glücklicherweise waren Dallies Reichweite und Langspiel noch nicht wieder auf dem Normalstand, sodass Kenny nach neun Löchern nur zwei im Rückstand lag.

Gerade als sie sich umwenden und die nächsten neun spielen wollten, kam ein Golfcart angewackelt. »Kenny, Darling!«

Der britische Akzent war zwar weniger auffällig als der, an den er sich seit kurzem gewöhnt hatte – aber ebenso vertraut. Er wandte sich um und wollte schon lächeln, da sah er, dass Francesca Serritella Day Beaudine nicht allein war.

Neben dem hinreißenden Fernsehstar saß seine eigene Göttergattin. Sie trug seinen Lieblingshut, den mit den Kirschen. Sie wippten, als das Golfwägelchen über eine kleine Erhebung rumpelte. Beide Damen hatten Sonnenbrillen auf. Emma ihr No-Nonsense-Modell mit der Schildplatteinfassung, Francesca dagegen ganz trendy in oval mit Stahlfassung.

Sie winkte mit der einen Hand und lenkte das Wägelchen mit der anderen. Francesca gehörte zu den Menschen, die er am liebsten mochte – sie war nicht nur schön und klug, sondern auf ihre Art darüber hinaus humorvoll und ausgesprochen nett. Trotzdem wünschte er sie im Moment auf den Mond. »Emma und ich haben beschlossen, euch ein wenig moralische Unterstützung zukommen zu lassen.«

Als das Wägelchen näherruckelte, sah er, dass Francesca irgendein teures Designer-Outfit trug; doch es war Emmas einfaches gelbes Blümchen-T-Shirt, dem er seine Aufmerksamkeit widmete. Während er dem sanften Steigen und Fallen ihrer Brüste unter dem leuchtend gelben Trikot zusah, musste er daran denken, dass er eben diese Brüste gestern Nacht nicht hatte anfassen dürfen – da seine Gattin ja auf getrennten Schlafzimmern bestand.

Er runzelte die Stirn. Das Letzte, was er gebrauchen konnte, während er sich durch eine der stressigsten Golfrunden seines Lebens quälte, war, sich auch noch von Emmas Brüsten ablenken zu lassen. Doch Dallie war psychologisch ohnehin schon im Vorteil; also durfte keinesfalls jemand merken, dass ihn die Ankunft der Frauen aus der Fassung brachte. Er zwang sich, zu lächeln und auf ihren Golfwagen zuzugehen.

»Hey, Francie!«

»Mein Darling Kenny!« Eine Wolke von sündteurem Parfüm

und kastanienbraunem Haar umfing ihn. »Du bist durchgebrannt, du ungezogener Junge. Das werde ich dir nie verzeihen.« Sie strahlte ihn an, dann flogen ihre grünen Katzenaugen zu ihrem Sohn. »Teddy, du hast ja keine Kappe auf. Hast du dich auch ordentlich mit Sonnencreme eingeschmiert?«

Kenny musste Ted zugute halten, dass er nur einmal die Augen verdrehte. »Jawoll, Ma'am.«

Sie wandte sich ihrem Mann zu. »Dallie, wie geht es deiner Schulter? Du übernimmst dich doch hoffentlich nicht?«

»Meiner Schulter geht's prima. Scheint, dass ich deinem Darling Kenny zwei Löcher voraus hab.«

»O dear! Und ihr benehmt euch deswegen sicher ganz unmöglich. Stimmt's, Teddy?«

»O nein, Ma'am. Sie benehmen sich wie perfekte Gentlemen. So ist Golf nun mal.«

Dallie grinste seinen Sohn an, und selbst Kenny musste über diese Bemerkung lächeln.

Francesca stellte Emma – die Kenny ignorierte – ihrem Mann vor. Er plauderte kurz mit ihr und wandte sich dann, offenbar zufrieden mit dem Ergebnis, wieder zum Tee zurück. »Ladys, heute erwartet euch etwas ganz Besonderes! Ihr werdet Zeugen, wie Alter und Erfahrung über Jugend und Faulheit triumphieren. Ich glaube, ich bin dran.«

Dallie betrat das Tee, und Kenny hätte ihn am liebsten mit seinem Driver erwürgt. Andere mochten ihn ruhig vor Emma aufziehen – aber nicht Dallie.

Die nächsten sieben Löcher mühte sich Kenny redlich, aber sein Langspiel war miserabel, und der Ball landete überall, bloß nicht auf dem Grün. Glücklicherweise hielt ihn sein Putter am Leben, und als sie das siebzehnte erreichten, war das Spiel endlich wieder ausgeglichen. Um seine Nerven jedoch war es ebenso schlecht bestellt wie um sein Langspiel. Und die Weiber machten es ihm auch nicht gerade leichter.

Nach bald zwölf Jahren Ehe hatte Francesca nicht einmal die

rudimentärsten Regeln der Golfetikette kapiert. Das Geplapper und Geschwätz machte Kenny nicht so viel aus, obwohl es ihn irgendwie nervte. Was ihn jedoch wirklich auf die Palme brachte, war, dass Francesca ihr Golfcart immer genau dann justierte, wenn er sich gerade zum Schlagen bereitmachte. Fairerweise musste er zugeben, dass sie dasselbe auch bei Dallie machte, doch den schien das kaum zu stören. Kenny aber schon. Sehr sogar. Und als er es einmal wagte, sie zu fragen, ob sie denn nun stünde, wo sie stehen wollte, bevor er sich zum Schlag bereitmachte – sah sie ihn mit einem zutiefst verletzten Ausdruck an, Emma spießte ihn mit einem Blick auf, der einen Sumpf zum Gefrieren hätte bringen können, und Dallie fauchte beim Weitergehen vor sich hin. »Du hast wohl überhaupt nichts gelernt in diesen letzten vier Wochen, oder?«

»Ich weiß nicht, wovon du sprichst.«

»Ja, das glaub ich allmählich auch.« Er wandte sich ab und stapfte mit Skeet davon, während Kenny Ted anfuhr: »Wovon, zum Teufel, redet er?«

Ted musterte ihn mitleidig, so als ob er dreiunddreißig und Kenny zweiundzwanzig wäre. »Bloß über das, was er schon seit Jahren predigt. Dass es Dinge gibt, die wichtiger sind als Golf.«

Was für eine Antwort war das denn? Kenny schäumte dermaßen, dass er hätte schreien mögen, aber das durfte er nicht; also biss er die Zähne zusammen, schnappte sich sein siebener Eisen und schlug seinen Ball prompt fünf Meter über das Grün hinweg.

Emma indessen ignorierte ihn auch weiterhin. Sie lächelte Ted zu, lachte über einen Scherz von Dallie, musterte Skeet mit vorsichtigem Blick und plauderte munter mit Francesca. Die paar Male, wenn sie Kenny anblickte, hatte sie diesen verschlossenen Ausdruck im Gesicht, als ob sie nichts mehr mit ihm zu tun haben wollte. Das verursachte bei Kenny Schuldgefühle, was ihn wiederum noch wütender machte.

Bei Loch Nummer achtzehn hatte er seinen zweiten Handschuh durchgeschwitzt und den nächsten Schuss ins tiefe Rough gesetzt. Er durfte sich nicht von Dallie schlagen lassen. Wenn das geschah, dann wäre gleichsam alles, was Dallie von ihm hielt, wahr – als bestünde die Suspendierung irgendwie zu Recht. In seinem ganzen Leben hatte Kenny nur eine Sache gut zustande gebracht, und nun schien ihn sogar diese im Stich zu lassen.

Dallies zweiter Schuss war eine ausgezeichnete Vorlage mitten auf das Fairway. Kenny wischte sich mit seinem Golfhandschuh den Schweiß aus den Augen und versuchte die Turbulenzen in seinem Magen zu ignorieren. Diesmal musste er seinen Ball aus dem dicksten Rough rauskriegen und ihn so dicht wie möglich an die Fahne setzen. Bloß ein guter Schuss. Das würde genügen, um den selbstzufriedenen Ausdruck von Dallies Gesicht zu wischen. Ein einziger guter!

Ted reichte ihm den Wedge. Kenny stellte sich auf und holte zum Schlag aus, doch gerade, als er Kontakt mit dem Ball aufnehmen wollte, nieste Emma. Das lenkte ihn so ab, dass er den Ball zu weit unten erwischte und dieser nur den Rand des Grüns erreichte, also fast zehn Meter unterhalb der Fahne hängen blieb.

Er haute den Schlägerkopf ins Rough, ein Temperamentsausbruch, den er sich auf dem Golfplatz nicht mehr erlaubt hatte, seit er siebzehn war. Damals hatte ihm Dallie den Schläger prompt weggenommen, in zwei Teile zerbrochen und in Kennys Bag geschoben. *Den wirste wohl nicht mehr brauchen, nehm ich an.*

»Bisschen zu fett getroffen«, meinte Ted unnötigerweise.

Dallie sagte kein Wort.

Francesca fragte Emma, ob sie nicht Patricks Rezept für Zitronenkuchen stehlen könnte. Warum konnten die nicht einfach abhauen! Warum konnten diese Weiber nicht einfach ihren verdammten, ratternden Golfkarren nehmen und ganz besonders diesen albernen Kirschenstrohhut – und 'ne Fliege machen!

Kenny warf Ted den Wedge zu und stakste auf das Grün zu.

Das war alles Emmas Schuld! Wenn sie nicht aufgetaucht wäre, hätte er sich wieder zusammenreißen können. Aber sie saugte ihn vollkommen aus. Genau wie seine Mutter.

Dann jedoch geschah das Wunder. Dallies Annäherungsschuss, der geradezu perfekt war, geriet in einen Windstoß und wurde etwas zu weit getragen. Der Ball endete fast ebenso weit oberhalb der Fahne, wie Kennys unterhalb lag.

»Na, also waren das nicht zwei jämmerliche Schüsse«, bemerkte Dallie, als ob es eigentlich keine Rolle spielte.

Für Kenny aber schon. Beide hatten nun lange Putts vor sich, aber Dallies war schwieriger, und Kenny besaß, was das Putten betraf, mit das ruhigste Händchen auf der Tour. Zum ersten Mal, seit die Runde begonnen hatte, verspürte er so etwas wie Zuversicht. Diesen Putt würde er machen.

Dallie deutete auf die schmale Holzbrücke, die zum achtzehnten Loch führte, und erinnerte Francesca daran, dass sie nicht mit dem Cart darüberfahren durfte. »Das ist schon in Ordnung«, erwiderte sie. »Emma und ich müssen uns sowieso ein bisschen die Füße vertreten, nicht wahr?«

Emma sagte nichts, und er fragte sich, ob sie überhaupt eine Ahnung hatte, was hier eigentlich auf dem Spiel stand. Als sie aus dem Golfwägelchen stieg, funkelte die Sonne kurz auf ihrem goldenen Ehering. Er musste an ihr Gesicht denken, als sie ihr Gelöbnis gesprochen hatte: Furcht und ein fast ehrwürdiger Ernst hatten darauf gelegen – eine Mischung, die ihm direkt ins Herz gedrungen war, die in ihm das Bedürfnis weckte, sie in seine Arme zu nehmen und ihr zu versichern, dass er sie auf immer und ewig beschützen würde.

Hinter ihm tappten die Sandalen der Ladys über die Holzbrücke. Kenny hörte, wie Francesca Emma erklärte, dass dies das letzte Loch wäre, dass Gleichstand herrsche und dass nach dem ganzen langen Spiel nun alles auf einen Putting-Contest hinauslaufen würde. War Golf etwas anderes als ein unglaublich lächerliches Spiel?

Da konnte er ihr nicht widersprechen. Er riss sich den durchgeschwitzten Handschuh herunter und stopfte ihn in seine Hosentasche; doch obwohl ihm das nasse Golfshirt wie eine zweite Haut an der Brust klebte, spürte er, als er den Putter von Ted entgegennahm und auf das Grün trat, wie ihn wieder die alte Zuversicht überkam. Über die Jahre hin hatte er bei Turnieren schon sehr häufig unter massivem Druck gestanden und würde sich jetzt nicht so einfach von Dallie austricksen lassen.

Er blickte Emma an, und als er sah, wie sie ihn beobachtete, durchschoss ihn ein Adrenalinstoß. Das war das erste Mal, dass sie ihn richtig spielen sah, und sie sollte auf keinen Fall Zeugin werden, wie er gegen einen zwanzig Jahre Älteren verlor.

Endlich hatte er wieder das Gefühl, alles unter Kontrolle zu haben. Sein Magen beruhigte sich, seine Gedanken auch, und genau da kehrte sein Selbstvertrauen vollends zurück. Nichts auf der Welt würde ihn davon abhalten, diesen Putt zu machen. Dallie Beaudine würde merken, dass es der größte Fehler seines Lebens gewesen war, Kenny Traveler zu suspendieren.

Er lächelte leise und schaute dann zu Dallie hinüber, der die Arme vor der Brust verschränkt hatte und die Position der beiden Bälle studierte, einer über der Fahne, der andere darunter.

Nun grinste Dallie. »Komm, Kenny, wir wollen uns einen richtigen Spaß machen und das Match den Ladys überlassen.«

Kenny starrte ihn verständnislos an. »Was?«

»Unsere Frauen. Sollen sie die Sache für uns zu Ende bringen!«

Wenn Dallie Griechisch gesprochen hätte, hätte Kenny ihn wahrscheinlich besser verstanden. »Unsere Frauen?«

»Aber sicher.« Dallie wandte sich um und lächelte den Damen zu, die bei einer großen Eiche standen. »Francie! Lady Emma! Kenny und ich stecken hier oben fest. Um die Sache noch interessanter zu machen, haben wir beschlossen, euch zu Ende putten zu lassen. Hinter uns ist niemand, also habt ihr alle Zeit der Welt.«

Emma riss die Augen auf, und Kenny explodierte. »Bullshit! So was machen wir natürlich nicht!«

Der amtierende PGA Commissioner drehte sich zu ihm herum und maß ihn mit einem eiskalten Blick aus seinen Newman-blauen Augen. »Aber *ich* hab's nun mal beschlossen.«

Kenny spürte ein Zucken in der Wirbelsäule, und sein Magen, der nur Augenblicke zuvor ganz ruhig gewesen war, krampfte sich zu einem schmerzhaften Knoten zusammen. »Du Hurensohn!«, zischte er.

Dallie grinste freundlich und meinte dann so leise, dass nur Kenny ihn hören konnte: »Du solltest deiner Frau besser nicht zeigen, wie aufgebracht du bist. Könnte sie nervös machen, und eine sensible Dame bringt keinen anständigen Putt zusammen, wenn sie nervös ist. Ich sag dir das bloß, weil wir ab sofort den beiden dort diese Sache zwischen uns überlassen.«

Tiefe Verzweiflung überkam ihn. »Das kannst du nicht ernst meinen.«

»O doch, sehr ernst sogar.« Dallies leise Worte senkten sich wie ein giftiger Nebel über ihn. »Wenn Emma für dich gewinnt, bist du wieder dabei. Aber wenn Francie für mich gewinnt, werden deine Ferien noch ein wenig verlängert.«

»Wie kommst du bloß auf so eine Idee!«

» ... bin PGA Commissioner! Ich kann tun, was mir, verdammt noch mal, beliebt. Und sprich leise, oder Lady Emma kriegt mit, was hier wirklich auf dem Spiel steht – dann hast du nicht die leiseste Chance, die Saison überhaupt zu Ende zu bringen.«

Es dröhnte in seinem Kopf, als ob dort ein Schnellzug hindurchdonnern würde. Wie eingehüllt in einen Nebel hörte er Francesca etwas von einem neuen Shampoo erzählen und Emma etwas von einem Conditioner.

»Du bist verrückt! Das ist nicht legal und moralisch schon gar nicht! Ich werd dir meine Anwälte auf den Hals hetzen, dass dir Hören und Sehen vergeht.«

»Tu das ruhig. In Anbetracht der Schnelligkeit unserer Gerichte wird es nicht länger als vier oder fünf Jahre dauern, bis du den Prozess gewinnst.« Dallie blickte zu den Frauen hinüber, lächelte und nahm dann wieder Kenny ins Visier. »Du bist derjenige, der aus diesem Golf-Match ein Spiel auf Leben und Tod macht. Hast du nicht deshalb dein hübsches Hemd hier schon durchgeschwitzt gehabt, bevor wir überhaupt am zweiten Tee waren? Ich spiele bloß nach deinen Regeln, Kenny – außer dass ich's interessant genug mache, um nicht aus Langeweile dabei draufzugehen.«

Dallie kehrte ihm den Rücken zu und marschierte, ganz der alte Charmebolzen, auf Emma zu. »Ich weiß nicht, wie gut Sie sich im Golf auskennen, Lady Emma – aber es geht jetzt darum, dass Sie Kennys Ball mit weniger Schlägen ins Loch bringen, als Francie braucht, um meinen reinzukriegen. Ich bin sicher, wenn Sie Ihr Bestes tun, wird Kenny höchst zufrieden sein.«

Kenny trat um Dallie herum und stellte sich so hin, dass Emma ihn nicht hören konnte. Seine Stimme bebte vor Wut. »Das ist nicht fair. Emma hat noch nie in ihrem Leben einen Golfschläger in der Hand gehabt, Francesca dagegen lebt schon seit Jahren damit.«

Dallie hob eine Augenbraue. »Du hast Francie spielen sehen. Jeder in Texas weiß, dass es keinen schlechteren Golfer gibt als sie. Scheint mir eher, als wär ich hier im Nachteil.«

Kennys Hände ballten sich zu Fäusten. »Du bist verrückt, weißt du das? Der verrückteste Hurensohn, der mir je untergekommen ist.«

»So gestaltet man sein Leben nun mal ein wenig abwechslungsreicher, Kumpel. Ich warte noch immer darauf, dass du's selbst mal probierst.«

Da war es schon wieder! Diese Behauptung, er hätte etwas nicht begriffen, was jeder Mensch selbstverständlich wusste.

Dallie ging zu Francesca hinüber, gab ihr einen Kuss auf die Nasenspitze und reichte ihr seinen Putter. »Ich weiß, Putten ist nicht gerade deine Stärke, Schatz, ebensowenig wie ’nen Driver oder ein Eisen zu schwingen – aber wenn du dich bloß ein bisschen konzentrierst, schaufelst du den Ball sicher ins Loch!«

Der Profi K. T. wandte sich Emma zu. Ted reichte ihr gerade *seinen* Putter – denselben Putter, mit dem er letztes Jahr die Players Championship gewonnen hatte. Sie nahm ihn und begann dabei, an ihrer Unterlippe zu nagen, mit jener besorgten Miene, bei der sich ihm immer das Herz zusammenzog. Im Moment jedoch machte es ihn bloß stinkwütend. Er zwang sich, zu ihr zu gehen. »Entspann dich, ja?« Die Worte klangen nicht so beruhigend wie beabsichtigt, sondern eher wie das Bellen eines Unteroffiziers.

Emmas Zähne versanken in ihrer Unterlippe. »Kenny, was ist hier los?«

Sie hatte ihn sehr schnell durchschaut, als sie sein Privatleben kennen lernte; daher überraschte es ihn nicht, dass auch jetzt ihr Gefühl ihr signalisierte, etwas ginge nicht mit rechten Dingen zu. Gespielt gleichgültig zuckte er mit den Schultern. »Der Bastard hat mich mit dieser Suspendierung fertig gemacht. Jetzt will er nur noch meine Knochen ausspucken.«

»Du möchtest nicht, dass ich jetzt übernehme, stimmt’s?«

»Ich hab keine Wahl.«

»Vergiss nicht, was ich dir über Golf und die weibliche Psyche gesagt hab«, rief ihm Dallie von der anderen Seite des Grüns zu.

Kenny versuchte, tief Atem zu holen, doch die Luft war zu dicht für seine engen Lungen. »Hast du schon mal einen Golfball in ein Loch geputtet?«, fragte er Emma so ruhig, wie er nur konnte.

»Aber natürlich!«

Erleichterung übermannte ihn. »Wirklich?«

»Ich hab als Jugendliche öfters Minigolf gespielt.«

Er zuckte zusammen. Eine wer weiß wie lange zurückliegende Erfahrung auf einem minderwertigen Minigolfplatz war absolut wertlos. »Also gut«, stammelte er. »Dann weißt du ja, was zu tun ist.«

Auf der anderen Seite des Grüns war Dallie dabei, Francesca zu instruieren. »Ich weiß, es sieht ziemlich lang aus, Schatz, aber wenn du den Ball zu hart schlägst, fliegt er am Loch vorbei.«

»Alles schon mal dagewesen«, schnüffelte sie. »Also wirklich, Dallie, das Ganze ist doch bloß Physik.«

Francesca stellte sich seitlich zum Ball auf, und zu Kennys Erleichterung stand sie so schief, dass der Ball nicht näher als zwei Meter ans Loch gelangen konnte.

Unglücklicherweise riss Skeet Cooper in diesem Moment sein großes Maul auf. »'n bisschen mehr nach rechts zielen, Francie, oder dieser Ball landet irgendwo in Tulsa.«

Francesca schenkte ihm ihr Tausend-Watt-Fernsehlächeln, justierte ihre Stellung, holte mit dem Putter aus und schlug den Ball so hart, dass er nur so übers Grün flog, am Loch vorbei und beinahe noch Kennys Ball auf der anderen Seite traf.

Teddy stöhnte. »Moomm ...«

»Verdammt verzwicktes Spiel!«

Dallie zog eine Augenbraue hoch. »Ich dachte, es wäre bloß eine Sache der Physik.«

Sie stellte sich auf die Zehenspitzen und pflanzte ihm ein Küsschen aufs Kinn. »Nun, mit den Naturwissenschaften hatte ich's noch nie.«

Francescas vogelwilder Putt verschaffte Kenny ein wenig Luft; doch ein Blick auf Emma überzeugte ihn davon, dass das Spiel noch lange nicht entschieden war. Sie hielt den Putter so fest umklammert, dass ihre Fingerknöchel weiß hervortraten. Er musste sie irgendwie auflockern – aber er war selbst so voller Hass, dass er kaum Luft bekam, geschweige denn ruhig sprechen konnte.

Ted trat zu ihr. »Warten Sie, ich zeig Ihnen, wie man den Schläger hält, Lady Emma.« Er löste den Putter aus ihren starren Fingern und legte ihn ihr dann richtig in die Hände. »Man muss ihn schon fest halten, aber so fest nun auch wieder nicht. Und am wichtigsten ist, vollkommen reglos über dem Ball zu stehen. Das ist auch der Grund, warum Mom nicht putten kann; sie bewegt sich dauernd – jedenfalls ihre Klappe.« Er trat zurück.

Emma brauchte weit mehr Anleitung! Kennny stakste auf sie zu. »Da Francesca danebengehauen hat, musst du den Ball nicht beim ersten Putt ins Loch kriegen, aber nah ran schon. Ziel aufs Loch. Und halt den Schläger ein bisschen tiefer. Kopf stillhalten. Tu einfach, was Ted dir gesagt hat.«

Eigentlich hatte er sie ein wenig beruhigen wollen, doch schon traten ihre Knöchel wieder weiß hervor, und der arme Putter war erneut im Würgegriff.

Ted schoss ihm einen ärgerlichen Blick zu, aber für Kenny stand viel zu viel auf dem Spiel, als dass der tatenlos hätte rumstehen und zusehen können, wie sie seine Sache ruinierte. »Die Arme kannst du bewegen, alles andere bleibt reglos. Die Bewegung kommt aus den Schultern, verstehst du? Hol mit dem Schläger aus und schlag einfach durch den Ball hindurch, in einem einzigen, glatten Schwung. Capito?«

Statt ihm zuzuhören umkrallte sie den Schläger nur noch fester und trat hinter den Ball. Ihm wurde mit einem Mal klar, dass er hier seinen schlimmsten Alptraum durchlebte. Man zwang ihn, die Kontrolle über sein Leben jemand anderem zu überlassen. Und nicht irgendwem, sondern einer herrschsüchtigen Frau, die behauptete, ihn zu lieben. Genau wie in seiner Kindheit!

Seine Augen brannten, als sie ausholte und den Ball antippte. Er rollte gerade mal gut einen Meter, bevor er wieder zum Stillstand kam.

»Das Loch ist da oben!«, rief er. »Du bist nicht mal in die Nähe gekommen!«

»Ich wollte nicht zu fest zuschlagen … wie Francesca.«

Kenny knirschte mit den Zähnen. »Francesca hatte einen

Downhill Putt. Deiner ist ein Uphill. Du *musst* ein bisschen Gas geben, wenn's bergauf geht.«

»Na, das hättest du mir ja gleich sagen können, statt mich mit all dem Unsinn zu bombardieren.«

Unsinn!

Er merkte, dass Dallie ihn anstarrte, und sein Blick war diesmal noch missbilligender als vorher. »Francie, jetzt bist du dran. Diesmal geht's uphill, also rauf. Versuch einfach, so nah wie möglich ranzukommen, okay?«

»Aber sicher, Darling.«

Wieder stellte sie sich total schief auf, und Kenny schoss Skeet einen Mörderblick zu, damit er sich ja nicht wieder einmischte. Unglücklicherweise hatte er sich den Falschen zum Einschüchtern ausgesucht, denn sein eigener verräterischer Caddie mischte sich wieder ein.

»Mit dem rechten Fuß ein bisschen zurück, Mom, oder der Ball landet viel zu weit links.«

Francesca tat, wie ihr geheißen, und strich sich dann eine Haarlocke aus dem Gesicht. »Wenn ich gewusst hätte, dass ich spielen würde, hätte ich mir eine Haarspange mitgenommen. Du hast nicht zufällig eine Haarspange dabei, Emma?«

»Ich glaube nicht. Warte, ich seh mal in meiner Handtasche nach.«

Diese Weiber brachten ihn noch ins Grab! »Emma hat keine Haarspange!« Kenny packte Emma am Arm, als sie Anstalten machte, zum Golfwagen zurückzutrippeln. »Ich hab ihre letzte heute Morgen an mich genommen.«

Francesca musterte ihn hochmütig, hielt sich die Haare mit einer Hand aus dem Gesicht, packte den Putter mit der anderen und schlug den Ball beherzt übers Grün.

Kenny hielt den Atem an. Sie hatte wieder viel zu fest zugeschlagen, aber wie durch ein Wunder gut gezielt. Wenn der Ball sich am Lochrand verfing, würde er reinfallen. Er würde …

Der Ball rollte stracks auf den rechten Lochrand zu, und

Kenny blieb fast das Herz stehen, während er darauf wartete, dass er hineinplumpste.

Er wackelte, blieb kurz am Rand hängen, dann rollte er weiter.

Francesca jauchzte. »Ich hätt's fast geschafft! Habt ihr das gesehen? Hast du's gesehen, Dallie?«

»Na, darauf kannst du wetten!« Dallie strahlte sie an. »Was glaubst du, Kenny? War wohl der beste Putt, den diese Frau je zustande gebracht hat. Ein bisschen hart, aber gar nicht übel.«

Kenny fühlte sich hundeelend. Francescas Ball war kaum dreißig Zentimeter oberhalb des Lochs liegen geblieben. Sogar sie konnte ihn von da aus hineinkriegen. Wenn Emmas Ball beim nächsten Putt nicht in die Nähe des Lochs geriet, hatte sie keine Chance mehr auf ein Unentschieden. Und er glaubte nicht länger daran, dass sie es schaffen würde ... sie war viel zu nervös. Er musste etwas unternehmen.

Sein Herz raste. Er ging zu Dallie. »Hier 'ne andere Idee, Dallie! Bloß Francesca und ich. Ich krieg einen Putt, sie zwei. Was sagst du, Francie? Du bist keine dreißig Zentimeter weg und ich über sechs Meter. Wenn ich den Putt nicht mache, hast du gewonnen.«

Francesca zog eine Klein-Mädchen-Schnute, die so gar nicht zu ihrem Barracuda-Hirn passen wollte. »Ganz sicher nicht! Emma und ich, wir amüsieren uns prächtig, nicht wahr, Emma?«

Emmas Teint hinter der Sonnenbrille hatte eine grünliche Färbung angenommen. Eindeutig war ihr klar, dass es hier um mehr ging als bloß um ein einfaches Golfspiel. »Nun, vielleicht wäre es wirklich besser, wenn Kenny ...«

»O nein, meine Liebe!« Francesca stemmte eine Hand an ihre schlanke Hüfte. »Kenny ist einer der besten Putter auf der Tour. Selbst von so weit wird er ihn wahrscheinlich einlochen, und dann hab ich verloren. Mit dir hab ich zumindest eine Chance.« Sie wies mit einem manikürten Fingernagel auf Kennys Ball. »Hau drauf, Emma!«

Kenny machte die Augen zu. Francesca würde ihren Putt einlochen. Aber konnte Emma es mit zwei Schlägen schaffen? Nicht, wenn sie ihn nicht wenigstens in die Nähe brachte. »Ganz ruhig schlagen.« Seine Kiefer waren so fest zusammengepresst, dass es wehtat. »Du brauchst ihn bloß hier rauf zu bringen.«

Sie stellte sich korrekt auf, doch der Schlägerkopf wackelte beim Ausholen. Abermals schloss er die Augen ... hörte Ted stöhnen ... öffnete sie wieder ...

Der Ball war immer noch ziemlich weit vom Loch entfernt.

Seiner lag also nun einen knappen Meter unterhalb des Lochs, Dallies dagegen nur dreißig Zentimeter oberhalb. Wenn beide Frauen ihre Putts machten, gäbe es ein Unentschieden. Aber Emmas Putt war viel länger.

»Ich bin dran!«, zirpte Francesca.

Sein Ball lag weiter vom Loch weg, also war sie überhaupt nicht dran. Er wartete darauf, dass jemand sie darauf hinwies, und als es niemand tat, öffnete er schon selbst den Mund, schloss ihn jedoch in letzter Sekunde wieder. Wenn er jetzt was sagte, würden ihn, wie gehabt, alle anstarren, als hätte er einem Vögelchen den Hals umgedreht. Sein Blut kochte, und er merkte, wie er allmählich den letzten Rest seiner Selbstbeherrschung verlor.

Francesca trat an den Ball heran. »Glaubst du, ich soll mit Sonnenbrille putten oder ohne?«, fragte sie ihren Mann.

Was für eine idiotische Frage! Seine gesamte Zukunft stand auf dem Spiel, und sie machte sich Gedanken um ihre Sonnenbrille!

Dallie dagegen tat, als wäre ihre Frage völlig normal. »Nun, das liegt bei dir. Was immer dir lieber ist.«

»Behältst du deine Sonnenbrille auf?«, rief Francesca Emma übers Grün hinweg zu.

Emma blickte Kenny an, und er merkte, wie bei ihm der Geduldsfaden riss.

»Ich weiß nicht«, flötete sie. »Was meinst du, Kenny?«

»Vergiss die gottverdammte Sonnenbrille!«

Francesca runzelte die Stirn, als sie ihn so brüllen hörte.

Kenny hatte das Gefühl, als wolle ihm jemand den Kopf wegpusten.

Francesca stellte sich in Position. »Das ist ja so aufregend. Ich hab noch nie gewonnen, und sogar ich kann den Schlag schaffen. Es macht dir doch nichts aus, wenn ich gewinne, Emma? Ich bin eigentlich nicht sehr gut, aber – uups!«

Yes! Kenny konnte kaum einen Jauchzer unterdrücken, als der Ball den Lochrand streifte und dann noch fünfzehn Zentimeter weiterrollte.

»Was für ein verdammt blödes Spiel!«

Ja! O ja! Jetzt, wo der Druck nachgelassen hatte, konnte sogar Emma den Putt machen. Sie hatte zwei Chancen, die Katze in den Sack zu bekommen, und nur einen Ein-Meter-Putt. Seine starke, sexy Emma!

Er trat vor sie hin und wandte den anderen den Rücken zu, damit ihn niemand außer Emma hören konnte. All seine Sinne waren in Alarmbereitschaft, und er würde sie schon zwingen, sich zu konzentrieren. »Jetzt pass genau auf, mein Schatz! Präg dir bitte jedes Wort ein. Du hast bloß noch einen Ein-Meter-Putt und zwei Chancen, ihn ins Loch zu kriegen. Du kannst es schaffen. Ich möchte, dass du dich schön grade aufstellst, ruhig ausholst, nicht wackeln, wie beim letzten Mal. Ich möchte keinen Wackler sehen! Und ganz reglos bleiben. Nichts bewegt sich, außer deine Arme, verstanden? Hol ganz ruhig mit dem Schläger aus, dann schlag durch den Ball hindurch, wobei du genau aufs Loch zielst. Also hast du jetzt noch Fragen? Was auch immer?«

Sie biss sich auf die Lippe und blickte ihn unter der Krempe ihres Strohhutes hervor an. »Liebst du mich wenigstens ein ganz klein wenig?«

Gott ... Nicht jetzt! Nicht das! Shit! War das nicht echt typisch Frau! Er schluckte einen Strom Flüche runter und versuchte in vernünftigem Ton zu sprechen. »Wir reden nachher darüber, okay?«

Sie schüttelte den Kopf. Die Kirschen wippten. »Ich muss jetzt darüber reden.«

»Nein, Emma, nicht jetzt.« Er sah die Reflexion seiner Augen in ihrer Sonnenbrille, und sie blickten wild.

Emma reckte ihr Kinn. »Doch, jetzt!«

Das Blut rauschte wie Säure durch seine Adern. »Tu mir das nicht an. Warum? Warum muss es jetzt sein?«

»Ist eben so! Ich weiß, dass es jetzt sein muss.«

Ihr Kinn bebte, sie nahm ihre Sonnenbrille ab, und er sah die Qual in ihren Augen. Sein ungehöriger Magen krampfte sich zusammen, als er bemerkte, wie sie versuchte, sich am Riemen zu reißen. »Ach, ist ja sowieso ein absurder Gedanke. Außerdem kenne ich die Antwort bereits.« Sie schob ihre Sonnenbrille in ihre Rocktasche. »Was für eine Gans ich doch bin! Du bist ein viel zu großes Kaliber für mich. Das hast du natürlich von Anfang an gewusst. Nun, Schluss damit!« Sie brachte ein forsches kleines Lächeln zustande. »Ich werde mein Bestes tun, deinen Ball ins Loch zu bekommen, Kenny. Und dann verschwinde ich aus deinem Leben.«

Sein Magen ... er würde nie wieder derselbe sein. »Du redest Unsinn. Ich will das nicht hören.«

»Nun, es muss aber gesagt werden. Und gerade du solltest das verstehen. Weißt du noch, Kenny?« Wieder dieses herzzerreißende Lächeln, voller Entschlossenheit, aber wackelig an den Ecken. Ein Traurigeres hatte er noch nie gesehen. »Liebe, die man sich auf dem Golfplatz oder sonstwo erkämpfen muss, ist nichts wert. Liebe soll ein freiwilliges Geschenk sein, oder man kann sie vergessen.«

Und mit diesen Worten, einfach so, zog sie ihm den Boden unter den Füßen weg.

Sie trat um ihn herum, und als sie den Putter fest zur Hand nahm, musste er an seinen Vater denken, und an Petie und das

Windelrennen, und an Emmas Gesichtsausdruck, als sie einfach in den Touristenbus sprang. Er erschauerte. Den ganzen Vormittag schwitzte er schon, doch nun fror er mit einem Mal bis in die Knochen. Und irgendwie wusste er, wenn er sie diesen Putt machen ließ, dann hätte er sie für immer verloren.

Diese Gewissheit stieg in ihm von einem, irgendwo tief drinnen eingemauerten, Ort auf, an dem er so viele Gefühle verschlossen gehalten hatte. Doch jetzt barst diese Mauer, und er erkannte, dass er Lady E. mit jedem Atemzug, mit jeder Faser seines Seins liebte.

Sie holte aus, ihre Aufstellung war perfekt, und das Herz schoss ihm in den Hals. *»Emma!«*

Der Putter wackelte. Verharrte. Sie blickte auf.

Er lächelte ihr zu. Oder versuchte es zumindest. Alles verschwamm ein wenig vor seinen Augen, während sich das Chaos seiner Gedanken lichtete. »Das Spiel ist vorbei, Schätzchen«, rief er heiser. »Wir gehen jetzt heim.«

»Was?« Dallie schoss mit blitzenden Augen auf ihn zu. »Das kannst du nicht machen! Du hast gehört, was ich gesagt hab. Wenn du jetzt gehst, dann weißt du ja, was du aufgibst.«

Kenny nickte. »Ich weiß. Aber Emma regt es auf, und das lasse ich nicht zu.« Er nahm ihr den Putter weg und drückte ihn Dallie in die Hand. »Kapitulation! Du hast gewonnen und kannst machen, was du willst.«

Dann schlang er den Arm um Emmas Schultern und machte Anstalten, sie vom Rasen zu führen.

»Aber dein Putt …«, stammelte sie. »Ich hab dir doch versprochen, dass ich ihn machen würde.«

»Schsch … ist ja gut. Du musst dir meine Liebe nicht auf einem verdammten Golfplatz verdienen, Lady E. Sie gehört dir ohnehin.«

Abrupt blieb sie stehen und starrte ihn an.

Er hatte gerade seine Karriere den Abfluss runtergespült – doch während er in ihr atemberaubend süßes Gesicht blickte, wurde ihm klar, dass diese Frau tausend Karrieren wert war. Und mit dieser Gewissheit begriff er endlich, was ihm so lange Zeit verborgen geblieben war: Jedesmal wenn er achtzehn Löcher spielte, hatte er versucht, sein Leben zu rechtfertigen – doch das wollte er nicht mehr. Er erkannte, dass anderes in ihm steckte als bloß ein guter Sportler, der wusste, wie man mit einem Golfschläger umging: Jawohl, er besaß Verstand, Ehrgeiz und Träume für die Zukunft, von deren Existenz er bis dahin nichts geahnt hatte. Während er so am achtzehnten Loch stand, kapierte er endlich, wo er so lange dran vorbeigerannt war –, dass es nämlich wichtigere Dinge in seinem Leben gab als Golf, und seine Liebe zu dieser Lady stand ganz oben auf der Liste.

Er duckte sich unter die Krempe ihres Strohhutes und hauchte einen Kuss auf ihre Lippen.

Dallies leises Glucksen drang übers Grün zu ihm. »Gratuliere Kumpel! Ich wusste, du würdest es früher oder später in deinen Dickschädel kriegen. Und herzlich willkommen bei der Pro-Tour!«

Kenny hörte es kaum. Er machte sich viel zu viel Sorgen darüber, dass Emma seinen Kuss nicht erwidert hatte.

24

Als Kenny ihren tief betroffenen Gesichtsausdruck bemerkte, wurde ihm klar, dass er ganz schnell und ganz viel zu erklären hatte – aber nicht hier, nicht mit den Beaudines im Nacken. Sie waren einfach zu unberechenbar, man wusste nie, auf welcher Seite sie standen. Im Übrigen machte ihn Francescas selbstzufriedener Gesichtsausdruck ganz irre. Er fragte sich, ob sie wirklich so miserabel mit dem Golfschläger war, wie es schien.

»Komm, wir gehen.« Er zog, ja zerrte Emma geradezu vom Grün, ohne wirklich zu wissen, warum er es auf einmal so eilig hatte. Normalerweise wäre er zuerst in die Sanitärräume gegangen, hätte geduscht und sich umgezogen. Aber nicht heute. Heute musste sie ihn mit Schweiß und allem nehmen; denn er hatte nicht die Absicht, sie auch nur eine Sekunde aus den Augen zu lassen, bevor sie nicht begriffen hatte, dass er sie liebte und sie für immer und ewig verheiratet waren. Nicht bevor sie begriffen hatte, dass ein gemeinsames Leben auf sie wartete, eins mit eigenen Kindern, einem ganzen Schock davon, um ihre Ranch damit zu bevölkern.

Emma schwanger mit seinen Babys! Dieser Gedanke war so süß, dass ihm fast die Tränen kamen. Er musste sie schleunigst hier rausschaffen, bevor er sich noch vor allen Leuten blamierte. Bloß ... er hatte seinen Autoschlüssel in der Umkleidekabine eingeschlossen.

»Hör zu, Emma. Warte hier, gleich hier bei diesen Golfwägen. Ich hol bloß schnell die Autoschlüssel. Rühr dich ja nicht vom Fleck! Hast du verstanden?«

Sie musterte ihn unbewegt. »Ich habe dich noch nie verstanden, von Anfang an nicht.«

Nicht gerade eine ermutigende Antwort, doch er riskierte noch einen Kuss auf ihre steifen Lippen. »Doch, das hast du, Schätzchen. Du verstehst mich besser als jeder andere.« Er begann rückwärts loszuhüpfen. »Warte hier auf mich, ich bitte dich!«

Er wirbelte herum und rannte ins Clubhaus, ohne sich vorher die Mühe zu machen, die Erde von seinen Schuhen zu klopfen. Weiter ging es zu den Kabinen und zwar schneller, als ihn je jemand in Windmill Creek, um nicht zu sagen in ganz Wynette, hatte rennen sehen.

Seine Hände zitterten, und er hatte Schwierigkeiten mit dem Schloss, dennoch war er sicher nicht länger als zwei Minuten fort. Als er aber zurückkehrte, fehlte jede Spur von ihr.

Es gab nur eine Erklärung. Die Beaudines hatten sie. Diese gottverdammten, fiesen Beaudines! Und eben jene Fieslinge kamen nun vom achtzehnten Loch herauf auf das Clubhaus zumarschiert. Ted fuhr das Golfcart, und Dallie und Francesca schlenderten Arm in Arm hinterher.

»Was habt ihr mit ihr gemacht?«, brüllte er, obwohl er sah, dass sie nicht bei ihnen war – also konnten sie ja wohl auch nichts mit ihr gemacht haben.

Dallie blickte ihn belustigt an, Francesca dagegen betrübt. »Ach, Kenny, du hast sie doch wohl nicht schon wieder verloren!«

Einige Hechtsprünge brachten ihn zum Parkplatz. Emma hatte kein Auto, und sie war sauer, also hatte sie sich sicher zu Fuß auf den Weg gemacht – ganz einfach. Bestimmt war sie da draußen auf der Landstraße, marschierte wie ein Feldwebel am Straßenrand entlang, hob unterwegs vielleicht sogar Abfälle auf, und Gott helfe demjenigen, der es wagte, aus seinem Pickup auf die Straße zu spucken.

Während er an einer Autoreihe vorbei auf die Ausfahrt zujagte, wuchs seine Sorge noch, da sie wahrscheinlich zu wütend war, um aufzupassen, wo sie überhaupt hinging. Und er wusste nicht mal, warum sie wütend war. Oder vielleicht doch? Er hatte sie so oft abgewiesen, dass sie seinen Gefühlen ihr gegenüber jetzt nicht mehr traute.

Am Rand vom Parkplatz angelangt, blieb er stehen und blickte die Straße hinauf und hinab –, aber er sah nichts außer einem alten blauen Dodge, der in die eine Richtung fuhr, und ein Park Avenue in die andere. Vielleicht irrte er sich ja, und sie hatte gar nicht diesen Weg genommen. Vielleicht war sie ja ins Clubhaus gegangen, in den Wagon Wheel Room, um was Kaltes zu trinken.

Er drehte sich auf dem Absatz um und sprintete über den Platz zurück, an den Beaudines vorbei in das Gebäude. Aber sie war nicht im Wagon Wheel Room – und sonst auch nirgendwo.

Emma lehnte am Zaun und starrte trübe auf Tories Emus, die munter Grashalme zupften. Sie war nicht wütend; sie fühlte überhaupt nichts mehr außer einer tiefen Erschöpfung. Wieder einmal hatte Kenny ihre Gefühle benutzt. Aber das war das letzte Mal gewesen!

Sie hatte keine Ahnung, wieso er sich bei dem achtzehnten so benommen hatte; bloß eins stand fest: Wieder war sie manipuliert worden. Irgendwie fand Kenny es wohl witzig, sie als Pfand in seinem Kleinkrieg gegen Dallie Beaudine zu benutzen. Nun, jetzt hatte sie endlich die Nase voll davon. Sie würde sich ihre Gefühle in dem Tornado von Kenny Travelers Leben nicht mehr weiter herumwirbeln lassen.

Was war sie nur für eine arme Irre gewesen! Wie jede Frau in der Geschichte, die sich in den Falschen verliebt, hatte auch sie gehofft, ihn ändern zu können – die reinste Utopie! Und heute hatte er ihr mit seiner verlogenen Liebeserklärung endgültig das Herz gebrochen.

Einer der größeren Emus hob den Kopf und musterte sie.

Noch nie war ihr ein Anblick willkommener gewesen als der von Shelby und Torie, die um die Ecke des Clubhauses bogen, gerade als Kenny losgerast war. Sie hatten nur einen Blick auf ihr Gesicht geworfen, sie in Tories BMW verfrachtet und hierher gebracht.

Unterwegs hatten sie sie, auf ihre typisch amerikanische Art, beständig gedrängt, ihnen doch alles, was sie bedrückte, einfach anzuvertrauen. Emma war ihnen ausgewichen; doch als sie im Travelers-Haus saßen, hatten sie wieder damit angefangen.

Selbstverständlich meinten sie es nur gut. Ihrer Ansicht nach konnten sie ihr nicht helfen, wenn sie nichts von der Lage der Dinge wussten; aber die mochte sie ihnen nicht schildern. Wie würde sie dann dastehen: wie ein liebes, naives Schäfchen, das sich unklugerweise in einen umwerfenden Playboy mit violetten Augen – aber leider unfähig, Wurzeln zu schlagen – verliebt hatte.

Außerdem war ihr etwas vollkommen klar, das Kenny nicht zu begreifen schien. Trotz all ihrer wohlgemeinten Proteste, sie würden nie wieder mit ihm reden, weil er Emma wehgetan hatte, gehörte er zu ihnen – daran bestand keinerlei Zweifel.

Torie schließlich war diejenige, die begriff, wie sehr sie jetzt allein sein wollte; deshalb schlug sie vor, Emma solle doch zum Emugehege spazieren, um sich ihre »Viecher« einmal anzusehen. Und jetzt, wo sie, die Arme auf den Zaun gestützt, trüben Blicks über die Herde blickte, erkannte sie das, was sie schon am Sonntag hätte tun müssen. Es war Zeit, ein Flugzeug zu nehmen und nach Hause zu fliegen.

Kenny platzte durch die Haustür herein und hätte beinahe seinen Vater umgerannt, der soeben die Diele betrat. »Wo ist sie?«

»Wer?«

»Versuch bloß nicht, sie vor mir zu verstecken! Torie hat mich bereits angerufen und gesagt, dass sie hier ist.«

»Ich bin gerade erst zur Tür reingekommen«, entgegnete Warren. »Wovon redest du eigentlich?«

»Hallöchen!« Shelby kam von der Rückseite des Hauses angeschaukelt. Als sie Warren erblickte, strahlte sie wie eine Highschool-Cheerleaderin, wenn sie den Held des örtlichen Football-Vereins erblickt. »Ich hab dich gar nicht reinkommen gehört.«

Selbst in seiner derzeitigen Stimmung bemerkte Kenny, wie die Augen seines alten Herrn aufleuchteten, während er Shelby ein Küsschen gab. »Ich wollte gerade rausschauen und nach dir sehen. Wo ist Petie?«

»Auf der Terrasse.«

Kenny musste das Liebesgeplänkel leider unterbrechen. »Ihr sagt mir besser, wo Emma ist.«

»Lass uns draußen darüber reden«, schlug Shelby vor.

»Ich will aber nicht auf die Terrasse. Ich will ...«

»Wir sind deine Familie, Kenny. Die einzige, die du hast.«

Die ruhige Intensität ihres Tons ließ ihn innehalten. Er blickte die beiden abwechselnd an und war auf einmal ganz durcheinander. Diese sturen, besorgten Mienen hatte er schon früher gesehen – aber nie richtig, nicht so wie jetzt. Er sah die Sorge darin und auch die Zuneigung ... selbst bei Shelby, der Kindfrau seines Vaters, die ihm trotz allem mehr und mehr zur Schwester wurde. Und vielleicht war das ja gar nicht so schlimm. Er liebte Torie, und irgendwie, auf eine bestimmte Art und Weise, begann er auch Shelby in sein Herz zu schließen. Eine gute Mutter war sie jedenfalls. Und sie machte seinen Dad glücklich.

Sein Vater schlang den Arm um Shelbys Taille, und Kenny hatte das Gefühl, als würde er in einen Spiegel blicken. Sein ganzes Leben hatte er sich anhören müssen, wie ähnlich er seinem alten Herrn sah, doch nun bemerkte er es selbst. Und während er noch so in diese älteren und doch so vertrauten Züge blickte, wurde ihm mit einem Mal klar, wie man die Dinge verpfuschte, selbst wenn man jemanden liebte – nicht aus Absicht, sondern aus purer Dummheit.

Er holte tief und zittrig Atem. Nichts davon konnte er seinem Vater im Augenblick erklären, obwohl er später einen Weg würde finden müssen, es zu tun; also nickte er bloß und machte sich auf den Weg zur Terrasse. Aber als er hinaustrat, erwartete ihn ein weiterer Schock – an einem Tag, an dem es nichts als solche zu geben schien.

»Boys, they wanna have fun. Oh, yeah! Boys, they wanna have fun.« Torie stand mitten auf der Terrasse und schwang Petie herum. Auf ihrem Gesicht lag ein breites Lächeln, eins, wie er es noch nie bei seiner Schwester gesehen hatte. Petie quietschte und jauchzte, und Dex saß auf der Terrassenbank, ein Bier in der Hand und ein Grinsen, das ihm von einem Ohr zum andern reichte, im Gesicht. Während Kenny noch versuchte, die Veränderung seiner Schwester zu verdauen – derselben Schwester, die noch vor kurzem den Kleinen kaum hatte ansehen können –, überkam ihn dieses verrückte Bedürfnis, Dex einen herzhaften Kuss auf die Lippen zu pflanzen, genau wie Emma Torie.

Seine Schwester sah ihn im Türrahmen stehen und hielt inne. Petie krähte begeistert, als er Kenny erblickte. Warren und Shelby traten ebenfalls heraus. Sein Vater ging zum Getränketablett, das auf dem Tisch stand. Shelby setzte sich neben Dexter, zog die Knie unters Kinn und blickte Kenny mit besorgtem Blick an. Sie alle waren hier versammelt, um ihm zu helfen, sein Leben wieder auf die Reihe zu kriegen. Noch gestern hätte ihn diese Vorstellung in den Wahnsinn getrieben, doch nun tröstete ihn seine Sippschaft.

Petie streckte dem großen Bruder die molligen Ärmchen entgegen und stieß ein befehlendes Quäken aus. Torie, deren Stirn ebenso gefurcht war wie Shelbys, trat auf ihn zu. Kenny nahm ihr das Baby ob, doch ließ er seine Schwester nicht aus den Augen. »Wo ist sie?«

»Diesmal hast du's aber richtig vermasselt, Kenny. Sie will echt gehen.«

»Nein, wird sie nicht«, entgegnete er steinern.

»Sie hat sich 'nen Flug reserviert. Shelby und ich haben versucht, es ihr auszureden – aber du weißt ja, wie sie ist. Wieso, zum Teufel, tauchst du jetzt erst auf?«

»Ich hab überall nach ihr gesucht, und deine Nachricht hab ich erst vor wenigen Augenblicken erhalten.« Er wich der nassen Babyfaust aus, die sich in seinen Mund schieben wollte. »Sag, wo ist sie?«

»Drinnen. Sie telefoniert mit Patrick. Er soll ihre Sachen packen«, erklärte Shelby aus ein paar Metern Entfernung. »Wir haben ihr gesagt, sie muss zuerst zur Ranch zurück und mit dir sprechen; aber sie meinte, das wär nicht nötig – da du nicht mit ihr reden würdest, selbst wenn sie's versuchte.«

Das traf, denn er wusste genau, was Emma meinte. Er fuhr herum, um sie zu suchen, blieb jedoch abrupt stehen, denn plötzlich erschien sie von selbst.

Emma starrte ihn wortlos an, und die Kälte ihres Blicks ging ihm direkt in die Blutbahn. Es war ihr Schullehrerinnenblick, der besagte, dass er zwar nicht länger von der Tour suspendiert sein mochte, aber von ihrem Leben schon.

Er merkte, dass er schon wieder ein Golfshirt durchschwitzte. Himmel, was für eine harte Frau! Eine Frau, der einmal zu oft von ihrem Mann Unrecht getan worden war. Und das alles bloß deshalb, weil er die Worte, die in seinem Herzen schlummerten, zu spät herausgelassen hatte.

»Schätzchen?« Sein vorsichtiger Ton ließ ihn wie einen Feigling erscheinen; aber er war kein Dummkopf und wusste, dass hier ein strategisches Vorgehen vonnöten war.

Sie blinzelte, richtete sich kerzengerade auf und reckte ihr süßes Kinn. »Ah, Kenny!« Sie marschierte auf ihn zu, ganz geschäftig, ganz Business, und obwohl sie ihren Schirm nicht dabei hatte, glaubte er, die Spitze förmlich in seiner Magengrube zu spüren. »Freut mich, dass du aufgetaucht bist. Dann brauche ich dir ja keinen Zettel zu schreiben.«

Einen Zettel? Sie hatte ihm einen *Zettel* hinterlassen wollen? Und schon begann es wieder in ihm zu kochen.

»Patrick bringt mir meine Sachen vorbei, und ich habe mit Ted gesprochen. Er wäre bereit, mich nach San Antonio zu fahren.«

Dieser miese kleine Bastard!

»Da dir jedoch anscheinend diese Stadt gehört, samt allen Bewohnern, tut natürlich keiner das, worum ich gebeten habe – also habe ich mir einen allgemeinen Fahrdienst bestellt. Sobald ich gepackt habe und in San Antonio angekommen bin, werde ich einen Flug nach Dallas nehmen, und schon bin ich dir – wupps – aus den Augen.« Sie rieb sich die Hände … rieb ihn einfach aus ihrem Leben. »Nun, das wär's! Schade, dass es nicht mit uns geklappt hat. Sobald ich eine Wohnung habe, werde ich dir meine Adresse schicken, damit wir die lästigen Scheidungsformalitäten hinter uns bringen können.«

Und dann streckte sie ihm ihre Hand hin, *streckte ihm tatsächlich ihre Hand hin,* damit er sie zum Abschied schütteln konnte.

»O-oh!«

Emma hörte Tories gemurmelte Warnung, sah Raketen in Kennys Augen hochgehen und erkannte, dass sie ihn mit dem Handschlag zu weit getrieben hatte. Aber sie war nun mal entschlossen, mit intakter Würde, wie mit einem flatternden Union Jack, das Feld zu räumen.

Er drückte Peter Torie in die Arme und umklammerte dann ihr Handgelenk. »Wenn ihr uns bitte entschuldigen würdet, aber meine Frau und ich haben was Privates zu besprechen.«

Sein Ton klang bedrohlich, wobei er zusätzliche Betonung auf das Wort *Frau* legte. Ohne auf ihre Gegenwehr zu achten, zerrte er sie zu einem Gatter hinten an der Terrasse. Ihr vormaliger Freund, der verräterische Dexter O'Conner, beeilte sich, es ihnen zu öffnen.

Kenny schubste sie in ein schattiges Gärtchen mit einem gepflegten Rasen auf der einen Seite und einem Swimmingpool gleich dahinter. Dann drängte er sie mit dem Rücken an einen Baum.

»Das wirst du nicht tun, Emma! Bei Gott, du wirst keine gute, solide Ehe wegwerfen, bloß weil du auf mich sauer bist, weil ich's mal wieder vermasselt hab.«

Eine gute, solide Ehe? Seine Frechheit raubte ihr den Atem.

»Du solltest mich mittlerweile wirklich gut genug kennen, um zu wissen, dass ich die Dinge immer vermassle, wenn's um dich geht. Und was für eine Art Ehe soll das sein, wenn du dann jedesmal nach England abrauschst? Du würdest ja den größten Teil des Monats weg sein.«

Der Strudel namens Kenny Traveler versuchte erneut, sie in seine gefährlichen Tiefen zu ziehen. Aber diesmal nicht. Nicht mit ihr! Anstatt mit ihm zu argumentieren, blickte sie ihn unbewegt an. »Diese Diskusion ist vorüber. Wir haben einander nichts mehr zu sagen.«

»Ich weiß, ich hab mir nicht grad einen guten Zeitpunkt ausgesucht, um dir zu sagen, dass ich dich liebe«, fuhr er fort, als hätte sie keinen Ton von sich gegeben, »aber ich hab's nun mal erst heute gemerkt.«

Das tat so weh, dass sie es nicht unkommentiert hinnehmen konnte. »Wie verdammt bequem! Noch dazu, wo dir diese plötzliche Erkenntnis wieder auf den Zug, sprich die Tour, verholfen hat.«

Seine Augen zogen sich zusammen, als wäre er hier derjenige, dem Unrecht geschähe. »Das glaubst du also? Du glaubst, ich hab irgendwie gespannt, dass ich, wenn ich dir vor Dallie meine Liebe erkläre, auf wundersame Weise wieder zur Tour zurück dürfte?«

Sie musterte ihn unbewegt. »Genau das ist doch passiert.«

Einen Moment lang starrte er sie sprachlos an, dann explodierte er. »Nein, ist es nicht! Ich kann schließlich nicht seine Gedanken lesen! Wie sollte ich wissen, dass er bloß das von mir hören wollte?«

»Bloß!«

»So meine ich's nicht! Ich meine nur ...«

Mit einem Ruck stieß sie ihn von sich und rannte blindlings drauflos, ohne zu wissen, wohin. Nur eins stand fest: sie hatte ihre so mühsam aufrechterhaltene Würde nun doch noch verloren, und dafür hasste sie ihn.

»Emma!«

Tränen vernebelten ihr den Blick, Tränen, die sie ihn nicht sehen lassen wollte. Seit wann war sie eine solche Heulsuse geworden? Ihre Schwäche machte sie wütend, und erst recht, als sie ihn nun hinter sich herkommen hörte. »Wag es ja nicht, mich anzufassen! Fass mich ja nie wieder an!«

Er zwang sie, stehen zu bleiben, und zog sie in seine Arme, an sein durchgeschwitztes Golfshirt. »So hör mir doch zu! Ich liebe dich, Emma! Wie soll ich's sonst noch sagen!«

Ihr Zorn gab ihr Kraft, und sie schaffte es, ihm direkt in die Augen zu blicken. »Spar dir deinen Atem, denn ich liebe dich nicht! Ich habe dich nie geliebt! Es war nichts weiter als Sex.«

Ein schrecklicher Ausdruck legte sich auf seine Züge, ein Ausdruck, bei dem sie sich schämte. Aber sie war nicht die Schuldige hier, und ihr starker Selbsterhaltungstrieb, zusammen mit ihrem Zorn, retteten sie. Sie riss sich von ihm los.

Als sie auf das Gartengatter zusteuern wollte, sah sie, dass sich alle dort versammelt hatten und zuschauten – diese neugierigen Texaner. Und nicht bloß Kennys Familie. Die Beaudines waren auch noch angetrabt! Also die hatten Nerven ...

Auf einmal fühlte sie sich in die Luft geworfen, denn Kenny hatte sie kurzerhand unter den Kniekehlen gepackt. Er fing an zu rennen. Rennen! Mir einer ausgewachsenen Frau auf den Armen!

Seine Schuhsohlen hasteten über Beton. Sie fühlte, wie sich seine Armmuskeln anspannten, dann flog sie durch die Luft. Sie flog und landete prompt im tiefen Ende des Swimmingpools der Travelers.

Das Wasser schlug über ihrem Kopf zusammen. Sie sank ... kam wieder hoch ... prustete und spuckte ... blinzelte, bis sie durch ihre am Kopf klebenden Haare etwas sehen konnte.

Kenny starrte mit dem traurigsten, verzweifeltsten Gesichtsausdruck, den sie je gesehen hatte, vom Poolrand zu ihr herab. Während sie noch versuchte, sich aus all dem einen Reim zu machen, streckte er sich und sprang kurzerhand hinterher, mit Klamotten, Schuhen und allem.

Ihre eigenen Sandalen rutschten ihr von den Füßen, als sie mit Wassertreten begann und darauf wartete, dass er wieder auftauchte.

Prustend und verzweifelt schlug er um sich. »Ich liebe dich!«, rief er. »Und es hat weder was mit Golf, noch der Tour, noch sonst was zu tun –, sondern nur mit mir selbst, mit meinen eigenen innersten Gefühlen! Und du liebst mich! Es ist nicht bloß Sex. Dafür bist du viel zu unschuldig.«

Sie starrte ihn an – kohlschwarzes Haar, das ihm am Kopf klebte, sein wunderschönes, sonnengebräuntes Gesicht, über das das Wasser rann, seine schwarzen, dichten Wimpern und Augen, die vor Leidenschaft glühten. »Es tut mir Leid, dass ich zu so einem ungünstigen Zeitpunkt draufkam – aber wann hab ich je was zu einem passenden gemacht? Und ich hab's endlich kapiert, wirklich. Außerdem alles Mögliche andere.« Er musterte sie forschend. »Ich weiß, dass ich viel verlange. Der Gedanke, den Rest seines Lebens mit einem Menschen verbringen zu müssen, der so instabil ist wie ich, muss einem ja Angst einjagen! Aber du bist stark, Emma, und mutig, und du kannst es schaffen, wenn du wirklich willst!« Er hielt inne. »Nicht wahr?«

Sie war so baff, dass sie kein Wort herausbrachte.

Obwohl eine Antwort ausblieb, gab er nicht auf, strampelte weiter und versuchte, sie zu überzeugen. »Ich weiß, dass ich dir wahrscheinlich nie soviel wie deine Schule bedeuten werde – aber eine Schule kann dir wiederum nicht das geben, was ich dir geben kann. Eine Schule schenkt dir keine Kinder und geht auch nicht zum Sonnenuntergang am Pedernales mit dir spazieren – und eine Schule kann dich nicht zum Lachen bringen.« Seine Stimme war leise und schließlich heiser geworden. »Aber ich, Emma, ich kann das, und noch viel mehr. Du musst mir bloß 'ne Chance lassen.«

Trotz der Kühle des Poolwassers begann sich allmählich eine gewisse Wärme in ihr auszubreiten. Wieso hatte sie nicht daran gedacht, dass Kenny die Dinge nie wie andere Leute anpackte? Das machte ihn ja gleichzeitig so nervig und so wundervoll.

Das Gewicht seiner durchweichten Golfschuhe zog ihn tiefer als sie, doch er ließ sich nicht davon beirren und sprach weiter drängend auf sie ein. »Wir sind verheiratet, Schätzchen. Die Ehe mag ja in einer kitschigen Hochzeitskapelle in Las Vegas geschlossen worden sein – aber ich hab meine Gelübde nicht so einfach dahingeplappert ... sondern nehme sie sehr ernst. Wenn du dich nicht mit mir verheiratet fühlst, dann heiraten wir eben noch mal, gleich hier in Wynette, oder wir fliegen nach England und heiraten dort! Du musst bloß einsehen, dass es eine wirkliche, echte Ehe ist. Wir gehören zusammen, und so soll es auch sein.«

Sie gehörten zusammen. Dieser Mann gehörte zu ihr.

»Ich weiß, wie sehr dir diese Schule am Herzen liegt. Vielleicht kann ich sie ja unter Umständen kaufen oder so was. Mit 'nem Kredit würde ich bisschen die Werbetrommel rühren. Wir müssten dann zwar die Ranch aufgeben, aber ich bin dazu bereit, wenn es nötig ist, um dich glücklich zu machen.«

Er nahm ihr regelrecht den Atem. Die Ranch verkaufen, um St. Gert's zu retten? Das konnte sie sich nicht vorstellen – denken war ihr überhaupt nicht mehr möglich –, aber ihrer Seele wuchsen Flügel. Gleichzeitig konnte sie die Verzweiflung in seinen Augen nicht länger ertragen und meldete sich zu Wort.

»Das ist schon das zweite Mal, dass du mich in einen Pool wirfst.«

Kenny blickte vollkommen zerknirscht drein. »Du wolltest mich für immer verlassen, und das war das Einzige, was mir einfiel, dich aufzuhalten.«

»Mich einfach in den Pool werfen?«

Er nickte mit einer Miene, die sowohl ängstlich als auch stur war. Eine Mischung, deren Charme sie sich nicht ganz zu entziehen vermochte. »Ich musste einfach.«

Bloß Kenny Traveler, der Terror von Wynette, Texas, konnte auf den Gedanken verfallen, eine Frau von seiner Liebe zu überzeugen, indem er sie voll bekleidet ins Wasser schmiss. »Tja nun, jetzt hast du aber mein liebstes Paar Sandalen ruiniert.«

Nach einer kurzen Pause sagte er leise: »Ich kauf dir hundert Paar neue.«

O nein, so leicht würde sie sich nicht von ihm rumkriegen lassen! Nicht nach allem, was sie seinetwegen durchlitten hatte. »Darum geht's nicht. Ich mochte diese Schuhe. Es waren italienische. Und du versinkst gleich.«

Seine Augen blickten sie immer noch flehend an. »Ist das dein ganzer Kommentar?«

»Möglicherweise nicht. Aber ich würde es vorziehen, es auf dem Trockenen zu sagen.«

Einen Moment lang überlegte er, dann schüttelte er unglücklich den Kopf. »Ich würd alles für dich tun, aber ich kann dich nicht aus dem Wasser lassen, bevor die Situation geklärt ist. Du bist immer noch sauer auf mich und könntest auf den Gedanken kommen, mir wieder wegzurennen.«

»Du sinkst aber«, erlaubte sie sich zu bemerken. »Deine Schuhe«, fügte sie hinzu.

»Mach dir darüber mal keine Sorgen.«

Allmählich wurde sie müde, doch sie ruderte tapfer weiter. »Also gut. Erstens wirst du die Ranch nicht verkaufen. Allein der Gedanke. Und zweitens …«

»Und was ist mit St. Gert's?«

Obwohl sein Blick nicht an Ernst verloren hatte, glaubte sie, einen Hoffnungsschimmer darin zu erkennen. »Ich muss es ein für allemal hinter mir lassen.«

»Du liebst die Schule, Schätzchen. Vielleicht kommt mir ja noch 'ne andere Idee, das Geld aufzutreiben. Die Saison ist grade erst losgegangen, und da draußen warten jede Menge fetter Preisgelder auf mich. Wenn ich Glück hab, zieh ich ein paar famose Gewinne an Land.«

Sie merkte, wie er sie allmählich erweichte mit seiner lieben, herzzerreißenden Art; aber so schnell wollte sie nun doch nicht nachgeben, nicht bevor sie ihre Position glasklar gemacht hatte. »Du wirst St. Gert's nicht für mich kaufen, auch wenn ich dein Angebot zu schätzen weiß. Ich brauche bloß noch mal richtig nachzudenken, dann wird mir sicher ein Ausweg einfallen.«

Sofort erschien ein misstrauischer Ausdruck auf seiner Miene.

»Ich habe endlich begriffen, dass ich nicht mein ganzes Leben einer Institution widmen kann, obwohl ich natürlich an die Mädchen denke.« Sie wischte sich das nasse Haar aus dem Gesicht. »Was nun meinen nächsten Punkt betrifft ... Punkt Nummer zwei. Du musst jegliche Vorbehalte, die du gegen berufstätige Ehefrauen hegen magst, beiseite schieben; denn ich liebe meinen Beruf als Lehrerin und werde ihn nicht aufgeben.«

Er blickte ihr tief in die Augen. »Wirst du ihn lange genug aufgeben, um meine Babys zu bekommen?«

Sie konnte sich kaum beherrschen, sich in seine Arme zu werfen. »Na ja, zwischenzeitlich ...«

»Dann habe ich keine Einwände.«

Natürlich machte sie's ihm viel zu einfach, aber die Vorstellung von violettäugigen Babys bezauberte sie so sehr, dass sie sich nur mehr mit größter Willensanstrengung konzentrieren konnte. »Punkt Nummer drei ...« Sie räusperte sich. »Der ist wichtig, also pass gut auf, wenn ich bitten darf. Falls ich zu irgendeiner Zeit – egal wann! – das Bedürfnis verspüre, dich öffentlich zu verteidigen, dann werde ich's tun, verstanden?«

Kenny blinzelte. »Bitte bring bloß niemanden um!«

Sie brauchte etwas Schwierigeres. Etwas, das er nur unter Aufbietung sämtlicher Kräfte akzeptieren könnte. Bloß eine Kleinigkeit, um es diesem schurkischen Draufgänger von Ehemann heimzuzahlen.

Unversehens wusste sie genau, was dieses Etwas war.

»Komm, Kenny, wir haben was zu erledigen.« Sie machte Anstalten, zum Poolrand zu schwimmen, und war dabei äußerst zufrieden mit sich selbst. Das hatte sie prima hingekriegt, ohne überflüssige Emotionen; aber als er sie am Fußgelenk festhielt und wieder zu sich herumdrehte, musste sie zu ihrer Enttäuschung feststellen, dass er grinste, anstatt mit den Zähnen zu knirschen.

»Du willst's mir also richtig heimzahlen, stimmt's?«

Emma konnte sich das Lächeln selber nicht mehr verkneifen. »Das waren wirklich meine Lieblingssandalen.«

Sein Grinsen wurde so breit, dass es sie ganz und gar einzuhüllen schien. Und in seinen Augen lag so viel Liebe, dass sie glaubte zu schweben. Doch dann wurde er wieder fordernd. »Ich liebe dich, meine süße Lady E. Das weißt du jetzt, nicht wahr? Bitte sag mir, dass du's weißt.« Sie hörte die Dringlichkeit in seinen Worten und nickte. »Und bitte sag mir, dass auch du mich noch liebst.«

Wieder nickte sie, und er zog sie an sich. Stöhnend umfasste er ihr Kinn. »Ich war so verdammt blöd.« Er rieb mit dem Daumen über ihre Wange, als wolle er sich ihr Gesicht für immer einprägen, dann versiegelte er ihre Lippen mit den seinen.

Sein Kuss war ein Versprechen, ein Versprechen von einem Mann, der so etwas nicht auf die leichte Schulter nahm. Es war außerdem ein Pakt der Liebe, und sie begriff, dass er sich ihr auf jede Weise, die er sich nur vorstellen konnte, schenkte. In seinem Kuss lag ein Vorgeschmack auf all die Tage, die da kommen mochten, auf ihre Kinder, auf seine Leidenschaft, seine Zärtlichkeit. Er bot ihr alles, wovon sie so lange geträumt und zuletzt die Hoffnung beinahe aufgegeben hatte.

Schließlich trennten sie sich, wenn auch nur, um wieder ein wenig Luft zu bekommen.

»Erst ertränkt er sie fast«, meinte Shelby gedehnt, »dann knutscht er sie ab. Du hast schon eine komische Art mit Frauen, Kenny.«

Beide blickten auf und sahen, dass sich die gesamte Familie, einschließlich der Beaudines, um den Pool versammelt hatte und ihnen zusah.

»Na, wenigstens hat er sie nicht verhauen«, bemerkte Torie.

Dex schlang lächelnd den Arm um ihre Schultern.

Kenny blickte mit einer Mischung aus Irritation und Zuneigung zu ihnen auf, und Emma erkannte, dass sie dasselbe fühlte. Sie waren furchtbar neugierig, aber auch so fürsorglich. Nun, sie hatte sich ja schon immer eine Familie gewünscht – und da war sie also!

»Wäre es zu viel verlangt, ein wenig für uns sein zu dürfen?«, knurrte Kenny.

»Keine so gute Idee«, befand Torie, »wenn wir dich noch länger mit ihr allein lassen, vermasselst du bloß wieder alles.«

Emma erkannte, dass es an der Zeit war, hart durchzugreifen. »Das ist genug, Torie.« Nur widerwillig löste sie sich von ihrem Gatten und schwamm auf die Leiter zu.

»Ich versuch doch bloß, deine Interessen zu wahren, Lady E.«, verteidigte Torie sich, wärend Emma aus dem Pool kletterte. »Nein, das tust du nicht. Du ärgerst deinen Bruder.«

Kenny stieg hinter ihr an Land, und sie warf ihm einen warnenden Blick zu, der ihn an ihre Abmachung erinnern sollte. Dann wandte sie sich erhobenen Hauptes an seine Angehörigen.

»Ich möchte, dass mir jeder hier gut zuhört, denn ich werde das bloß einmal sagen. Kenny ist ein hochintelligenter, extrem talentierter Mann. Und im Gegensatz zur allgemeinen Meinung ist er weder faul noch verwöhnt noch inkompetent. Verstanden?«

Alle starrten sie an. Alle, außer Dallie Beaudine, der lächelnd eine Hand in seine Tasche schob.

»Und jetzt werde ich noch deutlicher«, fuhr Emma fort. »Kenny und ich wollen Kinder haben, und ich mag es nicht, dass sie andauernd Geschichten von den jugendlichen Verfehlungen ihres Vaters zu hören kriegen. Ich verlasse mich auf jeden Einzelnen hier, das den braven Bürgern von Wynette auch klarzumachen. Damit es ja keine Missverständnisse gibt: Wenn mir in dieser Familie … oder in dieser Stadt … noch eine Geschichte über Minnie Mouse Cookies gestohlenes Lunch-Geld, Schulsuspendierungen, diverse Sachschäden oder irgendeine andere Eskapade zu Ohren kommt, dann werde ich dafür sorgen, dass all die Dollars, die Kenny in die örtliche Wohlfahrt pumpt, auf der Stelle ausbleiben.« Sie hob die Hand und schnalzte mit dem Finger. »Einfach so.« Dann schaute sie Kenny beifallheischend an – genug musste einfach genug sein, Schluss mit dem Aufwärmen alter Geschichten. »Ich würde keinem raten, mich in dieser Sache herauszufordern, denn ich habe großen Einfluss auf meinen Mann. Stimmt's nicht, Kenny? Und darüber sind wir absolut einer Meinung!«

War sie die Einzige, die die Lachfältchen um seine Augen aufblitzen sah, bevor er seiner Familie ein bedauerndes Schulterzucken zukommen ließ? »Sorry. Ich musste ihr versprechen, dass sie mich jederzeit verteidigen darf. Wer hätte aber gedacht, dass sie so weit geht?«

Tories Nasenflügel blähten sich empört. »Wie konntest du so einem Kommando bloß zustimmen?«

Emma schoss ihr einen warnenden Blick zu.

»Nun, sie hatte nun mal alle Trümpfe in der Hand«, entgegnete Kenny.

Torie runzelte die Stirn, dann seufzte sie. »Tut mir Leid, Lady E., aber das wird uns jede Menge Spaß verderben.«

»Pech für euch«, gab Emma trocken zurück. »Von jetzt an müsst ihr euch leider jemand anderen für eure Witze suchen – denn Kenny Traveler ist ab sofort mit Respekt zu behandeln, sowohl innerhalb als auch außerhalb dieser Familie. *Alles klar?*«

»Yes Ma'am.«

»Yes Ma'am.«

»Yes Ma'am.«

Als der Chor schließlich geendet hatte, ließ sie sich zu einem zufriedenen Nicken herab. »Ausgezeichnet!«

Shelby beugte sich zu Torie und flüsterte: »Sag mir bitte, dass sie uns nicht zwingt, ihn Hoheit oder so was zu nennen.«

»Nun«, meinte Emma darauf, »das werde ich nicht, solange ihr mich nicht provoziert.«

Ihr neuer Clan betrachtete sie argwöhnisch. Dann wandte sie sich lächelnd an Dallie. »Danke, dass Sie auf ihn aufgepasst haben. Wir befinden uns in Ihrer Schuld.«

Kenny, der hinter ihr stand, wurde von einem Hustenanfall geschüttelt.

»War mir ein Vergnügen!« Dallies Lächeln ähnelte stark der texanischen Sonne.

Ohne sich aus dem Konzept bringen zu lassen, klopfte sie Kenny auf den Rücken und fuhr fort: »Ich nehme an, Sie werden eine Presseerklärung abgeben, um Kennys Rückkehr zur Tour anzukündigen?«

»Gleich morgen früh.«

»Wäre es unverschämt, wenn ich Sie bäte, ein wenig Einfluss darauf nehmen zu dürfen?«

Dallie blickte Kenny an, der endlich wieder zu Atem gekommen war. »Scheint, von jetzt an will deine Frau deine Presseerklärung entwerfen.«

Mr. Traveler war schon ein wenig peinlich berührt, aber nicht allzu sehr. »Ich rede mit ihr.«

Einen Moment lang ruhte ihr Kopf an seinem triefenden Golfshirt. »Das wird dir nichts nützen. Du verteidigst jeden, bloß nicht dich selber.« Wieder wandte sie sich an die versammelte Gruppe. »Falls es jemand hier noch nicht kapiert hat: Kenny glaubt, es nicht verdient zu haben, dass man für ihn Partei ergreift. Er sühnt noch immer für seine fehlgeleitete Jugend.« Sie blickte zu ihm auf. »Aber jetzt nicht mehr, versprochen?«

»Punkt Nummer vier?«, erkundigte er sich.

Sie nickte.

Er lächelte. »Das hatte ich ohnehin schon beschlossen.«

Dallies Blick, der nun wieder zu Emma zurückkehrte, war voller Respekt. »Morgen früh wird Sie einer meiner PR-Leute anrufen. Ihr beide könnt den Text dann zusammen am Telefon auskochen.«

»Wir drei«, meinte Kenny. »Schließlich muss ich an unseren Nachwuchs denken.«

Emma lächelte zu ihrem Gatten hinauf. »Und jetzt«, flüsterte sie, »kommt Punkt Nummer fünf an die Reihe.«

»Du machst mich ganz nervös.«

»Zu schade.« Emma sperrte die Schlafzimmertür ab. »Also wo ist die Wäscheleine, die ich im Drugstore gekauft habe?«

»Wäscheleine!«, krächzte er.

»Hm, vielleicht brauche ich sie ja gar nicht. Aber nur, wenn du auch meinen Anweisungen folgst.«

Er musterte sie misstrauisch. Zuallererst hatte sie, als sie wieder auf der Ranch waren, ihn unter die Dusche geschickt – allein! – und verkündet, dass sie ihn nachher treffen würde. Und jetzt war sie hier, in einem Nichts von einem Morgenmantel, mit jeder Menge Veilchen darauf.

Kenny selbst hatte sich Jeans übergezogen, aber nicht mehr – er war nun mal ein unverbesserlicher Optimist.

Sie lächelte ihn strahlend an, so strahlend, dass man ihr Glück greifen konnte. Er verstand das Gefühl. Diese Frau war die Liebe seines Lebens, und er würde sie nie wieder fortlassen. Was nicht bedeutete, dass sich in Zunkunft Langeweile ausbreiten durfte.

»Findest du nicht, es ist so weit, dass du mir allmählich verrätst, was Punkt Nummer fünf nun eigentlich bedeutet?«

»Lass sehen ... Wie soll ich's am besten erklären, so, dass du's auch ja verstehst ...« Sie tippte mit dem Zeigefinger an ihre Zähne, dann lächelte sie. »Na, am besten die Wahrheit sagen, denke ich. Ich dominiere, du unterwirfst dich!«

»Du machst Witze.«

»O nein!« Sie ging zum Nachtkästchen, nahm sich *seine* Brieftasche, zog ein paar Scheine heraus und wedelte damit vor ihm herum. »Ich denke, das sollte für die heutige Nacht genügen.« Sie nahm sich Zeit beim Hineinstopfen der Scheine in die Vordertaschen seiner Jeans. Verdammt noch mal, es war ein Genuss, mit dieser Frau verheiratet zu sein!

»Und wofür ist das?«

»Dafür, dass du meinen Anweisungen folgst. Mein ergebener Sex-Sklave bist. Mein gemieteter Gigolo für die Nacht.« Sie studierte ausführlich seinen Körper, was ihm das Gefühl gab, von einem ausgesprochen süßen Wolf zwecks Ankauf unter die Lupe genommen zu werden. Ein schönes Gefühl. Aber er wollte ihr nicht den Spaß verderben, indem er sich zu schnell geschlagen gab – also funkelte er sie böse an. »Was, zum Teufel, machst du da?«

»Hm …« Sie leckte sich doch tatsächlich über die Lippen. »Ich versuch mich zu entscheiden, wo ich zuerst reinbeißen soll.«

Das Blut schoss ihm heiß durch die Adern, und er fing schon wieder an zu schwitzen. Sie kniete sich aufs Bett, hakte einen Finger in die Schlaufen seiner schmerzvoll engen Jeans und zog. »Ich wähle … hier.« Sie umfasste seine Hüften und begann an der Haut direkt über dem Reißverschluss zu knabbern; bevor er dann wusste, wie ihm geschah, lag er nackt auf dem Rücken und sie machte sich daran, ihn auf so exquisite Weise zu foltern, wie er es sich nie im Leben erträumt hätte.

Während er noch darum kämpfte, den Verstand nicht komplett zu verlieren, überlegte er, wieso er eigentlich immer so dagegen gewesen war, ihr auch einmal die Führung im Bett zu überlassen. Selbst in dieser Hinsicht hatte er sich das Leben von seiner Vergangenheit diktieren lassen. Nun, jetzt nicht mehr …

»Ich glaube …«, stammelte er, »du übersiehst da eine Stelle.«

»Es ist mehr als nur eine Stelle«, erklärte sie frech, »und ich will dich betteln hören.«

Wie sich herausstellte, kam es in dieser Nacht zu jeder Menge Bettelei, und nicht nur von ihm. Das meiste jedoch schon, und er hatte sich nie besser gefühlt. Punkt Nummer fünf hatte was für sich, entschied er.

Bei Morgengrauen waren sie schon wieder wach. »Hättest du dir je vorstellen können, dass es so sein würde?«, wisperte sie an der Innenseite seines Arms.

»Nicht in 'ner Million Jahren.« Er zog eine ihrer seidigen Locken durch seine Finger. »Ich liebe dich über alles, Baby. Mehr als du dir vorstellen kannst.«

»Oh, ich kann's mir schon vorstellen«, entgegnete sie, »weil es mir ebenso geht.«

Sie lagen eine Weile nur so da, streichelten einander und waren glücklich.

»Ich hab nachgedacht …« Er lächelte in ihr Haar. »Mit deinen Führungsqualitäten und meinem Talent, dich aus peinlichen Situationen zu retten, könnten wir eigentlich ein herrliches Leben zusammen haben.«

»Ganz meine Meinung.« Sie küsste ihn. »Darauf bestehe ich sogar!«

Epilog

Emma öffnete einen Knopf an dem hellblauen Anzughemd, das Kenny soeben zugemacht hatte. »Ich habe Lust auf Punkt Nummer sechs.«

Seine Hand legte sich warm um ihre Hüfte. »Auf gar keinen Fall. Das letzte Mal, als du Punkt Nummer sechs erzwungen hast, hab ich mir einen Muskel gezerrt.«

»Du übertreibst. Das stimmt ja gar nicht.«

»Aber fast.« Er schenkte ihr sein ganz spezielles Lächeln, das nur für sie reserviert war. »Außerdem sollen Schwangere sich zurückhalten; Punkt Nummer sechs ist nichts für sie.«

Mit das Beste an der Tatsache, dass sie Francesca nun so oft traf, war, dass sie von einer Meisterin lernen konnte, und sie brachte tatsächlich eine süße kleine Schnute zustande. »Aber es wär nun mal mein Herzenswunsch.«

Er knabberte an ihrer Unterlippe ... was mit das Beste an einer Schnute war. »Bist du sicher?«

»Hm ...«

»Also gut. Ich denke, Patrick wird schon 'ne Weile mit unseren Gästen fertig.«

»Die Gäste! Das hab ich ja ganz vergessen!« Sie machte sich abrupt von ihm los und lief zu ihrem Schrank, wo sie ein lose sitzendes, kaffeefarbenes Seidenkleid hervorholte. »Liebe Güte, Kenny, sie können jede Minute hier sein. Das ist alles deine Schuld. Wenn du nicht angefangen hättest, mich zu küssen ...«

»Ließ sich irgendwie nicht vermeiden. Du und dein dicker Bauch sind so ungefähr das Niedlichste, was mir je untergekommen ist.«

Emma grinste ihn an. Sie war erst im dritten Monat, und ihr Bauch war überhaupt noch nicht dick. Bei niemandem hatten sie es verlauten lassen, obwohl sie eben das für den heutigen Abend, beim Thanksgiving Dinner, planten.

Sie und Kenny liebten es, dieses Geheimnis miteinander zu teilen – und nur miteinander –, abends vor dem Einschlafen noch ein wenig darüber zu flüstern, über Namen zu diskutieren, heimlich ein Lächeln auszutauschen. Wer hätte gedacht, dass ein solcher Luxusknabe wie Kenny Traveler so viel Freude an seiner schwangeren Frau haben könnte?

Ihr Zustand machte sie besonders gefühlvoll, und ihre Augen wurden feucht. Sie liebte es, mit ihm verheiratet zu sein, liebte ihn so sehr, dass ihr schon das Herz aufging, wenn er bloß den Raum betrat. Er erwies sich als ein so guter Ehemann, wie es sich eine Frau nur wünschen konnte – leidenschaftlich, liebevoll und grundsolide.

Und sie war ebenfalls stolz darauf, die beste Frau zu sein, die sich ein Mann wünschen konnte – zumindest dieser Mann. Es ging nämlich auf ihr Konto, dass er sich von seiner Vergangenheit befreit hatte. Jetzt war er der Mann, der er schon immer hätte sein sollen – einer, der sich in seiner Haut wohl fühlte und nicht länger Buße für seine Kindheit und Jugend tat.

Obwohl er es noch immer liebte, gelegentlich den lässigen Faulpelz zu spielen, wenn auch nur innerhalb der Familie, so ließ sich davon niemand mehr täuschen. Und seit ihrer Heirat hatte sich auch seine Beziehung zur Öffentlichkeit zum Besseren gewendet, was er großteils Francesca Beaudine verdankte: diese hatte ihre langjährige Aversion gegen Interviews mit Golfern – den langweiligsten Sportlern der Welt – überwunden und ihm in ihrer monatlichen Sendung *Francesca Today* ein großes Interview eingeräumt.

Das Interview hatte auf der Sonnenterasse ihrer Ranch stattgefunden, Kenny und Emma zusammen auf der Gartenbank, Francesca mit elegant übereinander geschlagenen Beinen in einem Sessel. Im Verlauf des Interviews hatte Emma, unter anderem, Sturgis Randall zu Toast verkohlt. Außerdem verteidigte sie ihren Mann mit einer Vehemenz und einem Humor, der die amerikanische Öffentlichkeit davon überzeugte, dass Kenny Traveler nicht gar so verzogen sein konnte, wie man immer gedacht hatte – nicht, wo er sich für eine so energische und bodenständige kleine Person wie diese Lady entschieden hatte. Dazu kam, dass auch Francesca, die nie im Verlauf ihrer illustren TV-Karriere je so getan hatte, als würde sie sich an pedantische journalistische Neutralität halten, in seine Verteidigung mit einstimmte.

»Das peinlichste Interview, das ich je gegeben hab«, erklärte Kenny hinterher schaudernd Dallie und Warren. »So wie die zwei Frauen die ganze Zeit quasselten, hatte ich kaum 'ne Chance, auch mal ein Wort dazwischenzukriegen. Versprecht mir eins, alle beide! Wenn Emma je beschließen sollte, mich noch mal so vor die Kamera zu zerren, dann erschießt mich bitte rechtzeitig!«

Dallie hatte gelacht, Warren dagegen Sympathie bekundet – aber Emma frohlockte, seine Ehre in der Öffentlichkeit wiederhergestellt zu haben.

Im Gegensatz zu Sturgis Randall war Hugh Weldon Holroyd ihrer öffentlichen Zensur entgangen – aber auch nur deshalb, weil sie befürchtete, er könne seine Wut an St. Gert's auslassen. Ihre Sorge um die alte Schule warf zur Zeit des Interviews noch den einzigen Schatten auf ihr Glück. Bald darauf hatte sie sich jedoch an einen anderen Aktionsplan gemacht. Nach Dutzenden von Telefonaten hatten sie und Penelope Briggs es geschafft, ein Konsortium von Eltern, ehemaligen Schülern, örtlichen Geschäftsleuten und diversen Travelers zu bilden, um St. Gert's zu kaufen. Unglücklicherweise hatte Hugh spitzgekriegt, dass Emma hinter dem Deal steckte, und aus Rachsucht abgelehnt.

Bis Kenny eingriff, jedenfalls.

Emma befestigte das neueste Geschenk ihres Gatten um ihren Hals, eine atemberaubende Kette aus zarten goldenen Weinblättern. Sie lächelte heimlich, als sie zurückdachte, was vor drei Monaten im Royal Lytham und St. Annes während der British Open geschehen war.

Kenny, der spektakuläres Golf bot und obendrein mit einer Engländerin verheiratet war, hatte sich als der beliebteste der amerikanischen Spieler entpuppt, und kurz bevor er in die letzte Runde einstieg, hatte er Warren gebeten, Hugh anzurufen. Auf seine Anweisung hin informierte Warren Hugh, dass Kenny beabsichtige, auf seiner heutigen Pressekonferenz einige saftige Details bezüglich der Schwierigkeiten, die seine Frau mit ihrem ehemaligen Arbeitgeber hatte, preiszugeben. Außer natürlich, Hugh beschlösse, seine Haltung zu ändern.

Es war eine Sache, mit einer Enthüllungsstory durch die Garten- und Landschaftsreporterin des Lower Tilbey Standard bedroht zu werden – doch eine ganz andere, wenn es um den Sender CNN ging. Hugh erklärte sich umgehend bereit, das Angebot des Konsortiums zu akzeptieren und seine Hände von St. Gert's zu lassen.

Jetzt waren nicht nur Emma und Kenny Teileigner der Schule, sondern auch Shelby Traveler – ein Überraschungsgeschenk von Warren an seine anglophile Frau. Shelby hatte sich zu einer vehementen Kämpferin für das Wohl von St. Gert's entwickelt und darüber hinaus – auf Emmas Vorschlag hin – das Konsortium zur Feier seines ersten Gründungstags vertreten. Und gar nicht mal schlecht.

In den paar Monaten seit ihrer Eheschließung war Emma nicht nur Shelby, sondern auch Warren mehr und mehr ans Herz gewachsen. Wie es bei Männern nun einmal ist, sprachen er und Kenny nicht groß über die Tatsache, dass sich das Verhältnis zwischen ihnen endlich erholt hatte. Sie verbrachten einfach mehr Zeit miteinander: auf dem Golfplatz, beim Reiten, beim Spielen mit Peter oder beim Feiern von Kennys Siegen. Er gehörte derzeit zu den Spitzenverdienern seiner Sportart, obwohl er viel wählerischer geworden war in Bezug auf die Turniere, an denen er teilnahm, weil er nicht von Emma getrennt sein wollte.

Und das gefiel ihr besonders an ihrer Vertretungsstelle als Lehrerin: Sie hatte die Freude, wieder unterrichten zu können, besaß aber dennoch die Freiheit, wann immer sie wollte, mit Kenny auf Reisen zu gehen. Sie plante, das Konzipieren von Unterrichtskursen fortzusetzen, wenn das Baby da war; außerdem arbeitete sie an der Entwicklung einiger Lehrerfortbildungsseminare, bei denen sie einige interessante neue Methoden in der Schulerziehung vermitteln wollte. Der erste Workshop hatte letzte Woche stattgefunden und war ein Riesenerfolg bei der Mittelschullehrerschaft von Wynette gewesen.

»Komm, Schätzchen«, sagte er und strich mit dem Daumen über ihre Nase, »der amtierende Champion der British Open will gefüttert sein.«

Eine Stunde später saßen sie zu acht um den großen Esstisch und feierten Emmas erstes amerikanisches Thanksgiving-Dinner. Der Tisch bog sich nur so unter all den Platten und Schüsseln, die die Gäste – nach Patricks Anweisungen – zubereitet und zum heutigen Dinner mitgebracht hatten. Peter saß in seinem Hochstühlchen zwischen Shelby und Warren, während Torie Dexter mit den besten Bissen von ihrem Teller fütterte. Patrick füllte die Schüsseln auf und jammerte über eine allzu dunkle Kruste auf einem der Kürbiskuchen, die er als Nachtisch servieren wollte; hierzu waren auch die Beaudines und Skeet Cooper eingeladen.

»Sie hat mich getreten!«, kreischte Torie mit vollem Mund. »Dex! Fühl mal!«

Dexter legte pflichtschuldigst die Hand auf Tories Siebenmonate-alten-Babybauch, und Shelby verdrehte die Augen. »Also wirklich Torie, man könnte glauben, du wärst die einzige Schwangere in der Geschichte der Menschheit. Das ist das vierte Mal, seit Patrick den Truthahn serviert hat, dass du Dex zwingst, deinen Bauch anzufassen.«

»Mir macht's nichts aus.« Dexter beugte sich zu seiner schönen Frau und drückte ihr ein Küsschen auf die Wange.

Torie erwiderte seinen Kuss und richtete ihre Aufmerksamkeit dann auf Shelby. »Hör lieber auf zu mosern, oder ich erzähl euch allen haarklein, was ich machen muss, um mich aufs Stillen vorzubereiten.«

Alle stöhnten bis auf Dexter, der aussah wie ein Mann, der eine Höchstleistung vollbracht hatte.

Kenny musste lächeln, als er an den Toast dachte, den seine Schwester auf ihrer Hochzeit mit Dexter ausgebracht hatte.

»Auf dich, Dex. Meinen dritten und letzten Ehemann und obendrein die Liebe meines Lebens! Weißt du noch, dass ich dir gesagt hab, ich hätte heute eine Überraschung für dich? Na, nun rate mal, du wundervoller Langweiler! Du hast mich geschwängert!«

Seitdem war es kein Aushalten mehr mit ihr. Sie stolzierte mit vorgerecktem Bauch umher und bestand darauf, dass jeder, von den Truckern, die im Roustabout speisten, bis zu Patricks neuem Freund Raymond, ihn befühlten. Und sie liebte nichts mehr, als beim Abendessen über die Funktionen ihres Magens und Darms Auskunft zu geben, was so weit führte, dass selbst Emma Dexter bat, sie doch noch mal zu verhauen.

Kennys Blick glitt ans andere Ende der Tafel, wo seine Frau saß. Seine eigene schwangere Frau. Ihre Liebe hatte einen besseren Menschen aus ihm gemacht, besser als er es je für möglich gehalten hätte. Und sie hatte endlich die Liebe und die Familie gefunden, von der sie in all den Jahren des Alleinseins geträumt hatte.

Sie tauschten eins von diesen heimlichen Lächeln, die seine Seele so herrlich streichelten. Niemals hätte er sich vorstellen können, eine Frau so zu lieben, wie er Emma liebte. Mit einer unmerklichen Kopfbewegung wies sie auf Torie und zog eine Augenbraue hoch.

Er begriff sofort, was sie meinte. Eigentlich hatten sie vorgehabt, der Familie heute die große Neuigkeit von Emmas Schwangerschaft mitzuteilen; aber Torie genoss ihre Rolle als werdende Mutter so sehr – und nicht zuletzt die Prahlerei –, dass Emma der Ansicht war, sie sollten mit ihrer Ankündigung noch ein wenig warten, um Torie nicht die Schau zu stehlen.

Kenny zog ebenfalls ein Braue hoch. *Torie weiß gar nicht, was für ein Glück sie hat mit einer Schwägerin wie dir.*

Sie runzelte leicht die Stirn. *Macht's dir sehr viel aus, wenn wir noch eine Woche oder so warten?*

Er strich sich über den Mundwinkel. *Lass uns bei Punkt Nummer sechs darüber verhandeln.*

Emma kicherte.

»Sie tun's schon wieder«, brummte Shelby. »Wortlose Kommunikation.«

»Ich weiß wirklich nicht, wieso du dich deswegen beschwerst«, meinte Torie. »Du und Daddy, ihr macht's doch auch.«

Shelby setzte ihr Weinglas ab. »Ja, genau, apropos ... jeder kann sehen, wie sehr ihr euch liebt, du und Dex. Warum funktioniert das bei euch nicht?«

»Ich versuch's ja, aber Dex nimmt alles so wörtlich – er versteht die Nuancen nicht.«

Dex ließ ihre Kritik vollkommen kalt. »Ich versteh die Nuancen schon, aber ich bevorzuge eben eine Direktverbindung.«

Torie klopfte sich auf den Bauch und grinste wie eine Katze, die einen Kanarienvogel verschluckt hat. »Tja, deine direkte Kommunikation ist verdammt gut.«

Alle lachten, und Kenny sonnte sich in der fröhlichen Stimmung.

Nicht lange nach dem Dinner trafen die Beaudines und Skeet ein. Ted, der nun zum Gewinn aller in der neu entstandenen, gemeinsamen Firma angestellt war, hatte seine Freundin dabei, eine bezaubernde und höchst intelligente Sozialarbeiterin, die fast fünf Jahre älter war als er, was trotzdem sehr gut passte.

Alle stöhnten, sie wären viel zu voll, um mehr als nur einen Happen von Patricks Desserts runterzukriegen – machten sich dann aber prompt über seine Auswahl an Pecannuss- und Kürbiskuchen her. Torie zog ihre neueste Kamera hervor und verschoss einen ganzen Film nur von Peter. Dann scharte sich die Sippe um den großen Kamin, um einfach nur die Gesellschaft zu genießen, da jeder tatsächlich zu satt war für größere Aktionen.

»Ratet mal, was man sich so neuerdings in der Stadt erzählt«, warf Patrick in die Runde.

Alle blickten ihn an.

»Tja ...« Er vergrößerte die Spannung, indem er ein Sofakissen aufschüttelte. »Laut Paulette Cot, die anscheinend schon seit Jahren Leiterin des Schulsekretariats der Wynette High School ist ...«

»Seit den frühen Sechzigern«, warf Dallie ein.

»Na jedenfalls ...« Patrick zupfte die Kissenkanten zurecht. »Laut Mrs. Cot scheinen die Schulunterlagen eines gewissen Kenny Traveler einfach verschwunden zu sein.«

»Echt, ohne Witz?«

»Wie ist das passiert?«

»Bist du sicher?«

»Also so was!«

Es folgte eine lange Stille. Dann wandte sich jedes Auge im Raum auf Emma.

Kenny hätte beinahe laut aufgelacht, als er sah, wie sie auf einmal verlegen an ihrer Halskette herumnestelte. Sein süßer Feldwebel im Kampf für die gute Sache – nämlich seine! Es war schon etwas peinlich ... aber auch wundervoll.

»Ich weiß wirklich nicht, wieso ihr plötzlich alle mich anschaut.« Sie brachte tatsächlich wieder eine perfekte Schnute zustande – ein Bild gekränkter Ehre. »Als ob ich zu so was fähig wäre!«

»O doch, das wärst du!« Torie lachte. »Und ich wette zwanzig Kröten, bis Ende nächsten Jahres hast du es raus, wie du Kennys befleckte Collegeunterlagen in deine Fingerchen kriegst.«

Aber keiner der anderen wollte dagegen wetten.

Viel später, als alle Gäste gegangen waren und sie das Haus wieder für sich hatten, machten sie sich, Arm in Arm, auf den Weg die Treppe hinauf ins Schlafzimmer. Doch sie hatten kaum die Hälfte der Stufen geschafft, als Kenny stehen blieb und auf seine Frau hinunterblickte. »Ich will was von dir, Lady E. Bitte keine Fragen. Keine Argumente!«

»Ach du liebe Güte … das klingt aber gefährlich.«

»Es ist definitiv gefährlich, trotzdem sollst du es mir versprechen.«

Sie musterte ihn wachsam.

Er lächelte. »Ich will, dass du mich liebst. So wie jetzt … für den Rest unseres Lebens!«

Ihre Augen strahlten. Und da wusste er es – wusste es ganz tief in seinem Herzen –, dass seine befehlshaberische kleine Headmistress ihm gleich eine endgültige Zusage erteilen würde.

Danksagung

Wir sind die verschworene Gemeinschaft der Autorinnen von Frauengeschichten und Romanzen! Und unterstützen uns gegenseitig ebenso wie unsere florierende Industrie. Als Beweis hierfür, nachfolgend einige jener Kolleginnen, die mir mit ihrer liebevollen Unterstützung durch dieses Buch geholfen haben und denen ich großen Dank schulde.

Jill Barnett, die immer für mich da ist. Stella Cameron, meine wichtigste Quelle, was die besondere britische Art der Ausdrucksweise betrifft. Kristin Hannah, der beste »Title Brainstormer«, den ich kenne. Jayne Ann Krentz, die einfach eine hundertzehnprozentige Meisterin ist. Jill Marie Landis, die ein bestimmtes Sportereignis mit mir besuchte und sagte: »Darüber musst du schreiben!« Cathie Linz und Lindsay Longford, meine Freundinnen und Inspirationsgehilfinnen bei diversen abendlichen Restaurantbesuchen. Elizabeth Lowell, eine – ich schwör's! – lebende Enzyklopädie. Meryl Sawyer, immer hilfsbereit und großzügig mir sowie dem ganzen Genre gegenüber. Ich danke euch allen!

Überdies bin ich weiterhin sehr stolz darauf, zum harten Kern der Romance Books von Avon zu gehören. Mein ganz besonderer Dank gilt Carrie Feron und allen anderen Mitarbeitern in diesem wundervollen Verlagshaus, das meine Bücher in die Regale der Läden bringt.

Nicht zu vergessen mein Mann Bill, der mir als unermüdlicher Berater in allen Belangen des Golfsports diente sowie als tapferer Golf Coach. Eine von diesen Aufgaben hat er jedenfalls großartig erfüllt.

Herzlich verbunden bin ich auch Steve Axelrod und meinen Leserinnen, die mir so begeisterte Briefe schreiben. Mein ganz spezieller Dank gilt zudem all jenen Buchhändlern, die ihre Kundschaft auf meine Romane hinweisen. Ich begrüße ihre persönliche Unterstützung außerordentlich.